CASA DE AREIA E NÉVOA

ANDRE DUBUS III

CASA DE AREIA E NÉVOA

Tradução de
MAURETTE BRANDT

EDITORA RECORD
RIO DE JANEIRO • SÃO PAULO
2012

CIP-BRASIL. CATALOGAÇÃO NA FONTE
SINDICATO NACIONAL DOS EDITORES DE LIVROS, RJ

Dubus, Andre, 1959-
D89c   Casa da areia e névoa / Andre Dubus; tradução de Maurette Brandt. –
Rio de Janeiro: Record, 2012.

Tradução de: The house of sand and fog
ISBN 978-85-01-08418-7

1. Romance americano. I. Brandt, Maurette. II. Título.

                                    CDD: 813
10-5973   CDU: 821.111(73)-3

TÍTULO ORIGINAL EM INGLÊS:
House of Sand and Fog

Copyright © 1999 by Andre Dubus III

Publicado mediante acordo com W. W. Norton & Company, Inc.

Texto revisado segundo o novo Acordo Ortográfico da Língua Portuguesa.

Todos os direitos reservados. Proibida a reprodução, no todo ou em parte, através de quaisquer meios. Os direitos morais do autor foram assegurados.

Direitos exclusivos de publicação em língua portuguesa somente para o Brasil adquiridos pela
EDITORA RECORD LTDA.
Rua Argentina, 171 – Rio de Janeiro, RJ – 20921-380 – Tel.: 2585-2000,
que se reserva a propriedade literária desta tradução.

Impresso no Brasil

ISBN 978-85-01-08418-7

Seja um leitor preferencial Record.
Cadastre-se e receba informações sobre nossos lançamentos e nossas promoções.

EDITORA AFILIADA

Atendimento e venda direta ao leitor:
mdireto@record.com.br ou (21) 2585-2002.

Para meu irmão Jeb e para minhas quatro irmãs,
Suzanne, Nicole, Cadence e Madeleine

Mais além de mim mesmo
em algum lugar
aguardo minha chegada.

— De "El Balcón", Octavio Paz

AGRADECIMENTOS

Agradeço ao capitão John Wells, do Departamento de Polícia do Condado de San Mateo, pelo seu generoso aconselhamento técnico. Sou muito grato também ao meu velho amigo Kourosh Zomorodian — que, durante dois anos, foi meu professor de língua persa, às sextas-feiras, diante das canecas de chope do Lone Star Beer, em Austin, no Texas. Minha gratidão também a Ali Farahsat, por me livrar de parte de minha ignorância em relação à cultura persa. Agradeço também ao meu agente, Philip Spitzer, por sua fé e determinação.

Por fim, expresso minha profunda gratidão à minha diligente e talentosa editora, Alane Salierno Mason.

PARTE UM

O gordo, o *rabanete* Torez, me chama de camelo porque sou persa e porque consigo suportar o sol de agosto por mais tempo que os chineses, os panamenhos ou mesmo o pequeno Tran, o vietnamita. Este, por sinal, trabalha muito depressa e sem descanso, mas quando Torez para o caminhão cor de laranja da manutenção na frente da equipe, Tran corre para pegar seu copo descartável com água, como todos os outros. Esse calor não é bom para o trabalho. Caminhamos a manhã inteira nessa rodovia, entre Sausalito e o Golden Gate Park. Carregamos nossos pequenos arpões de catar lixo e arrastamos nossos sacos de estopa, todos vestidos com coletes da mesma cor do caminhão de manutenção da rodovia.

Alguns panamenhos tiram a camisa e a penduram no bolso de trás, como se fosse um pano de limpar óleo, mas Torez lhes diz alguma coisa em sua língua e faz com que eles vistam o colete sobre as costas nuas. Estamos numa pequena elevação. Entre as árvores, posso ver Sausalito de cima até a baía, onde há nuvens tão espessas que me impedem de ver o outro lado, onde vivo com minha família, minha mulher e meu filho, em Berkeley. Mas não há névoa; apenas o sol sobre nossas cabeças e nas costas, e o cheiro de todas as coisas bem ao alcance do nariz: da grama seca e da sujeira, da fumaça do cigarro dos chineses, do metal quente e dos canos de descarga dos carros que passam. Suo sob a camisa e o colete. Tenho 56 anos e nenhum fio de cabelo. Preciso comprar um chapéu.

Quando chego ao caminhão, a equipe já acabou de beber a água e os dois chineses acendem novos cigarros, enquanto voltam para a grama. Os panamenhos jogaram os copos no chão, perto dos pés, e Tran balança a cabeça e diz alguma coisa em sua língua, enquanto se abaixa para recolhê-los. Mendez ri; é quase tão grande quanto o *rabanete* e tem uma longa cicatriz deixada por uma queimadura, cor de areia, em um dos braços gordos. Ele percebe que estou olhando enquanto bebo minha água gelada; interrompe a risada e, já sem sequer sorrir, diz para mim:

— O que é que está olhando, *viejo*?

Continuo bebendo e deixo que me encare. Seus irmãos já haviam voltado ao trabalho, mas agora param para assistir.

— Velho *maricón* — diz Mendez. Ele pega seu arpão de catar lixo na carroceria laranja do caminhão, mas meus olhos se detêm de novo na queimadura, por tempo suficiente para ele perceber. Seu rosto fica mais feio do que já é e ele grita algo para mim em sua língua. Seus dentes são muito ruins, como os de um cão velho. Não baixo meus olhos e agora ele vem em minha direção, gritando mais alto; sinto seu cheiro, de vinho da véspera misturado com o suor de hoje. Agora Torez grita mais alto que Mendez, ainda na língua deles e tudo acaba muito rápido, porque Mendez sabe que essa equipe funciona muito bem sem ele — e que precisa de dinheiro para o seu *sharob*, seu vinho. Ele é *goh*, a escória dessa vida. Todos eles não passam de *goh*.

— *Vamonos*, Camelo.

Torez passa por mim e fecha o baú da carroceria.

Tran já está trabalhando diante do caminhão, enquanto os chineses fumantes e os panamenhos preguiçosos caminham rumo à sombra das árvores, fingindo que há lixo por lá.

Puxo minha sacola por cima do ombro e digo ao Sr. Torez:

— No meu país, eu podia mandar bater nele.

— *Sí*, Camelo? Pois no país do Mendez ele mesmo se encarregaria de bater em você.

— Fui coronel, Sr. Torez. Fui coronel da Força Aérea Imperial. O senhor sabia disso, Sr. Torez? Eu fui *coronel*.

Ele estende meu arpão para mim e me encara. Tem olhos de vaca, de *gavehee*, castanhos como café, como os de toda sua gente e da minha gente também. Mas vejo que já tem uma opinião formada em relação a mim.

E então ele diz para mim, para o *Genob Sarhang* Massoud Amir Behrani:
— Está bem, coronel, mas hoje eu sou o *Señor General. Comprende?*

Na hora do almoço, Torez leva o caminhão da rodovia até as árvores lá embaixo e todos nós retiramos nossos sacos de papel do armário de ferramentas, onde os guardamos pela manhã. Comemos à sombra. Muitas vezes, Tran come comigo, e eu não me importo, porque o pequeno vietnamita não fala nada de inglês e eu posso fazer o meu trabalho de investigação nos classificados do jornal. Em meu país, eu não era apenas um oficial administrativo; comprava jatos F-16 em Israel e nos Estados Unidos. E quando era capitão, um *genob sarvan*, em Teerã, trabalhava nos motores com minhas próprias mãos. É claro que as melhores companhias aéreas ficam aqui na Califórnia, mas em quatro anos gastei centenas de dólares para tirar cópias de minhas credenciais, que ia entregar pessoalmente, usando meus ternos franceses e meus sapatos italianos; aguardei o tempo adequado de espera e telefonei; mas nada acontece. Consegui apenas uma entrevista e, mesmo assim, com uma jovem universitária que, acredito, estava apenas ganhando experiência na empresa. E isso tinha sido há mais de dois anos.

Mas hoje, e ao longo de toda essa semana, nem faço questão de procurar emprego. Minha filha Soraya se casou no sábado e eu já sinto um buraco no peito por conta de sua ausência. Há também um buraco em nossa casa, mas agora estamos livres para deixar aquele lugar, que me tem custado 3 mil dólares por mês, nos últimos quatro anos. Então abro o jornal e vou direto para a seção chamada "Notificações Legais/Leilões". Essa parte eu nunca havia investigado antes. Já falo e leio inglês há mais de 25 anos, mas a linguagem da lei, tanto aqui como em meu país, parece feita mesmo para confundir. É claro que sei o que é um leilão, e esta manhã, quando o ar ainda estava fresco e nós, soldados do lixo, estávamos sentados na base de metal da carroceria do caminhão enquanto ele seguia debaixo do alto vão da ponte dourada, o cheiro do oceano atrás de nós, segurei firme o jornal no meu colo, para que o vento não o balançasse, e foi então que vi uma breve notícia: Propriedade Confiscada à Venda. Era uma casa de três quartos. Embora esse não fosse meu plano, claro. Meu plano era bem mais simples: deixar de gastar dinheiro com moradia para que pudéssemos usá-lo em algum tipo de negócio. Venho estudando várias possibilidades: um pequeno restaurante, uma lavanderia, uma videolocadora talvez. Mesmo conhecendo esses jornais americanos e sabendo o que eles falam sobre economia, ainda assim vejo pequenas lojas fechando, nos dois lados da baía. E também não temos dinheiro para comprar uma casa, mas há muitos leilões em meu país. Lá eles são conhecidos como uma forma legal de roubar.

Tran come arroz e verduras que estão num papel encerado em seu colo, com uma grande colher de plástico. Ele é muito baixinho e sua pele parece estar entre o amarelo e o marrom. Tem sulcos profundos em torno da boca e entre os olhos, sobre a testa. Ele sorri e aponta para o meu almoço: eu também estou comendo arroz. Soraya costumava guardar o *tadiq* para mim, o arroz duro que fica no fundo da panela e que os americanos jogam fora, mas que para nós, os persas, é a verdadeira joia. Nós o cozinhamos com bastante manteiga, de modo que, quando viramos a panela no prato, todo o arroz se solta, até a parte marrom e queimada, que chamamos de *tadiq*. Agora, toda noite, minha esposa, Nadereh, guarda metade para o meu almoço. Além da marmita, ela põe também rabanetes, pão, uma maçã e uma pequena garrafa térmica com chá quente. Os panamenhos ficam olhando quando despejo o chá quente em meu copo e balançam a cabeça, como se eu fosse uma criança estúpida. Não sabem o que eu sei sobre o calor, que tem de haver um fogo dentro de nós para fazer frente ao fogo de fora. Em Mehrabad, minha base perto de Teerã, às vezes o betume se tornava tão brilhante além das areias que até nós, os oficiais, com nossos óculos escuros europeus, fechávamos os olhos. É claro que passávamos a maior parte do dia dentro de nossos escritórios com ar condicionado. Muitas vezes lá, entre compromissos ou reuniões, eu pedia ao meu atendente que ligasse para Nadi em nossa casa na capital. Falávamos dos pequenos eventos do dia e depois ela colocava as crianças ao telefone. Numa manhã, quando meu filho Esmail tinha pouco mais de 1 ano, disse-me pelo telefone sua primeira palavra: "*Bawbaw-joon*", papai muito querido.

Com os dedos, rasgo do jornal a pequena nota sobre a casa que vai a leilão e guardo-a no bolso da frente da camisa, debaixo do colete. Hoje é quarta-feira — o único dia em que tenho a noite de folga. Trabalho numa pequena loja de conveniência em El Cerrito, bairro no qual é pouco provável que se encontre algum persa. Pelo menos não os ricos, os *pooldar*, aqueles que vivem perto de nós, naquele arranha-céu de apartamentos caríssimos, sobre uma colina com vista para a baía, São Francisco e a ponte Golden Gate. Em dois anos, esse apartamento de dois quartos me custou mais de 140 mil dólares de aluguel. Mas não vou me permitir pensar nisso agora. Não posso.

Tran termina de almoçar. Com os dedos, limpa o papel encerado e o dobra com cuidado antes de guardá-lo de volta na bolsa, junto com a colher de plástico. Ele pega uma barra de chocolate e me oferece um pedaço, mas recuso com um aceno de cabeça, enquanto bebo meu chá lentamente. Sei que ele vai usar aquele papel já gasto para trazer seu almoço amanhã, e que a colher deve durar pelo menos seis meses. Sei que, como eu, ele é pai, talvez avô. E talvez eu me torne avô em pouco tempo, também.

É claro que muitas vezes argumentei que devíamos procurar um aluguel com um preço mais razoável, mas Nadi argumentava: precisamos manter as aparências. Devemos agir como se tivéssemos condição de viver como estamos acostumados. E tudo isso porque era o tempo do *hastegar* para nossa Soraya, quando os jovens das boas famílias mandam rosas para ela e para nossa casa, quando os pais deles me telefonam para conversar e suas mães ligam para Nadi para se apresentar. Se as famílias não combinam, não pode haver casamento. E naturalmente, como nossa filha é muito bonita, com seus longos cabelos negros e lisos, rosto pequeno e olhos de rainha, houve muitas ofertas e, logicamente, ela não conseguia se decidir. Enquanto isso, Nadi tinha de garantir que nossa filha não atraísse os persas comuns; comprou os melhores móveis, luminárias e tapetes. Nas paredes, pinturas francesas e o retrato da batalha do martírio na Karbala, em moldura de mosaico. Na mesinha de café em prata, há doceiras de cristal cheias de pistaches, tâmaras e chocolates finos. E, próximo às portas deslizantes que dão para o terraço, há plantas verdes e frescas, quase do tamanho de pequenas árvores.

Muitos outros persas vivem no prédio, todos ricos, todos *pooldar*. Muitos são advogados e cirurgiões. Um deles era juiz em Qom, nossa cidade sagrada que foi transformada em quartel-general do louco *imã*, mas o *mulá* está morto agora e nós ainda estamos na lista dos que serão enforcados ou assassinados a tiros, se ousarem voltar para casa. Ele deixou para trás muitas listas assim. Penso nessas coisas enquanto olho para Mendez, que dorme na sombra, a barriga marrom visível sob seu *peerhan*, sua camisa. Quando voamos da França — Nadi, Esmail e eu —, eu trouxe cheques bancários no valor de 280 mil dólares. Um homem como Mendez transformaria todo aquele dinheiro em bebida — disso, eu tenho certeza. Mas muitas vezes, à noite, não consigo dormir quando penso em como fui imprevidente ao permitir que todo aquele dinheiro fosse queimado, queimado porque minha querida Nadereh não podia e não pode suportar que outras famílias saibam que não nos sobrou praticamente nada, em comparação com o padrão de vida ao qual estávamos acostumados. Se tivesse sido mais firme com ela, se não estivesse tão certo de que logo encontraria trabalho na Boeing ou na Lockheed, com um salário respeitável, é quase certo que teria investido numa propriedade. Teria dito a Soraya que seu *hastegar* teria de ser adiado por um ano ou dois, alugaria um modesto apartamento por menos de mil dólares por mês e teria adquirido participação num prédio de escritórios ou até mesmo comprado uma propriedade residencial num desses bairros em ascensão, cheios de casas novas. Teria monitorado o mercado como um lobo e, em pouco tempo, venderia com um lucro honesto, para reinvestir em seguida.

Tudo o que nos resta são 48 mil dólares, quantia que meu filho de 14 anos vai precisar para custear apenas os primeiros dois anos da faculdade. Minha esperança era começar um negócio com esse dinheiro, mas agora temo perder tudo e falir, como tantos americanos. É claro que sempre considerei o samovar cheio até a metade, e Nadi talvez estivesse certa. Soraya casou-se com um engenheiro jovem e tranquilo de Tabriz, com dois Ph.D em engenharia, e agora podemos ficar descansados, pois ela será bem-cuidada. E agradeço a Deus por isso. O pai do rapaz já morreu e isso é uma pena, pois parece que era um excelente homem de negócios, um sócio em potencial para mim. Talvez deva começar a verificar as propriedades confiscadas, as usadas, falidas, roubadas. Talvez seja por aí que devamos começar.

Como nosso trabalho termina às 15h30, o sol ainda está alto quando Torez nos leva de caminhão por São Francisco, descendo a Van Ness Street. Sento-me ao lado de Tran e dos chineses, de frente para os panamenhos, e olho por cima da cabeça de porco do Mendez. Ele me encara com os olhos de *tanbal*, olhos preguiçosos de um homem que quer dormir e depois tomar mais vinho.

E eu vejo todas as mansões de Pacific Heights, os muros altos cobertos com flores brancas e amarelas, os portões de ferro que só permitem a entrada dos melhores automóveis europeus: Porsches, Jaguares, até Lamborghinis, os carros da velha Teerã. Bahman, meu motorista na capital, dirigia para mim uma limusine Mercedes-Benz cinza, equipada com televisão, telefone e bar. No tempo do xá Pahlavi, todos nós, os oficiais do alto escalão da Força Aérea Imperial, tínhamos esses carros.

Meu couro cabeludo está queimando. Toda manhã, Nadi me dá um protetor solar, que esfrego na cabeça; mas agora, mesmo com o vento quente que sopra sobre a carroceria aberta, meu couro cabeludo queima e eu prometo mais uma vez a mim mesmo que vou comprar um chapéu. Continuamos na direção sul até cortar a cidade; passamos por Japantown, o bairro japonês, e seu Japan Center de 20 mil metros quadrados, onde é possível comprar aparelhos eletrônicos, porcelana e pérolas. Muitas esposas persas do nosso prédio fazem compras aqui, portanto devo me abaixar rente ao piso do caminhão e ficar nessa posição até que Torez vire na Market Street e depois desça a Mission Street, onde fica o depósito do Departamento de Manutenção de Rodovias. Seguimos por baixo de uma pista de alta velocidade, pouco além de um cinema que só exibe filmes em espanhol. Nos dois lados da calçada, não há *pooldars*; apenas trabalhadores, *cargars*, homens e mulheres de pele escura carregando sacolas de compras. E há muitas lanchonetes pequenas, restaurantes, lavanderias e lojas de roupas, cujos donos são nicaraguenses, italianos, árabes e chineses. Na última primavera, depois de nosso trigésimo dia de jejum do Ramadã, comprei uma camisa de um árabe em sua loja, perto da ponte elevada. Era um iraquiano, um inimigo do meu povo, e os americanos haviam acabado de matar milhares deles no deserto. Era um homem baixo, mas suas roupas denunciavam braços e pernas compridos. É claro que começou a falar imediatamente na língua dele, árabe, e quando eu pedi desculpas e disse que não falava aquela língua, ele logo viu que eu era persa; então me ofereceu chá de seu samovar e sentamo-nos em dois bancos baixos de madeira perto da vitrine, falamos sobre a América e do longo tempo que se passara desde a última vez em que estivemos em nossas respectivas terras. Ele serviu-me mais chá, jogamos gamão e não falamos mais nada.

Torez entra com o caminhão no prédio escuro, que cheira a óleo de motor e poeira. É tão grande que me faz lembrar um hangar de aviões, coisa que me agrada. Ele estaciona o caminhão próximo das bombas de gasolina, do lado oposto ao escritório; e nós, a equipe de soldados do lixo, descemos para bater nossos cartões. Mas Mendez e um de seus amigos ficam para trás. Todo dia, Torez escolhe pessoas diferentes para equipar e limpar o caminhão, e tenho certeza de que o porco do Mendez me responsabiliza pelo que aconteceu hoje. Caminho pelo estacionamento claro, cercado por uma tela de arame, sem carregar nada além de meu jornal, minha sacola e a garrafa térmica. Todo dia, a essa hora, é a mesma coisa: minhas costas e pernas estão rígidas, a cabeça e o rosto queimados de sol e tenho de caminhar quatro quadras até Market Street, até o Concourse Hotel, onde pago para manter o meu Buick Regal branco no estacionamento subterrâneo. É claro que esse é um custo adicional, mas não há lugar seguro tão perto do Departamento de Manutenção de Rodovias onde eu possa guardá-lo. Ademais, no hotel, tenho a oportunidade de me lavar e de trocar a roupa antes de voltar para casa.

No começo eu entrava no hotel pelo lobby acarpetado. A essa hora do dia, há somente um empregado no balcão, um homem de seus 40 anos, com cabelo preto muito curto e um farto bigode escuro. Usa um bom terno, mas em sua orelha há um minúsculo brinco de diamantes. Diariamente, ele me observava em minhas roupas de trabalho, sujo da poeira das ruas e molhado do meu próprio suor e perguntava:

— Posso ajudá-lo, senhor?

Logo parei de explicar e passei simplesmente a apontar para o elevador que tomaria para a garagem. Mas uma tarde, quando uma senhora e um cavalheiro bem-vestidos fechavam a conta no balcão, o sujeito do diamante, o *kunee*, o cara que dá a bunda e que no meu país seria enforcado, olhou para mim por cima dos ombros dos hóspedes e perguntou, em voz muito alta:

— Posso ajudá-lo, senhor?

A senhora e o cavalheiro se viraram e eu pude ver que eram turistas, talvez alemães, mas não me dispensaram mais atenção do que uma pessoa dirigindo daria a um inseto morto no para-lamas. E pela milésima vez nesse terrível país, desejei estar trajando meu uniforme, o uniforme de corte perfeito de um coronel respeitável, um *genob sarhang* da Força Aérea do Rei — o Rei dos

Reis, Shahansha Reza Pahlavi, cuja mão beijei três vezes em minha carreira, duas em reuniões formais no Palácio Sadabaad e uma na magnífica casa do meu grande amigo, o general Pourat. Mas é claro que meu uniforme, ali no lobby do Concourse Hotel, não passava de uma roupa de trabalho molhada, com restos de grama na bainha da calça e poeira nas costas. Por isso nada fiz senão afastar-me rapidamente, com o sangue de um assassino pingando mais uma vez do meu coração para minhas mãos.

Agora simplesmente elimino o lobby e todos os dias desço pela rampa de concreto dos automóveis até o vão sombrio do prédio, onde destranco meu carro e resgato as roupas que vesti mais cedo naquela manhã. Afinal, nunca sei se haverá persas no elevador do nosso prédio. Nos meses mais frios, uso terno, mas agora, no verão, visto uma camisa de manga curta e gravata, boas calças e sapatos bem engraxados, com meias e cinto. Deixo a roupa num protetor de terno para viagem, com cabide e com zíper fechado, que fica bem esticadinho no porta-malas. O elevador do hotel é acarpetado e tem ar-condicionado. Encho meus pulmões de ar fresco e em pouco tempo estou no lavabo do segundo andar, em frente à máquina de gelo, onde retiro do bolso da frente o aviso do leilão, tiro a camisa e lavo as mãos, os braços nus e o rosto. Faço a barba pela segunda vez no dia, seco-me com as toalhas de papel limpas do hotel, refresco o rosto com colônia e passo desodorante nas axilas.

Hoje troco o uniforme por uma calça marrom, uma camisa branca bem passada e uma gravata marrom de seda. Guardo o aviso do leilão na carteira, embrulho as roupas de trabalho e os sapatos em um papel e guardo tudo dentro do protetor de terno. Quando saio para o corredor e caminho até o elevador, com as roupas de trabalho ocultas no protetor de terno jogado sobre o braço, a gravata com um nó impecável, o rosto limpo e barbeado, passo por uma arrumadeira filipina que empurra seu carrinho. Observo que ela sorri e até faz uma mesura.

O cavalheiro do Departamento de Fazenda do Condado de San Mateo me forneceu um mapa para encontrar essa casa que vai a leilão. Disse-me para chegar às 9 da manhã e estar preparado para fazer um depósito de 10 mil dólares, caso tenha a intenção de adquirir a propriedade. Também me disse que ela ficava no alto de uma colina em Corona e que, se houvesse um "mirante de viúva" — um terraço panorâmico — no telhado, dava para ver o oceano Pacífico lá embaixo, acima das casas dos vizinhos. Nunca antes tinha ouvido a expressão "mirante de viúva". Assim, depois de ir até o banco para requisitar um cheque administrativo no valor de 10 mil dólares, fui para casa talvez para a última noite no arranha-céu e, após o jantar com Esmail e Nadereh, durante o qual nada revelei — um jantar em que foram servidos *obgoosht*, arroz e pepino com iogurte, seguidos de chá —, liberei meu filho para levantar-se do *sofreh* no chão, onde comemos descalços, e fui pesquisar o termo "mirante de viúva". Só encontrei a palavra "viúva" — cujo significado, em persa, conheço muito bem — e senti uma tristeza dentro de mim, porque não me pareceu um bom augúrio na hora de comprar uma casa.

Nesta manhã, no entanto, qualquer vestígio daquela sensação já havia desaparecido totalmente do meu corpo. Em muitas noites de verão, em vez de dormir no sofá em meu escritório, deito-me no tapete próximo à porta de correr do terraço, apoio minha cabeça numa almofada, debaixo das folhas das árvores das quais minha Nadi cuida como se fossem as próprias filhas. Na noite passada, o céu estava claro e o sono me veio enquanto eu contemplava as estrelas através do vidro.

Levanto-me aos primeiros raios de sol e, depois de tomar um banho, fazer a barba e um desjejum com chá e torradas, acordo Esmail para fazer sua entrega de jornais. Em seguida, telefono para o depósito do Departamento de Manutenção de Rodovias para informá-los da forte gripe que peguei. Preparo o chá para Nadi e o levo até seu quarto, numa bandeja. O quarto está obviamente escuro, com as persianas abaixadas e as cortinas fechadas, e sei que ela está acordada porque a música sentimental de Daryoosh está tocando baixinho num toca-fitas ao lado da cama.

Ponho a bandeja sobre a escrivaninha e abro as cortinas.

— *Eh, Behrani. Nakon. Chee kar mekonee?*

A voz de minha mulher ainda está rouca de sono, e eu sei que mais uma vez não dormiu bem. Ela me diz:

— Não! O que você está fazendo?

Essa manhã, porém, talvez pela primeira vez desde a França, eu *sabia* o que estava fazendo. O coronel Massoud Amir Behrani *sabia* o que estava fazendo.

Ela se senta e eu coloco a bandeja com cuidado sobre seu colo. Inclino-me para beijá-la na bochecha, mas ela afasta o rosto e eu me sento na cadeira ao lado da cama. O cabelo dela é cheio e curto, com uma faixa cinza próxima ao rosto, que ela tinge de preto. Às vezes aplica tinta demais e aquela parte do cabelo fica da cor de uma ameixa. Nadi sempre se preocupou com tudo que não é como deveria ser, e a derrocada da nossa sociedade a fez envelhecer mais do que a mim próprio. Ainda assim, seu rosto é pequeno e belo — e muitas vezes, quando tenho permissão para ficar de pé ou me sentar nesse quarto ensombrecido, onde ela passa grande parte de seus dias, ouço o tambor domback que acompanha o canto de Daryoosh, olho para ela e vejo que não tem mais 50 anos, e sim 25 — e mais uma vez, desejo estar com ela como um homem deve estar com sua mulher.

— O que você pensa que está olhando, Behrani? — pergunta, em nossa língua nativa, sem tirar os olhos de mim, enquanto pega outro torrão de açúcar. Seu cabelo está desgrenhado atrás. Penso em nossos filhos, sorrio para ela e a fita cassete acaba; o aparelho então desliga automaticamente.

— Nadi-*joon*, hoje talvez haja uma grande oportunidade para nós.

Claro que digo isso em inglês, mas é inútil, pois quando ela responde é sempre em persa.

E agora Nadi não diz nada. Ela vira a fita cassete de Daryoosh e não espera que eu continue a falar sobre essa oportunidade. Inclina-se para aumentar o volume; eu então me levanto, deixo o quarto e visto um terno cinza de verão.

Não é uma das minhas melhores roupas, pois não quero parecer um *pooldar*, mas também não quero ser confundido com um mendigo no mercado.

Antes de sair, beijo meu filho na cabeça, enquanto ele saboreia seu cereal frio na mesinha de café da manhã, na cozinha. Seu cabelo tem cheiro de sono e precisa ser lavado. Está vestindo camiseta larga e shorts; ao seu lado, no chão, o skate e a sacola com os jornais. Ele tem apenas 14 anos, mas já está da minha altura — 1,75m — e é a cara da mãe. Aliás, meus dois filhos têm o rosto pequeno e belo de Nadi.

A casa tem só o andar térreo, mas encontra-se em bom estado de conservação. Está pintada de branco e parece bem clara nesse sol matinal, já quente nessa minha cabeça que ainda não leva chapéu algum. Há cercas vivas de arbustos sob as janelas e um pequeno gramado na entrada, que precisa ser aparado. A rua se chama Bisgrove, e fica numa colina com casas construídas bem próximas umas das outras, de um lado, e um bosque do outro. Mas o cavalheiro do Departamento de Fazenda estava certo; a rua não é íngreme o suficiente para se ver o mar; apenas o céu pálido da manhã, tão alto e amplo sobre os telhados. Do lado oposto à casa, há mata perene e vegetação rasteira. E bem mais acima há mais casas, todas pequenas, muitas separadas por arbustos e cercas. Olho novamente para o bosque, reparo no modo como o sol escorre por entre os galhos das árvores, e penso em nosso verão, na nossa terra, nas montanhas próximas ao mar Cáspio; a luz era a mesma sobre as árvores de lá, na estrada de terra cheia de curvas que levava ao nosso chalé, e por um momento tenho uma sensação de *sarnehvesht*, de destino. Com essa sensação, fico de pé, ereto, e olho de novo para a propriedade com o olhar mais frio que consigo, pois não quero que meu julgamento esteja enfraquecido na hora da venda.

Em trinta minutos, estamos todos reunidos, o cavalheiro do Departamento de Fazenda do condado, o leiloeiro e apenas dois compradores potenciais: um jovem casal — um rapaz e sua esposa, que não chega a ter a idade da minha filha, Soraya, e está usando calças jeans e tênis brancos de basquete; e um senhor mais ou menos da minha idade, porém muito gordo, tão grande quanto Torez. Ele veste um bom par de calças, mas está sem paletó. E sua na testa e no buço. Considero-o meu principal oponente — e todo esse suor faz com que eu endireite meus ombros e me sinta bastante calmo.

Primeiro, o cavalheiro do Departamento de Fazenda nos guia pela propriedade. Não tem ar-condicionado, mas os quartos são frescos e observo que todo o chão, com exceção da cozinha e do banheiro, é acarpetado. A sala de estar é bem grande e a copa é um balcão com bancos, na entrada da cozinha. Os três quartos ficam nos fundos e, enquanto saímos para o quintal, acaricio meu bolso da frente e toco o cheque administrativo emitido pelo Bank of America.

A jovem esposa adora o quintal, que é pequeno e rodeado por uma cerca viva verde, mais alta que um homem, que nos protege do sol da manhã. Ela começa a falar com o marido sobre a privacidade que poderão vir a ter ali, mas concentro minha atenção no senhor suarento. Este permanece perto do cavalheiro do Departamento de Fazenda e do leiloeiro — que também tem mais ou menos a minha idade, carrega caneta, um bloco de notas e usa gravata e camisa de loja de departamentos. Tem no rosto uma expressão confusa e de repente puxa de lado o cavalheiro do Departamento de Fazenda para trocarem uma palavra em particular. Prosseguimos então pelo jardim lateral até a frente e o leilão começa, com o preço inicial sugerido pelo leiloeiro de 30 mil dólares. De cara, fico tão perplexo com esse baixo valor que não me manifesto, e a jovem esposa levanta a mão; o leiloeiro assente, o gordo meneia a cabeça e o preço agora é 35 mil. A esposa ergue novamente o braço, mas o marido a força a baixá-lo, sussurrando alto no ouvido dela que eles não têm aquela quantia guardada, e lembra que o imóvel tem de ser pago à vista. Do meu lado, minha mão se ergue devagar; o leiloeiro aponta para mim e o preço agora é 40 mil. O gordo me olha com seu rosto molhado e seus olhos ficam pequenos, como se estivesse ao mesmo tempo avaliando a mim, minhas intenções e os vários números que surgiam em sua cabeça. Nesse momento, torna-se claro para mim que é um profissional, um especulador, que muito provavelmente compra e vende dezenas de chalés como aquele. Volto meu rosto em sua direção e abro um sorriso dos mais relaxados, que o convida a fazer lances a tarde inteira, pois estou preparado para fazer o mesmo, caro senhor, embora na verdade eu não esteja; mal posso ir além do valor atual — e não tenho tanta certeza assim se é prudente fazê-lo.

— Quarenta e dois mil e quinhentos — diz o gordo, ainda de olho em mim.

— Quarenta e cinco mil — minha voz responde.

— Há uma oferta de 50 mil dólares pela propriedade? Eu ouvi 50, senhoras e senhores? Cinquenta mil?

O leiloeiro olha para todos os rostos, mãos e dedos ao redor. O cavalheiro do Departamento de Fazenda consulta o relógio. Sinto os olhos do gordo sobre mim, e dirijo meu próprio olhar à casa, como se estivesse preparado para ofertas e mais ofertas. O sol desce quente sobre a minha cabeça.

— Quarenta e cinco mil, dou-lhe uma, dou-lhe duas...

O gordo dá meia-volta e caminha em direção ao carro. Agora o leiloeiro grita:

— Vendida! — e o cavalheiro do Departamento de Fazenda vem à frente para apertar minha mão e receber o cheque do depósito, que retiro do bolso do paletó e lhe entrego. Assino os papéis e ouço quando o jovem casal se afasta de carro pela estrada, mas já estou calculando o que essa casa, nessa rua, pode me render no open market, e estou certo de que poderá dobrar meu investimento. Sim, sim, vou colocá-la à venda assim que mudarmos para cá.

Nadi nota o chapéu novo em minha cabeça antes de dizer qualquer coisa sobre as flores que eu lhe trouxe: lírios do campo, foi como as chamou o senhor florista de Ghirardelli Square. Minha mulher ainda está de camisola e se ocupa em polir a mesinha de chá de prata. Colocara sobre o tapete perto de si os recipientes de cristal com amendoins, passas e chocolates, todos cobertos com filme plástico para proteger os alimentos do odor do produto para limpar prata.

Em persa, ela diz:

— Você devia ter um *colah* marrom na cabeça, Behrani, não azul.

É claro que sei que ela está certa. O novo chapéu que estou usando é de um material artificial, com um visor curto, parecido com aqueles que os motoristas de táxi usam, e é azul como a água de uma piscina. Mas comprei-o porque, no espelho da loja, deu-me a aparência de um homem com certo senso de humor perante a vida, um homem capaz de viver a vida simplesmente por vivê-la. E quando comprei as flores, naturalmente esperei que minha Nadi pudesse também, por um momento, ver as coisas dessa forma. Mas, assim que ponho os lírios num vaso com água, já estou criando, na minha cabeça, uma proposta de preço para a casa. Esse assunto precisa ser abordado com muita delicadeza.

— Nadi-*joon*?

— Por que você não está trabalhando hoje, Behrani? — pergunta ela, sem levantar os olhos de sua tarefa.

Quero tomar chá, mas sinto que preciso aproveitar o momento. Sento-me no sofá, perto da mesa de prata e de minha mulher.

— Nadereh, você se lembra do nosso chalé perto de Damavand? Lembra quando mandei cortar as árvores do lado norte, para que pudéssemos ver o mar Cáspio?

— *Saket-bosh*, Behrani. Por favor, fique quieto.

A voz dela denota abatimento e medo, mas devo continuar.

— Você se lembra quando Pourat foi passar o Ano-Novo lá, com a família dele, e nós celebramos a primavera em nosso terraço? E quando sua *khonoum*, sua esposa, nossa querida amiga, falou que ter o mar diante de nós era um presente de Deus?

— *Hafesho*, Behrani! O que há com você? Por favor.

Ela interrompe o polimento e fecha os olhos, e quando faz isso vejo uma lágrima brotar no canto de um olho. Sinto que chegou o momento.

— Nadi, hoje comprei outro chalé para nós.

Ela abre os olhos devagar, como se eu talvez tivesse dito algo que na realidade não ouviu.

— Não brinque. Por que não está trabalhando?

Seus olhos estão molhados e escuros, o que me faz lembrar que, em nosso país, ela jamais me deixaria vê-la nesse estado: sem maquiagem, com o cabelo desarrumado, ainda com a mesma roupa que dormiu, de robe e fazendo um trabalho que, antes, apenas soldados ou mulheres da capital faziam para nós. Mas há muito tempo não nos olhamos tão diretamente quanto agora, e quero segurar suas mãos cansadas e beijar seus olhos.

— Não estou brincando, Nadi.

Começo a contar sobre o leilão e o preço inacreditável que paguei pela casa. E que é claro que o mercado imobiliário nos pagará três vezes mais, esse é o objetivo, Nadereh; essa é a maneira de ganharmos uma soma significativa agora, não é com a Boeing ou com a Lockheed, e sim com a venda de um imóvel; vamos morar na casa durante um curto período e talvez possamos construir um terraço panorâmico para valorizá-la ainda mais e tomaremos o nosso chá lá, de onde poderemos ver o mar; e você vai se sentir muito confortável lá, Nadi; vai gostar de convidar Soraya e o nosso genro. Esses são os meus planos até vendermos o chalé e encontrarmos uma casa ainda melhor e talvez...

Então ela se levanta, atira a flanela no chão e grita comigo, em persa, dizendo que não viera para a América para viver como uma árabe imunda! Tão *kaseef*, tão sujo tudo isso! Uma família vagando pelas ruas como um bando de ciganos! Todos os seus bens destruídos e arruinados pelo caminho! Ela para e fecha os olhos, leva as mãos ao lado da cabeça, com os dedos tremendo por saber que sua agitação acabara de provocar uma de suas enxaquecas. Logo ouço a música de Daryoosh no toca-fitas, no quarto, o som do tambor domback acompanhando, compassado como uma marcha fúnebre.

Recosto-me no sofá; não quero mais chá, desejo apenas descansar. Minha esposa sempre teve medo. Nossos pais eram ambos advogados em Isfahan, eram colegas, bons amigos; desde que éramos crianças, o desejo deles era que nos casássemos. Mas acredito que, quando chegasse à idade certa, eu teria enviado a Nadi as flores de *hastegar* de qualquer maneira. Ela sempre foi uma moça tão quieta! Sempre se mantinha longe do centro das atenções... E seus grandes olhos castanhos, tão *gavehee*, sempre me observavam cheios de sentimento.

Como esposa de um oficial, sua autoconfiança cresceu e ela começou a me responder, mas sempre foi muito justa e carinhosa com nossos filhos e com os soldados que serviam em nossa casa! Na noite em que fugimos, tremia como um passarinho molhado e deixou que eu me encarregasse de tudo, enquanto cuidava das crianças e repetia para elas tudo o que eu já dissera quando, às 3 da manhã, um dia antes de Shahanshah voar para o Cairo e os imãs e aiatolás levarem grandes multidões às ruas, eu e dois capitães sequestramos um grande avião de transporte e cruzamos o Golfo Pérsico até Bahrain, com nossas famílias. Nadereh, nosso motorista Bahman e eu colocamos cinco malas com tudo o que conseguimos juntar no porta-malas da limusine. Nadi ficou com medo de cruzar as ruas dentro daquele carro, pois temia que algum grupo exaltado pudesse nos atacar por sermos *pooldar*; além disso, apenas seis blocos a oeste de onde estávamos, um de nossos melhores hotéis estava em chamas. Estudantes universitários barbados haviam aberto caixas de champanhe Dom Pérignon e derramado o conteúdo de cada garrafa nos bueiros da rua. Assegurei à minha mulher que à noite seria melhor usar um carro escuro, com vidros à prova de bala.

Durante o voo sobre as águas escuras, nossas esposas e nossos filhos ficaram sentados no meio do amplo chão do cargueiro, enrolados em cobertores. As mulheres cantavam para as crianças menores, que sentiam muito medo, porque ouviram falar no que acontecera aos nossos queridos amigos, os Pourat. Ficaram sabendo que meu *rafeegh*, o general Pourat, e sua família haviam sido detidos no aeroporto no dia anterior, acusados de pegar o que não era deles; as crianças souberam que a família inteira foi julgada ali mesmo, numa sala de bagagens vazia, e que os obrigaram a ficar de pé de frente para uma parede com uma grande bandeira de pano, onde estava escrito, em nossa língua: MUÇULMANOS NÃO ROUBAM DE SEUS IRMÃOS MUÇULMANOS. MUÇULMANOS NÃO TORTURAM E MATAM SEUS IRMÃOS MUÇULMANOS.

Foi debaixo dessa bandeira que a esposa do meu amigo e os três filhos menores foram assassinados a tiros, um de cada vez. Primeiro foram forçados a ler, em voz alta, trechos do Corão. Depois foram todos mortos. Meu amigo, um oficial admirado até pelos soldados mais rasos por sua generosidade e firmeza, foi deixado para o final. Atiraram nele várias vezes, na cabeça e no peito. Depois vestiram seu corpo com o uniforme completo e, da torre de observação, penduraram-no pelos pés.

Fecho os olhos. Acostumei-me a essas imagens mentais — e não muito depois de o sono começar a tomar conta de mim, sonho mais uma vez com uma caverna enorme, cheia de crianças nuas. Estão sujas, com braços e pernas finos riscados de poeira. São centenas delas, aliás milhares. No entanto, estão em silêncio, os rostos voltados para a escuridão, como se esperassem por pão e água. Então, o xá Reza Pahlavi e a imperatriz Farah flutuam em meio à multidão numa limusine conversível. Estão vestidos com longos robes vermelhos, cobertos com diamantes, rubis, esmeraldas e pérolas. Algumas crianças conseguem sair do caminho do automóvel, mas outras são pequenas ou fracas demais e jazem esmagadas sob as rodas. Shahanshah e sua rainha acenam para elas, os pulsos rígidos, os sorrisos fixos. Estou sentado na cadeira do motorista, atrás de uma grande rocha. Minhas mãos estão nos controles, mas nada posso fazer além de observar. E observo todos eles.

As noites de quarta-feira não são tão tumultuadas nessa loja de conveniência e posto de gasolina, que fica próximo à San Pablo Avenue, em El Cerrito; é nas terças e sextas que sou forçado a correr atrás do balcão, assim como o rapaz com quem trabalho nessas noites, e a essa altura minhas pernas, é claro, já estão bem pesadas depois do longo dia trabalhando para o Sr. Torez na equipe de manutenção de rodovias. Porém, não é o caso esta noite, e sou grato por isso.

Depois de minha sesta esta tarde, preparei um chá e ignorei o som da música persa e melancólica que vinha do quarto de Nadereh. Catei a lista telefônica e o telefone do chão e liguei para seis corretores de imóveis na área de Corona-San Bruno-Daly City. Fiz uma descrição da minha nova casa para cada um deles e perguntei qual seria um preço justo de venda. Todos me lembraram que estamos vivendo uma recessão, Sr. Behrani; este é um mercado de compra e, ainda assim, infelizmente, quase ninguém está comprando. Sim, eu disse, mas por acaso existem muitas casas boas de três quartos à venda por menos de 100 mil dólares?

Cada um dos corretores com quem falei — quatro mulheres e dois cavalheiros — disseram não, em geral não. E todos, é claro, me perguntaram se havia alguém representando meus interesses nessa questão. Acabara de concluir minha última conversa quando meu filho Esmail chegou em casa, depois de uma saída para andar de skate com seus amigos. Seus joelhos estavam esfolados e começavam a sangrar, e eu lhe disse que precisávamos lavar aquilo antes mesmo de ele pensar em fazer um lanche.

— *Mohamneest, Bawbaw-jahn*. Não tem problema, papai — disse, e eu o segui até o banheiro e sentei sobre a tampa do vaso enquanto ele tirava os tênis Nike de basquete e entrava na banheira, para deixar correr água sobre os joelhos. Fiquei em silêncio enquanto ele se lavava e observei mais uma vez os pelos negros que começam a crescer em suas pernas. Estava virando um homem. No rosto, adiante das orelhas, surgia uma sombra de pelo que, em mais ou menos um ano, viraria *reesh*, barba. E pela primeira vez percebi a posição difícil em que me encontrava em relação a ele também.

— Esmail-*joon*?

— Sim, pai? — Meu filho fechou o chuveiro e me encarou rapidamente. Estendi-lhe uma toalha e ele começou a se secar. Em inglês, eu disse:

— Não trabalhei hoje. Você sabe por quê?

Ele fez que não com a cabeça, depois saiu da banheira e dobrou a toalha.

— Comprei uma casa para nós, Esmail. No alto de uma bela colina, da qual você pode descer de skate, e seus amigos podem pegar o trem BART para visitá-lo.

— *Cojah*?

— Em Corona. Você se lembra daquela vila praiana por onde já passeamos de carro aos domingos?

Meu filho de 14 anos olhou para mim com o belo rosto de Nadi — que se torna feio com muita facilidade, quando espelha maus sentimentos —, passou por mim e disse, em nossa língua:

— Não quero me mudar.

Na metade desse meu turno da noite, tenho o costume de comprar uma Coca-Cola, que tomo comendo um pacote de biscoitos com manteiga de amendoim. Por volta das 21h30 ou 22 horas, a maioria dos fregueses só vem abastecer ou comprar cigarros, embora muitas vezes um ou outro jovem marido ou esposa apareça atrás de leite e pão, às vezes de sorvete. Sento-me num banco que fica atrás do balcão para fazer meu lanche e sinto-me grato porque a vitrine de cigarros à minha frente é alta e evita que a claridade da luz fluorescente atinja meus olhos. Hoje foi um dia de muitas decisões.

Depois que meu filho saiu do banheiro, fiquei de pé imediatamente e senti o sangue quente correr para as minhas mãos e dedos, chutei o cesto das roupas de Nadi com meu pé descalço e corri para o quarto de Esmail, que havia ligado a televisão. Desliguei o aparelho e pus-me de pé ao lado da cama onde meu filho se deitara. Apontei-lhe o dedo, gritando a plenos pulmões, e não lembro tudo o que disse, só sei que Esmail ficou magoado, talvez assustado; pude ver isso em seus olhos, embora ele parecesse muito relaxado, as mãos soltas ao lado do corpo, e não demonstrasse nada daquilo diante de seu pai. Eu disse-lhe que ele faria o que eu mandasse sem questionar e depois percebi que a música havia parado no quarto de Nadereh; ouvi o colchão ranger, como se ela tivesse se sentado para ouvir. Abri a porta com força e fui diretamente até o aparelho de som; arranquei a tomada da parede e atirei-o do outro lado do quarto, onde ele bateu contra a luminária sobre a escrivaninha e a lâmpada se estilhaçou. Nadi começou a gritar, mas eu gritei mais alto e ela logo ficou quieta, porém não baixei a voz; gritei em nossa língua que sim, que talvez ela não tenha vindo para a América para viver como uma cigana, mas eu não tinha vindo para cá para trabalhar como um árabe! Nem para ser tratado como um árabe! Em seguida, baixei o tom de voz, porque nem mesmo meu filho sabia o tipo de emprego que eu tinha aqui. Ele me vê sair de terno e sabe que tenho dois empregos, mas isso é tudo o que sabe, e muitas noites, na loja de conveniência, ainda que fique do lado norte, a duas cidades da nossa, fico preocupado com a possibilidade de que algum de seus colegas mais velhos, que tenha carteira de motorista, me descubra lá. Então baixei meu tom de voz até quase um sussurro e disse à minha mulher que, a partir do dia seguinte, ela começaria a preparar a mudança e não havia mais o que discutir, Sra. Behrani. *Não abra a boca.*

Uma vez, antes do jantar em nossa casa na capital, enquanto Nadereh e a esposa de Pourat estavam em outra sala e depois de eu ter elevado a voz para nossa filha de 7 anos por algum motivo que não me recordo, Pourat me disse com suavidade:

— Behrani, toda noite, quando vier para casa, você deve deixar seu trabalho para trás.

Pourat e eu tínhamos a mesma patente naquela época; éramos ambos capitães, *genob sarvans*. A princípio não entendi o que ele quis dizer, até que Pourat apontou com a cabeça para Soraya, para seus olhos molhados por causa dos meus gritos, das minhas ordens. Meu rosto enrubesceu devido ao constrangimento e, daquele momento em diante, passei a fazer um esforço muito grande para me disciplinar e não enxergar minha esposa como um oficial inferior e meus filhos, como soldados.

Mas agora estou preparado para dar todas as ordens que forem necessárias, até que estejamos fora desse apartamento *pooldar*. O aluguel é pago por mês, ainda faltam duas semanas, mas a família Behrani vai sair neste final de semana, eu prometo. Tenho um depósito caução de 3 mil dólares e vou pedir reembolso. Com isso sobra-nos um total de 6 mil dólares, depois de pagar os 35 mil restantes de nossa nova propriedade. Amanhã, sexta-feira, recebo os pagamentos desta loja e do Departamento de Manutenção de Rodovias, e vou deixar esses dois empregos sem aviso. Torez e Mendez, e mesmo Tran, podem olhar para minhas costas quando eu sair, pois *Genob Sarhang* Behrani se prepara para uma nova vida, uma vida de compra e venda de imóveis na América.

Meu marido tinha de perder tudo isso, é o que fiquei pensando o tempo todo, que ele não tinha de estar aqui e passar por nada disso, e que eu estava condenada ao El Rancho Motel, em San Bruno.

Era um hotelzinho de merda, um único andar em L, os quartos apertados entre a casa de força e um bar de caminhoneiros, perto da rampa da autoestrada 101. A televisão do meu quarto tinha som mas não aparecia nada na tela, e apesar de ainda ser quarta-feira, uma banda country tocava ao vivo no bar dos caminhoneiros e a gerência provavelmente deixara abertas todas as janelas, de modo que liguei a televisão mesmo assim e fiquei ouvindo um velho filme com Humphrey Bogart; no final, ele é assassinado. Sua namorada chora e diz: "Ele está livre agora, está livre."

Mas eu ainda estava com tanta raiva que aquilo se acumulou dentro de mim e agora eu me sentia fraca e meio doente. Estava louca por um cigarro, o que me deu ainda mais raiva, porque eu não havia fumado nenhum desde um mês depois que Nick me deixara, e nem por isso estava tão desesperada. Então masquei um chiclete.

Eu estava saindo do chuveiro, de manhã, quando eles bateram à porta da frente da minha casa: um homem de terno, dois policiais e um chaveiro com uma pança enorme caindo por cima do cinto de ferramentas preso à cintura. Atendi ainda de robe, os cabelos molhados e despenteados em volta do rosto. Parada bem na frente da casa, havia uma van, uma LTD grande, e dois batedores da polícia. Quem falou foi o homem de terno; ele me estendeu um tipo de documento e disse que era da divisão civil do Departamento de Polícia do Condado de San Mateo. Tinha um corte de cabelo à escovinha e um queixo duplo; de resto, era magro.

Os policiais tinham distintivos com estrelas em suas camisas azul-claras; eram delegados-assistentes. Um era alto e magro, com cabelo preto e um bigode aparado demais num dos lados, e ficou me encarando o tempo todo. Li a intimação do tribunal e a devolvi ao homem de terno, com os dedos tremendo, e disse a verdade: meu marido e eu nunca tínhamos tido qualquer tipo de negócio em nossa casa e não devíamos nenhum imposto comercial. Eu mesma tinha ido pessoalmente até o Ministério da Fazenda para afirmar isso, até assinei uma declaração e reconheci a firma. Achei que o assunto estava encerrado. O homem de terno pediu permissão para entrar e, quando cheguei para trás, todos os quatro entraram na minha pequena sala de estar, e eu lá, de pé, ainda nua e molhada debaixo do roupão.

O chaveiro gordo agachou-se em frente à porta e começou a desparafusar a maçaneta e a fechadura.

— O que ele está fazendo?

O homem de terno me estendeu a intimação judicial.

— O condado ajuizou uma ação de cobrança judicial junto ao Tribunal, Sra. Lazaro. Isso não deveria ser surpresa para a senhora. Com certeza, a senhora foi amplamente notificada; sua casa vai a leilão amanhã cedo.

— *Leilão*?

O pager em seu cinto apitou. Ele pediu para usar meu telefone no balcão da cozinha e nem esperou pela resposta.

Eu olhava para a intimação judicial, mas não enxergava as palavras; lembrava de toda a correspondência do Ministério da Fazenda que vinha sistematicamente jogando fora sem abrir desde o último inverno, certa de que fizera minha parte e que estavam notificando a pessoa errada.

— Seu marido está em casa? — Agora quem perguntava era o policial alto de bigode torto.

— Isso não é da sua conta.

Parecia que o policial ia dizer mais alguma coisa, mas apenas olhou para mim.

— *O quê?* Por que quer saber?

— Precisamos notificar todos os que residem nesta casa, Sra. Lazaro.

— Bem, ele não mora mais aqui.

O policial alto assentiu, cruzou as mãos na frente do corpo e olhou para os meus pés descalços. Eu me afastei dele, mas não sabia para onde ir.

O outro policial era baixo, mascava chiclete e observava o chaveiro como se quisesse se lembrar como fazer o ofício do outro. O homem de terno terminou a ligação, fez um sinal para o policial alto, depois voltou para a sala de estar e disse que tinha de sair, mas que o delegado-assistente Burdon me ajudaria a desocupar a propriedade. Foi exatamente esta a palavra que usou, desocupar, e disse-o em voz baixa, como se nem todo mundo tivesse a habilidade de fazer aquilo. Depois saiu, e o policial alto de bigode torto perguntou onde eu guardava o café. Sugeriu que eu me vestisse, pois ele mesmo prepararia o café. Hesitei por um segundo, mas obedeci, pois me sentia como se todos eles pudessem ver através do meu robe.

Entrei no quarto e vesti uma calça jeans e um moletom; quando voltei, o policial baixinho estava usando meu telefone, o chaveiro já trabalhava na maçaneta da porta de trás e o assistente Burdon arrumava quatro das minhas xícaras sobre o balcão. Olhou de soslaio para mim e disse que eu talvez devesse vestir algo mais fresco, que naquele dia não havia neblina e que ia esquentar.

— Tudo bem, eu não vou sair mesmo. — Senti minha garganta seca e rígida.

O chaveiro levantou os olhos em meio ao trabalho que executava em minha porta dos fundos.

O delegado-assistente Burdon apoiou uma das mãos no balcão da cozinha, com uma expressão compreensiva; mesmo assim eu o odiei.

— Temo que não tenha escolha, Sra. Lazaro. Todos os seus objetos pessoais serão leiloados junto com a casa. A senhora quer que isso aconteça?

— Olha aqui, eu herdei esta casa do meu pai, ela está paga. Vocês não podem me despejar! — Meus olhos ficaram cheios d'água e aqueles homens começaram a virar uma mancha indistinta. — Nunca devi porcaria de imposto comercial nenhum. Vocês não têm o direito de fazer isso.

O policial alto pegou um guardanapo no balcão e me estendeu.

— A senhora tem um advogado?

Fiz que não com a cabeça e limpei as lágrimas sob os olhos.

— Não posso pagar um advogado, sou faxineira.

O policial então pegou um bloco de notas e uma caneta no bolso da camisa, escreveu o nome de um escritório de assistência jurídica gratuita em São Francisco, arrancou a folha e me entregou.

— Nada está sacramentado ainda. A senhora só tem que deixar a casa hoje. Quem sabe? Talvez esteja de volta na próxima semana. Quer ligar para alguns amigos para ajudá-la com a mudança?

— Não. — Meus olhos estavam fixos na xícara cheia de café.

— Sinto dizer, mas tudo tem que ser retirado ainda hoje.

O chaveiro estava usando uma furadeira à bateria na minha porta dos fundos. Podia sentir o cheiro do pó de madeira caindo sobre o linóleo.

— Não tenho ninguém para quem ligar.

O delegado-assistente me olhou e apertou os olhos castanhos, como se achasse que me conhecia há muito tempo. Senti meu rosto ruborizar. Ele estendeu-me a mão.

— Meu nome é Lester.

Hesitei antes de apertá-la. De pé, usou meu telefone para chamar a Golden State Movers, assinou um papel para o chaveiro, pegou com ele as novas chaves que eu não deveria ter e dirigiu-se aos degraus da entrada, junto com o outro policial. Os dois ficaram próximos da porta de tela e eu ouvi o assistente Lester Burdon dizer ao seu colega para voltar à patrulha, pois ele pediria um tempo de folga para ajudar a senhora a se mudar.

Os galpões de armazenagem em frente ao El Rancho Motel foram ideia dele. Levei apenas quatro horas para mudar a minha vida inteira da única casa que já tive para um desses galpões de aço com um cadeado, pelo qual terei de pagar — e não tenho condições. A companhia de mudança não tinha caixas para me vender e o policial saiu para procurar algumas, enquanto os homens da mudança — três estudantes universitários — começaram a carregar para fora a minha sala de estar colonial, com estofado em tecido xadrez, presente de casamento dos pais de Nick.

Eu me sentia meio entorpecida, enfiando as peças pequenas em sacos de lixo, cada um deles jogado no caminhão de mudança como se isso fosse natural, parte de algum plano maior que não deveria ter me surpreendido e perturbado tanto.

Depois de algum tempo, a banda encerrou o show; apaguei a luz do abajur e me sentei, recostada na cabeceira. Ouvi um caminhão de vários eixos entrar no estacionamento e o último barulho dentro do salão. Lutava contra a vontade de fumar. Estiquei-me na cama do motel, pousei as mãos sobre o peito e fechei os olhos, mas não consegui dormir. Pus-me de novo a imaginar onde Nicky estaria — Los Angeles, talvez, ou no México, embora ninguém lá do leste sequer soubesse que ele tinha me deixado. Então fiquei ali deitada no escuro, lembrando do que o irlandês Jimmy Doran me dissera um dia.

Era de Dublin, pequeno e magricela, tinha dentes ruins e era o barman do Tip Top, onde eu trabalhava como garçonete, na antiga Rota 1. Encontrei-o casualmente no estacionamento do supermercado, logo depois que Nick recebeu uma oferta de emprego em Frisco. Era um dia cinzento de abril, mas Jimmy contraía os olhos como se estivesse em pleno sol; assim que me viu, veio ao meu encontro e me deu um grande abraço, tinha cheiro de Chesterfields e Schnapps. Falei que estávamos indo para a Califórnia, terra do leite e do mel.

— É isso o que eles falam desse país lá na minha terra, Kath: "América, a Terra do Leite e do Mel." Mas eles nunca te contam que o leite azedou e que roubaram o mel.

Ao primeiro sinal da aurora se espreguiçando sobre os carros no estacionamento do El Rancho, desisti de tentar dormir e segui pela costa em meu Bonneville, pela Autoestrada 1. O sol começava a nascer do leste. O mar à minha direita era castanho e o céu, cor de prata. Havia trilhas de areia ao longo da espessa sebe de chorinas roxas que crescia nas margens da rodovia. Os poucos carros que cruzei estavam com os faróis acesos e eu ouvia, dentro da cabeça, a voz do delegado-assistente Burdon, alertando-me para ficar longe de Bisgrove Street até que eu consultasse um advogado e esclarecesse as coisas, pois do contrário seria considerado invasão de domicílio e eu seria passível de prisão. Só de lembrar-me disso, meu coração começou a bater descompassadamente. Mantive o rádio desligado e dirigi por uns vinte minutos. Passei pelas praias públicas e cruzei a cidade de Montara, onde os turistas fazem compras, em direção a Moss Beach. Lá, parei num misto de posto de gasolina e loja de conveniência e tomei café numa mesa perto da janela. A manhã ainda estava sossegada. A praia do outro lado da rodovia estava vazia; vi uma gaivota mergulhar na água para pegar um peixe. Na entrada da loja, havia uma senhora idosa atrás da registradora. Fui até a máquina de cigarros, meti minhas moedas e apertei com força o botão: "Quem eles achavam que estavam despejando? E para *quê*? Por causa de um imposto que estavam cobrando da casa errada, porra? A casa do meu falecido *pai*?"

    Dei ré com o Bonneville e segui na direção sul, ladeando o mar. Acendi outro cigarro e só via o rosto de Nick na manhã em que partiu, o jeito dele no quarto escuro, depois que me acordou com uma leve cutucada, sentado ao lado da cama. A princípio pensei que tinha dormido até mais tarde e que ele estava saindo para trabalhar, mas, quando vi que era muito cedo e senti todo aquele cheiro de cigarro em seu hálito, percebi que estava acordado há muito tempo. Fiz menção de acender a luz da cabeceira, mas ele deteve a minha mão, depois tomou-a entre as suas. Com a pouca luz, eu não conseguia ver seus olhos direito.

— O que foi, meu bem? O quê? — perguntei.

    Pensei no pai ou na mãe dele, em algum telefonema na madrugada que eu talvez não tivesse ouvido. Mas logo que ele abriu a boca e disse "Kath", eu soube que era sobre nós dois de novo e comecei a me sentar, mas ele colocou a outra mão no meu peito e eu fiquei parada, esperando que ele dissesse que ia ficar. Mas não disse mais nada; ficou sentado lá, olhando para mim, e mesmo quando eu perguntei o quê, qual era o problema, meu coração batendo confusamente sob a mão dele, Nicky apenas me encarou e então, depois de mais meio minuto de nada, apertou meus dedos e deixou o quarto. Eu pulei da cama só de camiseta e o segui pela casa até a porta da frente, dizendo:

— Espera, espera! — Então parei e o vi entrar no Honda usado que tínhamos acabado de comprar, nosso segundo carro. O dia amanhecia sobre o jardim e o bosque do outro lado da rua. Foi então que vi as duas malas e seu baixo no banco de trás e corri para a porta da garagem, o ar frio de janeiro me atingindo como uma bastonada. Ele já dava marcha a ré e eu batia na janela do motorista e gritei seu nome; fiz isso até ele acelerar na rua e descer o morro, sem sequer olhar para mim, nem uma única vez, nem mesmo pelo retrovisor.

Comecei a chorar enquanto eu dirigia. O sol iluminava o mar, e a areia começava a brilhar.

Eram quase 10 horas quando entrei novamente no estacionamento do motel. A maior parte dos caminhões com reboque já tinha saído, e o sol começava a brilhar forte sobre os carros estacionados. Assim que cheguei ao meu quarto, acendi outro cigarro e liguei para o telefone do advogado que o delegado-assistente Burdon tinha anotado atrás de seu cartão. Um homem de voz suave atendeu e eu comecei a contar como fora expulsa da minha própria casa no dia anterior. Quase chorei de novo e me odiei por isso. O homem disse que sentia muito pelo meu problema, mas que eu tinha ligado para a Sociedade de Apoio Jurídico "Pode Entrar" — e tudo o que eu tinha a fazer era ir até lá e explicar a situação a um dos advogados. Ele deu-me o endereço na cidade e me desejou boa sorte. Antes de desligar, perguntei quanto iria custar, e ele me disse que todos os serviços eram prestados de acordo com uma tabela variável.

Tirei a roupa, vesti o robe e me sentei no pé da cama. Tinha uns 800 dólares na conta-corrente, 50 na poupança e esse mês vencia o seguro da casa. Agora tinha de pagar o guarda-móveis e o novo advogado, e não tinha a menor chance de me organizar para atender meus dois clientes de hoje. Um deles era uma casa perto da Reserva em San Andreas e outro, o consultório de um médico, no centro. Telefonei e adiei os dois, o que me deixou com três faxinas para fazer amanhã, e depois tomei um longo banho de chuveiro. Enxuguei-me com a fina toalha verde do motel e pensei que até mesmo esse lugar podia me arruinar, embora soubesse que não tinha mais para onde ir.

Comecei a secar o cabelo, que havia crescido e estava abaixo dos ombros, como não crescia desde que eu tinha 19 anos e era casada com Donnie, minha primeira tempestade emocional, menstruação atrasada, dissemos um ao outro que não estávamos prontos e ele me levou a uma clínica em Brookline e a família inteira descobriu. Meu pai, que na verdade nunca tinha olhado para mim direito, deixou de olhar de vez; só me oferecia seu perfil silencioso, em geral na cadeira reclinável, na frente da televisão. E minha mãe passou a me olhar daquele jeito, os olhos me isolando, escuros e vazios, como se eu fosse uma criatura saída de seus piores sonhos, que continuava a aparecer diariamente, na sua casa, quem será que eu pensava que era?

Procurei na mala as roupas menos amarrotadas; encontrei um novo par de jeans e uma blusa branca com pregas horizontais na frente. Pouco antes de sair, passei um pouco de blush com os dedos no rosto, que estava muito pálido por eu não ter dormido. Meus olhos estavam fundos e eu os realcei com delineador preto.

O escritório de Apoio Jurídico ficava no Mission District, em São Francisco. Tive de dar algumas voltas no quarteirão até ver um letreiro na janela, no segundo andar de um prédio entre as ruas 16 e Valencia. Ficava em cima do Café Amaro, um desses cafés New Age espalhados por toda a cidade. Faltava meia hora para o almoço e todas as mesas pequenas estavam cheias de homens e mulheres típicos da Costa Oeste, que comiam coisas como tabule e pasta de missô em biscoitos de gergelim. Os homens eram magrinhos e bem-barbeados, vários deles tinham rabos de cavalo, mas eu na verdade só via as mulheres enquanto passava; seu ar desarrumado, seus cabelos compridos e bastos amarrados para trás com uma mecha do próprio cabelo, suas camisetas coloridas, seus seios pequenos ou então caídos e pesados sob as camisetas de algodão, provavelmente compradas em catálogos. Usavam joias artesanais nas orelhas, no pescoço e nos pulsos. Vestiam shorts, saias feitas em casa ou calças jeans largas; nem sombra de uma unha pintada, rímel ou batom em qualquer uma delas. Algumas dessas mulheres olharam de relance para mim e depois desviaram o olhar; afinal, não estavam interessadas, e eu me senti novamente no segundo grau, andando pelos corredores cheios de meninas que pertenciam a clubes e tinham suas atividades organizadas que não me interessavam nem um pouco. Mesmo assim, eu me sentia excluída, meu rosto era como uma máscara informe.

O recepcionista do andar de cima tinha a mesma voz suave do homem com quem eu havia falado ao telefone. Usava jeans e uma blusa de seda azul brilhante. Devia ter mais ou menos a minha idade, uns 35, 36 anos, e, quando levantou para me cumprimentar, sorriu e disse que seu nome era Gary; em seguida, estendeu-me uma prancheta e um formulário para preencher. Não havia mais ninguém na sala de espera. Na parede havia pôsteres de marchas do movimento feminista, anúncios de recitais de poesia lésbica e boicotes a fazendas produtoras de frutas e verduras no estado.

Depois que preenchi a ficha com minhas informações pessoais, inclusive minha renda e o meio de ganhá-la, o recepcionista me conduziu a uma sala de reunião nos fundos. Era pequena, porém bem clara, pois a luz do dia entrava por todas as altas janelas que davam para a rua lá embaixo. Ele me ofereceu água mineral, chá de ervas e café. Eu lhe disse que aceitava todo o café que tivesse e ri, mas não estava me sentindo engraçada; na verdade, sentia-me como uma velha revista que alguém encontra enfiada debaixo de uma almofada. E sabia que era exatamente num lugar assim que eu queria ficar; debaixo de uma imensa almofada, enrolada e anônima, onde pudesse dormir durante um bom tempo.

Depois da visita ao Apoio Jurídico, cometi o erro de tirar um cochilo no motel. Quando acordei, o quarto estava escuro e escutei conversas e risadas muito perto. O ar cheirava a cigarro e eu não sabia onde estava. Em seguida, um caminhão dos grandes foi ligado lá fora; o caminhoneiro acelerou até alguma coisa metálica começar a ratear. Liguei o abajur da cabeceira e consultei meu relógio: quase 9 horas! Deitei de novo e soltei um suspiro tão profundo que me fez estremecer, mas eu me recusei a chorar. Concentrei minha atenção numa mancha escura de água no teto. Fiquei escutando a algazarra dos primeiros bebedores no bar de caminhoneiros ao lado e me lembrei da antepenúltima primavera, quando nossas duas famílias fizeram uma festa de despedida para nós na casa do meu irmão, na zona oeste de Boston. Frank havia tirado a tarde livre em sua concessionária de automóveis em Revere e ainda estava usando um terno cinza transpassado, com uma gravata de seda berrante. Era grande e atraente, o cabelo negro penteado para trás com musse. Devia haver umas quarenta ou cinquenta pessoas ali, apenas parentes ou aparentados por afinidade, que ocupavam todos os três andares da casa do meu irmão. Foi uma festa sem coquetéis ou cerveja; disso, minha sogra, minha mãe e minhas tias se encarregaram pessoalmente. Nem mesmo vinho tinto para acompanhar a vitela e o espaguete com salsichas. Em sua maioria, as mulheres mais velhas haviam ficado na cozinha, esquentando a comida e apontando umas às outras o jeito certo de cozinhar. Todas as crianças pequenas estavam no primeiro piso, onde ficavam uma mesa de pingue-pongue e o jogo de dardos. E como era um sábado de março, a maioria dos tios e dos primos homens foi para a sala de televisão assistir ao jogo de basquete na TV gigante de Frank. Uns poucos preferiram ficar na varanda do segundo andar com Nick, pois queriam saber tudo sobre seu novo emprego. Eu estava de pé na porta da cozinha com Jeannie, tomando um café antes do jantar, de olho em Nick lá na varanda. Podia ver a enorme Mystic Bridge atrás dele, as nuvens cinzentas, os arranha-céus de Boston. Estávamos a alguns dias do começo da primavera e fazia calor suficiente para que eu não usasse casaco. Meu novo marido estava ali, de pé, com um suéter de cashmere amarelo-claro e calças jeans pretas; fumava um cigarro e batia as cinzas em sua lata de Coca-Cola. Nick assentia com a cabeça a algo que um dos primos dizia e eu senti tanto amor por ele que meus olhos se encheram d'água e Jeannie pôs a mão no meu braço e perguntou:

— O que houve, K? Qual é o problema?

Mais tarde, Frank levou todo mundo para fora da casa, até a entrada da garagem, em frente ao Bonneville vermelho-brilhante. Uma enorme fita branca saía do para-choque da frente, passava pelo teto e entrava pelo porta-malas. E alguém havia colado na janela do motorista um enorme cartão assinado pelas duas famílias, embora eu soubesse que o carro era presente de Frank, um bônus de vendas de baixa milhagem que ele em geral guardava para si, mas que naquele ano resolveu dar para nós. Um dos tios nos filmou entrando no carro e dando marcha a ré para um test-drive. Na verdade, não queríamos um carrão americano; tínhamos planos de comprar alguma coisa menor. Mas na viagem para o oeste nós o mantivemos o tempo todo no sistema de *cruise control*, com a velocidade programada, e movimentamos o volante com dois dedos. Quando não estávamos conversando, relaxávamos e ouvíamos nossas fitas cassete até que um de nós precisasse pular para o banco de trás e se esticar no estofamento castanho, com um cobertor e travesseiro, e dormir.

Levantei da cama do motel e fui para o banheiro lavar meu rosto com água fria e sabão. Havia chorado mais nos últimos oito meses do que em toda a minha vida até agora, e tinha que parar, pois parecia que quanto mais eu chorava, menos fazia para mudar as coisas ou mesmo para evitar que mais merdas me acontecessem. Minha nova advogada não conseguia entender por que eu tinha jogado fora, sem abrir, toda aquela correspondência do Ministério da Fazenda. Gostei dela de cara; acho que foi porque não usava sapatos, apenas óculos redondos, blusa branca e calça cinza acima dos pés descalços. Serviu-se de uma xícara de café, depois sentou-se numa cadeira afastada de mim, com seu bloco e uma caneta. Pediu que eu lhe contasse tudo e eu o fiz, inclusive que já tinha ido ao escritório do departamento de tributos, em Redwood City, e assinado uma declaração afirmando que nunca tivemos qualquer negócio em nossa casa, por que então cobravam a tal taxa comercial de 530 dólares?

— Quinhentos e trinta dólares? Eles te despejaram da sua própria casa por *isso*?

— Exatamente. — Acendi um cigarro. Achei graça ao ver minha advogada tão chocada por causa daquilo.

Perguntou onde eu e meu marido estávamos ficando; olhei para uma marca de cigarro na mesa.

— Ele não está mais na fita. — Procurei um cinzeiro de concha. — Estou hospedada num motel em San Bruno.

Ela fez uma pausa e esticou os lábios em linha reta, como se lamentasse saber daquilo. Depois me fez um monte de perguntas sobre a propriedade que eu havia herdado. Fora um legado de meu pai em testamento? O imóvel estava totalmente pago? Qual tinha sido o banco? Você tem uma cópia da declaração que assinou no Ministério da Fazenda? Esse documento era o que ela mais queria e eu disse que poderia conseguir, embora não tivesse a mínima ideia de onde estava. Depois de todas essas perguntas, ela se levantou, tirou os óculos e sorriu.

— A primeira coisa que temos a fazer é evitar que vendam a sua casa. Depois trataremos de recuperá-la. E eles também podem pagar a conta do seu motel.

Ela verificou o formulário que eu tinha preenchido, para ter certeza de que tinha o número do meu quarto, depois apertou minha mão e me disse para não me preocupar e pediu para que eu ligasse para ela no dia seguinte, no final da tarde.

Liguei a televisão e sentei ao pé da cama, mas o aparelho continuava sem imagem, só o som — um comercial de bebida dietética. Ouvi uma mulher rir no estacionamento e fiquei imaginando se essa parada de caminhoneiros era igual a algumas lá do oeste: bebida gelada e música ao vivo no bar, churrasco com ovos no jantar e prostitutas para atender os quartos em cima. Continuei ali sentada, ouvindo o começo de algum seriado sobre policiais, promotores de justiça e as ruas de Nova York. Do lado de fora da minha janela, ouvia a batida metálica de outra banda country no bar ao lado, e pela enésima vez desde janeiro passado olhei para o telefone e tentei não ligar para alguém lá de casa.

Durante muito tempo, minha mãe ligava todo domingo à tarde para nos contar as novidades, mas na verdade era para saber como nós estávamos. Nos primeiros domingos depois que Nick partiu, quando atendia o telefone e ouvia a voz dela, muitas vezes tinha de tampar a boca com a mão, para não chorar. Mas depois comecei a mentir e dizer que ele estava indo muito bem no seu novo emprego. Disse que o escritório dele ficava no 17º andar de um edifício à prova de terremoto, de onde se podia ver São Francisco inteira, e que ele ganhava bem e provavelmente seria promovido em pouco tempo. O que até tinha sido verdade, um dia.

Às vezes ela pedia para falar com ele e eu dizia que estava dormindo e eu não queria acordá-lo, ou que estava trabalhando (ela não gostava de ouvir isso, não num domingo), ou que tinha ido jogar basquete com os colegas do trabalho. Isso é o que ela mais gostava de ouvir; que Nick estava saindo com novos amigos e fazendo coisas saudáveis.

— E você, K? Tem feito novos amigos também?

— Claro — eu respondia. — Costumo me encontrar com algumas das esposas dos colegas dele. Fazemos compras, sabe, coisas assim.

Silêncio do outro lado da linha.

— Tem uma garota também, mãe. Ela tinha a minha idade e está um pouco acima do peso. Mora nas redondezas e a gente sai para caminhar quatro noites por semana.

Isso ajudava, uma mentirinha sobre fazer amigos e cuidar de mim.

Assim que parecia estar satisfeita com as minhas novidades, falava de Frank e dos meus sobrinhos, da casa, do cabelo dela que estava ficando ralo e da viagem até Atlantic City para jogar nos cassinos que suas duas irmãs estavam planejando. Mas, por trás daquilo tudo, pairava a pergunta que ela nunca fazia: você tem frequentado um daqueles grupos de recuperação aí, K? E esse tipo de mentira eu não conseguiria sustentar, de todo modo.

Em vez disso, então, ela terminava os telefonemas com a outra pergunta verdadeira presa dentro dela — algo que só seria aliviado no dia em que finalmente ouvisse da minha boca a resposta certa:

— Quando você pensa em ter filhos, K?

E então pela primeira vez durante nossos telefonemas, eu podia dizer a verdade:

— Assim que conseguir convencer Nick, mãe.

O que era verdade, quando Nick ainda vivia comigo. Mas ao dizer isso muito tempo depois de ele ter partido, porém, a sensação é que minha voz soava oca.

Há apenas três anos, estávamos os dois em nossa segunda semana no programa de reabilitação, e ambos tínhamos o mesmo duplo problema: coca e álcool. Mas um dia antes, no grupo, Nick admitiu um terceiro: pornografia. Muitos de nós não conseguiam aceitar isso como um vício de verdade, mas Larry nos disse para calar a boca e "escutar" Nick. Isso não era difícil para mim, pois mesmo naquela época, com o corpo de Nick ainda convalescendo após os dez dias de bebedeira, cerveja e licor Southern Comfort que o levaram à emergência do hospital e depois ao programa, e com os dedos dele sempre tremendo enquanto fumava, eu não conseguia deixar de olhar para ele, para aqueles olhos tão azuis, o cabelo negro e denso e o rosto pálido, com marcas de espinhas nas bochechas. Os braços e as pernas eram finos e ele tinha uma barriga que aparecia mais quando ele sentava, mas tudo o que eu sempre quis, desde o começo, foi sentir todo o meu devastado corpo contra o de Nick Lazaro.

Toda vez que ele falava, eu me encantava, porque sua voz era muito profunda e não combinava com o seu ar juvenil. E ele falava bem, parecia que era educado ou que tinha lido um monte de livros. Disse então que era sempre pior quando estava tentando entrar na linha, e que, em vez de beber ou cheirar, ficava vendo filmes pornô. Às vezes até ligava para o trabalho dizendo que estava doente; aí alugava meia dúzia de fitas pesadas e ficava horas e horas assistindo.

— *Horas?* — perguntei e comecei a rir, embora me sentisse bastante enojada. Larry me cortou no ato e me lembrou que intervenções "impróprias" como aquela repercutiam dentro do grupo. Olhei para Nick, que estudava o cigarro queimando em sua mão como se não fizesse absolutamente parte daquela conversa. Depois ele me olhou de relance com seus olhos escuros e ligeiramente brilhantes; meu rosto enrubesceu e tive de desviar o olhar.

Nos dias de visita, enquanto eu esperava por meu irmão e sua esposa, observava Nick do outro lado da sala, sentado de frente para os pais dele — que me lembravam meus próprios pais, embora meu pai tivesse morrido e minha mãe não conseguisse mais lidar com o ato de me ver. Às vezes ele olhava na minha direção e eu desviava o olhar. Por toda parte à nossa volta havia famílias visitantes, sentadas em cadeiras de plástico espalhadas em volta de mesas dobráveis. Algumas mal se olhavam nos olhos; outras eram ruidosas, contavam casos e faziam piada como se estivessem aliviadas por ver que tudo no final se reduzia àquilo, a um balão de hélio com a inscrição FIQUE BEM flutuando em meio à fumaça dos cigarros, acima de suas cabeças.

Mas eu me sentia grata só por estar ali sentada. Com apenas duas semanas de programa, o revestimento interno das minhas narinas já tinha parado de sangrar; eu não bebera nada mais forte do que um café, e a única pessoa estranha ao lado de quem acordei fui eu mesma. E acima de tudo, eu já havia parado de desejar aquilo que, desde os 15 anos, desejava desesperadamente: que a Morte viesse para me levar, do jeito que o vento arranca uma folha seca de seu galho.

Na sexta-feira de manhã, enquanto durmo sobre o tapete perto da porta de correr aberta, meu filho toca em meu ombro e me acorda com uma xícara de chá quente e quatro cubos de açúcar. Lá embaixo, nas árvores, um pássaro canta, mas o céu está cinzento e o ar que entra pela porta é frio.

— *Bawbaw-jahn. Man goh khordam.* Me desculpe.

Meu filho já está vestido com short e camiseta, o cabelo seco, porém penteado. Sento e tomo o chá sem açúcar. Olho através da porta para o pequeno terraço de concreto lá fora e escuto meu Esmail sentar sobre o tapete, ao meu lado.

— Eu sei que você trabalha muito, Bawbaw. Todos os dias e quase todas as noites da semana.

Olho para meu filho, para seus olhos castanhos, que, numa mulher, seriam bonitos. Em persa, agradeço o chá e as desculpas e digo que ele deve começar a arrumar suas coisas para a mudança.

Hoje nossa equipe de soldados do lixo do Departamento de Manutenção de Rodovias trabalha nas vielas mais ao sul da Rota 101, no trecho que corre ao longo das árvores mais altas da Área de Recreação da Golden Gate. Uso meu novo chapéu azul o dia inteiro, mas é claro que a neblina da manhã não se desfaz e sinto falta de um agasalho leve. No intervalo do almoço, faço minha refeição rapidamente ao lado de Tran e depois me levanto para falar com Torez, que está sentado atrás do volante do seu caminhão; a porta está bem aberta e ele estuda uma daquelas estranhas grades de palavras cruzadas que saem no jornal. Fico ali parado por um tempo, até ter certeza de que minha presença é notada por ele. Obrigo-me a relaxar os ombros e então falo:

— A partir de amanhã não trabalharei mais aqui, Sr. Torez.
Ele termina de escrever uma palavra com seu lápis, levanta os olhos e diz:
— Avisou ao escritório, coronel?
— Não.
— Então por que está me avisando, homem? — Olha para o jornal. — Sabe algum sinônimo para furacão?

Volto para perto de Tran e para meu chá. Tenho vontade de me despedir do vietnamita, mas, quando aponto para meu peito e para a estrada, ele sorri e meneia a cabeça, como se eu estivesse lhe contando uma história muito antiga e engraçada.

Já é noite na loja de conveniência e minhas pernas estão pesadas, meus olhos começam a lacrimejar devido ao cansaço, mas estou cheio de alegria porque este é meu último turno ali. Rico, o rapaz que trabalha a meu lado, sempre teve o hábito de mascar chiclete, o que em outras noites me incomodava muito, por causa daquele som desagradável produzido pela boca, mas hoje não é o caso. Nenhuma das coisas que antes me irritavam tem poder sobre mim hoje, nem mesmo a forte luz fluorescente que brilha sobre todas essas prateleiras cheias de comida cara, enlatada ou em caixa; nem mesmo os estudantes universitários, que chegam com seus sorrisos estúpidos, depois de beber muita cerveja, para comprar barras de chocolate e cigarros; nem mesmo quando as pessoas me entregam o cartão de crédito para pagar a gasolina e eu tenho de usar aquela máquina incômoda, atrás da prateleira das revistas. Nem mesmo aquelas revistas *kaseef*, sujas, com mulheres nuas na capa, que sempre desprezei e odiei ter de tocar nelas ou vendê-las; nem mesmo elas conseguem me perturbar, como aconteceu tantas vezes antes. Porque uma coisa eu sei sobre os tempos difíceis da vida: há sempre uma hora para começar e uma hora para acabar, e o homem que sabe disso sabe também que tem de agradecer a Deus por cada dia de sofrimento, porque cada um desses dias o aproxima mais do sol, do verdadeiro sol.

Em várias noites, porém, depois de muitos dias longos na América, esquecia de Deus e pensava apenas em meus problemas, no tipo de trabalho que estava sendo forçado a fazer aqui, em funções às quais eu não incumbiria um soldado que me fosse subordinado, na minha vida de antes. Aqui, trabalhei numa empresa envasadora de tomates, num lava a jato, num depósito de móveis, num estacionamento, em dois postos de gasolina e, por fim, no Departamento de Manutenção de Rodovias e nessa loja de conveniência. Sim, ganhei o suficiente para amenizar nossos gastos, mas cada cheque descontado era como um osso ou músculo a menos nas minhas costas, um daqueles necessários para que um homem fique de pé ereto.

Meu jovem colega e eu fechamos a loja à 1 hora da manhã em ponto. Trancamos a féria da noite no pequeno cofre do escritório, na parte de trás da loja, e afixamos nossa folha de inventário em local visível para o funcionário do dia, antes de retirar nossos cheques de pagamento da gaveta de moedas da caixa registradora. Trancamos as portas e caminhamos sob a luz que ilumina as bombas de gasolina até nossos carros, e para o rapaz digo apenas: "Boa noite, Rico!" Nada mais. E enquanto conduzo meu Buick Regal ao longo da San Pablo Avenue, sob as luzes ainda acesas tão cedo de manhã, sinto-me como se meu corpo estivesse costurado ao banco do carro, de tão cansado que estou, mas faço cinco reverências na direção do leste e agradeço a Deus. Minha boca começa a tremer pela liberdade que Ele mais uma vez me garante, e pelo retorno da dignidade que eu já começava a acreditar que nunca mais recuperaria.

Sexta-feira foi o melhor e o pior dia até agora. Melhor porque trabalhei o dia inteiro direto, limpando a casa de hoje e mais a casa perto do reservatório e o consultório do pediatra, que tinha deixado de fazer no dia anterior.

Havia muita neblina vinda das praias; em outro dia, isso teria me deixado muito nervosa, pela forma como a neblina cobre a cidade toda de cinza, mas na sexta-feira eu simplesmente me desliguei e limpei tudo com uma energia que há muito tempo não tinha.

Meus clientes costumam deixar uma chave na caixa do correio ou sob uma pedra no jardim, o que significa que nunca tem ninguém em casa, exceto um cachorro ou um gato, e portanto posso trabalhar sozinha e depressa, mascando chiclete e ouvindo o walkman que prendo no meu short. Quase sempre ouço as antigas fitas de Nick, rock alto e acelerado que me mantém em movimento num ritmo bom e evita que eu pense demais. Na sexta-feira bem cedo, quando acordei no El Rancho, botei na minha cabeça que não ficaria mais mergulhada no problema; em vez disso, ia me concentrar na solução. Tinha de entregar o assunto a Connie Walsh. Ela *era* minha advogada, afinal. Quando terminei de me vestir, já estava convencida de que, no final do dia, teria alguma notícia positiva sobre a recuperação da minha casa. Assim, em vez de reservar o quarto para todo o final de semana, fui até a recepção e paguei mais 35 dólares, apenas pela noite de sexta-feira.

Voltei para o motel pouco antes que o trânsito-de-final-de-último-dia-útil-da-semana se complicasse nas autoestradas. Meus braços, minhas pernas e a parte inferior das costas estavam exauridos. O suor havia secado três vezes sobre a minha pele, mas antes de tomar banho liguei para o escritório de Apoio Jurídico e Gary me fez esperar quase cinco minutos na linha, antes de Connie Walsh atender:

— Sinto muito, Kathy, mas evidentemente o condado já vendeu a sua casa.

Fiquei paralisada e respirei em golfadas curtas e secas.

— O quê? Como?

— A data do leilão estava marcada há meses, Kathy; estava escrita na correspondência que você vinha jogando fora.

Enxerguei mentalmente o rosto redondo da minha mãe, seus olhos escuros e rasos. Ouvi a voz do meu irmão Frank, que disse a mim e a Nick que a casa era nossa no que dependesse dele; talvez viesse a querer a sua parte em vinte anos: "Mas calma, K, um dia de cada vez, certo?"

Senti as lágrimas afluírem, meu estômago embrulhar.

— Aqueles filhos da *puta*!

— Você pode conseguir aquilo para mim na segunda-feira, Kathy?

— O quê?

— A cópia da declaração que você assinou no Ministério da Fazenda. Espero ter esse papel até lá, e podemos partir daí, está certo?

Connie Walsh estava quieta do outro lado. Limpei meu nariz e perguntei o que ela pretendia fazer.

— Exatamente o que eu disse, Kathy. Exigiremos que rescindam a venda ou processaremos o condado.

Disse para eu não ficar preocupada e insistiu para que eu lhe entregasse o documento na segunda-feira, logo de manhã. Passei a primeira parte da noite no galpão de aço do outro lado da rua, procurando a declaração que havia assinado no condado, reafirmando que não devia impostos comerciais. Mas já era demasiadamente tarde e estava difícil de enxergar alguma coisa, pois eu não tinha lanterna, então fui até uma loja de conveniência para comprar uma. As ruas estavam cobertas de névoa, o ar estava úmido e muito frio para os shorts que eu estava usando. Ao voltar ao galpão, encontrei um dos moletons velhos de Nick e o vesti. Era preto e branco, com a logo de uma banda na qual tocara baixo durante anos. Estava limpo e por isso não tinha o cheiro de Nick, mas eu ainda podia vê-lo usando a roupa, deitado no sofá enquanto lia o jornal com a televisão ligada, ou o rádio, às vezes os dois. Era sempre assim que ele lia.

Depois de mais de uma hora revirando minhas caixas e bolsas, com o pescoço duro de tanto segurar a parte de trás da lanterna entre o queixo e o peito, estava quase desistindo, quando me lembrei do meu baú. Tirei dois sacos de lixo enormes lá de dentro. E lá encontrei coisas que nunca mais vira desde a mudança para o Oeste: roupas e sapatos velhos, toalhas e cobertores, uma dúzia de discos de rock, a maioria dos Rolling Stones e dos Allman Brothers, mas nada de papéis.

— Olá! Tem alguém aí?

Gritei, me virei e deixei cair a lanterna. Um homem a apanhou e iluminou o próprio rosto. Estava escuro e eu dei um passo para trás, mas depois reconheci o famigerado bigode. O delegado-assistente Burdon sorriu e, em seguida, me entregou a lanterna. Respirei fundo e soltei o ar.

— Merda, não faça isso.

— Me perdoe, não tive a intenção de assustá-la.

— Mas assustou.

Coloquei as fotos de volta no baú, depois saí do galpão e o tranquei, segurando a lanterna entre a costela e o cotovelo. Meu coração ainda batia forte; estava completamente escuro agora. A neblina cobria todo o estacionamento e a rodovia. À luz das lâmpadas de segurança que iluminavam os galpões eu podia ver que Lester Burdon usava jeans, tênis e um casaco leve.

— Procurou o Apoio Jurídico?

— Procurei, obrigada.

Desliguei a lanterna e saí caminhando pelo estacionamento. Minhas pernas nuas estavam frias, meus mamilos duros por baixo da camisa; e eu não sabia direito como me sentia em relação à presença dele.

— Está trabalhando à paisana ou algo assim?

— Como? — Ele olhou para os tênis. — Ah, não, estou de folga. Eu só... eu costumo fazer este caminho. Pensei em procurá-la para saber como está se virando.

Parecia dizer a verdade e seu tom de voz soava ainda mais delicado do que no dia anterior, quando deixou aqueles homens entrarem e me expulsarem da minha própria casa.

Quando chegamos ao seu carro, um utilitário Toyota parado no final do estacionamento, perto da cerca de tela de arame, eu meio que esperava que ele continuasse falando; Connie Walsh foi a única pessoa com quem tive uma conversa de verdade em mais de oito meses, e foi mais um interrogatório do que propriamente um diálogo. E eu queria mesmo falar com alguém, ainda que fosse com um delegado-assistente e estivesse debaixo daquela neblina. Vi que olhava para o outro lado da rua, adiante do motel, para todos aqueles trailers estacionados atrás do posto dos caminhoneiros. Eu podia ouvir o som do baixo da banda country atravessar as paredes, e também o barulho dos carros que circulavam sobre a ponte da autoestrada, uma quadra abaixo. Ele olhou para mim novamente, com o rosto sombrio:

— Posso pagar um café, alguma coisa assim?

— Isso seria legal.

Disse-lhe então que primeiro precisava vestir algo mais quente. Ele esperou em seu carro, no estacionamento do motel, enquanto eu vestia as mesmas roupas que usara quando fui ao Apoio Jurídico. Passei desodorante e apliquei um pouco de delineador sob os cílios inferiores.

Ambos concordamos que o bar dos caminhoneiros seria barulhento demais, então acabamos num Carl Jr. que ficava a 2 quilômetros depois da autoestrada, nos arredores de San Bruno.

O lugar era fortemente iluminado e cheirava a frango frito e batatas. Eu não tinha comido e sentia o estômago vazio, mas não queria pedir comida e transformar o convite para um café em outra coisa. Pegamos uma mesa na janela. O delegado-assistente Burdon tirara o casaco e pude ver que ele usava uma camisa listrada. Seus braços estavam bronzeados e o ouro de sua aliança de casamento contrastava com a cor de sua pele. Seu bigode estava tão torto quanto no dia anterior, os olhos escuros um pouco úmidos. É provável que estivesse diante do homem mais sério que já conhecera.

Nosso café chegou. Adicionei adoçante ao meu, mas ele tomou o dele puro, os olhos em mim. No caminho, perguntou-me se o Apoio Jurídico já havia conseguido um advogado para mim; eu respondi que sim e repeti as más notícias de Connie Walsh sobre o leilão da minha casa. Agora ele baixou os olhos, fitou a mesa e balançou a cabeça.

— Nossa, eles não brincam em serviço, não é mesmo?

— Não é difícil rescindir esses atos, é? Essa é a intenção da minha advogada.

Tremi com a reação dele. Cheguei a levantar minha xícara para beber, mas voltei com ela para o lugar; senti meu estômago embrulhar. Acendi um cigarro e soltei a fumaça pelo canto da boca.

— Na verdade, eu não entendo muito disso, Sra. Lazaro.
— Kathy. Meu nome de solteira é Nicolo.
— Combina com você. — Seus olhos ficaram nos meus por um segundo, em seguida se desviaram para a janela. Quis perguntar se ele tinha filhos; eu queria muito saber, mas não perguntei e dei uma baforada no meu cigarro.
— De qualquer maneira, nunca deveriam ter nos cobrado taxa alguma, e eu sou dona só de metade da casa. Minha advogada está convicta disso, então estou tentando não ser muito negativa.
— Seu marido é dono da outra metade?
— Meu irmão. Que não sabe nada sobre isso ainda. Aliás, ninguém sabe.

A garçonete passou e encheu novamente nossas xícaras. Lester Burdon sorriu para ela, mas um sorriso triste, pensei, como se soubesse algo sobre ela que não era bom. Sua expressão mudou quando me viu estudando seu rosto; tomou então um gole do seu café.

— Tem filhos, Sr. Burdon?
— Dois.

Pousou sua xícara e cruzou os braços sobre a mesa. Seus olhos estavam nos meus de novo, mas dessa vez ele não desviou o olhar, e nem eu. Não estava acostumada a ser observada tão de perto, a ser vista.

— Meu marido me deixou há oito meses. E ninguém lá em casa sabe disso também.
— Você sempre tem tantos segredos assim?
— Só quando é preciso.

Ele manteve os olhos castanhos em mim e eu desviei o olhar para apagar meu cigarro.

— Entendo.
— Entende?
— Acho que sim. — Confirmou com a cabeça uma vez, como fazem os policiais.

A viagem de volta ao motel foi curta e estranha. Nenhum de nós falou, e a neblina ainda perambulava lentamente pelas ruas. As luzes sobre as bombas de diesel, na parada dos caminhoneiros, pareciam úmidas nas extremidades, assim como os letreiros em azul e vermelho que anunciavam marcas de cerveja na janela do bar — e, no final do estacionamento, também as letras amarelas do El Rancho Motel, acima do escritório, desbotadas e meio espaçadas.

Entrou com o carro no estacionamento e eu levei a mão à maçaneta da porta.

— Quero voltar para minha casa, mas teria de quebrar uma vidraça só para poder entrar.

Tocou meu joelho rapidamente com quatro dedos e os tirou com a mesma rapidez, mas o calor que eles deixaram na minha perna libertou alguma coisa dentro de mim, que subiu até meu diafragma.

— Se importa se eu lhe der um conselho profissional?

— Acho que não.

— Mantenha a cabeça fria e faça tudo por meio de sua advogada, Kathy. Se eu fosse você, não passaria por lá nem de carro, até que as chaves estivessem novamente em minhas mãos.

Seus olhos se tornaram escuros e sombrios e eu não queria sair do carro dele, mas também não queria ficar.

— Obrigada por ter vindo.

Ele me olhou com seu rosto atraente e o bigode torto; saí e fechei a porta. Fiquei olhando seu pequeno utilitário dobrar a rua enevoada e as lanternas traseiras desaparecerem instantaneamente.

No sábado e no domingo, todas as cidades costeiras estavam cobertas de névoa. Passei o fim de semana no meu quarto, fumando, lendo revistas e assistindo à minha própria televisão colorida, que trouxera do galpão de armazenagem. Quando sentia fome, saía para comprar comida pronta. No domingo, tarde da noite, peguei a autoestrada para comprar cigarro e uma barra de chocolate e, quando voltei, não tenho bem certeza, mas acho que vi o carro de Lester Burdon sair pelo acostamento do outro lado da rua, com seu pequeno motor importado fazendo força para mudar de marcha.

Olho para minha Nadi por cima da pizza que comemos agora, sentados no chão da nossa nova casa. Ela está usando um conjunto de moletom muito elegante, cor-de-rosa. Não está maquiada e seu rosto está marcado por olheiras. Esmail trabalhou muito durante todo o fim de semana e agora se serve da quinta fatia de pizza antes de terminar de mastigar a última. Nadereh, porém, não me devolve o olhar. Tem falado muito pouco comigo, em persa ou em inglês, desde que gritei e quebrei seu toca-fitas, ao atirá-lo no chão do quarto do nosso apartamento *pooldar*. Terminamos nossa refeição e dou permissão ao meu filho para deixar o *sofreh* e ir para seu quarto. Nadi se levanta para preparar o samovar.

O pessoal da mudança terminou o trabalho ontem ao cair da noite. Minha mulher trabalhou até meia-noite para pôr em ordem seu novo quarto, o maior da casa, com duas boas janelas que dão para o quintal. Meu quarto e o de Esmail são menores; dão para o gramado na entrada da casa, para a rua e o bosque à frente. A família vai compartilhar o banheiro. Mesmo que não falasse comigo, foi um prazer escutar Nadi conversando em *inglês* com os grandalhões que fizeram a mudança: "Por favor, calculem direitinho, por favor, trabalhem devagar e tentem não estragar essa excelente mobília. Muito obrigada, senhores."

Estou recostado sobre um cotovelo em cima do tapete, mas não consigo mais enxergar minha mulher na cozinha, devido ao balcão e aos dois bancos do bar. Isso é uma coisa muito ocidental, ter uma espécie de bar dentro da própria casa; se não estivesse planejando vender a casa, mandaria tirar. Do novo quarto de Esmail, vem aquele som característico de risadas gravadas dos programas televisivos. Ontem ele estava animado porque descobrira que daqui dessa colina podia ver, na televisão, os mesmos programas que via no condomínio *pooldar* — e hoje, por duas horas, depois de organizar seu quarto, desceu de skate o longo declive de Bisgrove Street várias e várias vezes. Na rua, o movimento das rodinhas em miniatura lembrava o som distante de um F-16 entre as nuvens.

Nadi pousa o chá e o açúcar ao lado de meus pés descalços; em seguida retira rapidamente a embalagem vazia da pizza e volta à cozinha, que passou a tarde toda arrumando. Ao lado do sofá, há caixas ainda fechadas, cobertores dobrados, luminárias e cortinas. Ela deixou este aposento por último, o que é bom, pois sei que ainda há trabalho suficiente para mantê-la ocupada pelo menos durante a primeira semana. *Fardoh*, amanhã, vou comprar para ela um novo toca-fitas e até uma ou duas fitas, talvez de Googoosh, aquela cantora persa *zeebah*, bonita, que é bem menos sentimental do que o Daryoosh.

Levanto-me e levo meu chá comigo, saio pela porta da frente; caminho descalço pela grama. Vejo que está alta, pelo menos uns 2 centímetros, e, enquanto caminho até a lateral da casa, anoto mentalmente que preciso comprar um cortador de grama — um usado, nada extravagante. A essa altura, quase toda a claridade já abandonou o céu — e meus vizinhos já acenderam as luzes em suas casas. Estava desapontado porque não tivemos sol a semana inteira, apenas aquela neblina estranha e fria, mas estou feliz por ter essa cerca viva alta ao redor de nosso pequeno chalé; gosto do cheiro forte de pinho que exala no ar. Pela janela da cozinha, mal consigo ver minha Nadi trabalhando, pois ela não acendera luz alguma. Amanhã começa meu novo trabalho de comprador e vendedor de imóveis. A isso, vou dedicar as melhores horas do meu dia, como se fosse qualquer trabalho administrativo — e é isso o que devo fazer com meu quarto; ajeitá-lo colocando uma mesa adequada, cadeira, telefone e talvez até uma máquina de escrever. Mas antes preciso me tornar um vendedor; tenho de dobrar meu investimento logo, conseguindo um comprador para essa casa. E obviamente isso precisa ser tratado com o máximo de cuidado. Não posso fazer muita pressão sobre Nadi num tempo tão curto; não posso pedir que embale tudo e se mude de novo tão imediatamente.

Talvez eu devesse esperar um ou dois meses até que ela se acomode aqui, longe de todas as mentiras e encenações de nossa vida no arranha-céu dos nossos *pooldar* dominantes. Mas não será mais difícil, depois de vender a casa por um preço justo e de acordo com o mercado, pedir a ela que se mude novamente? Mas aí naturalmente terei condições de lhe mostrar que tenho 80 ou 90 mil dólares na mão — e a oportunidade de comprar outra casa em leilão, para ter mais lucro ou até mesmo começar logo algum tipo de negócio.

Observo a inclinação do telhado lá em cima, o céu que está escurecendo rapidamente, e decido também telefonar para um *najar*, um carpinteiro, e pedir um orçamento para a construção de um terraço panorâmico. Poderei então me referir a este chalé como uma "propriedade com vista para o mar"; e, nesse ínterim, minha mulher e eu poderemos nos sentar lado a lado, no início da tarde, bem acima da casa e da colina, para olhar o mar e o céu.

O *najar* é um jovem bem-educado, com menos de 30 anos, e me deu o preço de 1.100 dólares para construir o terraço. Não será possível ter acesso a ele por dentro de casa; será preciso ir por fora e subir uma escada nova, a ser construída em frente à janela da cozinha, para chegar ao telhado. Não há outra opção financeiramente viável de construir esse terraço, me garante o *najar*, portanto aceito essa condição, mas nada direi a Nadereh sobre a janela dela.

Nesta manhã de segunda-feira, enquanto meu filho desce a ladeira de Bisgrove Street de skate para explorar a cidade de Corona à luz do sol, começo a organizar meu quarto como um escritório; não tenho tempo a perder. Assim que livrar minha mesa de todos os papéis e caixas desnecessários, começarei imediatamente a redigir um anúncio para a venda desta casa. Estudo a linguagem utilizada em outros anúncios de imóveis publicados no jornal da cidade e reproduzo-a em meu próprio anúncio; no entanto, ainda não me sinto qualificado para estabelecer um preço. As casas anunciadas, em sua maioria, não parecem maiores ou mais conservadas do que este chalé, e também ficam em "áreas residenciais tranquilas", mas os preços estão bem acima de 170 mil dólares. Meus dedos começam a tremer; mais uma vez, fico abismado com o baixo preço que paguei pela casa e imagino que, se conseguir vendê-la por 150 mil que seja, o investimento será mais do que triplicado. Nadi trabalha na área de estar da casa, ao final do corredor. De tempos em tempos, escuto sua voz falando consigo mesma. É um hábito que ela sempre teve e fico feliz ao ouvi-la, pois isso só acontece quando ela está profundamente envolvida com algum tipo de projeto ou tarefa.

Hoje cedo, levantou-se na mesma hora que eu e Esmail e preparou torradas com chá para nós. Quando me serviu, agradeci e ela respondeu:

— *Haheshmeekonam*, Behrani — que é a resposta correta, embora eu nunca tenha gostado que ela me chame pelo meu nome de família. Quando éramos mais jovens, ela me chamava de Massoud-*joon* ou, muitas vezes, Mass. Mas já há muitos anos — desde a revolução, tenho certeza — minha Nadi só me chama de Behrani. Uma vez, em nosso amplo apartamento em Paris, na margem direita daquele rio sujo porém bonito chamado Sena, Nadi teve uma longa conversa ao telefone com uma de suas irmãs em Teerã. Depois de desligar o telefone, imediatamente começou a chorar. Deixei-a sozinha por alguns minutos e depois fui confortá-la, mas ela me empurrou e gritou muito alto, em persa, que nunca devia ter casado comigo, um soldado *kaseef*, sujo! Ninguém de sua família foi forçado a deixar o país; os nomes deles não estavam em nenhuma lista para ser morto; apenas ela, porque casara comigo e com a imunda força aérea *kaseef* e que tudo era culpa minha! "Nosso país está arruinado por causa de você e de seus amigos SAVAK!"

Foi aí que bati muito forte no rosto da minha mulher, com a mão aberta. Ela caiu no chão e ficou lá, chorando:

— *Man meekham bemiram.* — Quero morrer, chorava. Quero morrer!

É claro que eu não a deixaria caída no tapete daquele jeito se nosso filho estivesse em casa, mas Esmail estava brincando na rua com seus amigos franceses, então permiti que Nadereh escondesse o rosto e chorasse. E ela estava completamente equivocada quanto ao meu envolvimento com a polícia secreta, a SAVAK. Eu tinha muito pouco a ver com os assuntos deles. E é claro que antes ela nunca reclamara de qualquer um dos nossos privilégios; nunca reclamara das empregadas e dos soldados que tinha a serviço da casa; nunca reclamara das viagens para esquiar nas montanhas, no norte, ou do nosso chalé com vista para o Cáspio, em Chahloosse; nunca reclamara dos vestidos finíssimos que teve a oportunidade de usar nas festas de generais, juízes, advogados, cantores e atores famosos; nunca reclamara quando, nas tardes de sábado, eu mandava Bahman levar nossa família ao melhor cinema de Teerã, onde obviamente sempre havia uma longa fila de espera, mas, como eu usava meu uniforme, nunca esperávamos, nem sequer pagávamos: éramos conduzidos até o camarote reservado para os VIPs, Very Important People, Gente Muito Importante, longe da multidão. E devo dizer que muitas vezes vi medo por trás dos sorrisos daqueles gerentes dos cinemas quando nos cumprimentavam e nos levavam pessoalmente aos nossos assentos; da mesma forma, ninguém, entre as pessoas que esperavam na fila, na calçada, ousava fazer uma reclamação que fosse, pelo menos não que eu pudesse ouvir; mas não havia sangue em minhas mãos. Eu comprava aviões de caça. Não era membro da SAVAK.

Mas houve momentos em minha carreira em que estive na companhia daqueles homens. Nos últimos anos, todas as quintas-feiras à noite, cinco ou seis de nós, oficiais do alto escalão, nos encontrávamos na casa do general Pourat para tomar vodca e saborear o *mastvakhiar*, pepino fresco com iogurte. E como sinto falta daquele tipo de companhia hoje!

No arranha-céu dos persas *pooldar*, em Berkeley, eu bem que tentei reunir os homens ocasionalmente, mas aqueles jovens médicos e engenheiros, por terem passado tanto tempo estudando no Ocidente, nem sequer sabem a maneira correta de beber juntos, como homens. Não sabem que o mais velho e mais experiente naquele ambiente é o *saghi* — e que ele, somente ele, segura a garrafa de vodca e enche ou não os copos à sua volta. Às quintas-feiras, na casa de Pourat, era ele obviamente o *saghi*. Em sua ampla residência, um soldado nos conduzia ao gabinete, diante de cuja porta nós, os cavalheiros, tirávamos os sapatos — e depois nos sentávamos em círculo no tapete vermelho-escuro, original, de Tabriz. No inverno, havia sempre o fogo crepitando na lareira alta de pedra, atrás de nós. Dois ou três músicos e uma cantora, de pé no canto mais distante, interpretavam suavemente canções compostas há mais de mil anos — e que, ainda assim, tinham somente um terço da idade do nosso país. Pendurada na parede leste, havia uma grande tapeçaria de lã, que representava Hazrat Abbas e seus companheiros sagrados avançando pela montanha de areia de Karbala, de encontro aos milhares de soldados inimigos que os levariam ao martírio.

E diante de cada um de nós era colocada uma pequena taça de barro, todas elas relíquias da família Pourat em Isfahan. Uma caixa de longos charutos Havana permanecia fechada, pois jamais fumávamos antes que nosso anfitrião o fizesse, nem metíamos nossos dois dedos na vasilha do tira-gosto, como diriam os americanos — no caso, na tigela do *mastvakhiar*, aquele maravilhoso iogurte azedo misturado a fatias de pepino fresco. Não. Aquilo só aconteceria depois do primeiro gole de vodca russa gelada, que Pourat nos serviria assim que entrasse no salão com seu smoking, suas calças de seda e finas meias parisienses. Era um homem atraente, *khosh teep* e careca, com ombros largos e nenhuma barriga.

Claro que nos levantávamos, mas Pourat nos convidava, com um aceno, a retomar nossos lugares no chão — e faria uma piada sobre um de nós, algo que tivesse ouvido durante a semana em Mehrabad. Nós sempre ríamos das piadas dele, e não apenas por respeito; ele era realmente um homem divertido.

Às vezes, provocava um dos homens mais jovens ou mais ambiciosos, ignorando sua taça na hora de servir o primeiro drinque da noite — coisa, aliás, que um *saghi* raramente fazia, pois a principal função de um *saghi* é cuidar para que ninguém beba mais do que pode aguentar. O jovem oficial sênior com a taça vazia baixaria talvez a cabeça, envergonhado, o rosto vermelho e concentrado, tentando se lembrar o que teria feito para insultar assim o general. Mas em seguida Pourat riria bem alto, assim como todos nós, e serviria a vodca ao jovem aliviado e sorridente, depois encheria todas as taças.

Quando brindávamos à nossa saúde, cada um, inclusive Pourat, procurava encostar sua taça debaixo da taça de todos os outros, o que na Pérsia é uma verdadeira demonstração de respeito.

— *Man nokaretam* — dizemos, e isso significa "Sou seu servo". E, como é natural, cada um procura homenagear o outro mais do que a si mesmo, se for realmente merecedor, e portanto não permitirá que sua taça fique mais alta que a do homenageado no momento em que se tocam. Baixará a taça instantaneamente até o fundo da taça do outro, como se dissesse:

— Não, eu é que sou seu servo.

Mas o outro às vezes poderia insistir em baixar sua taça, e mais de uma vez eu vi homens adultos baixarem suas taças dessa maneira até o chão, e depois se levantarem para decidir, na queda de braço, quem respeitava mais quem. Mas na casa de Pourat isso nunca ocorreria. Tínhamos orgulho não apenas de ser oficiais do alto escalão, mas também de ser cavalheiros persas.

Uma noite de inverno, o general Pourat convidou um sétimo homem à sua casa, seu sobrinho. Tinha a pele morena e era o mais jovem entre todos nós; não tinha mais do que 33 ou 34 anos. Era bem-apessoado, mandíbula larga, nariz pequeno e olhos profundos como os de alguns atores de cinema. Seu físico era atlético e exuberante por baixo do terno feito sob medida. A cada vez que levava à boca sua taça de vodca, o músculo do antebraço se avolumava como uma pedra roliça; e quando um dos homens comentou sobre a vitalidade do jovem, Pourat disse:

— Sim, Bijan é imbatível no *zur khaneh*.

Um dos senhores mais velhos, sentado ao meu lado, começou a falar de sua juventude em Rasht, quando ia com seu pai ao *zur khaneh* e via todos aqueles homens grandes lá, seminus e suando, erguendo o *milos* sobre suas cabeças enquanto o cantor cantava e tocava o tambor domback em frente ao fogo e às pedras quentes, sobre as quais um jovem jogava água para fazer mais vapor. Não gostei da maneira como o sobrinho de Pourat escutava aquela história; bebia sua vodca e mergulhava três dedos, não dois, no *mastvakhiar* — e, enquanto lambia os dedos, nem sequer olhava para o senhor que falava da juventude em Rasht. O rapaz mantinha os olhos nos próprios pés à sua frente, como se estivesse ouvindo aquilo pela centésima vez, e que obviamente sabia tudo de cor antes mesmo de ter ouvido pela primeira vez. Quando o cavalheiro ao meu lado terminou de contar a história de seu pai e do *zur khaneh*, Pourat serviu mais vodca a todos e, quando erguemos nossas taças num brinde ao nosso passado e às nossas tradições, fiquei atento para ver se o rapazinho, o tal de Bijan, manteria sua taça baixa em sinal de respeito — o que ele fez, embora seu rosto parecesse impassível, e ficou claro para mim que ali estava um rapaz que não só estava acostumado a ser admirado, observado e ouvido; ele também achava natural e esperava que assim fosse.

— E que posição seu sobrinho ocupa, *Genob* General Pourat?

A pergunta foi feita amavelmente por Mehran Hafsanjani, um homem de baixa estatura que tinha um cargo elevado e era especialista em comunicações por radar. O rapaz olhou diretamente para Hafsanjani e insultou Pourat, seu tio e anfitrião, ao responder antes dele:

— Faço parte da SAVAK, cavalheiro.

Pourat imediatamente fez uma brincadeira com todos nós; disse para tomarmos cuidado, pois nunca se sabe os segredos que esses policiais guardam, mas seu sobrinho não riu; sentou-se com as costas eretas, os braços grossos apoiados no pulso sobre os joelhos, tamborilando dois dedos sobre o tapete, como se não estivesse preocupado.

— Meu Bijan foi treinado na América, em Nova York.

O belo Savaki meneou a cabeça, em sinal de falsa modéstia. Adiantei-me.

— E o que lhe ensinaram por lá, jovem Pourat?

Não tentei esconder o desprezo em minha voz; a forma como usei a palavra jovem, *javoon*, soou como um insulto, mas não me importei; o general Pourat era meu velho amigo, a vodca estava quente em meu estômago, eu era um coronel. O belo sobrinho olhou-me diretamente nos olhos.

— Ensinaram-nos algumas técnicas, *Genob Sarhang*.

— Que tipo de técnicas?

O jovem me surpreendeu; olhou para o tio, para ver se deveria responder. Pourat assentiu de leve, com os olhos iluminados pelas labaredas do fogo atrás de si.

— Tortura, *Genob Sarhang*.

— Eles ensinam isso na América? — indagou outro senhor, um burocrata grande e vermelho como um rabanete, chamado Ali.

— Entre tantas outras coisas. — O traço de um sorriso perpassou o rosto do rapaz.

— Tenho ouvido algumas histórias — disse Ali. — Todos nós ouvimos. — Ele olhou para o general Pourat e limpou a garganta. — Ouvi falar de um homem do Partido Tudeh que foi forçado a ver sua mulher ser estuprada na prisão municipal.

O jovem Pourat ergueu a mão como se fosse espantar uma mosca do nariz.

— Isso só funciona por algum tempo. Se quiser informações de verdade, precisa sequestrar os filhos. Faça um subversivo ver seu pequeno perder uma mão ou um braço e ele entrega tudo. — Disse isso e sorriu, com os olhos fixos na taça de vodca, no chão. — Mas o mais difícil nesse trabalho é saber quem prender.

Dois homens riram.

Eu também tinha ouvido essas histórias. Todos nós tínhamos. Mas senti a vodca gelar no estômago.

— Gosta do seu trabalho, Sr. Pourat?

O Savaki apertou os olhos na hora.

— Gostar nada tem a ver com o trabalho. Sirvo ao Shahanshah, senhor. Só posso presumir que o senhor também.

Os músicos haviam acabado de tocar uma canção, e o salão estava em silêncio. Um tronco seco se partiu no meio do fogo e remexeu as brasas. Senti o calor dentro do meu coração correr para minhas mãos e, por um breve momento, imaginei meus dedos enterrados nos olhos do jovem policial.

O general Pourat bateu palmas duas vezes.

— Muito bem, muito bem, chega dessa conversa. Me admira vocês dois! São colegas e devem se comportar como tal!

Dirigiu-se então aos músicos.

— Toquem alguma coisa festiva!

O general nos serviu mais vodca e o momento passou.

Em pouco tempo, eu estava *mast*, meio bêbado, junto com os outros, e todos nos deitamos no chão, apoiados nos cotovelos, para ouvir a música. De vez em quando, eu olhava na direção do jovem torturador e o via contemplando o fogo com os olhos vazios; desejei que ele fosse embora cedo e não voltasse, pois não queria ser lembrado da polícia secreta e de todas as pessoas que eles fizeram desaparecer em nosso país, todos os estudantes e profissionais, esposas, mães, maridos, pais, filhos, *cargars*, trabalhadores analfabetos que viviam em casinhas de pau a pique a menos de 1 quilômetro do grande palácio, com todos os seus finos ornamentos importados do mundo inteiro; e eu não gostava de pensar, mais uma vez, que a América, país com o qual negociava de perto a compra de jatos de caça, tinha um dedo em tudo aquilo; eu não gostava de pensar que era dessa maneira que nosso rei conservava seu trono e nosso padrão de vida. Mas, acima de tudo, eu não queria aceitar que o general Pourat estivesse correto ao dizer que os jovens policiais e eu éramos colegas. Por isso bebi mais vodca do que devia, e pelo resto da noite não mergulhei meus dois dedos na mesma tigela de *mastvakhiar* da qual se servia o jovem torturador Bijan.

— Behrani?

Minha mulher está de pé na soleira da porta. Desde que nos mudamos, todos os dias veste calças femininas de algodão e um pulôver largo, para poder trabalhar mais à vontade. Perdeu muito peso ao longo dos últimos meses. Usa um cinto com enfeites de ouro para segurar as calças, e seus quadris parecem finos como os de um menino. Mas passou maquiagem nos lábios e nos olhos, e sua basta cabeleira está puxada para trás, amarrada com um lenço.

— Sim, Nadi-*jahn*?

— Quando teremos de nos mudar novamente?

Respiro fundo.

— Não tão cedo. Talvez, se conseguirmos um comprador, possamos pedir que espere até o outono. Você prefere assim?

Ela olha através de mim para a janela, para o sol que bate em nossa grama alta, na rua e no bosque à frente, com os olhos úmidos.

— Farei como você mandar, Massoud.

Levanto-me e abraço minha mulher, e por um breve momento ela permite isso. Sinto a maciez do seu peito contra o meu, o cheiro do cabelo limpo, o perfume familiar de lavanda e chá. Mas logo ela se afasta e segue rapidamente pelo corredor, de volta ao trabalho.

Nadi sempre foi mais orgulhosa que uma rainha, e estou certo de que o diálogo que acabou de acontecer entre nós foi um pedido de desculpas. Sentado à minha mesa, porém, sinto aquele peso enjaulado na barriga, que advém da falta de coragem, pois eu é que devo lhe pedir desculpas. Fui eu que contribuí para que nos afastássemos dessa maneira.

Eu estava em Corona Beach, ainda com os shorts que vestira para ir trabalhar, deitada numa toalha do El Rancho Motel. O céu estava claro e azul; sem nenhum sinal de névoa. A maré estava baixa e ondas verdes chegavam, compridas e preguiçosas, para se espalhar na areia molhada, onde quatro crianças, agachadas, faziam um morro para um caminhãozinho vermelho de plástico subir.

Na segunda-feira, minha faxina seria numa casa de dois andares, próxima ao rio Colma. O dono era um discreto contador que tinha a guarda da filha de 12 anos nos finais de semana. Usava barba, óculos de lentes grossas e uma vez me deixou um bilhete datilografado, convidando-me para sair; eu escrevi a lápis embaixo que não podia, explicando que era casada — o que era verdade, embora Nick já tivesse ido embora há meses. O contador escreveu um segundo bilhete pedindo desculpas, e eu me senti uma mentirosa desprezível; depois disso, ele nunca mais deixou bilhetes, apenas o cheque preso a um ímã em forma de arco-íris, na porta da geladeira. Após limpar sua pequena casa, fui direto para o motel e liguei para Connie Walsh, que levou quase dez minutos para vir ao telefone. Quando atendeu, disse que estava atrasada para um compromisso no fórum e que ainda não tinha notícias do condado. Depois pediu para eu levar minha cópia da declaração assinada no Ministério da Fazenda, com firma reconhecida. Eu disse que não havia encontrado o papel; ela então observou que essa não era uma boa notícia, mas pediu que eu mantivesse a cabeça erguida; provavelmente estaria anexada aos registros que iriam me mandar.

— Ah, Katy, recomendo que tente se hospedar em casa de amigos. Os burocratas do condado são famosos por empurrar os problemas com a barriga. Esse assunto pode levar algumas semanas para ser resolvido.

— Algumas *semanas?*

— Sim, é isso mesmo.

Estava prestes a lhe dizer que era muito tempo, não teria como segurar a barra até lá, mas Connie desligou o telefone e logo em seguida a moça da recepção tocou a campainha do meu quarto e perguntou se eu ia fechar a conta ou se ficaria mais uma noite. Eu não sabia para onde mais poderia ir, mas disse que estava saindo. Arrumei minha mala e depois atravessei a pista com minha televisão e guardei-a novamente no galpão de armazenagem. Um caminhoneiro estava entrando de ré no estacionamento para fazer a volta e, quando cruzei a pista, ele buzinou duas vezes, depois botou a cabeça para fora da janela, sorriu e disse alguma coisa que eu não consegui ouvir, por causa do barulho do motor do caminhão. Eu devia ter feito um gesto obsceno, mas, em vez disso, voltei para meu quarto e resolvi levar duas toalhas do motel só para me vingar — talvez pela televisão quebrada, embora eu nunca tivesse comunicado a ninguém que estava quebrada.

Atrás de mim, alguém ligou um carro sem amortecedor; virei e vi um velho Malibu sair do estacionamento da praia, com um adesivo que dizia PRIMEIRO O QUE É MAIS IMPORTANTE, colado acima do cano de descarga enferrujado. Nick odiava esses slogans tipo "12 passos", "Poder Superior", principalmente quando afixados nos carros com os quais cruzava quando ia para o trabalho ou quando saía para resolver pequenas pendências.

— Olha só o Grande Irmão controlando a gente até na porra do para-choque de alguém — dizia.

— Não é pra controlar, é pra lembrar.

— Essa porra é pra gente lembrar de obedecer a quem controla, Kath.

Mas eu não sentia o mesmo. Toda vez que via um desses adesivos — em geral no para-choque traseiro —, eu me sentia como se estivesse numa rua cheia de gente, numa cidade qualquer, e de repente visse o rosto de alguém que conheci um dia. Ainda que não fale com essa pessoa, esse tipo de coisa é capaz de me tornar mais ligada ao meu próprio passado e ao presente. Quando usava álcool e drogas, nunca gostei de vê-los, mas, depois de passar pelo programa de reabilitação, sempre que via um adesivo desses, sentia uma espécie de atração melancólica por tudo o que estava escrito: Viva e Deixe Viver, Deixe Tudo nas Mãos de Deus, Um Dia de Cada Vez, Calma, Simplifique. Foi Nick quem me fez parar de frequentar as reuniões.

No programa, eles nos deixam experimentar dois caminhos: o AA, que diz que somos impotentes em relação ao nosso vício e que precisamos entregá-lo a um Poder Superior, e a RR (Recuperação Racional), que é baseada no Pequeno Livro — uma publicação lançada há poucos anos, que diz que não somos impotentes e que pensar assim só torna mais fácil a reincidência. Tudo o que a pessoa tem a fazer é reconhecer a BESTA dentro de si, o viciado, a Voz Inimiga que quer usá-la, acusá-la de agir maldosamente em relação a si, tratar de reconhecer o próprio mérito e lembrar-se de quanto valoriza a própria sobriedade. A partir daí, não fica tão difícil usar tudo isso contra a BESTA dentro de si, para que ela não obtenha o que deseja. E soletram a palavra BESTA, com as devidas maiúsculas:

Bebida (a oportunidade de beber)
Efeito da voz inimiga (reconhecer)
Saber acusar a voz interna de agir com maldade
Típicos lembretes para promover o autocontrole
Autovalorizar a sobriedade

Tudo aquilo me deixou gelada, como se fosse uma língua estrangeira que jamais conseguiria aprender. Mas era ali que Nick ia, então eu fui também. Mas sentia falta das poucas reuniões do AA que tivera a oportunidade de frequentar — todo mundo sentado debaixo da fumaça dos próprios cigarros, contando suas histórias e dando força uns aos outros, onde ninguém se achava mais sábio ou mais íntimo que os outros.

Nick adorava aquela parte que falava de "saber reconhecer a Voz Inimiga". Durante a viagem de cinco dias rumo ao Oeste, em nosso novo carro e rebocando um pequeno trailer, bebemos garrafas e mais garrafas térmicas de café e falamos o tempo todo sobre isso — de uma parte de nós que quer nos matar, M, mesmo quando as coisas estão indo bem. Aliás, especialmente quando estão indo bem. E o único jeito de derrotá-la é com a razão e a racionalidade. Como um pai ou uma mãe faz com o filho pequeno. Então ele sorria e batia no volante com as mãos, olhando para mim, o rosto e o queixo meio azulados por causa da barba rala que começava a nascer. Ele estava tão convicto daquilo que eu também queria acreditar. Mas havia sempre aquele animal rebelde dentro de mim. Eu olhava para trás, para as linhas pintadas de branco que fugiam sob o pavimento da estrada, ou então reclinava o banco do passageiro e fechava os olhos. Ouvir uma voz inimiga dentro da cabeça e acusá-la de agir mal comigo não era problema para mim; o difícil era a parte seguinte — ir buscar toda aquela autoestima que todos parecem ter lá no fundo, e depois dizer a si mesmo que a vida sem um "barato" é melhor. Isso, eu nunca consegui fazer. E depois do programa, quando eu sentava ao lado de Nick em nossa reunião semanal dos grupos de Recuperação Racional em Cambridge, ninguém falava em ser impotente ou em viver um dia de cada vez, que era mais como eu mesma me sentia. Em vez disso, passamos a ser poderosos e racionais — poderosos por sermos racionais — e falávamos em viver *uma vida de cada vez*. Um monte de gente no RR tinha até deixado de fumar devido a essa convicção, de modo que havia cada vez menos cinzeiros na sala — embora houvesse café, que todos nós, aparentemente, bebíamos em grande quantidade.

Ao sair daquelas reuniões, eu sempre me sentia uma fraude. Mas Nick não; caminhávamos pela calçada em frente aos altos muros de tijolinhos de Harvard e ele segurava a minha mão; depois beijava meu pescoço e me arrastava, dizendo que havia uma vozinha dentro de suas calças a quem ele só podia acusar de agir com amor. Às vezes descíamos até Harvard Square, para comer ou ir ao cinema. Eu sempre queria fazer as duas coisas: comer algo pesado e delicioso, como lasanha ou costeletas, depois ir ao cineminha que ficava depois da banca de jornal e de todos os adolescentes de calças largas, para nos aconchegarmos nas poltronas vermelhas, no escuro, com uma Coca-Cola enorme e uns dez potinhos de chocolate com manteiga de amendoim, e apenas deixar que a luz intermitente do enredo desligasse a minha voz racional e razoável por umas poucas horas. Mas uma hora as luzes inevitavelmente se acendiam; eu piscava com a claridade e via Nick sentado ao meu lado, muito perturbado. Pouquíssimos personagens tinham controle sobre seus impulsos e problemas, e Nick dizia que assistir àquilo era muito deprimente e desgastante para ele. Então paramos de ir ao cinema nas noites de reunião da RR. Logo depois deixamos a Costa Leste.

Por várias e várias noites, depois que Nick me deixou, tudo o que eu fazia era entrar no Bonneville e dirigir sem rumo. Subia e descia a costa inteira, sempre à procura do Honda cinza. Eu sabia praticamente o tempo todo que ele estava longe, embora às vezes o imaginasse vivendo num bairro a menos de 16 quilômetros de Bisgrove Street, talvez tocando baixo numa banda, morando sozinho ou com alguma garota de 20 anos que não tinha intenção alguma de pressioná-lo a ter filhos ou qualquer outra coisa. Ainda me sentia um pouco mal sempre que pensava nele com outra pessoa, mas tinha certeza de que, se estivesse com alguém, essa pessoa provavelmente seria jovem o suficiente para que ele pudesse moldá-la do jeito que queria. Era realmente um babaca. E eu nunca havia me dado conta disso, senão quase dois meses depois que ele se foi. Tive essa revelação enquanto via um filme que aluguei. Aliás, eu alugava filmes quase todas as noites, até o dia em que o delegado-assistente Lester Burdon apareceu para me despejar. Alugava dois ou três filmes e assistia a um atrás do outro; às vezes até começava a vê-los no final da tarde. Contando com os fins de semana, minha média era de uns vinte filmes semanais. Sabia como aquilo poderia parecer viciante aos olhos de alguém do programa de reabilitação ou da RR, mas eu não estava colocando nada dentro do meu corpo, nem mesmo cigarros — e então racionalizei que não havia nenhuma Voz Inimiga para eu acusar de maldade, havia?

Foi durante um filme pornô que peguei na seção adulta e botei junto com dois filmes recomendados para maiores de 13 anos. Uma vez tinha lido que mais de 95 por cento dos homens se masturbavam e que só 46 por cento das mulheres o faziam, e sempre pensei que estivesse mais ou menos na faixa intermediária; eu só o fazia de vez em quando, após meses, nem dava para sentir falta. Mas quando pus o filme no videocassete e ouvi o barulho do aparelho puxando a fita, já estava toda molhada. Ainda estava claro lá fora, então fechei todas as cortinas, apaguei a luz da cozinha e sentei no chão quando começavam a subir os créditos em amarelo, com nomes como Fiona Laço e John Vara, e antes mesmo de acabarem, uma jovem loura lá estava de joelhos, chupando um italiano bronzeado que usava camisa, gravata e suspensórios. Já tinha visto filmes de sexo explícito antes, mas não muitos, em geral em festas nas quais ficava doida demais para enxergar alguma coisa. Então fiquei surpresa quando começaram a foder e eu não senti a mínima vontade de abrir o fecho da calça jeans. Em vez disso, recostei-me no sofá, com as pernas e os braços cruzados e vi o homem instruir a loura para fazer isso e aquilo, debruçar-se sobre a sua mesa, para que ele pudesse ejacular no rosto dela e penetrá-la por trás. Depois imaginei meu marido vendo aquilo e tocando punheta e senti meu estômago e as vísceras revirarem. Em seguida, apertei o botão "Eject" e joguei a fita para trás sem olhar.

Fui para o quintal. Era março e estava um pouco frio. Fiquei olhando para o chão duro. Nicky era um bom amante. Não transava como aqueles homens. Não me movimentava como uma boneca de pano que servia só para penetrar. Para mim, as coisas entre nós sempre foram recíprocas. Mas o que ficou claro naquele dia para mim, pela primeira vez, é que, depois de tudo dito e feito, Nick Lazaro tinha de ter total controle da situação.

Já era perto da hora do almoço e o sol estava muito quente em minhas pernas e no rosto. Levantei, sacudi a areia, e, depois de um rápido almoço à base de sanduíche de peixe e Coca Diet, voltei ao guarda-móveis para procurar mais uma vez a tal declaração que havia assinado no Ministério da Fazenda. Mas não havia ventilação no galpão e, mesmo com as portas escancaradas, estava tão quente lá dentro que, em poucos minutos, meu top e shorts já estavam colados à pele, e minha garganta precisava desesperadamente de outra bebida gelada. Tranquei a porta, liguei o ar-condicionado do carro e saí dirigindo sem rumo. Fiquei com raiva de mim mesma por não ter tomado uma chuveirada antes de fechar a conta no El Rancho. Parei num posto de gasolina, enchi o tanque com meu cartão de gasolina e tomei um banho de gato na pia do banheiro feminino. Depois vesti um pulôver limpo de algodão, comprei mais cigarros e segui por mais 20 quilômetros para o sul, na 101, até o Cineplex. Lá havia uns dez cinemas e eu pretendia passar a tarde inteira sentada em pelo menos três deles.

Não sei se foi por causa da taça de champanhe que minha Nadi tomou, ou se foi porque Esmail havia dormido cedo na frente da televisão do seu quarto, ou se foi simplesmente pela boa notícia dada pelo avaliador de imóveis que contratei para vir aqui ontem — notícia, aliás, pela qual agradeço a Deus e na qual mal posso acreditar —, de que esse chalé vale quatro vezes o que paguei por ele e o avaliador não vê dificuldade alguma em encontrarmos comprador, especialmente com o novo terraço panorâmico que vai descortinar o mar.

Talvez tenha sido isso, ou o novo toca-fitas que comprei para ela em um bairro japonês em São Francisco, eu não sei. *Man nehmee doonam.* A única certeza que tenho é que ontem Deus beijou nossos olhos, e na noite passada minha mulher me convidou ao seu quarto pela terceira vez em todos esses anos que estamos vivendo na América.

Deitamo-nos juntos no escuro, para ouvir uma fita nova de um cantor recitando os *rubaiyats*, de Fayez Dashtestani. Ao fundo, um homem tocava suavemente a *ney*, uma flauta de pastor, e logo ela me puxou para si e aquilo quase foi demais; senti-me de novo como um jovem recém-casado que se deita com sua noiva. Nadi apertou tanto as minhas costas e eu vi novamente meu pai, no dia do nosso casamento, carregando a ovelha gorda até a porta da nossa nova casa. Era verão, estava muito quente e, por causa do vento oeste, nossas roupas finas estavam cheias de poeira. Meu pai usava um terno preto e sua testa e suas faces brilhavam de suor enquanto carregava a ovelha debaixo do braço esquerdo, a faca comprida na mão direita; ele ajoelhou e segurou a ovelha na soleira da porta aberta, o animal que começava a balir, lutando e esperneando sob o peso de meu pai. Nadi apertava a minha mão entre as suas enquanto meu pai enfiava a faca bem fundo na garganta da ovelha, depois puxava e deixava o sangue correr sobre a soleira da porta da nossa nova casa. O pai de Nadi, agachado, esfregava o sangue na madeira com seus dedos; atrás de nós, as mulheres e os homens batiam palmas e um vento quente que soprava sobre todos nós, a respiração de Nadi em meu pescoço, e a multidão nos empurrava para dentro da casa escura, por cima da ovelha agonizante, com as pernas traseiras em contrações e espasmos na areia.

A flauta do pastor continuava. Minha mulher ajeitou minha cabeça em seu ombro e passou os dedos gentilmente sobre a minha calva, como se eu fosse seu próprio filho.

Logo a música acabou e ela adormeceu, mas eu não conseguia dormir. Fui até o quarto de Esmail e desliguei a televisão, depois o cobri com o lençol. Mesmo curvado, o corpo dele tomava quase toda a cama. Está crescendo tão depressa, mais do que sua irmã, Soraya; ali, de pé à sua frente e vestido com meu robe, sentia-me orgulhoso e assustado ao mesmo tempo.

E agora acordo no sofá da sala de estar, pouco antes do nascer do sol, e sinto-me triste por não ter ficado na cama com Nadereh, pois não sei se uma noite como essa vai se repetir tão cedo. E me lembro de Soraya quando ainda era garotinha. Suas pernas eram longas, finas e morenas, e sua mãe sempre a fazia usar algum vestido bonito. Um dia, quando cheguei em casa, e ela não tinha mais de 7 ou 8 anos, lembro que minha filha correu até a varanda dos fundos para me saudar. Ouvi sua risada, olhei de dentro do carro e a vi de pé, em posição de sentido, com seu vestido amarelo, os joelhos pequeninos que se tocavam de leve, usando o quepe com visor de meu velho uniforme *sarvan*. O quepe de capitão era obviamente tão grande que lhe caía no rosto e cobria os olhos, e eu me lembro daquela abertura linda entre seus dois dentes da frente enquanto ria e me saudava, ainda que não pudesse me ver ou enxergar qualquer coisa à sua frente.

Agora Soraya é esposa de um homem. Ao me lembrar disso, levanto-me do sofá, visto-me e levo meu chá para fora, para o quintal. A grama alta está levemente úmida e meus pés descalços começam a coçar, enquanto caminho em torno do chalé com minha xícara de chá quente. Ainda é muito cedo. Algumas estrelas ainda estão visíveis no céu. Hoje o jovem *najar* começa a construir o terraço panorâmico — e não sei, talvez tenha sido um erro anunciar a venda da casa antes de o trabalho ter sido concluído. Quando baixo meus olhos na direção do bosque escuro, do outro lado da rua, fico paralisado; lá está, estacionado entre as árvores, o carro vermelho do avaliador. Sinto uma súbita leveza no peito e um peso nas pernas; estou convencido de que ele viera até aqui para me informar de que foi tudo um engano, que esse chalé não vale nada. Mas, ao pisar no asfalto duro e frio da rua, fico envergonhado por ter tido medo e duvidar; trata-se de um carro bastante novo, que não se parecia em nada com o do avaliador, e obviamente ele não sairia a negócios, assim tão cedo pela manhã. Pourat muitas vezes me disse que eu não era um homem de fé; naturalmente, fui obrigado a concordar com ele. É por isso que estou sempre esperando um desastre logo depois do sorriso de Deus.

Percebo um ligeiro movimento dentro do automóvel. Aproximo-me e olho pela janela; vejo uma mulher jovem, dormindo reclinada no banco dianteiro. Veste shorts e uma blusa sem mangas. Está com o braço em cima dos olhos. Olho pela janela de trás, mas ela está sozinha. Mais uma vez balanço a cabeça, admirado com a forma como essas mulheres americanas vivem. Olho mais uma vez para suas pernas e seus pés nus e volto para o jardim com meu chá.

O céu está escuro e Nicky está montado num cavalo marrom, no meio de um regato. Estou lá também, com água até os joelhos. Ele está sentado na sela e olha para mim do jeito que me olhou no dia em que partiu, com cara de quem acha que é tarde demais para fazer alguma coisa e decide partir naquele momento, antes que fique triste demais e não consiga se mexer. Só que o cavalo, aqui, não se mexe; continua me olhando com seus grandes olhos. Toda vez que Nick puxa as rédeas, o cavalo abre a boca e solta um relincho agudo. E quando Nick esporeia suas costelas, o som é o de uma pedra ao atingir um tronco oco de árvore. Ponho a mão no pescoço molhado do cavalo e olho para Nick, e de repente tudo muda, estamos ele e eu sentados num sofá em algum lugar, os dois fumando, eu pedindo para ter um bebê, Nick sentado tão imóvel e quieto, olhando para o nada, como se eu tivesse acabado de lhe pedir para tomar cianureto. Posso ouvir o cavalo lá fora, relinchando e batendo. Mas quem é o cavaleiro?

Quem é o cavaleiro?

Abri os olhos e sentei no banco dianteiro do Bonneville. Ainda sentia o gosto dos cigarros da noite passada e virei a chave na ignição até o meio, para acender o relógio digital. Ainda não eram 8 horas e o sol já batia quente, através do para-brisa, em cima de mim e do estofamento marrom do carro. O bosque estava cerrado e ensombrecido como sempre; bem lá no fundo, havia traços de luz do sol. Em seguida, ouvi o som que estava no meu sonho; virei-me e olhei em direção à casa do outro lado da rua. Dois carpinteiros estavam em cima do telhado, sobre a minha cozinha.

Os dois estavam sem camisa e um deles arrancava as peças de madeira da cobertura com os dentes do martelo, enquanto o outro usava sua serra elétrica para cortar meu telhado, o telhado do meu *pai*, o telhado de *Frankie*. A caminhonete deles estava estacionada na frente da casa, do lado da entrada de carro, onde, na noite passada, eu tinha visto um Buick branco sob a luz dos meus faróis, enquanto subia a colina. Mas agora não estava lá; bem que eu devia ter escutado Lester Burdon e ficado longe dali. Mas aquele era o único lugar para onde pensaria em ir tão tarde da noite, após dirigir por mais de uma hora, tentando me convencer a desistir de procurar outro motel em algum lugar. Agora os dois carpinteiros trabalhavam juntos e usavam pés de cabra para arrancar um grande quadrado do meu telhado. Jogaram-no no chão e ficaram de pé no piso do meu sótão, entre os caibros. O cara com a serra começou a cortar um deles e eu pulei de trás do volante, abri a porta sofregamente e atravessei a rua correndo, descalça. Gritei com eles, mas não conseguiam me ouvir por causa do barulho da serra, então dei a volta no telhado e subi a escada. Os dois eram bronzeados e um deles tinha uma tatuagem no ombro. O outro parou de cortar e olhou para mim, depois para o cara da tatuagem, e depois para mim de novo.

— O que você está fazendo?

O cara da tatuagem meteu o martelo dentro do seu cinto de ferramentas.

— Perdão?

— Quem disse que você podia fazer isso? Esta casa é minha, porra!

Do alto do telhado, ele olhou para sua caminhonete e para o meu carro.

— E você é...?

— A *dona* desta casa. *Eu*. Saia já do meu telhado.

— Você é a Sra. Behrani?

— Não.

O outro carpinteiro remexeu em seu avental, tirou um cigarro da carteira e o acendeu. Podia sentir que olhava para meus braços e pernas nus, e para meu cabelo todo amarfanhado do sono. Havia esfriado na noite passada e agora minha cabeça parecia congestionada e eu me sentia muito deslocada e inadequada.

— Foi o Sr. Behrani que me contratou. Tem que falar com ele.

Olhei para o carpinteiro tatuado e depois para o outro, que fumava seu cigarro. Este afastou os olhos de mim e contemplou a vista; voltei-me e avistei os telhados de Corona lá embaixo, e depois o mar verde-acinzentado que se estendia da praia até o horizonte. De algum modo, aquilo me deixou ainda mais enfurecida; subi de novo a escada e comecei a pisar na cobertura, e um dos carpinteiros gritou para eu ter cuidado justamente na hora em que pisei numa tábua virada com várias pontas de prego para fora — e agora quatro ou cinco delas se afundavam no meu calcanhar e na planta do meu pé. Gritei e dobrei o joelho. O sangue escorria.

— Que merda!

Pulei de um pé só e sentei, depois flexionei o pé para cima, mas havia tanto sangue que eu não podia ver onde estavam os furos.

— Porra.

— Aqui.

O carpinteiro tatuado agachou-se diante de mim e amarrou uma bandana bem apertada em torno do meu tornozelo. Ajudou-me a ficar de pé e me levou até os degraus da entrada, da minha entrada, e bateu na porta de tela. Minha mão estava sobre seu ombro nu, meu ombro contra suas costas. Sua pele era quente e úmida e eu podia sentir seus músculos. Lembrei na hora que não havia escovado os dentes nem lavado o rosto, dormira no carro a noite passada e agora sangrava na minha própria porta, esperando que um estranho a viesse abrir.

Um rapaz de cabelos negros veio até a porta. Teria talvez uns 15 anos; usava uma bermuda de surfista de um laranja berrante e uma camiseta larga. Olhou diretamente para o meu pé, que eu tentava não deixar tocar o chão. Uma mulher veio logo atrás dele. Tinha os cabelos curtos, bastos e praticamente nenhuma maquiagem nos olhos negros. Usava um moletom de grife e tinha uma aliança enorme na mão esquerda. Eu queria dizer que ela estava na minha maldita casa, que não tinha a porra do direito de remodelá-la, mas o carpinteiro falou primeiro e perguntou se podíamos usar o banheiro para lavar o meu pé, e se ela teria algo que pudéssemos usar para evitar que o sangue caísse em seu tapete. E que tapete o dela! Eu podia vê-lo, estendido sobre o carpete de parede a parede, atrás dela: tratava-se de um enorme e autêntico tapete persa, em profundos tons de vermelho e marrom. A mulher disse alguma coisa ao garoto numa língua que parecia árabe ou hebraico; ele foi até a cozinha e voltou com um saco plástico de lixo e o entregou ao carpinteiro. Este, por sua vez, agachou-se e enfiou-o no meu pé. Meu estômago se contraiu e tive vontade de vomitar.

A mulher olhava para o meu rosto e cabelo, reparou na minha camisa amassada e seus olhos me pareceram tão cheios de carinho que respirei fundo e não disse nada quando ela abriu espaço para que o carpinteiro e eu entrássemos. Uma das minhas mãos estava no ombro do carpinteiro e, com a outra, segurava o saco de lixo no meu pé. Passamos por uma mesa de prata onde havia pequenas tigelas cheias de amêndoas e chocolates embalados. Na sala, havia um sofá suntuoso e luminárias que pareciam caras. O carpinteiro parou na cozinha e perguntou à mulher onde era o banheiro, mas antes que ela tivesse tempo de responder eu lhe disse para seguir até o fim do corredor. Apoiei-me no ombro dele e fui pulando por dentro de uma casa que não parecia mais minha; a porta do meu quarto estava aberta e, rapidamente, eu vi uma cama queen size com cabeceira de latão. No chão, perto das janelas, havia vasos com plantas enormes; e sobre o carpete, em volta da cama, tapetes pequenos em tons de roxo escuro, verde e preto.

No banheiro, sentei-me na beirada da banheira e deixei a água fria correr sobre a sola do meu pé, enquanto via o sangue descer pelo ralo.

O carpinteiro ficou de pé do meu lado, com as mãos nos quadris. Ainda estava com o cinto de ferramentas e o cabo do martelo balançava contra sua perna.

— Quando foi a última vez que você tomou antitetânica?

— Ela ainda está sangrando?

A mulher estendeu o braço sobre mim, quase esbarrando no meu rosto, e eu senti cheiro de lavanda e algodão. Ajoelhou-se no chão, regulou a temperatura da água e depois pegou uma barra de sabão e lavou meu pé na água quente. Chamou o filho na língua deles; depois sentou-se na beirada da banheira, pegou meu pé com delicadeza e o apoiou numa toalha em seu colo. Era uma toalha branca, espessa e macia, do tipo que só hotéis cinco estrelas têm, e eu tentei tirar o meu pé sangrando de cima dela.

— Está doendo muito?

Ela me encarou com seus olhos tão negros, as rugas do rosto tão delicadas, como se não as tivesse há muito tempo.

— Não quero estragar sua toalha.

Ela sorriu, mas não acho que tenha entendido o que eu disse. O filho veio com uma caixa cheia de bolas de algodão e um rolo de atadura. Disse algo a ela, era árabe, concluí, e depois virou-se para mim, sem qualquer sotaque:

— Eu uso quando ando de skate. Não se preocupe, eu lavei.

— Desculpem, mas eu tenho que saber que história é essa antes de continuar o meu trabalho.

O carpinteiro ficou na soleira da porta, observando enquanto a mulher esfregava na sola do meu pé um líquido transparente que cheirava a gengibre. Meu rosto ficou vermelho e eu fiz sinal para que ele esperasse um segundo, embora eu não tivesse ideia do que iria dizer em seguida.

A mulher apertou uma bola de algodão contra cada uma das perfurações no meu pé e começou a enrolá-lo com a atadura, bem apertada. A cada volta, olhava de relance para meu rosto, para saber como eu estava. O filho havia saído do banheiro e eu ouvi o barulho de uma televisão sendo ligada no quarto onde, antigamente, Nicky tocava seu baixo. Olhei para o carpinteiro e disse baixinho:

— Vou falar com o marido dela.

— Tudo bem. Sinto muito pelo seu pé.

Vi-o afastar-se pelo meu corredor com seu cinto de ferramentas sobre os shorts, sem camisa. Senti-me abandonada.

A mulher passou o último pedaço de atadura em torno do meu tornozelo, segurou-o com o polegar e depois o prendeu com um alfinete de fralda de bebê. Sorriu para mim e nos olhamos por um segundo, o que me fez tirar a perna do seu colo e ficar de pé, mas não consegui colocar peso no pé sem que uma dor me queimasse e subisse pela canela. Ela ajudou-me a sair do banheiro e eu me apoiei parcialmente nela até chegar à sala, onde me conduziu até o sofá atrás da mesa de prata. Eu já ia dizer que não, mas ela mudou uma almofada de lugar, afastou a travessa de doces para o outro lado da mesa e colocou a toalha dobrada ali, para eu apoiar o meu pé; tudo o que consegui fazer foi afundar na maciez do sofá.

— Vou trazer chá e açúcar. Você precisa descansar.

Vi-a entrar na minha cozinha e pegar uma xícara de vidro transparente. Na parede à minha frente, havia quadros de montanhas com vista para o mar e de homens barbados, de vestes longas, montados a cavalo. Na mesinha de canto ao meu lado, uma foto de família em que a mulher está sorrindo ao lado de um homem calvo, com uniforme militar. Sentado à frente deles, estava o mesmo rapazinho que atendera à porta, só que mais jovem, o rosto suave e redondo, e ao seu lado uma bela jovem com longos cabelos negros que desciam abaixo dos ombros e caíam sobre a blusa branca. Tinha os olhos e o sorriso gentil da mãe.

— Essa é, naturalmente, nossa foto de família. — A mulher colocou no meu colo uma bandeja preta, com pés de apoio. O vapor do chá subia pelo meu rosto enquanto eu o tomava; a mulher foi à cozinha e voltou com uma tigelinha de uvas roxas.

— Obrigada — eu disse.

Ela sorriu, do outro canto do sofá; pôs um cubo de açúcar na boca antes de beber o chá e colocou a xícara num pires em seu colo. Olhava para minhas pernas nuas e o short curtinho com a mesma expressão que minha mãe teria. Meu rosto ficou vermelho. Eu podia ouvir o som abafado dos carpinteiros cortando madeira acima de nós, depois martelaram alguma coisa e cortaram de novo. A mulher saboreava com delicadeza o cubo de açúcar em sua boca. As uvas estavam geladas e doces, mas desejei jamais ter ido parar ali de carro na noite anterior. Coloquei a bandeja na mesa, sentei e depois me levantei, apoiada no pé saudável.

— Não, você tem de descansar os pés. Seu amigo precisa levá-la ao hospital.

Contornei a mesa como pude e rumei para a porta, pulando com um pé só. Caída sobre um canto da mesa de prata, estava a toalha branca dobrada, com meu sangue secando sobre suas fibras.

— Obrigada por sua ajuda, mas ele não é meu amigo. Nem mesmo sei o nome dele.

Connie Walsh estava numa reunião quando subi as escadas mancando e disse a Gary que queria vê-la, e que não iria embora enquanto não falasse com ela. Ele olhou para meu pé enfaixado e perguntou o que tinha acontecido, mas sentei sem dar resposta porque minha vontade naquele momento era de matar alguém, qualquer pessoa, mas não ele — especialmente por ele ter arrastado uma cadeira para eu apoiar meu pé enquanto esperava.

As clientes de Connie Walsh naquela manhã eram duas mulheres, um pouco mais velhas e mais bem-vestidas do que eu. Saíram da sala de reuniões rindo, mas quando me viram sentada ali com o pé em cima de uma cadeira que quase bloqueava a passagem, as risadas se transformaram em sorrisos amarelos, ao se apertarem para passar no vão da cadeira e desaparecer nas escadas.

Minha advogada parou na porta da sala.

— O que aconteceu com você?

— Eles estão desmantelando a porra da minha casa toda.

— *O quê?*

Entrei pulando com um pé só na sala de reunião, que cheirava a cigarros de cravo. A sala estava banhada de sol, com todas as altas janelas abertas. Inclinei-me contra a mesa e cruzei os braços sobre o peito, para controlar o tremor de minhas mãos.

— Estão remodelando a casa. O que você vai fazer em relação a isso?

— Sente-se, Kathy.

— Eu não quero sentar. Quero é matar alguém, porra! Como é que eles não sabem que estão ocupando a casa de outra pessoa? Já estou cansada dessa merda.

Acendi um cigarro.

Connie se sentou e pediu a Gary que por favor nos trouxesse dois cafés. Olhou-me com expressão paciente.

— O serviço postal acabou de me entregar esta manhã a papelada encaminhada pelo condado. Eu já ia estudá-la e ligaria para você esta tarde.

— Eu não quero que você me ligue, quero que ligue para aqueles árabes que estão quebrando a minha casa toda.

Minha voz falhou, mas eu não ia revelar o motivo. Gary entrou na sala e deixou nosso café.

Senti que meu pé começava a inchar; então, puxei uma cadeira, sentei e descansei a perna.

— O que aconteceu?

— Meu jardim virou um canteiro de obras!

— Você foi lá, Kathy?

— É isso mesmo. — Despejei um sachê de adoçante no meu café e fiquei mexendo, enquanto Connie, com voz suave, começava um sermão sobre as vantagens de ficar longe da propriedade, para que ela pudesse fazer o trabalho dela sem complicações.

— É muito importante que a gente acerte isso de uma vez por todas — falou. — De acordo?

Olhei para ela, para seus cabelos prematuramente grisalhos, para sua expressão séria. Ainda estava com muita raiva ao constatar até que ponto as coisas haviam chegado; estava com um nó na garganta, mas mesmo assim disse que sim, e depois tomei um gole do café. Connie pediu licença e saiu para pegar a papelada. Lá fora, no telhado plano do Roxie Theater, do outro lado da rua, dois pombos se empoleiravam numa chaminé de tijolos, ao sol. Juntos, olhavam a vista lá de cima; os bicos se moviam para a frente e para trás, para a direita e para a esquerda, enquanto admiravam o cenário.

Meu pé doía. Fumei outro cigarro e pensei que pelo menos aquele dia não teria de fazer nenhuma faxina, e que, com sorte, conseguiria ficar de pé no dia seguinte para trabalhar. Mas no caminho até o escritório, a sola do meu pé doía tanto que tive de sentar quase na diagonal e usar o pé esquerdo tanto para acelerar quanto para frear, afundada no banco como uma velha. Quando fiz menção de levantar para ir atrás da minha advogada, ela entrou na sala sorrindo. Segurava uma pasta de cartolina parda na frente do corpo.

— Eu estava certa. Eles mandaram sua declaração assinada, junto com toda a documentação. Veja.

Peguei a pasta da mão dela. Lá estava a declaração original, assinada por mim e por Nick na frente do tabelião. Olhei para a assinatura dele, cada letra cuidadosamente desenhada, enquanto a minha não passava de um monte de garranchos apressados. Cheguei a pensar que ele fizera isso para que as pessoas não precisassem decifrar sua assinatura; assim, não dificultaria as coisas para ninguém e não provocaria nenhuma confusão. Cheguei realmente a pensar isso.

Connie Walsh disse algumas coisas; eu olhava para ela e assentia, como se estivesse ouvindo.

— Está claro que eles decidiram encerrar a questão com essa declaração, portanto enviarei por fax uma carta ainda hoje e também vou telefonar antes do fim do expediente. Se não tomarem a iniciativa de rescindir imediatamente a venda, vamos processar o condado e pedir uma fortuna de indenização. Você ainda está no motel?

Fiz que não com a cabeça.

— Quero é que você ligue para aquela gente que está na minha casa. Eles já se sentem mais donos da casa do que eu jamais me senti. Isso não está certo.

Minha advogada bateu com o lápis na palma da mão.

— Pegou os nomes deles?

— Ah, não sei, Bahroony ou Behmini, alguma coisa assim. São do Oriente Médio. Por favor, ligue para eles e diga para refazerem o telhado do jeito que estava e caírem fora.

Ela saiu da sala e escutei quando orientou Gary para rascunhar uma carta a ser encaminhada pelo serviço de courier. Os pombos voaram da chaminé e eu disse a mim mesma que devia me sentir bem, porque o condado enviara a declaração juramentada que me devolveria a casa que era minha e de Frankie. Mas eu tinha quatro buracos no pé, o pescoço estava duro por ter dormido no carro, a garganta apertada — e, por um segundo, eu me vi carregando no Bonneville a maior parte das coisas que estavam no galpão de armazenagem e seguindo diretamente para o leste. Eu simplesmente pararia o carro na entrada da garagem da minha mãe e lhe contaria tudo: que eu não tinha amigos, que estava fumando de novo, que sobrevivia limpando as casas dos outros, que tudo o que faço é ver filmes dos quais não me lembro, que meu marido me deixou, e eu perdi a casa, mãe, acabou.

— Onde é que você está, Kathy? — Connie entrou na sala, com seus óculos de aro redondo, lendo algum papel.

— Em lugar nenhum.

— Não está na casa de amigos?

Ela tinha um olhar sincero mas ao mesmo tempo cauteloso, e logo vi que era o tipo de pessoa que não conseguia ficar bem consigo mesma se não fizesse a coisa certa. Mas também era do tipo que nunca conseguia dizer não, e que prefere que a gente minta, para que não tenha de fazer a coisa certa — como, por exemplo, me convidar para passar uma semana em sua casa.

— Sim, estou com uma amiga.

— Está mesmo?

Essas pessoas sempre fazem isso: esticam a mentira da gente até quase arrebentar.

— Quero voltar para minha casa até o fim de semana, Connie. Está certo?

— Não posso prometer nada, mas vamos fazer o possível. — Ela sorriu, levantou e me levou até a porta. Enquanto eu pulava com um pé só pelas escadas, ela disse para eu não me preocupar e que esperava que meu tornozelo melhorasse logo.

Estar triste e sozinha é quase mais fácil do que estar no topo e não ter ninguém para compartilhar a vista lá do alto. Não que eu estivesse muito bem enquanto seguia pela Skyline Boulevard na direção sul, passando por Daly City, em pleno sol. Os viciados levam fama de estar sempre esperando desgraça a cada bafejo de sorte, mas agora eu tinha minhas esperanças de que Connie Walsh pudesse ter o assunto resolvido até o fim da semana. E precisava relaxar.

Descansei meu pé direito numa protuberância no piso do carro, debaixo do console. A dor já não era tão aguda, mas agora o pé estava quente e latejava no ritmo dos meus batimentos cardíacos — que estavam mais acelerados que o normal, pois eu fumava praticamente um cigarro atrás do outro.

Pensava novamente em Lester Burdon, em seus olhos tristes e no bigode torto, em seu pequeno utilitário a se afastar em meio à névoa. Eu sabia que, desde então, pensava nele ocasionalmente; ainda enxergava aquela necessidade profunda estampada em seu rosto quando se sentou à minha frente, no Carl Jr. Os homens que têm essa expressão, em geral, querem nos morder como se fôssemos uma ameixa fresca e suculenta; depois de nos morderem, nos sugarem e nos mastigarem, ainda esperam que voltemos a ter caldo — e que ainda seja doce. Mas a necessidade de Lester parecia diferente; havia certa doçura também, uma espécie de paciência. Ou talvez não fosse uma necessidade, e sim uma vontade. Talvez tivesse vontade.

Em Daly City, parei num posto de gasolina e fui num pé só até o banheiro, com minha bolsa de maquiagem e escova de dentes, uma camiseta e roupas de baixo limpas. Fiz a higiene, entrei de novo em meu Bonneville com o pé enfaixado e vasculhei minha carteira em busca do cartão de Lester Burdon.

Havia escorregado para dentro do meu talão de cheques e estava entre dois cheques em branco. A função dele era algo chamado "oficial de treinamento de campo", e seu escritório ficava no Departamento de Polícia de San Mateo, em Redwood City. Liguei o carro, usei o pé esquerdo para acelerar e segui rumo à autoestrada Bayshore, na direção sul.

O sol bate quente sobre meus braços enquanto empurro o cortador de grama vermelho vivo que pus para funcionar com um puxão na corda; sinto o cheiro da benzina e aquele perfume tipicamente americano de grama verde sendo cortada no calor.

O motor é barulhento, mas, ainda assim, escuto os *najars* trabalhando no telhado da casa.

A tarde corre em seu primeiro dia de trabalho, mas eles já terminaram de montar a estrutura do terraço sobre o telhado; vou e volto com o cortador de grama de um ponto a outro da propriedade e vejo-os estender novas tábuas de madeira ao longo da estrutura e bater pregos com seus martelos de aço sob o sol.

A grama alta sucumbe sob o cortador como um destacamento de soldados mortos, e eu agradeço por ter na cabeça aquele tolo chapéu azul, que conserva minha calva na sombra, além de proteger minha testa e meus olhos também. Mas tenho muitos outros motivos para agradecer; depois de comer frango, *tadig* e rabanetes no almoço dei permissão a Esmail para descer de skate até o trem BART, a fim de visitar seus amigos, com direito a permanecer fora até a noitinha. Os jovens *najars* haviam saído em sua caminhonete para comprar mais material; sentei diante do balcão da cozinha para consultar o caderno de imóveis do jornal, quando minha Nadi fez uma pausa na limpeza e me beijou no rosto. Chegou bem perto de mim, segurando o *sofreh* dobrado junto ao peito.

— Por que você não ficou comigo ontem à noite, Massoud?

Minha mulher tem 50 anos, mas falou como uma adolescente, como uma noiva na noite de núpcias. Pensei que pudesse estar desapontada comigo, mas, quando vi seu sorriso, o jeito como manteve o queixo baixo, olhando para mim com aqueles olhos de gazela, e o jeito com que tomou a minha mão e me conduziu pelo corredor até seu quarto, meu coração ficou como uma pedra lisa a mover-se sobre a água e prendi a respiração, como um garoto que mede sua boa sorte pelo número de vezes que a pedra ricocheteia na superfície antes de afundar.

Mais tarde, enquanto os *najars* retomavam o trabalho acima de nós, Nadi pôs o *colah* azul na minha cabeça e riu quando saí ao sol do meio-dia. E eu ri também, pois, com exceção de um ou outro programa de TV que ela mal consegue entender, Nadi não ria. Quer dizer, não enquanto vivíamos nos apartamentos dos *pooldar*, não. Mas aqui é diferente; aqui ela parece viver como se não esperasse mais a vida acontecer. Aqui está livre de nossas próprias pantomimas, de nossas próprias mentiras.

Continuo a cortar a grama alta com facilidade; enquanto formo linhas retas e ordenadas com a vegetação morta, tomo a decisão, sim, de que devemos permanecer aqui durante todo o verão; será bom para nós, será um bom descanso. Continuarei a trabalhar todos os dias para conseguir um comprador, mas constará do contrato que a propriedade não estará disponível até o outono. Isso também me dará tempo necessário para encontrar novas propriedades para comprar, pois está claro que devo comprar apenas casas como essas, leiloadas pelo condado ou pelos bancos. Talvez até descubra uma casa ou um apartamento agradável para alugar, enquanto prossigo na atividade de compra e venda com o objetivo de ter lucro.

Esses têm sido meus pensamentos — pensamentos bem agradáveis, por sinal, pois sinto-me novamente como um homem que tem nas mãos as rédeas da fera que tem dentro de si. O *najar* me diz que a plataforma da qual avistaremos Corona e o mar ficará pronta em mais dois dias. Soraya e seu novo marido chegam da viagem de lua de mel na sexta-feira, portanto devemos convidá-los, e também a família do noivo, à nossa casa, para uma pequena celebração. Darei instruções a Nadi para que prepare seu melhor *chelo kebab*, o *barg* e a carne macia do *kubehdeh*. Comprarei champanhe e arrumarei as cadeiras no terraço; e todos nós brindaremos à saúde da noiva e do noivo — e também à nossa própria saúde, *salomahti*.

Na rua, desligo o cortador e deixo as fileiras de grama cortada para Esmail juntar com um ancinho e ensacar, quando voltar. Limpo o suor do meu rosto. Não consigo cortar a grama em volta da casa por causa das escadas e das ferramentas dos *najars*, e também por causa das tábuas novas que eles empilharam cuidadosamente no chão, ao lado do pequeno pedaço do antigo telhado que teve de ser cortado. Enquanto empurro o cortador ao longo de todas essas coisas, um dos *najars* me chama.

Olho para cima na direção dos dois jovens, mas o sol está forte e, mesmo com o novo *colah* na cabeça, preciso proteger os olhos com as mãos.

— Sim, senhores, vocês dois estão fazendo um excelente trabalho.

— Obrigado — responde o rapaz com um restaurante tatuado no ombro.

— O senhor resolveu tudo com aquela mulher?

— Desculpe, mas de que mulher você está falando?

— A senhora que cortou o pé. Ela não falou com o senhor?

— Por favor, desça até aqui, para que meu pescoço não entorte de vez nesta posição.

O *najar* desce a escada com seu avental de couro cheio de ferramentas por cima de suas bermudas. Está sem camisa e vejo que suas costas são quase da cor das de um indiano de Bombaim. Quando chega ao chão, volta-se em minha direção e limpa o suor da testa.

— Só queria ter certeza de que ela falou com o senhor. Disse que ia falar.

— Ah, sim, minha esposa me contou que sua namorada cortou o pé. Sinto muito por isso.

— Namorada? Nunca vi aquela mulher antes na vida. Ela subiu no telhado esta manhã, toda nervosa porque estávamos trabalhando. Disse que era a dona da casa.

Minhas mãos ficam pesadas e minha voz, trêmula.

— Do que está falando, rapaz? Eu sou o dono desta casa. Paguei por ela em dinheiro vivo. Quem é essa mulher?

— Para mim, parecia maluca — disse o outro *najar*, que fumava um cigarro no alto do telhado. — Está pulando de uma perna só. É provável que esteja em outra casa aqui da rua dizendo que é dela também.

O *najar* do meu lado ri e eu sorrio, mas não acredito muito no riso dele e fecho a cara.

— No meu país, os malucos são internados, mas aqui vocês deixam que eles fiquem soltos como as ovelhas.

— Isso é verdade — diz o jovem *najar*, enquanto pega no chão um saco de papel com pregos e sobe novamente a escada até o telhado, voltando ao trabalho. O outro apaga o cigarro com o pé sobre as tábuas novas.

— Por favor, me avise se essa mulher voltar. Muito obrigado.

Empurro meu cortador de grama até a área com relva na parte de trás, que fica completamente à sombra da casa. Há apenas uma fina réstia de sol no chão, bem na base da cerca viva alta, e é ali que paro para puxar a corda do cortador duas vezes, até o motor começar a funcionar. Abasteço com o máximo de benzina que a máquina consegue receber e agradeço por todo o barulho que ela faz.

Por quase trinta minutos, fiquei sentada dentro do carro estacionado do outro lado da rua, em frente ao Tribunal de Justiça, em Redwood City. O prédio tinha oito ou nove andares e a calçada de concreto era tão branca sob a luz do sol que tive de baixar o visor e colocar os velhos óculos Ray-Ban de Nick, que eram grandes demais para o meu rosto. Do outro lado da rua, em frente ao Tribunal de Justiça, havia um velho prédio, também da Justiça, com um enorme domo todo em vitrais; não havia árvores em nenhum dos dois lados da rua principal, apenas parquímetros e carros brilhantes. Toda hora, eu tinha ímpetos de abrir a porta e sair para buscar Lester para um possível almoço, mas então pensava naquela aliança em seu dedo, na tristeza em seus olhos... Eu fumava um cigarro, batia minha própria aliança no volante e tentava entender o que eu pensava que estava fazendo, afinal.

Vi alguns policiais uniformizados entrarem no Tribunal de Justiça. Um deles era grande como meu irmão Frank. Mais uma vez, eu me dei conta de como gostaria de vê-lo — só nós dois sentados em algum restaurante na parte norte de Boston, almoçando em algum lugar, como costumávamos fazer. Ele estaria usando uma de suas camisas polo, turquesa ou amarelo-manga, e eu falaria sobre algum dinheiro que lhe estivesse devendo, ou sobre alguém com quem estivesse saindo. E ele me daria o mesmo conselho que me encheria o saco, o que às vezes fazia com que eu me sentisse melhor, também.

— É fácil, K. Em um lado da página, você tem seu Custo, e do outro, seu Benefício. Tudo o que tem a fazer é decorar qual é qual; depois você compara um com o outro e toma a decisão na hora. É tudo o que tem a fazer. Eu vivo dessa maneira.

Às vezes era reconfortante estar perto de alguém que encarava a vida dessa forma. E eu teria contado ao meu irmão sobre Nick há meses, se tivesse certeza de que ele não contaria à sua mulher — que, por sua vez, contaria à minha mãe.

— Mas e se a gente não sabe a diferença entre um benefício e um custo? — eu sempre perguntava. — E se a pessoa nunca foi lá muito boa em diferenciar um sinal de mais de um sinal de menos?

Era hora do almoço e pequenos grupos de homens e mulheres deixavam o prédio, a caminho de algum lugar para comer. Continuei fumando e observei três mulheres usando saias e blusas sociais, sentadas em um banco de concreto, não muito afastado do carro. Comiam iogurte em pequenas embalagens plásticas. Uma delas riu, terminou seu iogurte e abocanhou um biscoito. Sabia que eu não desejava a vida de escritório que elas levavam; tinha certeza disso. Mas de onde eu as observava enquanto comiam e conversavam ao sol, senti-me como se tivesse vivido a minha vida inteira separada dos grupos de pessoas normais e de suas conversas agradáveis. Noutro dia qualquer, talvez eu entrasse numa de me sentir sem casa, sem marido e sem amigos, mas agora quase me sentia melhor que elas — mais forte, como se soubesse mais sobre a vida por sempre tê-la vivido de modo extremo, no limite.

Traguei o resto do cigarro até o filtro e o apaguei no cinzeiro. Estava prestes a sair, forçando-me a pensar em encontrar um local seguro para estacionar meu carro a fim de passar a noite, quando alguém bateu na janela do meu lado. Dei um pulo sentada. Lester Burdon estava ali de pé no sol, de uniforme, segurando um monte de papéis. Baixei o vidro todo e o calor de fora atingiu meu rosto. Minha boca estava seca e desejei ter algo à mão para amenizar o bafo de cigarro.

— Isso, sim, é uma surpresa — disse Lester, olhando para o banco vazio do passageiro, como se tentasse descobrir quem me trouxera até ali.

— Surpresa boa ou ruim?

Ele sorriu, e seu bigode torto endireitou-se um pouco.

— Boa. É boa.

— Minha advogada acha que pode me restituir a casa. Achei que gostaria de saber.

— Fico feliz com a boa notícia.

— Já almoçou?

— Tenho que ir para o tribunal agora. — E apontou por sobre o ombro para o prédio do domo, atrás de si. — Em geral, a esta hora estou em ronda. Estou surpreso por você ter-me encontrado.

— Ora, foi você que *me* encontrou... — Sorri e liguei o carro, mas me senti como uma mulher apanhada espionando atrás de um arbusto, com o rabo de fora. — Bem, tenho que ir.

— Espere, vou para seus lados esta tarde. — Passou de uma mão a outra os papéis que tinha, amassando-os um pouco. — Um café?

— Depende da hora — disse, e rezei para que aquilo não desse muita bandeira, pois era assim que eu me sentia.

— Às 16 horas? Passo no seu motel? — Ele estava com uma linha de suor bem em cima das sobrancelhas.

Pensei na noite de domingo, quando vi o carro dele saindo do El Rancho, ao voltar da loja.

— Não estou mais lá. Estou morando no Bonneville.

— Não conheço.

— Está olhando para ele, Lester. — Liguei o carro e subi meio vidro da janela. — Encontro você no Carl Jr., em San Bruno. Divirta-se no tribunal.

Entrei na avenida quase sem olhar, mas ninguém buzinou e havia muito espaço na frente e atrás. Achei que minha sorte talvez estivesse realmente mudando, afinal.

F iz questão de não chegar primeiro ao restaurante, mas quando entrei no estacionamento em San Bruno, às 16h05, com o sol batendo nos olhos, não vi a perua Toyota dele por lá, nem qualquer patrulhinha. Esperei em meu carro uns 15 minutos, depois fui pulando até o restaurante, com o cuidado de não jogar peso no pé enfaixado. Examinei as pessoas no balcão, nas cabines e nas mesas, mas ele não estava lá e eu não queria estar perto da porta quando ele chegasse, então voltei para o carro e sentei atrás do volante por mais uns vinte minutos, de olho em qualquer coisa que entrasse no estacionamento. Mas nada de Lester. Às 16h45, liguei o carro e saí, embora não tivesse a menor ideia de para onde ir, ou do que fazer quando lá chegasse.

Estava mais do que desapontada. Rodei por San Bruno, passei por casinhas baixas de estuque e seus pequenos jardins ressecados, com a vaga esperança de ver o carro de Lester e segui-lo de volta até o nosso ponto de encontro, para um café tardio. Senti a garganta ardendo e os olhos queimando um pouco. Não me sentia tão sozinha há semanas, e sabia que era porque tinha grandes esperanças, e acho que não tinha imaginado que o amável delegado-assistente Lester Burdon fosse me dar o bolo. Num sinal de trânsito, um homem careca num jipe aberto piscou para mim; meus olhos marejaram e eu arranquei sem esperar o sinal verde.

Estava tão cansada de estar em meu carro, cansada da própria ideia de dirigir sem destino até encontrar um lugar para estacionar e passar a noite. Bom, pelo menos era um espaço familiar, pois o restante de mim estava num galpão guarda-móveis em frente ao El Rancho Motel. Depois de gastar gasolina por quase uma hora, voltei para lá, estacionei atrás do meu galpão e fiquei olhando pelo vidro os carros que passavam. Pensei que devia mesmo me render e alugar outro quarto no El Rancho, do outro lado da rua, dessa vez um com uma TV que funcionasse, e simplesmente me jogar na cama e assistir, durante horas, a qualquer porcaria que estivesse passando. Quando sentisse fome, pegaria o telefone e pediria alguma coisa. Daria cheques que não podia dar; não iria trabalhar e não sairia daquela cama até que Connie Walsh me telefonasse para dizer que eu podia voltar para minha casa.

Era assim que eu me sentia. Mas voltar para o quê, na verdade? Para limpar a casa e o escritório dos outros? Ver filmes no videocassete? Esperar meu marido voltar? Mentir para minha família?

Acendi um cigarro e soltei a fumaça para fora da janela. No programa, eles te diriam para PARAR, em momentos como esse. Se você está com fome, com raiva, solitário ou cansado — em qualquer uma dessas situações — deve dar uma parada e prestar muita atenção em si mesmo. Bem, por acaso eu estava em todas as quatro situações e sabia perfeitamente disso. E a última coisa que eu queria fazer era enfrentar a BESTA no ar e reconhecer a voz inimiga dentro da minha cabeça, para então poder acusá-la da porra da maldade.

Meu pé latejava. Recostei-me contra a porta e coloquei-o sobre o banco do passageiro. A mulher árabe tinha feito um bom trabalho ao enfaixá-lo, tive de admitir, mas por que eu não expliquei a situação a ela enquanto ainda estava na casa? Era nisso que eu pensava quando um carro do Departamento de Polícia do condado de San Mateo saiu da estrada e entrou no estacionamento, com sua longa e ondulante antena de rádio, e Lester Burdon, levantando a mão do volante, acenava em minha direção.

Deixou o carro ligado e veio até a minha janela. Baixei a perna e me endireitei no banco. Havia manchas de suor em suas axilas e sua estrela dourada pendia frouxa da camisa.

— Me desculpe pelo café, Kathy, tive de atender a uma chamada em domicílio. Você esperou muito?

— Ah, só uma ou duas horas.

— Me desculpe, eu...

— Brincadeira. Não se preocupe, dei umas voltas de carro.

Não queria demonstrar a felicidade que sentia por vê-lo agora.

— Ainda quer tomar café?

— Quero.

Tinha as mãos na porta e olhava diretamente para mim com aquele olhar escuro de novo — uma vontade, pensei, uma vontade com certeza. Olhei para minhas mãos no volante.

— Se importa de pegar carona numa patrulhinha?

— Só se você não for me prender...

Ele sorriu e eu estacionei o Bonneville atrás dos caminhões, entre dois daqueles bem grandes, com vários eixos. Depois fui pulando até a patrulhinha de Lester. Quando entrei e fechei a porta, ele perguntou o que tinha acontecido com meu pé. Contei-lhe então que tinha acordado essa manhã em Bisgrove Street; falei sobre os carpinteiros e sobre o pedaço do telhado em meu jardim. Lester começou a balançar a cabeça negativamente e me lançou um olhar que eu não queria; então contei de novo que Connie Walsh havia prometido devolver minha casa até o fim de semana e que agora eu tinha alguém com quem comemorar esse fato. Senti-me um tanto ou quanto "nua" demais por colocar as coisas dessa forma; Lester não disse mais nada. Apenas ligou a patrulha e saiu do estacionamento de caminhões, na direção oeste.

Olhei para o rádio preto no console, para as luzes verde e laranja no visor. Havia uma espingarda encaixada debaixo do painel; olhei de soslaio para Lester atrás do volante. Ele ainda balançava a cabeça.

— Sua advogada sabe que você tem dormido no carro?

— Ela acha que estou com alguns amigos. Pelo menos é no que ela quer acreditar.

— Como assim?

— Quero dizer que existe um limite para seu interesse em ajudar, é isso; ela tem suas limitações.

Entrou na Cabrillo Highway e ficou em silêncio por um minuto.

— Você não tem ninguém com quem ficar, Kathy?

Dei de ombros. Meu rosto ficou quente.

— Não se consegue conhecer muita gente fazendo faxinas, eu acho.

Senti seu olhar em mim. Desviei o rosto para o oceano que brilhava ao sol. Meu pé doía e eu ansiava por meus óculos escuros. Passamos por alguns carros e eu observava os motoristas, com suas cabeças eretas, monitorando seus medidores de velocidade e checando a estrada. Só levantavam os olhos na nossa direção quando passávamos por eles.

— Você consegue se acostumar com isso? — perguntei.

— Com o quê?

Fiz sinal com a cabeça em direção aos motoristas que diminuíam a velocidade.

— Gente que você não conhece com medo de você.

— Acha mesmo que eles têm medo?

— O suficiente para ficarem bem atentos.

Lester dobrou na Cabrillo e entrou no estacionamento de um quiosque de cachorro-quente e sorvete na praia. Havia mesas de ambos os lados e atrás; um grupo de adolescentes — cinco ou seis rapazes e moças — ocupava uma delas, ao lado do balcão. Tinham os braços, pernas e rostos bronzeados ou queimados de sol. Quando viram Lester sair do carro, olharam para o horizonte como se aquele fosse o 14º policial que viam nos últimos dez minutos. Gostei de estar na perspectiva do receptor daquele olhar. Podia sentir o cheiro dos cachorros-quentes, da fumaça do cigarro dos adolescentes, do bronzeador de alguém. A atendente do balcão disse a Lester que ali não havia café, então ele disse que podiam ser duas Cocas, mas olhou para mim para conferir e eu sorri, concordando.

Lester veio pela sombra atrás do quiosque com nossas bebidas, enquanto eu saltitava, passando entre as pontas de cigarro, na areia. Sentamos numa mesa coberta; bem na nossa frente, o oceano Pacífico parecia estar entrando em maré baixa; as ondas vinham compridas e pequenas, até finamente quebrarem na areia. Sobre as águas pairava um acúmulo de nuvens azul-acinzentado, do tipo que, em geral, vem como uma neblina; o céu em torno delas era um nevoeiro só. Lester sentou-se ao meu lado no banco, de frente para a praia, e durante algum tempo ficamos apenas olhando para a água. Tomei um gole da minha Coca e voltei-me na direção dele apenas o suficiente para apreciar seu perfil, seus profundos olhos castanhos, o nariz pequeno e o bigode mal-aparado. Mais uma vez, estava lá aquela delicadeza própria dele, sua quietude.

— Como foi que você acabou nesse uniforme, Lester?

— Les. — Olhou para mim e sorriu.

— Les. — Repeti e sorri também, mas como um flerte, pensei. Como se não estivesse realmente interessada na resposta à minha pergunta.

— Na verdade, tinha planos de ser professor.

— Pois é o que você parece. Quer dizer, para mim é o que você parece.

— Queria acender um cigarro, mas não desejava ter aquele gosto na boca, não agora. — Então por que você é um menino de azul?

Ele balançou a cabeça e olhou para o tampo da velha mesa, para uma tábua onde alguém havia entalhado dois peitos com mamilos em forma de X.

— Minha mulher estava grávida. A academia de polícia era mais barata do que a faculdade, com emprego garantido no final. Esse tipo de coisa.

— E você gosta?

— De modo geral, sim.

— De modo geral?

Ele sorriu para mim, mas seus olhos tinham se tornado doces e de repente ele me pareceu demasiado terno, de modo que olhei de novo para a frente, para as nuvens que já se aproximavam da praia, sempre com a névoa em volta. A areia da praia já não estava tão clara e eu senti o cheiro de algas.

— Lá vem a neblina — eu disse. Ainda sentia seus olhos em mim. Bebi a Coca até o gelo bater nos meus dentes.

— Kathy?

— Há?

— Gostaria de lhe perguntar algo pessoal, se puder.

— Tudo bem, pergunte logo. — Estava brincando de novo, mas não conseguia olhar para ele e por isso mantive os olhos na água verde-clara, na névoa que parecia sair dela.

— Por que seu marido não está mais com você?

Fiquei observando o trajeto de uma onda baixa até que ela chegasse à praia e, antes de ela se quebrar, senti que torcia por ela, que esperava que não fosse quebrar.

— Eu queria ter filhos, ele não. Sei lá, acho que se ele realmente me quisesse, ia querer filhos também, sabe?

Lester pôs a mão quente e pesada sobre a minha, na mesa.

— Ele é um tolo.

Olhei para baixo, para a mão dele.

— O senhor anda me observando, oficial Burdon?

— Sim.

— Bom.

— É bom?

— Bom que você não mentiu.

Lester respirou fundo.

— Não parei de pensar em você desde o despejo, Kathy.

Nesse momento, olhei para ele. Sua voz se calara, mas havia alguma coisa, uma espécie de ousadia em seus olhos. Meu pé direito doía, mas nossos joelhos se tocavam. Ele baixou os olhos, mas então, como se tivesse se obrigado a fazer aquilo, olhou novamente para mim, mas seus olhos castanhos já não pareciam ousados.

Lester me fazia lembrar de mim mesma. Apertou minha mão e, de repente, eu me senti tão perto dele que beijá-lo nem me pareceu propriamente um movimento. Seu bigode era pinicante e macio contra meu lábio superior; abri minha boca e provei sua Coca doce. Abracei suas costas, ele abraçou as minhas e aquele beijo pareceu durar uma eternidade, até que finalmente respiramos e nos separamos. A névoa flutuava já bem perto da praia e começava a ficar difícil enxergar a água. Olhei para ele, para seu nariz pequeno e reto, seu lábio inferior debaixo do bigode, seu queixo barbeado. Quando cheguei aos seus olhos que me tomavam tão completamente, a sensação em minha boca era engraçada; então me concentrei em seu distintivo com a estrela dourada, o nome gravado embaixo, e quis passar os dedos sobre as letras. A temperatura havia caído, e meus braços e minhas pernas estavam arrepiados.

— Vamos encontrar um lugar para você ficar.

Les levantou-se e pegou nossos copos vazios; enquanto me ajudava a chegar ao seu carro pela areia, eu não disse nada. Seguimos em silêncio ao longo de Corona até San Bruno, onde ele virou na direção norte, pouco antes da autoestrada El Camino Real. Sob o céu cinzento, passamos por casas térreas com pequenos pátios gramados. Atrás delas, estava a autoestrada e era possível ver os carros e caminhões grandes que iam para cidades como Hillsborough, imaginei, San Carlos, Menlo Park, Los Altos e Sunnyvale — cidades que percorri sozinha durante meses, tentando me convencer de que não estava à procura do Honda cinza do Nick.

Les estava em silêncio atrás do volante e, embora estivéssemos em sua patrulhinha, a sensação de estar sentada no banco do passageiro e ter novamente um homem dirigindo ao meu lado era tão familiar, que me senti meio pra cima e meio pra baixo, tudo ao mesmo tempo.

Já nos afastávamos das casas e estávamos chegando a uma área de postos de gasolina, fast-foods e um shopping center bem próximo à autoestrada.

— E aí, para onde estamos indo, Les?

Ele olhou para mim, descansou a mão no meu joelho e virou à esquerda. Passou pelo shopping center e chegou a uma via cheia de motéis e hotéis de viajantes, numa colina gramada que se estendia ao longo da autoestrada El Camino Real.

— Quer uma piscina?

Sem esperar minha resposta, entrou no pequeno estacionamento do Eureka Motor Lodge, um prédio de tijolos brancos, de dois andares, com um telhado uma imitação de terracota. Do lado de fora da porta da recepção, havia duas máquinas de Coca-Cola e uma de gelo. Uma placa de madeira entalhada pendia da janela, com o seguinte slogan: *Eureka: Descobri!*

— Essa área é melhor do que a outra, Kathy. Não posso deixar você dormir no carro.

— Terei de reembolsar você.

— Shhh... — E aproximou o dedo dos meus lábios. Fingi mordê-lo e ele sorriu, depois foi até o escritório, todo de uniforme, pistola e aliança no dedo. Por um segundo, eu me perguntei o que estava fazendo, mas depois me concentrei no bem que me fariam um bom banho e uma cama firme, com lençóis limpos.

O quarto ficava na parte de trás, longe da rodovia, de frente para a piscina. Les me ajudou a me instalar e depois pediu licença para ir ao banheiro.

Sentei-me ao pé de uma cama queen size, coberta com uma colcha azul-violeta.

O chão era acarpetado e limpo. Contra a janela acortinada, havia duas cadeiras estofadas, ladeando uma pequena mesa com tampo de vidro.

À minha frente, uma TV colorida num suporte, perto de uma cômoda escura com espelho. De onde eu estava, não conseguia ver meu reflexo; quando comecei a tentar ficar de pé sobre o pé bom, ouvi a descarga e o barulho da água correndo. E Les apareceu de volta no quarto, enxugando as mãos numa toalha que jogou sobre a cômoda.

— Parece que você já fez isso antes — eu disse.

— Por que diz isso? — Ficou parado onde estava, com olhar magoado e as mãos sobre o cinturão.

— Desculpe, foi só uma brincadeira.

Ele abriu a boca como se fosse dizer mais alguma coisa; depois agachou-se diante de um minibar do outro lado da cômoda, pegou duas latas de cerveja Michelob e me entregou uma. Minhas mãos ficaram frias ao tocá-la. De repente, olhava para a lata no meu colo como se estivesse vendo uma foto antiga de alguém que conhecia e, por um segundo, não sei por que, não conhecia mais. Les abriu sua cerveja e bebeu ali mesmo, de pé na minha frente. Mas não consegui nem olhar para ele; deixei a lata cair no chão e desabei novamente sobre a cama, cobrindo o rosto.

O que eu estava fazendo? Meu pé doía, pendurado daquele jeito para fora da cama, e eu até me perguntei se minhas coxas pareceriam gordas, do ângulo onde ele se encontrava. Ouvi-o colocar a lata de cerveja sobre a cômoda e depois agachar-se para recolher a outra, ouvi o barulho do couro de seu cinturão. O colchão afundou sob o seu peso, eu baixei minhas mãos e vi que ele estava olhando para o meu rosto, apoiado sobre um dos braços, de modo que seu ombro chegava até sua orelha. Daquele jeito, ele me parecia quase feminino e, por alguma razão, desejei beijá-lo de novo. Deslizava o dedo indicador pelo meu pulso e antebraço, e seus olhos não tinham mais aquela audácia, mas também não estavam tristes.

— Você não tem ideia de quem eu sou, Lester.

— Acho que é a mulher mais bonita que eu já vi.

Coloquei minha mão em seu braço quente e cabeludo; ele se curvou e me beijou. Sua língua estava fria por causa da cerveja; senti o gosto e aquilo mexeu comigo. Afastei-me dele e me sentei de novo, recostada na cabeceira.

— O que foi, Kathy?

Eu queria um cigarro, mas não sabia onde havia deixado o maço. Cruzei os braços na frente do corpo. Les sentou-se ao pé da cama e me olhou como se eu estivesse prestes a dizer algo importante.

— Há quase três anos que não tomo um gole sequer de álcool, Lester.

— Me desculpe, eu não sabia.

— Eu sei que não, mas você não sabe muita coisa sobre mim, não é verdade?

Os lábios sob o bigode estavam abertos e ele afastou o olhar. Levantou-se, levou sua lata de cerveja até o banheiro e eu o ouvi despejá-la na pia. Queria lhe dizer que não precisava fazer aquilo, mas não confiei na minha voz; tive medo de parecer arrogante. O ar-condicionado na parede começou a funcionar, embora o quarto já estivesse frio demais, mas meu pé estava apertado e quente; curvei-me e soltei o alfinete de segurança que a mulher árabe havia pregado na bandagem. Foi bom tirar o curativo e, quando o fiz, Les saiu do banheiro e tive medo de que meu pé cheirasse um pouco mal. E cheirava mesmo.

Agachou-se e inspecionou a sola.

— Acho que você devia pôr de molho. — Seu rosto agora tinha uma nova expressão; distraído, como se estivesse atrasado, como se devesse estar em outro lugar, mas era como se não soubesse ao certo que lugar era esse, ou mesmo se existia.

— Você não precisava jogar aquela cerveja fora, Les. Não é tão grave assim.

Seus olhos encontraram os meus.

— Então como é, Kathy? Eu gostaria de saber.

— Gostaria?

— Sim, gostaria.

Acreditei. E não gostei de vê-lo ali daquele jeito, de pé, diante do meu pé fedorento. Pus a mão em cima da colcha e chamei:

— Venha cá.

Ele hesitou por um instante, como se não soubesse o que eu tinha em mente; bem, para falar a verdade, não acho que tivesse alguma coisa em mente. Só queria mesmo afastá-lo do meu pé. Mas quando ele sentou do meu lado na cama e inclinou-se para beijar minha testa, meu rosto, meus lábios, com uma das mãos apertando as minhas costelas e a outra afagando o meu cabelo para trás, foi como se eu fosse um poço vazio e não soubesse disso até então, quando ele me descobriu e começou a chover e eu o puxei para mim, abri minha boca, segurei os dois lados de sua cabeça e o beijei com tanta força que nossos dentes se chocaram. Beijei seu rosto, seus olhos, seu nariz; lambi seu bigode e o beijei novamente com a boca aberta. Comecei a desabotoar sua camisa e ele puxou minha camiseta pela cabeça; mas, quando ele tocou meus seios, todo aquele afã diminuiu. Algo mudou dentro dele e de mim também. Olhou bem dentro dos meus olhos, como se quisesse ter certeza de alguma coisa pela última vez; depois sentou-se e, muito devagar, desamarrou os sapatos. Colocou-os de lado, soltou a pistola do coldre e colocou-a sobre a mesa de cabeceira. Quando ele soltou as fraldas da camisa de dentro das calças, girei as pernas para o outro lado da cama, desabotoei meu short e tirei-o, junto com a calcinha. Meus dedos tremiam e eu estava com sede, mas agora o calor latejante de meu pé perfurado havia passado para o meio das minhas pernas e deitei de novo na cama, justamente quando Les saía de suas cuecas boxer, o traseiro pequeno e escuro. Virou-se para me encarar e eu olhei para o seu bigode torto, o cabelo desalinhado, os ombros estreitos. Eu tinha 16 anos novamente, mamãe tinha ido às compras, papai estava no trabalho, tempo de sobra até que alguém pegasse a gente. Agarrei os ombros dele, subi meus calcanhares pela parte traseira de suas pernas e puxei-o para a frente.

M ais cedo havia neblina, mas agora o céu está cor de pêssego e o sol baixou sobre o mar, que ainda não consigo ver do alto da nossa casa. Já faz duas horas que os *najars* se foram. Antes de ir, porém, limparam bem a área, cobriram a madeira nova com uma grande lona verde, que prenderam com pedaços de madeira velha do antigo telhado. Sentado no degrau da porta da frente, vejo meu filho juntar a grama cortada do jardim, com a ajuda de um ancinho. Está usando o que aqui chamam de camiseta regata e bermudas bem largas. Vejo os músculos alongados que começam a aparecer em seus braços, pernas e nos ombros também. Por cima da cabeça passam os fones de ouvido amarelos do walkman que Nadi comprou para ele no bairro japonês. Estou certo de que está ouvindo rock and roll da Califórnia, uma música que, aos meus ouvidos, é tão agradável quanto cinco F-16 voando bem acima de nossas cabeças. Nessa luz do entardecer, sua pele tem um lindo tom castanho-dourado e, por um momento, vejo-me pensando em nosso falecido xá Pahlavi.

Não é sempre que bebo álcool, mas ontem à noite, Nadi e eu tomamos, cada um, uma taça de champanhe, e a garrafa custou mais de 35 dólares. Agora já está um pouco chocha, mas eu não ligo, *frekresh neestam*, e bebo numa das taças de cristal que adquirimos na Rue de Touraine, em Paris. Digo a mim mesmo que, ao beber este champanhe, evito o desperdício, mas sei que estou apenas tentando prolongar a sensação de comemoração que experimentei quando o comprei. Em minha cabeça, porém, continuo a ouvir o que o *najar* me disse, sobre a jovem senhora que alegou ser a dona deste chalé, e tento substituir suas palavras pelas de seu colega, que insistia em dizer que ela parecia louca, *deevoonay*, e que provavelmente estaria afirmando ser dona de propriedades em toda a cidade.

Depois de cortar a grama, pensei em telefonar para o cavalheiro do escritório municipal de tributos que supervisionou o leilão e talvez indagar sobre essa mulher, mas não consegui pegar no telefone; como diz um velho ditado persa, se não há cobras em seus pés, não levante as pedras próximas da estrada.

Pela porta de tela atrás de mim, sinto o cheiro de caldo de carne e dos tomates cozidos do *obgoosht*, do arroz fumegante e do *tadiq*. Enquanto trabalha na cozinha, Nadereh canta suavemente, para si mesma, uma das canções românticas de Googoosh. É claro que não lhe contei nada do que os *najares* me informaram. Em vez disso, pedi que preparasse o cardápio e uma lista de compras para o jantar que vamos oferecer à nossa filha, a nosso novo genro e à família dele. O rosto de minha mulher iluminou-se de felicidade diante disso, diante da forma modesta como nossas vidas parecem retornar aos velhos tempos, que beliscou minha bochecha e disse:

— Oh, *Jujeh-man!*, meu galinho. — Coisa que já não me dizia há vários anos.

Meu filho ensaca a grama cortada e balança a cabeça para cima e para baixo, ao ritmo da música que só ele escuta; minha mulher sussurra feliz na cozinha, e eu me sinto um tolo por me preocupar mais do que Deus deseja que nos preocupemos. Chamo Esmail, que dança como um galo, mas ele não me ouve e eu começo a pensar em Soraya, em sua volta e em abraçá-la bem forte quando esse dia chegar.

Estou imerso nos pensamentos sobre o momento de sua chegada, no amor que tenho por aquela querida jovem que, quando o pequeno automóvel branco sobe a colina e para em frente ao bosque do outro lado da rua, levanto-me depressa, pensando que são eles que chegam antes da hora, para nos fazer uma surpresa em nossa nova casa. Mas na porta do motorista está escrito "Serviço de Courier — Bay Area", e logo tenho em minhas mãos um envelope lacrado de uma Sociedade de Apoio Jurídico chamada Lambert & Walsh, Advogados. Meu nome está escrito errado no sobrescrito. Rasgo o envelope, mas preciso pegar os óculos lá dentro; fecho a porta do escritório e sento-me em frente à minha mesa.

Prezado senhor,
    Escrevo para informá-lo de que esta empresa averiguou que a propriedade situada no número 34 da Bisgrove Street, em Corona, Califórnia, foi leiloada ao senhor em circunstâncias impróprias e errôneas pelos oficiais fazendários do Condado de San Mateo. Notificamos essa questão ao condado hoje e exigimos que a venda da mencionada propriedade seja imediatamente rescindida, para que o proprietário de direito recupere a posse legal de seu imóvel.
    Esteja ciente de que esperamos que desocupe o imóvel o mais breve possível. Lamentamos qualquer inconveniente que isso venha a lhe causar.

Atenciosamente,
C. S. Walsh, Advogada

Por três vezes, leio a carta e começo a lê-la pela quarta vez, quando minhas mãos rasgam o papel em pedacinhos e eu os atiro na lata do lixo, mas eles se espalham e caem no chão. Meu coração bate como se eu tivesse acabado de escalar uma montanha. Agarro uma caneta e a quebro, fazendo a tinha azul explodir no ar. Ah, este *país*, este lugar *terrível*; que tipo de sociedade é esta, em que não se pode esperar que uma transação comercial esteja concluída e sacramentada quando os papéis foram assinados e o dinheiro, depositado? O que eles estão pensando? Não, está claro que eles não pensam. São idiotas, fracos e estúpidos. E o terraço? O que vai acontecer? Vão me devolver 1.100 dólares? E devolverão os 45 mil dólares? Mas não devo nem pensar em admitir essa possibilidade, pois não aceitarei devolução alguma! Procederei como o planejado; vou vender este chalé para ter o lucro a que tenho direito, e que Deus condene todos à danação do inferno: *uma venda é uma venda*. Não pode ser desfeita agora. É tarde demais.
    Como isso pode ser uma prática legal? Telefonarei a eles imediatamente. Ajoelho-me e procuro, entre os pedaços de papel, pelo cabeçalho dos advogados.

Nadi entra no quarto, polindo uma travessa de prata que segura com as mãos.

— *Chee kar meekonee, Massoud?*

— Eh, nada, não estou fazendo nada. — Mas Nadi deve ter percebido alguma coisa pela minha expressão, pois seus olhos escurecem e ela para de secar a travessa com o pano. Começo a pegar os pedaços da carta no chão. Em persa, ela pergunta:

— O que há de errado, Massoud? Que bagunça é essa?

— Errei a boca da lixeira, é só isso. Já está na hora de comer? Sinto-me um pouquinho fraco.

A resposta parece satisfazê-la; diz que me avisou para não ficar tanto tempo no sol.

— É o champanhe, Massoud! Venha, você precisa comer. Venha.

Levanto-me; ela toma-me então pela mão e me conduz ao corredor, mas eu me desvencilho e digo que preciso lavar as mãos e que vou em seguida.

— Não demore muito. Esmail está faminto.

No escritório, dobro o envelope do advogado e o enfio no bolso da calça. Já é muito tarde para ligar para esses sanguessugas, esses *modargendehs*, esses filhos da mãe, mas amanhã vou até lá pessoalmente. Não quero que liguem para cá; Nadereh não deve saber nada sobre isso. Nada. No banheiro, lavo minhas mãos e braços com água quente e um pouco do sabonete de lavanda de Nadi. A água está muito quente; deixo esquentar ainda mais; encho minhas mãos. Quero abri-las, mas abaixo a cabeça na pia e jogo a água no meu rosto, escaldando o nariz, as bochechas, as pálpebras dos meus olhos fechados. Fecho a torneira, saio do banheiro e sento-me no chão, no *sofreh*, com minha mulher e meu filho. Em persa, Nadi me diz:

— Eh Massoud, seu rosto está molhado. Por que não se secou? — Levanta-se e me traz uma toalha. — O que há com você, Behrani? Às vezes age como uma criança.

Fizemos amor até ficarmos com tanta fome que tivemos de parar e Les saiu para comprar algo para comermos. Enquanto ele esteve fora, fiquei debaixo do lençol e do cobertor, deitada de bruços sobre a barriga e os seios, um joelho esticado para o lado, úmida e dolorida entre as pernas. Quando Les abriu a porta e saiu, pude ver que a neblina tinha subido lá fora e o sol estava quase se pondo; mas agora, a luz do entardecer entrava pelas cortinas e escurecia um pouco o quarto.

Por algum tempo, fiquei olhando para a pistola que ele deixara sobre a mesinha de cabeceira. Tinha a coronha preta, quadriculada, e o cano meio quadrado. Parecia-me tão estranho ele ter um trabalho daqueles... Fazia amor tão ternamente, movimentava-se como se cada empurra e puxa dependesse exclusivamente de eu gostar ou não. Isso me fez pensar em Nick, na diferença entre seus dois corpos; as costas de Nick eram macias e frias, um pouco rechonchudas, enquanto as de Lester eram rígidas, a pele quente; Nick costumava enterrar a cabeça no meu pescoço e às vezes chupar minha pele, enquanto Lester ficava me beijando na boca, no rosto e nos ombros, como se tivesse feito uma longa viagem e agora estivesse finalmente em casa. Gozou duas vezes, as duas dentro de mim, mas eu não disse nada, só o abracei.

Por um negro segundo, pensei no vírus, em estar sem proteção, mas depois me lembrei de que estava com um homem casado — e isso fez com que eu me sentisse melhor por um lado e pior por outro.

Nick não ia voltar. Enquanto esperava por Lester no Eureka Motor Lodge, acho que tive consciência disso pela primeira vez, de que meu marido tinha mesmo ido embora, de que um dia eu seria procurada por seu advogado. Receberia um telefonema ou uma carta, ou as duas coisas, mas nada de Nick, diretamente. E por alguma razão, porque eu acabara de dormir com outro homem, eu sabia que isso estava mais perto de acontecer do que antes, mais até do que essa manhã, quando acordei em nosso carro, em frente à nossa casa, como se fosse uma refugiada.

Tomei um longo banho de chuveiro, como se nada mais houvesse a sentir, nessa tarde, do que a água quente no meu rosto e nos seios, nas costas e no traseiro, o vapor limpando meu nariz e os pulmões, o deslizar do sabonete em minhas mãos, a ligeira sensação de ardência entre as pernas e a dor em minha canela e em meu pé. Sentia-me tão ligada ao chão como um velho jornal sendo soprado rua abaixo pelo vento. Comecei a ficar um pouco assustada e, quando desliguei o chuveiro, escutei o barulho de Lester já no quarto, tirando alguma coisa de sacos de papel. O espelho estava embaçado demais para que eu pudesse ver meu próprio rosto, mas eu nem queria. Enrolei-me em duas toalhas e voltei mancando para o quarto; sentei-me à mesa de tampo de vidro perto da janela, de frente para Les, que acabara de desembalar pratos de papel, garfos plásticos e caixas de comida chinesa Szechuan para viagem, que cheiravam a soja e carne cozida. Ele sorria para mim e me acolhia. Curvou-se e tomou meu rosto entre as mãos, beijando minhas bochechas e meus lábios. Segurei seus pulsos e o beijei de volta, surpresa com a gratidão que senti quando ele fez aquilo.

Comemos teriyaki de carne no palito, arroz frito, rolinhos primavera e mushi quente de porco, que enrolamos em panquecas finas. Às vezes olhava para ele, que sorria para mim, e eu sorria de volta. Nem tinha acabado de comer quando ele se levantou, tirou alguma coisa de uma sacola, depois agachou-se na minha frente e começou a esfregar unguento na sola do meu pé.

Eu sentia mais cócegas do que propriamente dor e ria.

— Tá bom, *chega*.

— É antibiótico. Comprei um pouco de gaze também.

Minhas pernas estavam abertas e ele esfregava o meu pé com as mãos, sorrindo para mim, seu bigode em linha reta, seus olhos castanhos e profundos, os mais quentes que já vira. De repente, fiquei molhada e levantei, escapei de suas mãos e me deitei de novo na cama, abrindo minha toalha para ele. Quase imediatamente, estava dentro de mim de novo, as calças pelos joelhos, a estrela e o distintivo com seu nome colados à minha pele.

Depois disso, tomou um banho. Eu sabia que estava lavando o nosso cheiro do corpo e me perguntei como explicaria à esposa o fato de chegar tão tarde, com o cabelo molhado. A palavra "esposa" meio que fez meu estômago afundar como metal derretido, mas depois pensei que eu também havia sido casada, e que meu marido provavelmente estava com outra pessoa naquele mesmo instante. Mas essa era uma desculpa bem esfarrapada para o que eu estava fazendo. Ouvi o barulho da água sendo desligada no banheiro e da cortina sendo aberta meio desajeitadamente.

A faxina das quartas-feiras era na casa do contador, na beira do rio Colma. Havia um pequeno cais com vista para as árvores, que descia até o rio. Fiquei ali um pouco, recostada no parapeito, para dar um descanso ao meu pé direito.

Passei a manhã inteira pulando na ponta dos pés enquanto tirava a poeira, passava o aspirador e arrumava tudo. A pequenos intervalos, o músculo da minha panturrilha se contraía em câimbras e eu precisava parar e alongá-lo, até relaxar de novo.

O cais era fresco e ficava na sombra, mas a luz do sol se espalhava por todo o rio e destacava o verde da água, deixando uma camada de pólen flutuando sobre a superfície. O ar cheirava a esgoto e cascas de árvores, e eu podia ouvir os corvos lá em cima, nos galhos. Era bom estar trabalhando, embora eu provavelmente devesse ter escutado Les e descansado mais um dia. A noite passada ele me levou de volta até onde estava meu carro, em San Bruno. Despedimo-nos com um beijo sob a luz do estacionamento do depósito; depois voltei para cá, arrastei minha mala, empacotei o que sobrara da comida Szechuan e a guardei no frigobar, na parte de baixo. Dentro, havia pequenas garrafas verdes de vinho branco Inglenook, doses de vodca Smirnoff e Bailey's Irish Cream, duas Heineken e a lata de Michelob. Liguei a televisão rapidamente, deitei na cama e assisti a grande parte de um filme sobre um homem que mata a mulher e três filhos e fica impune por quase vinte anos, quando o pegam vivendo uma nova vida, com uma nova família, a uma distância equivalente a apenas um estado e meio. Quando o telefone tocou, eu nem tinha noção de que já estava quase dormindo.

Era Lester, dizendo que estava numa cabine telefônica perto de sua casa e que já estava com saudades. Depois fez uma pausa, acho que para me dar a chance de dizer que também sentia sua falta, mas não pude fazê-lo; estava acostumada a ficar sozinha e, precisamente naquele momento, precisava de uma situação à qual estivesse acostumada. Perguntou então se podia me levar para tomar café da manhã, no dia seguinte. Respondi que sim, mas quando desliguei foi como se não estivesse completamente conectada à realidade — mais ou menos como quando a gente bebe muito, mas não sabe disso até o momento em que se deita. E é exatamente naquele instante, logo antes de o quarto começar a rodar, que sente todas as amarras se romperem. Estava feliz por ele ter ligado, mas também me senti como uma mulher "teúda e manteúda", e acho que disse isso a ele esta manhã, durante o café no Carl Jr.

Mesmo sendo 6h30 ainda, quase todas as banquetas do balcão estavam tomadas por homens com boné de caminhoneiro, alguns deles de terno e gravata, tomando café e lendo jornais enquanto degustavam ovos mexidos, torradas e batatas fritas caseiras. Metade das mesas estava cheia também. Lester estava de uniforme e me disse que já estava cumprindo há trinta minutos seu turno de 12 horas, das 6 às 18 horas. A camisa tinha vincos perfeitos nas mangas e imaginei que sua esposa a tivesse passado para ele na noite anterior. Era difícil olhar diretamente para ele. Fiquei feliz quando a garçonete veio anotar nosso pedido e nos deixou com duas xícaras de café.

— Esta é por minha conta, Lester.

— Eu disse que a traria para tomar café.

— E trouxe, de carro. Agora sou eu quem paga.

— Guarde seu dinheiro, Kathy, você vai precisar. — Sorveu seu café, ainda com os olhos em mim.

— Você está pagando o meu quarto, para que eu preciso da droga do dinheiro? — Eu mesma me surpreendi ao ver o quanto estava enfurecida.

Lester pousou a xícara sobre a mesa. Fez menção de buscar minha mão, mas se conteve. Inclinou-se em minha direção e disse, com voz baixa e firme:

— Eu também não sei direito o que está acontecendo, Kathy, mas o que sei é que não estou tentando fazer de você um brinquedo meu. Eu só precisava vê-la antes que se passasse mais um dia.

— E então?

— Isso é tudo.

— Não, o quê? — Toquei a mão dele. Já não estava mais brava. — Antes que se passasse mais um dia e o quê?

— E você esquecesse. — Olhou bem para o meu rosto e apertou os lábios, o rosto e a garganta escureceram. Com certeza, era o homem mais doce que eu já vira na vida.

— Ah, mas você tem sorte por eu ainda me lembrar... — Dessa vez eu é que me inclinei para a frente. — Mas você precisa vestir alguma coisa da próxima vez, caubói.

— Estou sem graça.

— Ah, bem... — Dei um tapinha de leve na mão dele. — Que isso não se repita!

Nossa garçonete chegou com a comida justo nesse instante e começamos os dois a rir.

Quando Les me deixou de volta na pousada, beijamo-nos longamente no banco da frente da patrulhinha. Perguntou se podia passar por lá quando terminasse o turno e eu disse que sim, que podia. Mas, quando saí, tive de novo aquela sensação de estar no ar, as coisas acontecendo muito depressa, e eu sabia que tinha de retomar minha rotina normal, com ou sem o pé machucado.

Fiquei olhando um galho cheio de folhas flutuar rio abaixo, ao sol, depois manquei de volta para terminar o trabalho, mas primeiro eu tinha de me informar dos progressos de Connie Walsh, porque sabia que nada me faria sentir mais enraizada do que voltar para minha própria casa. Sentei-me no braço do sofá Naugahyde preto, que aparentemente muitos homens de meia-idade costumavam adquirir, e disquei o número que já conhecia tão bem quanto o da casa da minha mãe.

O escritório dos filhos da mãe fica em cima de um café, não muito longe do depósito do Departamento de Manutenção de Rodovias e do Concourse Hotel. Saio da escuridão gelada da garagem subterrânea, que cheira a cano de descarga e gasolina seca sobre concreto. Carrego minha valise de couro debaixo do braço; para essa reunião, vesti meu melhor terno, um conjunto leve de cashmere e mohair, preto e traspassado, que comprei de um paquistanês, na zona norte de Teerã. A camisa é branca; a gravata, azul e marrom, cor de aço. Quando saí de casa, Nadi me perguntou por que eu estava vestido daquele jeito, e eu disse a verdade:

— Hoje vou tratar de um assunto importante, Nadi. Investimentos.

Não fez mais perguntas. Essa manhã usava um conjunto de calça e blusa vermelhas, cor de *sharob*. Tinha penteado o cabelo até ficar cheio e bem-ajeitado no alto da cabeça; maquiara os olhos, o rosto e os lábios também. Sorriu e me entregou a lista de compras para a festa desse sábado para nossa filha. E Nadi estava tão *zeebah*, tão linda em meio às suas novas esperanças que, enquanto descia a colina de casa, sentia-me como se meu estômago estivesse em chamas, diante do que tinha para resolver.

É claro que essa sensação se intensifica quando passo pelo Concourse Hotel, pois me lembro dos longos dias sob o sol com Tran, Torez e o porco panamenho, Mendez. Lembro-me da poeira da estrada em minhas roupas, que grudava em minha pele com o suor, a queimadura em minha careca, o *kunee* atrás do balcão, no lobby do hotel, que via tudo aquilo e não tinha o devido respeito pelo *cargar* comum que eu me tornara. Mas, enquanto caminho sob um céu ensolarado, digo a mim mesmo para praticar a disciplina e esquecer essas coisas, pois elas também me deixam com a sensação de ter sido derrotado antes de começar a lutar. Sou um *genob sarhang*, um coronel aposentado da Força Aérea Imperial. Cumpri rigorosamente todos os requisitos legais na compra desse chalé, e estou certo de que não há nada que possam fazer para mudar esse fato.

A sala de espera no final da escada é pequena e decadente, e isso me dá mais esperança. Digo ao sorridente *kunee* no balcão o motivo da minha visita; ele me convida a sentar, mas permaneço de pé e espero. Nas paredes há anúncios de passeatas para mulheres que gostam de mulheres e para *kunees* que gostam de *kunees*. Um tipo de liberdade que eu jamais vou entender. Que sociedade é esta em que cada um pode fazer o que lhe der na telha? Já me disseram que outras cidades na América não são tão livres como esta aqui. Um jovem médico *pooldar*, nos arranha-céus de Berkeley, me disse isso, que o coração deste país, um lugar chamado Meio Oeste, é mais adequado do que as cidades dos dois lados da costa. Ohio, disse ele. Iowa. Talvez, depois que vender o chalé, eu me mude para lá com minha mulher e meu filho. Mas Nadereh não gostaria de viver tão longe de Soraya; não agora, com a possibilidade de ter netos. E eu sentiria falta do mar, pois ainda que este seja o Pacífico, e não o mar Cáspio, sua vasta presença me faz lembrar do segundo.

— Sr. Barmeeny?

A secretária do advogado está bem-vestida, com um terninho composto de saia e blusa cinza, mas não usa sapatos.

— Behrani, sou o coronel Massoud Amir Behrani. Quero falar com o Sr. Walsh, por favor.

Ela sorri.

— Eu sou Connie Walsh. Este é o meu escritório, coronel. Por favor, me acompanhe.

A mulher advogada não me dá tempo de me desculpar pelo meu equívoco; sigo-a até uma sala com uma mesa grande, muitas cadeiras e janelas altas, abertas para a claridade. Ela me oferece chá ou café; gostaria de tomar um chá, mas digo que não, obrigado, e quando eu me sento, não me permito ficar confortável demais. Tomo fôlego para começar minha fala, mas é como se ela já soubesse o que tenho a dizer. Ergue a mão.

— Tenho certeza de que nossa carta foi um choque para o senhor, coronel. A situação é a seguinte: o condado de San Mateo cometeu uma série de erros. Primeiro, cobrou da minha cliente, a proprietária anterior do imóvel, uma taxa que não era devida por ela. Segundo, despejou-a pelo não pagamento dessa mesma taxa. E terceiro: leiloou a propriedade.

"Infelizmente, é aí que o senhor entra; e temo que não tenhamos escolha senão exigir que o condado reverta todo o processo e rescinda a venda, para que minha cliente possa reclamar a devolução de sua casa.

Sinto um peso nos dedos, um calor no peito e no rosto.

— Mas agora eu sou o dono da casa.

— A venda é definitiva?

— É claro. Paguei em dinheiro e tenho um recibo.

Abro minha valise e retiro toda a papelada relacionada à compra da casa. A advogada examina os papéis por um momento. Recosta-se na cadeira e olha nos meus olhos tão diretamente quanto faria um homem, um homem de influência e status.

— O senhor está disposto a vender a casa novamente ao condado? Cuidarei para que a transação transcorra da maneira mais cômoda possível.

— Por favor, Srta. Walsh, ouça-me com toda a atenção. A única transação cômoda possível é se o condado me pagar 170 mil dólares pela propriedade. Se me pagarem isso, eu mudo, mas somente no outono. Minha esposa está doente e precisa descansar durante o verão. Também vou exigir tempo para encontrar uma nova casa.

— Sr. Behrani, o senhor pagou *um quarto* desse valor.

Fico de pé e me afasto da cadeira.

— Hoje o mercado já me paga isso. Acho que essa é uma questão que a senhora deve discutir com os cavalheiros do Departamento de Fazenda do condado. Bom dia, Srta. Walsh.

Estendo a mão à advogada. Ela a aperta muito rapidamente e se levanta também.

— A dona de direito daquela casa está dormindo num motel, Sr. Behrani. Todos os pertences dela estão trancados num depósito. Por que ela deveria esperar mais do que o necessário para voltar para a casa que lhe foi tirada injustamente?

Sinto de novo o sangue subir para o peito, para o rosto e para trás dos olhos. Que gente é essa? Com quem acham que estão falando?

— Com certeza, a senhora não entendeu o que acabei de dizer: eu sou o legítimo dono dessa propriedade. Estou sendo lesado. A senhora ouviu a minha oferta. E, além do mais, tem sorte por eu ter decidido vender a propriedade.

Saio rapidamente e sem dizer mais nada. O café no andar de baixo está cheio de gente sentada em mesas pequenas; bebem café, comem doces. Tem música tocando, um desses compositores europeus, e os homens e mulheres, todos de jeans e camiseta, olham para mim quando passo por eles. Veem meu rosto, meu terno e olham para o outro lado, como se eu estivesse ali para cobrar algo que não podem pagar.

Passei o resto da tarde numa espreguiçadeira, no final da piscina do motel. Não havia ninguém à vista e eu fechei meus olhos para o sol, fumei, bebi uma Coca Diet e não parei de balançar com meu pé bom no concreto quente. Não conseguia relaxar; não tinha gostado do tom de voz de Connie ao telefone, quando me ligou mais cedo. Disse que havia conversado com o "novo dono" de manhã; a boa notícia era que estava disposto a revender a casa ao condado, mas o condado ainda precisava reconhecer o erro e comprá-la de novo. Parecia cansada e desconcertada, como se tivesse milhões de outras coisas na cabeça. Falou para eu ligar no final do dia, depois tentou parecer animada e me disse para continuar otimista, afinal estávamos só no aquecimento. Não gostei do jeito como ela colocou as coisas; se eu ia voltar para casa neste final de semana, não era para tudo já estar bem quente? Ainda assim, fiquei feliz em saber que a família árabe estava disposta a vender e se mudar, e tentava me concentrar nessa parte das notícias.

Uma sombra se moveu sobre mim; olhei para cima e dei com o rosto sorridente de Lester. Não tinha ouvido o carro dele entrar no estacionamento. Os dois botões de cima da camisa de seu uniforme estavam abertos e ele tinha as mãos nos quadris.

— Oi — falei.

— Oi você. — Agachou-se e seu coldre de couro rangeu ligeiramente. Tomou minha mão e beijou-a.

— Permita-me convidá-la para um encontro decente esta noite, Kathy.

Tinha o olhar esperançoso e eu não pude me conter.

— Vamos brigar de novo por causa da conta?
— Não, porque você vai me deixar pagar.
— Só se a gente for a um lugar bacana.
Ele sorriu por baixo do bigode.
— Esse era o meu plano.
— Minha advogada disse que os árabes vão vender minha casa de novo ao condado.
— É mesmo?
Concordei com a cabeça.
— Mas, antes que eu possa voltar para casa, muita coisa ainda tem que acontecer.
— No condado?
— Sim.
— Mesmo assim, é um progresso.
— É disso que tento me convencer o tempo todo.
— Então devemos comemorar. — Inclinou-se em minha direção e me beijou.

Seu bigode espetava e ele tinha o gosto daquelas pastilhas de eucalipto, embora eu não achasse que estava com dor de garganta ou resfriado. Só desejei que eu não tivesse gosto de cinzeiro. Levantou-se e perguntou se 19h30 era um bom horário. Eu disse que estaria pronta e perguntei se deveria estar embecada?

Fez que sim e sorriu. Acompanhei-o com o olhar até sair do estacionamento da pousada, entrar em sua perua Toyota e dar a partida. Não pude deixar de pensar no que diria à sua esposa sobre hoje à noite, sobre onde iria e com quem, e mais uma vez pensei no que estava fazendo, pois só estivera com um homem casado uma única vez: em Saugun, Massachusetts, e por uma noite, quando ainda era usuária. Era um cliente do bar, um vendedor que usava ternos feitos sob medida, gravatas de seda e até abotoaduras de ouro. Todos nós achávamos que ele exagerava no guarda-roupa, mas uma noite Jimmy Doran deixou-o ficar até mais tarde, enquanto limpávamos a casa. Logo depois, quatro ou cinco de nós já estávamos matando o carreirão, bebendo e nos movimentando em direção ao sistema de som. Depois de algum tempo, o vendedor chegou em mim e a Voz Inimiga dentro da minha cabeça não passava de uma pombinha arrulhando.

Nadereh já está vestida e na cozinha, fatiando berinjelas para um dos muitos pratos que vai preparar para o jantar de amanhã à noite. Mas ainda é sexta de manhã, 8 horas no mais tardar, e eu me sento ao balcão com meu chá quente e torradas.

— Nadi-*joon*, você acha que terá condições de preparar um jantar desses em apenas um dia?

— *Khawk bah sar*, Massoud. — Poeira na sua cabeça, ela me diz. E sorriu quando se voltou para enxaguar as mãos na pia. À sua frente, a janela da cozinha está só parcialmente bloqueada pela escada que leva ao novo terraço, e dei graças a Deus, pois Nadi não disse nada a respeito.

Os *najars* concluíram seu trabalho ontem, não muito depois da hora do almoço. Fiquei tão satisfeito com o resultado final — os degraus longos e retos da escada, as tábuas fortes e largas do piso do terraço e o parapeito também — que incluí um bônus de 50 dólares no último cheque que entreguei ao jovem *najar*, pelo trabalho tão profissional e bem-feito. Eu ainda estava, é claro, sob os efeitos benéficos da visita que fizera a um advogado no centro de Corona naquela tarde, um cavalheiro bem baixinho que usava uma gravata-borboleta de seda — e que, por 150 dólares, ouviu os pormenores da minha situação, examinou os papéis da compra da casa, emitidos pelo condado, e me explicou que ninguém poderia fazer nada contra mim. A propriedade agora me pertencia e eu poderia dispor dela como bem entendesse.

No dia anterior, ao cair da tarde, Nadi, Esmail e eu subimos até a nova estrutura e vimos o sol se pôr. Era uma bola brilhante cor de açafrão a afundar no mar, tornando a água cor de violeta e o céu entre alaranjado e esverdeado. Nadi pôs o braços em torno da cintura do nosso filho e começou a lhe falar da beleza do mar Cáspio, será que ele lembrava de alguma coisa? Pela primeira vez, porém, havia muito pouca evidência de dor em sua voz, quando falou de nossa antiga vida, e pus a mão no ombro dela e fiquei ouvindo Nadi falar com nosso filho. Enquanto as cores do céu e do oceano escureciam lentamente, senti certo arrependimento por ter de vender essa casa que trouxe minha Nadi de volta a si mesma. Mas também me senti ainda mais determinado a fazer com que todo o trabalho que tive valha a pena, que dê para eu ganhar pelo menos três vezes mais do que o investimento original. Há dois dias não tenho notícia alguma da mulher advogada de São Francisco. E nem do Departamento de Fazenda do condado. E é assim que deve ser; eles já ouviram minha oferta. E se a recusarem, posso vender no mercado. Ontem recebi dois telefonemas a respeito da casa e marquei duas visitas de interessados para domingo.

Levanto-me depois de tomar o café da manhã e vou até a porta calçar os sapatos. Vejo que Nadi pendurou algo novo na parede, acima do sofá. Numa moldura dourada, lá está a valorizada fotografia em que eu e o general Pourat saudamos o Shahanshah, numa celebração de Ano-Novo persa, no Palácio Imperial. O rei está vestido com o que há de melhor em ternos europeus, enquanto Pourat e eu usamos o uniforme completo, os quepes nas mãos, e sorrimos em função de algum elogio que o rei teria feito à nossa força aérea. Na foto, estão também três outros homens: um ministro estrangeiro da África e dois grandes Savakis, com as mãos cruzadas na frente, os rostos e olhos desprovidos de qualquer humor. Sei que Nadi não pendurou esse quadro apenas para o bem de Soraya, mas também para seu próprio bem, pois os novos parentes de nossa filha com certeza já tiveram oportunidade de vê-la, na parede do nosso luxuoso apartamento em Berkeley. Eles nos investigaram a fundo e sabem muito bem que tipo de gente nós somos, mas suponho que Nadi deva lembrá-los, para que a visão desse pequeno chalé não os induza a esquecê-lo.

Minha esposa lava na pia os rabanetes e os pepinos para uma refeição que só vamos comer amanhã à noite. Meu desejo é dizer para que desacelere, que descanse; nossa filha já está casada e não devemos mais nos esfolar de tanto trabalhar. Mas eu conheço minha Nadi. O fato de eu não demonstrar preocupação só vai preocupá-la ainda mais — e ela insistirá para que pintemos a casa e troquemos as cortinas até amanhã. Não, neste momento é melhor deixá-la com suas tarefas.

Vou descer a colina de carro até Corona e comprar belos móveis externos para o nosso terraço. Talvez consiga encontrar uma daquelas cadeiras curvas que chamam de "namoradeira" para o jovem casal, marido e mulher, minha linda filha que vi pela última vez há duas semanas, quando entrava no banco traseiro de uma limusine, vestida de cetim imaculadamente branco, os longos cabelos negros presos no alto da cabeça, no meio de uma chuva de flores *"gyp"* naturais, que ostentava como se fosse uma coroa.

Em apenas duas noites e duas manhãs, Lester Burdon deixou de ser uma distração e se tornou a atração principal para mim. Nem sei direito como isso aconteceu, mas sei que começou quando ele me pegou às 19h30 em ponto, na quarta-feira, com suas botas de caubói perfeitamente engraxadas, calças pretas, um paletó cinza de tweed e uma camisa banca abotoada até o pescoço. O cabelo estava todo penteado para trás e o bigode torto parecia menos torto. Estava tão bonito que imediatamente tive dúvidas sobre a minha aparência; só havia trocado de roupa duas vezes e, por fim, me decidi por calças pretas de rayon, uma blusa branca e um casaquinho cor de ferrugem de que sempre gostei, porque, quando o abotoava embaixo, ele subia para a cintura e fazia parecer que eu tinha um busto um pouco maior. Usei meus sapatos pretos de salto alto e a pressão do salto direito era quase agradável, como uma bandagem nova. Tinha prendido o cabelo para cima e me perguntava se parecia suficientemente feminina, mas Les me recebeu como se jamais tivesse visto alguém tão perfeito em toda a sua vida. No caminho até São Francisco pela autoestrada, ao pôr do sol, eu pensava no que teria dito à esposa, ao sair de casa vestido daquele jeito.

    O Salão Orion ficava no último andar do hotel Hyatt Regency, perto do longo cais da Embarcadero Street. O restaurante tomava todo o último andar e era rodeado, do chão ao teto, por janelas panorâmicas que se debruçavam sobre a paisagem, formando um ligeiro ângulo. Um grande bar quadrado ficava no meio do salão; no momento havia três garçons trabalhando lá dentro, com suas camisas e gravatas e rostos iluminados por baixo, com uma luz verde. O bar estava cheio de homens e mulheres bem-vestidos, que riam e conversavam ao som do piano. O pianista, do alto de uma plataforma elevada e sob uma luz fraca, cantava e tocava uma velha canção cujo nome eu não sabia dizer. O maître nos conduziu por entre as mesas cheias, iluminadas por velas, e eu tentei não mancar mais do que meu pé ainda precisava — o que era difícil de salto alto —, e tinha certeza de que todo mundo devia estar olhando. Nossa mesa era pequena, coberta por uma toalha de linho branco, e ficava encostada em uma das paredes de vidro. Pude ver o alto dos arranha-céus, envoltos em tons de rosa e dourado pela luz do entardecer, o longo traço azul da baía... mas tudo se movia e eu tive de sentar na cadeira que o recepcionista puxou para mim.

— É um salão giratório — disse Lester. — Gostaria de ir a algum outro lugar?

Olhei para ele e depois para a vista novamente. Já via menos os altos edifícios de escritórios e mais a baía de São Francisco, com as colinas amarelas de Berkeley do outro lado. E ri.

— Isso é esquisito.

— Gosta? — Lester sorria, embora seus olhos estivessem apertados, como se só tivesse capacidade de lidar com uma resposta.

— Sim, gosto. — E gostei, assim que me acostumei. Nosso garçom veio rápido; seu cabelo louro era tão curto que ele podia estar no exército.

Perguntou o que gostaríamos de beber; quando pedi água mineral, Les fez o mesmo. Depois que o garçom saiu, acendi um cigarro.

— Não precisa se abster por minha causa, Lester.

— Ah, eu não sinto falta. Até porque não sou um grande bebedor mesmo...

— Nem eu. Quer dizer, não era.

— Não era?

— Só quando eu cheirava. Foi isso o que quase me matou.

Os olhos castanhos de Lester me pareceram mais profundos do que nunca.

— O senhor também já cheirou, não foi, oficial Burdon?

Les balançou a cabeça negativamente.

— Sinto dizer, mas não.

O jovem garçom voltou com nossas águas e nos estendeu cardápios enormes, depois enumerou as sugestões do chef. Vi-o voltar para a área principal do salão; depois olhei por sobre muitas das mesas cheias com suas velas acesas e avistei o pianista, que já não cantava; apenas tocava algo lento e triste. Olhei de novo para a janela. Dessa vez, consegui ver a Bay Bridge para Oakland, com seus longos cabos cinzentos sob a luz do entardecer.

— Alguma vez você já fez alguma coisa considerada contra a lei, Lester?

— Essa é uma pergunta estranha.

Soltei uma baforada sobre o vidro.

— Só para começar a conversa. Já dormimos juntos e eu nem sei seu nome do meio...

— Victor.

— Lester Victor?

— Não é muito musical, não é?

— Não, não é. — Tomei um gole d'água.

— E então?

— Recentemente? Ou há muito tempo?

— Que tal recentemente?

Ele baixou os olhos e fitou a toalha da mesa. O restaurante estava virado para o leste agora; nossas janelas davam para o lado sul de São Francisco, o que jogava sombras sobre o rosto de Lester.

— Coisa grande.

— Grande? Quanto?

— Grande o suficiente para que ninguém mais saiba. Consegue lidar com isso?

— Isso quer dizer que você pode confiar em mim?

— Eu já confio em você, Kathy. Você quer mesmo saber?

Lester sorriu, olhou novamente em volta, depois inclinou-se em minha direção e disse, em voz baixa:

— Plantei provas.

— Foi?

Assentiu devagar, como se tentasse ver como eu me sentia em relação àquilo.

— É, não é exatamente o nosso jovem instrutor de uniforme azul. — Senti uma espécie de corrente elétrica percorrer meus braços e o rosto.

Lester sorriu de novo, porém com certa tristeza.

— E então? — perguntou.

— Tinha um cara que morava perto do reservatório, um tampinha que costumava bater na mulher como se fosse uma espécie de passatempo. Era engenheiro ou algo assim, abstêmio, mas ia lá nos fundos para pegar um cinto ou um pedaço de mangueira para bater nela. Nunca soubemos ao certo o que ele usava. Os vizinhos ligavam pra nós, e meu colega e eu aparecíamos lá, numa noite quente qualquer. Pedíamos para entrar e sempre havia aqueles vergões com sangue nos braços e nas pernas dela, mas os dois apareciam juntos, às vezes de braços dados, como se ninguém tivesse nada a ver com o assunto. Eu a chamava de lado e perguntava se estava calada por medo dele, mas ela sempre me olhava com aqueles grandes olhos molhados, como se não soubesse do que eu estava falando. Isso foi antes da lei contra a violência doméstica, Kathy, e a gente não podia prender o brutamontes, a menos que a vítima registrasse a ocorrência.

— Você acha que ela gostava disso?

— Meu parceiro achava que sim, eu não. Enfim, pelo menos uma vez por semana éramos chamados lá, e depois de algum tempo eu não conseguia suportar a visão dos dois, dele principalmente. O safado tinha o pescoço mais comprido e fino que eu já vira.

Deixei escapar uma risada e Lester também.

— Mas a gente tinha um jeito de pegar o cara; ele já havia sido condenado por posse da tal substância que você usava. E eu discordava do meu colega; achava que a mulher tinha um medo mortal dele. Então, numa dessas noites quentes e tediosas, pedi licença para ir ao banheiro, onde escondi oito papelotes no armário, atrás de uma pilha de toalhas.

— Não, de jeito nenhum. — Senti um comichão na garganta.

Levou um dedo aos lábios.

— Nem meu parceiro sabe disso.

— Onde você conseguiu?

— Num Lincoln recuperado, um dia antes.

— E o que aconteceu?

— Nós não tínhamos mandado; então, quando cheguei em casa, dei um telefonema anônimo para o Departamento de Polícia e depois dormi como um anjo. Os dois foram apanhados, mas, por causa dos antecedentes, ele pegou algum tempo. Alguns meses mais tarde, passei pela casa para saber dela, mas os novos moradores disseram que ela havia se mudado.

Balançou a cabeça.

— Ela morria de medo dele.

— Merda, Lester, você simplesmente faz aquilo que quer, não é? — Tirei os sapatos debaixo da mesa. A sola do meu pé direito latejava, mas não doía muito.

Sorriu cautelosamente e bebeu um gole da água mineral.

— Mas e se você estivesse errado? E se ela realmente gostasse?

Recostou-se um pouco na cadeira e voltou a cabeça em minha direção.

— Você realmente acredita nisso?

— Talvez.

— Você gostaria? — Sua voz era sincera, desarmada, e era difícil resistir à tentação de brincar um pouco com ele.

— Não, mas há algumas pessoas bem doentes por aí.

— Mas até que ponto elas vão melhorar, se deixarmos que vivam dessa maneira?

Lá estava aquela tensão em seu rosto novamente, e eu não sabia se escondia algo pesado ou leve. O pianista cantava um dos sucessos agitados de Sinatra e um auxiliar de garçom nos trouxe pãezinhos quentes numa cesta forrada com guardanapo de linho. Parti um ao meio.

— E por que você precisa usar esse disfarce, Les?

— Taí uma boa pergunta. — Lester cortou uma fatia de pão e passou manteiga nele.

Nosso garçom então apareceu e perguntou se queríamos escolher uma entrada.

Achei que ele estava tentando fazer um bom trabalho no sentido de aumentar a conta e sua própria gorjeta, mas decidimos dispensar a entrada e acabamos pedindo duas das sugestões do chef: frango à provençal para mim, peixe-espada com molho de limão e alcaparras para Lester, que já ia devolvendo a carta de vinhos sem abri-la. Mas, antes de o garçom desaparecer, pedi que nos trouxesse um bom chardonnay de Napa Valley.

— O que você está aprontando?

Não pude deixar de sorrir.

— Pedi para você, sei que gostaria. Então, qual foi a coisa ilegal que você fez há muito tempo?

Ele me olhou por um segundo.

— Ainda estou enrolado com sua outra pergunta.

— Está bem, então responda àquela.

Lester sorriu para mim; toda a tensão tinha desaparecido e agora só havia ternura nele. O pianista cantava um antigo tema de jazz. Les tocou nos dentes do garfo da salada e começou a falar sobre sua infância numa cidade chamada Chula Vista, na fronteira com o México, e eu deveria estar sorvendo cada palavra, mas pensava no chardonnay que havia pedido; pensava em como era verdade que eu jamais tivera problemas com álcool até começar a cheirar, a enfiar aquelas longas cobras brancas dentro da minha cabeça pelo nariz. E logo o garçom chegava à nossa mesa com um balde de gelo. Lester fez uma pausa e saboreou a prova no seu copo. Disse que estava bom, mas, quando o garçom começou a servir, Lester bateu no braço dele e disse obrigado, mas nós preferimos nos servir. O garçom saiu e Lester encheu seu copo, olhando para mim antes de empurrar a garrafa para dentro do balde de gelo.

— Sobre o que mesmo eu estava falando?

— Chula Vista.

— Como eu e meu irmão Martin éramos os únicos anglos na escola inteira, praticamente todo dia a gente era provocado para brigar com alguém, por algum motivo.

— É por isso que você planta provas?

— *Plantei.* Só fiz isso uma vez. — Tentou sorrir, mas o sorriso não se concretizava no rosto. — E daí, o que há de errado nisso? Acha que fiz uma coisa horrível?

— Não, acho que na verdade fez uma coisa boa. Desculpe, Les. Para falar a verdade, acho que o vinho está me perturbando.

— Vou mandar voltar.

— Não. — Pousei meus dedos sobre os dele. — Veja, sempre que penso em minha "sobriedade", não penso em vinho. Penso na cocaína. É isso que me orgulho de ter deixado para trás. Meu marido, quer dizer, meu ex-marido, ou seja lá o que for, *ele* bebia muito, e eu nunca disse isso, mas acho que o deixei me arrastar para o programa de recuperação *dele*, sabe? Todas as vezes que precisei frequentar o programa RR, não foi porque queria beber um copo de vinho, e sim porque precisava cheirar muita cocaína.

Lester me lançava de novo aquele olhar comprido e apertava minha mão enquanto falava.

— Não é AA que você quer dizer?

— Não, RR. Recuperação Racional. Seu Grande Poder é sua capacidade de racionalizar. Na verdade, é tudo um monte de merda, mas... sei lá. — Soltei sua mão e olhei pela janela. Agora estávamos do lado oeste e eu contemplava a ponta norte da cidade; acima de todos os prédios e cais, via o arco alaranjado da Golden Gate Bridge e o mar do outro lado. E o céu, que parecia uma faixa vermelha e violácea.

O restaurante agora estava mais cheio e eu podia ouvir, atrás de mim, um burburinho abafado de gente que falava e ria enquanto comia, o estalido dos talheres sobre a porcelana, o pianista que terminava um número de jazz e logo emendava em outro. Mas mantive meus olhos no mar, enquanto o restaurante se afastava lentamente dele; foi então que ouvi Lester enchendo meu copo. Virei-me e ainda tinha nas mãos a garrafa do chardonnay.

— Você é uma mulher adulta, Kathy. Talvez a emenda tenha sido pior que o soneto.

— E se o soneto fosse muito ruim?

— Então você rasga logo o livro, sem olhar para trás.

— E você costuma olhar para trás, Les?

— O tempo todo — sorriu. — Este é o meu problema, Kathy... sofro por causa das merdas que faço.

— Eu também. — Sorri e peguei meu copo, senti o peso gelado em minhas mãos. Ele o tocou com as suas e sustentei seu olhar enquanto levava o copo aos lábios e provava o que não me permitia sequer sentir o cheiro há três anos. Por um segundo, cheguei a pensar que ainda dava tempo de cuspir; mas se havia alguma Voz Inimiga dentro da minha cabeça, ela tiraria aquilo de mim, o prazer de sorver a bebida, o calor seco que se espalhava pelo meu peito; o gosto e a sensação me eram tão familiares, quase como se eu nunca tivesse parado, que de repente me senti como há muito, muito tempo não me sentia.

— Até aqui tudo bem? — perguntou.

— Sim. — Tomei mais um gole e depois baixei o copo, segurando de leve a haste com os dedos.

— Me fale mais sobre você, Les.

Nossa comida chegou, então. Lester encheu nossos copos e eu sabia, na qualidade de uma recuperada racional, que deveria encarar aquele jantar como a BESTA — nada mais do que uma Oportunidade de Beber, com uma Voz Inimiga dentro da minha cabeça, que eu deveria Acusar de Maldade naquele momento, enquanto meus poderes racionais começavam a me lembrar da minha autoestima e me levavam a Valorizar minha Sobriedade — e, consequentemente, a me abster com êxito. Mas disse a mim mesma que não havia Voz Inimiga dentro da minha cabeça. Se houvesse, eu já estaria pedindo uma segunda garrafa, e eu não senti a menor necessidade disso. Então, não havia maldade alguma. E eu não tinha vontade de acusar ninguém de coisa alguma agora, não esta noite. E até não tinha nada contra o fato de a família árabe estar vivendo na minha casa, a mulher de expressão gentil que tinha enfaixado meu pé, as pessoas que tinham concordado em revender a casa ao condado.

Entre garfadas e goles, Lester me contou sobre o divórcio de seus pais, quando ele tinha 12 anos e o irmão, 9. E que o pai, que trabalhava na alfândega, costumava visitá-los uma vez por semana, até que arranjou outro emprego no Texas e então os meninos só o viam duas vezes por ano. Para isso, tinham de viajar 15 horas de ônibus. Contou que sua mãe era muito bonita, tinha cabelo castanho-escuro, as maçãs do rosto salientes e um jeitinho todo tímido que enfeitiçava os homens. Era datilógrafa em uma madeireira e, logo que as pessoas souberam que estava divorciada, Lester e o irmão viam homens aparecerem para buscá-la na porta de casa quase toda noite.

Tomei mais um gole do meu vinho e meu rosto esquentou. Adorava observá-lo enquanto falava. A luz da vela acentuava suas bochechas magras de um jeito que o bigode torto parecia tão fino como uma palha. Os olhos eram sempre escuros e profundos.

— É por isso — falei.

— O quê?

— Você tinha de proteger sua mãe, agora protege a paz social.
— Acha que é assim tão simples?
— Não. — Sorri. — Mas gostaria que fosse. Gostaria que tudo fosse simples assim.

Olhei pela janela, para ver onde estávamos e vi meu próprio reflexo, iluminado pela luz da vela. Do outro lado, era noite e todas as luzes de São Francisco se estendiam lá embaixo. Bebi o resto do vinho em meu copo e não conseguia me lembrar há quanto tempo não me sentia tão livre de todas as merdas que eram atraídas para mim como a gravidade entre dois planetas. Sentia um pouco o efeito do vinho, mas não muito. Olhei novamente para Les e percebi que ele me olhava intensamente.

— Vamos dançar, Lester.
— Mas e o seu pé?
— Droga, esqueci desse detalhe — ri.

Voltamos devagar, em silêncio. A autoestrada Bayshore estava toda iluminada com lâmpadas em tom alaranjado; Lester dirigia com sua mão quente na minha e eu pensava em Nick, em quando viemos para o Oeste no Bonneville novo, dirigindo dia e noite. E contemplei o perfil de Lester na penumbra.

— Às vezes eu acho que marido e mulher, bem, talvez a missão deles seja fazer com que cada um dos dois avance na estrada da vida, sabe? É quase como se não fosse importante eles estarem ou não por aqui para o ato final. Acha que é uma forma triste de ver as coisas?

— Depende da sua situação, suponho.
— E qual é a sua situação, Lester? Você ainda não disse uma palavra sequer sobre isso.

Lester acendeu o pisca-alerta, olhou pelo retrovisor e entrou no retorno. Percebi que fiquei meio paralisada, enquanto esperava que ele dissesse alguma coisa. Pegou a rampa de descida, soltou minha mão para passar a marcha e a manteve no manete.

— Minha situação é que minha mulher acha que estou de plantão até amanhã de manhã. Creio que é muita presunção da minha parte, não?
— É essa a sua situação?

Les não respondeu. Passamos pelo shopping, as vitrines parcialmente iluminadas, o estacionamento vazio. Parou em frente à porta do meu quarto no Eureka Motor Lodge e apagou os faróis, mas manteve o motor ligado.

— Casei com minha melhor amiga, Kathy, é essa a minha situação. Temos um casal de filhos, mas há sete dos últimos nove anos não sinto vontade de fazer nada além de lhe dar um abraço ou beliscar sua bochecha.

A luz do corredor batia em um dos lados do seu rosto e iluminava apenas a metade dele; isso destacava mais a maçã e o bigode, e achei que sabia como ele ficaria quando envelhecesse: bonito, triste e quieto.

— Você ainda a ama?

— Como uma irmã. Não tenho irmãs, mas é assim que me sinto em relação a ela.

— E ela?

— Para ela, não é assim. — Ele olhava pelo para-brisa para a porta do meu quarto. — Eu entendo se você não quiser que eu passe a noite aqui. E, não estou dizendo isso para que você se sinta obrigada a me convidar, mas, de qualquer forma, eu não vou para casa. Preciso mesmo pensar.

Pensei em Nick, na expressão em seu rosto na manhã em que partiu, como se tivesse certeza de que estava me matando ao me deixar. Lester tinha quase a mesma expressão agora, e eu comecei a ficar puta com aquilo, mas ele se voltou para mim, como se eu tivesse acabado de dizer o que estava pensando, e falou que, se fossem só ele e Carol, o casamento já teria acabado; mas não, havia as crianças, sua filha Bethany e seu filho Nate.

— Me perdoe, Kathy. Eu não tenho a intenção de jogar tudo isso em cima de você.

Saiu do carro, abriu minha porta e me ajudou a sair, com o carro ainda ligado. Atirei meus braços em torno do pescoço dele e o beijei.

— Desliga logo essa porra desse carro e vem para dentro.

Naquela noite, ficamos abraçados debaixo das cobertas e ele me fez mil perguntas sobre mim; queria saber como fora parar naquela casa no alto da colina em Corona, como havia sido a minha vida até então, e eu contei que cresci em Saugus, com aquele monte de revendedoras de automóveis com letreiros de néon uma atrás da outra e restaurantes chineses e italianos, salas de bronzeamento artificial, centros comerciais e o pequeno comércio do meu pai, que entregava toalhas e roupa de mesa a domicílio. Contei também que, quando pequena, costumava acompanhá-lo de manhã nas entregas de aventais e toalhas para restaurantes. Bebia muitos Shirley Temples pelo caminho, até ficar um pouco atordoada; meu pai fumava Garcia y Vegas enquanto dirigia e ouvia jogos pelo rádio. Às vezes ficava enjoada, mas não dizia nada, porque ele raramente falava comigo e eu não queria estragar minhas chances de estar em sua companhia.

Aconcheguei-me mais a ele e passei minha perna sobre a sua. A pele dele tinha um cheiro bom — como o da terra, de alguma forma. Não falei sobre meu primeiro marido, nem sobre Nick. E não fiz menção à reabilitação de novo, nem que foi meu irmão Frank quem me encontrou no meu apartamento, com a cobra branca tão profundamente enroscada em mim que, quando ele e Jeannie me internaram, fui considerada paciente de risco suicida. Não mencionei nada disso — e Les me pareceu satisfeito, no momento, em saber da minha vida apenas no tempo de adolescente. Ainda que tenha ficado quieto depois disso, e eu não soubesse ao certo se era por causa da adolescente que eu acabara de lhe revelar ou talvez por causa da filha dele, em casa. Adormeci com a cabeça em seu peito e, em algum momento no meio da noite, acordamos fazendo amor.

No dia seguinte, quinta-feira, voltou casa e para sua família. E eu passei a manhã lavando minhas roupas na lavanderia do shopping. Ainda estava pulando em cima do meu pé saudável, mas o outro estava bem melhor. Depois de almoçar a comida Szechuan fria no meu quarto, coloquei os pés de molho na banheira. Lá pelo meio da tarde, criei coragem para ligar para o escritório de Connie Walsh. Gary me disse que ela estava fora, mas que estavam fazendo progressos em relação à casa. Sua voz me pareceu diferente, não tão empresarial, digamos.

— Que tipo de progresso, Gary?

— Minha chefe vai me matar, mas e daí? O condado admitiu o erro, Sra. Lazaro! Pelo jeito, eles deveriam ter notificado o número 34 da Biscove Street, não Bisgrove. E aparentemente estão dispostos a rescindir a venda.

— Já no sábado? — Levantei e dancei sobre o tapete; esqueci completamente do meu pé. Gary me disse que já tinha falado mais do que Connie gostaria e que eu devia mesmo era conversar com ela sobre tudo aquilo, pois a advogada ainda tinha de acertar a situação com o novo dono. Depois me disse para ligar novamente no dia seguinte, pois sabia que era certo ela estar no escritório.

— Eu te daria um beijo agora, Gary!

— Credo, não! — Ele riu e desligou.

No final da tarde, limpei a casa de quinta-feira, depois fui limpar o consultório do pediatra perto de San Bruno. Dei um estirão no trabalho e, mesmo mancando enquanto passava o aspirador, consegui manter o ritmo. Lester e eu combinamos que ele me encontraria na pousada às 19h30, e eu estava saindo do banho quando chegou. Dei as boas-novas enquanto me enxugava e me vestia, com a porta do banheiro meio aberta. Então ele entrou, me abraçou e disse que devíamos sair para comemorar. Mas eu estava cansada de tanto pular num pé só o dia inteiro; quando eu disse isso, senti que pareceu desapontado, mas apenas por um ou dois segundos: saiu e meia hora depois estava de volta, com uma pizza de abacate e azeitonas pretas, um pote de sorvete de chocolate e duas garrafas de champanhe Great Western.

Sentamos de pernas cruzadas na cama e comemos metade da pizza. Bebemos a primeira garrafa em copos plásticos do Eureka Motor Lodge. Começamos a nos beijar e Lester abriu um pacote de camisinhas, mas a cama estava tão bagunçada que fizemos amor no chão, perto do banheiro. Eu estava a meio caminho de ficar embriagada, ou talvez já estivesse; sentia como se houvesse mil abelhas atrás dos olhos e me lembro de ter ouvido o barulho de algum veículo bem grande que passava na autoestrada, quando o corpo de Lester congelou e ele entrou mais ainda em mim, soltou um gemido e disse em meu ouvido:

— Eu te amo, Kathy.

Eu não estava preparada para dizer o mesmo, então ri e empurrei seus ombros até ele não ter outra escolha senão me satisfazer com sua língua. Ele o fez — e eu não demorei nada.

Bebemos a segunda garrafa no banho. Les se encostou contra a torneira, o cabelo preto tão molhado que as orelhas se destacavam e o bigode pingava água. Comecei a rir e não conseguia parar, até que ele me tirou do ataque de riso cantando uma canção mexicana que aprendeu quando garoto. Cantou em espanhol, olhando diretamente para mim, como se desejasse me acariciar com cada bela palavra estrangeira. Depois fez uma pausa para um gole de Great Western no gargalo e recitou o último verso para mim em inglês, com os olhinhos castanhos já um pouco vermelhos.

> *Seu amor era um raio sobre a montanha*
> *Seu amor era um rio entre as árvores*
> *Seu amor era sol sobre o deserto*
> *Oh, mas onde está sua fumaça,*
> *seu leito d'água, seu sal?*
> *Por que os coiotes se calaram?*
> *Quando uivarão teu nome?*

Na sexta de manhã, acordamos de ressaca. As cortinas estavam fechadas e o quarto, escuro. Les sentou-se nu na beirada da cama, ligou para a recepção e pediu o café, depois pegou seu relógio na cabeceira da cama e levantou-o diante da luz fraca. Minha boca estava seca e a cabeça doía acima das orelhas.

— Eu devia estar em casa há duas horas. — Deixou-se cair no colchão. Escorreguei para o lado e deixei seu pescoço descansar entre minhas cadeiras e minhas costelas.

Les ergueu os olhos para mim.

— Tenho certeza de que ela ligou para o departamento... e tenho certeza de que eles perguntaram se eu estava me sentindo melhor. — Ele riu, mas a risada soava como ar tentando escapar de um balão cheio de gás.

— Sente mesmo vontade de rir neste momento? — Descansei os dedos em seu cabelo.

— Não, mas as coisas estão finalmente acontecendo. Talvez eu esteja aliviado, de certo modo.

Bateram à porta; Lester atendeu com uma toalha enrolada na cintura e pegou nosso café das mãos de uma adolescente loura, usando shorts folgados. Deu-lhe uma nota de cinco e disse para ficar com o troco. Vesti meu robe e fui ao banheiro antes de abrir as cortinas e introduzir no quarto um dia exageradamente claro e o sol que refulgia nos carros do estacionamento, no concreto branco ao lado da piscina. Sentei-me à mesa com o pote de sorvete de chocolate, que passara a noite no frigobar e havia derretido. Lester e eu nos revezávamos para tomar o sorvete com as colherinhas de plástico que vieram com o café; só que ele não parecia estar ali comigo, no mesmo quarto. Olhava fixamente para um ponto da mesa; de vez em quando, mordia alguma coisa, balançava a cabeça, depois tomava um gole de café e balançava de novo a cabeça. Meus olhos doíam e não houve jeito senão semicerrá-los, para me proteger de toda aquela luz que entrava pela janela. Levantei, fui coxeando até a cômoda e pus os óculos Ray-Ban de Nick. Agora Lester olhava lá para fora, o cabelo atrás da cabeça apontando para os lados, como orelhas de cachorro. Experimentava novamente aquela sensação de estar meio flutuante, um pouco nervosa por ver que as coisas entre ele e a mulher estavam chegando a algum tipo de definição. Não havia planejado isso; aliás, não havia planejado nada. De repente, desejei estar sozinha, sozinha na casa do meu pai, na colina da Bisgrove Street. Mas então Lester voltou-se e disse que eu parecia uma estrela de cinema, ali de pé, de robe e com aqueles óculos, e ainda por cima com o cabelo todo solto em torno dos ombros.

Veio até mim e me beijou. Tinha um gosto geladinho e doce, por causa do chocolate. Abracei suas costas nuas; queria dizer alguma coisa, mas não sabia o quê. Então Lester disse:

— Para falar a verdade, estou mais assustado do que aliviado.

— Eu também.

— Você? — Deu um passo para trás para me olhar, com as mãos nos meus ombros. — Por quê?

Dei de ombros e tomei fôlego.

— Não sei, sinto-me perdida; simplesmente perdida. — E comecei a chorar. Lester me puxou para si e virou-se lentamente de um lado a outro, beijando-me na cabeça.

— Vai se sentir melhor quando voltar para sua casa. Por que não liga para sua advogada e pergunta quando pode contratar uma empresa para fazer a mudança?

Fui ao banheiro assoar o nariz. Minha boca estava seca. Abri a torneira de água fria e bebi por um bom tempo, com as mãos em concha. Lester já estava vestido quando voltei; sentado ao pé da cama, calçava as botas. Atrás dele, a luz que vinha da janela fazia-o parecer apenas uma sombra. Então a sombra endireitou as costas e olhou para mim.

— Vou lá acabar logo com isso, Kathy.

— Isso o quê?

— Vou falar a verdade pra ela. Acabar com esse baile de máscaras que venho vivendo há anos. — Ergueu-se. — É estranho, não? Você se sente perdida, eu me sinto achado. De verdade; estou com medo, mas me encontrei.

Já na porta, virou-se para mim.

— E você também vai se encontrar, Kathy, eu prometo. Faço questão de reinstalar você pessoalmente em sua casa.

Há um endurecimento que acontece, uma espécie de opacidade que toma conta de tudo e faz você se sentir menos em vez de mais, oca em vez de sólida, fria em vez de quente; os homens sempre escutam tudo errado. Eu disse a Lester que me sentia perdida, e ele logo achou que era porque estou vivendo só com uma mala.

Eu não havia percebido até ele dizer aquilo, mas acho que esperava mais dele, de seus olhos tristes e do bigode torto, dos ombros estreitos e da pele escura, das canções mexicanas da sua juventude; talvez eu esperasse algum tipo de sabedoria. Mas o que eu tinha à minha frente era apenas um policial meio perturbado, a caminho de casa, para talvez deixar a mulher. Por causa disso, senti-me como uma espécie de bruxa, que esperava para ver um feitiço seu fazer efeito a quilômetros de distância. Tive vontade de levantar e correr o mais rápido que pudesse, mas o interior da minha cabeça estava seco demais em volta do cérebro e doía ao menor movimento. Deitei-me sobre o colchão e coloquei um travesseiro sobre os olhos, mas aí o café e o sorvete pareceram espalhar-se por igual atrás das minhas costelas, o que me fez sentir enjoo e me sentar. Por que tínhamos bebido as *duas* garrafas? Mas essa pergunta me deixou muito mal. Peguei o telefone e liguei para Connie Walsh. Já ia perguntar quando podia começar a carregar minhas caixas e bolsas — e acho que uma parte de mim não se surpreendeu quando ela veio ao telefone e me deu a notícia em sua voz direta de advogada. Acho que eu esperava justamente algo assim, que o novo dono estava pedindo um preço exorbitante — e que ela não só tinha certeza de que eu não poderia voltar para minha casa naquele fim de semana, como não tinha sequer certeza de que isso fosse acontecer tão cedo.

— Então quando, Connie? — olhava para as duas garrafas de champanhe vazias, uma de cabeça para baixo na cesta de lixo e a outra de lado no chão, com o rótulo para baixo. Connie dizia alguma coisa.

— Desculpe, o que foi que você disse?

— Disse que você deve vir ao meu escritório, Kathy. Venha hoje mesmo.

No sábado à tarde, levo minha Nadereh de carro até São Francisco, onde ela faz o cabelo com um *kunee* italiano que cobra mais do que deveríamos pagar. Seu salão fica na praça Ghirardelli, em meio a todas as lojas, cafés e galerias mais chiques, cujas portas estão abertas aos turistas do mundo todo. De manhã, podei os arbustos da cerca viva atrás da casa e ainda estou vestido com as roupas *cargar*, de trabalho, que antes só usava no Departamento de Manutenção de Rodovias; por isso nem entro no salão do italiano, conhecendo como conheço as diversas esposas persas que marcam hora com ele.

Sento-me num banco, em um dos pátios do térreo, e vejo as pessoas passarem. Em nosso chalé de Corona, o sol estava brilhando, mas aqui no centro, na área dos grandes cais e embarcadouros que chamam de North Beach, está uma neblina fria de verão, uma névoa fina no ar; e muitos dos turistas parecem inclusive deslocados em seus shorts, sandálias e camisas sem mangas, que mostram a indisciplinada carne dos seus corpos. Vários deles, quando fazem uma pausa nas compras, pedem um ao outro para tirar fotos deles debaixo da placa de uma loja ou no centro do pátio, com um monte de estranhos passando em volta. Ouço a fala de orientais, gregos, alemães e franceses, mas a grande maioria é mesmo de americanos — maiores, mais bem-alimentados, de bochechas rosadas. Carregam suas sacolas e saboreiam sorvete em casquinhas ou bebem refrigerantes doces em grandes copos enquanto passam, conduzidos por seus filhos pequenos e barulhentos.

Aqui sentado, olho para essas vacas, para esses rabanetes, e penso mais uma vez comigo mesmo: *essa gente não merece o que tem*. Logo que cheguei aqui nesses

Estados Unidos, esperava encontrar mais homens do calibre daqueles com quem eu lidava nas minhas transações comercias em Teerã, os homens disciplinados do exército americano, os executivos quase sempre esbeltos e bem-vestidos da indústria de armamentos e suas mulheres, que eram perfeitas anfitriás em nossas casas mais pródigas. E é claro que os filmes e os programas de televisão importados daqui só nos mostravam as pessoas bem-sucedidas: atraentes, vestidas na última moda, dirigindo carros novos e sempre se comportando como damas e cavalheiros, mesmo quando pecavam contra o Deus deles.

Mas eu estava muito enganado — e isso ficou bem claro para mim em apenas uma semana de andanças com minha família por toda essa Costa Oeste. Sim, aqui tem mais riqueza do que em qualquer outro lugar do mundo. Todos os mercados têm de tudo e estão sempre muito bem-abastecidos. E aqui tem Beverly Hills e outros lugares desse tipo. Mas grande parte das pessoas vive em casas que, em termos de colorido, não diferem muito dos alojamentos de uma base aérea. Além do mais, naquelas noites em que voltava bem tarde para o apartamento *pooldar* em Berkeley, depois do trabalho, via nas janelas o brilho azul-pálido de pelo menos uma tela de televisão ligada em cada casa. E me disseram que muitas famílias fazem suas refeições diante dessa tela, também. Talvez isso explique o rosto dos americanos, aqueles olhos que nunca parecem satisfeitos, nem em paz com seu trabalho ou com cada dia que Deus lhes concede; essas pessoas têm o olhar das crianças muito pequenas, que estão sempre à procura do próximo passatempo, divertimento ou de um gosto doce na boca. Para mim, não é mais surpresa alguma constatar que os imigrantes recentes é que brilham nesta terra: os orientais, os gregos e, claro, os persas. Nós sabemos aproveitar uma grande oportunidade assim que a vemos.

Nadi me parece linda ao deixar o salão do *kunee*, com o cabelo grosso e negro bem-arrumado emoldurando o rosto. Faz uma pausa para guardar o talão de cheques na bolsa de couro de crocodilo que comprou em Bahrain, não muito depois de deixarmos a nossa terra. Está usando um belo conjunto verde, a jaqueta abotoada na cintura, que, aliás, anda muito fina ultimamente, assim como os quadris e as pernas; magra demais. E mesmo a distância em que me encontro, consigo enxergar as rugas em torno de sua boca e entre os olhos, acima do nariz.

Minha Nadereh fica nervosa facilmente! Até esse jantar íntimo para nossa filha foi um teste para ela. E eu fiquei preocupado com a possibilidade de ela ter uma daquelas enxaquecas que a deixam de cama durante horas, ou mesmo dias. Mas é uma bela mulher — e eu me levanto para ir ao seu encontro, no pátio cheio de gente.

Na volta para Corona, paramos num florista em Daly City e compramos flores que ela mesma escolhe — tantas que ocupam todo o grande porta-malas do Buick Regal. É claro que estou preocupado com o dinheiro que estamos gastando nisso. Nadereh insistiu também para que comprássemos o melhor champanhe: três garrafas de Dom Pérignon, a bem mais de 100 dólares cada. Chegou até a telefonar para a cidade, em seu inglês questionável, para ver se encontrava músicos persas para tocar o *kamancheh* e o *domback* para nós, mas fiquei aliviado ao saber que, de última hora, não conseguiu encontrar nenhum. Mas minha Nadi parece bem contente. Sentada a meu lado, enquanto seguimos pela autoestrada costeira até Corona, cantarola uma velha canção americana que reconheço, sobre amarrar uma fita amarela no tronco de um carvalho. O sol ainda brilha em Corona e agora, duas horas antes da chegada de Soraya, refulge intensamente sobre o mar verde, o que torna quase impossível contemplar as águas por mais de um ou dois segundos.

— Teremos um belo pôr do sol para os nossos convidados, Nadi-*jahn*.

Nadereh assente rapidamente, antes de me repetir pela enésima vez a lista final de tarefas a serem executadas na próxima hora: todas as flores devem ser arrumadas pela casa inteira e também em cima, na varanda do teto (é assim que ela chama o terraço), em torno dos móveis novos de jardim; nossas taças Waterford devem ser limpas e adequadamente resfriadas; você precisa deixar o novo aparelho de som pronto para tocar música na sala de estar; e faça com que Esmail ponha ordem no quarto dele e que esteja de banho tomado e vestido com seu terno francês. Concordo com a cabeça e respondo:

— Sim, sim. — Mas não preciso ouvir mais nada, porque já decorei essa lista.

Quando acelero o Regal para subir a colina de Bisgrove, pensando em minha filha e em seu pequeno e lindo rosto, que hoje terei em minhas mãos, vejo Esmail conversando com uma jovem no nosso gramado, sob o sol. Seu cabelo é liso e escuro. Usa calça jeans e blusa branca e lá está também o Bonneville vermelho que já vi estacionado outras vezes, próximo à mata.

Quando entro com o carro, ela olha diretamente para mim: é a mesma mulher que, na semana passada, estava dormindo no carro, de manhã bem cedo.

Nadi bate no meu ombro e diz, em persa:

— Essa é a mulher que machucou o pé, Massoud.

Desligo o motor e digo à minha mulher que sim, que ela veio buscar uma ferramenta que o *najar*, seu namorado, tinha esquecido; mas, na realidade, eu a estava esperando. Saio do carro e caminho sobre a grama sorrindo. Estendo a mão à mulher, que hesita por um momento antes de apertá-la.

— Foi bom você ter vindo.

Tomo-a pelo cotovelo com delicadeza.

— Por favor, por aqui, deixe-me mostrar o caminho.

Viro para meu filho e digo em voz baixa, em persa:

— Ajude sua mãe e não diga nada. Mais tarde eu explico.

No canto do chalé, diante das escadas para o terraço panorâmico, a mulher me diz:

— Desculpe, mas acho que o senhor está me confundindo com outra pessoa.

— Não, eu sei perfeitamente quem você é.

— Sou Kathy Nicolo. — Oferece-me a mão, que aperto e solto rapidamente. O sol está bem em cima de nós e, com essa luz, sua maquiagem parece exagerada. Ela olha para o chão:

— Eu sei que minha advogada falou com o senhor, mas eu achei que poderíamos nos encontrar pessoalmente, Sr. Bahrooni.

— Meu nome é Behrani. Coronel Behrani.

A mulher respira fundo e olha para o novo terraço.

— Meu pai nos deixou esta casa. Deixou-a para mim e para meu irmão.

Esmail chega, carregando nos braços um grande vaso de crisântemos para levar ao terraço. Peço que deixe as flores no chão e saia. Ele obedece e eu digo a essa mulher:

— Sinto muito, senhorita, mas você devia dizer essas coisas aos burocratas do Departamento de Fazenda. Eles é que cometeram o erro, não eu.

— Sim, mas eles já admitiram isso. Disseram que devolvem o seu dinheiro. Olhe, eu sei que o senhor construiu um novo terraço; tenho certeza de que eles o reembolsarão por isso. — A mulher tira do bolso da frente um maço de cigarros e acende um, com um isqueiro barato de plástico.

Dá uma profunda tragada e sinto o calor de uma impaciência que começa a tomar corpo dentro de mim. Escuto a água correndo na pia da cozinha. Olho pela janela sob as escadas, mas as sombras não me deixam ver a minha mulher lá dentro. Dou um passo à frente, na esperança de que a mulher me siga, mas ela não arreda pé do lugar.

— Peço desculpas, senhorita, mas, no que me diz respeito, não tenho mais nada a dizer a ninguém. Por que eu deveria ser penalizado pela incompetência deles? Me diga. Você devia processá-los e pedir uma indenização boa o suficiente para comprar dez casas. Eu mesmo posso lhe vender esta novamente, pelo preço justo. É minha única exigência.

Ouço a porta dos fundos do chalé abrir e fechar; pego no braço da mulher e começo a conduzi-la até a saída, pela grama.

— Desculpe, mas não sei onde ele deixou os martelos.

A mulher começa a tentar se soltar, mas aperto um pouco mais o braço dela e paro no centro do jardim, sob o sol.

— Minha família não sabe nada sobre isso, moça. Não há mais nada a dizer.

— Me solte! — Ela solta o braço e o cigarro cai na grama. Dá um passo para trás, com uma expressão de incredulidade no rosto. — O senhor não pode mudar simplesmente para cá e agora querer ganhar dinheiro com a casa. Isso não está certo!

Olho novamente para trás, na direção do chalé, e cruzo os braços sobre o peito; sinto as batidas do meu coração diretamente neles.

A mulher grita e me acusa de ser injusto; começa inclusive a usar palavrões, mas eu apenas balanço a cabeça pacientemente. Se Nadereh estiver olhando pela janela, acreditará imediatamente no que vou lhe dizer: que a namorada do *najar* é louca, *deevoonay*, e que pensa que eu sou outra pessoa.

A mulher para abruptamente, como se de repente se tivesse dado conta das bobagens que está dizendo. Afasta o cabelo do rosto e me olha longamente; depois vira-se e atravessa a rua, cambaleando, em direção ao seu caro sedã. Vejo-a virar o carrão e, enquanto desce a colina, piso no cigarro dela e o esmago debaixo do meu pé.

R umei para o sul na Cabrillo Highway e passei pelas praias públicas, fumando um cigarro atrás do outro. Tinha esquecido meus óculos escuros no motel; o brilho do sol em cima da água me obrigava a estreitar os olhos, mas ainda via meu irmão Frank chutar aquele oriental nojento e derrubá-lo no chão. Queria dirigir mais rápido, mas a estrada estava movimentada por causa do trânsito que vinha da praia, no fim da tarde. Então, em Montara, entrei no estacionamento de uma loja de ciclismo e surfe, saí do carro e fiquei ali, encostada nele.

Poucos metros mais à frente, havia uma cabine telefônica vazia. Eu queria muito ligar para o Frankie, desejava tanto que meu estômago até doía, mas não me mexi. Até onde eu sabia, Nick tinha retornado para a Costa Leste, voltando a frequentar todos os lugares. A informação chegaria à minha família, e era isso; eles veriam com os próprios olhos quem deixara quem. Mas isso não iam querer: ver a casa do papai ser roubada de nós enquanto eu vivia lá. Ontem, Connie Walsh me dissera, em seu escritório, que o condado tinha feito a sua parte — e agora a transação dependia unicamente do novo dono, mas ele não queria devolver a casa. E disse que a única coisa que poderíamos fazer era processar o condado de San Mateo, para receber o valor correspondente à casa. Minha ressaca de champanhe havia piorado ao longo do dia; a cabeça estava pesada e seca, e o pânico que começava a tomar conta de mim por causa de tudo aquilo era maior do que eu.

— Você quer dizer processar o condado por danos materiais e simplesmente comprar outra casa?

— Isso.

— Você quer dizer que legalmente eu não posso ter minha casa de volta?

— Não, a menos que o proprietário devolva a casa ao condado e eles a devolvam a você. E eu sinto muito, Kathy, mas isso já não me parece muito provável.

Depois desse telefonema, cancelei minha faxina daquela tarde, fechei as cortinas do meu quarto no motel e fiquei estirada na cama por um longo tempo. O telefone tocou; era Lester. Não parecia ele; a voz estava animada mas triste também, como se não conseguisse acreditar nas próprias palavras. Disse que ele e a esposa tiveram uma longa conversa e decidiram que ele devia se mudar.

— Falou em mim?

— Falei, Kathy, e disse a ela que você não é o motivo da separação. E não é mesmo.

Depois disse que me ligaria hoje. Quem sabe? Talvez alugássemos o mesmo caminhão de mudança. Eu queria contar a ele naquela hora, contar sobre a minha casa, mas havia um peso em sua voz, um peso suspenso por um fio.

Passei a noite fumando em frente à TV e essa manhã não saí do meu quarto no motel, à espera de que o telefone tocasse, que Les ligasse para dizer que vinha me levar para tomar café, que Connie Walsh ligasse para dizer que estava errada, que tudo tinha sido resolvido, e que eu podia pegar minhas coisas no depósito. Fiquei lá sentada, com os pulmões doendo, pensando na mulher árabe que enfaixara meu pé e no jeito com que sorria para mim, como se eu fosse digna de pena. Pensei nos tapetes orientais e na cama de latão no meu quarto, nos nômades e nos cavalos na parede da sala de estar, no lixo da construção no jardim. Então, eu me vesti e botei um pouco de cor no rosto; iria até lá e explicaria tudo pessoalmente.

E agora meu braço estava machucado exatamente onde aquele árabe filho da puta havia apertado. Um vento quente soprava da praia, com cheiro de algas e asfalto quente; o sol se aproximava do horizonte e eu tive de cobrir os olhos com as mãos. O trânsito ficara ainda mais lento e eu vi passar um jipe cheio de adolescentes, todos bronzeados. Os rapazes tinham as cabeças praticamente raspadas; já as namoradas usavam os cabelos soltos e embolados em volta dos ombros. Iam bem devagar agora, a estrada absolutamente aberta à sua frente, com centenas de opções de lugares diferentes para onde ir.

Les já estava de volta ao motel quando cheguei. Seu pequeno furgão estava estacionado ao lado de um Winnebago com placa da Pensilvânia; no banco de trás havia camisas em cabides, dobradas sobre uma mala. Seu uniforme estava pendurado perto da janela, num saco plástico de lavanderia. Fiquei cheia de esperanças, mas também fui tomada por certa apreensão; saí do Bonneville e, quando já estava debaixo do toldo da minha porta, ouvi-o chamar meu nome atrás de mim. Estava perto de uma cadeira ao lado da piscina, de calça jeans, mocassins e com a mesma camisa listrada que usara da primeira vez que fomos ao Carl Jr. Perto do seu pé, uma grande lata de Budweiser. Sorriu quando me aproximei.

— Já está mancando bem menos.

Pisei no concreto branco em volta da piscina. Tive vontade de correr e abraçá-lo, mas alguma coisa me deteve. Ficamos ali, olhando um para o outro. Pareceu-me mais alto e mais magro do que realmente era. Mesmo sem as botas de caubói, parecia mais alto.

— Ainda se sente achado?

Les olhou para a água da piscina, as mãos nos quadris.

— Sinto tanto que quase não consigo sentir nada. — E voltou a me olhar, com os olhos escuros um pouco apertados.

— O que você disse aos seus filhos?

— Uma mentira. Eu lhes contei uma mentira, Kathy. — Seus lábios se juntaram numa linha reta, então fui até ele e o abracei. Cheirava a algodão e suor. Abraçou-me também e eu senti uma espécie de solavanco vindo de dentro dele, mas, quando falou, a voz estava normal.

— Eu não quero assustar você, Kathy. Não quero mesmo.

Meu rosto estava em seu peito e eu podia ver os carros passando na autoestrada Camino Real. Deu um passo para trás e me olhou nos olhos.

— Não estou assustando, estou?

Podia sentir o cheiro da cerveja em seu hálito e quis uma também.

— Ah, fique quieto, estou feliz por você estar aqui.

Era verdade, estava mesmo. Tomei sua mão e atravessamos o estacionamento até o meu quarto. Agachei-me para pegar duas latas de Michelob no frigobar.

Abri-as e dei-lhe uma. Ergui a minha numa espécie de brinde rápido e bebi. Estava gelada, deliciosa. Senti-me meio imprudente, mas não estava nem aí.

Contei as novidades de Connie Walsh, falei de minha ida até a Bisgrove Street para tentar ter uma conversa educada com o maldito árabe que nem sequer tinha contado à família o acontecido e que apertou meu braço para eu ficar quieta.

— Ele pôs as mãos em você?

— Pode-se dizer que sim, eu acho.

Bebi um gole e olhei para Lester, completamente na sombra por causa do sol que estava por trás dele; só o bigode e os olhos pareciam mais escuros que o resto.

— Você me faz lembrar um caubói.

— Como é que ficou? — perguntou Lester, a voz alta e tensa.

Dei de ombros e bebi um pouco mais. Nunca bebi muita cerveja, a não ser em dias como este, dias quentes nos quais a gente está cansada, com um pouco de fome e tudo parece mais difícil. Lester inclinou-se para a frente na cadeira.

— Quer dizer que se esse cara não quiser vender a casa de novo ele não é obrigado?

Assenti, com uma breve risada.

— Olhe pra gente, Les. Somos dois sem-teto. — E ri mais alto, como se não me importasse com nada. Não conseguia parar.

— Não está certo.

— E o que é certo? — Agora eu estava sorrindo.

— Você é uma mulher complicada, não?

— Nada... aliás, acho que sou bem simples, na verdade. Sou é boa em complicar as coisas. — Terminei minha cerveja, mas pus a lata no colo, como se ainda não estivesse de todo vazia.

— E eu, complico as coisas?

Olhei para ele.

— Não. Quer dizer, sim, só um pouquinho, mas eu estou feliz por você estar aqui. Estou mesmo, Les.

Levantou-se e me pôs de pé. Em seguida passou os braços em volta de mim e cruzou seus dedos nas minhas costas.

— Passe a noite comigo.

— Não quero que você pague mais por este quarto, Les. Agora você tem que pensar em si mesmo, não se esqueça disso.

Calou-me a boca com um beijo, foi o que me pareceu.

— Tenho uma cabana de pesca mais ao sul. Outro oficial me emprestou até que eu decida o que fazer, ou para onde ir. — Beijou-me outra vez. — Me ajude a limpá-la. Depois vamos sentar e descobrir um meio de ter sua casa de volta. Conheço tantos advogados que você nem vai acreditar!

Tive novamente aquela sensação de estar levitando, como se nada que eu fizesse tivesse importância, pois eu não estava conectada a nada que fosse real, mesmo. Mas eu queria voltar à Bisgrove Street com este homem, entrar direto na minha casa com Lester Burdon à minha frente, de uniforme, com a pistola no cinto e algum documento que mandasse aquela família árabe diretamente para as areias do deserto, ou seja lá de onde vieram.

— São bons advogados?

— Melhores do que a que você tem agora, com certeza.

Não sei por que, achei que seus advogados podiam saber mais do que a minha. Sei lá, mas achei. Beijei-o e ele me beijou também e me empurrou para a cama, mas eu disse que não, pedi para esperarmos, esperarmos e fazermos com que fosse especial.

Fiquei novamente esperançosa e, no caminho para a saída da cidade, sentada no banco do carona de seu carro com cinco Budweisers geladas no colo, pedi que subíssemos até a Bisgrove Street. Quando nos aproximamos do topo da colina, Les diminuiu a velocidade. Na minha entrada de garagem, atrás do Buick branco, havia uma Mercedes-Benz verde e, em frente ao gramado, um Saab ou coisa que o valha, estalando de novo. Baixamos o vidro das janelas e ouvimos risos e um tipo de música metálica, em grego ou libanês. Lester parou o carro ao lado do bosque.

— Meu Deus — exclamou. — Olhe só pra eles.

À luz dos últimos raios de sol, no novo terraço sobre o meu telhado, havia oito ou dez estranhos; os homens de terno, as mulheres vestidas de vermelho, pêssego e rosa pink. Uma delas era grande, com cabelo curto e um colar de ouro tão largo que, daqui de baixo, eu podia enxergá-lo perfeitamente. Estavam sentados em espreguiçadeiras brancas, segurando taças de champanhe; havia também uma mesa lá em cima, debaixo de um enorme guarda-sol branco. Bahrooni era o único de pé, de terno preto, com uma das mãos no bolso. Ergueu seu copo para um casal sentado, que eu não consegui ver direito por causa dos vasos de flores no parapeito, e dizia alguma coisa, de costas para a rua.

— Ele é algum tipo de coronel, sabe? Quis que eu o chamasse de coronel.

— Ao diabo com essa gente!

Les manobrou o carro, engrenando a marcha uma vez antes de se afastar. Bahrooni e alguns outros olharam para a rua, mas eu olhei apenas para ele e vi seu sorriso desaparecer na mesma hora. Les acelerou e seguimos pelas lojas térreas de Corona, depois entramos na Cabrillo, sob um céu verde e violeta, o sol já fora de cena, a caminho de brilhar na Ásia ou no Oriente Médio.

Nadereh acendeu dez velas por toda a sala; nossa família ficou várias horas sentada no chão com os convidados, no *sofreh*, comendo e bebendo, conversando e rindo. Então nos recostamos nas grandes almofadas cor de carmim de Tabriz, saboreando o chá quente e provando pistache e chocolate com menta, ao som da música de Googoosh, que sai do aparelho de som. Soraya está contando histórias de nossa antiga vida em Teerã, quando era pequena; fala de Bahman, nosso motorista, que permitia que ela e as amigas se sentassem no banco de trás da limusine, enquanto ele dava voltas pela vizinhança e as meninas fingiam beber chá e falar de assuntos palacianos. Nadi trouxe para a sala nossos álbuns de fotografia com capa de couro e eu observo a nova família de minha filha, enquanto ela lhes mostra as fotos, uma a uma. Meu genro é um rapaz calado e respeitoso. Vestido com um terno risca de giz, permaneceu a noite toda ao lado de Soraya, mas não a tocou sequer uma vez, o que é correto. Usando óculos e com o cabelo muito curto, parece mais velho que os seus 30 anos. Tanto sua mãe quanto a irmã são mulheres grandes, embora estejam vestidas com muito bom gosto, nas cores da moda mais recente, e sejam bem acolhedoras; riem facilmente na primeira oportunidade. Acho um pouco mais difícil tolerar o marido da jovem; é tão novo — apenas 25 ou 26 anos — e já é dono de uma joalheria em São Francisco. Seu terno é elegante, mas em dois dedos de ambas as mãos usa anéis de ouro, diamante e rubis. E durante nosso jantar com iguarias como *chelo kebab*, *khoresh badamjan* e *obgoosht*, toda vez que pegava seu copo de Coca-Cola, o punho da camisa subia e revelava pulseiras de correntes de ouro nos pulsos finos. E, quando se dirigia a mim, chamava-me *Genob Sarhang*, Honorável Coronel, mas num tom de respeito tão exagerado que eu não acreditava que estivesse sendo sincero. Neste momento, portanto, é um alívio que tenha ido ao quarto de Esmail com meu filho, para jogar video game.

Ainda assim, não consigo relaxar completamente. Observo o rosto de Soraya à luz das velas. Tornou-se uma jovem tão encantadora, agora uma esposa. Está vestida em estilo conservador, com blusa branca e conjunto de saia e jaqueta combinando. E suas pernas estão cruzadas como as de uma dama. Seu cabelo negro está preso no alto da cabeça. No pescoço, usa o colar de pérolas que sua mãe e eu lhe demos como presente de casamento; seus olhos são vivos, incendiados, os dentes brancos, mas sua conversa e sua risada não me permitem relaxar. Logo que saiu do carro de seu marido, bastou pôr os olhos no chalé para que seus olhos perdessem alguma coisa, antes de correr ao nosso encontro no jardim. O brinde regado a Dom Pérignon no terraço, as flores frescas, a mobília nova e a vista do mar pareceram aliviá-la um pouco da sensação de que descemos um degrau na vida. Mas passou a noite inteira falando da nossa casa de veraneio em Chālūs, de nossa casa na área mais elegante da capital e das festas nas residências de todos os oficiais de primeiro escalão do Shahansha Pahlavi. Nossos convidados ouviram educadamente e Nadi — que foi uma anfitriã maravilhosa o tempo todo — interrompeu Soraya para perguntar à sogra de nossa filha por sua família e pela saúde de todos. E agora, é claro, com as fotos, Soraya voltou às recordações. Antes, enquanto Nadi servia o *tadiq* e o *mastvakhiar*, meu genro me perguntou se eu estava gostando da aposentadoria, se eu tinha algum hobby... Eu já previra essa pergunta mesmo antes de nossos convidados chegarem — e já tinha me preparado para falar de minha atividade no mercado imobiliário, mas, na hora que fez a pergunta, Soraya contava à sogra e à cunhada sobre a noite em que o xá, em pessoa, telefonou para nossa casa. Fiquei tão envergonhado que não fui capaz de falar da compra e venda de chalés sem parecer estar me desculpando pela condição em que vivíamos no momento. Com voz carinhosa, pedi à minha filha para mudar de assunto, por favor, *beekhoreem*, vamos comer.

E agora, enquanto saboreio o chá persa filtrado pelo torrão de açúcar entre meus dentes, estou ansioso para todos irem embora, inclusive Soraya, mas não antes que eu a chame em particular e a repreenda por todo seu exibicionismo; não antes que eu a abrace e lhe diga para não se preocupar, que este pequeno chalé é apenas temporário, que sua mãe e eu esperamos vendê-lo com um bom lucro e pedir para que, por favor, ela não se preocupasse conosco.

E estou preocupado com meu filho também. A lista de tarefas de Nadi era longa, e o tempo, curto, portanto não tive oportunidade de falar com ele sobre essa mulher americana, Kathy Nicolo, antes de nossa reunião de família começar. Esmail é um rapaz honesto e às vezes fala antes de pensar. Imagino-o sentado diante do video game que é capaz de vencer de olhos fechados, conversando com o jovem joalheiro para espantar o tédio e contando a ele sobre a mulher que apareceu aqui hoje. Nadi e a sogra de minha filha agora falam da nossa terra, de como sentem falta das flores de Isfahan, das mesquitas em Qom, e de como o preço do açafrão aqui é inacreditável. Soraya, recostada ao lado do marido, sorri e mostra a ele uma foto sua quando adolescente; a luz da vela se reflete nas lentes dos óculos do rapaz. Peço licença e vou até o quarto de Esmail. A única luz vem da tela do computador. Os dois estão sentados em frente ao monitor, olhos e rostos concentrados. Posso ver que meu filho é mais alto que o joalheiro. Da porta, onde estou, escuto os bipe-bipes do jogo eletrônico. Ouço também as vozes das mulheres na outra sala; no gravador japonês, Googoosh canta uma de nossas canções de amor de 3 mil anos. E de repente sinto-me um *mardeh peer*, um homem velhíssimo. Logo será a vez de convidarmos a nova esposa de Esmail para jantar. Mas será que Nadi e eu estaremos vivos para isso? Ainda estaremos neste país? Esta noite o meu desejo é estar de volta a Chālūs, com o mar Cáspio diante de nós, com Pourat e sua família vivos de novo, visitando a nossa casa. Hoje mais cedo, quando o sol se punha no Pacífico e todos nós tomávamos champanhe francês entre as flores e a família, brindando à nossa saúde, comecei a sentir de novo, em meu sangue, a alegria dos velhos tempos. Mas depois veio o barulho forte de um motor de automóvel; voltei-me e vi essa mulher, Kathy Nicolo, me encarando no banco do passageiro, com um homem na direção, que não consegui ver direito antes de arrancarem com o carro e me deixarem com a sensação de estar sendo acusado por um crime que não cometi.

Estou bastante cansado e espero que nossos convidados se despeçam logo. Passei vários dias esperando por este jantar, por ver minha filha única novamente, mas, assim como tantas coisas nessa vida, mesmo uma noite tão esperada acaba nunca sendo como a gente sonhou. E está claro para mim que minha filha não me respeita mais como antes; durante toda a noite, em meio às suas animadas conversas, às vezes eu a pegava olhando para mim com uma tristeza distante, do jeito que as pessoas olham para um cego ou para alguém muito doente. E talvez seja isso, mais do que qualquer coisa, o que deixa meus braços e minhas pernas tão pesados de fadiga. Porque Soraya está certa: a que ponto caímos, se tudo o que temos está investido num chalé, numa colina da Califórnia?

Nadereh ri bem alto no *sofreh*, mas não é um riso genuíno; sinto vontade de dormir agora. Quero dormir e sonhar com reis.

Na noite passada paramos num mercado em Half Moon Bay. Lester e eu caminhamos pelas aleias, com toda aquela luz fluorescente, parando ocasionalmente para pegar cream-crackers integrais, bifes e café, calmos e relaxados como se vivêssemos juntos há anos. Mas na verdade eu não estava relaxada e acho que nem ele. A ida até a minha casa o deixara muito desgostoso; falou sobre isso quando saíamos de Corona em direção ao sul, passando por todas as cidades praianas da autoestrada 1, o céu sangrando sobre a água. Não parava de perguntar quem aquelas pessoas pensavam que eram. O que estavam comemorando, com seus carros e suas roupas caras? O fato de roubar a casa de uma mulher? Fiquei em silêncio e dividimos uma cerveja enquanto ele dirigia. Brinquei com ele sobre o fato de um policial beber ao volante; Lester pareceu se acalmar e me disse que, até alguns anos atrás, isso era considerado legal no Texas, contanto que a pessoa não estivesse bêbada. No mercado, ele me pareceu alegre de novo; perguntava se eu gostava disso ou preferia aquilo, antes de colocar algo no carrinho. Mas eu ainda sentia sua voz arrastada, como se estivesse sustentando alguma coisa muito pesada em seus braços. Eu estava com fome; a cerveja subira para a cabeça e eu não gostava daquilo. Estava cansada da sensação de não ter os pés completamente no chão, como se o meu verdadeiro eu estivesse à minha espera em algum lugar fora do corpo, e jurei que não beberia mais nada pelo resto da noite.

Uns 6 ou 7 quilômetros ao sul de Half Moon Bay, Lester saiu da autoestrada costeira e seguimos ladeando o que ele disse ser o rio Purisima, um leito seco de pedras com um tímido curso d'água a mover-se pelo meio, formando espuma sobre pequenas pedras roladas ao fluir para oeste, em direção ao Pacífico. Restava ainda uma pálida luz esverdeada no céu; da janela, podia ver, mais abaixo, uma plantação de alcachofras, depois um bosque e uma ou outra casa ou trailer com luzes acesas, por isso acho que esperei que tivesse eletricidade, ao chegarmos ao nosso destino. Na autoestrada, eu tinha ligado o rádio, mas agora — talvez por causa das árvores e da montanha, que eu sabia estar em algum ponto à nossa frente — não estava pegando muito bem, então Les o desligou. Estava muito quieto e eu queria vê-lo falar mais.

Deixamos a entrada principal e entramos em outra muito mais estreita, com algumas falhas na pavimentação. Em seguida Les entrou com o carro numa trilha de pedras lisas e palha seca de pinheiro-agulha, com mata densa dos dois lados. Dirigia bem devagar e sacolejávamos entre os buracos rasos que havia no chão.

Algumas vezes, o fundo do carro encostava em pedras e Les dizia "merda", entre os dentes. Quando a trilha tornou-se ainda mais estreita e os galhos mais baixos dos pinheiros começaram a arranhar o teto, Lester parou o carro e nós o trancamos. Então eu o segui por um atalho, ele com duas sacolas de mantimentos na mão e eu com uma. Estava quase escuro demais para enxergar qualquer coisa sem uma lanterna; o ar estava mais frio e cheirava a pinho e eucalipto seco. Dava para ouvir o rio Purisima correndo em meio ao bosque, à minha esquerda; Lester, então, subiu três degraus de madeira que davam em um portão. Eu vinha logo atrás. Os mosquitos começaram a brilhar no meu rosto e nas mãos; um deles me picou nas costas, através da blusa. Les pôs as sacolas no chão, destrancou a porta, correu as mãos pela parede e acendeu, com um fósforo, um desses lampiões de acampamento que chiam e produzem uma luz fraca, como de uma lâmpada sem lustre. Pegou o lampião e pendurou-o pela alça em um gancho que pendia do teto, no meio do cômodo. As paredes e o chão eram feitos de pranchas de pinho desbotadas ou manchadas de marrom-escuro. Senti cheiro de alguma coisa meio podre.

Lester pegou minha sacola de compras e a colocou sobre um bloco de madeira, uma espécie de tábua de corte, de uns 90 centímetros de espessura, debaixo do lampião. Quando foi buscar o resto das compras no portão, parou para me beijar e me envolveu num abraço.

— Está com fome?

— Eu comeria agora — disse, junto ao seu peito. Sentia o perfume de sua loção de barbear e o abracei bem apertado, antes de ele ir até lá fora. Sob uma escada de madeira, contra a parede, havia um fogão à lenha preto, de ferro.

Les alimentou prontamente o fogão, e embora o ambiente ficasse um pouco quente demais, era bonito ver as chamas e agradável sentir o cheiro da fumaça. Próximo a uma cama de campanha, num canto, havia uma caixa térmica de plástico; Les a abriu e encontrou uma velha carcaça de frango flutuando na água.

— Merda.

— Não, Lester, eu acho que é um frango.

Soltou uma risada, pegou o lampião a gás e carregou a caixa térmica até o rio. Com a luz que vinha do fogão, coloquei as compras sobre a mesa de corte e olhei em volta, à procura de algum utensílio no qual pudesse cozinhar.

Dentro de um caixote sob a escada havia uma pequena pilha de panelas e caçarolas; tirei a poeira de uma frigideira de ferro fundido, coloquei-a sobre o fogão aceso, desembrulhei os bifes e coloquei-os para fritar.

Quando Les voltou, abriu uma garrafa de vinho tinto que havia trazido e eu despejei um pouco sobre a carne. Serviu-me num copo de papel e ficou comigo na frente do fogão, bebendo. Bebi também, engolindo minha decisão de não o fazer, alimentando a Voz Inimiga dentro da minha cabeça. Pensei que iria me abraçar ou algo assim, mas não o fez. Apenas ficou ali do meu lado, olhando para a madeira que queimava no fogão e para a carne sendo preparada. Então eu passei o braço em torno dele.

Depois de um jantar muito sossegado, que saboreamos em pratos de papelão no colo, diante do fogo, subimos para o loft, despimo-nos sob a luz do lampião e caímos na cama, um colchão queen-size estendido no chão. Os lençóis estavam frios e um pouco ásperos contra minha pele. Fiquei imaginando quando teria sido a última vez que foram lavados, quem teria dormido ali antes. Queria lavar o rosto e escovar os dentes, mas não havia banheiro, nem mesmo uma pia. Encolhi-me junto a Les e pousei minha mão e o rosto em seu peito nu. Escutava o chiado do lampião, cuja luz formava sombras, e então vi como era o teto; as vigas expostas formavam um ângulo muito inclinado em relação às paredes curtas, com apenas duas pequenas janelas de cada lado, mosquitos e mariposas voando nas telas, o coração de Les batendo sob a minha mão. Sem levantar a cabeça, perguntei se estava bem.

— Estou, estou bem. — Sua voz parecia cansada e fraca.

— Está bem mas triste, não é?

Soltou um suspiro tão longo pelo nariz que meu cabelo chegou a mexer.

— Não paro de ver a imagem de meu pai saindo de casa no furgão lotado com suas coisas. Jurei que jamais faria isso com meus próprios filhos, Kathy.

Senti algo se agitar dentro de mim.

— Quer voltar para casa?

— Não é mais a minha casa.

Acho que entendi o que quis dizer, mas não desejava pressioná-lo. Desci minha mão apenas o suficiente para meus dedos se aninharem entre os pelos ásperos lá embaixo, mas ele ficou duro na hora e a nossa conversa de certa forma pareceu continuar, embora nenhum dos dois dissesse mais nada.

O dia seguinte era domingo e amanheceu simplesmente banhado de sol. Queria fazer xixi assim que acordei; Lester me deu um rolo de papel higiênico, me beijou e disse para eu encontrar um cantinho no bosque. Depois me disse para pegar a escova de dentes e mostrou-me uma trilha atrás da cabana, por entre os pinheiros, que ia dar numa clareira junto ao rio. No chão macio, havia uma canoa de alumínio, de casco para cima, apoiada num tronco de árvore. O rio era calmo e largo naquele ponto, e parecia acabar no meio das árvores; na verdade, tinha mais cara de lago, cercado de três lados pela mata, o que era estranho, pois eu ainda escutava a água correndo lá embaixo, pelo leito de pedra.

— Será que esse rio não vai se esgotar?

Lester pôs o braço em torno do meu ombro.

— Não, é abastecido pelo lençol d'água que vem do subsolo. Com que frequência a gente vê isso na vida? A fonte de alguma coisa?

Três libélulas saltaram da superfície para os altos talos de grama, à beira d'água. Les agachou-se e começou a escovar os dentes. Fiz o mesmo, cuspindo no chão atrás de mim, e enxaguei a boca com água fresca, na cuia das mãos.

Lester encheu um pote de estanho e, de volta à cabana, bebemos um café muito quente na pequena entrada da frente e comemos pão que tostamos na beira do fogão. O cabelo de Les estava um pouco saliente em alguns lugares e ele não tinha feito a barba.

Estava recostado na cadeira, com o pé apoiado na cerca, de tênis, bebendo seu café. Parecia bem, como se a dor que sentira na noite anterior tivesse sido apenas parte de um sonho. Acendi um cigarro.

— E então, vamos limpar esse lugar ou não?
— Como está o seu pé?
— Já posso colocar todo o meu peso em cima dele.
— Devíamos pedir perdas e danos àqueles filhos da mãe por isso também.
— Você vai ligar pra quem para falar sobre isso?
— Pra um monte de gente. Amanhã é dia dos advogados.

Olhou para mim e sorriu; depois levantou-se e jogou o resto do café por cima da cerca.

— Mãos à obra!

Passamos toda a manhã e o início da tarde limpando a cabana inteira. E estava imunda! No chão, sob a poeira em volta da mesa de corte, havia escamas de peixe grudadas às pranchas de madeira. Inclinei-me e raspei-as uma a uma com uma colher. Nos cantos, havia teias de aranha de mais de 1 metro de altura; em volta da mesa de jogo, perto da janela, encontramos guimbas de cigarro e charuto. Enquanto eu varria, Les esquentou dois potes de água do rio e esfregou todo o chão quando terminei. Como não havia detergente, joguei na água um pouco do limpa-vidros que havia encontrado debaixo do caixote das panelas. Encontrei também uma camiseta rasgada lá, que usei para limpar as janelas e as telas. No início, senti falta do meu walkman, de um barulho na cabeça para manter o ritmo, mas depois de algum tempo já não sentia falta da música. Era agradável ouvir o barulho do pano contra o vidro das janelas, embebido em limpa-vidros, o gorgolejar do rio Purisima entre as árvores, Lester trabalhando comigo.

Num canto da entrada, próximo a uma churrasqueira enferrujada, havia um cobertor sujo e, debaixo dele, um machado de cabo longo, uma serra dentada amarela e um galão plástico cheio até a metade de um líquido que parecia óleo ou gasolina. Les encontrou um par de alicates e uma chave de fenda, apertou os parafusos da lâmina e depois ligou aquela coisa, que vomitava uma fumaça azulada e fazia tanto barulho quanto uma moto de competição. Levou-a para o bosque e, durante muito tempo, escutei o barulho dele cortando madeira. Fiquei feliz quando parou. Fui até lá, ainda mancando um pouco, e ajudei-o a carregar os troncos até a cabana. Tinha cortado um tipo de árvore de casca macia — bordo, ele achou que era — que daria bom fogo. Fizemos três viagens cada um; ele empilhava os troncos em meus braços, depois pegava o dobro da quantidade e me seguia até a casa. Na volta para buscar mais troncos, seguíamos de mãos dadas e Lester me mostrava várias espécies de flores silvestres entre as árvores, ou simplesmente caminhávamos juntos em meio ao calor do bosque, suando e respirando com dificuldade devido ao esforço, às vezes sob o sol, sem ruído algum além do som do rio e de alguns pássaros.

Quando já tínhamos empilhado todos os troncos em frente à entrada, Lester tirou a camisa e começou a cortar a madeira ao meio com o machado. Fui até o Purisima com um copo plástico, que enchi e bebi três vezes; depois trouxe um pouco para Lester. O suor pingava de seu nariz e do bigode; sorriu e me agradeceu, bebeu a água, depois inclinou-se e me deu um rápido beijo molhado. Fumei um cigarro no degrau da entrada e fiquei ali algum tempo, vendo-o cortar a madeira. Seus ombros e suas costas estavam brilhando de suor; algumas veias começavam a saltar de seus longos braços. Às vezes ele soltava um pequeno grunhido quando brandia o machado até o fim, em toda a extensão de um tronco; depois jogava a madeira partida para o lado, curvava-se para levantar outro tronco inteiro e brandia o machado novamente. Uma mosca pousou em seu rosto e caminhou pela bochecha até sua orelha, mas Lester pareceu nem notá-la. Primeiro pensei que fosse porque estava muito concentrado no que fazia, mas depois comecei a me perguntar se o motivo não seria outro, se não estaria pensando em sua família, na esposa e nos filhos. E torci para que estivesse errada.

Deixei o portão e fui lá para dentro preparar sanduíches de pasta de atum. Após mais alguns troncos, Lester parou e foi até o carro, caminhando por entre as árvores. Depois o vi voltar para a cabana carregando a mala e, no ombro, o uniforme lavado a seco e as roupas nos cabides. Ainda estava de dorso nu, iluminado pelo sol quando chegou à clareira, assobiando uma melodia qualquer. Fiquei aliviada ao ouvir aquilo, pois gostava muito de estar com Lester Burdon. Lembrei de hoje de manhã, quando me senti mais eu mesma — como há muito tempo não me sentia, talvez desde os primeiros tempos com Nick. Queria que fosse bom para Lester também — e quando o ouvi assobiando, corri à porta para pegar suas roupas penduradas e ele me beijou intensamente enquanto me puxava para seu peito escorregadio.

Em cima, no loft quente, tiramos a roupa e deitamo-nos juntos no colchão. O quarto cheirava quase como um sótão, por causa da madeira seca e do estofamento antigo. Mas eu também podia sentir o perfume da mata, que entrava pelas janelas cobertas com tela: o pinho e o eucalipto, e também o cheiro da árvore que Lester acabara de cortar. E sentia também meu cheiro, toda molhada e deitada de costas, quando Les me chupou e eu segurei a cabeça dele com as mãos, com os olhos nas vigas do teto. Pensei em Nick na manhã de sua partida, no jeito como sentou na beirada da cama e olhou para mim. Só isso, olhou pra mim. Depois pensei em minha casa, minha e de Frank, naquela família árabe vivendo lá, dando festas lá. O que Les estava fazendo era bom, quente e um pouquinho excitante, só que eu estava pensando demais para me soltar e abandonar-me ao orgasmo que ele tentava me proporcionar. Afastei-me e puxei-o para dentro da minha boca até chegar ao fundo da minha garganta, depois engoli. Passei para cima para beijá-lo, enquanto ele tentava entrar de novo em mim, mas a essa altura já estava mole e então ficamos ali deitados, abraçados, nossa pele grudando.

Eu desejava um cigarro, mas não queria me mexer.

— Minha mulher nunca me fez isso.

— E você gostou?

— E você?

— Gostei.

— Ótimo.

— E se eu não tivesse gostado?

— Não gostou?

— Gostei, gostei. Mas e se não gostasse?

Ele beijou a maçã do meu rosto.

— Então eu também não teria gostado.

— Mentira...

— Olha, é verdade, Kathy. — Apoiou-se num cotovelo e olhou-me longamente nos olhos, o bigode e os olhos exigindo total atenção. — É verdade.

Beijei-o com a boca aberta e ele escorregou de novo para cima de mim.

— Cara, estou perdida, Les. Acredito em tudo o que você diz.

Ele começou a mexer-se e minha boca tinha um gosto azedo e eu queria uma daquelas Budweiser grandes que estavam na caixa de gelo, lá embaixo. Levantei minhas pernas, segurei suas costas e queria que ele gozasse dentro de mim, bem lá no fundo, onde tudo que eu dizia era justamente o contrário, como, por exemplo, pedir que ele usasse camisinha, quando eu não queria que ele fizesse nada disso. Não queria mesmo.

No domingo bem cedo, levo uma bandeja com chá quente e açúcar para o quarto do meu filho e conto a ele tudo o que nossa família está enfrentando. Esmail senta-se na cama, está sem camisa, os olhos ainda pesados de sono, o cabelo negro despenteado. Toma o chá e escuta com toda a atenção o que lhe explico sobre a jovem mulher com quem conversou no jardim, na tarde de sábado. Ele evita o meu olhar.

— Ela disse que essa casa é dela, *Bawbaw-jahn*. E que lhe foi tomada sem motivo.

— Não, como eu acabei de dizer, houve uma razão. Ela não pagou seus impostos, Esmail. É isso o que acontece quando não somos responsáveis. *Fardmeekonee*? Você me entende?

— Sim, *Bawbaw*.

Não gosto de mentir para o meu filho, mas estou certo de que, se ele souber que a casa da mulher foi tomada apenas devido a um erro burocrático, não vai conseguir esconder o assunto de Nadereh.

— Nós somos os donos da casa agora, Esmail. Compramos dentro da lei, e essa mulher não tem o direito de nos atormentar. É por isso que não quero que você conte nada disso à sua mãe. Sabe que ela adoece facilmente quando se preocupa.

— *Moham-neest, Bawbaw-jahn*. Sem problemas.

Meneio a cabeça em sinal de aprovação e tomo meu chá. Pondero se devia ou não contar-lhe mais — que eu havia planejado ficar ali até o início do inverno, mas agora me vejo compelido a vender e me mudar enquanto ainda está claro que ninguém pode impetrar qualquer recurso legal contra nós. E gosto de estar aqui com Esmail, discutindo assuntos sérios. Guardar segredos e suportar pesadas responsabilidades no lugar de outras pessoas são encargos inerentes à natureza do trabalho que fiz durante toda a minha vida. Mas muitas vezes sinto-me bastante cansado e profundamente só.

É óbvio que este é um momento importante para Esmail; o momento em que seu pai lhe faz confidências pela primeira vez. Meu filho se endireita na cama, os ombros escuros eretos enquanto segura sua xícara de chá e o pires e acompanha com a cabeça as minhas palavras.

— Você sabe que preciso levantar dinheiro para sua educação universitária.

— Posso pegar mais uma rota de entrega.

— *Man meedoonam*, eu sei. E você precisa começar a guardar o seu dinheiro.

— Sim, *Bawbaw*.

— Amanhã, alguns compradores interessados virão visitar esta casa. Se tivermos sorte, poderemos ganhar muito dinheiro. Deseje-me sorte, filho.

— Vamos ter que mudar?

— Sim, mas teremos *pool*, dinheiro suficiente para viver bem, talvez comprar outras propriedades ou começar um negócio.

Os olhos de meu filho cruzam o quarto e param na tela em branco de seu computador, mas sei que ele não está vendo aquilo. Começo a me arrepender de ter lhe contado aquilo.

— *Bawbaw-jahn*?

— Sim?

— Éramos ricos no Irã, não éramos? Não éramos *pooldar*? — E olha para mim como se não me visse há muito tempo, com a boca ligeiramente aberta. Levanto-me para deixar o quarto.

— Éramos e não éramos, filho. Éramos e não éramos.

Penso que as pessoas se sentem mais dispostas a gastar dinheiro quando o tempo está bom, e por isso estou decepcionado nesta segunda-feira de céu cinzento e muita neblina ao longo da praia. Do alto do nosso terraço, não consigo ver o oceano, só uma camada de brancura que envolve os telhados de Corona. Além disso, meus primeiros interessados ligaram cancelando; disseram que tinham visto outra propriedade no fim de semana e que não podiam deixar passar. Tentei convencer esse senhor a pelo menos ver o meu chalé, mas ele se manteve irredutível.

Ao meio-dia, Soraya vem buscar Nadi para almoçar. Minha filha está vestida com bom gosto, de saia e blusa; usa joias, e o cabelo negro está preso atrás com um ornamento de prata. Estou no terraço quando ela sai do carro, acena para mim e me joga um beijo. Esta manhã, falou a Nadi por telefone que está adorando decorar seu novo condomínio em Mountain View, a mais de uma hora de viagem daqui, mais ao sul. É uma boa filha por vir de tão longe, dirigindo, para almoçar com a mãe num bom restaurante em São Francisco. Não contei a Nadi sobre as visitas que marquei para hoje e estou feliz porque não estará em casa.

Quando as duas saem, desço as escadas para pedir a Esmail que saia também, mas ele já desapareceu da minha vista, assim como seu skateboard. Desconfio que esteja fazendo muitos amigos entre os jovens daqui da praia. Agora o chalé está vazio e silencioso. Por um momento, sinto-me bem perdido nestes cômodos, sem a minha família. Inspeciono a casa mais uma vez, para ver se está tudo limpo e em ordem, mas não há nada com o que me preocupar. Nadi cuida de cada aposento como se estivéssemos esperando convidados especiais todos os dias.

Les me acordou antes de amanhecer, na segunda de manhã, com uma xícara daquele café ultraquente de caubói, feito no fogão à lenha. O lampião Coleman estava com a chama bem baixa, nem sequer chiava, e na penumbra pude ver que Lester já estava uniformizado, com seu distintivo e coldre, o cabelo penteado e ainda molhado do banho no rio. Agachou-se sobre um dos joelhos, no canto do colchão, e disse que já tinha esquentado uma bacia de água para eu me lavar, e que eu podia ficar por lá ou então ele me levaria até o Eureka, para pegar minhas coisas.

— Pegar minhas coisas?

Olhou para baixo, para as mãos.

— Se você quiser.

— Eu quero, Les. — Cutuquei as costas dele com o pé. — Mas você tem um jeito estranho de perguntar...

— Sou tímido, Kathy. — Sorriu, depois parou. — Você vai saber como chegar até aqui sozinha?

— Sim. — Vesti-me na frente dele, depois fui fazer xixi na mata e escovei os dentes na entrada da cabana, com a ajuda de uma xícara de água quente para lavar a boca.

No caminho até San Bruno, Les me falou dos dois advogados que conhecia na cidade, que me devolveriam a casa num piscar de olhos. O céu começava a clarear, embora estivesse cinzento e as praias parecessem uma enorme massa de névoa. Sentada no banco do passageiro, com os pés sobre o painel, estava quase confiante em que tudo iria se acertar. No motel, Les pagou a conta e levou a mala para o meu carro. Despedimo-nos com um beijo e combinamos de nos encontrar na cabana de pesca às 19 horas. Recomendou que eu tivesse cuidado ao dirigir aquele carro de luxo na trilha dos pinheiros e partiu.

Fiquei alguns minutos dentro do carro, fumando e jogando as cinzas pela janela. Começava a me sentir agitada, apesar de ter tomado apenas meia xícara do café de Lester; meus dedos tremiam um pouco quando fumei o segundo cigarro, embora minha intenção fosse fumar apenas um. No Grupo, atraíamos todas as nossas cobras e gárgulas para a sala e fumávamos até ficarmos com os pulmões doídos e os olhos vermelhos, enquanto nos "limpávamos" de todo o resto. E eu sabia que, para qualquer um de meus orientadores lá no Leste, minha vida não pareceria nada administrável: estava bebendo e fumando de novo; dormia com um homem que tinha acabado de deixar a família; e tudo isso enquanto deveria, supostamente, conseguir de volta a casa que havia perdido sabe Deus como. Sabia que classificariam a bebida como um passo em falso, o fumo como uma muleta, o fazer amor como "usar o sexo como remédio" e o fiasco da casa como um desastre provocado pela minha incapacidade de me recuperar, ou seja, por culpa minha. Na RR, seria o momento de voltar aos lembretes sobre autocontrole e autoestima, de usar meus poderes de racionalização para dizer a mim mesma o quanto era digna de ser amada, que não precisava fazer nada perigoso, porque, com isso, estaria colocando em risco, uma boa pessoa, ou seja, eu mesma. Eu sabia tudo o que os babacas da recuperação racional diriam, mas não era "eu amando a mim mesma" o que me interessava no momento. Era Lester me amando, ele e eu vivendo na Bisgrove Street, os dois trabalhando durante o dia, juntos somente à noite, aninhados diante da TV ou indo para a cama cedo, para fazer amor. E era isso — o amor — que parecia estar começando a rolar.

Mais tarde, enquanto eu limpava a casa de segunda-feira, passava o aspirador nos tapetes e esfregava o chão, alguém poderia achar que eu pensava na minha casa a maior parte do tempo; mas não, eu pensava em Lester, em sua gentileza alta e magra, no seu doce cheiro de terra molhada — no jeito com que prestava atenção em mim. E pensava em filhos de novo. Queria ver fotos dos filhos dele. Queria saber que idade tinham, o que mais gostavam de comer. Conheci muitos homens que começaram uma segunda família e tiveram outros filhos quando os primeiros já eram quase independentes. Mas eu estava pondo a carroça muito à frente dos bois, não estava?

Por volta do meio-dia, fui buscar minha correspondência na agência dos correios e depois parei em uma lanchonete num shopping, para organizar os papéis enquanto comia. Haviam se passado apenas dez dias, mas a papelada tomou a mesa inteira. Fiz duas pilhas, uma para a lixeira e outra para guardar. A pilha do lixo praticamente só tinha folhetos inúteis e a outra, contas: seguro do carro, gás e as últimas contas de telefone e luz. Esta era a mais recente e lá estava a data de corte, relativa ao último período cobrado: apenas dois dias atrás. Rasguei a embalagem do meu sanduíche de peito de peru, bebi um gole de Coca Diet e pensei no absurdo da situação. O mesmo ocorrera com a conta de gás.

Meu primeiro pensamento foi ligar de novo para Connie Walsh, mas eu sabia que ela só ia me dizer para telefonar para as concessionárias e acertar as coisas. E eu não queria ouvir isso. Afastei o sanduíche, acendi um cigarro e olhei, pela janela, para o estacionamento do shopping, para todos os carros parados sob o céu enevoado. Já ia puxar o cinzeiro quando vi o cartão-postal em minha pilha de contas: uma foto envernizada do Hilltop Steak House, um restaurante que ficava na Estrada 1, em Saugus. Sabia que era da minha mãe e por isso, antes de começar a ler, dei mais uma tragada e bebi outro gole da minha Coca Diet.

Querida K,
   Seu telefone não funciona. Será que vocês pegaram um número não listado? Suas tias ganharam dois bilhetes de ida e volta para São Francisco. Talvez eu vá com elas, no Dia do Trabalho. Mande-me seu novo número.

Mãe

Saí da lanchonete e entrei numa loja de conveniência para comprar um caderninho de notas. Voltei para o carro e escrevi:

Oi, mãe,
    Desculpe por não ter ligado. Houve um forte tremor de terra por aqui na semana passada e uma árvore caiu sobre as linhas telefônicas, um pouco abaixo de casa. Logo que consertarem, eu ligo. Fico feliz em saber que vocês vêm, mas Nick e eu não estaremos na cidade nessa data. Vou acompanhá-lo numa viagem de negócios. Sinto por não nos encontrarmos.

K.

Ponderei se deveria dizer algo mais sobre o tremor, talvez sobre a sensação, mas depois decidi que não, ela não esperaria isso de mim.

Depois escrevi cartas às concessionárias de gás e de energia, expliquei minha situação e solicitei que cobrassem de um tal Sr. Barmeeny, e não de mim. Voltei ao correio para enviá-las, mas, quando coloquei a carta para minha mãe na caixa, senti como se tivesse erguido meu último saco de areia para conter as águas que subiam, e que não me restava muito tempo mais.

Era pouco mais de 13 horas e eu ainda tinha seis horas pela frente antes de encontrar Les na cabana. Pensei em voltar para lá e preparar um belo jantar surpresa, mas depois me imaginei tentando acender o fogo naquele fogão, sem ter um forno para usar. E minha especialidade eram as caçarolas: lasanha, cordeiro e berinjela à parmigiana. Decidi então ir ao cinema, uma ou duas sessões da tarde no Cineplex em Millbrae, na saída do Camino Real. Na noite passada, quando estávamos pegando no sono, eu com o rosto no ombro de Lester, perguntei novamente os nomes dos filhos dele.

— Bethany e Nate — disse, com a voz cheia de gratidão. Depois perguntei onde era sua casa. E quando ele disse que ficava em Millbrae, num conjunto residencial de passagem obrigatória para chegar ao shopping, comentei que era provável que tivesse passado dezenas de vezes por lá. Talvez até tivesse visto sua esposa.

— Carol — falou.

— Sim, Carol.

Mas agora, em vez de passar por San Bruno e pegar a autoestrada para Millbrae, segui direto para o centro da enevoada Corona e subi a alta colina até a Bisgrove. Queria parar o carro ao lado do bosque em frente à minha casa e apenas olhar para ela por alguns minutos, talvez para me lembrar do que tinha sido meu, antes de me enfiar numa sala escura para me entorpecer. Creio que não esperava ver ninguém por lá, mas havia um furgão estacionado ao lado da mata e eu só podia parar perto da casa, mas não queria fazer isso porque havia pessoas no jardim vendo a minha casa: um homem, uma mulher e um garoto de uns 8 anos talvez. Tinha as mãos nos bolsos dos shorts e chutava a grama com um dos pés. O pai estava com a mão no ombro do filho e todos olhavam para o que o coronel Barmeeny lhes mostrava: o novo terraço construído no meu telhado. O árabe careca usava gravata e uma camisa de mangas curtas, que parecia muito branca em meio ao cinza. Olhou de soslaio para o meu carro, mas desviou o olhar como se não tivesse visto nada. Falava rápido, em tom oficial, embora eu não conseguisse ouvir as palavras exatas pela janela aberta do automóvel. Olhou mais uma vez em minha direção, antes de levar a jovem família até o terraço, para ver uma vista que certamente seria só névoa. Não podia acreditar no que estava vendo. Uma risada aflita subiu pelo meu estômago: *o filho da mãe estava tentando vender a minha casa*! Então, comecei a buzinar furiosamente, com as duas mãos. Olhei direto à minha frente e senti o volante vibrar. Duas casas acima, uma mulher pôs a cara para fora na porta da frente, para espiar. Mas mantive meu peso sobre o volante, para que o som da buzina rasgasse o ar, até meus pulsos começarem a doer. Depois soltei e gritei da janela:

— Ele não pode vender essa casa para vocês! Não é dele! Está tentando roubá-la! Está querendo vender uma casa roubada!

O homem esboçou um meio sorriso, como se não soubesse ao certo se aquilo era uma brincadeira ou não. Olhava para mim, depois para o Barmeeny e depois para mim de novo. A esposa chegou mais perto do filho e o rosto do coronel estava imóvel como uma pedra. Pisei no pedal, acelerei ladeira acima e fiz a volta no final da rua. Desci de novo e recomecei com a buzina. O coronel estava de pé ao lado da cerca, falando com o homem e a mulher; agora meneava a cabeça e apontava na minha direção, como se o barulho provasse alguma coisa que estivesse tentando afirmar. Mas eu não me importava com o que ele dizia: segui em frente, o tempo todo com a mão na buzina, até terminar de descer a colina.

Nadereh voltou muito animada de sua tarde com Soraya. Depois do almoço, foram fazer compras e Nadi estava bem empolgada ao me mostrar minha gravata e camisa novas e também as calças e o agasalho que comprara para Esmail. E também tirou das sacolas mais fitas cassete de música persa; pôs uma delas para tocar enquanto preparava o jantar. A música era bem recente e eu não gostei. Os velhos instrumentos — o *tar*, o *kamancheh* e o *domback* — ainda eram utilizados, mas havia guitarra elétrica também. E a cantora parecia mais uma criança gemendo. Fiquei surpreso por Nadi ter escolhido aquilo! Observei-a enquanto enchia com água da pia a panela de fazer arroz, movendo levemente a cabeça no ritmo da música, e então apertei o botão "desligar". Nadi voltou a cabeça em minha direção imediatamente.

— Nakon, Massoud. O que há de errado com você?
— Você não deve gastar tanto dinheiro, Nadereh.
— Não é *tanto* dinheiro — disse em persa, sorrindo. — É tempo de liquidações por causa da escola. Até mesmo suas roupas, Behrani...

Veio até mim, secando as mãos no avental. Beijou-me no rosto, depois ligou a música de novo e retomou seus afazeres na cozinha. E eu sabia que não podia lhe contar minhas preocupações. Sabia que preferia tê-la assim, alegre e inocente como uma criança.

Mas meu estômago estava em chamas e agora, depois do jantar, estou sentado em meu terraço panorâmico, diante da mesa nova debaixo do guarda-sol, e por sobre os telhados e ruas de Corona contemplo a névoa que encobre a praia e o mar. Daqui a duas horas, ou pouco mais, será noite. Bebo o chá quente e forte, em infusão no samovar desde a manhã, e posso ouvir minha mulher lá embaixo, na casa, lavando os pratos na pia da cozinha. O céu e o mar estão tão mergulhados em cinza e branco que parece impossível distingui-los um do outro. Permaneço aqui sentado, pensando. Preciso avaliar minhas alternativas em relação a essa Kathy Nicolo, mas minha mão treme e meu pensamento está muito longe, em minha prima Jasmeen, que tinha 19 anos e era muito bela. Tinha a voz baixa para uma mulher, mas o corpo era esguio e longilíneo, o cabelo negro e grosso; e quando achava graça em alguma coisa, ria sem reservas, deixando à mostra seus dentes e os olhos brilhantes para quem quisesse ver. Mas teve um caso com um executivo americano de petróleo que, segundo diziam, era rico e muito bonito. Tudo aconteceu numa residência oficial que uma de suas vizinhas limpava três vezes por semana. Logo todas as mulheres da vila sabiam que ela perdera a virgindade antes de casar, sem a bênção de Deus e da mesquita sagrada, e o pior, para um estrangeiro ocidental e casado. Levou um mês inteiro até que a notícia chegasse a seu pai, meu tio, e aos dois irmãos. Meu tio era um comerciante de tapetes sem grande sucesso, enquanto seu único irmão, meu pai, era um advogado respeitado que, um dia, chegaria a juiz. Quando meu tio finalmente soube das fofocas das velhas *khanooms*, não acreditou, mas Jasmeen nunca soube mentir; quando o pai percebeu que tudo o que ouvira era verdade, bateu nela e a manteve trancada em casa por duas semanas. Meu tio passou a beber vodca toda noite; primeiro com os homens da vizinhança, mas não conseguiu suportar o silêncio deles e passou a beber sozinho, no quartinho atrás da loja, onde os tapetes pendiam das paredes, ou então ficavam enrolados e empilhados pelos quatro cantos. Meu tio enrolava os próprios cigarros e eu o imaginava fumando seu tabaco escuro turco e bebendo na calma e na quietude do escritório, cujas paredes ameaçavam ruir sobre ele. Só voltava para casa muito tarde. Na verdade, quase sempre de manhã bem cedo, quando arrancava Jasmeen da cama e batia nela com os pulsos, gritando:

— *Gendeh!* Puta!

Minha tia às vezes tentava detê-lo, mas ele batia nela também e gritava:

— *Modar Gendeh!* Mãe puta!

Na primeira manhã da terceira semana, seu filho mais velho, Mahmood, voltava do bazar, onde entreouvira cinco mulheres falando da família Behrani e da vergonha que sua filha *kaseef* lançara sobre suas cabeças. Era uma manhã fria de inverno e meu tio ainda não tinha saído para a loja. Sentou perto do fogão com seu chá e o pão, mas não tocou em nenhum dos dois. Mais uma vez, não tinha dormido e ainda estava *mast*, bêbado. Minha tia saíra cedo com Mahmood e estava no bazar; meu primo Kamfar, o filho mais novo, fazia os deveres da escola na mesa de madeira. Dessa vez, foi seu irmão que irrompeu no quarto de Jasmeen e a arrancou da cama. Usava camisola longa, o cabelo solto e caído sobre os ombros, o pequeno rosto arranhado e inchado das surras. Trouxe-a até o pai e exigiu que ele fizesse alguma coisa.

— A família está desgraçada, *Bawbaw*! Todos nós estamos desgraçados por causa dessa PUTA nojenta!

Jasmeen lutou com o irmão e o amaldiçoou, mas ele não a largava. Meu tio afastou o olhar dos dois filhos e passou a contemplar fixamente o fogo, como se não ouvisse, visse ou percebesse coisa qualquer à sua volta. Por fim, levantou-se. Deixou a sala e voltou com sua pistola Luger, de fabricação alemã. Jasmeen ainda tentava se livrar das garras de Mahmood, mas, quando viu o pai com a pistola, começou a gritar até quase não conseguir respirar. Começou a gritar o nome de Kamfar, mas, quando ele se levantou, o pai apontou a pistola em sua direção e ordenou que permanecesse sentado. Puxou Jasmeen pelos cabelos e, com a ajuda do filho mais velho, arrastou-a para fora.

O chão estava congelado, mas não havia neve. A casa ficava a poucos passos da praça da vila; dava para ver as mesas compridas de pão e quinquilharias do bazar, um galinheiro, a carne do açougue pendurada num pau. Os transeuntes começavam a parar para ver o espetáculo do vendedor de tapetes que apontava uma pistola para sua filha *kaseef* e imunda, cujas mãos o irmão mais velho e barbado mantinha presas atrás do corpo; ele estava de lado, com os olhos fixos nos olhos do pai. A jovem usava camisola branca e seus pés descalços já começavam a ficar azuis, o cabelo negro sobre o rosto. Chorava tanto que não conseguia falar. Os homens e as mulheres do bazar também vieram olhar, e talvez tivessem visto o filho mais novo correr de dentro da casa, justamente na hora em que seu pai puxava o gatilho, um som semelhante ao de gelo trincado, um tênue rasgo de fumaça no ar, e a jovem e bela Jasmeen, a *gendeh*, a puta, caía no chão, encolhida como se sentisse frio, gemendo; depois, quieta e muito concentrada, sentou-se e apertou com as mãos o buraco em seu peito. Mas em poucos segundos a frente da camisola ficou completamente vermelha e ensopada, e ela caiu imóvel, de olhos abertos, a fumaça subindo da ferida para inundar o ar fresco da manhã, em Tabriz.

Odiei meu tio por acreditar que ele agira desatinadamente, movido pela paixão. Somos uma família bem-educada; não precisamos viver como a classe dos camponeses ou resolver nossos problemas com derramamento de sangue. Minha tia levou Kamfar consigo e foi viver com sua família no Sul, em Bandar Abbas, no Estreito de Ormuz. Mas nenhum de seus irmãos ou tios tomou a iniciativa de se vingar do assassino de Jasmeen. Um homem tem o direito, até mesmo a obrigação, de proteger o nome de sua família. Muitos anos mais tarde, quando eu já estava casado e Esmail ainda não havia nascido, Kamfar me contou os detalhes da história, quando já estávamos *mast* com vodca russa, e nós dois choramos por Jasmeen. Soraya era uma menina de 8 ou 9 anos e, mesmo nas minhas bebedeiras, não me permitia sequer me imaginar apontando nem mesmo uma pistola descarregada na direção dela. Ao longo dos anos, tenho sonhado com Jasmeen de branco caindo ao chão, imobilizada por Mahmood enquanto tentava, em vão, evitar que a vida a abandonasse, apertando com as mãos o buraco aberto entre os seios.

Nunca concordei com a prática de impor maus-tratos às mulheres — embora tenha, sim, batido ocasionalmente em minha mulher; mas me arrependi profundamente de cada um desses incidentes. Uma vez, em nossa casa em Teerã, esbofeteei o rosto de Nadi por levantar a voz para mim na presença de um subalterno. Seus olhos se encheram de tristeza e humilhação; saiu da sala correndo e chorando. Mais tarde, quando vi que ela ainda não me dirigia a palavra, subi a manga da camisa, acendi um charuto turco e apertei as brasas contra minha carne. Queria gritar, mas não gritei. Acendi de novo o charuto e me queimei novamente. Fiz isso cinco vezes e, em cada uma delas, pedi perdão a Deus. A cicatriz branca permanece no meu antebraço, para lembrar-me de que tenho a obrigação de controlar minha paixão, mas hoje, quando essa mulher Kathy Nicolo interpelou meus compradores e a mim, da janela de seu carro, e quando senti que a venda do chalé começava a escapar como o vento, tive vontade de dar-lhe um tiro na cabeça. A cada uma de suas falsas acusações, ela tentava tirar de mim não apenas meu futuro, mas a comida e a água da minha família, nosso teto, nossas roupas. Expliquei à senhora e ao cavalheiro que aquela mulher era louca e não sabia o que estava falando. Tenho a satisfação de mostrar-lhes toda a documentação da venda desta casa; sou seu legítimo proprietário. Os dois se entreolharam e falamos sobre outras questões, como a proximidade das praias e de São Francisco, além do silêncio dessa rua. O marido disse que eles nos telefonariam quando decidissem, mas eu sabia, quando acompanhei o casal e o filho até seu automóvel, que já os havia perdido.

Talvez eu devesse reconsiderar minha decisão de realizar essas transações sem um corretor de imóveis. Já soube de muitas pessoas que pagaram a entrada de propriedades que só conheceram no escritório do corretor, em fotos coloridas. Assim eu não teria de me preocupar com a possibilidade de essa mulher *kaseef* aparecer e estragar as coisas.

Mas não, não posso permitir que um vendedor receba uma gorda porcentagem do que é meu por direito. Vou esperar por novos telefonemas de interessados na propriedade; e se essa mulher me trouxer problemas de novo, vai se arrepender. Isso é tudo. Não há nada mais a considerar.

Minha visita a Bisgrove Street me deixara pior, como se eu tivesse acabado de abanar uma fogueira que estivesse tentando apagar. Desisti da matinê e fui comprar comida; depois segui direto para a cabana, para surpreender Les com um jantar quando chegasse, às 19 horas — e, de preferência, com alguma notícia boa dos advogados.

Eram apenas 14h30 quando subi a trilha dos pinheiros com o Bonneville, mas não pude ir muito longe, porque o Toyota de Lester já estava parado lá. À sua frente, havia uma picape vermelha, com um adesivo desbotado que dizia "Deixa rolar, deixa com Deus", logo abaixo de outro adesivo menor, este sobre pesca de trutas.

Saí do carro com as duas sacolas de compras e passei espremida entre o furgão e a picape, com os galhos de pinheiro se metendo no meu cabelo. Enquanto carregava as compras até a clareira, vi Lester e outro homem na entrada da cabana. Os dois ainda não tinham me visto; Lester estava sentado numa cadeira de bambu, encostado à parede, ainda de uniforme. Olhava para o chão, com uma lata de cerveja na mão. O homem estava encostado à cerca, de costas para mim e para a mata. Usava calça jeans e uma camisa de manga curta azul-marinho, os braços grossos. Pisei num galho e Les ergueu a cabeça, mas por uma fração de segundo sua expressão não mudou; olhou-me como se eu fosse alguém que não conhecia e que tivesse acabado de se intrometer em algo particular. Mas, em seguida, seu rosto suavizou-se. Levantou e veio me encontrar na escada, pegou uma sacola das minhas mãos e me beijou no rosto.

— Chegou cedo — falei.

— Você também. — Virou-se para o amigo grandalhão e nos apresentou; seu nome era Doug. Era o dono da cabana. Doug sorriu para mim e tomou um gole de sua *ginger ale*. A aliança em seu dedo chamou minha atenção. Seu rosto quadrado e carnudo talvez fosse bonito, se a cabeça não fosse praticamente raspada. Reparei que seu peito e bíceps eram bem largos. Fazia com que eu me lembrasse de alguns homens lá do Leste, e eu não gostei nada disso.

Segui Les para dentro de casa com as compras. Pareceu-me mais magro que o normal. Aproximei-me dele e o abracei.

— Você parece triste. O que aconteceu?

Ele me manteve em seus braços por um minuto longuíssimo, depois me soltou.

— Carol está realmente transtornada.

Ouvi os passos de Doug, que deixava a entrada e se afastava da cabana. Não sabia o que Lester estava tentando me dizer. Retirei a comida das sacolas e uma súbita corrente de emoções percorreu meu peito.

Les olhou para a porta de tela e para as árvores do outro lado, mas não parecia realmente vê-las.

— Estava esperando no carro com as crianças quando cheguei ao trabalho hoje de manhã. Começou a gritar e a chorar. E me bateu também. As crianças ainda estavam de pijama e choravam também. Foi desagradável.

Senti de novo aquela estranha flutuação; parecia que meu coração estava batendo solto no ar, em algum lugar fora do corpo. Comecei a dobrar um saco vazio de papel. Les ficou em silêncio, vincando uma sacola que já era vincada.

— Você vai voltar para ela, Lester?

— Essa hipótese não existe, Kathy.

Por quê?, eu quis saber. Por que ela não o aceitaria de volta? Ou porque estava realmente decidido em relação ao novo rumo que havia tomado? A essa nova vida comigo? Mas sua voz denotava certo limite, como se fosse gritar ou chorar a qualquer momento, se eu o pressionasse. Imaginei seus filhos de pijama, chorando no carro. Quis abraçá-lo, mas, em vez disso, acendi um cigarro e soltei a fumaça pelo canto da boca.

— Lamento que as crianças tenham visto isso. Deve ter sido difícil.

— E foi. — Les abriu a porta de tela com o pé, de costas para mim. — Tenho de ir lá ajudar Doug com o barco. Ele está trocando por outro maior.

Dei uma grande tragada no cigarro e equilibrei-o bem na beirada da mesa de corte; meus dedos tremiam quando liberei todo o calor dos pulmões.

— Les?

— Sim?

— Isso tudo ia acontecer de qualquer jeito, não ia? Independentemente de você ter me conhecido?

Virou-se para mim, como se estivesse surpreso por eu dizer aquilo, os lábios separados debaixo do bigode. Deixou que a porta de tela se fechasse atrás de si, veio em minha direção e me abraçou. É claro que sim, disse, tudo ia estourar mais cedo ou mais tarde. Afastou-se um pouco e me olhou; pousou as mãos em meus ombros e disse:

— Não é você, Kathy. Não é você mesmo.

Senti-me um pouco melhor, mas ao mesmo tempo meio que deixada de fora, como uma irmã menor, e afastei-me para terminar de fumar meu cigarro.

— Sei que é uma péssima hora para perguntar isso, mas você por acaso teve alguma chance de ligar para seus advogados para falar a respeito da casa?

Disse que não, que não teve oportunidade, mas que pensava em fazer isso antes do anoitecer. Aproximou-se e me beijou. Tinha gosto de cerveja azeda, daquelas que ficam velhas na boca. Depois disse que iria até Half Moon Bay para dar os telefonemas e que voltaria logo. Eu comentei que estava bloqueando a passagem com meu carro e lhe dei minhas chaves. Saiu sob a luz acinzentada da tarde e desviou a cabeça ao transpor o portão. Fui até a porta e o observei enquanto caminhava para a trilha do rio, os ombros ligeiramente curvados e a cabeça baixa, como se ainda tivesse de se desviar de alguma coisa.

Fumei um cigarro na soleira da porta enquanto os dois carregavam o caiaque de alumínio ao longo da clareira atrás da nossa pilha de troncos e depois pela trilha acima, até onde não podia mais vê-los. Ouvia a voz calma de Doug e imaginava se estariam falando sobre mim. Queria saber o que Les lhe contara sobre nós e fiquei imaginando Doug e sua mulher jantando com Lester e Carol Burdon. Senti vontade de ir embora, pegar o carro e dirigir sem rumo, dias e dias a fio. Mas Lester estava com o meu carro e ia ligar para os advogados por minha causa. Sentei-me à mesa e olhei para tudo à minha volta; as paredes nuas de pinho, o fogão de ferro preto, os alimentos sobre a mesa de corte, a escada íngreme para o loft. Podia ouvir o rio Purisima correr por entre as árvores. Toda aquela quietude me punha mais nervosa e desejei ter pegado meu walkman no carro. Fui até lá fora, agachei-me diante da pilha de troncos e voltei carregada de lenha partida para abastecer o fogão.

Les ficou fora umas duas horas — mais tempo do que o suficiente para percorrer 8 quilômetros e dar uns telefonemas. Eu havia comprado dois vidros de molho marinara e pensei em esquentá-lo enquanto punha a massa para ferver e cozinhava salsichões em outra panela. Mas preferi não começar a cozinhar antes de Les voltar, porque no fogão bem quente eu terminaria tudo muito rápido. Assim, depois de finalmente conseguir acender o fogão à lenha, temperei uma salada verde com três tipos de folhas em dois pratos de papelão, descasquei oito dentes de alho e fatiei-os com uma faca cega, fiz alguns cortes no pão francês e o recheei com bastante margarina, introduzindo o alho fatiado antes de embrulhar a baguete em papel-alumínio. Sentei nos degraus da entrada e fumei mais um cigarro. Esperava que a qualquer momento Les aparecesse na clareira, saído do meio das árvores; mas fiquei ali quase uma hora, escutando apenas o murmúrio do rio, um ou outro pássaro e o barulho do fogo crepitando atrás de mim, dentro da casa. A cada vinte minutos, mais ou menos, eu ia lá dentro colocar mais um pedaço de lenha no meio das chamas, para manter alta a temperatura do tampo do fogão. Havia apenas duas caçarolas e uma panela no caixote debaixo da escada; mesmo assim, as caçarolas eram pequenas. Tinha enchido as duas com água pura do rio e ambas ferviam lentamente. Teria de cozinhar o *vermicelli* nas duas e depois jogar a água fora para aquecer o molho, com a esperança de que os dois salsichões da panela estivessem quentes o suficiente para reaquecer a massa. Mas não estava muito preocupada com a possibilidade de a comida esfriar, pois a cabana estava quente como uma sauna. Minha blusa colava no corpo e o suor começava a queimar meus olhos. Mexi o fogo com um pedaço de pau, fechei a porta do forno e desci a pequena trilha até o Purisima, tirei o top e o sutiã, os shorts, a calcinha, pulei na água e mergulhei. Foi um choque, mas senti-me instantaneamente limpa até os ossos; subi à superfície, virei de costas, bati as pernas com força e nadei até me afastar bastante dos topos das árvores, onde não havia nada além do céu cinzento sobre mim. Fechei os olhos e deixei-me ficar à deriva por um minuto, mas a água estava fria e eu não sabia qual era a profundidade naquele ponto. Por alguma razão, imaginei a cabana de pesca pegando fogo, chamas altas saindo pelas janelas, fumaça negra escapando pelo telhado.

Nadei de volta até a margem coberta de musgo e me sequei como pude com a roupa de baixo. Vesti-me só com o short e a blusa e voltei para a cabana, que não estava em chamas. E lá estava Lester, carregando a minha mala do carro até a clareira. Na outra mão, trazia um copo de isopor com café, tampado, que tentava beber enquanto caminhava, os olhos negros fixos no chão à sua frente.

Quando me viu, engoliu e baixou o copo.

— Foi nadar?

— Você se perdeu? — Fiz menção de pegar minha mala, mas ele não deixou.

— Seu pé.

— Está bom. — Tentei mais uma vez pegar a mala, mas ele não a soltava. Foi na minha frente; observei-o enquanto caminhava até a entrada, com passos vacilantes. Soltou a mala contra a parede e sentou. Permaneci onde estava.

— Você andou bebendo?

Lester me olhou com os olhos um pouco apertados, como se não soubesse bem como interpretar o que eu acabara de perguntar. Na verdade, parecia desconcertado, como se eu tivesse interrompido um importante curso de ideias. Arrancou a tampa plástica de seu copo de café e tomou um gole. Cruzei os braços e o encarei, com a calcinha molhada embolada numa das mãos. Fiquei magoada por não ter trazido uma xícara para mim também. Nadar fora refrescante e um café naquele momento cairia bem, antes de começar a cozinhar. Mas eu sabia que poderia entrar e coar um fresquinho. Eu mesma não me aguentava ali parada, olhando para ele daquele jeito, o queixo empinado. Só faltava começar a bater o pé.

Sentei no degrau mais alto da entrada, recostada no moirão. Lester tinha ambos os cotovelos apoiados nos joelhos e o copo de café entre as mãos;

esboçou um sorriso amarelo e contemplou a mata por cima da cerca. Sua camisa de uniforme estava amassada e suada nas costas, a calça arregaçada até a panturrilha, as meias pretas emboladas sobre os sapatos, as canelas finas e peludas. Um sopro de vento pareceu atravessar meu corpo.

— Você não tem boas notícias para mim, não é verdade? — Senti-me uma egoísta por perguntar aquilo e desejei poder voltar atrás. Lester me estudou durante um longo minuto, depois balançou a cabeça.

— Não tenho boas notícias para ninguém, Kathy.

— Isso quer dizer...

— Quer dizer que eu só trago más notícias, Kathy. — E ergueu a sobrancelha na minha direção, como se aquela fosse a minha deixa para rir.

— Você encheu a cara antes ou depois dos telefonemas?

Les olhou fixamente para sua pequena pilha de troncos.

— Depois. Mas não enchi a cara. Ia encher, mas Doug logo me tirou isso da cabeça.

Estava pensando em Doug e no adesivo tipo 12 Passos, Poder Superior pregado em seu furgão, "Deixa rolar" e "Deixa Deus Ajudar".

— Eles não podem fazer nada contra o Bahroony, podem?

Fez que não com a cabeça e eu senti meu peito se dissolver.

— Liguei para três advogados. Dois deles disseram que, se ele comprou a casa dentro da lei, pode fazer o que quiser. Disseram que a sua questão é com o condado, Kathy.

— Mas o condado disse que devolveria o dinheiro a ele. E eu não quero que eles me comprem outra casa. Não podemos obrigá-lo a devolver? — Dei um salto, pus-me de pé e saí em direção à clareira. — Aquele filho da mãe está tentando vender minha casa, Les! Eu o vi quando a mostrava para umas pessoas, esta tarde.

— Hoje?

— Estava mostrando a casa para uma família. Aquele sem-vergonha só quer saber de dinheiro. Vai ver que faz isso direto, ganha dinheiro à custa dos problemas dos outros! E o que disse o terceiro advogado?

— Esse era o meu advogado.

— E ele disse algo diferente?

— Não liguei para ele para falar sobre esse assunto, Kathy.

— Ah. — Meu rosto esquentou e eu me senti como se tivesse acabado de entrar na sala de um estranho, me jogado no sofá e ligado a TV. Estava pensando que Les tinha voltado triste por causa das minhas más notícias; agora estava morta de vergonha e não sabia o que dizer. Precisava de um cigarro. Entrei na cabana quente e acendi um na brasa do fogão. Enfiei outro pedaço de tronco na fornalha, voltei para o portão e sentei no alpendre para fumar. Les levantou-se, jogou o restante do café sobre a cerca e apoiou-se nela com as mãos. Ficamos os dois em silêncio. Lá longe, na mata, um cão latia.

— Acho que minha mulher nunca imaginou que isso fosse acontecer. Eu me senti muito mal.

— Acha que está cometendo um erro? — Era estranho, mas eu estava calma. Les ficou ali, imóvel, com seus longos braços. Podia responder como quisesse.

— O que você acha?

— O que eu acho? Se eu acho que você está cometendo um erro?

Les assentiu.

— Não posso responder isso. Talvez, se você me perguntar isso, eu diga que sim, que está.

— Então não pergunto isso.

— O que é que você quer me perguntar, então?

Não respondeu logo, ficou apenas me olhando. Por fim, disse:

— Você consegue me aguentar em meio a tudo isso?

— É isso o que você está me perguntando?

— Sim, creio que sim.

— Acho que consigo. Depende do que esse "tudo isso" significa.

Lester tirou com a unha um pingo de tinta da cerca.

— Carol está numa espécie de surto. Ligou para o advogado antes de mim e já entrou com pedido de dissolução do casamento.

Devo ter feito algum tipo de careta.

— Divórcio — falou. — Não usamos essa palavra aqui na Califórnia. Aqui, dissolvemos os casamentos; parece ser mais simpática para todo mundo a ideia de escorregar dentro da banheira com água quente e desaparecer.

— E você não quer isso?

— Quero o que for melhor. — Descascou outro pingo de tinta e olhou para mim. — E eu sei que isso é o que tem de acontecer, mas ela também perguntou ao advogado algumas coisas sobre a guarda das crianças e sobre nossa propriedade. Não pode fazer nada contra mim sem mediação, mas só de ouvir essas coisas já fico fora de mim.

Fui até ele e o abracei. Para mim, era como um velho amigo, embora eu não tivesse nenhum. Mas acho que devia ser assim; um velho amigo é acolhedor com a gente, e a gente o ama, respeita e está do lado dele para o que der e vier. Perguntei se ele gostaria de um bom jantar italiano e ele disse que sim. Beijamo-nos e fomos entrando. Começamos a nos despir, precisávamos fazer amor, mas estava tão quente lá dentro que acabamos correndo pela trilha que dava no Purisima, abraçados. Tiramos a roupa na margem do rio em meio ao musgo e fizemos amor ali, com Lester entrando e saindo de mim tão rápido que chegava a machucar um pouco. Seu rosto estava todo contraído pelo esforço e eu de repente me senti bem distante... Fechei os olhos no exato instante em que ele soltou um curto gemido, saiu de dentro de mim e gozou na minha barriga, expelindo um fio quente e molhado.

Talvez tenha sido o efeito do calor dentro da cabana sobre nós, sobre ele. Talvez o silêncio e a quietude. Acho que foram as três coisas. O jantar saiu melhor do que eu poderia imaginar — e, como estava quente demais dentro da cabana, comemos no portão, com os pratos no colo. Lá pelo meio do jantar, os mosquitos começaram a atacar, então passamos spray repelente um no outro. Desejei ter deixado para fazer isso depois do jantar, porque daí em diante a comida não ficou muito boa.

Ficamos sentados na entrada mais um pouco, os dois olhando para a pequena pilha de troncos e para as árvores, como idosos à espera de uma visita qualquer. O céu ainda estava cinza, porém mais escuro, e eu sabia que já estava perto de anoitecer.

Les estava sentado em sua cadeira, ereto. Tinha trocado de roupa; agora usava jeans e aquela camisa listrada cafona, com mocassins sem meias. Mas não parecia relaxado; tinha os braços cruzados no peito, os pés plantados no chão. De vez em quando, afastava um mosquito do rosto com a mão e cruzava os braços de novo. Pensei em minha mãe e em suas duas irmãs, em seus planos de voar até São Francisco, e desejei ter dado um motivo melhor para não virem. Sabia que, se achassem que Nick e eu estaríamos fora no fim de semana, ainda assim viriam. E pior: provavelmente iam querer ficar na casa vazia.

— Merda!
— O que foi?

Contei a Les sobre o cartão-postal da minha mãe e sobre o resto da minha correspondência, sobre as contas que deveria pagar para que a família árabe continuasse confortavelmente instalada em minha casa roubada.

— Você está certa, sabe? — Recostou-se na cadeira e olhou para mim. — Esse cara recebeu uma propriedade roubada e agora está tentando passá-la adiante.

— Mas não é realmente roubada, não é verdade?

— Tecnicamente. — Les começou a ofegar. — Taí uma coisa que detesto no cumprimento da lei, Kathy.

— O quê?

— Tem ideia de quantas vezes eu vejo as pessoas violarem o espírito da lei sem efetivamente descumpri-la? É como a lei de violência doméstica: independentemente de qual dos dois pratica a violência, temos de prender os dois. Se um agricultor de Pescadero que pesa 100 quilos bater na mulher e ela reagir, também é indiciada.

— Por se defender?

— Exato. Prendemos esse cara que fez um estrago na mulher, machucou ela de verdade. Ela não queria relaxar uma medida cautelar que o proibia de se aproximar, mas quando ele saiu sob fiança, voltou à casa e conseguiu convencê-la. Depois insultou-a e humilhou-a até ela perder a cabeça e enfiar as unhas em seu rosto. E ele deixou que ela o fizesse, pois conhecia a lei e sabia que seria a vez dela de ir para a cadeia. E eu não posso deixar de prendê-la. E esse árabe filho da puta sabe que o que está fazendo está errado, e mesmo assim conta com o respaldo da lei. No dia que passamos por lá, você viu a marca dos carros que estavam estacionados na frente da sua casa? Viu as roupas que aquela gente usava? E você do lado de fora, no frio.

— Estou aqui fora no calor.

Já sorria. Era tão bom ouvir da boca de Lester esse tipo de comentário em relação a mim e ao meu problema... Acendi um cigarro.

— Não acredito que não possamos simplesmente expulsá-lo de lá. Isso é que é a merda.

Les me olhou demoradamente; os olhos negros se apertaram um pouco, como se pensasse em outra coisa.

— Você disse que esse cara era um coronel?

— Foi o que ele disse.

— E de que país?

— Não sei, mas a esposa dele praticamente não fala inglês.

— Talvez eles não estejam aqui há muito tempo, Kathy. Talvez não saibam se virar. — Lester foi para dentro. Pelo som, percebi que se despia. — Vou ligar para a Imigração amanhã, Kathy, para ver se eles têm alguma informação que possamos usar.

— Usar?

Não me respondeu. Ouvi o barulho do plástico que tirava das roupas que mandara lavar. Eu estava gostando muito daquilo.

— Usar para quê?

— Para o bem maior.

Pelo som, estava se vestindo; logo depois saiu, fechando o zíper da calça do uniforme e enfiando a camisa para dentro. Vasculhou o bolso em busca de emblemas e também do distintivo em forma de estrela dourada. Pregou-os no peito.

— O que diabos está fazendo, Lester?

— Em geral, oficiais ouvem outros oficiais, Kathy. Não custa nada tentar. — Les começou a abotoar a camisa, mas eu me levantei e assumi a tarefa, como costumava fazer com Nicky.

— E se ele não ouvir, Les?

— Aí a gente aumenta o volume. — Riu da própria piada, daquela truculência que me pareceu típica de caubói. Disse-lhe para ficar parado e endireitei o colarinho da camisa; depois beijei sua garganta. Fiz menção de agradecer, mas ele já saía pelo portão. Então calcei meus tênis e fui ligar o Bonneville, enquanto Les destrancava seu carro.

Contemplei-o enquanto se endireitava para prender o coldre à cintura. Parecia perfeito quando se dirigiu ao assento do passageiro do meu carro, os vincos do uniforme impecáveis, o distintivo posicionado logo abaixo do coração. Notei que não tinha pregado o emblema com seu nome no bolso. Quando entrou no carro e fechou a porta, adiantei-me e o beijei:

— Eu amo você por fazer isso, Lester. Amo muito.

Um peso toma conta do meu coração, em nosso novo terraço. É por causa da lembrança de Jasmeen, mas começo a me preocupar novamente com as dificuldades que já estou enfrentando para vender a casa. Mesmo se eu vender o chalé com o lucro que projetei, tenho de me preparar para fazer a mudança da família novamente — e dessa vez terá de ser para um modesto apartamento numa dessas vilas mais populares, espalhadas ao longo da costa. Essa será, logicamente, a melhor forma de evitar gastar meu dinheiro enquanto procuro oportunidades adequadas para investir. Mas recordo o rosto de minha filha, o jeito como me olhou em seu jantar de boas-vindas, a forma rude e agressiva como passou a noite inteira desculpando-se pela atual situação financeira da família diante dos parentes do marido, fazendo questão de recordar os tempos áureos. O que achará de ver sua mãe, seu irmão e a mim vivendo numa casinha em um lugar como San Bruno, por exemplo? Ou Daly City, com todos aqueles filipinos? Ficará constrangida demais para nos visitar? Para convidar o marido e sua família? Esses pensamentos começam a me enraivecer; quem ela pensa que é para julgar o próprio pai? Ou talvez ter pena de mim? Porque foi isso, sim — pena —, o que vi em seus olhos enquanto me observava no *sofreh*, à luz de velas. Isso e um pouco de vergonha também. Mas, por outro lado, me pareceu também confusa diante da mudança que estamos vivendo. E é aí que eu me culpo, pois nunca deixei que soubesse em que pé estavam nossas finanças. Nem mesmo enquanto trabalhei em dois empregos para manter nossa farsa, ela jamais soube que tipo de trabalho eu fazia e nem onde era, pois eu estava sempre bem-vestido, tanto quando saía de

casa quanto ao retornar. Talvez tenha conservado a máscara diante de meus filhos por orgulho e vaidade. Talvez eu estivesse sendo *soosool*.
Mas agora já basta de tanto exame de consciência. É um hábito que só comecei a assumir após a queda da nossa sociedade, quando passei a ter mais tempo em minhas mãos e sobre meus ombros do que jamais desejaria ter. Nunca desejei ter tanto tempo assim. Preciso me disciplinar para concentrar minha atenção nas atuais tarefas e desafios, ir até Corona antes que a loja de departamentos feche para comprar uma ou duas placas mais, para anunciar a venda da casa.

Compro duas placas, escritas com letras vermelho vivo sobre fundo preto, uma com os dizeres PROPRIEDADE À VENDA e outra na qual se lê À VENDA — TRATAR DIRETAMENTE COM O PROPRIETÁRIO. Quando começa a escurecer, amarro a primeira com cordões num poste lá embaixo, no início da Bisgrove Street. No espaço reservado para o número de telefone, desenho uma seta azul, comprida, apontada para o alto da colina. Não pensei em comprar um suporte para o segundo cartaz, então colo-o com fita adesiva à esquerda da porta, acima da campainha iluminada. Dentro do nosso chalé, Nadi já coou para mim um copo de chá quente do samovar e colocou-o sobre o balcão. O *sofreh* já não está no chão e vejo que minha mulher está vestida com seu caro conjunto de ginástica francês, que parece tão soltinho nela...
Sobre ele, usa um avental de algodão — e não aprova quando lavo minhas mãos na pia, perto dos pratos dela, limpíssimos e arrumados no escorredor, para secar.
— *Nakon* — ela me diz e me dá um tapinha no ombro, de brincadeira. Faço menção de beijá-la rapidamente no nariz e ela me afasta, mas seus olhos sorriem; sento-me diante do balcão e saboreio uma uva. Do fundo do corredor, vêm os estranhos sons eletrônicos do jogo no computador de Esmail. Hoje, por sua própria vontade, assumiu mais uma rota de entrega de jornais. Em meu escritório, pouco antes de Nadi nos chamar ao *sofreh* para jantar, meu filho me disse que me dará cada centavo que ganha, para aplicar em sua educação e em seu futuro.
— E você pode comprar comida com o dinheiro também, *Bawbaw-jahn*. O que quiser.

Estava de pé na minha frente, os joelhos ralados de novo por causa do skate, o cabelo denso precisando de um pente. Desejei abraçá-lo bem apertado junto a mim, como fazia quando era pequeno. Mas nesse momento me dirigia a palavra como um jovem responsável e eu não queria diminuir a importância disso, não queria tirar isso dele. Levantei e apertei sua mão, que era macia e quente e já não era menor que a minha.

Bebo meu chá quente. Vejo minha Nadi secar com a toalha uma caçarola de arroz e sinto-me bem melhor do que me sentia há apenas algumas horas; essa família já superou desafios bem mais difíceis do que a venda de um pequeno chalé. E agora, com as novas placas no lugar e os anúncios no jornal, estou confiante em que encontraremos o comprador certo muito em breve. Nadi vira-se para mim, com a caçarola seca nas mãos, e começa a me lembrar de que amanhã é aniversário de sua irmã. Já mandou um presente, mas gostaria de lhe telefonar bem cedinho pela manhã, antes que seja muito tarde no Irã. Baixa os olhos e, como uma adolescente, me diz em persa:

— Prometo que não vamos falar muito tempo.

Estou repleto daquele antigo amor por minha mulher, um amor de quase trinta anos, e não posso permitir, de maneira alguma, que um "não" escape dos meus lábios. A campainha toca; Nadi parece sobressaltada; dirijo-me logo à porta, na expectativa de que seja algum interessado, uma senhora ou um cavalheiro que tenha visto minhas placas e tenha resolvido parar para se informar. Em vez disso, porém, sobre o degrau que fica debaixo da lâmpada externa, vejo um policial alto, com um basto bigode. Penso imediatamente em Soraya: será que está tudo bem com ela?

O policial aponta para o lado direito da porta.

— Foi o senhor quem colocou esta placa aqui?

— Sim. — Sinto um grande alívio na mesma hora. — Algum problema, seu guarda?

— E é sua também a placa ao pé da colina?

— Sim.

O policial espia para dentro da casa por cima do meu ombro, as mãos no cinto, maneiras bem naturais.

— Por favor, entre, seu guarda. — Dou um passo para abrir caminho e faço-o entrar. Olho para trás e vejo que Nadi saiu da cozinha; com certeza, enfiou-se em seu quarto. Digo ao policial que sou novo na região e pergunto se é necessário ter permissão para colocar placas.

— Não na casa, mas o poste é propriedade da cidade.

— Entendo. Muito bem, vou colocar a placa em outro lugar.

O policial olha o quadro da batalha do martírio na parede e se aproxima para ver melhor a fotografia emoldurada em que eu e o general Pourat estamos ao lado do Shahanshah Pahlavi. Encaminho-me para a porta.

— Removerei imediatamente a placa, senhor. Obrigado por me informar.

Mas o policial ignora minha atitude. Vira-se para mim e creio perceber um sorriso debaixo do bigode — que, agora vejo, foi aparado desajeitadamente. E diz:

— O senhor está muito longe de casa, não?

— Esta é minha casa, senhor. Sou um cidadão americano. — Sorrio, mas certa paralisia toma meu peito. O policial caminha pelo tapete e inspeciona o retrato de nossa família, na mesa ao lado do sofá.

— O senhor foi general?

— Fui coronel. — Deixo a porta e junto-me a ele, mas fico de pé na frente do balcão da cozinha, para que ele não consiga espiar pelo corredor, em direção aos nossos quartos. Agora sinto uma queimação no estômago. Não escuto mais o video game no quarto do meu filho. O chalé tornou-se muito quieto.

— Diga-me, seu guarda, o que mais posso fazer pelo senhor esta noite?

Puxa do cinturão um pequeno caderno de notas em couro.

— Pode me dar seu nome completo.

— O senhor está me multando?

— Não, senhor. Apenas preciso dele para incluir no meu relatório.

Soletro meu nome; em seguida, o policial pergunta o nome das outras pessoas que vivem na casa.

— Não entendo. Por que o senhor precisa ter o nome das pessoas da minha família? Aliás, qual é o *seu* nome, senhor policial? — Olho para o distintivo dele, uma estrela dourada. Debaixo dele, há outro menor, com duas pistolas cruzadas uma sobre a outra, e outro ainda menor, com a inscrição FTO em letras douradas.

O homem olha para mim e os músculos da mandíbula se contraem por um breve momento.

— Delegado-assistente Joe Gonzalez. Deixe-me perguntar uma coisa, coronel: o senhor está vendendo sua casa por conta própria?

— Desculpe, não entendi.

— Sem um corretor ou agência? "À VENDA: TRATAR DIRETAMENTE COM O PROPRIETÁRIO", certo?

— Está correto.

— O senhor tem registro ou empresa de corretagem para tratar do negócio?

— Não, não tenho. — A casa está quieta demais. Nadi com certeza está escutando atrás da porta e eu estou confuso. Por que esse delegado-assistente está me fazendo tantas perguntas?

Afasto-me do balcão e volto à área de estar, na esperança de que ele me acompanhe.

— Não quero ofendê-lo, senhor policial, mas, se o senhor me der licença, tenho muito trabalho a fazer ainda esta noite.

— Código Civil, para iniciantes.

— Sim, o senhor já me informou a respeito. Sugiro que venha comigo testemunhar a retirada da placa. — Puxo a porta e mantenho-a aberta, para ele passar.

— Estou falando da lei de transparência, coronel. O senhor não conhece essa lei? — O policial se levanta e caminha em direção à parede oposta, na qual mais uma vez estuda a fotografia emoldurada em que é possível ver Pourat, a mim e ao xá Muhammad Reza Pahlavi. Está de costas para mim, o que seria considerado um grande insulto em meu país.

Ainda mantenho aberta a porta, mas meu braço começa a se cansar e preciso tomar um pouco de fôlego.

— Não, mas talvez o senhor possa me informar sobre ela.

— Significa que o senhor precisa revelar tudo com transparência, coronel. O senhor, o proprietário, tem a obrigação de revelar a qualquer potencial comprador tudo o que eles têm direito de saber com relação à propriedade.

— Não estou entendendo.

— Tem certeza? — O policial se volta e me olha com um sorriso. Solto a porta, que se fecha silenciosamente, em função do mecanismo de compressão.

— O senhor está me interrogando, Sr. Gonzalez?

— Não sei, coronel. O senhor é que está dizendo. Compreendo que seu amigo, o xá, costumava fazer disso um hábito.

— Eu não sei com quem o senhor pensa que está falando, mas para mim basta. Já fez o seu trabalho; agora pode sair. — Abro mais uma vez a porta e posto-me ao lado dela.

O policial caminha em minha direção. É mais alto que eu e cheira a alho e carvão.

— O senhor está acostumado a dar ordens, não é verdade, coronel? Permita-me ir direto ao assunto. O condado de San Mateo já lhe ofereceu seu dinheiro de volta para que esta casa seja devolvida ao proprietário legal. O condado não deseja ficar com um litígio como este sob sua responsabilidade. Na verdade, coronel, ninguém aqui quer problemas, a não ser o senhor. Parece que o senhor não quer fazer a coisa certa, que é vender novamente a casa pelo preço que pagou, para que possa ser devolvida ao verdadeiro proprietário. Ao verdadeiro proprietário, Sr. Behrani. Para mim, para todos os efeitos, o senhor está vivendo numa propriedade roubada, e nos meus registros isso não se apaga.

O policial sai em direção aos degraus da entrada, mas nada posso fazer além de olhar para ele.

— O senhor tem família. Eu pensaria mais nela, se fosse o senhor. Tenho muitos contatos no Departamento de Imigração. Pessoas são deportadas todo dia. Há muitas coisas que posso fazer, coronel. Sugiro que chame o caminhão de mudança para que eu não seja obrigado a tomar outras providências. Obrigado por sua atenção. Sei que não teremos de nos encontrar novamente.

Vejo o policial cruzar meu jardim iluminado, em direção à rua escura. Não há nenhum carro de polícia estacionado ali. Na verdade, não há carro algum. Em pouco tempo, já não consigo vê-lo, mas escuto seus passos ao descer a colina.

Solto a porta e vejo minha mulher e meu filho, que me olham como se todos nós tivéssemos acabado de ouvir um barulho muito alto na vizinhança.

— *Cheeh shodeh, Massoud?* — diz Nadereh. — Há algo errado?

Meu filho me olha por um breve instante; depois abre a geladeira e se serve de um pouco de Coca-Cola.

— Responda, Behrani. O que aquele homem disse sobre deportação?
— Não disse nada, Nadi. — De repente, estou tão cansado que não consigo pronunciar as palavras com clareza. Fecho a porta e passo a chave.
— Não minta para mim, Behrani. Eu ouvi. Quem era aquele homem?
— Não me chame de Behrani. Eu não gosto. — Sento-me no sofá, mas só consigo olhar para a mesa de chá de prata, à minha frente. Não consigo entender o que pode haver de correto no que acabou de acontecer. Como é possível que o Departamento de Fazenda do condado tenha mandado um policial aqui para me ameaçar?

Como é possível isso na América? Eu não fiz nada ilegal!
— *Beh man beh goo*, Behrani! Diga-me, o que você fez? — Minha mulher está de pé à minha frente, os olhos apertados de medo. Levanto-me imediatamente.
— Não é da sua conta o que fiz ou deixei de fazer, Nadereh! Você não confia em mim? Não tem respeito? Eu já falei que o homem não disse nada, apenas que devo remover minha placa que está numa propriedade da cidade, isso é tudo.

Minha mulher me diz que estou mentindo. Começa a tremer, levanta a voz, exige saber o que está acontecendo diante de nós; seus medos começam novamente a devorá-la. Preciso sair da casa, remover a placa e enfrentar o que sou forçado a fazer em seguida, mas Nadereh está gritando na frente do meu filho que eu sou um *kaseef* mentiroso e covarde... e parece que vejo, de muito longe, minha mão descer sobre o rosto dela, eu a segurar seus ombros finos e a sacudi-la, sua cabeça sendo jogada para trás e para a frente, e escuto um barulho que eu mesmo faço, entre os dentes. Em seguida, Esmail passa os braços em torno do meu peito e me puxa para trás, para cima da mesa de chá. Tudo parece parar por um momento, até que as pernas da mesa se quebram e eu me vejo sentado em cima do meu filho no chão, encostado no sofá, e minha mulher gritando e chorando no tapete, diante de nós. Tento ajudar Esmail a ficar de pé, mas ele se levanta rapidamente, sem precisar de mim.

Olha para seu pai muito rapidamente, antes de desaparecer pelo corredor que leva ao seu quarto. Nadereh permanece no chão, de joelhos, chorando pela mesa de sua falecida mãe, agora quebrada, e dizendo que eu arruinei tudo em sua vida, *tudo*. O traço escuro de lápis se espalha debaixo de seus olhos e, quando saio do chalé, ela me empurra pelas pernas, mas eu a ignoro; curiosamente, sinto-me como se estivesse apenas observando este momento, em vez de fazer parte dele. É como se não tivesse nada a ver com a minha família, como se fosse outra gente ali. Lá fora, na escuridão, sinto o cheiro da maresia. Há muitas estrelas no céu, mas mesmo à distância de umas três ou quatro casas ladeira abaixo ainda consigo escutar o choro de minha mulher, que me xinga em nossa língua pátria. E agradeço porque ninguém da vizinhança compreende nada.

Ao pé da colina, sob a luz pálida e amarelada da iluminação pública, vejo que minha placa já foi arrancada do poste e um pedaço dela ainda pende da fita adesiva. Durante a longa subida de volta, respiro com alguma dificuldade, mas não estou fatigado nas pernas e minhas ideias estão claras novamente. Não me sinto mais apenas uma testemunha impotente diante dos reveses da noite. Por que esse oficial não estava de posse de um carro de polícia? Por que arrancou a placa ele mesmo, de modo tão emocional? Por que não usava uma plaquinha com seu nome presa na camisa, como as que tenho visto na roupa de todos os outros agentes da lei americanos uniformizados? E por que hesitou na hora de dizer seu nome, Gonzalez?

Quando chego ao chalé, sinto em meu peito uma forte desconfiança de que ele não é, de modo algum, um policial de verdade. Sei que na América existem aqueles oficiais que passam por cima da lei, mas nem mesmo os fiscais corruptos do condado, com medo de ser processados, mandariam um policial uniformizado como aquele; mandariam homens que não poderiam ser associados a eles ou ao departamento. Homens escuros de terno. Savakis.

Cruzo a grama curta do meu jardim e entro em casa com uma decisão tomada: amanhã vou visitar o mesmo advogado que me orientou da primeira vez.

Vou visitar também o Departamento de Fazenda e o Departamento de Polícia do Condado de San Mateo, para informá-los das ameaças feitas por seu "oficial Gonzalez". Ou talvez ele não estivesse fazendo ameaças para nenhum burocrata, e sim em nome daquela mulher *kaseef*, Kathy Nicolo; talvez seja seu irmão, amigo ou algo mais.

Estou surpreso ao ver que Nadereh deixou a mesa de chá de prata quebrada no chão, com os pistaches e bombons embrulhados que estavam no pote de cristal espalhados em torno. Do seu quarto fechado, vem a música melancólica de Daryoosh, aquele cantor *kunee* de voz bonita que passei a desprezar. Mas *frekresh neestam*, não faz diferença; não posso mais proteger minha mulher das notícias perturbadoras, como faria com uma criança. Se ela está com medo, arrasada e é incapaz de se adaptar à nossa nova vida como eu me adaptei, se não consegue me respeitar ou ficar ao meu lado mais um dia sequer, então que seja! *Een zendeh-geeheh*, a vida é assim. A nossa vida.

Recolho as amêndoas e os doces, depois inspeciono as pernas quebradas da mesa. São feitas de cipreste da Turquia e duas delas estão quebradas. Vou colá-las amanhã. Encosto o tampo da mesa com muito jeito contra o sofá. As duas pernas que ficaram inteiras projetam-se para a frente, como numa saudação final.

A porta do quarto do meu filho está aberta e ele está estirado na cama, ainda vestido de shorts e camiseta de malha, as pernas cruzadas, as mãos descansando sobre o estômago. Olha em minha direção quando entro, depois fixa novamente os olhos na parede. Pego a cadeira de sua escrivaninha e me sento.

Em persa, digo que estou arrependido da briga entre mim e a mãe dele.

— Errei ao bater nela, Esmail-*joon*. Quando você estiver casado, um dia, por favor, não faça o que eu fiz com sua mãe esta noite.

Meu filho não diz nada. Nem sequer move a cabeça em minha direção. Volto-me para ele e aperto a parte superior de seu braço. Ele se enrijece um pouco, mas ignoro isso e lhe digo que está ficando incrivelmente forte. Logo ficará mais forte do que eu em todos os aspectos. Meu filho solta o ar pela boca, com os braços cruzados sobre o peito. Agora ele vira a cabeça na direção completamente oposta à minha.

— Não me falte com o respeito, filho. Olhe para mim quando eu estiver falando. — Esmail senta-se depressa.

— Por que mentiu para mim, *Bawbaw*? Você me disse que aquela mulher não havia pago seus impostos e por isso eles haviam tomado sua casa.

— Sim, foi por isso que tomaram essa casa dela.

— Mas eu ouvi pela janela tudo o que aquele policial falou. Por que ele disse que ela era a verdadeira proprietária?

— Porque são todos loucos, é por isso. Os funcionários do Departamento de Fazenda do condado cometeram um erro e tomaram a casa da pessoa errada. Agora ela quer que eles comprem a casa de nós, para que possa voltar.

— Então devemos devolver, não devemos? Por que você não devolve a casa para ela? Podemos viver em outro lugar.

Não me agrada discutir mais a fundo esses detalhes com meu filho, mas ele me olha tão decidido, os olhos negros nos meus, que sinto que chegou a hora de dividir com ele um pouco mais esse peso que carrego.

— *Pesaram*, meu filho, lamento ter escondido de você a verdade, mas a casa daquela mulher foi tomada porque eles pensaram que ela não havia pago seus impostos.

— Mas você sabia que eles tinham cometido um erro?

— Não quando comprei a casa. Mas agora estou bastante inclinado a vender a propriedade novamente ao condado, para que possam devolvê-la à dona.

— Então por que aquele policial disse que nos mandaria de volta ao Irã? Ele pode mesmo fazer isso, *Bawbaw*?

— Não. Somos cidadãos americanos. Não podem fazer nada contra nós.

— Mas... não entendo.

— Os burocratas da Fazenda querem me pagar pela casa o mesmo valor que paguei. Veja, eles não me permitem ter o lucro que merecemos, Esmail. Isso me força a vender a casa para outra pessoa. Não temos alternativa.

Esmail silencia por um momento; olha por cima de mim para a parede.

— Mas e o que vai ser daquela senhora?

— Eu mesmo lhe disse que deveria processar os funcionários do condado e ganhar dinheiro para comprar dez casas. Com um bom advogado, Esmail, ela poderia ficar muito *pooldar* com isso.

— Mas aquele dia, no jardim, ela me disse que seu pai lhe deu a casa antes de morrer.

Levanto-me.

— A briga dela é com os homens que lhe tomaram a casa, não conosco, Esmail-*jahn*. Não fizemos nada de errado. Lembre-se de que eu já lhe disse isso sobre muitos americanos: não são disciplinados e não têm coragem de assumir a responsabilidade por seus atos. Se essas pessoas nos pagassem o preço justo que estamos pedindo, poderíamos nos mudar e ela retornaria. É simples assim. Mas são como crianças pequenas, filho. Querem as coisas só do jeito deles, entende?

Esmail olha para o chão e faz que sim com a cabeça.

— Sinto-me mal por causa daquela senhora, *Bawbaw*.

— Você tem bom coração, Esmail, mas não se esqueça de que essa mulher está recusando esta nova oportunidade que se abre para ela.

Encaixo novamente a cadeira na abertura da mesa.

— Estou feliz por você ter pegado esse novo trabalho de entrega de jornal.

Inclino-me e tomo o rosto de meu filho nas mãos; beijo sua testa e seu nariz. Sinto cheiro de Coca-Cola seca em seus lábios.

— Logo tudo isso vai ficar para trás. Lave o rosto antes de dormir. *Shahbakreh*.

Horas mais tarde, ainda não consigo pegar no sono. Estou deitado sobre um cobertor no chão do meu escritório, no escuro, mas sou incapaz de descansar. Bati na porta do quarto de Nadereh um pouco mais cedo, mas ela não atendeu, embora eu tenha certeza de que me ouviu em meio à música. Mas não é isso que me mantém agitado. São as últimas palavras daquele homem; suas ameaças de entrar em contato com a Imigração.

Claro que ele não pode fazer nada contra os Behrani; somos todos cidadãos americanos agora. Mas e a nova família de Soraya? O marido já se inscreveu para obter o green card, mas sua mãe e irmã ainda aguardam a concessão de asilo político. Mas eu não lhe disse nada sobre a existência de minha filha, então talvez ele nunca descubra.

Esses pensamentos aceleram as batidas do meu coração. Os músculos das costas e do pescoço ficam tensos. Lembro-me daquele Gonzalez me dizendo que podia fazer muitas coisas. Tarde da noite, um automóvel passa na rua; levanto-me e vou até a sala de jantar, no escuro, em roupas de baixo. Minha perna nua bate num dos pés da mesa quebrada e eu a amaldiçoo, a caminho da porta. Verifico que está bem-trancada. Acendo a luz externa e não vejo nada além de alguns insetos voando, a pequena entrada um pouco mais adiante. Deixo a luz acesa e faço minha cama no sofá.

Estava atrás do volante do meu Bonneville, fumando, quando Lester desceu a Bisgrove Street a passos firmes e, iluminado pelos postes da rua, arrancou a placa que dizia PROPRIEDADE À VENDA e entrou no carro. Comecei a dirigir e esperei para perguntar o que havia acontecido até estarmos a caminho da cabana. Quando finalmente perguntei, Les me olhou de esguelha, as mãos sobre as pernas, quase com ar de quem sabia que a pergunta viria, e ainda assim tinha esperança que ela não viesse.

— É óbvio que esse cara não chegou ontem por aqui.

— Como assim? — Joguei o cigarro pela janela; meu coração batia na garganta. Já estávamos praticamente fora da cidade, indo em direção à saída direta para San Bruno, na autoestrada Junipero Serra.

Tínhamos resolvido que iríamos passar no guarda-móveis para pegar algumas coisas que pudessem ser úteis na cabana de pesca: uma caixa de velas que eu não abria desde o Natal, copos, pratos, talheres e a pequena churrasqueira hibachi que Nick usava para grelhar hambúrgueres de cogumelos no quintal. A névoa começava a se adensar a partir da praia e meus faróis dianteiros sinalizavam o caminho à nossa frente, enquanto eu tentava avançar.

— Muito bem, conte logo o que aconteceu, Les.

— Ele sabia que devia perguntar meu nome, Kathy. Tive de mentir.

Não sabia direito como interpretar a voz dele. Qual era a ideia? Estava me culpando? Entrei na autoestrada iluminada, onde a névoa era apenas uma fraca neblina, e acelerei.

— Então, o que você disse àquele maldito árabe?

— Ele não é árabe, é iraniano. Acho que deve ter dinheiro saindo pelo ladrão, também. Ou pelo menos tinha. Tem uma foto dele na parede com o xá. O xá! O cara tinha dinheiro.

— O que você disse a ele, Lester? — Apertei as mãos no volante. Tive vontade de gritar. Les olhou para mim e depois pela janela. — Juro por Deus, Lester; se você não me disser logo o que aconteceu lá, vou jogar o carro para fora da estrada.

— Dei-lhe um ultimato.

— O quê?

— Disse que ia denunciar a família dele à Imigração e dei a entender que poderia ser mais contundente, caso não saísse da casa.

— Você disse isso? — Soltei um riso nervoso e acelerei para cortar um caminhão todo sujo de lama. — E o que foi que ele fez?

— Pediu para eu sair da casa dele, mas sei que o deixei preocupado.

— Mencionou a minha pessoa?

— Não pelo nome.

— Que merda, Les! — Ri de novo.

— É evidente que está acostumado a dar ordens o dia inteiro. Acho que você estava certa: ele compra propriedades retomadas só para faturar em cima. Fiz a coisa certa. Ele é um escroto.

— Acha que ele vai ligar para o departamento?

— Na verdade, não. Será a palavra dele contra a minha. Além do mais, até onde ele sabe, sou um mexicano chamado Gonzalez.

Rimos muito os dois, embora o que ele falou não fosse lá tão engraçado. Começava a sentir de novo que tudo era possível — e acho que Lester provavelmente também se sentia assim. Na verdade, era isso o que parecíamos ter um com o outro, não era? A sensação de que poderíamos começar tudo de novo, limpos, com todas as nossas dívidas zeradas.

No guarda-móveis em San Bruno, ele segurou a lanterna enquanto eu vasculhava minhas coisas, em busca de tudo o que precisávamos. De longe podíamos ouvir uma banda tocando no bar dos caminhoneiros, ao lado do El Rancho Motel; uma mulher cantava ao microfone. Coloquei os travesseiros e os lençóis dobrados no banco traseiro e todo o resto no porta-malas. Meus dedos ficaram pretos por causa do hibachi, então entrei no guarda-móveis e limpei-os com um pedaço de jornal. Disse a Lester que não queria voltar para a cabana ainda; ele também não queria, mas não podia ir a lugar nenhum de uniforme.

Peguei então sua lanterna e encontrei uma das camisas azuis de botões de Nick. Estava amassada e provavelmente era larga demais para Lester, mas, mesmo assim, ele a vestiu. Ficou um pouco grande na cintura e as mangas estavam muito curtas; tirou o cinturão e o coldre e guardou tudo no porta-malas. Depois ficou ali, só com as calças do uniforme, as botinas pretas e a camisa amarrotada. Eu ri.

— Você parece um segurança que foi demitido.

Lester riu também e me envolveu numa gravata carinhosa e beijou minha testa. Não fomos muito longe, apenas cruzamos a rua até o bar dos caminhoneiros, que estava lotado para uma noite de segunda-feira. O público era praticamente de caminhoneiros em roupas de trabalho, calças jeans, camisetas de gola surrada, justas no pescoço. Alguns estavam em pequenas mesas escuras, com as esposas ou namoradas da estrada — mulheres vestidas exatamente como os homens, alguns casais até com camisetas iguais, de rodeios ou caravanas itinerantes. O chão, as paredes e o teto eram pintados de preto, e a iluminação principal vinha de um jogo de luzes cênicas que pendia acima da banda, do pequeno palco de madeira e da pequena pista de dança. Aquele canto da sala era todo mesclado de vermelho, laranja e verde; o restante de nós ficava mergulhado nas sombras.

Les e eu nos sentamos a uma das mesas encostadas na parede, não muito longe da banda, que tocava uma música country num ritmo mais acelerado. Lester foi até o bar pegar alguma coisa para a gente e eu acendi um cigarro, um pouco preocupada com o que ele me traria para beber.

Voltou para a mesa com uma jarra cheia de cerveja e dois copos. Encheu o meu até a espuma começar a entornar; tive de beber correndo um terço do conteúdo. A cerveja estava estupidamente gelada e lavou o gosto do cigarro da minha boca e garganta. Les terminou de se servir e sorriu para mim, tocando meu copo com o dele à guisa de brinde, mas a banda tocava alto demais para que pudéssemos conversar, então ele virou de lado na cadeira e ficamos vendo um casal mais velho dançar.

A vocalista da banda era bonita; devia ter uns 25 ou 26 anos, no máximo. O cabelo era vermelho e cacheado — ou pelo menos parecia ser, sob o efeito das luzes do palco. Usava calças jeans agarradas no corpo e tinha uma voz bem forte. O baixista era careca, mais para os 40 do que para os 30. Tentei imaginar Nick tocando numa banda como aquela, num lugar como esse, mas não consegui. Em uma das noites em que lhe disse que devia tentar conseguir trabalho em algum grupo local, apenas balançou a cabeça e perguntou se eu já havia esquecido o que significava o B da BESTA. Respondi que não, não tinha esquecido, mas senti vergonha de mim mesma. Os clubes noturnos nada mais eram que oportunidades para Beber. Mas agora, enquanto terminava minha primeira caneca de cerveja e Les a enchia pela segunda vez, minha cabeça solta sobre o pescoço, tive certeza de que o medo de beber nada tinha a ver com a razão pela qual Nick nunca saiu com seu baixo para fazer um teste. Como a maioria dos dependentes, tinha o pior de todos os medos: o medo de que seus sonhos se realizassem.

E eu não tinha estado num bar como esse — quente, escuro, barulhento e cheio de fumaça — desde que era usuária e trabalhava na Tip Top com Jimmy Doran. Mas me sentia bem, porque não havia nenhum sinal da cobra branca e aquele tempo me parecia bem distante... quase como se tudo aquilo tivesse acontecido com outra pessoa. Além do mais, agora eu tinha um homem maduro em minha vida, não um viciado qualquer tentando se recuperar à minha custa. Olhei para o perfil moreno de Lester contra a luz alaranjada à nossa frente, os olhos profundos e o nariz pequeno, com o bigode embaixo. Bebi quase toda a minha segunda caneca de cerveja, que Lester encheu mais uma vez. A jarra estava ficando leve e eu queria que ele fosse buscar outra. Era um homem tão sério... eu sabia que ele daria um jeito de me devolver a casa e queria muito que tudo valesse a pena para ele. Sabia que estava sofrendo por causa dos filhos. Fiquei pensando em como seria ter filhos e ser obrigada a viver longe deles, só por não querer mais ficar com a mãe ou com o pai. E imaginei uma agradável cena das crianças nos visitando em minha casa, dormindo no quarto de hóspedes ou mesmo conosco. Terminei minha cerveja e me servi de novo; Lester fez o mesmo. Sorriu e eu ergui a jarra vazia, mas Les apontou para a pista de dança, onde agora havia mais dois casais; levantou-se e tomou minha mão. Eu já estava sentindo um pouco o efeito do álcool e segui Lester Burdon até o meio da pista.

Acordei com uma faixa de sol no meu rosto; a luz veio por entre os galhos das árvores próximas à janela do loft. Virei-me e chutei o lençol; estava nua, suando e com a boca tão seca que, quando tentei engolir, a língua chegou a estalar no palato. Senti cheiro de café, o que fez meu estômago revirar; e podia ouvir os estalos da madeira lá embaixo, no fogão. Mas não escutava o movimento de Les em lugar algum. Precisava fazer xixi, mas queria algo bem gelado e doce para beber, como suco de melancia ou de manga. Lembrei-me então de Lester ao volante do Bonneville, bem depois de meia-noite, quando saímos do bar. Estava meio caída no banco do passageiro, olhando para o seu rosto sob a luz do velocímetro, enquanto dirigia e repetia que estava bêbado mas me queria, me queria loucamente. Logo estacionávamos fora da autoestrada Cabrillo, no escuro, atrás de um quiosque, e fazíamos amor no banco da frente. Eu devia estar seca, porque agora me sentia esfolada, e não lembrava de como chegara até aqui. Quando me sentei, a cabeça estava muito pesada e os olhos doíam.

Vesti a calcinha, o short, a camisa de Nick que Lester usara na noite anterior e desci, descalça. O bule de estanho com café estava na parte fria do fogão, embora ainda soltasse fumaça; peguei um guardanapo de papel e fui até o portão. Lester não estava por ali; o sol brilhava em meio às árvores e nos arbustos. Mal cheguei perto da pilha de troncos, agachei-me e fiz xixi, com os olhos fechados à luz do dia, sentindo o cheiro da madeira cortada. Queria umas quatro aspirinas, uma Coca-Cola e um cinema com ar-condicionado. Era terça-feira, meu dia de folga da faxina. Talvez Les quisesse ir comigo, talvez pegássemos duas sessões seguidas.

Eu escovava os dentes junto ao portão, com uma xícara de água gelada que havia pegado na caixa de gelo, quando ele subiu a trilha, vindo do rio. Tinha o dorso nu, o cabelo negro molhado e pingando, uma xícara de café vazia em uma das mãos e a camiseta na outra. Sorriu e perguntou se eu tinha dormido bem. Minha boca estava cheia d'água e de pasta de dentes e, rapidamente, me afastei um pouco para cuspir tudo por sobre a cerca. Queria um banheiro, um chuveiro quente, um espelho limpo e uma porta trancada. Não sei como estava minha aparência quando me virei na direção dele, mas gostaria de parecer melhor do que me sentia. Queria saber se Les estava de ressaca, como eu, mas não quis perguntar para não chamar a atenção para o meu problema com a bebida.

— Cara, eu apaguei. E você?

— Estava bêbado demais para saber. — Vestiu a camiseta e veio ao portão para me dar um abraço e um beijo. Tinha gosto de café, mas cheirava como o rio, a lama e o musgo.

— Eu curti muito ontem à noite — falou, mas parecia meio triste quando falou, como se tivesse sido há muito tempo.

— Foi nadar?

— Não, só molhei a cabeça.

Entramos na casa e ele me serviu um pouco de café, depois encheu de novo sua xícara e sentamo-nos de frente um para o outro na mesinha ao lado da janela, o tampo cortado por um raio de sol. Les olhava lá para fora, o rosto na sombra. Fiz menção de buscar sua mão sobre a mesa, mas algo me deteve.

— Você está bem?

Les olhou-me diretamente nos olhos.

— Às vezes me sinto culpado por ser pago para rodar por aí e ficar pensando na vida. É incrível como o pensamento da gente vagueia, não? E antes que dê por mim, eu me pego pensando na Carol e em como eu gostaria de vê-la casada com alguém que a amasse e que ela também amasse.

Olhou para fora. Eu queria um cigarro, mas tive medo de que ele parasse de falar, se me levantasse.

— Uma vez fui a uma loja de conveniência quase na hora de fechar, pouco adiante de El Granada. O lugar tinha acabado de ser assaltado por um garoto, mas eu ainda não sabia disso. Estava saltando da patrulha justamente na hora em que ele saía pela porta da frente da loja, um garoto filipino muito magrinho, 16 ou 17 anos no máximo, segurando um bolo de notas e um revólver prateado que apontava direto para o céu, enquanto usava a mesma mão para abrir a porta. E nenhum de nós dois se mexeu; só olhamos um para o outro.

"Não que eu estivesse calmo, mas também não estava com medo. Só havia o meu sangue pulsando, minha respiração, e a dele também, eu podia sentir. Como se fôssemos um mesmo corpo. Perguntei se queria conversar, ele fez que não, ainda segurando o revólver apontado pra cima. Minhas mãos estavam acima da porta, onde ele podia vê-las. Ainda assim, parecia fincado onde estava; não conseguia ir nem para trás, nem para a frente. Eu podia ver o caixa andando de um lado para o outro dentro da loja; então disse ao rapaz para trazer o revólver se quisesse, mas que não era obrigado a entregá-lo a mim, nem a fazer nada que não desejasse.

"E foi então que ele começou a chorar, Kathy. Não me lembro de ter saído de perto da patrulha, mas quando dei por mim estava na frente dele. Era mais jovem do que eu imaginava, devia ter uns 12 ou 13 anos, e eu descarregava sua pistola. Chorava tanto que passei o braço em torno do seu ombro. Suas costas eram tão magrinhas! Apenas o abracei e disse que tinha feito a coisa certa, que tudo ficaria bem. O caixa da loja veio lá de dentro gritando alguma coisa, mas eu não ouvia nada; minhas mãos estavam oleosas. Até minha voz parecia estranha. Continuei a confortar aquele garoto, mas o que dizia servia tanto para ele quanto para mim mesmo.

— Meu Deus, Les! — Estendi a mão para tomar a dele, mas ele se levantou, levou a xícara até o fogão e serviu-se do resto do café.

— Não conseguia parar de pensar no meu próprio filho, em Nate, e jurei pela centésima vez que cuidaria dele tão bem que ele jamais se sentiria desesperado daquela forma, nem com a cabeça virada assim.

Lester olhou pela porta de tela, ali de pé, alto e descalço, a camiseta para fora da calça jeans, os ombros ligeiramente curvados. Nesse momento havia algo nele que eu jamais vira antes, apenas sentira; uma bondade por trás de toda aquela tristeza nos olhos, talvez uma espécie de resignação por tudo o que talvez jamais pudéssemos ser, ele inclusive.

— Preciso dar uma passada em casa hoje.

Assenti, mas alguma coisa escura e oca se abriu dentro de mim.

— Preciso explicar melhor as coisas para Carol. E para Nate e Bethany também. Preciso estar em casa quando eles voltarem da escola. — Olhava para as próprias mãos e eu registrava, em meus pensamentos, que ele acabara de dizer "em casa" duas vezes em poucos segundos.

— Tudo bem, Lester. Vou pegar um cinema ou algo assim e a gente se encontra quando você voltar.

— Eu não mereço você.

— Merece sim. — Inventei um sorriso e fui beijá-lo, abrindo minha boca contra a dele, mas Lester cortou o clima e subiu rapidamente para pegar os sapatos. E tudo o que eu queria saber era: será que estava dizendo a si mesmo que não me merecia para poder me deixar? Será que estava me deixando? Mas a pergunta pareceu tão feia dentro de mim que tive medo de que ganhasse vida entre nós, com garras e caninos, caso eu me atrevesse a enunciá-la.

Caminhamos pelo bosque em silêncio, até nossos carros. Eu suava e tinha certeza de que devia estar cheirando mal. Quando chegou ao seu furgão, Les virou-se para mim, segurou meu rosto com as mãos e beijou-me com força, disse que me veria mais tarde e entrou no carro. Eu dei ré para que ele pudesse sair.

Sentei no portão, sob a sombra da manhã, e fumei um último cigarro.

Tinha a sensação de que minha boca e minha garganta eram feitas de cinzas; meus dedos tremiam um pouco, embora eu não soubesse se era por causa da bebedeira da noite anterior, do café e da nicotina de hoje de manhã ou por achar, agora, que a dor de Lester por causa dos filhos era tão intensa que ele acabaria por não voltar.

Fui de carro até um misto de posto de gasolina e minimercado na saída da Cabrillo, onde comprei duas latas de Coca Diet e três maços de cigarro. Ainda era cedo, mas o sol brilhava tão forte contra a fachada branca do pequeno edifício que meu cérebro doía só de olhar para ele. Fiquei vendo passar os carros, jipes e vans — ensolarados, cheios de pessoas jovens e de aparência alegre — e me imaginei jogando meu carro em cima de todos eles. Só que ninguém tinha velocidade suficiente para dar conta do serviço — para fazer algo mais do que estragar o presente que Frank nos dera, a mim e a Nick, e que era meu único bem agora; ninguém estava correndo o suficiente para *me* apagar do mapa. E era justamente isso que eu queria: ser apagada. Exterminada. Apenas uma pequena nódoa de mim sendo expurgada de todo esse levanta-e-cai-e-nada-muda que a gente pensa que é viver.

A ressaca se instalara profundamente em mim. Comecei a sentir medo de tudo o que se movia: o trânsito à minha frente, o frentista no posto de gasolina enchendo o tanque de um jipe, uma minúscula pipa solitária flutuando sobre o oceano... até minha mão, que já levava outro cigarro à boca.

Pus o carro em movimento e segui para a autoestrada beirando a praia, na direção norte. Sintonizei o rádio, mas um DJ anunciava uma viagem grátis para Cancun com a voz exageradamente alegre e eu o desliguei, junto com o ar-condicionado. Abri a janela e deixei o vento da praia soprar no meu rosto. Passei por Half Moon Bay rumo a El Granada e pensei na história que Lester contara sobre o garoto filipino. Depois imaginei-o abraçando os dois filhos pequenos, o filho e a filha. O remorso me atravessou inteira, de um jeito tão quente e denso que meu estômago embrulhou.

Não havia pensado em nada disso do ponto de vista das crianças; só as imaginava em minha casa, rindo e brincando, comendo a comida que eu faria para elas, dormindo no antigo quarto que Nick usava para ensaiar. Agora eu as via chorando na hora de dormir, à noite; arranquei o cigarro da boca e acendi outro. Bebi um gole da minha Coca Diet, mas aquilo era só açúcar e química vazia descendo garganta abaixo. Senti-me estremecer, sabendo que fora fraca demais para segurar a onda dos meus próprios problemas, e agora estava me permitindo ter uma grande participação na destruição da família de alguém. Enquanto passava por Montara, em direção a Point San Pedro e Corona, tentei fazer um exercício que meu grupo costumava estimular: faça a si mesmo as perguntas que mais o aterrorizam na vida. Mas eu já sabia as respostas; sabia por que tinha ficado bêbada na noite anterior, por que estava fumando tanto novamente e por que estava dormindo com Lester Burdon; perder a casa do meu pai havia sido a gota d'água em uma longa derrocada rumo ao fim — e pensei em ligar para Connie Walsh e dizer a ela para processar o condado e tentar conseguir o máximo possível. Mas isso levaria meses, talvez anos... e a única herança do meu pai para mim e para Frank iria embora. E, ainda que fosse apenas uma casinha numa cidade praiana de classe média baixa, eu me recusava a ser a pessoa da família que a deixou escapar.

Aumentei a velocidade e não parava de ver o rosto da minha mãe, dessa vez com um olhar diferente: o olhar com que às vezes me olhava depois que Nick e eu estávamos casados e racionalmente recuperados e trabalhando. Acontecia quando eu a flagrava me olhando em alguma reunião de família —

um batizado, aniversário ou jantar de domingo. Nesses momentos eu apenas olhava de relance e sentia que ela me acolhia, com os lábios entreabertos porém ligeiramente sobrepostos, como se não soubesse direito o que pensar. Estaria errada a meu respeito? Será que eu ainda tinha jeito? Sei lá, de algum jeito aquele modo como ela me olhava, como se estivesse prendendo a respiração, era também eu olhando para mim mesma. Eu era ela, e ela era eu. E eu não podia suportar a ideia de não tolerar minha própria companhia, de não tolerar meu verdadeiro cerne.

A brisa do mar que entrava pela janela era quente, cheirava a cano de descarga e algas. Eu suava debaixo das roupas, transpirava cerveja e nicotina da véspera. Fiquei pensando se Lester, em sua bebedeira, me havia penetrado. De repente, eu estava a ponto de chorar — e não sabia se isso queria dizer que o amava ou não. Não sabia. E precisava desesperadamente de um longo banho de chuveiro.

Quando cheguei ao centro de Corona e passei devagar pelas lojinhas de um ou dois andares, com o reflexo do sol nas vitrines que fazia meus olhos doerem mesmo estando de óculos escuros, pensei em alugar um quarto de motel para passar o dia, só para me recuperar. Mas me recuperar para quê? Para esperar ainda mais? Para descer mais ainda até o escuro fundo? Em vez disso, fui até a casa que limpo no rio Colma, a do contador divorciado. Entrei e tomei um banho de chuveiro no banheiro do andar de baixo. Desejaria que minha mala ainda estivesse no carro. Talvez eu devesse ter trazido tudo o que era meu de volta da cabana, para guardar de novo no depósito de móveis, e simplesmente deixar Les completamente desorientado.

Sequei meu cabelo com a toalha e andei nua pelo corredor, até o quarto da filha adolescente. O sol atravessava a porta de correr de vidro e se espalhava sobre o pequeno cais com vista para o rio; a cama estava feita. Encostados nas almofadas, uma boneca Repolhinho, um Garfield de pelúcia e dois ursinhos. Caminhei descalça sobre o tapete, abri a gaveta de cima da cômoda e peguei uma calcinha amarela de algodão, que estava enrolada. Ficou um pouco apertada nos quadris, mas estava limpa. Abotoei o sutiã, vesti meus shorts largos de trabalho que ainda cheiravam a repelente contra mosquitos e lenha queimada, e usei o secador que estava sobre a cômoda para secar e ajeitar meu cabelo. Depois abri o resto das gavetas, peguei uma camiseta turquesa tamanho grande da Fisherman's Wharf e vesti, dizendo a mim mesma que a devolveria limpa e dobrada. Meu rosto no espelho parecia pálido, os olhos cansados. Havia uma bolsinha roxa de cosméticos sobre a penteadeira; remexi-a até encontrar delineador e blush, que, por sinal, era rosado demais para o meu tom de pele. Apliquei-o, mas retirei o máximo que pude do excesso com os dedos. Ainda assim, a diferença aparecia. Era uma cor bastante usada por líderes de torcida, tão vivaz e instantaneamente alegre que os rostos, às vezes, pareciam quase fluorescentes. Tudo bem, eu até poderia parecer alegre, mas não queria parecer vulgar; não diante da esposa do coronel.

Em algum momento do caminho entre a cabana e a casa do contador, eu havia decidido que era com ela que tinha de conversar. Se ela realmente não estivesse a par da situação, então eu lhe contaria tudo. Bastava subir até lá de carro, esperar o marido sair e conversar. Sem ameaças. Sem homens e suas demonstrações de força. Seríamos apenas duas mulheres conversando sobre um problema nosso.

Voltei ao banheiro, dobrei cuidadosamente a toalha molhada e guardei no rack perto da pia. Depois abri o armário de remédios e tirei quatro Anacins do vidro. Joguei a cabeça para trás e engoli-os, um a um, a seco. Lá fora, ouvi o barulho de um carro se aproximando. O motor foi desligado; prendi a respiração e fiquei imóvel. A porta do carro bateu e, em seguida, escutei a porta da casa ao lado ser aberta e depois fechada. Só então soltei o fôlego. Dei uma última inspecionada no banheiro, pus os óculos escuros e saí, pensando: isso é errado. É muito errado invadir a casa de alguém.

Hoje é um dia de sol brilhante, quente demais para o terno e a gravata que estou usando, enquanto passo de carro por grandes shoppings e lojas de automóveis, restaurantes e boutiques de Redwood City. Desde que deixei o escritório do advogado em Corona, permiti-me o refresco do ar-condicionado, mas, fora isso, não sinto qualquer outro tipo de alívio. Em torno de um café americano bem fraco e por outros 150 dólares, o advogado de gravata-borboleta confirmou minhas suspeitas sobre a visita desse Joe Gonzalez. Disse que era altamente improvável que qualquer pessoa do Departamento de Fazenda do condado mandasse um policial para me ameaçar. E quando informei que o homem usava uma estrela dourada do Departamento de Polícia do Condado de San Mateo, mas não tinha um distintivo com seu nome, um olhar de preocupação perpassou o rosto do pequeno advogado. Disse-me então que Corona fazia parte da jurisdição daquele Departamento. Em seguida, telefonou diretamente para eles, e eu não me surpreendi ao descobrir que não havia nenhum oficial com aquele nome. O advogado me passou o telefone e um homem que se identificou como tenente perguntou se eu gostaria de ir até Redwood City, para discutir melhor o assunto.

O edifício do Palácio da Justiça tem uns oito ou nove andares e fica do outro lado da rua, em frente a um tribunal cujo teto é formado por um domo enorme, trabalhado em vitral. Lembra-me momentaneamente uma mesquita em Qom; sua simples visão me traz um conforto e uma sensação de confiança que eu não sentiria se não fosse por isso. E é um conforto estar dentro do prédio, também; os tetos são altos, o chão duro e encerado. Sou conduzido por um oficial do tribunal até o quinto andar, onde outros homens com o mesmo uniforme do suposto Sr. Gonzalez estão em suas mesas, trabalhando no computador ou ao telefone. Mais uma vez, vem-me à lembrança minha antiga vida, meu escritório em Mehrabad; estou de pé, ereto, quando sou cumprimentado pelo tenente com quem falei ao telefone, no escritório do advogado. Sua pele é escura e tem os cabelos cortados bem curtos, à moda dos oficiais da Marinha ou do Exército. Anuncia que responde por Assuntos Internos e então me leva a seu escritório, onde exige uma descrição física. Menciono, naturalmente, a elevada estatura do oficial e seu bigode. O tenente pergunta por algum distintivo ou plaquinha presos na blusa do oficial. Informo sobre a estrela dourada e o emblema com duas pistolas cruzadas; quando falo da inscrição FTO em letras douradas, olha-me com muita atenção, pede licença para se ausentar da sala e retorna rapidamente com uma folha solta, em que constam as fotografias dos oficiais.

— Há apenas oito oficiais de treinamento de campo no departamento inteiro — diz o tenente, embora não pareça lá muito feliz. Aponto imediatamente para o rosto do Sr. Gonzalez, que está na segunda fileira de fotos, e anoto seu nome: Burdon, Lester V.

— O senhor tem certeza de que este é o oficial?

— Sim. É ele mesmo. Este é o homem que me ameaçou.

O tenente escreve algo num bloco de anotações. Depois me faz mais algumas perguntas, com a intenção de descobrir por que este homem, um estranho para mim, iria querer que eu deixasse a propriedade; então, explico nossa situação e digo também que desconheço a razão do envolvimento do sujeito.

Quem sabe não seria amigo do antigo proprietário? O tenente me estende um formulário oficial de reclamação e eu levo quase três quartos de hora para registrar, com a minha melhor letra e o máximo de conhecimento que consigo reunir da gramática da língua inglesa, o que aconteceu na noite anterior. O tenente me agradece e, ao me conduzir até o elevador, me garante que vai acompanhar o assunto e pede que eu não hesite em contatá-los se for perturbado novamente.

Sigo na direção norte, pela autoestrada Bayshore. Afrouxo o nó da gravata; penso e sinto muitas coisas. Em meio àqueles oficiais cumpridores da lei, naquele prédio bem-organizado, senti-me como alguém que encontra um primo distante e vê o próprio irmão ou irmã no rosto daquele primo; mesmo que a pessoa nunca tenha encontrado aquele parente antes, sente necessidade de abraçá-lo simplesmente porque partilha com ele o mesmo sangue. Foi assim que me senti na mesma hora, entre todos aqueles homens uniformizados. E começo a questionar meu desejo de encontrar trabalho somente em empresas aeroespaciais. Depois de vender o chalé, quando estiver à procura de uma oportunidade para fazer um investimento prudente, talvez eu tente conseguir uma vaga num desses departamentos locais de polícia. *Chera na?* Por que não? Sou um cidadão naturalizado. E ficaria contente em conseguir um simples cargo administrativo — para atender o telefone ou talvez vigiar prisioneiros, coletar suas impressões digitais ou coisas do tipo. Aí poderia trabalhar entre homens de moral e disciplina.

Mas, enquanto isso, é claro, tenho outras preocupações mais urgentes. Em todos os meus anos como militar, muitas vezes fui testemunha do que podia acontecer a um soldado que informava a um oficial uma infração cometida por outro soldado. Deixava de ser confiável; passava a ser evitado e em geral apanhava de vários outros. Um homem, um jovem soldado da Aeronáutica chamado Mehran, foi afogado num banheiro em Mehrabad; o assassino nunca foi encontrado. E não tenho ilusões a respeito da provável reação desse Burdon quando souber que eu o entreguei. Enquanto passo pelo aeroporto San Carlos com meu Buick Regal, o sol a brilhar sobre as pistas de decolagem, bem adiante da alta defesa na lateral da autoestrada, considero a possibilidade de simplesmente revender o chalé para o condado pelo preço que paguei, talvez até mesmo com algum prejuízo pela construção do terraço panorâmico. Teríamos o mesmo dinheiro com que começamos e todos esses problemas ficariam para trás.

Mas e se assim for, o que devo fazer? Trabalhar de novo no Departamento de Conservação de Rodovias ou em outra loja de conveniência, ou mesmo num departamento de polícia, enquanto vejo desaparecer o que resta das nossas economias? Não, isso eu não posso mais fazer. Fica evidente, agora, que eu descobri uma oportunidade imobiliária que só poderia acontecer em função de um erro burocrático. É improvável, em função da realidade do mercado, que eu venha a triplicar meu investimento em outro negócio como tenho certeza de conseguir com esse chalé em Bisgrove Street. Não, devemos ficar com o chalé e depois vendê-lo. Às vezes, nesta vida, só uma ou duas verdadeiras oportunidades são colocadas em nosso caminho — e devemos agarrá-las. Custe o que custar.

Mas agora devo pensar na melhor forma de proteger a mim e à minha família. Agarro o volante com força, apenas por ser obrigado a pensar nessas coisas. Não tenho armas. Apenas uma espada de cossaco que comprei de uma pessoa do Azerbaijão, num bazar de verão no mar Cáspio, e que uso como peso de papel.

Talvez não tenha sido sensato da minha parte entregar esse Burdon. Será que devia ter deixado as coisas como estavam? Apenas tentar esquecer suas ameaças e seguir em frente com a venda da propriedade? Em Teerã, meu motorista, Bahman, carregava uma pistola. E eu, naturalmente, tinha minha arma particular — embora até a queda de nossa sociedade eu jamais tenha tido necessidade de usá-la. A pistola calibre 45, folheada em prata, fora presente de um executivo da Defesa dos Estados Unidos em Tel-Aviv, para comemorar a conclusão de uma venda em larga escala de aviões F-16 para a Força Aérea Imperial iraniana. Gravado em alto-relevo em seu cabo, havia um caubói americano, montado num cavalo empinado; na noite em que deixamos Teerã de avião, mantive aquela arma presa à cintura, completamente carregada. Assim que chegamos a Bahrain, fui forçado a vender a pistola, pois não queria que nenhuma complicação legal atrasasse o nosso voo para a Europa. Mas agora desejava sentir seu peso em minhas mãos, o caubói e seu cavalo contra a minha pele. Mas e então, *Genob Sarhang*? Dou um tiro nesse Lester V. Burdon se encontrá-lo de novo? Ou simplesmente aponto a pistola em sua direção, para que seja forçado a mostrar a sua, e nos matamos mutuamente? Não, *man beehoosham*, que grande estúpido sou; essa linha de pensamento não vai dar bons frutos, só causar destruição. E eu não sou o meu tio de Tabriz.

Perto de San Bruno, saio da autoestrada e vou até o shopping comprar cola de madeira para consertar a mesa de Nadi. Já é quase meio-dia, sinto sede e fome também; o sol bate forte sobre a minha cabeça quando cruzo o grande estacionamento. Faz-me lembrar da última primavera, em nosso jejum de

trinta dias do Ramadá, quando eu fazia apenas uma pequena refeição antes de o sol nascer e outra somente depois que anoitecia. Naquela época eu ainda trabalhava como soldado do lixo, e quando o gordo e vermelho Torez parava o caminhão para o almoço, eu apenas lavava bem minha boca com água e depois cuspia, nada mais. Tran, o velho vietnamita, me oferecia uma porção do seu arroz, mas eu recusava em silêncio. Como fui oficial durante tantos anos, não estava acostumado aos efeitos do esforço físico associados ao jejum do Ramadá; por isso, nos primeiros dias — principalmente os mais quentes — eu me sentia fraco, as pernas pesadas e lentas. Se me movesse rápido demais, a grama e a autoestrada, por um momento, começavam a girar em minha cabeça. Uma tarde, depois de me ver ficar sem almoço por dez dias, Torez me chamou em seu caminhão e me ofereceu um enorme sanduíche de carne com queijo. Agradeci e expliquei como era a nossa religião, que cumpríamos o jejum do Ramadá todos os anos, no nono mês do calendário muçulmano. Assentiu em silêncio, como se respeitasse minha resposta, mas em seguida me disse:
— Esteja a gosto, Camelo. Mas vá dizer a Alá que eu tenho uma equipe para comandar, cara. — Os panamenhos e o porco do Mendez não falaram nada comigo durante aqueles dias. Acho que perceberam que eu tinha algo que eles não tinham: uma crença em algo além do trabalho de cada dia e do vinho de cada noite.

Bem, em meu país eu não seria propriamente considerado um homem religioso, e sim apenas mais um dos muitos que se sentiam confortados pelos antigos rituais.

Depois daqueles primeiros dez dias, a fome e a fraqueza que eu sentia ao meio-dia desapareceram e foram substituídas por uma certa leveza no corpo, uma clareza na mente, um espaço amplo e aberto no peito.

Enquanto trabalhava, espetando pedaços de lixo com minha lança e soltando-os dentro do meu saco plástico amarelo, tinha visões sobre o que este país ainda teria a oferecer à minha família: Soraya ainda estava na temporada do *hastegar* e eu a imaginava casada e feliz, com muitos filhos. Em minha mente, Esmail era um homem jovem e atraente, vestido com um terno elegante, feito sob medida. Talvez fosse um executivo bem-sucedido, um engenheiro ou um médico. Sim, um cirurgião com alguma especialidade, um conhecedor dos doentes. Visualizava Nadi e a mim vivendo numa das mansões brancas revestidas de estuque de Pacific Heights, em São Francisco. Como em nossa vida anterior, teríamos um motorista. Nossa casa seria rodeada por muros altos, cobertos com videiras e flores da estação. Em meio à fome, todas essas coisas me pareciam mais possíveis, sobretudo na América — onde, como em nenhum outro lugar do mundo, o trabalho árduo, o sacrifício e a disciplina podem ser recompensados por cem vezes o seu valor. Mas aí minha imaginação tornava-se quase uma febre, em sua leveza. Para completar nossa felicidade, Pourat, sua esposa e os filhos estavam vivos novamente, jantando conosco em casa, todos nós juntos: Soraya, o marido e os filhos, Esmail e sua família, Nadi e eu, todos sentados num grande *sofreh*, sobre um chão coberto com os mais finos tapetes de Isfahan; beberíamos champanhe francês e degustaríamos o mais fino *chelo kebab*; riríamos das piadas e charadas de Pourat, de seu jeito carinhoso de provocar as crianças. Nadi e a esposa de Pourat se abraçariam com alegria, enquanto Pourat e eu iríamos para a varanda que tinha uma vista panorâmica da cidade, para fumar charutos cubanos e falar da antiga vida que já não nos era necessária.

Dentro do shopping com ar condicionado, sento-me a uma mesa branca de plástico, em frente aos vários restaurantes; peço um almoço japonês — carne frita com macarrão — e sei, dentro do meu coração, que isso nada tem a ver com qualquer visão sagrada de mim com Pourat juntos num terraço na América; tudo não passa de uma mentira, uma *dooroogh* feita de calor, fome, sede — e da falta da minha antiga vida, que, às vezes, é tão forte que sinto que faria praticamente qualquer coisa para recuperá-la, se pudesse. Mas não posso, assim como Pourat não pode se levantar do túmulo para extrair as balas dos revolucionários do corpo de sua mulher, dos filhos e depois de si mesmo. E sou novamente assombrado pela visão do corpo do meu querido amigo, pendurado pelos pés acima do asfalto, as abas do casaco cobrindo sua cabeça, o sangue pingando das mangas. Levanto-me sem terminar minha refeição. Caminho pelos corredores do shopping à procura de uma loja de ferragens.

Senti-me aliviada quando cheguei ao alto da colina e vi que o carro branco do coronel não estava na entrada de automóveis. Toquei a campainha, na esperança de que sua esposa não tivesse saído junto com ele, mas, ao mesmo tempo, estava novamente irritada por ter de tocar a campainha de minha própria casa.

Podia ouvir a música oriental que vinha de dentro da casa, através de uma porta fechada; um homem cantava com voz aguda, acompanhado por guitarras árabes. Cítaras, eu acho. Toquei a campainha mais três vezes e depois comecei a bater à porta de tela. Encostei nela as mãos e o rosto e espiei lá dentro; a mesa de centro prateada estava virada ao contrário contra o sofá, com duas pernas quebradas caídas bem ao lado, sobre o tapete. Pensei em Les e em sua visita na noite anterior; mas o resto da sala e a cozinha pareciam limpos e organizados, os bancos bem-posicionados debaixo do balcão. Em cima deste, por sinal, havia três vasos cheios de flores; vi também que parte do chão da cozinha brilhava.

— Olá! Com licença, tem alguém em casa?

A música parou e ouvi uma das portas dos quartos se abrir, no fim do corredor. Em seguida, ouvi a voz da esposa do coronel, com seu sotaque forte:

— Por favor, um momento, esperar. Licença para mim, por favor.

Ouvi-a correr até o banheiro e fechar a porta atrás de si. Desejaria um cigarro, mas não queria que me visse fumando, não queria parecer tão carente e arrasada como na realidade me sentia. A aspirina amenizara minha dor de cabeça, mas meu estômago queimava. Precisava fazer xixi. Comecei a ensaiar o que diria. Tentei me lembrar da pronúncia correta do sobrenome, tal como Les dissera, mas só conseguia me lembrar do jeito que o ouvi pela primeira vez, do carpinteiro que trabalhava no telhado: Barmeeny. Será que eram árabes? Ou seriam iranianos? E qual a diferença? Decidi que tentaria simplesmente não chamá-la de nada, apenas ir direto ao assunto. Quando finalmente veio à porta, quase dez minutos depois, eu tinha a bexiga tão cheia que precisei juntar os joelhos.

Abriu a porta de tela com um sorriso. Dessa vez, usava um conjunto de outro estilista, marrom, com dizeres em italiano bordados na manga. O cabelo curto e farto estava amassado num dos lados da cabeça, como se tivesse dormido sobre ele; pude ver que havia passado delineador e rímel às pressas. O rosto enrugado estava pálido, mas o sorriso era acolhedor; desculpou-se, com aquele sotaque, por "me deixar para esperar". E perguntou do meu pé também.

— Seu amigo deixou mais ferramentas?

A princípio, pensei que se referia a Les, mas logo percebi que ela realmente não tinha a menor ideia do que estava acontecendo. Mas a pressão entre as minhas pernas era muito grande — e achei que não conseguiria começar a explicar tudo sem antes ir ao banheiro. Disse que meu pé estava bem e, com um sorriso patético no rosto, perguntei se podia usar o banheiro. Ela respondeu que sim, sim, é claro, e segurou a porta para eu passar. Quando voltei, vi que tinha arrumado um prato com uvas vermelhas e queijo feta sobre o balcão.

— Por favor, desculpar essa bagunça. Não posso oferecer sofá para sentar.

— Tudo bem. — Fiquei de pé ao lado do balcão, peguei uma uva e joguei na boca.

— Gostaria de tomar um chá?

— Não, muito obrigada, Sra. Barmeeny. Preciso dizer-lhe uma coisa; não sou amiga do marceneiro que vocês contrataram. Aliás, nunca o tinha visto antes. Meu nome é Kathy Nicolo. — Estendi a mão e a esposa do coronel apertou-a. Sua mão era menor que a minha, e tão macia que eu podia sentir a pressão de meus calos de fazer limpeza contra sua palma. Soltei-a devagar.

— Meu pai chamava-se Salvatore Nicolo. Esta casa era dele e, quando morreu, deixou-a para mim e para meu irmão.

Quase sem se mover, com uma das pequenas mãos apoiada no balcão, ela balançou a cabeça uma vez.

— Não entendo. — Seus olhos tinham algum brilho, e rugas de expressão profunda se formaram em torno de sua boca.

Engoli mais duas uvas, mais pelo caldo do que por outra coisa, e olhei para seu rosto imóvel, abatido.

— Veja, o condado me despejou desta casa por engano. Seu marido a comprou, mas agora o condado já admitiu o erro e quer me devolver a casa, mas primeiro seu marido tem de vendê-la de volta a eles... só que ele não quer. O condado quer devolver o dinheiro, mas agora ele quer receber quatro vezes mais do que pagou... e eu não tenho onde morar. Não consigo mais pagar hospedagem em motéis, não posso. Não tenho onde morar. A senhora entende?

Ela afastou lentamente o olhar, puxou um dos bancos para fora e sentou-se, as costas eretas e as pernas cruzadas, como se estivesse usando um vestido, como uma dama. Descansou as mãos no colo e olhou diretamente para mim.

— Eles vão nos mandar de volta para o nosso país?

A voz soou mais grossa do que antes, e mais forte, como se tivesse catarro na garganta.

— Eles quem? O condado?

— Um policial veio aqui na noite passada. Disse para meu marido que vai nos deportar. — Seus olhos começaram a brilhar, mas continuou ali sentada, ereta e imóvel. — Por favor, você não entender, eles vão nos matar. Por favor, eles vão matar meus filhos. — Começou a piscar, depois cobriu o rosto com as mãos e apertou o queixo contra o peito.

A princípio, não emitiu qualquer som; só se percebia o movimento dos ombros, para cima e para baixo, mas quando recuperou o fôlego soltou um longo gemido. Toquei de leve o joelho dela, pequeno, como se tivesse ossos de passarinho. Havia uma caixa de Kleenex na mesinha de canto, ao lado da foto da família; peguei alguns e lhe ofereci, afaguei suas costas pequenas e magras e disse para não se preocupar, ninguém iria deportá-los. Mas ela não deu sinal de que tivesse me ouvido ou compreendido o que eu disse. Segurou o rosto entre as mãos e chorou. Continuei a confortá-la e olhei em volta para minha antiga sala de jantar, vi o retrato da família, a mesa de centro prateada e quebrada encostada contra o sofá, o retrato emoldurado de espadachins montados a cavalo, a fotografia em preto e branco do coronel com o xá do Irã.

Recompôs-se e me agradeceu; pegou um lencinho e enxugou os olhos. Sentei-me à sua frente, com um pouco de esperança de que tudo fosse, afinal, se resolver.

— Ninguém quer deportar ninguém, Sra. Barmeeny. Eu só tinha esperança de que, se conversasse com a senhora, talvez conseguisse convencer seu marido a vender a casa novamente para mim... quer dizer, para o condado.

— Por favor, você é moça muito simpática. Por favor...

Pôs-se a procurar no balcão, atrás daquele monte de flores, até encontrar um bloco de papel em branco e um lápis.

— Escreva tudo para mim. Quero entender melhor, para discutir o assunto com meu marido.

Agradeci e apertei sua mão, a que segurava o lencinho de papel molhado, e comecei a escrever tudo o que tinha acabado de lhe dizer. Na parte superior da página em branco, vi a caligrafia de alguém em alguma língua do Oriente Médio. As letras eram bonitas, com longas curvas, arcos e elipses; algumas tinham dois ou três pontos dentro ou em volta, enquanto outras eram sublinhadas com longas curvas sinuosas. Pareceram-me exóticas, mas, de alguma forma, a visão delas me deu ainda mais esperança, enquanto punha no papel, num inglês bem básico e em letras de forma bem-desenhadas, a minha situação. Enquanto eu escrevia, ela me contou como as coisas tinham sido difíceis para seu marido desde que a família deixara a Pérsia, e que ele tinha sido um homem muito importante por lá. Trabalhara a vida inteira para alcançar aquela posição; depois veio a revolução do povo e eles perderam tudo.

— Mas ele é um homem bom. Só quer o melhor para sua família, isso é tudo. Mas essas coisas que você disse para mim, eu não sabia. Você é boa moça. Nunca quisemos criar problema para as pessoas.

Era difícil escrever e escutar ao mesmo tempo, mas não queria ofendê-la de modo algum, e então eu erguia os olhos a cada uma ou duas linhas, para demonstrar que estava prestando atenção. Disse que tinha ligado naquele dia para seu país porque era o aniversário da irmã mais nova, que não via há 14 anos, desde quando era uma menina de apenas 9 anos, e agora já era casada e mãe de três filhos. Sobrinhas e sobrinhos que não conhecia pessoalmente, só pelas fotos que recebia pelo correio. Depois ficou em silêncio. Pelo canto do olho, vi que tinha o olhar fixo na mesa quebrada no chão; o delineador não passava de uma mancha fina a escorrer pelo rosto.

Terminei de escrever e entreguei-lhe o bloco e o lápis.

— Muito obrigada, Sra. Barmeeny. Estou pronunciando corretamente o seu nome?

— É Behrani. — Sorriu com os olhos negros e infinitos, como se já tivesse visto todas as coisas do mundo pelo menos uma vez. — Você tem marido? Filhos?

Dava para ver que estava sendo sincera, o resto do rosto imóvel e sem expressão, como se eu fosse um animalzinho que não quisesse assustar com qualquer movimento mais brusco.

— Fui casada, mas nunca tivemos filhos. — Olhei rapidamente para o retrato da família: ela e o coronel, os dois filhos à frente; o belo filho adolescente, a filha vestida de branco, com o cabelo negro e brilhante, os olhos iguais aos da mãe, os dentes brancos e perfeitos no sorriso para a câmera.

— Seus filhos são lindos, Sra. Behrani.

— Você podia ser gêmea de Soraya. Parece com ela, olhe!

Não acreditei quando disse isso; eu provavelmente era uns 15 anos mais velha do que sua filha. E mesmo aos 20 ou 21 anos, nunca tive a luz que emanava daquela jovem. E não era só pelas características físicas; mesmo na foto, a moça tinha um ar de quem era especial e sabia disso, de quem era uma das escolhidas. Eu, naquela idade, estava casada com um soldador de Charleston. E cheirávamos cocaína até nos sentirmos escolhidos, eu acho. Quando amanhecia, porém, todo o prazer tinha acabado — e ficávamos ali, abobados e com a língua enrolada, sem vontade nem mesmo de nos tocarmos. Mas a Sra. Behrani sorria para mim e eu podia ver que acreditava no que me dissera. Perguntou se minha família era grega ou armênia.

— Italiana.

Levantei-me para sair e me dirigi à porta. O dia se tornara cinzento, o sol tinha ido embora, mas a Sra. Behrani apertou os olhos e levou os dedos à testa. E me dizia, em seu forte sotaque do Oriente Médio, que gostava muito dos italianos: Marcello Mastroianni, Sophia Loren... Mas eu já começava a remoer uma certeza dentro de mim: nunca teria o que sua filha possuía — um passado limpo e respeitável, o presente confortável, o futuro promissor. Minha vontade era de entrar no carro e sair dirigindo a esmo, mas a Sra. Behrani me contava que conhecera Sophia Loren uma vez numa festa, quando fora para a Itália de férias há muito tempo, e portanto esperei, sorrindo e assentindo com a cabeça

E m San Bruno, fazia sol, mas as ruas de Corona estão sob a névoa que vem da praia, uma neblina fria cuja presença já me convenceu de que devo tirar uma soneca assim que chegar em casa. Não descansei direito a noite passada no sofá, e é claro que levantei junto com os passarinhos, para acordar Esmail a tempo de fazer sua nova rota de entrega de jornais. Por isso o sono veio justamente quando estava na loja de ferragens, comprando algumas coisas necessárias: cola para consertar a mesa de Nadi, três novas placas de PROPRIEDADE À VENDA, com suportes de madeira, e um pé de cabra comprido, de ferro. É uma ferramenta útil e acho que, por causa disso, consegui comprá-la sem pensar nela como uma arma.

No início da Bisgrove Street, paro o carro em frente ao poste onde tinha afixado minha placa na noite anterior e uso o pé de cabra para enterrar no chão uma das novas placas. Digo a mim mesmo que preciso voltar para desenhar uma seta que aponte para o alto da colina, na direção do chalé, mas farei isso depois de descansar. O simples esforço de rodar o pé de cabra sobre a cabeça me deixou ainda mais fatigado; enquanto subo a colina, espero — pelo menos neste momento — que minha mulher ainda esteja no quarto, com sua música melancólica e a crise de autopiedade, e que Esmail tenha tomado o trem BART para visitar seus amigos skatistas em Berkeley, para que eu possa deitar sobre o tapete, em meu escritório, e dormir até me sentir descansado. Mas Nadereh não está no quarto, e sim lá fora, nos degraus, conversando com uma mulher que está de costas para a rua. A mulher usa calças curtas e uma camiseta azul brilhante de turista, mas reconheço o carro dela estacionado ao lado do bosque. Acelero e enfio meu Buick ruidosamente na entrada de automóveis. As duas mulheres voltam os olhos para mim, os rostos como máscaras, como se eu as tivesse apanhado discutindo abertamente um precioso segredo. Paro o carro tão abruptamente que ele oscila para a frente e para trás, mas meus pés já estão no chão quando me aproximo de minha mulher e dessa *gendeh*, dessa puta. Nadi diz, bem alto:

— *Nakon*, Behrani, não.

Mas eu já tenho as mãos sobre Kathy Nicolo, aperto seus braços e a empurro pelo jardim, com seu rosto emplastrado de cosméticos baratos, os lábios abertos, pronta para falar. Ela tenta se esquivar e minha voz sai entre os dentes:

— Acha que pode me assustar? Acha que pode me assustar com aquele oficial estúpido? Que veio aqui me dizer mentiras?

Eu a sacudo e o cabelo dela cai no rosto. Estamos quase na rua e Nadi grita atrás de mim para deixar a moça em paz, *velashkon*! Mas eu sacudo a mulher de novo, aperto seus braços nus com toda a minha força e a empurro para trás.

— Quem você acha que eu sou? Diga! Algum estúpido? Acha que sou estúpido?

A mulher chora baixinho, como se não tivesse ar para respirar, o cabelo castanho caído no rosto. Quero quebrá-la, quero empurrá-la contra o carro. Nadi começa a gritar mais alto e eu percebo que corre atrás de mim até a rua, mas não paro. Abro a porta do carro com força e empurro a *gendeh* chorona para o banco do motorista. Ela bate a parte de trás da cabeça no teto e, assim que põe as pernas nuas para dentro, bato a porta e me inclino diante da janela, com o rosto a apenas 1 ou 2 centímetros do dela. Respiro com dificuldade.

— No meu país, você não seria digna de levantar os olhos para mim. Você é nada! Nada.

Nadi começa a gritar atrás de mim, grita em persa que sou um animal, para deixar a mulher em paz, *velashkon*! Mas os gritos de minha esposa não são mais fortes que o sangue em minha cabeça. Ordeno à piranha que ligue o carro e que não volte nunca mais.

— E diga ao seu amigo que os superiores dele já sabem de tudo. Diga isso a ele!

Agarro o rosto da piranha e forço-a a me encarar. Há medo nas lágrimas de seus olhos e Nadi começa a bater nas minhas costas com seus pulsos pequenos, que fazem menos efeito do que o bater das asas de um passarinho.

— Diga isso a ele. Esta é a nossa casa. Nossa casa!

A *gendeh* desvencilha a cabeça das minhas mãos, liga o carro e acelera até o alto da colina. Manobra e eu afasto Nadi quando, ao voltar, o carro passa bem pertinho de nós. Olha firme para a frente, com as mãos no volante e uma mecha do seu longo cabelo colada ao rosto. Minha mulher está em silêncio. Ouço apenas sua respiração — e também a minha.

Meus antebraços estavam arranhados, a parte de trás da cabeça latejava e eu estava tão brava que desatei a chorar. Segui em frente. Tive crises de choro por toda São Francisco e depois de cruzar a Golden Gate Bridge, ao longo de Sausalito e Marin City e mesmo depois de passar pelas placas que indicavam Mill Valley, Corte Madera e Larkspur. Na Rota 580, bem lá no alto das colinas, podia ver as paredes de arenito da prisão de San Quentin, só uma parte de uma torre de vigilância. Cortei para leste, na ponte Richmond-San Rafael. A baía de San Pablo se estendia abaixo de mim, sob o sol. Havia dezenas de velas brancas no mar, e a luz, quando batia nelas, me feria os olhos. Limpei o delineador roubado que escorrera no rosto e evitei olhar no espelho. A ponte parecia se estender por vários quilômetros à minha frente.

Em El Cerrito, parei numa loja de conveniência para comprar uma caixa de lenços de papel. Queria uma garrafa de água mineral também, mas não vi nenhuma ao lado dos refrigerantes e não queria perguntar, então comprei um sorvete com biscoito. Sabia que minha aparência devia estar horrível, mas a mulher asiática atrás do balcão teve a gentileza de não ficar olhando para mim. Ao voltar para o carro, passei por um telefone público preso na lateral do prédio e, antes de dar por mim, estava ligando a cobrar para o meu irmão Frank em sua concessionária de automóveis, em Revere. Era quase 1 da tarde aqui, 4 lá. O sócio de Frank, Rudy Capolupo atendeu, com sua voz sempre baixa e ofegante, como se estivesse sendo forçado a falar com o pé de alguém sobre sua garganta. Pediu à telefonista para repetir meu nome duas vezes, depois fez uma pausa e aceitou a chamada.

— Desculpe por ligar a cobrar, Rudy.

— Não se preocupe, eu pego o dinheiro na carteira do Frank na hora do almoço. E como está a ensolarada Califórnia? Talvez eu vá viver aí quando me aposentar, sabe? Em Marina Del Rey. Já esteve lá? — E sem esperar resposta, acrescentou: — Um momentinho, querida, seu irmão vai querer falar contigo.

Levou algum tempo para Frank vir até o telefone. Minhas mãos tremiam: abri a embalagem do sorvete e tomei um pouco, mas mal senti o gosto. E quando bateu no meu estômago vazio, estava frio demais e quase doeu. Um Chevy Malibu alto, vermelho vivo, parou na loja de conveniência, com três rapazes chicanos lá dentro. O motorista entrou na loja, mas os outros dois, ambos com camisas de flanela abotoadas até o colarinho, um deles com uma rede apertada no cabelo, me olharam da cabeça aos pés. Minha vontade era perguntar para quem eles pensavam que estavam olhando; será que gostariam se alguém lhes quebrasse os dentes e os enfiasse garganta abaixo? Mas aí a voz de Frank surgiu na linha e dei as costas para os rapazes, curvada sobre o telefone.

— K? É você? — Falou tão igual a ele mesmo, a voz profunda e animada, o sotaque Saugus mais forte do que nunca, que comecei a chorar antes mesmo de conseguir falar. Deixei cair o sorvete, cobri a boca e afastei o fone do rosto.

— Kath?

— Espere. — Tirei um lenço de papel e assoei o nariz; depois peguei outro, enxuguei os olhos e suspirei profundamente, tremendo.

— Sou eu, Frank. Desculpe.

Disse que tudo bem, sem problemas, mas a voz já não parecia animada.

— O que houve, K? Está tudo bem? Nick está bem?

Passei os dedos sobre um número arranhado na caixa do telefone. E comecei a movê-los de um lado para o outro.

— Kath?

— Nick se foi, Frank.

— Como assim, "se foi"?

— Ele me deixou.

Meu irmão ficou em silêncio por um segundo. Imaginei-o de pé em seu escritório, a camisa com monograma bordado, calças Hugo Boss, sapatos Johnston & Murphy, gravata em tom pastel, uma das mãos nos quadris.

— Quando, K? — A voz soou irritada e nela eu ouvi tudo: minha vida inteira e sua opinião a respeito; sua opinião sobre o meu casamento, que para ele estava condenado desde o começo. E agora eu sabia que Nick também não havia voltado para casa, pois, do contrário, Frank saberia.

— Já tem um tempo.

— Levou o Pontiac?

— Não, não levou o Pontiac. Nossa, é só com isso que você se preocupa, Frank? Com a porra do carro que deu pra gente?

— Ei, calma, foi só uma pergunta. — Meu irmão soltou a respiração ao telefone. Parecia vê-lo balançando a cabeça desejando que eu não tivesse ligado. Ficou em silêncio por alguns segundos, depois disse: — É por isso que você não tem ligado pra mãe, K?

Agora o tom era gentil, mas por que tinha de me perguntar justamente isso?

— É, é por isso. Frank, escute. Eu só... — As lágrimas vieram sem aviso. Vi de novo o rosto enfurecido do coronel enquanto me empurrava pelo jardim, um mau hálito horrível, como carne apodrecendo no sol, os olhos grandes e castanhos, com a parte branca amarelada, enquanto cuspia as palavras e me empurrava para longe, para cada vez mais longe da minha casa, minha e de Frank.

— Frank?

— K?

— Sim?

— Você ainda está... sabe, sóbria? Sem usar drogas?

— Por favor, não fale assim comigo, Frank.

— Assim como?

— Como se eu fosse uma fracassada.

— Eu não quis dizer isso. Olha, volte pra casa. Manda o Lazaro pro inferno. Volta pro leste, K.

— Não posso.

— Por quê?

— Tenho trabalho.

— Faxina?

— É. — Ficou novamente em silêncio, por tempo suficiente para que eu pudesse imaginá-lo revirando os olhos de impaciência.

— Isso você pode fazer em qualquer lugar, K. Escuta, a mãe e as tias vão para aí no fim de semana do Dia do Trabalho. Querem ficar na sua casa mesmo, então por que você não deixa elas ajudarem com a mudança? Se quiser, até vou com elas de avião e volto contigo, dirigindo. A Jeannie não vai se importar. O que você acha? Eu e você viajando juntos pela costa? Quando a gente chegar a Massachusetts, estará pronta para começar de novo. — Ia dizer mais, porém ouvi Rudy grunhir, do lado dele, que Frank ia perder uma venda se não voltasse ao trabalho. — Kath, tenho de ir agora. Pense nisso. Eu ligo mais tarde.

Já não estava nem brava; na verdade, não sentia nada, estava seca e vazia como se de repente tivesse ficado sem uma coisa muito importante.

— Frank?

— Sim?

Já havia tinha desistido de contar sobre a casa e de pedir alguma ajuda concreta, mas consegui dizer o seguinte:

— Você não pode me ligar porque vou viajar. Já planejei isso há muito tempo e alguns amigos vão tomar conta da casa enquanto eu estiver fora. Pode dizer isso à mamãe? Pedir desculpas em meu nome? Diga a ela que, se eu soubesse antes, eu...

— Tudo bem, Kathy, faço qualquer coisa para ajudar. Agora tenho que ir. Não desanime, viu? E me ligue.

Fiquei agarrada ao fone até que o sinal de discar voltou; ainda o escutei por algum tempo, antes de desligar. Aquela velha sensação ruim começou a se espalhar dentro de mim, como se estivesse presa no porão de uma casa e não pudesse escapar.

Sabia que meu irmão contaria a Jeannie sobre mim e Nick, que ela contaria à minha mãe e que então todo mundo saberia a verdade, que Kathy Nicolo não mudara; dera dois passos para a frente e quatro para trás. E soube, assim que ouvi a voz do meu irmão, que também não podia contar a ele sobre a casa do papai. Não ao Frank, que sempre pensa primeiro em si mesmo e que está sempre limpo e impecável, com o cabelo cuidadosamente repartido ao meio. Que se sente o máximo quando os seus problemas não têm absolutamente nada a ver com ele, quando pode desfilar suas roupas caras num almoço que está pagando para você — e ainda oferecer conselhos bacanas e práticos. E, para demonstrar o quanto acredita em você, lhe dá de presente um Bonneville zero quilômetro — uma forcinha para você recomeçar a vida, no oeste, com seu novo marido.

Quando dei a volta até a porta do carro, o Malibu roxo estava saindo. Um dos rapazes mexicanos botou a cabeça para fora da janela, olhou para minha virilha e lambeu o lábio superior bem devagar. Agi como se não o tivesse visto, mas quando entrei no carro tranquei a porta, liguei o motor e esperei até que saíssem em direção a San Pablo. Depois acendi um cigarro e segui para o sul. O dia estava mais claro, porém mais frio, e senti cheiro de cargueiros enferrujados. Na autoestrada Eastshore, passei pelo imenso estacionamento da pista de corridas de Golden Gate Fields e lá estava o longo vão da ponte de Oakland Bay, alguns quilômetros à frente, o verde pálido de Yerba Buena Island à altura do meio, com um navio cinza atracado. Esse era um lugar que Nick e eu apontávamos no mapa, logo que chegamos aqui. Pensei em ir mais para o sul, até Millbrae, só para dar umas voltas dentro do conjunto habitacional perto do shopping, até ver o carro de Lester estacionado em frente à casa da família. Mas e depois? Ficar lá e esperar até seus filhos voltarem da escola? Ver Les e a esposa saírem para recebê-los? Lembrei-me do que o coronel dissera sobre Les, de que seus superiores já sabiam de tudo. Fiquei pensando se devia tentar contatá-lo para avisar, mas não sabia como fazer isso sem conseguir piorar as coisas, caso a mulher atendesse o telefone ou a porta — isso, é claro, se eu viesse a encontrar a casa.

Tinha aquela sensação de mal-estar e circulação lenta que dá quando uma ressaca parece que vai durar o dia inteiro — isso e também uma fome que doía, o estômago tenso por causa de tudo. Segui para Mission District, estacionei numa rua cheia de palmeiras e caminhei duas quadras no sol, ao longo de um conjunto de apartamentos de alvenaria, até o Café Amaro e o escritório de Connie Walsh, que ficava lá em cima. Gary estava em sua mesa, ao telefone; usava uma camiseta preta e branca da peça "Os Miseráveis" para dentro da calça jeans, a barriga ligeiramente caída por sobre o cinto. A porta da sala de reunião estava aberta, e não havia mais ninguém na recepção. Tive a sensação de que Connie Walsh também não estava. O recepcionista desligou e pôs as mãos na cintura.

— Olha só quem o gatinho arrastou até aqui!

Não sabia se queria chutar a parede e abrir um buraco ou me contorcer sobre mim mesma na cadeira, até virar uma bola. Perguntei se Connie estava e ele disse que não, não estava lá. Disse que ela estava no tribunal.

— Mas ela tem tentado entrar em contato com você em seu motel. Precisa saber se deve iniciar o processo contra o condado em seu nome. Meu Deus, o que aconteceu com seus braços?

Ergui o ombro e olhei por cima dele para o braço direito, depois para o esquerdo. Os dois já estavam escurecendo e adquirindo uma tonalidade mais para o roxo. Olhei novamente para Gary e seus acolhedores olhos verdes, a sincera preocupação em seu rosto.

— Olha, não estou em nenhum motel, não posso pagar motel e não quero processar o condado, tá legal? Eu só quero a porra da minha casa de volta. — Fui até a mesa dele, peguei um lápis que estava enfiado numa caneca e comecei a anotar o número de minha caixa postal em um dos blocos de notas cor-de-rosa que havia perto do telefone. — Se Connie tiver alguma novidade a esse respeito, pode me escrever. Do contrário, não temos nada mais a tratar.

Desci para o café pela escadaria escura, independente. Devia sentir culpa por falar daquele jeito com o secretário da minha advogada, mas foi bom descarregar em cima de alguém. Fiquei ali pelo café, sem saber se queria ou não comer alguma coisa, mas o aparelho de som tocava aquele tipo de música meditativa que chamam de New Age, com suas notas computadorizadas que sobem e descem de forma muito regular, no mesmo ritmo do respirador que havia ao lado da cama de hospital do meu pai, pouco antes de sua morte.

Em Millbrae, peguei a saída contrária à Camino Real e passei pelo estacionamento do shopping, com todos aqueles carros assando no sol, e cruzei até os conjuntos habitacionais, com nomes tipo Hunter's Arch, Palomino Meadows e Eureka Fields, com a lentidão de um policial em ronda ou um estuprador de meninas, odiando as casas da Califórnia, tão insípidas e térreas, de estuque e madeira, muitas delas pintadas de cor-de-rosa ou pêssego. A maioria tinha uma pequena entrada de automóvel que levava a uma vaga coberta, com uma rede de basquete pendurada logo abaixo do teto de fibra de vidro. Embaixo, no concreto de aparência lisa, havia bolas de praia, boias tipo macarrão e Frisbees com marcas de caninos. Continuei dirigindo bem devagar e, enquanto isso, tentei lembrar a idade dos filhos de Lester, mas não consegui. Algumas das casas ficavam à sombra de eucaliptos, cuja casca fina e cinza caía como carcaça mofada de insetos; outras estavam completamente expostas, com pequenos jardins floridos dos dois lados da porta de entrada. Passei por uma casa de estuque amarela e vi uma loura bronzeada, de shorts e top, torrando ao sol numa espreguiçadeira. As pernas dela cintilavam, besuntadas de óleo de bebê; as unhas, pintadas de rosa-shocking. Havia um Toyota parado na entrada e me subiu um calor pelo estômago, mas logo vi que não era o de Lester e segui em frente, agora mais do que nunca com vontade de saber como era a mulher dele e o que estariam dizendo um ao outro naquele momento. Estariam fazendo amor pela última vez, como às vezes acontece com algumas pessoas, quando um relacionamento chega ao fim? E será que era mesmo o fim? Já não estava tão certa disso — e até me surpreendi ao ver o quanto estava ressentida. Pensei de novo em tentar alertá-lo que poderia ter problemas no trabalho, mas sabia que essa não seria a verdadeira razão para eu ligar.

Acendi um cigarro e continuei dirigindo lentamente, de uma ruazinha calma e sinuosa para outra, observando aquela vida familiar por trás dos óculos de aviador de Nick Lazaro, com o estômago teso e quente como um elástico esticado, prestes a se romper.

Acho que havia planejado passar o resto da tarde numa sessão dupla no Cineplex, mas, logo que entrei no shopping de tijolinhos e fui para a fila, junto com outras pessoas que podiam se dar ao luxo de ver um filme de dia no meio da semana — crianças de férias, senhoras aposentadas esforçando-se para ler os letreiros —, desisti e fugi, balançando a cabeça como uma louca, dessas que a gente vê na rua falando com o vento e alimentando pássaros invisíveis.

Meu estômago doía. Na frente do cinema, havia uma fonte dos desejos de granito e um laguinho cheio de moedas. Do outro lado, um restaurante mexicano de uma rede exclusiva da Costa Oeste. Fui até lá e me sentei numa mesa de azulejos azuis, próxima à janela. Ouvi minha voz pedir uma salada de guacamole e uma bebida: margarita de morango. Podia ter pedido sem álcool, mas não o fiz.

Meu pedido saiu bem rápido, mas a simples visão do creme de abacate sobre alface me deu enjoo; afastei o prato e bebi um gole da margarita, que estava gelada e doce. As caixas de som estéreo do restaurante soltaram uma batida tipo salsa, meio rápida, apoiada por seis ou sete violões. Já sentia a tequila no sangue que corria no rosto. Pedi outra; o torpor causado pela cerveja da noite anterior foi substituído por uma espécie de leveza líquida. Acendi um cigarro e tomei um gole do meu morango gelado e ao mesmo tempo explosivo. Olhava as pessoas que passavam no corredor principal do shopping, mas eu não as via realmente; só o movimento delas, aquele infindável perambular para comprar coisas. Um homem me chamou a atenção; magrinho e louro, segurava a mão da filha pequena, enquanto um bebê dormia num porta-bebê junto ao seu peito. Passaram pertinho da janela; a garotinha arrastava os dedos pelo vidro e o jovem pai sorria diante de algo que ela dizia. Mas não olharam para dentro; então, dei uma grande tragada no meu cigarro e joguei-o fora, antes que aquela fumaça me entupisse de tudo o que eu já sabia: que Lester não deixaria sua família, que ficaria com a esposa e com o próprio desespero, para poupar as crianças. Isso, de repente, ficou tão claro para mim que me perguntei se já não o sabia desde sempre; Les não era o tipo de pessoa que seria capaz de ignorar o que as pessoas esperavam dele apenas por estar infeliz. A cada dois ou três anos, talvez vivesse um emocionado encontro de uma semana com alguém como eu, alguma mulher que ele tivesse conhecido por causa do trabalho, mas isso era o mais próximo que chegaria de chutar o balde. Eu sabia. Talvez nem ele mesmo soubesse ainda, mas eu sim. Talvez voltasse essa noite, mas, se assim fosse, viria cheio de dor pela família e decidido. Então me convidaria para um memorável jantar ou cozinharia para mim; depois faria amor comigo como um homem que precisa de oxigênio antes de uma longa viagem subaquática. Poria as coisas no carro e iria embora pela manhã. E quando chegasse ao trabalho descobriria que esse tempo comigo iria lhe custar bem mais caro do que imaginara.

A garçonete voltou e perguntou se minha salada estava boa. Eu respondi que não, não estava:

— É verde demais.

Era uma jovem baixa e gordinha, com cabelo louro na altura dos ombros. Parecia prestes a tentar me explicar que guacamole é feita de abacate, e que abacate é verde, mas cortei o papo e pedi outra bebida. Enquanto se afastava com minha salada, pensei que ela era verde, verde e nova neste mundo que vai engoli-la, assim como engole todo mundo. Pensei que fosse começar a chorar, mas recusei-me. Com a terceira margarita, a garçonete trouxe a conta — um sinal inequívoco para que não me desse ao trabalho de pedir outra. Não gostei de receber a mensagem daquela forma. Degustei a bebida, tão gelada e frutada quanto as duas primeiras. Lambi a borda do copo, percorrendo-a até acabar todo o sal, que engoli, e dizendo a mim mesma que não estaria na cabana de pesca quando ele efetivamente voltasse. A música parou. Ouvi o tinido dos talheres de alguém, a porta da cozinha se abrindo. Tinha a sensação de que meu rosto estava tão macio como o de um boneco de gesso. Queria mais bebida, mas sabia que não iria adiantar tentar pedir outra. Estava ciente de que os restaurantes de shoppings estabelecem um teto de três drinques para cada cliente porque acham que os bêbados ou roubam mais ou não gastam o suficiente, ou então que assustam os verdadeiros clientes. O fato de saber disso não afastou a sensação que me invadiu, quando deixei à minha jovem garçonete uma boa gorjeta e saí pelo corredor principal, em busca de outro restaurante: de estar sendo vigiada, monitorada.

O lugar estava tomado pelo barulho de vozes, caixas registradoras, diferentes tipos de música vindos de todas as lojas — uma espécie de teste, para ver até que ponto as pessoas conseguiam suportar aquilo. Garotas adolescentes falavam e riam, em grupos de duas ou três, os cabelos presos, as unhas brilhantes. Passei por algumas na frente de uma loja de CDs; uma delas chegou a olhar para mim, mas logo voltou ao burburinho das amigas.

Parei e fiquei estática, com o rosto quente. Outros clientes passaram por mim enquanto eu observava as garotas; esperei para ver se alguma delas olhava de novo para mim, talvez para tentar dizer algo simpático ou mesmo esboçar algum tipo de reação. Eram todas cópias uma da outra: usavam jeans três tamanhos acima do delas, camisetas da Gap em tons pastel metidas dentro das calças, largas ou apertadas — para mostrar os peitos ou escondê-los —, bolsas cafonas de couro jogadas sobre um ombro, pulseiras soltas e ruidosas nos pulsos, maquiagem muito pesada. Todas as três mascavam chicletes e falavam ao mesmo tempo, indiferentes à mulher de 36 anos que as observava e queria, por um dia ao menos — não, só neste minuto —, ser como elas de novo, embora eu nunca tivesse sido como elas. Na verdade, não. Não fui uma garota que tinha amigas. Agora, vinte anos depois, poderia ser mãe delas; mas não era mãe nem esposa de ninguém. E não era uma verdadeira amiga, nem mesmo uma simples amiga, de ninguém; mal e mal era irmã. E sempre que pensava em mim como filha, meu corpo parecia pequeno e sujo demais para alguém — mesmo para mim — viver dentro dele.

No extremo oposto do shopping, entrei numa pizzaria chique, sentei-me no fundo e pedi um copo de vinho branco, porque só tinham isso além de cerveja. A correria do almoço acabara e apenas algumas mesas estavam ocupadas. O teto era baixo e as paredes, cobertas com imitações de objetos antigos: espelhos presos em cangas de boi em couro, lampiões de querosene de vidro verde, fotos recentes de homens fortes tratadas com efeito sépia e esculturas de índios em madeira.

Ali no fundo era calmo, escuro e fresco; nada de música, só o som do ajudante de garçom limpando as mesas. Fumei meu cigarro, tomei meu vinho e fingi estudar o cardápio. Quando o garçom se aproximou para anotar meu pedido, sorri, tomando cuidado para não exagerar, e tentei dizer com a máxima clareza, concentrada para não falar enrolado:

— Não vejo nada que me interesse. Outro chardonnay, por favor.

Anotou o pedido e levou o cardápio sem dizer palavra. Devo ter ficado ali por algum tempo, porque, quando ele voltou com meu segundo copo de vinho e uma cesta de pão italiano fatiado, fui jogar fora o cigarro e vi que ele se transformara numa cinza comprida sobre um filtro, entre meus dedos. Tomei um gole do vinho com toda a elegância e comecei a passar manteiga no pão que sabia que não ia comer. Minha cabeça e meu rosto pareciam fundir-se, uma era o outro e este se evaporava pelo meu crânio e cabelo e hoje poderia muito bem ser ontem, antigamente, quando eu era uma menina de 9 ou 10 anos, e todo sábado meu pai me levava em suas entregas de toalhas, aventais e guardanapos para restaurantes e açougues e lares de idosos, acima e abaixo da Rota 1, eu no banco do carona de sua perua marrom, ele fumando seu charuto Garcia y Vega, o rádio ligado num jogo de beisebol ou numa estação que tocava músicas da sua juventude, mas para mim ele sempre fora velho, um homem baixo e quieto com óculos fundo de garrafa e lábios finos, as mãos sempre ocupadas e as minhas também, nós dois passando toalhas limpas na passadeira elétrica que tínhamos no porão, eu em cima de um banco na entrada da passadeira e papai na saída, porque ele conseguia dobrar mais rápido e melhor que eu e me ensinava a usar a alavanca articulada que abria a passadeira quente para que eu pudesse encaixar a primeira toalha de mesa ou avental ou guardanapo, mas depois de fazer isso não queria que eu usasse a alavanca de novo, não queria ter de desacelerar a máquina para encaixar cada peça de roupa; em vez disso, ensinou-me a pegar as pontas da peça seguinte e, com os dedões e indicadores, segurá-las junto às pontas da última peça que estava sendo puxada, para que uma entrasse direto sobre a outra e trabalhássemos "como Henry Ford", e eu vivia queimando as pontas dos dedos ao enfiar uma peça de roupa atrás da outra, mas ele parecia tão contente sentado do outro lado da máquina em frente a mim, em silêncio mas talvez orgulhoso por ter uma filha tão útil, que nunca contei a ele sobre meus dedos porque me parecia irrelevante, e além do mais eles sempre melhoravam quando papai me pagava uma Coca-Cola gelada mais tarde, num dos restaurantes, e eu os enfiava no gelo.

Meu vinho estava quase no fim. A cabeça e o corpo latejavam; acendi um cigarro, segurei o fósforo aceso perto do rosto e estudei sua chama, os tons azulados e esverdeados na base, enquanto desciam pelo cabo de papelão do fósforo. Vi-a atingir meus dedos e bater na carne que não queimava e deixei-a cair sobre a mesa, soltando fumaça; e me vi soltando um fósforo aceso nos arbustos secos em torno da casa do meu pai, as chamas subindo até as janelas. Cinzas sobre cinzas. Poeira sobre poeira. Vi minha casa queimar até o chão, as chamas devorando tudo o que havia lá dentro, os tapetes persas e os móveis elegantes, as fotos dos cavaleiros barbados na parede, o coronel e o xá, até os retratos de família, o fogo tão quente que os vidros enegreciam e se estilhaçavam, e a bela filha se enrodilhava e se transformava em cinzas. Mas depois pensei na Sra. Bahroony, a pequena e lacrimosa mulher árabe, e em seu amor pelo povo italiano, sua capacidade de estar na mesma festa que Sophia Loren; não queria machucá-la, apenas destruir tudo o que tinha. Teria de arranjar um jeito de tirá-la daquela casa antes de queimá-la — e o filho também. Distrair sua atenção, talvez. Fogo no jardim. As fibras do meu estômago vibraram com essa ideia e senti cócegas e muita vontade de rir.

Em pouco tempo eu seguia, em meio a todo aquele barulho esfuziante, até a Sears e cruzava as aleias largas e limpas, as prateleiras cheias de ferramentas modernas e poderosas, artigos para pesca, cortadores de grama, espreguiçadeiras de jardim, filtros de ar e, por fim, latas de gasolina. Parecia observá-las de certa distância, como se eu tivesse acabado de ser deixada em algum lugar, para fazer um mandado para alguém, e não me lembrasse o que era. Havia uma pilha delas, com capacidade para sete litros e meio cada, feitas de folhas de flandres mesmo, pintadas de vermelho vivo com listras amarelas. De certa forma, eram belas; pensei em como devia ser legal o marido de alguém comprá-las e enchê-las com gasolina para abastecer seus cortadores de grama, numa manhã de sábado.

Pensei na casa de Lester em Eureka Fields, a que nunca cheguei a encontrar. Será que ele mesmo cortava a grama? Isso seria parte de sua vida em família? Ao lado das latas de gasolina, havia prateleiras cheias de acendedores para carvão, além de sacos do próprio carvão. Será que deveria comprar um pouco para o hibachi que estava na mala do carro? Mas depois dessa noite — se houvesse essa noite — eu sabia que a cabana de pesca seria apenas uma lembrança, e então o que eu faria? Passaria meses estacionando meu carro em campings, fazendo meu jantar na grelha e procurando um lugar seguro para dormir até que Connie conseguisse resolver o processo com o condado? Meses? Peguei uma lata de gasolina. Era leve e dava apenas uma ideia de como poderia ser pesada.

O rapaz atrás do balcão perguntou se eu precisava de um funil.

— Não — respondi. Já nem me importava mais se parecia bêbada ou não. — Só de uma caixa de fósforos.

O rapazinho de pescoço fino e no máximo 19 anos sorriu, como se soubesse de antemão que tipo de problema exigia aquele tipo de solução. Já no estacionamento, eu carregava minha nova lata de gasolina e via que o tempo tinha mudado; uma daquelas neblinas típicas da Costa Oeste, que vinha do mar, o céu cinzento, o ar mais frio, com cheiro de metal molhado, embora os carros estivessem secos e a tampa do porta-malas do meu Bonneville ainda quente, de tanto ficar ao sol. Senti o calor contra a palma da minha mão quando me equilibrei para destrancar o porta-malas, a lata de gasolina aos meus pés como um cão fiel, e meu rosto estranho, preso num sorriso que vinha das profundezas de mim. Estava tendo dificuldade para enfiar a chave na fechadura. Carros entravam e saíam do estacionamento. Escutava o barulho das rodinhas dos carrinhos de compras sobre o asfalto, o choro do filho de alguém bem ao longe. A tranca finalmente se abriu, eu me abaixei para pegar a lata e lá, no meu porta-malas, do lado do hibachi de Nick, estava o cinto preto de couro de Lester, o fino relevo xadrez na empunhadura de sua pistola, o coldre preto e gasto. De repente, era como ter 11 anos de novo e entrar no quarto do meu irmão para pegar um lápis ou uma caneta, abrir as gavetas e encontrar revistas com mulheres chupando homens, numa época em que todos os finos sentidos começam a se abrir para você, e as sensações de malícia e oportunidade vinham todas ao mesmo tempo, tentação e salvação, o veneno e a cura, toque, pegue, leve com você.

Então levei.

Em um único e fluido movimento, guardei a lata de gasolina e puxei para fora a cobra de couro, que escondi debaixo do braço enquanto abria a porta do carro. Coloquei-a, no banco ao meu lado, o que Lester deixou para trás quando fomos ao bar de caminhoneiros para nossa última dança, seu posto de xerife, sua espada — como um presente, um legado, uma parte de si para levar comigo e lembrar-me dele. Pensei em nós dois fazendo amor nas margens do Purisima, ele saindo de dentro de mim e gozando sobre o meu estômago, para se proteger. Pensei que a porra seca do homem cheira a camarão morto; pensei também que nunca havia atirado antes — e só segurara uma vez um revólver pequeno que meu marido teve por mais ou menos um mês, quando a cobra branca se enleou em nós e ele, sob a luz fluorescente do banheiro, me fez segurá-lo, carregado e apontado para o meu próprio reflexo no espelho.

Segui para o norte na Camino Real, a Estrada do Rei. Estendi a mão e pousei-a sobre a pistola; senti sua indiferença de aço. E mantive meus dedos nela ao longo dos 3 quilômetros e pouco até San Bruno, passando por conjuntos habitacionais feios dos dois lados da autoestrada, as ruelas mais altas quentes cortadas por um ocasional bosque de eucaliptos que pareciam cor de azeitona, sob a luz cinzenta da neblina acima do mar. Meti o cassete de Tom Petty no toca-fitas e aumentei o volume quase ao máximo; dobrei diante de um minimercado, coloquei a pistola e o coldre no chão, tranquei o Bonneville e entrei numa loja de bebidas do lado de um salão de beleza. Comprei três doses de Bacardi, duas Coca Diet e um pacote de chicletes de hortelã. De volta ao carro, não me lembrava mais de quem me vendera aquelas coisas: um homem? Uma mulher? Estacionei no canto mais afastado do terreno, próximo a uma moita de manzanita rasteira enfileirada, joguei metade de um refrigerante pela janela, misturei duas doses de Bacardi ao resto da Coca-Cola e degustei o puro calor caribenho ao som de Tom Petty no toca-fitas, porém mais baixo, pois não queria chamar atenção. Sentia-me como um policial numa patrulhinha estacionada, olhando pela janela os carros e as pessoas que entravam e saíam das lojas. Estava esperando alguma coisa acontecer.

Adiante das moitas, à minha direita, havia um posto de gasolina com autosserviço. Liguei o carro e dei uma boa golada no meu Diet Rum, mas o gás foi demais; tossi, comecei a enjoar e tive de me dobrar na janela, mas não saiu nada. Fumei dois cigarros antes de perceber que a música tinha parado. Virei a fita, aumentei o volume e conduzi o carro até uma das bombas do posto de gasolina.

Tirei a lata de gasolina do carro e apertei o botão da bomba. Comprometi-me a pagar lá dentro e comecei a enchê-la. O som do toca-fitas saía bem alto pelas janelas abertas — mais alto do que achei que estivesse.

A pistola de Lester continuava no chão, onde qualquer um podia vê-la; mas não havia ninguém por ali, exceto uma mulher na cabine de vidro do caixa, lendo alguma coisa, os óculos apertando o nariz, bochechas gordas, Tom Petty cantando "Break down, it's all right", a voz aguda e fora de controle, como tudo o que eu sentia — o que os racionais chamariam de uma Voz Inimiga, eu sabia, mas para mim o som dele era boa companhia, uma acolhedora mão bêbada em minhas costas, dando-me força para fazer o que tinha de fazer, para o que havia de inevitável em tudo aquilo. Mas a mulher continuou a olhar, a levantar os olhos do que estava lendo; observava-me com a cabeça ligeiramente inclinada para trás, para que pudesse me enxergar melhor com os óculos, para que pudesse morder os lábios para mim como minha própria mãe fazia, já concluindo o que eu iria fazer antes mesmo que o fizesse. A bomba desligou e a gasolina começou a espumar fora da lata, aos meus pés. Soltava um vapor tão forte que eu só conseguia sentir o cheiro e o gosto daquilo.

Meti meio corpo dentro do carro, a música de Petty um arremedo de som. Tirei algumas notas da carteira, mas não sabia se eram suficientes e não parei para contá-las. A música estava tão alta que as pontas de cigarro vibravam no cinzeiro; eu só sentia cheiro de gasolina e não queria deixar a pistola de Lester exposta no carro, então desabotoei o coldre e retirei-a devagar. Era preta com um tambor quadrado, mais leve do que imaginei.

Enfiei-a na bolsa que raramente carregava, passei a alça pelo ombro e caminhei, debaixo da cobertura, até a moça na cabine de vidro. Podia ver meu reflexo na janela, meus lábios abertos, como se estivesse dormindo, meu rosto imóvel como o de uma freira antes de começar a rezar.

Os óculos da senhora estavam bem no meio do nariz, pressionando a carne. Estava com os dedos no pequeno microfone à sua frente e dizia alguma coisa, mas para mim era apenas bobagem e estática — nada que pudesse ouvir além do toca-fitas berrando em meu Bonneville, Petty a dizer: *"Break down, it's all right, it's all right"*, a gaveta do caixa aberta, jogo meu dinheiro, com a mão parada dentro da bolsa, segurando a empunhadura quadriculada da pistola de Lester. A mulher abriu e contou as notas: três dólares. Balançou negativamente a cabeça; a gaveta voltou vazia e ela lá sentada, olhando para mim, a cabeça ligeiramente inclinada, o rosto enviesado, os olhos apertados como se não pudesse suportar minha presença ou o barulho que vinha do meu carro nem mais um segundo. E balançou novamente a cabeça, dessa vez mais rápido. Levou os lábios ao microfone, mas aí dei um passo para trás e senti que tirava a pistola da bolsa; de repente, eu me vi apontando para ela através do vidro. Suas mãos tremiam enquanto franzia os lábios como se estivesse prendendo a respiração, as narinas apertadas pelos óculos prestes a rebentar, os olhos a se encherem de água por trás dos óculos. Olhei para ela: devia estar surpresa, suponho, em ver como as coisas mudaram repentinamente entre nós. Queria dizer-lhe: "Está tudo bem, está tudo bem, está tudo bem." Seus lábios tremiam e os dedos, esticados e unidos, formavam um campanário. Baixei o braço, mas os olhos dela não estavam em mim: estavam fixos na pistola. Então enfiei-a de volta na bolsa e voltei para o carro. Um furgão estacionou na vaga oposta exatamente na hora em que tomei meu lugar no banco do motorista, atrás do volante, baixei o som do rádio e saí lentamente em direção à rua, meu corpo inteiro fino e leve como a neblina em torno de nós, o porta-malas aberto, minha lata cheia de gasolina ainda na bomba.

A joelho-me em cima de alguns jornais para aplicar cola às pernas quebradas da mesa da mãe de Nadereh. Foi uma tarde muito cansativa. Ainda preciso tirar um cochilo ou tomar um chá; persiste uma dor na cabeça, entre os olhos e os ouvidos, além de uma distensão doída no pescoço. Depois que a *gendeh* Kathy Nicolo foi embora chorando em seu carro e minha mulher e eu voltamos para dentro do chalé, Nadi enfiou na minha mão uma nota escrita por aquela mulher, que parece feliz em roubar de nós o nosso futuro. Nadereh ficou de pé sobre o tapete, os olhos brilhantes de raiva e desconfiança em relação a mim, e eu percebi que não havia jeito de esconder dela, por mais tempo, a verdade sobre esse episódio.

— Sim — disse em persa, ao depositar a nota da mulher sobre o balcão. — Essas são as circunstâncias. E daí?

Nadereh ficou em silêncio por um momento, com os olhos fixos em mim, porém sua expressão não mudou; manteve a cabeça curvada para um lado, como se tentasse ouvir novamente o que eu dissera. Depois me amaldiçoou em persa; chamou-me de ladrão, cão e homem sem pai. Tornou-se feia, *zesht*, os olhos ficaram pequenos e a carne entre eles, profundamente enrugada. Mas minha própria fúria fora gasta para forçar essa mulher Nicolo a ir embora de nossa casa e eu me sentia bem fatigado, esvaziado de qualquer tipo de emoção. Já basta dessas emoções.

Afastei-me da mesa quebrada e sentei no sofá, as mãos pesadas e soltas no colo, e me senti muito distante, enquanto esperava que Nadereh terminasse de insultar a mim e ao meu modo de julgar, minha capacidade, minha falta de franqueza com ela. Deixei que todas essas coisas passassem por mim como se fossem aviões de treinamento sem munição, pois podia ver que Nadi estava à beira das lágrimas de medo que passaram a governá-la, desde a queda da nossa sociedade. De fato, logo depois chorava e me expunha sua crença ignorante de que agora seríamos deportados deste país por roubar a casa daquela jovem mulher.

— Ela disse isso, Nadi? — perguntei à minha esposa com toda a calma, como faria com uma criança que tivesse acabado de cair e batido o queixo contra uma pedra. Não me respondeu, porém. Continuou a me amaldiçoar por ter sido um *genob sarhang*, um oficial graduado cuja posição eminente colocara todos os nossos nomes na lista dos condenados à morte, de modo que nunca mais poderíamos voltar para nossa terra. E dela tenho ouvido todas essas coisas desde a nossa fuga para Bahrain, depois para a Europa e, por fim, para a Califórnia. Claro; eu deveria saber que hoje, depois de ter ligado para sua irmã em Teerã, Nadi demonstraria todo esse desrespeito novamente. Mas talvez pela primeira vez, ao me sentar pesadamente no sofá, enquanto ela continuava histérica como uma cigana bêbada, senti que não queria ter mais nada a ver com essa mulher. Não poderia suportar nem sequer um minuto. E me permiti contemplar o que seria viver o resto dos meus dias sem ela. Alugaria um quarto pequeno numa rua tranquila, numa cidade tranquila, e viveria como um homem santo, com apenas um colchão, um samovar e algumas peças de roupa necessárias. Acordaria antes do nascer do sol e rezaria voltado para o leste. E jejuaria, não apenas no mês de Ramadã, mas toda semana também. Ficaria livre de todos os constrangimentos. Tornar-me-ia leve como a poeira.

Mas não consegui escutar Nadereh por muito tempo; começou a me chamar de *tagohtee*, egoísta, e isso não pude suportar. Levantei-me e perguntei por quem eu trabalhava tão duramente.

— Por mim? Não faço nada por mim, *heechee*, nada.

Por um longo tempo, enquanto brigávamos como dois taxistas da cidade sem que nenhum dos dois cedesse um milímetro sequer, minha mulher insistia em dizer que a jovem era muito simpática.

— "Muito simpática"? Ela mandou um homem armado aqui para nos ameaçar, Nadereh. *Sang nan doz*, não atire essas pedras tolas.

Vezes sem conta, tentei explicar que eu nada sabia daquilo tudo na época da compra da casa, e que agora o problema era de outras pessoas, não nosso.

— Deus nos deu este chalé, Nadi. Não teremos outra oportunidade de ganhar um dinheiro desses.

Tentei explicar que a jovem Nicolo tinha uma oportunidade ainda melhor de enriquecer, porque um condado inteiro havia agido contra ela. Mas isso Nadi não escutava. Nadereh sempre foi uma mulher supersticiosa, particularmente na hora de lidar com pessoas menos afortunadas do que nós. Em Teerã, nos bazares e nas lojas, levava sempre um dinheiro extra, punhados e punhados de *tomans* para dar a qualquer mendigo que pedisse, aos aleijados e cegos, e aos que tinham os rostos queimados e os braços ou mãos cortadas, as vítimas da SAVAK. E se não houvesse um mendigo na multidão, ela não ia embora até encontrar pelo menos um a quem dar nosso dinheiro. E agora ficou evidente para mim que essa Kathy Nicolo virou, para Nadi, uma espécie de pedinte — a quem devemos atender, de alguma forma, pois, do contrário, seremos amaldiçoados.

Em seguida, minha mulher me amaldiçoou, entrincheirando-se mais uma vez em seu quarto.

Segui para oeste, em direção a Corona. Resolvi parar no largo retorno que dava direto num conjunto habitacional; fechei com força o porta-malas e voltei a dirigir, pois imaginei que, em pouco tempo, a polícia viria em busca do meu Bonneville, em busca da mulher armada ao volante. Meus pés, as pernas e o peito pareciam uma revoada de pássaros bêbados; eu tomava meu Diet Rum, fumava e guiava, parando em todos os sinais de trânsito de Hillside Boulevard, a janela aberta para sentir agora o oceano Pacífico, o ar fresco e úmido, o céu cinzento, Tom Petty tão baixinho que mais parecia uma vozinha dentro da minha cabeça. Esta, então, parecia estar totalmente aberta atrás, com pássaros entrando e saindo de dentro de mim.

No centro de Corona, a neblina estava tão densa que eu não conseguia ver a água, nem mesmo a areia da praia. As lojas se destacavam em meio ao cinza. Quando passei pela drogaria, vi uma viatura da polícia de Corona estacionada na esquina; dentro, um jovem policial lia alguma coisa. Senti-me tão magra e leve que achei que os pássaros poderiam me carregar para longe. A pistola de Lester estava no banco do carona, ao meu lado; olhei firmemente para a frente e passei pelo policial, com a cabeça erguida, de olho no retrovisor, mas não havia ninguém atrás de mim. Então segui, sob a luz amarela que piscava na patrulhinha, até o alto da colina da Bisgrove Street. Não sabia ao certo o que estava fazendo, o que faria em seguida, nem mesmo como os últimos minutos desse dia tinham se desenrolado daquela forma, mas quando cheguei ao topo da colina divisei o Buick branco do coronel parado na minha entrada, minha grama habilmente cortada, o terraço panorâmico que chamava a atenção, com a nova mobília de jardim e o guarda-sol branco aberto sob o céu cinzento. Para onde mais poderia ir, senão para casa?

Encostei o carro na entrada atrás do Buick do coronel, desliguei o motor e o rádio e permaneci sentada atrás do volante. Meu queixo insistia em cair em direção ao peito, o cabelo no rosto; nas veias, um vapor alcoólico prestes a pegar fogo. Nada além de tequila, vinho e rum que me jogavam num rio de lava, uma imensa mãe derretida a avançar sobre mim, cinzas sobre cinzas, poeira sobre poeira, e a casinha branca à minha frente nem mesmo parecia mais a minha casa, de tão branca, correta e organizada, com os arbustos espessos debaixo das janelas, verdes e bem-cortados. Pensei de novo em Lester, em seu bigode torto e em seus olhos castanhos e tristes. Quis beijá-lo novamente, abraçá-lo, mas era como ter necessidade de ver meu pai de novo também — e papai estava morto, sua casinha de aposentado estava perdida, um lamento parecia sair da minha boca e eu estava arrependida por ter assustado aquela mulher do jeito que assustei. Senti a pistola negra no banco ao meu lado, uma serpente adormecida que acordara de repente e agora parecia um títere a me provocar, em silêncio. Estendi a mão e levantei-a; cheirei seu buraco pequeno e escuro, mas tudo o que consegui sentir foi o cheiro da gasolina em meus dedos. Em seguida recoloquei-a no meu colo. Podia vê-la através do cabelo que caía sobre o meu rosto.

Esperei, mas ninguém saiu de dentro da casa. Esperei um pouco mais e imagino ter fechado os olhos uma vez, mas isso foi um erro, um navio noturno ao sabor das ondas. Quando os abri de novo, havia o som dos pássaros no bosque do outro lado da rua, numa conversa suave.

Em seguida, como se fosse uma ideia que eu quisesse experimentar para ver se funcionaria, apertei o cano contra o osso do meu peito, de olhos fechados, o navio começando a afundar, meu dedão no gatilho, e logo tudo se resumiria a um pequeno ponto escuro em minha cabeça.

Envolvi uma das pernas da mesa numa fita adesiva e comecei a enrolar a outra; gotas de cola caem sobre o jornal. Meus dedos estão grudando, e a dor em meu pescoço sobe pela parte de trás da cabeça. Sei que preciso deitar e descansar, mas primeiro tenho de terminar de prender a perna da mesa, do contrário ficará torta. Do quarto trancado de Nadi, vem mais uma vez a música de Googoosh, essa coisa melosa, a música dos românticos que ignoram qualquer outra história além da sua. Nesse momento, porém, acho-a mais confortadora do que o silêncio, melhor do que a marcha dos meus pensamentos que não têm fim, essas diretrizes cansadas que vêm de mim mesmo, para continuar com a estratégia que estou certo de ser a melhor para minha família.

Penso em minha Soraya, tão *zeebah*, tão bonita que seu nome não é mais Behrani, e sim Farahsat. Sinto um aperto no coração só de lembrar da vergonha que ela sente de nós, de mim, do jantar que oferecemos a ela, ao seu marido calado e à família dele. Minha cabeça dói; parece que está sendo esmagada entre duas pedras. Meus joelhos e minhas costas estão rígidos e cansados. Sinto-me tão pobre, tão velho... Mas não serei mal-interpretado por meu próprio sangue; devo telefonar a Soraya e arranjar um momento para nos encontrarmos, almoçar ou jantar juntos, apenas pai e filha. Talvez possamos passear ao longo de Fisherman's Wharf, junto com as pessoas que visitam a cidade, seu braço delgado pendurado no meu enquanto eu lhe digo... Dizer *o quê*? O que tenho a dizer à minha filha? Pedir, por favor, para que ela não me desqualifique só porque não tenho mais uma posição de poder em nossa sociedade? Que não tenho culpa de nossa sociedade não existir mais? Que não tenho culpa de estarmos na América agora, onde só o dinheiro é respeitado? Por favor, filha, faça um esforço para esquecer o modo como vivemos um dia, deixe isso para trás e não nos envergonhe falando desse tempo como se agora não fôssemos nada se não recordássemos o que fomos um dia! Somos seu pai e sua mãe. Não se esqueça disso.

Lavo minhas mãos na pia da cozinha de Nadi, jogo água fria em meu rosto e tenho consciência de que sou um mentiroso, pois essas palavras em minha mente são tão vazias quanto a perna oca de um aleijado: nem eu mesmo acredito nelas. Este pequeno chalé não chega a ser do tamanho da área onde Bahman estacionava nosso automóvel, na capital. Talvez Soraya estivesse certa ao depreciá-lo, em sua ânsia de recordar quem nós éramos de verdade, quem era o seu pai. Mas preciso descansar agora; ainda não estou derrotado. Talvez deva baixar meu preço para garantir um comprador mais depressa. Se eu apenas dobrar o investimento com a venda, ainda serão 100 mil dólares no nosso bolso. Com certeza, neste país, esse tipo de semente pode gerar uma árvore.

Lá fora, o dia está cinzento e a neblina se dependura nas árvores do bosque, do outro lado da rua. A porta da frente está trancada. Não tenho certeza se Esmail levou a chave — nunca leva nada nos bolsos —, mas não posso deixar a porta aberta para ele; terei de acordar quando bater. Deixo o comprido pé de cabra no canto, ao lado da porta, e já me preparo para voltar ao escritório, quando vejo o que meus olhos não acreditam estar vendo, que atrás do meu Buick Regal está o carro vermelho da pedinte Kathy Nicolo. Não a ouvi chegar; deve ter sido na hora em que eu me lavava na pia da cozinha. Está sentada lá dentro, os olhos fechados, a cabeça descansando no suporte preso ao seu assento, o queixo virado para o lado, o pescoço longo e branco. Seu cabelo negro está emaranhado; parte dele lhe cai sobre o rosto e eu estou me sentindo estranho, porque não ouvi quando ela chegou e porque, neste momento, ela está tão parecida com minha falecida prima Jasmeen que, por um momento, já não sei onde estou, nem que dia é hoje, nem como vim parar aqui. Será que está dormindo? Será que consegue ser ilógica a esse ponto?

Mas sinto-me pequeno quando chego lá fora, no ar fresco e cinzento, com todo o cansaço e confusão — e tenho no coração a profunda sensação de que talvez o que vejo diante de meus olhos seja um sonho. A mulher Kathy Nicolo não se mexeu; a cabeça ereta está encostada no banco, os olhos fechados. Mas quando me aproximo começa a chorar baixinho, virando o rosto de um lado para o outro, a boca aberta balbuciando palavras que não saem. Depois faz uma careta, com os olhos apertados e os ombros inclinados para a frente. O corpo se solta, os ombros caem e ela continua a chorar, balançando a cabeça e movendo a boca, como se tentasse persuadir alguém ainda fora de seu raio de visão a fazer alguma coisa muito urgente. Parece mais jovem quando chora, com poucos anos mais que minha Soraya — e sinto certa ternura quando me aproximo, um arrependimento momentâneo por tê-la tratado com tanta rudeza antes, por tê-la empurrado para dentro do carro como se fosse um homem. No entanto, devo dizer-lhe com firmeza que precisa ir embora. Mais uma vez, a jovem faz um trejeito — e o sentimento de que estou no meio de um sonho cresce, pois vejo que ela tem entre as mãos uma grande pistola automática, o cano apontado para o coração, um de seus anulares apertado contra o gatilho, que evidentemente está travado pelo mecanismo de segurança. Em seguida, sinto-me como se fosse testemunha do que faz a minha própria mão, ao entrar pela janela aberta do carro e arrebatar a arma das mãos dela. A mulher abre os olhos, que estão vermelhos como se ela tivesse acabado de acordar de um sono profundo; mas então olha para mim, para a pistola e chora abertamente, com os cabelos caídos sobre os olhos e a boca. Libero a trava de segurança, removo o cartucho totalmente carregado de dentro da empunhadura e depois pressiono o retém do ferrolho, para o caso de haver alguma bala na câmara; não há nenhuma. Minhas mãos tremem quando deposito o cartucho no bolso da calça, coloco a pistola na cintura e abro a porta, para ajudar essa Kathy Nicolo a sair de seu carro. O interior do veículo cheira a gasolina, e ela, a bebida e cigarro. Empurra minhas mãos e chora ainda mais alto, mas está sem forças e eu a retiro do carro. Levo-a até a porta, pois está bêbada, muito bêbada; uma vez dentro de casa, cambaleando na sala de estar, com meu braço sobre seu ombro, começa a falar em meio ao choro, o cabelo caindo no rosto. Fala algo sobre não ligar mais para esta casa, diz que na verdade não se importa com mais nada. Fala alto, como fazem as pessoas quando estão muito bêbadas, e torço para que Nadereh surja de trás

de sua porta trancada e da música em seu quarto para ver isso, ver essa garota simpática e intoxicada, que estava tentando se matar com um tiro na frente da nossa casa. Minhas pernas ficaram bambas e preciso da ajuda de Nadi, mas tenho medo de deixar essa Kathy Nicolo sozinha, por um momento que seja. Chora mais baixo agora, oscilando sobre os próprios pés como uma marionete. Conduzo-a lentamente até o quarto do meu filho, sento-a na cama e depois faço com que se deite. Abaixo-me para levantar suas pernas nuas e depositá-las sobre o colchão. Então vira para mim o rosto molhado e diz: Eu só... será que a gente não pode... — e chora. Mas logo seu queixo cai e ela parece relaxar profundamente no travesseiro do meu filho
— Nicky?
— *Nakhreh* — respondo em persa, e em seguida em inglês: — Você precisa dormir agora. Precisa descansar.

Coloco a cadeira de Esmail em frente à cama e sento-me ali. A pistola me incomoda, apertada contra o corpo; retiro-a da cintura e seguro-a em minhas mãos. Sinto o cheiro de lubrificante e penso em Teerã. Onde será que uma mulher jovem como esta compra uma arma desse porte?

A mulher parece dormir; por um momento penso em tirar seus tênis Reebok, mas não o faço. Observo a jovem em seu sono, a boca ligeiramente aberta. Por baixo da camiseta Fisherman's Wharf toda colorida, seus seios mal se movem, ao ritmo da fraca respiração. Olho para a pistola em minhas mãos, vejo Jasmeen cair ao chão, seu longo cabelo selvagem, a mão contra o peito, a camisola branca de repente vermelha como o açafrão.

A mulher Kathy Nicolo dormiu durante toda a tarde e parte da noite. Primeiro pensei em contar tudo a Nadi logo, mas minha mulher manteve a porta de seu quarto fechada para mim, com a música de Googoosh para induzi-la a um sono melancólico e livrá-la de suas enxaquecas. Além do mais, o fato de ela saber ou não na hora faria pouca diferença.

O pânico dos fracos nunca ajuda os fortes. Servi-me do chá no samovar na cozinha e sentei ao balcão, com a pistola descarregada. Mais uma vez, comecei a analisar as alternativas que tinha para agir diante daquela situação.

É claro que eu poderia telefonar para a polícia e indiciar Kathy Nicolo criminalmente por invadir minha propriedade com uma arma perigosa. Mas, ao abrir a lista telefônica na página na qual está listado o número da polícia de Corona, percebi que era incapaz de dar aquele telefonema, pois estava claro para mim que essa mulher só tinha a intenção de ferir a si mesma, e em minha mente via de novo seu rosto em prantos, enquanto ela tentava — com grande ignorância em relação a armas — meter uma bala enorme no próprio peito. Pus outro cubo de açúcar na boca, tomei um gole do chá persa quente e ouvi, durante algum tempo, o som abafado da música que vinha do aparelho no quarto de Nadi. Sim, era fraca e romântica, mas me fez lembrar da casa de minha infância em Rasht, de lutar boxe ao sol na rua poeirenta com meu primo gordo, Kamfar, e de sua irmã Jasmeen, que nos observava atrás do muro de pedra que ficava na frente da casa do meu pai, só com a metade superior do pequeno rosto à mostra, os grandes olhos sorrindo. Pensei em Bijan, o sobrinho de Pourat, que falava impunemente em arrancar braços e pernas de crianças enquanto eu tomava vodca ao seu lado e eu procurava me convencer de que minha recusa em compartilhar o *mastvakhiar* com ele era uma atitude moral suficiente para um homem da minha envergadura, diante daquilo. Mas nessas noites eu bebia por três homens e, nos dias que se seguiram, executava minhas tarefas sem prazer algum; tratava os oficiais como se fossem inferiores e dava ordens cujo único objetivo era mostrar a meus subordinados quem de fato mandava.

Por três vezes, caminhei em silêncio pelo corredor para fazer uma inspeção dessa Kathy Nicolo. Em todas essas vezes, observei que não mudara de posição e que continuava a dormir, imóvel como uma criança pequena, o rosto virado em minha direção, os olhos fechados e uma parte do cabelo em cima dos lábios parcialmente abertos. O quarto do meu filho agora cheirava como ela, a bafo velho de bebida, e por um instante senti a repugnância crescer dentro de mim. Mas depois, talvez como uma bolha que emerge das águas profundas e se dissipa quando chega à superfície, não senti mais isso, apenas pena dessa Kathy Nicolo — pena e um novo impulso, em meu coração, de tratá-la bem. No meu país existe uma antiga crença de que, quando um pássaro entra voando em nossa casa, é na verdade um anjo que veio para nos guiar — e, portanto, devemos encarar sua presença como uma bênção de Deus. Uma vez, quando Soraya ainda era uma menina e passávamos o verão em nosso chalé no mar Cáspio, descobriu, no pé de um cipreste, um passarinho com as asas quebradas e o trouxe até nós. Nadereh fez uma tala de madeira para cuidar da asa e, juntas, as duas o alimentaram com água doce e miolo de pão. Lá pelo final do verão, levaram-no de sua gaiola até a entrada da casa, que dava para o mar. Soraya abriu a mão e o passarinho voou em direção ao bosque próximo. Durante dois dias, nossa filha chorou, mas depois disse que estava feliz por um anjo de asa quebrada ter vindo abençoar nossa casa.

Volto à cozinha e bebo mais um pouco de chá. Agora a casa está quieta; nada de Googoosh, apenas o silêncio de duas mulheres dormindo. A névoa cinzenta lá fora ainda não subiu; acendo a luz de cima na cozinha, que brilha sobre o samovar de prata, no balcão em frente, e sobre os pratos limpos e secos no escorredor de Nadi. Sinto-me estranhamente contente e me vem à lembrança aquela tarde que passei com o iraquiano, em sua loja perto do depósito do Departamento de Conservação de Rodovias, quando jogamos gamão perto da janela. Nosso silêncio era um pacto mútuo de deixar que o sangue derramado entre nossos países fluísse debaixo da ponte, para bem longe de nós. E por vários dias depois disso, enquanto trabalhava como soldado do lixo na autoestrada, ao lado do velho vietnamita Tran e dos panamenhos, senti uma leveza e uma bondade dentro de mim... e nem Mendez, com a longa cicatriz no braço e o cheiro de vinho velho que exalava, nem mesmo ele podia me despertar ódio quando me chamava de velho em sua língua pátria, do mesmo jeito que jogava seu copo d'água vazio no chão para Tran catar.

Agora, esse mesmo sentimento está novamente comigo. Quem poderá saber quantos momentos cheios de desespero e álcool ainda ocorreriam até essa Kathy Nicolo descobrir como destravar o mecanismo de segurança e conseguir atirar em cheio no próprio coração? Sei que o orgulho é fraqueza e vaidade, mas eu de fato sinto uma alegria por dentro, por ter salvado uma vida. Sei também que a mulher está intoxicada, mas, mesmo assim, sinto-me encorajado por suas palavras, por ela ter dito que não liga mais para esta casa. Talvez, depois de acordar e fazer uma boa refeição preparada por Nadi, Kathy Nicolo esteja disposta a colocar isso por escrito, talvez tenha condições de reconhecer quem é seu verdadeiro inimigo e passe a agir de forma mais conveniente.

Mas agora preciso acordar Nadereh para preparar um bom jantar. Preciso entrar em seu quarto escuro, que recende a cremes hidratantes e roupa de cama de algodão. Devo sentar ao seu lado e contar-lhe sobre o pássaro triste e bêbado que encontrei à nossa porta, sobre o anjo mendigo que dorme no quarto do nosso filho.

PARTE DOIS

Já escurecera e Lester estava há mais de duas horas sentado na entrada da cabana de pesca. A neblina adensava-se sobre as árvores e fazia com que as mais escuras, em volta da cabana, parecessem estar imersas numa mistura de água e leite. Ainda sentia o cheiro do bordo que havia cortado, partido e empilhado e, por duas vezes, ouviu barulho de carro no asfalto, na estrada que ladeava o Purisima; ficou atento para ver se o motor diminuía o ritmo, se algum farol se acendia entre as árvores; mas nenhum carro veio, então continuou esperando.

Estava com fome e com sede, mas permaneceu na cadeira de bambu ao lado da porta de tela e não se mexeu. Não lhe saía da mente o rosto de Bethany, o jeito dela esta tarde, de pé ao lado da mesa da cozinha, de uniforme. Havia acabado de chegar em casa e já esperava ouvir de sua boca o que iria acontecer a eles, à família. Estava ali de pé, bravamente, à espera do que ele tinha a dizer. Mas então o telefone tocou; Carol atendeu e prendeu a respiração. Em tom cansado, disse que era para ele. Deixou o fone sobre o balcão, foi até Bethany e, com delicadeza, levou-a dali. Lester esperou as duas cruzarem a antessala e subirem as escadas, antes de dirigir-se ao telefone. Era o tenente Alvarez, de Assuntos Internos. Lester o conhecia, mas não muito, porque era de outra área e porque era um ex-oficial de Marinha, baixinho e sem senso de humor; sua postura no trabalho e sua trajetória profissional eram tão impecáveis quanto a gravata que usava até nos meses de verão, quando não era obrigatório. Os outros oficiais sempre se sentiam pouco à vontade na presença dele, mas não foi isso o que Lester sentiu quando pegou o fone, com sua filha lá em cima, prestes a desabar. Sentiu-se interrompido num grau que beirava a crueldade, e por isso atendeu como se não soubesse quem estava do outro lado da linha.

— O que é?

O tenente se identificou, naquele tom calculado inexpressivo que lhe era habitual; fez uma pausa para dar a Lester a oportunidade de regularizar seu protocolo hierárquico, mas este ficou em silêncio. Apenas uma leve alteração transpareceu em sua voz quando pediu a Lester para deslocar-se imediatamente a Redwood City, para uma conversa. O delegado-assistente soltou um longo suspiro e, reverberando dentro dele, sentiu as batidas do próprio coração.

— Não é possível esperar até eu voltar ao serviço novamente, senhor?

— Não, oficial. Não é possível. — O tenente disse que estaria no escritório e desligou abruptamente, mas Lester não tinha a menor intenção de ir até o Palácio da Justiça para ser interrogado por aquele incompetente a respeito, só podia ser, de sua visita fora de hora ao coronel iraniano.

Ao desligar, considerou a possibilidade de simplesmente negar tudo; de mentir sobre o caso. Não estava em condições de encarar mais nenhuma verdade naquele momento — não depois de um dia que começara bem cedo pela manhã, quando entrou em casa de ressaca, com os cabelos ainda molhados das águas do Purisima e o cheiro de Kathy ainda em sua pele. Carol estava no balcão da cozinha, colocando água na cafeteira. De costas para ele e num tom de voz desconfiado, disse que não o estava esperando. Lester desculpou-se por não ter ligado antes, sentou-se em sua cadeira na mesa e ficou ali, vendo a esposa lavar a louça do café da manhã das crianças. Tinha o cabelo grisalho amarrado e preso atrás da cabeça; usava shorts cáqui e um top branco, sem mangas. Os braços pareciam carnudos, como, aliás, sempre foram, embora isso nunca tivesse incomodado Lester. Sempre que ela reclamava, ele dizia que estava muito bem assim. E falava com sinceridade; ela estava mesmo bem.

Quando o café ficou pronto, serviu-se e sentou; còm isso, Lester levantou-se para se servir. Misturou um pouco de leite na xícara e perguntou se Nate estava no andar de cima. Ela disse que não, que acabara de deixá-lo na casa da irmã, em Hillsborough.

— Tenho de ir à cidade hoje.

Lester sabia o que aquilo significava. Voltou a sentar-se e, nas horas que se seguiram, viu sua esposa se transformar em quatro pessoas diferentes. Durante a primeira hora mais ou menos, mostrou-se neutra e falava de modo tão frio e racional que mais parecia o advogado com quem havia marcado em Frisco. Bem ereta em sua cadeira, falava do casamento de nove anos como se fosse um contrato com o qual estavam comprometidos e tinham de honrar, porque agora tinham filhos.

— O que é um voto afinal, Lester? O que é um voto?

Lester disse que não podia responder a essa pergunta, porque não sabia mais o que era um voto.

Lá pelo meio da manhã, porém, toda aquela rígida compostura caíra por terra. Começou a gritar que ele era *um filho da puta fraco e egoísta, igual à piranha vagabunda com quem estava dormindo!* E atirou sua caneca de café nele, mas errou a mira. A caneca bateu na parede, mas não quebrou. Lester levantou-se e recolheu o utensílio, mas não sabia direito por onde começar — e, portanto, disse muito pouco enquanto ela andava de um lado para o outro e gritava, até que finalmente desabou e chorou, com o rosto entre as mãos. A isso, Lester não conseguiu mais ficar insensível; foi até ela, abraçou-a e até chorou junto, mas se sentia mais aliviado do que nunca: a verdade estava dita. Agora era só ter calma. Aguentar firme durante a tempestade. E então, inexplicavelmente, metade do dia já tinha passado. Para onde tinha ido? Já era o começo da tarde, hora de Bethany voltar da escola. E quando a menina entrou em casa, pisando em ovos, Lester viu Carol se transformar na mãe que era; secou as lágrimas, arranjou um sorriso e se agachou, com os braços abertos, para acolher a filha. Naquele momento, Lester sentiu uma admiração distante, porém grande, por ela. O mesmo tipo de admiração que sentira na primeira vez que a viu num curso de ética, na faculdade, quando se levantou e chamou abertamente o professor de idiota por insinuar que uma sociedade secular era intrinsecamente mais tolerante, e portanto mais democrática, do que uma sociedade religiosa. Seus olhos brilhavam com convicção; tinha as costas eretas e todos os dez dedos sobre a cadeira, para não tremer.

Depois de desligar a ligação com Alvarez, Lester sabia que, no mínimo, teria de inventar uma coragem assim, uma expressão de pai confiável; com convicção, deveria subir até o quarto da filha e dizer as palavras certas, mesmo que ainda não fossem toda a verdade. Pelo menos não nesse momento, não hoje.

A mulher e a filha estavam no quarto da menina, no andar de cima. Deitada em sua cama, com o olhar fixo no teto e ainda mais pálida agora, Bethany segurava seu Peter Rabbit de pelúcia contra a barriga, com ambas as mãos. Carol, sentada ao seu lado na cama, alisava seu cabelo e o afastava do rosto. Lester entrou no quarto, mas quando as tábuas do assoalho rangeram sob o tapete, apenas Carol olhou-o de relance, com os olhos apertados e os lábios em linha reta. Em meio ao silêncio, a filha virou-se para ele com os olhos abertos e firmes — do mesmo jeito que olhava para o pai do berço, quando bebê; completamente dependente e ao mesmo tempo confiante em cada movimento seu. E Lester podia ver em seu rosto que confiava nele também agora; apesar de estar tão imóvel e quieta, parecia achar que, se não dissesse nada nem fizesse qualquer movimento súbito, tudo voltaria a ser como antes. Lester também estava imóvel, consciente apenas do ritmo de seu coração, do ar que entrava e saía dos pulmões e do olhar de sua filha que o mantinha ali, embora ele já não tivesse qualquer certeza de onde estava.

— Diga alguma coisa, Lester. — A voz de Carol parecia calma.

Nesse momento, a voz de Lester saiu de dentro dele, mas não era realmente a sua; era mais uma aproximação do som da sua voz, de onde ele vinha, de onde estava e de onde queria desesperadamente estar. E não era no departamento, onde dissera à mulher e à filha que tinha de ir para uma reunião: queria estar na cabana de pesca com Kathy Nicolo, aquela mulher de olhos profundos e gosto doce, guerreira e engraçada, que estava de tal modo alojada dentro dele que se tornara uma dor quase física ter de suportar, ao lado de Carol, rotinas que não compartilhava mais com ela: dormir na mesma cama, comer à mesma mesa, sentar no mesmo sofá, usar o mesmo banheiro.

— Fui chamado agora no trabalho, Bethany querida. Não posso conversar com você neste momento, mas está tudo bem, meu anjo. Você vai ver. Está tudo bem.

Bethany olhou para o pai e depois para a mãe, como se buscasse uma confirmação do que Lester acabara de dizer. Carol sorriu bravamente para a filha, pensou Lester; em seguida, lançou-lhe um olhar congelante e deixou o quarto. Lester beijou a filha na testa e sentiu o cheiro de cabelo limpo. Parecia que a menina queria dizer alguma coisa, talvez fazer alguma pergunta, mas ele não tinha palavras para ela, não ainda.

— Tenho de ir para o trabalho agora. Não se preocupe com nada, querida, está tudo bem. — Disse isso numa voz tão assertiva que ele mesmo quase acreditou.

No andar de baixo, Carol estava sentada à mesa da cozinha, os braços apoiados sobre o tampo. Olhava diretamente para os armários. Queria dizer-lhe algo confortador, algo que a fortalecesse para o que viria, mas quando entrou no aposento, ela apenas disse, sem olhá-lo:

— Vá, Les. Por favor. Vá logo.

Lester sabia que devia ter entrado em seu Toyota e percorrido os 20 quilômetros de estrada até Redwood City, na direção sul, para avistar-se com o tenente Alvarez; em vez disso, porém, seguiu para oeste na Rota 92, ao longo do leito seco do rio Pilarcitos, depois dos campos de alcachofra cobertos de neblina e de ocasionais canteiros de manzanita que mal conseguia enxergar, pois as coisas estavam absolutamente claras para ele. Tinha dentro de si aquele tipo de clareza essencial, imaculada, que só se tem quando se está no meio de algo grande e inevitável, que segue o próprio curso. As batidas fortes do coração ecoavam em sua cabeça e nas veias. Só via Kathy Nicolo à sua frente, seu corpo delgado e sério, o jeito como levantava ligeiramente a cabeça sempre que o olhava — como se quisesse acreditar no que ele dizia mas não conseguisse, ou pelo menos não totalmente —, ainda que seus olhos sempre a traíssem de alguma forma, aqueles olhinhos castanhos que quase resplandeciam, com sua luz escura e cheia de esperança. Nunca tinha visto olhos como aqueles antes numa pessoa adulta. Os olhos suavizavam as feições dela, que de outro modo seriam talvez duras: as maçãs do rosto afundadas, as linhas de expressão em torno da boca, traços que mais pareciam resultar de uma careta do que de uma risada. E queria estar dentro dela, gozar no mais profundo centro do seu ser.

Em Half Moon Bay, precisou usar os faróis devido à neblina; pegou um atalho mais ao sul, na autoestrada costeira, em direção ao rio Purisima, ao qual parecia não chegar nunca, por mais rápido que fosse. Estava muito acima do limite de velocidade permitido, embora só conseguisse enxergar uma distância equivalente a três ou quatro carros à sua frente; por duas vezes aproximou-se perigosamente do farol traseiro de outro veículo e teve de desviar rapidamente.

Ainda assim, só diminuiu quando chegou à estradinha que levava à cabana de pesca, na esperança de ver o Bonneville vermelho de Kathy parado entre os galhos dos pinheiros, mas nada. Desceu correndo a trilha e entrou na cabana: a mala de Kathy ainda estava lá em cima, no loft, aberta ao lado da janela. Desceu a escada respirando com dificuldade, praguejando contra si mesmo por ser tão carente, por ter tão pouca fé.

Durante a primeira meia hora em que ficou sentado na entrada da cabana, permitiu-se imaginar onde ela estaria e o que poderia estar fazendo. Talvez tivesse ido até o depósito em San Bruno para pegar algumas de suas coisas; podia também estar num mercado, comprando gelo para encher a caixa ou carvão para o hibachi em seu porta-malas — onde, aliás, ele deixara também seu cinturão e revólver. Balançou a cabeça, perplexo diante de sua própria falta de noção, pois Kathy estava infringindo a lei por carregar aquilo no porta-malas. Assim que ela chegasse, tiraria o cinturão e a arma de lá.

Até a última luz se apagar, ficou ali sentado à espera, vendo a neblina adensar-se sobre as árvores ao longo da trilha. Tentava, mas não conseguia apagar da mente a imagem do rosto de Bethany, o jeito como olhava para ele da cama, como se não pudesse e não fosse se mexer até que ele lhe dissesse o que estava acontecendo, desde quando e principalmente por quê. E compreendeu aquela imobilidade, pois também se sentia assim. Tudo à sua volta, todos os parâmetros diários e definidos de sua vida — Carol, o Departamento de Polícia, até mesmo Bethany e Nate —, tudo parecia suspenso e fora do seu campo de visão, do seu raio de audição, até mesmo de seus mais verdadeiros *sentimentos*. Pensou no fato de Carol ter perdido seu compromisso em Frisco hoje; viu-a também pegando o filho na casa da tia, em Hillsborough. Imaginou-a afivelando o cinto de segurança em torno do menino de 4 anos, que perguntaria se o papai estava em casa. Lester obrigou-se a imaginar tudo aquilo, mas não se permitiu agregar qualquer sentimento além do estritamente necessário. Sabia que Carol diria algo tranquilizador, tipo *"papai está no trabalho, você o verá amanhã"*. Sabia também que o que dissera a Bethany seguraria a onda até o dia seguinte — que tudo ia ficar bem, logo ela veria que sim. Mais tarde, acrescentaria que filhos de pais divorciados vivem suas vidas normalmente. *A metade dos seus amigos visita a mãe ou o pai com seus novos namorados e namoradas, e todo mundo convive numa boa. Até se divertem!* Talvez tentasse dizer isso a ela amanhã, e também a Nate, só que de forma diferente, menos complicada. Mas estava colocando o carro na frente dos bois. E Kathy também, onde estaria? Bem que podia chegar logo, surgir caminhando em meio à escuridão enevoada da clareira!

Após a primeira hora de espera, Lester começou a ficar preocupado com a hipótese de Kathy ter se envolvido num acidente de carro. Podia também estar numa loja onde um adolescente de repente entrou com uma pistola novinha em folha, de 50 dólares, louco para atirar em alguém; também podia estar dentro de um cinema e a sala ter pegado fogo. Mas esses eram demônios típicos da cabeça de um policial, e ele sabia disso. A Maldição das 24 horas — quando o policial nunca se desliga do trabalho, na hora de ir para casa; vê o mundo como se estivesse permanentemente em ronda, com a estrela pendurada na camisa. Checa todo mundo duas vezes, mesmo quem está só um pouquinho fora da linha; qualquer boquirroto num restaurante, qualquer motorista abusado num sinal, qualquer esquina cheia de adolescentes sem nada para fazer... tudo atrai sua atenção. Nunca diz nada porque não está de serviço e porque essas pessoas não estão propriamente transgredindo a lei, mas está sempre predisposto a encontrar alguma situação ilegal: quando vai às compras com o filho na cadeirinha (no banco de trás, naturalmente), nos seus sonhos diurnos e nos noturnos também. E em seu sonho Lester estava sempre sozinho dentro da patrulhinha, num terreno baldio, em plena luz do dia. E todos os foras da lei que tinha prendido na vida estavam de pé em volta do carro, esperando ele sair: os pedófilos e os maridos que espancavam as mulheres; os estupradores, os assaltantes à mão armada e os motoristas embriagados; os arrombadores e as prostitutas adolescentes; os ladrões de carro e os incendiários — e também o único assassino que ele deteve por excesso de velocidade, um homem acima de qualquer suspeita e de fala macia, de camisa branca manchada de gordura e black-tie, que fizera sinal para ele na pista principal da Palo Alto Leste numa tarde quente e ensolarada de sábado, com dedos e antebraços cobertos do sangue já seco da mulher, da mãe e da cunhada. Tinha pedido timidamente a Lester para prendê-lo, mas no sonho até ele estava lá fora junto com os outros, encarando-o enquanto o policial estava dentro da patrulhinha, à sua espera. Lester tinha as portas do carro trancadas, mas o motor nunca ligava e, quando tentava usar o rádio, não havia sinal, apenas o silêncio. Tentava tirar a espingarda de seu suporte, mas estava presa lá, parecia soldada no lugar. Soltava então a arma presa no braço, liberava a trava de segurança e empurrava o tambor para que uma bala deslizasse para a câmara de tiro, mas aí apareciam crianças no meio da multidão, os filhos de todos os criminosos, até as crianças que haviam sofrido abusos. Postavam-se ao lado de seus pais e mães, os rostos desbotados e plácidos, sem expressão. Ele baixava então a arma, depunha-a no banco do carona e esperava que o socorro chegasse. Só que nunca chegava. Certas noites, a multidão se aglomerava bem perto do carro; as pessoas colavam seus rostos ao vidro, inclusive as crianças. Lester então tentava apontar a espingarda só para os adultos, mas seus rostos viravam rostos de crianças e as crianças se transformavam em seus próprios e difíceis pais... então Lester começava simplesmente a atirar. Os vidros do carro então estouravam e explodiam em volta dele. Os rostos se partiam e rasgavam, como se fossem papelão fino sendo agitado contra a luz do dia, bem atrás deles. Lester continuava a apertar o gatilho, a sentir prazer em ter a arma nas mãos e sentir o cheiro de pólvora queimada no ar. Num dado momento, a pistola emperrava — e todos, mesmo os que ele tinha acertado, o olhavam muito desapontados. Não pelo que tinha feito e sim pelo que não conseguia terminar, como se fosse uma grande vergonha o fato de aquela ser a única luta que tinha dentro de si.

 Uma vez, em Daly City, Lester estava no plantão noturno, das 18 às 6 horas. Os bares haviam fechado havia uma meia hora quando recebeu um chamado de emergência. Era um caso de perturbação da ordem e Lester estava a uma quadra do local da confusão, um posto de gasolina 24 horas. Estava no estacionamento de uma cafeteria, voltando para o carro; jogou sua xícara cheia num latão de lixo e entrou na viatura. Acelerou, deixando os faróis ligados, sem acionar a sirene. Dois homens estavam ocultos pelas sombras, a uma pequena distância da luz das bombas de gasolina. Um deles era pequeno e estava curvado no chão, cobrindo as orelhas e o rosto com seus braços, enquanto o outro xingava em espanhol e chutava a cabeça, o pescoço e as costas dele. Depois empurrou o homem com o pé e começou a chutar seu peito e seu estômago. Mesmo ao avistar de relance a luz azul intermitente da patrulha de Lester, não parou. Lester tinha certeza de que o agressor iria sair correndo a qualquer momento, mas mesmo quando saiu do carro e se identificou como delegado-assistente, o latino grandalhão continuou a chutar o outro, e Lester sentiu que o medo o atingia como uma rajada de vento. Pediu ajuda imediatamente e, por um segundo, pensou em esperar a chegada da outra patrulha para entrar em ação, mas o homem que estava no chão tinha as mãos caídas, a cabeça rolava a cada chute e a boca e a mandíbula estavam arrebentadas.

— Afaste-se! Agora!

Lester soltou o coldre, mas o latino nem se deu ao trabalho de levantar os olhos; continuou a chutar o outro e Lester repetiu seu comando, dessa vez em espanhol. Só então o homem obedeceu.

Sua respiração estava acelerada e, sob a luz das bombas de gasolina, Lester podia ver o suor brilhando em seu rosto e no queixo. Tinha ombros largos e arredondados sob a camiseta preta e tatuagens típicas de ex-penitenciários nos braços grossos. O latino sorriu e chutou o homem inconsciente mais uma vez na cabeça; Lester sacou a pistola e soltou a trava de segurança, mas manteve-a ao lado do corpo. Em espanhol, ordenou que o homem se deitasse no chão, com o rosto para baixo. Mas o latino voltou a sorrir e virou a cabeça ligeiramente para trás, como se percebesse a jogada de Lester, e começou a caminhar em sua direção. Lester ergueu a pistola e mirou no peito do homem.

— De joelhos! Agora!

Seus próprios joelhos pareciam de fibra de vidro; e sua voz tinha um quê de hesitação que o traía, o que até ele pôde perceber. O latino parou e Lester sentiu seu dedo deslizar sobre o óleo brilhante, no gatilho, o coração acelerado. A patrulha de reforço entrou no estacionamento atrás dele, a luz azul girando em torno do rosto do latino. Mas o rapaz não olhou nem pareceu alarmado. Sorriu duramente para Lester; balançou a cabeça na direção dele e da pistola levantada, como se aquilo fosse um pequeno problema do qual cuidaria no devido tempo.

O oficial que viera dar cobertura a Lester ordenou que o homem se deitasse e Lester pulou, afastando os dedos do gatilho, enquanto o grande latino virava uma sombra e corria por cima de sua vítima, desaparecendo na escuridão, na esquina de uma loja de autopeças. Lester o perseguiu, mas a longa calçada estava vazia; com todas as lâmpadas da iluminação pública quebradas exceto uma, a uns 25 metros de distância, que lançava uma luz baça sobre o concreto, nada havia senão breu do outro lado. A ruazinha discreta ficava à sua esquerda, com lojas fechadas e atacados à direita; sabia que o homem provavelmente estava na entrada de uma delas. Imaginou que estivesse agachado, pronto para atacar; então parou. Olhou mais uma vez para o pedaço iluminado de calçada à sua frente, tudo além estava mergulhado na escuridão e desistiu. Voltou para reencontrar o jovem policial em Daly City, que já chamava uma ambulância para socorrer o homem inconsciente. Lester disse que perdera o elemento; o jovem oficial, que mascava chiclete, olhou para ele longamente e balançou a cabeça.

— Merda!

Durante o resto do plantão, Lester tentou se convencer de que não tinha deixado um homem perigoso escapar só porque estava com muito medo de encontrá-lo. Tentou escorar-se em uma das principais diretrizes do *Manual de Treinamento de Campo*: não deixe que a situação tome conta de você. Não tenha medo de esperar o reforço. Mas a verdade era que Lester sentia, com frequência, que as situações tomavam conta dele. E que algum dia alguém perceberia o quanto era fraco e inadequado e aí tudo se acabaria; o verdadeiro Lester seria revelado. Em Daly City, Lester sabia que, se o reforço demorasse mais meio minuto a chegar, se aquele latino grande se aproximasse, teria atirado — e provavelmente não no ombro ou no joelho, mas no ponto para o qual a arma estava apontada, ou seja, no coração do valentão. Porque Lester não sentia apenas medo do homem grande com um bigode escuro como o seu; desprezava-o porque o temia e porque ele *era* cada chicano que Lester teve de enfrentar em Chula Vista, o pai que fora embora para o Texas, a mãe que vivia sempre trabalhando, o irmão pequeno que se refugiava na frente da televisão por horas e horas a fio. Era também Pablo Muñoz, o irmão de sua namorada, que tinha mais de 1,80 metro, fazia levantamento de peso e tinha o nariz e as bochechas amassadas de um índio mexicano, os olhos como fendas escuras num rosto quase bonito, com marcas de acne. Ele tinha largado a escola e trabalhava como operador de guindaste no depósito de madeira que ficava em frente à casa de Lester. Este, por sua vez, tinha visto a irmã dele pela primeira vez na escola, no final da primavera, junto com outras quatro ou cinco chicanas que usavam calças jeans apertadas e blusas frente única, as barrigas saradas à mostra. Todas fumavam cigarro e mascavam chiclete, menos Charita, que era baixinha e magra como uma ginasta e tinha longos cabelos negros que lhe caíam até a cintura — onde Lester podia ver duas pequenas covinhas na pele morena, logo acima do bumbum. Pelo final do dia já tinha se apresentado e, no fim de semana, dividiram duas latas grandes de cerveja no mato alto que crescia ao lado da cerca do depósito de madeiras, onde se beijaram e se tocaram. O sabor dela era salgado e doce ao mesmo tempo, como um tempero cujo nome ele desconhecia. Chamava-o de Lezter e, numa tarde de sábado, os dois estavam sentados na entrada da casa dele, na Natoma Street. Com o sol a pino, era quase impossível olhar para as casinhas de alvenaria enfileiradas dos dois lados da rua, de tanto que brilhavam. Segurava sua mão no colo e ele podia sentir o calor de sua pele através do jeans. Queria levá-la até o seu quarto, mas a mãe estava em casa, então teria de ser no terreno ao lado do depósito mesmo, onde podiam deitar no mato e só serem vistos pelos pássaros. Estava pronto para puxá-la naquela direção, quando a expressão da garota mudou; sua boca de repente ficou oval e seus olhos se fixaram em alguma coisa do outro lado da rua. Era Pablo que surgia do outro lado da cerca, o guindaste ligado enquanto se movimentava com cuidado em meio às aparas de madeira. Tirou as luvas de trabalho com os olhos fixos em Charita e atravessou a rua sem olhar. Usava uma camiseta desbotada sem manga sob a pele morena queimada de sol, os músculos dos ombros arredondados e definidos. Empurrou Lester com uma das mãos e, com a outra, agarrou Charita pelos cabelos, jogando-a na calçada. Charita gritou e seu cabelo caiu sobre o rosto quando agarrou o braço do irmão. Lester deu um salto para trás e não se lembrava de ter descido as escadas. Estava na calçada, próximo o suficiente de Pablo para fazer o que pretendia, dar-lhe um soco ou agarrar o braço dele ou chutar seus joelhos — qualquer coisa —, mas Pablo esticou seu braço musculoso, meteu a mão livre na cara de Lester e o empurrou. Lester recuou uns 2 ou 3 metros e caiu. Charita já não gritava;

chorava e dizia alguma coisa ao irmão. Lester levantou, mas não conseguiu mais avançar; era como tentar se mover rapidamente com água pela cintura. Pablo Muñoz, com seus braços e ombros grossos, o rosto suado e cheio de sujeira, segurava sua irmã baixinha e chorona pelos cabelos e punha o dedo na cara de Les.

— Se eu a pego com você de novo, vou cortar fora essa cara branca e fazer churrasquinho, *gavacho*. — Puxou com mais força os cabelos de Charita e ela soltou outro grito. O estômago, os braços e as pernas de Les eram um turbilhão de nervos eletrificados; ele queria correr, mas os olhos negros de Pablo estavam fixos nele, e portanto Lester permaneceu onde estava, tudo se acumulando dentro dele, seu corpo subitamente concreto em chão movediço.

Pablo empurrou Charita para fora da calçada. A moça tropeçou no meio-fio e uma das sandálias se soltou; o irmão largou o cabelo para agarrar o braço e, quando já estavam na metade da descida, virando a esquina para a entrada principal do depósito, o rosto pequeno e moreno de Charita olhou uma vez para Lester, por um longo e encabulado momento, como se não soubesse ao certo o que aquele olhar encontraria.

Mais uma vez, Lester sentiu náuseas de tanta vergonha. Voltou para casa, jogou-se na cama e, durante horas, ficou imaginando uma cena completamente diferente: esmigalhava a mão de Pablo entre as suas, depois dava-lhe um soco certeiro no rosto, para deixá-lo inconsciente por vários dias. Quando acordasse, teria um medo mortal de Lester Burdon. Outra estratégia seria desviar-se do braço de Pablo para poder agarrá-lo, torcê-lo atrás das costas e quebrá-lo. Mas essas imagens mentais não eram novas; ele as criava para cada rapaz com quem era forçado a lutar na escola secundária de Chula Vista. Talvez por ser alto, quieto e magro, chamava mais atenção do que os outros "anglos" da escola. Mas a provocação era sempre a mesma: Burdone maricón! Burdone maricón! E Lester tentava evitar o confronto o máximo possível. Primeiro se negava que era dali que vinham aqueles insultos, que aquilo estava realmente acontecendo; depois procurava rir de qualquer insulto que lhe dirigissem. Só quando sentia mãos empurrando seu peito é que devolvia o empurrão, na esperança de que fosse suficiente (e nunca era), ou então erguia um punho no qual não confiava e acabava derrubado no chão. E ali ficava, encolhido, à espera de que um professor ou alguém viesse separar a briga, ou que o desordeiro perdesse o interesse e fosse embora. Mas isso raramente acontecia. Mesmo quando os prendia, eles reapareciam em seu sonho, determinados a desmascará-lo e exibi-lo como o covarde que era.

Às vezes Lester acordava Carol para lhe contar o sonho, o que sempre se mostrava um erro, pois só servia para lhe dar mais argumentos para justificar suas tentativas praticamente sazonais de convencê-lo a deixar o Departamento de Polícia — um trabalho que ela nunca aceitou, na verdade. Aliás, nem entendia por que ele fizera questão de ser treinado para exercer aquela função. Não só é perigoso demais, dizia, mas *meu Deus, você está tão acima daqueles roceiros simplórios para quem trabalha. Qualquer sem cérebro com ensino básico pode entrar para a academia e fazer o que você faz!* Dizia que ele não estava realizando todo o seu potencial, que devia voltar a estudar e obter seu título de professor, e que se não houvesse vagas para professores na Califórnia, estava disposta a se mudar para qualquer lugar onde ele conseguisse emprego.

Mas Carol estava errada, Lester costumava lembrá-la; ele já era professor. Era um oficial de treinamento de campo do Departamento de Polícia do condado de San Mateo, um dos oito que havia no condado inteiro. Era o mais jovem deles: fora promovido após apenas seis anos e meio na patrulha. Os oito oficiais de treinamento eram encarregados de treinar os recrutas recém-saídos da academia de polícia, em Gavilan College; durante quatro semanas — sempre de seis às seis, às vezes no turno do dia e às vezes no da noite —, sentava-se no banco do carona de sua patrulhinha, enquanto seu jovem treinando dirigia e ele começava, de modo deliberado e metódico, a ensinar-lhe tudo o que sabia da profissão de delegado-assistente.

Mas, afinal, o que ele sabia? Que quando levava as coisas para o lado pessoal, tornava-se mais perigoso. Que uma vez prendera um espancador doméstico de forma ilegal — e, cada vez mais, observava que era mais duro com certos presos do que com outros. Não com os criminosos insignificantes, como ladrões de carro ou batedores de carteira, ladrões de lojas ou até motoristas bêbados; sua bronca era com os valentões, os que espancavam a esposa e os filhos, os suspeitos de estupro — enfim, qualquer um que usasse sua força para machucar alguém. Mantinha sua ficha limpa, mas tinha prazer em fazer essas prisões, em puxar o braço de um sujeito que batia na mulher com toda a força até o alto das costas, enquanto o elemento jazia de bruços no chão, com o rosto para baixo. Punha as algemas muito apertadas e depois puxava o cara pelos pulsos até os pés. Se gritasse, Lester chegava bem perto do ouvido do cara e o mandava calar a boca. Quando o metia no camburão, não se preocupava em proteger a cabeça; deixava que batesse à vontade pelo caminho. Às vezes eram homens grandes, em geral bêbados; Lester tinha medo deles e apertava tanto as algemas que eles gritavam de dor. Mas outras vezes, quando via uma esposa ou criança arranhada ou sangrando, às vezes queimada ou mesmo inconsciente, seu estômago era tomado por um calor galvanizado, sentia náusea, um tremor nas mãos e nos braços quando jogava o homem no chão. Às vezes esfregava o rosto dele num beiral de porta pelo caminho, às vezes ajoelhava no pescoço do cara com todo o seu peso, enquanto apertava ainda mais as algemas.

Mas, depois dessas prisões, a fúria e a adrenalina de Lester diminuíam e ele se sentia exausto e fraco fisicamente. Depois vinha o remorso, pois cada vez que prendia alguém movido pelo fervor, sentia que fazia cada vez menos justiça ao seu trabalho. E sempre jurava que não iria se deixar levar novamente e executaria suas tarefas da forma como fora treinado. Mas esses juramentos se desmanchavam no ar como cinza fria sempre que se via diante de provas arranhadas e quebradas de que mais um homem estava destilando seu veneno sobre alguém menor e mais fraco. E então o coração de Lester assumia mais uma vez o comando. Depois que o elemento era fichado e Lester, de volta à viatura, tomava um refrigerante atrás do volante, na tentativa de amenizar o deserto em sua boca, o medo começava a represar na base do estômago, como um reservatório gelado e subterrâneo — medo de que estivesse começando a perder o controle, de ser apenas uma questão de tempo até um desses criminosos enxergar através de seu uniforme, distintivo e pistola e perceber que o oficial Burdon era um impostor — um desses homens que nunca conseguiram sair inteiros de uma briga. E que toda sua arrogância, na verdade, não era nada que não pudesse ser esmagado como um inseto.

Por alguns meses, de vez em quando, Lester conseguia se controlar razoavelmente. Não via nem ouvia os feridos. Prendia o suspeito, colocava as algemas de modo que ficassem confortáveis e escoltava o homem — ou às vezes a mulher — até a patrulha. Respirava fundo pelo nariz, ignorava os bisbilhoteiros e abria a porta traseira para fazer entrar o preso. Às vezes, porém, o preso relutava um pouco em entrar, ou então gritava alguma coisa para um amigo ou familiar que estivesse por perto, ou xingava Lester. Nesses momentos ele batia a porta do carro e fingia não ter reparado se o ombro ou a perna do prisioneiro já estavam ou não dentro do carro. Mais uma vez, deixava suas emoções controlarem a situação, como ocorreu com o garoto filipino na loja de conveniência, na costa; era jovem, estava com medo e teria sido impossível, para Lester, não se sentir paternal em relação a ele e fazer a coisa certa, com toda paciência. Mas e se o garoto fosse um homem? Será que Lester descarregaria a arma? Atiraria nele?

E à noite, deitado ao lado de Carol, sonharia com o estacionamento e com todos eles lá, à sua espera. Uma noite, sua própria esposa e seus filhos também estavam lá — e até figuras de sua infância, e Pablo Muñoz de pé, com a cabeça machucada de Charita nas mãos, como se fosse algo que Lester havia deixado para trás.

Lá pela terceira ou quarta semana de treinamento, Lester sentia que já conhecia relativamente bem o novato atrás do volante. Afinal, passavam de nove a dez horas juntos num carro, cinco dias por semana. Quase todos os treinandos tinham 20 e poucos anos, faziam ginástica e apresentavam uma ligeira irritação na garganta e nas maçãs do rosto, resultado do ato de barbear diário.

Enquanto ele e seu pupilo totalmente armado percorriam o território sob sua responsabilidade, como as grandes propriedades cercadas de verde de Portola Valley ou mais longe, além dos apartamentos e áreas de lazer com asfaltamento quebrado de East Palo Alto, as bodegas, os bares com pista de dança e janelas repintadas, as lojas de conveniência cobertas com tábuas, Lester ensinava algumas tarefas básicas e práticas do turno: a maneira correta de redigir relatórios precisos sobre colisões no trânsito ou crimes, como proceder ao encontrar um carro roubado, como informar a placa de um carro pelo rádio e ter acesso ao computador através do telefonista de plantão.

Mas o treinamento de um delegado-assistente não consistia apenas em aprender os tópicos do *Manual de Treinamento de Campo*. Lester fazia questão de lhes fazer perguntas sobre sua vida familiar, a infância e sobretudo queria saber a razão pela qual haviam decidido se tornar oficiais da lei. Um rapaz, de rosto ainda cheio e macio, dissera que não passara nos testes de admissão ao campo de treinamento da Marinha em San Diego, então decidira tentar isso. Era raro, para Lester, ouvir um treinando admitir tão abertamente suas razões. Em geral, a maioria falava por slogans, ou seja, aquele tipo de linguagem que a gente vê nos cartazes que convidam ao alistamento militar ou nos quadros das universidades comunitárias: *Quero fazer a diferença. Preciso dar minha contribuição. Não sei, sinto a necessidade de servir.* Até aí tudo bem, mas Lester percebia que, no final das contas, com o passar das horas e dos dias que viravam semanas, vários dos treinandos começavam a contar alguma coisa sobre a família; os músculos do rosto às vezes ficavam mais rígidos à menção do pai ou da mãe — que morreu quando o filho ainda era muito jovem, ou então que permaneceu em casa por muito mais tempo do que seria bom para o restante da família. Falavam em termos vagos, meio curvados sobre o volante, olhando pelo para-brisa para todos aqueles civis que passavam sob o sol, de carro ou a pé. E mais uma vez Lester via a si mesmo, alguém que não só queria limpar a "sujeira" de todo mundo; queria, com isso, tornar o mundo seguro novamente, e fazer isso direito, para consertá-lo de uma vez por todas.

Lester entrou na cabana, acendeu o lampião a gás e o levou até a clareira. Acomodou-o no chão, enquanto arrebanhava uma braçada de troncos para o fogão de lenha. Estava muito escuro agora e já não se enxergava mais a neblina entre as árvores e na clareira; mas o ar ainda estava pesado em função dela. Lester podia sentir o cheiro do mar e o perfume quase terroso da madeira cortada. Não estava suficientemente frio para se começar uma fogueira, na verdade, mas ele queria a madeira lá, de qualquer forma.

O lampião a gás soltava uma espécie de chiado e produzia uma luz branca, que não o confortava em nada. Enquanto carregava a madeira para dentro, teve um surto de autoaversão e sentiu que precisava desesperadamente ser confortado; sua filhinha estava em casa com a respiração presa e tudo o que ele de fato queria era que Kathy Nicolo entrasse naquela cabana de um só cômodo, iluminada pelas chamas do fogão, visse um saco de dormir estendido no chão em frente ao fogo, para os dois se despirem sem dizer palavra, fazerem amor em silêncio e depois ficarem ali deitados, com o fogo refletido em seu suor, apenas sentindo o que seriam dali em diante. Os dois, Kathy e Lester.

Fez uma bola de jornal e colocou debaixo dos gravetos; depois agachou-se e soprou as chamas, para que aumentassem. O jornal, perfurado pelo calor, tornou-se alaranjado. Queria aquela bola de fogo dentro de si, para incinerar todos os tentáculos negros. Mas não era medo, era? Não, era dúvida. Dúvida negra. E não era conforto o que esperava de Kathy; era certeza. O tipo de certeza silenciosa que se mostra na quietude depois do amor, que vive além das palavras. Não queria ouvir Kathy dizer que ele estava fazendo a coisa certa — porque, honestamente, isso ela nunca poderia saber. Só mesmo ele.

Mas sentia que nada ficaria completamente claro dentro dele enquanto não a abraçasse de novo, agora mesmo. Por isso não tinha ido direto ao escritório de Alvarez, por isso não saíra com a filha para dar uma volta e lhe contar exatamente o que estava acontecendo. Todo mundo, tudo estava suspenso no tempo. Parecia que se passara um mês desde hoje pela manhã, quando beijara Kathy distraidamente, antes de ela dar ré com seu carro para ele sair. Mas onde *estaria* ela?

Agachou-se em frente ao fogão e enfiou dois pedaços de tronco no fogo. As cinzas subiram, algumas grudaram de leve em seu antebraço. Afastou-se um pouco e ficou olhando a madeira que começava a queimar. No início o fogo pareceu diminuir, mas depois cresceu; as chamas azul-esverdeadas iam e vinham, como línguas de cobra, pelos espaços entre os dois troncos e se enrodilhavam na casca macia, acendendo o que logo em seguida iriam devorar. De repente, o cômodo ficou pequeno demais e Lester voltou lá para fora; ficou de pé no portão, as mãos nos bolsos de trás. Pensou em Alvarez, que provavelmente teria escrito um relatório informando sua desobediência a uma ordem direta. E isso não era bom. Colegas já haviam sido demitidos por esse motivo. Mas havia também desleixo com o uniforme, uma violação de código aqui, um boletim de ocorrência acolá... Apesar de se exceder em algumas prisões, Lester estava sempre com o uniforme limpo, sem um pingo de café sequer. E toda vez que havia exames para o Serviço Civil, recebia um memorando do escritório do capitão Baldini, sugerindo que fizesse a prova, passasse para o grupo dos sete melhores e depois preenchesse o formulário de entrevista do Conselho do Serviço Civil, para tentar ser promovido a sargento. Valorização na carreira, como dizia o capitão.

Mas agora teria de explicar o incidente com o coronel. Há apenas duas horas, Lester poderia ter ido até Redwood City e negado tudo. Seria sua palavra contra a de um iraniano rico e filho da puta, que muito provavelmente nem era cidadão americano. Mas agora, por não ter comparecido, Lester teria sua integridade e seu juízo questionados, assim como sua inocência. Isso partindo do pressuposto de que o assunto do qual Alvarez queria tratar fosse esse. Mas Lester tinha quase certeza de que não poderia ser outra coisa. Teria sido relativamente fácil para o coronel ir até Redwood City para formalizar uma reclamação contra um delegado-assistente chamado Gonzalez — e, uma vez lá, descobrir que tal pessoa não existia. Com certeza, isso atiçaria a curiosidade de um bosta como o Alvarez. É provável que tenha servido um café ao coronel e apresentado a ele o catálogo de fotos. E Lester admitiu que devia ter pensado em tudo isso antes de vestir seu uniforme e ir até a casa de Kathy; mais uma vez, a emoção sobrepujara sua capacidade de avaliação.

Mas não queria ficar preso num vórtice de "eu devias". E o Remorso era o irmão mais velho do Medo. Lester acreditava que jamais deveria permitir que ele entrasse por sua porta; preferia observá-lo da segurança de uma janela interna, vê-lo de pé na soleira, sob a luz de emergência, esperando com toda a paciência (sempre com toda a paciência) para ser admitido na casa, com seu longo cabelo prematuramente grisalho e endurecido pelo frio. Às vezes o Remorso olhava para ele e sorria-lhe através do vidro; acenava e mostrava os dentes certinhos, limpos e transparentes como gelo molhado. Há anos que estava à espera, na porta de Lester; às vezes usava um terno de casamento — um lembrete constante de que, com apenas dois ou três anos depois de desposar Carol, Lester percebeu que se casara com a convicção dela, com sua maneira de ver o mundo com um olhar inconformado e ao mesmo tempo compassivo.

Por causa de sua defesa da religião organizada na aula de ética, presumiu que fosse algum tipo de evangelista reencarnada. Mas já a tinha visto, nos intervalos das aulas, fazendo divulgação de causas políticas em mesinhas colocadas em um dos pátios da biblioteca, ao sol. Tinha os cabelos louros e longos; costumava deixá-los soltos, caindo pelos ombros até o meio das costas. Usava shorts e tinha as pernas grossas, bronzeadas e musculosas. Uma tarde era voluntária na mesa em prol da Autonomia Palestina; na outra, militava na Aliança Sul-Africana pelo fim do apartheid; em outra, defendia a Coalizão contra a Intervenção e a Opressão. Nessa, aliás, trabalhava sozinha, sentada à sombra de uma conífera. Saboreava um sanduíche de falafel no pão árabe, quando Lester chegou e se apresentou. Carol assentiu e disse que o reconhecia da aula; isso foi encorajador para ele, pois era uma turma de 150 alunos. Então ele perguntou a ela de que tipo de intervenção e opressão sua coalizão tratava.

— Intervenção de corporações multinacionais — disse, mastigando devagar.

— Como o quê?

Olhou-o de cima abaixo, desde as botas de caubói até a camiseta preta da turnê de Waylon Jennings. Em seguida, bebeu um gole de sua água mineral e estendeu-lhe um panfleto. Lester então disse que estava cursando sociologia e que já tinha muita coisa para ler. E então pediu para ela explicar em poucas linhas. Meses mais tarde, ela disse que estava acostumada a ser amolada por jovens republicanos e membros de fraternidades, que acabavam por cortar relações com ela, chamando-a de antiamericana e piranha, mas que havia algo no seu jeito de perguntar que a fez falar; foi a sinceridade na voz, a forma como apareceu em sua frente, magricela, os ombrinhos estreitos, os olhos castanhos e profundos, sem um traço de juízo de valor.

E então ela começou a falar e falar... Despejou o equivalente, em notícias, a uns três cursos de história: os *marines* americanos que foram mandados para a Nicarágua, no início dos anos 1930, para matar lavradores famintos para a United Fruit; a CIA, que matou o líder eleito do Irã em 1953, a mando dos Rockefeller, por causa de uns poços de petróleo; o governo americano, que bancou as 14 famílias assassinas que eram donas de todas as terras de El Salvador. Falava sem parar, o rosto se tornava vermelho, a voz engrossava. Lester finalmente sentou-se no chão ao lado da mesa, para ouvir. Sentia que estava na presença de um tipo de pessoa que não via há muito, muito tempo; alguém que se indignava com as injustiças tão facilmente quanto ele. As luzes do campus começaram a se acender, ela começou a se cansar e Lester a convidou para comer alguma coisa num trailer do outro lado da cidade, com vista para um campo de golfe em miniatura todo cor-de-rosa flamingo. Tomaram duas jarras e meia de cerveja, comeram muito pouco e falaram de seus planos para quando terminassem os estudos. Ela queria viajar por todos os campos de batalha do mundo, com uma câmera e um caderninho, e apurar a verdade sobre o imperialismo americano; Lester disse que não tinha a menor ideia do que queria fazer, mas, fosse o que fosse, queria fazer direito. Isso pareceu mexer com alguma coisa dentro dela. Parou de falar e contemplou-o com os olhos ligeiramente vidrados, os lábios abertos, como se não conseguisse absorver direito o que acabara de ouvir. Lester a via do modo como sentia; um pouco bêbado, de um jeito doce, quase triste. Foram para o dormitório dela, colocaram uma cadeira prendendo a maçaneta, para o caso da colega de quarto voltar, e fizeram amor no chão, de camiseta.

Na primavera seguinte, casaram-se um mês antes de as aulas começarem e três meses antes de Bethany nascer. Lester arrumou emprego numa empresa de segurança e fazia limpeza em restaurantes de meia-noite às 6 horas. Passava as manhãs dormindo e à tarde cuidava de Bethany, enquanto Carol fazia um curso de fotografia na faculdade comunitária. Às vezes punha o bebê no carrinho e ia junto; ficava no escritório de orientação vocacional, onde folheava os manuais das universidades enquanto Bethany dormia. Quando a menina chorava, ele a punha no colo e andava de um lado para o outro, no pequeno escritório, cantando para niná-la, enquanto passava os olhos nos anúncios e pôsteres nas paredes. Numa daquelas tardes, um anúncio novo chamou sua atenção. A enorme foto colorida mostrava um jovem policial, um latino bem-apessoado, 30 anos no máximo, de pé entre um homem e uma mulher; uma de suas mãos empurrava de leve o peito do homem, enquanto os dedos da outra mão mal tocavam o pulso da mulher, com cabelos vermelhos desgrenhados e os olhos molhados. O homem olhava para o chão, com os braços caídos e expressão de quem ouvia — ou aguentava — o que dizia o policial. Debaixo da foto estava escrito: A PAZ MUNDIAL COMEÇA EM CASA, com o telefone do Departamento de Polícia local e um número exclusivo para as vítimas de abuso doméstico fazerem contato. Havia alguma coisa no rosto daquele jovem policial; o queixo saliente, que parecia manter o homem na linha — uma atitude que Lester sempre vira só nos outros homens, nunca em si próprio. E ali de pé, com a filhinha encostada em seu peito, sentiu que já era tempo de finalmente tentar assumir uma postura assim. Em pouco tempo, estava na academia, depois na ronda como treinando. Quando se tornou delegado-assistente, compraram a casinha no complexo de Eureka Fields, em Millbrae. Carol arranjou um emprego de meio expediente como correspondente para dois jornais locais; cobria reuniões e eventos na prefeitura, exposições de cães e audiências para decidir disputas de terra. Ganhava 25 dólares por artigo e, mesmo que aquilo não fosse o tipo de reportagem investigativa que ainda a interessava, disse a Lester que estava contente por ter um trabalho desafiador, que ainda lhe dava tempo e flexibilidade para ser mãe e esposa.

E aí estava o problema; quando deixaram para trás os sonhos universitários e morreram aquele fogo intelectual e a justa indignação de Carol, Lester começou a sentir falta de alguma coisa essencial entre eles. Sim, pois, apesar de sua companhia amorosa, sua sagacidade e a conversa erudita, ele não sentia mais vontade de tocá-la, abraçá-la, beijá-la, sentir-lhe o cheiro ou o sabor. E quando o fazia, não se sentia bem. Era como se ele se obrigasse a fazer amor com uma parente próxima, alguém da família. Sentia-se triste e desgostoso, porque isso era a única coisa que parecia separá-lo dela; sentia-se fútil, imaturo, quase escatológico. Ao longo dos anos, na rua ou durante as rondas, Lester via mulheres com quem se imaginava fazendo amor. Às vezes levava essas imagens com ele — o balançar de um cabelo, o ir e vir dos quadris sob a saia ou os olhos escuros de alguém, que prometiam algo mais sensual do que intelectual. E enquanto a esposa e os dois filhos pequenos estavam no andar de baixo ou lá fora, às vezes se trancava no banheiro, abria as torneiras e se masturbava na pia, como um adolescente. E o Remorso só se tornava ainda mais insistente. Agora não mais assistia de camarote à sua humilhação, e sim batia à sua porta com seus punhos de gelo.

Lester passou a se sentir o homem menos confiável deste mundo. Vivia um casamento que não tinha mais sentido; trabalhava como representante da lei, embora nunca tivesse conseguido encarar sozinho um homem sequer, nem servir ou proteger alguém sem o Departamento de Polícia do condado de San Mateo por trás. Começou a pensar em deixar Carol, em arrumar suas coisas e alugar um apartamento do outro lado da cidade. Mas logo em seguida começava a pensar em Bethany e Nate, naqueles rostinhos redondos olhando para ele, mudos e incrédulos, prestes a chorar e chorar. E também teria de manter duas casas. Teria de pagar a pensão das crianças, talvez até mesmo da mulher, além das prestações da casa da família. E nunca conseguiria prover tudo isso com o seu salário.

Mas Lester sabia que não era só por isso que ficava. Às vezes, durante o plantão noturno, quando rodava pelas ruas vazias e escuras ou pelas estradinhas de terra às 3 ou 4 da manhã, com o radiocomunicador em volume bem baixo e bebendo café frio, ele sabia a **razão**. E se permitia recordar aquela manhã ensolarada de sábado em sua infância, no mês de junho, e a perua branca usada que o pai comprara ao decidir se mudar para Brownsville, Texas, estacionada na frente da casa da família, em Natoma Street. Foi o bagageiro, com duas malas em cima. Foi o modo como o sol do final da manhã tornou tudo quase que ofuscante demais para se olhar, a perua branca com seus pneus de borracha branca, a camisa branca do seu pai, abotoada, e o modo como sua barriga proeminente sempre empurrava para fora a fivela do cinto, que por sinal era ofuscante também. Foi a camisa do irmão de 12 anos, enquanto ajudava o pai a amarrar a lona no bagageiro cromado e brilhante. Foi o cheiro de café e biscoitos que vinha de dentro da casa, o jeito com que sua mãe fez o café da manhã para todo mundo, como se fosse uma manhã normal de sábado. Foi o jeito como a mãe serviu ovos no prato para todo mundo, suco e leite para as crianças, café para o pai, enquanto fazia perguntas que pareciam sinceras sobre seu novo emprego na patrulha de fronteira em Brownsville, como se ele já não tivesse um emprego em Chula Vista, como se estivesse indo para o Texas por causa da família. Mas foi, sobretudo, o modo como ela ficou dentro da casa quando chegou a hora de o pai deles partir, o tapinha que ele deu no ombro dela a caminho da porta, como se a mãe tivesse acabado de receber péssimas notícias que não tinham nada a ver com ele. Lester sentou-se nos degraus da entrada; podia sentir a casa inteira em silêncio atrás de si. E o pai ficou lá de pé, na calçada ensolarada, com as mãos na cintura e um maço de Tareyton's no bolso da camisa; olhava para Lester, aos 16 anos, sentado nos degraus, como se esperasse que o primogênito se comportasse educadamente, levantasse e se despedisse dele. Seu pai olhou rapidamente para a casa atrás de Lester, depois novamente para o filho e balançou a cabeça, como quem diz *tudo bem, se é assim que você quer jogar*. Depois apertou a mão do mais novo, que começou a chorar, e afastou-se o mais rápido que pôde, como se aquilo fosse algo íntimo que não devesse presenciar. Foi escutar o barulho do carro sendo ligado, vê-lo afastar-se do meio-fio e passar pelas casinhas de tijolinho sob o sol, até o sinal de trânsito na esquina de Las Lomas. Foi enxergar o perfil do rosto do irmão, que chorava enquanto o carro do pai diminuía de tamanho, os ombros estreitos sendo sacudidos pelo choro, os braços caídos. Foi olhar de novo para a esquina e não ver mais carro algum. Foi o calor que fez naquele dia, o cheiro da pintura velha nas tábuas do revestimento, o cocô do cachorro no jardim do vizinho, o concreto seco da calçada, a madeira do depósito do outro lado da rua.

Durante quase uma década ao lado de Carol, o calor e a luz daquele único dia foram suficientes para manter em suspenso seu arrependimento pela própria decisão de ter se casado. Mas tudo mudou no instante em que entrou naquela casinha no alto da colina, em Corona, com uma ordem de despejo da Divisão Civil nas mãos, e Kathy Nicolo Lazaro apareceu em seu robe de tecido atoalhado, as unhas dos pés pintadas de cor-de-rosa, o cabelo desalinhado, o rosto pequeno e sombrio completamente incrédulo, mas corajoso diante das notícias que ele e o colega lhe traziam. Lester sentiu o desejo crescer dentro dele de forma tão profunda e imediata que sua garganta se inundou, mas, ainda assim, não conseguia tirar os olhos dessa Sra. Lazaro, desde o momento em que a viu inteirar-se das más notícias sobre sua casa e durante todo o tempo em que permaneceu ali, de uniforme e cinturão, o desejo tão forte que quase chegava a fazer barulho na sala. E com isso alterou-se também aquela sensação de que não havia como mudar sua vida. Com sua fome por Kathy, começou a acreditar que talvez não fosse tarde demais. E esse sentimento só fez crescer quando, numa cama dura e larga no Eureka Motor Lodge, ela praticamente o levou para dentro de seu corpo, recebeu sua fome com a própria fome, que era escura, escorregadia e mais quente do que qualquer dia de sol em Chula Vista. O arrependimento, aparentemente, desabou de seu pedestal; a partir dessa ausência, Lester começou a acalentar a ideia de ter um lugar só seu, uma casa na qual seus filhos teriam cada um o seu quarto. Talvez uma casa no alto de uma colina, em Corona. Kathy tinha antecipado esse cenário, quando disse que sua casa tinha três quartos. Lester teria de custear apenas a pensão dos filhos e talvez metade da hipoteca da casa em Millbrae, que já não seria sua. Isso ele podia administrar. Talvez fosse hora de seguir as recomendações do capitão Baldini em um de seus memorandos e correr atrás de suas divisas de sargento, com o aumento salarial correspondente. De repente seu rosto esquentou e Lester lembrou que tinha se esquivado de Alvarez; isso não tinha sido inteligente. Talvez devesse ir até lá agora e deixar um bilhete debaixo da porta, com suas desculpas, e explicar que circunstâncias fora do seu controle o tinham impedido de atender imediatamente à convocação. E era verdade, não era? Mas isso levaria muito tempo e Kathy poderia aparecer enquanto estivesse fora.

Voltou então à cabana e, sob a luz que vinha do fogão aceso, escreveu-lhe um bilhete, nas costas de um saco de compras:

Já são quase 20 horas. Não vá a lugar algum, Kathy Nicolo. Saí para atender a um chamado no trabalho.
Eu te amo.

Les

Pôs o saco sobre a mesa e, para atrair a atenção dela, colocou em cima a garrafa de vinho vazia. Fechou a porta do fogão para apagar o fogo, depois desceu à clareira iluminada pela luz baça do sibilante lampião Coleman, pegou-o e voltou pela trilha até seu carro, na esperança de que o Bonneville de Kathy aparecesse naquele instante na curva. Mas a estrada estava escura e silenciosa, o asfalto quebrado coberto por uma camada de névoa que subia em volutas sobre o capô e o para-brisas, como se fossem espíritos. Por um momento achou que estava num lugar talvez exótico e perigoso. E pensou no coronel iraniano, na fotografia dele numa festa, ao lado dos canalhas mais ricos do mundo, um homem que tinha sua própria polícia secreta. Na noite em que lhe fez a visita, o coronel parecia estar vestido com roupas informais, mas Lester notou que suas calças eram muito bem-feitas, assim como a camisa. E quando Behrani falava, pronunciava as palavras com clareza e sem pressa, como um homem acostumado a ser ouvido. Seria difícil para Alvarez resistir a um patife requintado como aquele, pensou Les. Enquanto dirigia em meio à neblina pela autoestrada costeira, em alerta para o caso de o Bonneville de Kathy aparecer na pista oposta, pôs-se a imaginar até onde aquilo poderia chegar. Seria indiciado apenas por conduta imprópria por parte de um oficial? Talvez recebesse uma carta de reprimenda. Ou quem sabe um dia de suspensão sem vencimentos? Ou será que poderia ser algo pior? E se sua ameaça a Behrani fosse interpretada como abuso de autoridade? Sim, pois foi exatamente isso. *Saia desta propriedade ou então...* Para comprovar a ameaça, porém, era preciso apresentar provas ou testemunhas. Assim, provavelmente seria inocentado. Ainda assim, sua ficha ficaria maculada, o que poderia muito bem acabar com suas chances junto ao Conselho do Serviço Civil.

Na estrada costeira, em Montara, Les entrou no estacionamento de uma loja de conveniência e posto de gasolina; lá usou um telefone público para ligar para o Departamento, em Redwood City. Deixou uma mensagem no correio de voz de Alvarez, em que pedia desculpas por ter faltado e dizia que estaria no escritório do tenente na manhã do dia seguinte, na primeira hora. Em seguida, desligou e chamou o número que, até esse momento, associara à sua casa. Queria falar com seus filhos, nem que para isso fosse preciso acordá-los. Nada muito demorado ou sério; só queria dizer-lhes que estava trabalhando, que os amava e iria vê-los no dia seguinte, em algum momento. Mas a secretária eletrônica entrou depois da quarta vez que o telefone tocou. Por essa ele não esperava. Imaginou que Carol provavelmente estaria lendo uma história para um dos dois, ou para ambos. Sentiu-se ferido ao imaginá-la nesse esforço para se manter inteira, por causa das crianças. Em seguida, ouviu a voz jovial dela dizer que *a família Burdon não pode atender agora, por favor deixe seu número ou ligue novamente.* Les esperou pelo bipe, mas o silêncio que se seguiu lhe deu a sensação de um buraco negro, dentro do qual não conseguia se imaginar falando com seus filhos. Desligou, mas se sentiu um idiota, pois Carol certamente saberia que era ele. Um carro passou na estrada costeira, atrás dele; virou-se imediatamente ao ouvir o motor, mas era um El Camino preto com as calotas sujas de lama. Ficou parado ali até ver suas lanternas traseiras serem engolfadas pela neblina. Podia ouvir o barulho da arrebentação lá longe, na praia. Olhou para a pista da autoestrada, mas não viu outras lanternas perfurando a névoa.

Alguma coisa estava errada.

E então, de repente, tudo lhe pareceu errado; não deveria estar parado num telefone público, na esperança de Kathy passar por ali de carro. E os dois não deveriam ter de se esconder num lugar como a cabana de pesca de Doug. Não essa noite, agachados na frente de um braseiro, como se fossem fugitivos. De pé sob a luz elétrica da cabine telefônica, Lester observava o movimento da neblina sobre a superfície arenosa do estacionamento. Sua fome tinha desaparecido, mas agora se sentia disperso e trêmulo, não muito firme sobre os próprios pés. Nada estava firme. Tudo estava suspenso e pela metade até que a presença de Kathy — e o que fariam depois — desse novamente vida a todas as coisas. Ele poderia entrar na loja e pedir um chili dog ou uma xícara de café, mas conhecia o dono há muitas rondas noturnas, um homem grande e de barba grisalha, que gostava de conversar e nunca aceitava o dinheiro de Lester, mas parecia esperar o pagamento em dois dedos de prosa. Em geral, não se importava; o homem era inteligente e genuinamente acolhedor. Conversar com ele dificilmente seria um desperdício de tempo. Mas agora Lester não queria conversar. Seria preciso olhar para o rosto de alguém, permitir que a pessoa olhasse para o dele... Não se sentia capaz de uma coisa nem de outra.

Lester começava a sentir que algo estava, de fato, muito errado. Já não eram os demônios da Maldição das 24 horas, nem apenas a imagem do rosto de sua filha imóvel na cama, os olhos pregados nele. A paralisia que sentia era igual à que sente um cervo quando o caçador, ao pisar no chão, quebra um galho caído; o animal ergue a cabeça e cheira o ar; os menos afortunados, nesse momento, voltam os olhos brilhantes para o problema que farejam, para a veste laranja brilhante, e veem sua vida escorrer pelo furo oleoso provocado por uma arma de grosso calibre.

Lester entrou em seu Toyota e mergulhou na névoa sobre a estrada costeira, na direção norte, rumo a Point San Pedro e Corona. A neblina estava tão densa que refletia o brilho dos faróis. Tinha de dirigir devagar, com o máximo de cuidado.

Estou nua e meus seios se comprimem contra um leito de pedras lisas e negras em água rasa, na praia. A maré está baixa e as pequenas ondas me empurram para diante quando quebram, depois me puxam de volta e posso sentir as pedras debaixo de mim; mas agora, em vez de frescas e úmidas, estão secas e quentes e quero me levantar e ir embora, mas meu corpo está pesado demais e a praia à minha frente parece um mar de cinzas... E saindo do meio desse mar, em vários lugares, vejo a arma preta de Lester, ora a empunhadura, ora o cilindro. São centenas. E brinquedos também, meio enterrados na areia cinzenta: velhos discos Frisbee, morcegos de plástico, bolas de borracha e um triciclo vermelho com as rodas parcialmente cobertas. Minha garganta é como um cano em brasa que vai até o estômago. As ondas me envolvem e agora estão quentes também; começo a chorar e a água se afasta e me atira na areia cinza, cheia de pistolas e brinquedos. E as ondas levam tanto tempo para voltar que acho que devem estar se transformando numa imensa parede d'água. Posso sentir o ar parado às minhas costas; enterro as mãos na areia, deixo cair nela o meu rosto e espero pelo golpe final da água, o corpo inteiro rígido, mas nada vem. Nada acontece. Ouço barulho de pássaros. Gaivotas. Ergo a cabeça e vejo meu marido e Lester, que caminham juntos pela areia cinza. As camisas desabotoadas, os dois bronzeados, até Nick, que perdeu peso. Chamo seu nome, mas minha garganta está tão seca que não emite som algum. Então me veem e começam a me foder, em sistema de revezamento. Depois Lester sai de dentro de mim e vem em cima dos meus quadris, de lado. E vem mesmo. Começa a me cobrir, me afunda e não para e agora tudo começa a endurecer e eu me transformo numa pedra lisa e branca, em meio a todas aquelas pedras negras. E o ar cheira a chá e especiarias.

Alguém pegou meu pulso e eu vi a esposa do coronel curvada, bem próxima, olhando para mim. Seus olhos castanhos estavam um pouco avermelhados; examinou a parte superior dos meus braços, tocou o arranhão. Balançou a cabeça e murmurou algo consigo mesma, em voz baixa e em sua própria língua; depois afastou meu cabelo do rosto e sorriu.

— Por favor, você precisa tomar isto.

Havia uma bandeja na cadeira ao lado da cama: um copo transparente com chá quente, um pires cheio de cubos de açúcar e um prato com fatias de kiwi, verdes, com muitas sementinhas dentro. Sentou-se de um lado do colchão e fez menção de pegar o chá, mas meu estômago revirou e minha boca se encheu de saliva; tive praticamente de pular por cima dela para chegar até o pé da cama. No banheiro, vomitei; nada além de líquido. Em seguida, tive mais duas ânsias, as costelas e a garganta doíam. Descansei a testa nos braços. Ainda me sentia um pouco bêbada. Fechei os olhos, mas tudo rodou e escureceu. Tornei a abri-los e me lembro de ter falado com Franky e de não conseguir arrancar nada dele. E estive bebendo no centro comercial. E havia uma mulher chorando na minha frente. Uma caixa registradora. Um rapaz de pescoço magro. Enxuguei a boca com papel higiênico, que também usei para limpar os respingos na borda do vaso. Sentei-me sobre a tampa, que estava coberta com lã grossa de carneiro, do tipo que as pessoas ricas põem nos bancos dianteiros dos carros. Queria dar descarga, mas me sentia fraca demais, naquele momento, para me virar e fazê-lo. A pia e o espelho à minha frente estavam tão limpos que quase não se podia olhar, de tão brilhantes. Baixei a cabeça e olhei para o carpete grosso e cinza que cobria o chão. Tentei me lembrar de como era esse piso na época em que a casa era minha. A garganta estava seca como areia, mas eu tremia demais para conseguir beber algo. Lembrei de ter subido a colina de carro e de ter visto a casa; tudo parecia um grande borrão branco.

A esposa do coronel bateu delicadamente à porta e devo ter respondido, pois ela entrou trazendo uma toalha limpa e um robe cor-de-rosa. Depositou-os na bancada da pia, afastou a cortina do chuveiro e abriu a torneira para a água correr. Voltou-se e me olhou daquele jeito que as mães olham para os filhos pequenos quando estão doentes; afastou meu cabelo do rosto delicadamente. A sensação foi tão boa e ao mesmo tempo ruim que meus olhos se encheram de lágrimas e tive de baixá-los.

— Por favor, tome um banho para relaxar. Estou cozinhando para nós. Talvez você queira comer alguma coisa.

Fechou a porta atrás de si. Levantei-me para trancá-la, mas fiz isso tão depressa que a sensação era que o quarto me empurrava para baixo e para trás. Através da porta, podia ouvir a água correndo na pia da cozinha e, por sobre o ruído, a esposa do coronel falando em sua língua. Em seguida, ouvi a voz mais baixa do coronel e lembrei-me dele de forma indistinta, quase um borrão contra a luz acinzentada; descarregava a pistola de Lester e colocava-a na cintura. Teria sonhado com aquilo? Não sabia. Um céu negro se abriu dentro de mim. Senti-me de repente tão apavorada, tão distante do sentimento sólido de algum momento real em minha antiga vida, que não conseguia me mexer. Senti algo no peito e toquei o esterno com meus dedos. E então fui invadida por uma espécie de ternura: *o tambor da pistola de Lester*. Comecei a chorar e lembrei da mulher gorda chorando, de mim mesma apontando a arma para ela através do vidro. Pela porta aberta do banheiro, escutava o barulho de talheres sendo retirados de uma gaveta.

Senti cheiro de carne, tomate e cebola cozinhando e achei que talvez fosse vomitar de novo, mas estava fraca demais para me pôr de pé, então apoiei as mãos na pia, mas não veio nada. Olhei para meu reflexo, vi o traço das lágrimas sobre o blush da filha do contador, tão rosado, ainda espalhado na maçã do rosto, os olhos injetados e inchados por baixo, o cabelo espetado; estava tão suja, tão merecedora de tudo de ruim que tinha me acontecido ou que ainda viria a acontecer. Abri de qualquer jeito a porta espelhada do armário. Nas prateleiras limpas de vidro havia caixas brancas de Band-Aids e creme, tubos de loção antibiótica, um vidro de aspirina francesa, duas caixas pequenas e marrons com inscrições em árabe ou persa, um alfabeto de cobras.

E, na prateleira mais baixa, um pote plástico de remédio receitado para a Sra. N. Behrani: Halcion. Estava setenta por cento cheio e meu coração batia na ponta dos dedos, na palma da mão, meus intestinos pareciam soltos. Pressionei a tampa para baixo, girei e a removi, as mãos tremendo, arrepios nos braços e nas costas, os mamilos apontando na camiseta que tinha roubado de uma menina, da filha de alguém — coisa que eu jamais teria, nem filha e nem filho. Família desperdiçada. Minha caminhada não passava de um círculo de merda. Vir do Oeste só para acabar assim aqui no Leste — tirando a roupa toda na casa de um estranho, na casa do meu pai que sempre foi um estranho para mim, pisando nua no carpete, a água jorrando na pia. Chega de correr, os comprimidos descem pela minha garganta, como se fossem pequenos embriões, uma possível solução. Chega de vozes inimigas dentro da minha cabeça, rendo-me às minhas próprias mãos em cuia sob a torneira da pia, enquanto bebo e engulo os comprimidos. Olho para os calos das faxinas em minhas mãos e penso em quem vai assumir a limpeza nas casas dos meus clientes. Era nisso que pensava quando entrei na água, tão quente que minha pele se eriçou. Eu pensava: quem vai manter a sujeira longe daquelas casas? Quem estará lá para recolher a areia, a poeira e as más notícias de todo mundo? Fui baixando o corpo devagar; a espinha amoleceu sob o calor, as mãos grudaram na banheira de porcelana. Com um pé descalço, empurrei o botão da torneira e desliguei a água. Pela porta do banheiro, podia ouvir o Sr. e a Sra. Behrani falando naquela língua que me soava mais antiga que a própria Terra. Nada de vozes maldosas falando comigo. Ninguém mais seria acusado de alguma grande maldade. A água pingava da torneira para a banheira e, por algum tempo, escutei cada pingo isolado enquanto caía, o "plim" que fazia ao cair. O plim, plim, plim de cada um deles. E comecei a contá-los. Quando cheguei a 36, comecei a contar de novo; cada pingo era um ano sendo sugado, pela força da gravidade, para dentro dos anos de todo mundo — e 36 podiam muito bem ser 100. Fechei meus olhos para uma escuridão que não mais se movia — e continuei a contar, mas dessa vez a partir de 1957, 58, 59, e desejei que a esposa do coronel não fosse se culpar com muito rigor. Desejei que me estendesse em sua cama em latão, no antigo quarto que fora meu e de Nick, sobre aqueles belos tapetes — 70, 71 — e que me enrolasse na lã de carneiro e tentasse tornar-me tão bela quanto sua filha. E ficariam todos de pé em volta de mim à luz de velas e falariam em sua antiga língua. Mães e filhas. Sangue e seios — 90, 91, 92 — e o leite é para todos. Beba, por favor.

Por favor.

Por favor?

Mais uma vez, está claro para mim que minha Nadereh fica muito feliz quando é chamada a servir e cuidar dos mais fracos. Enquanto essa Kathy Nicolo toma seu banho, sento-me num banco, no balcão, e vejo minha mulher levar os pratos fumegantes de arroz e *obgoosht* para o *sofreh* estendido sobre o tapete, na sala de estar, circundado pelas mais macias almofadas de Tabriz. Repreende-me em persa para que, por favor, retire dali os jornais, a cola e a mesa que consertei. Sua voz ainda está carregada do sentido de missão que a fez sair da escuridão do seu quarto, logo que lhe falei da moça desesperada que estava sob nosso teto. Quando mostrei a pistola, ela me bateu com força no ombro e correu para vestir o robe, não sem me dizer, em persa:

— Isso é culpa sua, Behrani. Você causou isso.

Desde aquele momento, porém, não deitou mais culpa no meu prato. Está profundamente ocupada com suas tarefas: colocar o *mastvakhiar* e o pão sobre o *sofreh*, colocar um pano úmido sobre a tigela de arroz para reter o vapor... murmura uma canção de amor de Googoosh como se não houvesse uma pistola e um tambor completamente carregado sobre o balcão, como se a mulher que está no banheiro não tivesse literalmente tentado usar essa mesma pistola contra si mesma hoje, na nossa entrada de carros.

Apesar de tudo, o elevado estado de ânimo de Nadi me ajuda a elevar também o meu, pois ela fica muito bonita quando a sensação de ser necessária a preenche. E eu, é claro, espero que sua beleza consiga amansar mais essa Kathy Nicolo; que isso e uma tradicional refeição persa, além do nosso perdão pelo que ela veio fazer aqui... Bem, depois disso tudo, talvez ela e seu amigo

Lester V. Burdon estejam mais dispostos a nos deixar em paz, a voltar sua raiva contra os funcionários do Departamento de Fazenda do condado, que tiraram a casa da moça.

Em meu escritório, deposito com cuidado a mesa da mãe de Nadi no chão, com o tampo para baixo. Kathy Nicolo está em silêncio dentro do banheiro e sinto-me indecente por estar atento a isso. Volto à área da cozinha e da sala de estar; sento-me de novo ao balcão. Nadi colocou três velas acesas num pequeno candelabro em cima do *sofreh*, entre os pratos fumegantes, e apagou a luminária perto do sofá. O chalé exala um perfume maravilhoso de carne, arroz de açafrão e tomates cozidos. Tenho muita fome e espero que Kathy Nicolo se apresente rapidamente. Pego mais uma vez na arma. Está bem conservada e tem um cheiro forte de óleo. Puxo para trás o mecanismo ejetor e faço-o retornar à posição original. O barulho assusta Nadi, que quase deixa os pratos aquecidos que tem nas mãos caírem.

— *Nakom*, Massoud.

E me diz para manter a arma longe das vistas da pobre moça; peço desculpas à minha mulher por tê-la assustado, mas não retiro a pistola ainda, pois penso nas tardes de sexta-feira, nos meses que antecedem o Ramadã, quando Pourat e eu usávamos os estandes de tiro construídos pelos americanos em Mehrabad. Usávamos grandes protetores auriculares, fumávamos cigarros franceses e atirávamos com uma ou com as duas mãos, tentando fazer buracos nas silhuetas negras de homens de papel, no fundo do estande.

Pourat não estava à vontade com sua arma, uma pistola de 9 milímetros igual à de Kathy Nicolo. Puxava abruptamente o gatilho e errava completamente o alvo; a bala desaparecia em meio aos sacos de areia empilhados contra a parede de concreto. Mas ele nem ligava; ria de si mesmo, até na presença dos soldados que ficavam à porta, estendia-me a arma e eu o deixava usar meu revólver calibre 45, com o caubói e o cavalo empinado na empunhadura. E Pourat atirava ainda pior com ele. Mas eu era mais jovem, enxergava muito bem... Muitas vezes prendi a respiração, apertei o gatilho e fiz um número considerável de buracos no peito e na barriga dos homens de papel. Mais tarde, Pourat faria propaganda do meu talento para atirar junto aos outros oficiais. Houve um ano em que me chamou de Duke Behrani — o apelido do ator americano John Wayne — durante toda a temporada de tiro, na primavera. Mas é claro que Pourat sempre ria por último, pois em persa "Duke" soa muito parecido com a palavra que usamos para "mentiroso"...

Descanso a arma e seu cartucho carregado sobre uma toalha de papel dobrada, contra os cachepôs de flores, sobre o balcão. Lá de fora, em meio à neblina que envolve o crepúsculo, chega-me aquele som metálico e rolante tão familiar das rodas do skate de meu filho sobre a calçada de concreto. Começo a me preparar para falar com ele e, quando entra em casa vestido apenas com shorts, tênis de basquete e uma camiseta larga preta, repreendo-o por estar com pouca roupa e também por vestir-se com cores tão escuras. Está de pé na soleira da porta, alto como um homem. Seu cabelo negro está opaco e colado à testa, por causa da neblina e de seu próprio suor, e seus olhos examinam o *sofreh*, com quatro pratos em vez de três. Nadi está perto da pia, preparando o samovar para mais tarde; em persa, diz a Esmail para tirar os sapatos e depois ir até a cozinha para fazer a higiene. Ela olha para mim, com as mãos sobre a tampa do samovar, e faz sinal para que eu comece a explicar.

Esmail tira os sapatos e pergunta se o carro parado na entrada *não pertence àquela mulher, Bawbaw-jahn?* Mais uma vez, defronto-me com o momento de não saber até que ponto devo ou não compartilhar nossa situação com meu filho. Mas logo digo a mim mesmo que essa situação diz respeito a ele também; Kathy Nicolo dormira em sua cama. Convido meu filho alto e atraente de 14 anos a chegar até o balcão, onde mostro a arma descarregada e conto-lhe tudo.

Esmail fez a mesma cara que fazia quando era um garotinho, antes de ter sua própria televisão, seu computador e video games, quando ainda se interessava pelas histórias das pessoas, por me ouvir falar dos soldados e seus triunfos ou fracassos, ou de ouvir a mãe ou a irmã mais velha falarem, com pena, dos mendigos aleijados no mercado. Seus olhos cresciam, ficavam mais redondos e um tanto úmidos, com uma curiosidade tão viva que quase beirava o medo. Está assim agora, e os olhos descansam sobre a pistola enquanto falo. Volta-se duas vezes e olha para o corredor, na direção da porta do banheiro.

Nadereh se aproxima dele, enxugando a tampa do samovar com um pano seco. Em persa, diz que a mulher não está bem.

— Você deve ser um cavalheiro, *joon-am*. Muito atencioso. Muito educado. Muito quieto.

E diz para ir a seu quarto e pegar, muito rápido, calças compridas, uma camisa e meias; permite que vá se vestir no quarto dela e lavar-se na pia da cozinha.

Os olhos do nosso filho estão diferentes agora. Brilham com o gosto daquela aventura — e logo já está vestido, limpo e sentado no chão, no *sofreh*, com a luz das velas refletida em seus olhos. Sento-me também e lhe dou permissão para comer pão, talvez um *toropcheh*, um rabanete. Os pratos cobertos estão esfriando, as velas já queimam há algum tempo e logo o perfume de chá se espalhará por toda a sala. Então digo à minha mulher que, por favor, avise a Kathy Nicolo que a refeição a espera.

Nadi desaparece em direção ao corredor e bate à porta do banheiro.

— Por favor, alô? Sua refeição é para ser comida logo. Alô?

Meu filho e eu trocamos sorrisos por causa do inglês de Nadi. Comemos o pão e ouvimos quando ela bate de novo à porta do banheiro, mas do outro lado há apenas silêncio. Silêncio demais. E é por causa desse silêncio que meu coração acelera e eu me levanto depressa.

Ouço Nadi virar a maçaneta e abrir a porta e sigo de meias pelo corredor escuro, lutando contra minha própria certeza do que vou encontrar: eu devia ter tomado mais precauções com essa mulher. Praguejo contra mim mesmo e não me surpreendo nem um pouco quando minha mulher grita; entro no banheiro e vejo na pia o vidro vazio de remédio e Kathy Nicolo caída, nua, na água limpa, o rosto branco e inerte, como se estivesse mergulhada no mais profundo dos sonos.

Nadi grita em persa que temos de correr, temos de fazê-la vomitar! Mal desvio os olhos dos seios da mulher e já vejo a escuridão entre suas pernas. Meu rosto fica muito quente, meus braços e minhas pernas parecem estranhos. Nadi puxa os braços molhados da moça e Kathy Nicolo abre os olhos, que estão apertados e muito escuros, como se fosse cega ou nos visse como em um sonho. Nadi parece assustada, mas logo recobra o controle e, sem se virar, me ordena em persa que deixe o local imediatamente. Obedeço. Esmail também está por ali e eu sei que viu a mulher nua, mas não digo uma palavra sequer sobre o assunto.

— O que houve, *Bawbaw*?

Digo a ele que volte ao *sofreh* e termine seu jantar. Meu filho abre a boca novamente para falar, mas eu o interrompo com um movimento de cabeça e aponto para a sala de estar. Esmail procede quase conforme minhas instruções, porém não come no *sofreh*; enche sua tigela de arroz e *obgoosht* e senta à bancada, de onde tem alguma visão do corredor, de mim e da porta fechada do banheiro. Fico ali de pé, tentando ouvir, mas as batidas do meu coração tomam conta dos meus ouvidos. Giro a maçaneta e abro uma fresta da porta. Minha mulher fala mansamente, metade em inglês, metade em persa; a mulher Kathy Nicolo fala também, mas não consigo entender o que diz, pois fala no tom agudo e assustado de uma criança.

— Sim, ótimo — diz Nadi. — *Een bosheh. Beeah.* Muito bom.

Ouço barulho de água, o farfalhar de uma toalha e a voz de Kathy Nicolo dizendo à minha mulher que ela é muito bonita, mas as palavras são exageradas e, para mim, soam mais como uma espécie de pergunta. Nadereh agradece e diz a Kathy Nicolo que ela também é bonita.

Khelee zeebah. Depois Nadi diz:

— *Bee-ah injah.* Venha cá, por favor.

Ouço apenas o silêncio, até que Nadereh fala novamente:

— Sim, sua boca, abrir. *Khelee khobe*, muito bem. — Sua voz está perto da porta e tenho a certeza de que as duas estão de joelhos na frente do vaso sanitário.

Kathy Nicolo faz uma pergunta, porém mais uma vez não consigo entender nada. Estão entrelaçadas, uma sobre a outra. Kathy começa a tossir e ter ânsias e, após um silêncio contraído, seu vômito jorra sobre a água do vaso.

Volto à sala de estar, mas o cheiro do *obgoosht* e do arroz de açafrão já não me seduz. Sento ao lado do meu filho no balcão, com o coração nas mãos, e lhe digo para terminar de comer. Ele enche a colher de arroz.

— *Bawbaw-jahn*?

— Sim?

— Ela tomou os comprimidos da mamãe, não foi?

— Sim.

Esmail come seu arroz e bebe um gole de sua Coca-Cola. Está agitado com todo esse clima e posso ver que tenta não deixar transparecer no rosto a emoção. Talvez eu devesse chamar uma ambulância, mas o que poderiam fazer, além do que Nadi já está fazendo? E com a ambulância podem vir também a polícia e mais problemas, embora não tenhamos feito nada de errado. Puxo a arma para perto de mim mais uma vez, esfrego os dedos em sua empunhadura de plástico negro.

— *Becaw uh thouth*?

— Não fale de boca cheia, filho. Não entendi nada.

Esmail engole a comida e limpa a boca com um guardanapo.

— Eu disse: é por causa da casa, *Bawbaw*? É por isso que ela vive tentando se matar?

Há um grão de arroz na bochecha do meu filho. Seus olhos mergulham diretamente nos meus. Limpo o arroz do seu rosto e digo a verdade:

— *Man nehmeedoonam*. Não sei.

Esmail olha, pelo corredor, para a porta fechada do banheiro. Depois olha para a comida em seu prato, os tomates cozidos e a carne, o caldo manchando o arroz branco.

— Tenho pena dela. Devíamos ter mudado, *Bawbaw-jahn*.

Respiro fundo, mas minha paciência não está sendo testada. Estou apenas muito cansado, cansado de toda essa turbulência em nossa vida. Quero paz. Paz, silêncio e nada dessas emoções fortes. Esmail não come, como se esperasse minha resposta.

— *Beekhore* — digo-lhe. — Coma.

Deixo então o balcão e volto à porta do banheiro para ver se Nadi já terminou de salvar a vida dessa jovem mulher, vida que talvez minha mulher tenha tomado em suas próprias mãos.

Em Corona, a neblina estava tão densa que os postes de iluminação na calçada mais pareciam remotas aproximações de pontos de luz. Enquanto dirigia devagar ao longo das lojas e boutiques da praia, nos dois lados da rua, Lester mal conseguia distinguir as vitrines iluminadas. Nos 7 quilômetros encobertos de Montara até ali, apenas dois carros passaram por ele na direção oposta; um deles produzia o barulho surdo de um eixo pesado, como o de um caminhão pequeno; o outro, o som agudo do motor de um carro de passeio importado. Mas nada do Bonneville. Continuou a imaginar Kathy dentro do guarda-móveis de San Bruno, onde guardava todos os seus pertences. Talvez tivesse colocado mais objetos no carro e depois desistido de dirigir, assustada demais com a neblina. Podia estar no Carl Jr., a cerca de 1 quilômetro dali, sentada sozinha naquele lugar escuro, cheio de caminhoneiros freelances que voltavam para casa, após dias e dias na estrada — com sua solidão à mostra, na manga da camisa, como se fosse um distintivo precisando de polimento. Apesar de si mesmo, Lester começou a imaginar um dos mais jovens — talvez um magricela de San Diego ou Phoenix — pagando uma bebida para ela, convidando-a para dançar. E sentiu-se quase enjoado ao pensar nisso, como um adolescente desesperado diante da primeira paixão. Ficou envergonhado por sentir-se assim. E sabia que não tinha certeza de que confiava em Kathy... será que confiava? Nas circunstâncias certas, ela se entregaria a outra pessoa tão completa e rapidamente como se entregou a ele? E novamente sentiu vergonha por pensar assim. Nesse momento, tudo parecia flutuar dentro dele, completamente fora de qualquer proporção. Nada parecia estável ou real. Não havia qualquer senso de proporção.

Decidiu ir até San Bruno procurar por ela. Aquela era praticamente toda a área geográfica de referência que tinham. Se não estivesse no guarda-móveis, nem no bar dos caminhoneiros, nem no El Rancho Motel, tentaria o Carl Jr., do outro lado da estrada. E se nada disso funcionasse iria mais para o sul, até o Cineplex em Millbrae, onde Kathy talvez pudesse estar no cinema. À sua frente, sob a neblina, a principal rua de Corona terminava na base das colinas e na interseção para dobrar em direção a Hillside Boulevard e San Bruno. O sinal de trânsito amarelo, que piscava, estava tão obscurecido que mais lhe pareceu uma pulsação silenciosa. Kathy não estaria na casa roubada no alto da colina, mas o coronel sim — e não seria crime algum passar por ali devagar; afinal, estava de folga e sem uniforme.

Lester diminuiu a marcha e cruzou a interseção direto, rumo à Bisgrove Street. A neblina arrefeceu ligeiramente quando ele acelerou colina acima e passou pelas formas parcialmente iluminadas das casas à esquerda, com o bosque escuro à direita. Abriu sua janela e sentiu o cheiro do mar, o odor distante de alguma outra coisa na água salgada, seus dedos depois de estar com Charita, os dois com 14 anos, encostados na cerca ressecada atrás do pátio de madeira, o jeito como ela o deixara pôr a mão dentro da calça jeans, até chegar à calcinha, e Lester, até então, só tinha ouvido falar do orifício que havia ali, nem sequer vira uma foto, e continuou a esfregar os pelos ásperos sobre o osso pubiano, esperando que ele se abrisse e mostrasse o que deveria haver ali. Eles se beijavam e o membro ereto de Lester se dobrava dentro das calças e ela se curvou até que, finalmente, os dedos dele escorregaram mais para baixo, para dentro da resposta quente e molhada à sua própria pergunta.

E ali, quase no alto da colina, sob a luz forte da lâmpada sobre a porta da frente, estava o Bonneville vermelho de Kathy, estacionado atrás do Buick Regal branco do coronel, como se sempre tivesse estado ali. A luz da casa do coronel projetava-se sobre o pequeno jardim e fazia a névoa baixa que cobria o chão parecer quase neve.

Lester levou o carro até a pequena elevação de terra fofa que se erguia na direção das árvores. Por um momento, não se mexeu; permaneceu sentado, olhando para a casa, tão completamente confuso que não se sentiu muito aliviado. Além disso, estava magoado por Kathy tê-lo deixado fora daquilo, fosse lá o que fosse, como se se tratasse de uma festa para amigos íntimos, e ele não tivesse sido convidado. Pela janela da sala, com a luz vinda da cozinha, Lester viu alguém que parecia um adolescente, comendo sentado no balcão da cozinha. Mais baixo, no chão da sala da frente, percebeu luz de velas, mas só conseguia ver as pontas das chamas. E nada de Kathy, nem do coronel, nem da mulher dele.

Antes que se desse conta, Lester já estava fora do carro e atravessava a rua. Correu, abaixado, na direção da relativa escuridão da entrada e do Bonneville de Kathy. Juntou as mãos em cuia diante da janela do passageiro e olhou para dentro do carro, embora não tivesse ideia do que estava procurando — talvez mais alguma prova de que aquele era de fato o carro dela, e é claro que era. Na luz sombreada que caía sobre o banco da frente, conseguiu ver a bolsa surrada de lona que Kathy usava. Estava aberta e a carteira também, com uma nota de 5 dólares meio puxada, como se Kathy tivesse tirado outras notas, na pressa. E havia mais alguma coisa no chão do passageiro; uma coisa escura. Era o seu cinturão, meio desenrolado, com o coldre para cima e vazio.

Um leve tremor o percorreu; olhou novamente para a casa e depois abriu a porta do passageiro. Cheirava a gasolina, a luz de dentro acendeu e o alarme também. Então fechou cautelosamente a porta, empurrando-a até trancar, e agachou-se contra o carro, com o coração saindo pela boca e as pernas leves demais de repente para mantê-lo de pé. Seria possível que Kathy tivesse entrado na casa com a pistola dele? Ouviu vozes que vinham do canto da casa; a princípio, pensou que as pessoas estivessem do lado de fora e preparou-se para surpreendê-las ou fugir.

Lester continuava de costas para as pranchas de madeira que revestiam externamente a casa. Podia ouvir a voz do coronel — a dele e a da mulher, ambos falando persa numa espécie de discussão acalorada, embora não pudesse ter certeza de que era isso pois sempre tivera a impressão de que todas as conversas entre pessoas do Oriente Médio eram acaloradas, como se houvesse sempre algo muito importante em jogo. Mas não ouvia a voz de Kathy?

Onde estava ela?

Depois pararam de falar e Lester ouviu um ligeiro gemido. A mulher do coronel começou a falar de novo em tom estridente; Lester, porém, já corria para a porta dos fundos da casa. Havia sebes altas em torno do quintal e ele deu um jeito de passar entre elas, apesar dos galhos arranharem seu nariz e rosto; então subiu na laje de concreto e espiou para dentro da cozinha. Podia ouvir o próprio coração bater junto com a respiração. O adolescente estava de pé próximo a uma das extremidades do balcão, observando algo que possivelmente acontecia no corredor; Lester conseguia ver uma parte pequena do sofá da sala iluminada por velas, mas seus olhos foram atraídos para as flores no balcão atrás do rapaz: três vasos de cravos-de-defunto, samambaias, rosas brancas e vermelhas, outras que cujo nome ele não sabia... e lá estava sua pistola de serviço, descansando horizontalmente sobre um guardanapo, ao lado de um dos vasos forrados de papel laminado verde. Sobre um guardanapo. Como se tivesse acabado de ser limpa.

A mente de Lester era um único espaço negro e irrespirável, tamanha era a confusão em que se encontrava. Mal conseguia respirar, mas tinha de se mexer rapidamente. Agarrou a maçaneta da porta e tentou girá-la devagar, mas estava trancada. Podia ter retrocedido e dado um soco no vidro, porém, antes que conseguisse alcançar a maçaneta, o coronel ou o rapaz, ou sabe-se lá quem mais, poderia tê-lo sob a mira de sua própria pistola. Mais movimento vinha de dentro da casa; Lester podia ouvir o coronel e a mulher discutindo. O jovem ainda olhava para o corredor, os braços longos ao lado do corpo, a boca ligeiramente aberta. Em seguida, Lester escutou um baque abafado vindo do corredor. Não perdeu mais tempo: deu um passo para trás e meteu um chute que arrebentou três folhas da porta dos fundos, espalhando vidro quebrado e lascas da madeira no linóleo limpo do chão da cozinha de Kathy. O rapaz deu um pulo tão alto para trás que perdeu o equilíbrio e bateu na pequena luminária ao lado do sofá. Lester agarrou a maçaneta interna; seus dedos se atrapalharam com a tranca, mas não tirou os olhos do rapaz, que pareceu momentaneamente pregado à mesa onde estava a luminária. A maçaneta girou; enquanto o rapaz se levantava e desaparecia corredor adentro, Lester já estava dentro da cozinha e se movimentava rapidamente por entre os cheiros de comida, chá e flores velhas. Escorregou num caco de vidro e caiu diretamente sobre o balcão de fórmica; agarrou sua pistola e o cartucho ainda carregado, empurrou o pente para dentro da empunhadeira, depois o fez deslizar de volta e mandou uma bala para a câmara de tiro, destravando o mecanismo de segurança.

A mulher do coronel gritava alguma coisa em persa e o rapaz também. Lester voltou-se e viu os dois de pé no corredor escuro diante de Kathy, que estava de costas, vestindo um robe amarrado com uma faixa na cintura, um dos seios à mostra. Tinha os olhos meio abertos e olhava para o teto com grande interesse ou interesse nenhum. Em seguida, o coronel saiu de um dos quartos carregando uma barra de ferro, porém só com uma das mãos, como se estivesse simplesmente transportando o objeto para outro lugar — e sua mulher gritava ainda mais alto, já chorando. O rapaz estava completamente parado, assim como o coronel, porque Lester o tinha sob a mira de sua pistola.

Gritava para o coronel: "Larga, larga!" Mas queria dizer para baixar, porque se largasse, a barra poderia atingir Kathy, porém não conseguia gritar outra coisa. O coração de Lester batia nas mãos agarradas à pistola, no aperto de todos os dedos, menos um. E foi necessário um doloroso esforço para controlar aquele dedo e evitar que apertasse o gatilho até que não houvesse mais um único grito e pessoa alguma parada diante de Kathy seminua no chão — nem a mulher, nem mesmo o belo rapaz.

Apoio contra a parede a barra de ferro e estou louco para colocar meu corpo entre a arma apontada por Lester V. Burdon e minha mulher e meu filho, mas não posso fazer isso sem pisar no corpo meio inconsciente de Kathy Nicolo — e tenho certeza de que o delegado-assistente alto e alterado não permitirá. Meu sangue está denso e frio nas veias e sinto que meus braços se transformaram em meros fiapos. Lester V. Burdon mantém sua arma apontada diretamente para o meu coração e grita muitas coisas ao mesmo tempo. Perguntas e ordens. "O que vocês fizeram com ela? Para trás! Levantem ela! Cala a boca!" Esta última foi dirigida a Nadi, que grita incontrolavelmente; ele aponta a arma para ela, que fica em silêncio, agarrando-se ao nosso filho, que agora está completamente imóvel e quieto, como se contemplasse o homem e sua pistola a uma grande distância.

Tento começar a dar as devidas explicações, mas só consigo abrir as mãos e dizer:

— Escute! Escute!

Então ele aponta de novo a arma para mim, e as flores atrás de si parecem as asas do demônio. Mas, em seguida, Kathy Nicolo emite um som e Lester V. Burdon para de gritar e observa enquanto a mulher mexe a cabeça uma vez, de um lado para outro, com os olhos pesados fixos no ar.

— Les? Não, não faça isso.

— Andando! — O Sr. Burdon faz um sinal com a pistola e minha mulher, meu filho e eu recuamos para o final do corredor. Ele se ajoelha ao lado da mulher, as costas contra a parede, ainda agarrado à pistola que apoia no carpete. Puxa o robe para proteger o peito da jovem e depois acaricia sua testa, diz o nome dela e pergunta se está bem. Sob a luz vinda do banheiro, a cor do rosto dela não é muito boa; lembra a cor de azeitonas verdes quando ficam muito tempo imersas na água. Vira a cabeça na direção de Lester V. Burdon, mas seus olhos estranhamente pequenos e escuros não parecem vê-lo. Esboça um fraco sorriso.

— Você está aqui.
— Sim, estou aqui. Estou aqui.

Afasta o cabelo em torno do rosto dela. Sinto que esta é a hora de falar, mas devo escolher muito bem minhas palavras. Está claro que ele ama essa Kathy Nicolo; minha voz não deve denotar qualquer desrespeito. A moça fechou os olhos, tem um projeto de sorriso nos lábios e Lester olha imediatamente para nós.

— O que vocês fizeram com ela?
Tomo fôlego para falar, mas Esmail se adianta.
— Ela virou um vidro inteiro do remédio para dormir da minha mãe. Quer ver? — E sem esperar pela resposta de um armado Sr. Burdon, resgata o frasco vazio de remédio na pia do banheiro e volta para perto de sua mãe, segurando-o com as mãos, para que o Sr. Burdon o inspecione.

— Me dê aqui. — Burdon levanta a pistola, mas não a aponta para nós. Sua voz revela alguma emoção: é medo. E eu também sinto muito medo quando meu filho para diante dos pés descalços de Kathy Nicolo e entrega o frasco a Burdon. O homem precisa apertar os olhos para ler o rótulo, só com a luz da cozinha e o candelabro da sala. Em inglês, peço ao meu filho que volte para perto de nós, mas ele permanece aos pés de Kathy Nicolo, como se fosse importante esperar ali.

Burdon baixa o frasco.
— Quantos comprimidos? Quando foi?

Minha mulher me diz em persa que o frasco estava quase cheio, talvez trinta a quarenta comprimidos.

— Em inglês!
— Minha mulher está dizendo que no frasco havia uns trinta comprimidos, mas Kathy Nicolo ficou no banheiro pouquíssimo tempo, talvez meia hora no máximo, e minha mulher a fez vomitar. A moça vomitou os comprimidos.

Burdon olha novamente para a jovem mulher. Tira um fio de cabelo do rosto e da boca, depois descansa a palma da mão em sua testa. Sinto que é hora de prosseguir.

— Também tentou se matar com essa pistola aí.

Burdon olha para mim muito depressa; a pele sob seus olhos forma linhas finas. Tenho o cuidado de não dizer o seu nome.

— Eu a achei dentro do carro com a pistola. Estava muito desorientada e tinha bebido muito.

Lester V. Burdon desvia o olhar de mim e olha para Nadi, depois para Esmail, depois de novo para mim, os lábios abertos sob o bigode, como se a informação que acabou de receber devesse entrar também pela boca, não só pelos ouvidos. Mas depois balança a cabeça e levanta-se.

— Bobagem. Bobagem.

E nos ordena que carreguemos Kathy Nicolo para uma cama.

Nadi tem lágrimas nos olhos, mas parece aliviada por ter permissão de se mover novamente pela casa. Cuida rapidamente de Kathy Nicolo; fecha o robe em torno das pernas nuas, aperta o nó da faixa em sua cintura. Em inglês precário, orienta-me a segurar os braços de Kathy Nicolo, enquanto ela e Esmail seguram as pernas. Minhas costas estão hirtas, porém me agacho atrás da cabeça da jovem e seguro-a por debaixo dos braços. Kathy Nicolo abre os olhos, mas eles ainda estão muito pequenos e escuros. Nós a levantamos e começamos a carregá-la para o quarto de Nadi; Lester V. Burdon está tão perto de mim que consigo ouvir sua respiração. E nos diz para ter cuidado, muito cuidado. Na voz, ainda há o tom ameaçador que revela toda sua raiva e descrença, mas também há medo e preocupação com o bem-estar da jovem mulher. Uma coisa, porém, que me preocupa mais do que a raiva ou a descrença dele é pensar que ele provavelmente já tem conhecimento da visita que fiz ao seu superior. E se é capaz de invadir nossa casa e apontar uma arma para nós, o que mais podemos esperar dele?

Minha boca está muito seca e, enquanto deitamos Kathy Nicolo na cama de Nadereh, busco os olhos da minha mulher e do meu filho, mas ambos estão concentrados na tarefa que executam; Nadereh levanta carinhosamente os pés de Kathy Nicolo para que Esmail possa soltar o cobertor fino que está embaixo.

Os dois a cobrem até os ombros e Lester Burdon ordena que nos afastemos da cama. Obedecemos. Senta-se então no colchão ao lado dela e acaricia seu rosto, chama seu nome e pergunta se está acordada. A jovem abre os olhos e sorri para ele mais uma vez, mas tem os olhos úmidos. Começa a chorar e não diz nada, apenas chora.

Apenas alguns momentos antes, quando Nadereh e eu tentávamos fazê-la caminhar pelo corredor, discutimos em persa sobre telefonar ou não para o hospital. Eu já havia decidido que deveríamos fazer isso, mas minha mulher obviamente entrou em pânico e começou a gritar, vamos ser presos por roubar a casa dessa mulher, Behrani, por lhe fazer mal, por causa da pistola, por... e então Nadi não conseguiu segurar o braço de Kathy Nicolo e, logo em seguida, Lester V. Burdon estava em cima de nós.

Agora observamos enquanto acaricia o cabelo de sua amada, que fecha os olhos e parece dormir novamente. As maçãs do rosto têm um tom amarelado, os lábios, cor de açafrão desbotado. Preparo-me para falar, para recomendar ao Sr. Burdon que telefone para o hospital, mas ele já se levantou e pegou o aparelho. Olha em nossa direção, coloca a arma na cama e aperta os botões necessários no aparelho. O som computadorizado dos bipes de discagem é o único ruído audível no aposento. Pede para falar com a enfermeira de plantão na emergência e pega no bolso da calça o frasco dos comprimidos. Não se identifica, apenas informa os fatos. Diz a marca do remédio, dá a altura e o peso aproximado de Kathy Nicolo. Informa o lapso temporal que acredita ter decorrido até ela vomitar. Faz sinal que sim, que está respondendo, mas ainda parece muito tonta. Enquanto ouve o que diz a enfermeira, olha para o rosto adormecido de Kathy Nicolo, depois para nós, para o frasco vazio em sua mão. Agradece à enfermeira e encerra a chamada sem ter se identificado uma única vez, e não tenho mais esperanças de que possamos ir até o hospital ou a qualquer local público, bem-iluminado e cheio de gente.

Burdon novamente recupera sua arma, mas enquanto observa Kathy Nicolo deixa o instrumento pendurado no coldre, como um artefato esquecido. Nadereh me cutuca com o cotovelo, mas nada diz; eu também não me volto em sua direção, ainda que esteja certo de que ela considera este o momento ideal para apaziguar as coisas e buscar reconciliação, e que eu deveria, portanto, falar. Minha decisão, porém, é contrária; sob a luz da luminária ao lado da cama, Burdon me parece perdido, *gom shode*. Há sombras nas maçãs do seu rosto e seus olhos estão apertados em sentimentos que, a meu ver, não refletem apenas a preocupação com Kathy Nicolo; denotam uma surpresa profunda e dolorosa, além de confusão. Não, neste momento ele está fraco. E os fracos são os que mais oferecem perigo.

Esmail transfere seu peso para a outra perna e eu aperto de leve o seu braço. Um automóvel passa pelo chalé e desce a colina. Burdon se endireita de repente e, com a mão desarmada, nos despacha do quarto.

— Saiam, por favor. Ela precisa descansar. Saiam.

Lester ficou atento ao garoto, que saiu do quarto por último. Era quase da sua altura e tinha o cabelo grosso e negro. Lester queria dar uma última olhada em Kathy antes de deixar o quarto, mas percebeu que havia cometido o erro de deixar o coronel sair para o corredor, onde deixara seu pé de cabra. Então correu até lá, mas viu apenas o coronel, sua mulher e o filho caminharem em silêncio, em fila indiana, rumo ao balcão que separava a sala de estar da cozinha. As velas ainda queimavam no chão da sala e, pela primeira vez, Lester viu a comida que havia sido posta ali: a panela de arroz branco, um prato que parecia um cozido de carne e o pão, o iogurte e os rabanetes. E mais três pratos limpos, intocados. Seu estômago estava seco e vazio como um velho odre de vinho pendurado sob o sol quente. E de repente a pistola ficou pesada, quase obscena em sua mão, como se Lester estivesse se expondo.

A pequena família parou diante do curto balcão entre os dois cômodos, virou-se e olhou para ele, como que à espera da próxima ordem. O rapaz estava só de meias sobre o linóleo da cozinha, não muito longe de um caco de vidro. Lester precisava sentar e pensar um minuto. E percebeu que mal conseguia olhar qualquer um deles nos olhos. Acenou com a pistola em direção à comida posta no chão e disse-lhes para comer.

— Sentem aí e comam.

O coronel fez menção de que ia dizer alguma coisa, mas calou-se, virou de costas e conduziu a família até o jantar. O filho pegou seu prato no balcão e olhou longamente para a pistola de Lester, antes de sentar-se. Lester acionou a trava de segurança e simplesmente ficou ali parado um minuto, talvez mais, com a metade no corredor às escuras e a outra metade sob a luz da cozinha. Tinha a cabeça tão embaralhada quanto era possível sem ter bebido nada. Seu rosto era como uma vidraça cheia de moscas zumbindo do lado de dentro. E nada estava claro, nada. Kathy sairia bem daquilo. Sabia disso mesmo antes de ligar para a emergência; se ainda conseguira reconhecê-lo e falar depois de tomar todos aqueles comprimidos, era sinal de que pouca coisa fora absorvida pela corrente sanguínea antes de ela vomitar. E quanto ao vômito ele não tinha dúvida alguma, pois o corredor inteiro ainda exalava aquele forte cheiro azedo. E quando a beijara há pouco, no quarto, sentira também o cheiro da bebida, o cheiro indigesto que deixa, depois de ser digerida pelo estômago. A bochecha de Kathy estava macia e seca e ele queria deitar do lado dela, abraçá-la, como se esse abraço pudesse começar a inteirá-lo de todos os detalhes que faltavam na sua cabeça. Queria entender como aquela manhã na cabana de pesca os conduzira até a casa roubada de Kathy em Corona, agora à noite, o que levara Kathy a fazer o que os iranianos disseram que tinha feito, e o que o fazia estar ali, de pé no corredor, enquanto aquela família de exilados comia em silêncio no chão à sua frente, ele com a pistola de serviço carregada na mão, um pesado lembrete de que esse era o chão sob seus pés, esse era o lugar onde Kathy estava e, portanto, era o lugar onde ele também estaria. Ademais, não havia uma boa razão para não acreditar naquelas pessoas. Lester soube disso quando Kathy virou seu rostinho ligeiramente inchado para ele, sorriu um sorriso ainda dopado e disse: "Você está aqui." Depois, no quarto, tinha chorado olhando diretamente para ele, com seu rosto doce e exausto cheio de vergonha, e Lester não teve mais a menor dúvida de que a versão dos iranianos era verdadeira. Ter consciência disso era como ter uma bola de chumbo na boca do estômago. Observava os Behrani comerem devagar e em silêncio; usavam as costas dos garfos para empurrar o arroz e o cozido para dentro de suas colheres, mergulhavam os rabanetes no iogurte. Revezavam-se para olhar em sua direção, mas não diretamente para ele. Lester estava cansado e seus olhos ardiam um pouco. A cozinha cheirava a chá com especiarias.

    O chão de linóleo estava coberto com a madeira quebrada e o vidro estilhaçado da porta dos fundos, que agora estava completamente aberta.

Havia uma vassoura encostada na parede, a seu lado. Lester segurou a pistola sob a luz e puxou de volta o mecanismo de segurança para travar. Depois esticou o braço e enfiou a arma na cintura de sua calça jeans, atrás. Olhou para a família Behrani e todos os três ergueram os olhos em sua direção, da mesa posta no chão e iluminada por velas. Caminhou então para o linóleo, pegou a vassoura e começou a varrer. A 9 milímetros parecia uma mão de aço presa às suas costas.

No momento em que Lester V. Burdon está varrendo os cacos de vidro do chão da cozinha, Nadi se curva em minha direção, os olhos abertos cheios de urgência, e sussurra em persa:

— *Boro*, convide-o para comer. — Coisa que, após tê-lo visto colocar sua pistola em dupla segurança, eu tinha a intenção de fazer.

Levanto-me, para que possa vê-lo do outro lado do balcão, de pé sob a luz da cozinha, enquanto deposita os cacos de vidro e os pedaços de madeira em nossa lixeira de plástico. Em sua mão, brilha uma aliança de casamento em ouro, que eu não tinha percebido antes.

— Sr. Burdon — digo, e meu rosto fica imediatamente vermelho, porque não tinha a intenção de pronunciar seu nome, mas agora é tarde demais; aquilo saiu naturalmente, como a respiração. Ele olha diretamente para mim enquanto bate com cuidado a pá de lixo na borda da lixeira. Parece estar perto de tomar uma decisão. Convido-o a comer conosco, mas apenas manda que eu me sente e não se junta à nossa família. Passa para o balcão e olha para nós, com a empunhadeira da arma aparecendo nas costas. Seu olhar se desvia de mim para a fotografia emoldurada na parede, na qual estamos eu, o general Pourat e o Shahanshah Pahlavi. Parece estudá-la; os olhos estão menores, os lábios fortemente apertados sob o bigode. Não ligo a mínima para sua expressão; está me julgando, e quem é ele para me julgar? Mas não demonstro meus sentimentos.

O perfume do chá no samovar já recende por todo o chalé e, normalmente, nesse ponto da noite, Esmail voltaria para seu quarto e para seus video games, enquanto Nadi se levantaria para lavar os pratos e encher as xícaras de chá. Mas nem ela nem Esmail se movem. Posso sentir que meu filho me observa. Respiro fundo e sento-me o mais ereto possível.

— Senhor, minha mulher deseja nos servir o chá.

Mas isso é tudo que digo. Não vou pedir sua permissão para Nadi se levantar e arrependo-me de tê-lo chamado de "senhor", mas não podia usar seu nome novamente, sob o risco de lembrá-lo de que me dei ao trabalho de investigá-lo. Seus olhos deixam a parede e fixam-se primeiro em mim, depois em Nadereh. Assente com um meneio de cabeça; Nadi junta nossos pratos e se levanta. Lester V. Burdon olha para meu filho e, mais uma vez, pousa os olhos em mim. São olhos negros e profundos presos no rosto. Seu cabelo e seu bigode também são negros e, de repente, me ocorre que ele se parece muito com o irmão mais novo de Nadereh, Ali.

— O que aconteceu?

Hesito, pois não sei se está perguntando sobre a denúncia que fiz dele ou se está se referindo apenas a Kathy Nicolo.

— Quando ela chegou aqui?

— Bem no final da tarde. Meu filho estava com alguns amigos. Minha mulher descansava. Não sei há quanto tempo o carro dela estava aqui na entrada, antes de vê-lo.

Pergunta então o que ela estava fazendo. Faz a pergunta rapidamente, como se estivesse me testando para ver se eu escorregava na areia movediça da mentira.

— Estava chorando. — Baixo os olhos na direção da pistola carregada em sua cintura. — E apontava isso para o próprio coração. Tentava puxar o gatilho, mas o mecanismo de segurança estava travado, como o senhor viu. Desarmei-a e ajudei a trazê-la para dentro de casa.

O olhar de Burdon está mais amigável. Olha dentro dos meus olhos, mas não acredito que esteja me vendo; vê outra coisa, talvez uma lembrança, um momento dele com Kathy Nicolo... ou talvez apenas uma visão daquilo que acabei de lhe contar.

— Foi o que aconteceu — diz Esmail. — Meu pai não mentiria. Ele nunca mente.

Burdon olha para Esmail. Parece que deseja dizer alguma coisa ao meu filho, mas se cala. Nadereh põe uma xícara de chá quente na frente do Sr. Burdon e nos serve a todos também. Ponho um cubo de açúcar na boca e sorvo o chá, depois retiro o cubo para que o Sr. Burdon não me considere mal-educado quando precisar falar de novo. Percebo a pergunta que talvez tenha vergonha de fazer e ofereço a resposta.

— Estava muito bêbada.
— Bêbada até que ponto?

Vejo que ele não gosta das palavras que escolhi. Seu olhar endurece de novo e digo a mim mesmo que preciso ser cauteloso e respeitoso. E penso que jamais vi uma mulher tão *mast* quanto Kathy Nicolo — só as prostitutas, as *gendehs* da parte sul de Teerã.

— Não conseguia caminhar sem ajuda nem falar direito, senhor.

Olho para o *sofreh*, porém apenas por um brevíssimo instante; não quero que Lester V. Burdon confunda minha atitude de respeito pela jovem mulher com vergonha.

Nadereh senta-se ao meu lado. Saboreia seu chá muito devagar. Quando o Sr. Burdon volta a falar, o tom já é menos inquisitivo. Pergunta quando foi que Kathy Nicolo tomou os comprimidos de Halcion e digo que foi depois de ter dormido no quarto do meu filho.

— Foi minha mulher quem a descobriu no banho e forçou-a a vomitar imediatamente.

O Sr. Burdon olha para Nadi ao meu lado. Não consigo interpretar sua fisionomia porque o rosto está cheio de luz e sombra, devido às chamas das velas. Nadi baixa a cabeça. Olho para meu filho, que descansa os cotovelos nas pernas e o rosto sobre as mãos fechadas. Parece estar assistindo a um jogo de xadrez ou gamão entre dois jogadores profissionais. Fico um pouco irritado com isso, mas *ebnadereh*, não faz diferença. Bebo mais um pouco de chá e espero que o Sr. Burdon diga alguma coisa, pois com certeza o próximo movimento é dele.

A sala pareceu pequena demais e Lester precisava de um pouco de espaço, embora não tivesse a mínima ideia de para onde ir — para o sofá? Para um dos bancos? O que deveria de fato fazer era carregar Kathy até seu carro e levá-la para casa, para descansar e acordar ao lado dele. Mas para que casa? A cabana de pesca, um quarto de motel em San Bruno? De qualquer forma, Kathy não deveria ser perturbada. Perturbada. A palavra pareceu demorar-se em sua cabeça como um fio de seda sobre arame farpado.

E Kathy não tinha casa por culpa desse coronel, que não parava de olhar para o filho e para a esposa ao seu lado. E depois olhava para Lester, mas só muito rapidamente. Bebia seu chá e olhava de novo para baixo, para as velas acesas. Às vezes o olhar do coronel se desviava para a pistola que se projetava na cintura de Lester, que não gostava nem um pouco desse olhar; era como se o coronel estivesse atento à única coisa que devia temer. Lester queria sentir novamente a pistola em sua mão, para deixar bem claro para o coronel que a mão e a arma andavam juntas. Mas será que andavam mesmo? Não tinha tanta certeza assim. Parte dele queria se desculpar profusamente por ter entrado naquela casa da forma que entrou — na verdade, praticara uma invasão de domicílio — e queria pegar sua pistola de serviço, sair pela porta da frente e só voltar no dia seguinte pela manhã, para buscar Kathy. Até lá, ela provavelmente estaria em condições de dirigir e poderia segui-lo até onde quer que ambos desejassem ir. Mas essa parte dele era apenas uma tênue vozinha diante de outra, bem mais poderosa: não conseguia imaginar a ideia de deixar Kathy passar a noite ali sem ele. Não depois de se sentir tão excluído, pela própria Kathy, da série de decisões que ela aparentemente havia tomado naquele dia, e que não pareciam tê-lo levado em conta em momento algum. Entre pegar sua pistola e tomar os comprimidos no banheiro, o que poderia ter acontecido, desde essa manhã, para deixá-la tão fora de si dessa maneira? Só conseguia imaginar que a razão era o efeito do álcool sobre ela. Lester ainda sentia os péssimos efeitos da própria ressaca da noite anterior e não conseguia nem imaginar a possibilidade de tomar outro drinque hoje. Mas ela se embriagara — e Lester começava a pensar que tinha de haver uma peça faltando para as coisas se encaixarem. Já tinha visto isso muitas vezes, em seu trabalho; sob forte influência do álcool, as pessoas faziam coisas que nem sequer cogitariam, se estivessem sóbrias — todas as mortes relacionadas ao tráfico, os pequenos furtos e incêndios criminosos. E Kathy não estava tornando as coisas nada fáceis para ele.

Por acaso tinha pensado nele sequer uma vez quando pegara sua pistola no porta-malas? Será que se preocupava em saber o quanto ele se enrolara por causa dela? E quando os dois saíssem dali, o que impediria esse pegajoso coronel de ligar para o departamento, ou mesmo para a polícia de Corona? Agora o iraniano tinha novas acusações contra ele: invasão de domicílio e rendição à mão armada. E ainda havia as violações ao código do departamento; o coronel podia alegar qualquer uma delas.

Lester estava com sede e queria beber o chá que a mulher do coronel havia servido; fazê-lo nesse momento, porém, equivaleria a um movimento conciliatório, como se fosse um cão mostrando a garganta a outro mais forte. Olhou mais uma vez para a foto emoldurada na parede, com Behrani cumprimentando o xá do Irã — um homem sobre o qual Carol já lhe contara tudo: mandara assassinar dezenas, talvez centenas de pessoas numa única tarde, por participarem de um protesto sem armas contra ele e sua panelinha. E Behrani estava sorridente ao lado dele em algum tipo de festa — e agora os olhos do iraniano estavam novamente na pistola, talvez apenas visível na parte de trás do cinturão de Lester.

Lester encarou Behrani, que volveu os olhos para seu chá e lentamente, de modo quase casual, mexeu-o apenas com o dedão e o indicador. Foi um gesto de autoafirmação, de um homem que se adaptava às suas novas circunstâncias.

E isso deixou Lester com a sensação de ter sido superado em algum tipo de jogo que não sabia que estava jogando. Começou a sentir medo e teve vontade de dar-lhe um soco bem entre os dentes, esse amigo de ditadores, esse homem que se recusava a vender a casa de volta para Kathy.

Lester puxou a pistola da cintura e depositou-a ruidosamente sobre o balcão.

— Vão fazer alguma coisa. Todos vocês!

O rapaz se levantou primeiro, seguido pelo coronel e por sua mulher, que evitou olhar na direção de Lester; agachou-se e apagou todas as velas.

Em seguida, pegou no sofá a luminária que o rapaz havia derrubado sem querer, colocou-a de volta sobre a mesinha, ligou-a e começou a tirar pratos e copos que restaram sobre o tapete.

O coronel ficou por ali, enquanto sua mulher trabalhava. O rapaz olhava para o pai, deste para pistola de Lester e desta para o rosto do policial.

— Vá para o seu quarto, *joon-am* — disse o coronel, e o rapaz começou a se movimentar pelo corredor.

— Espere — Lester voltou-se para ele e perguntou seu nome.

— Esmail.

— Você tem telefone no quarto, Esmail?

— Não.

Lester olhou na direção do coronel, que estava bem ereto agora, a cabeça erguida, os olhos fixos no filho. Na cozinha, a Sra. Behrani tomou nas mãos um prato sujo. Lester respirou fundo; seu próximo passo, lógico e inevitável, começava a formar-se em seu peito. Em seguida, ordenou aos três que seguissem juntos pelo corredor até o quarto do rapaz.

Não havia telefone, apenas uma luminária de cabeceira, ao lado de uma fotografia emoldurada. Colado à parede, havia o pôster colorido de um skatista parado no ar, nenhum sinal de chão em volta, braços bem abertos, ambos os joelhos dobrados. Numa mesa ao pé da cama havia um terminal de computador, teclado e um modem com o cabo da internet plugado na tomada telefônica embaixo da mesa. Lester fez sinal para o rapaz e lhe disse para desplugar as duas pontas do cabo do modem e lhe entregar tudo. A operação levou apenas alguns segundos e, quando o rapaz lhe passou o cabo e o modem, olhou de relance para a pistola, que Lester teve o cuidado de não apontar em sua direção.

— Esmail, quero que fique neste quarto até segunda ordem, está bem? Se tiver que ir ao banheiro, quero que me peça primeiro.

O rapaz olhou na direção de seu pai e de sua mãe; a Sra. Behrani segurava ora os dedos de uma das mãos, ora os da outra. E então Lester escutou sua própria voz ordenar aos dois que voltassem para a parte da frente da casa. Colocou o modem e seus cabos na mesinha da luminária, perto do sofá, e a Sra. Behrani pareceu distrair-se com o trabalho, em limpar e enrolar o tapete do jantar. O marido deu um passo para o lado para lhe dar espaço e Lester podia ouvir os sons de um video game vindos do corredor — uma série de notas musicais desafinadas, compulsivas e computadorizadas, seguidas pela estática dispersa de uma explosão simulada. O coronel voltou-se para Lester, com os braços ainda cruzados no peito. Sob a luz da cozinha, parecia velho e magro, um patriarca exilado.

— Não lhe fizemos mal algum. O que você pretende aqui?

Lester não tinha a menor ideia. Nenhuma ideia. Sentou-se no sofá, que era macio e fundo, forrado com um tecido caro. Tudo nessa casa parecia caro: a cama nova de latão na qual Kathy dormia; os tapetes persas vermelho-vinho; o quadro de cavaleiros persas com moldura de mosaico na parede; o pesado samovar de prata sobre o balcão da cozinha; a luminária dourada que o rapaz quase quebrara quando Lester arrombou a porta; até o Buick último modelo estacionado na entrada.

Mais uma vez, Lester sentiu que estava diante de algo maior que ele próprio. Sua boca estava seca; descansou a arma no braço do sofá, percorrendo com o indicador os finos sulcos da trava de segurança, com os olhos no tapete.

— Com quem foi mesmo que o senhor falou em Redwood City, coronel?

— Com um tenente.

— Qual era o nome dele?

— Alvarez. O nome é tenente Alvarez.

Lester corou ao ouvir o que já adivinhava; tentou engolir em seco, mas não conseguiu. O sofá lhe pareceu macio demais, como se afundasse mais ainda em suas dobras.

— O senhor certamente teria feito o mesmo, Sr. Burdon.

A mulher do coronel tinha a torneira aberta na pia da cozinha, portanto Lester não estava de todo certo se teria percebido um tom de desafio na voz do homem ou se apenas inferira isso por ele ter acabado de chamá-lo pelo nome. O fato é que alguma coisa se agitava dentro dele. E não era Kathy; nada daquilo era culpa dela. Não fizera nada cuja origem não estivesse nesse espinho, esse homem que olhava para a própria mão pousada sobre a perna, para um anel de ouro com uma pedra vermelha no meio. Um rubi? Lester podia sentir os músculos em torno de seus olhos e da boca se contraírem. Endireitou-se no sofá.

— Quando o senhor pensa em devolver esta casa, coronel?

A Sra. Behrani ainda estava na pia da cozinha, secando os pratos com um pano branco. Seu rosto voltou-se ligeiramente na direção do balcão onde seu marido estava sentado, embora ele tenha permanecido em silêncio, com as costas eretas, como se estivesse acima daquilo e não tivesse de responder à pergunta de Lester.

— O senhor realmente precisa deste pequeno imóvel?

— Isso não é da sua conta, senhor.

Lester pulou do sofá e estava no balcão antes mesmo de conseguir empunhar direito a pistola. Obrigou-se a manter a arma ao lado do corpo, não era preciso piorar as coisas, mas o rosto do coronel estava tão imóvel, tão impassível, o branco dos olhos já amarelado com a idade e um cansaço do mundo que pareceu reduzir Lester instantaneamente a uma ameaça zero, uma mera chateação, assim como Kathy e toda a disputa em torno da casa. Lester não teve escolha senão encostar o cano quadrado da pistola no queixo do coronel.

Seu coração se agitava debaixo das costelas e seus órgãos internos pareciam flutuar lá dentro. Puxou o mecanismo todo para trás, mas manteve presa a última trava de segurança. Podia sentir o bafo de rabanete no hálito do coronel. Os lábios do iraniano começaram a se franzir, como se estivesse pronto para falar, mas Lester apertou o cano da pistola com mais força, até o fundo do queixo.

— Aquela mulher dormindo lá dentro é, sim, da minha conta. E tudo o que diz respeito a ela é da minha conta. O senhor me entende? Agora quero que comece a pensar na melhor maneira de resolver tudo isso.

A mulher do coronel chorava baixinho. Com sua visão periférica, Lester podia vê-la ali na cozinha, segurando o pano de prato branco com as mãos, como se rezasse com ele.

— Por favor, por favor, não temos nada. Nada. Meu marido só é bom. Nosso filho precisa ir para a universidade. Isso é tudo. Por favor, somos boa gente. — E continuou a chorar em silêncio, com eventuais suspiros longos e trêmulos. O coronel tinha os olhos úmidos, embora Lester não soubesse se era por medo ou pelo fato de não piscar. Lester travou novamente o mecanismo com o dedão, afastou a pistola da mandíbula do coronel e sentou-se num banco ao lado dele, encarando-o.

Descansou a pistola no balcão e pareceu esperar que a mulher do coronel continuasse, mas ela apenas fungou e pressionou os dedos discretamente contra o nariz. O som do jogo no computador de Esmail acelerou para uma marchinha aguda de vitória que logo se desvaneceu no espaço eletrônico. De repente, Lester sentiu que sua cabeça e suas mãos estavam vulneráveis demais a qualquer possibilidade; então levantou-se e caminhou até o final do balcão, mas o corredor estava vazio e o pé de cabra ainda estava encostado no batente da porta, exatamente onde o coronel o deixara.

Lester tinha os braços e as pernas pesados; o antebraço acima da mão que segurava a pistola denunciava um leve tremor. Queria ver Kathy, verificar se estava tudo bem, mas agora não podia deixar aquelas pessoas sozinhas para fazer isso.

— Diga a ele, Massoud — disse a mulher — Explique a ele.

Mas o coronel não parecia ouvir. Olhava diretamente para Lester, o rosto sem cor, os olhos ligeiramente apertados, os lábios em linha reta, e Lester percebeu que havia transposto um limite não apenas dentro de si mesmo, mas também do coronel. Lester brandiu a pistola na direção de todos, depois postou-se ao lado da entrada do corredor e lhes disse para irem na frente.

— Agora nós vamos ver como está passando a dona desta casa.

Mas as palavras lhe soaram vazias, como se o que acabara de dizer contivesse em si uma mentira. E assim que o coronel e a mulher passaram por ele e entraram no corredor, com a mulher ainda fungando, Lester os seguiu com a pistola pesando ao lado do corpo e teve um desejo repentino de que o coronel fizesse alguma coisa — que pegasse a barra de ferro e tentasse golpeá-lo, corresse, qualquer coisa. Qualquer coisa que pudesse fazer com que a pistola em sua mão não tivesse se transformado em uma reação exagerada provocada por seu próprio desespero.

Alguns momentos se passaram desde que Lester V. Burdon apertou sua arma carregada contra a minha carne, mas eu ainda a sinto encostada à minha pele. E não é preciso muito esforço para imaginar a bala de grosso calibre rasgando a minha cabeça como se fosse um míssil; tudo o que quero é matar esse homem que entrou em nossa casa para fazer isso, mesmo depois de salvarmos a lamentável vida de sua *gendeh*.

Mas nada posso fazer, é claro, com esse desejo — e meu corpo está bem duro: os músculos do pescoço, das costas e das pernas estão tensos como se tivessem sido amarrados com uma corrente enferrujada. O homem nos ordena que sigamos para o quarto de Nadereh. Movimento-me devagar. Nadi está atrás de mim, Burdon atrás dela. Entro no quarto primeiro. A *gendeh* dorme em paz, seu cabelo grosso parece um ninho em torno do seu rosto pequeno. Burdon nos ordena que passemos para o outro extremo da cama e, com sua mão livre, põe os dedos na artéria sob a mandíbula da mulher. Após um minuto, põe a palma da mão em sua testa. E não mais parece confuso. Toca as maçãs do seu rosto e depois nos diz que vamos ver nosso filho e nos segue. Mais uma vez, eu entro primeiro no quarto. Esmail está sentado na cama onde Kathy Nicolo dormiu; o painel do controle remoto do video game está de cabeça para baixo em seu colo e a janela atrás dele está totalmente aberta, os vidros inclusive. Sinto meu coração bater na palma da mão; em persa, sussurro para que a feche imediatamente.

— *Holah, holah.* — Ele se apressa a cumprir a tarefa, mas o controle remoto cai no chão. Começo a tossir bem alto, mas já é tarde. Lester V.

Burdon empurra a mim e Nadi e, com uma das mãos no ombro do meu filho, arranca-o da janela. Esmail quase cai de costas na cama, mas Burdon o segura com o lado do corpo, a arma na mão colada na perna, a um passo de mim. Posso alcançá-la e agarrá-la, tomá-la dele, mas nada faço porque imagino o tiroteio, minha mulher ou meu filho feridos ou coisa pior. Burdon puxa Esmail da cama, forçando-o a ficar de pé ao nosso lado.

Meu braço se estende instantaneamente em torno dos ombros do meu filho. Seguro o braço miúdo e quente de Nadi. Ela treme — ou talvez seja eu mesmo a tremer.

Estou surpreso por sentir meu corpo ereto, em total controle.

— Mas o que é que eu vou fazer com vocês? — pergunta a todos, mas olhando para o meu filho. — O que você ia fazer, Ishmael?

— Esmail — corrige meu filho. Aperto seu ombro e espero que ele não tome isso como estímulo para prosseguir com qualquer beligerância.

Lester V. Burdon respira fundo e solta o ar sem virar a cabeça.

— Você saiu desta casa, Esmail?

Em meu braço sobre suas costas, escuto o coração do meu filho bater. Faz que não com a cabeça, não saiu. O video game emite novamente a música eletrônica da nave alienígena voando para mais uma batalha no espaço, cujo refrão se repete de tantos em tantos segundos.

Burdon examina o quarto inteiro, depois olha novamente para meu filho.

— Você pensava em usar o telefone de algum vizinho, Esmail?

Meu filho não responde. Nosso captor descansa a mão livre sobre a coxa. Na outra mão, a arma está pendente ao seu lado e o ombro parece curvar-se sob um peso imenso. Burdon tem o rosto baixo, mas seus olhos estão no mesmo nível que os do nosso filho.

— Estou perdendo a paciência, Esmail.

Aperto novamente o ombro do meu filho.

— Dê uma resposta a ele, *joon-am*.

— Sim, eu ia sair.

O refrão do video game prossegue, repetindo-se a cada cinco segundos. É a música do microchip, tão automática e insincera quanto as mentiras.

— Você saiu?

— Não.
Esmail respondeu depressa demais. Os olhos de Lester V. Burdon ficam ainda menores e ele aperta o lábio inferior. Olha primeiro para mim, depois para Nadi, e o jogo do computador a se repetir outra vez, e outra, e outra.

— Isso não está funcionando — diz Lester V. Burdon. — Não está mesmo.

E nos ordena que entremos no banheiro que ainda cheira ao vômito de Kathy Nicolo.

O tapete está úmido do banho dela. A banheira ainda está cheia da água desse banho. Enquanto minha família se acotovela entre a pia, o vaso e a banheira, Burdon olha para trás e acima de nós, para uma pequena janelinha na parede de azulejos. Seu olhar passa rapidamente por Esmail e Nadi e, mais uma vez, pelo *panjare*, antes de menear a cabeça consigo mesmo e tocar a maçaneta da porta.

— Eu não quero ver isso se mexer. Entenderam?

— Sim — digo a ele. — Entendemos.

Em seguida, Burdon fica mais ereto, como se tivesse acabado de depor um enorme peso dos ombros. Olha para nós mais uma vez e tranca a porta atrás de si.

Lester olhou para a porta por mais um momento, arriscou-se a correr para a frente da casa. Enfiou a pistola novamente na parte de trás das calças, apagou a luz externa e saiu para o alpendre. A casa mais próxima ficava do outro lado dos carros estacionados na entrada; a luz sobre a porta de tela estava acesa e também uma na sala. Lester conseguia enxergar um pedaço de um aparelho de TV, a tela colorida piscando e em seguida um punho masculino, que provavelmente levava um cigarro ou um charuto até um cinzeiro na mesa sob a janela.

Não havia ninguém na entrada, nem em qualquer uma das outras janelas que davam para esse lado. Olhou para a direita, mas a pequena casa de estuque que havia ali parecia igualmente silenciosa e tranquila; apenas algumas luzes acesas embaixo, ninguém observando em janelas escuras ou apagadas, à espera que uma chamada de emergência rendesse alguma coisa.

Voltou para o quarto de Kathy, cuja cor não havia melhorado; as maçãs do rosto ainda estavam amareladas, mas seu pulso estava forte e regular. E quando Lester pousou a mão em sua testa, sentiu-a fresca e seca; a jovem ergueu ligeiramente o queixo e continuou a dormir. Lester levantou-se e abriu a porta do armário. Estava à procura de uma das gravatas do coronel, mas nesse armário só havia roupas de mulher — elegantes vestidos de lã acondicionados em sacos plásticos compridos da lavanderia a seco, blusas de seda e casacos de lã. Na prateleira logo abaixo, havia caixas ovais de chapéus, com palavras em francês em alto-relevo nas laterais. E no chão do armário havia uns vinte ou trinta pares de sapatos femininos, em sua maioria envoltos em papel de seda. Ainda podia ouvir a mulher do coronel dizer que eles não tinham nada, nada, e ficou com mais raiva ainda, pois eles tiveram pelo menos dinheiro suficiente para comprar essa casa à vista num leilão do condado. Dos ganchos nas prateleiras, pendiam cintos em pelica prateada, ouro, um preto e um marrom, de pele de crocodilo. Lester pegou este último, enrolou nos pulsos e puxou, mas o material tinha muita elasticidade. Colocou-o de volta no lugar e olhou novamente para Kathy, o cabelo espalhado sobre o travesseiro, os lábios entreabertos; voltou então ao corredor e pegou a comprida barra de ferro.

Ouvia a família Behrani sussurrando em persa dentro do banheiro e entrou no que parecia ser o escritório do coronel. Havia mesa, cadeira e uma máquina de escrever. Disposta sobre jornais no chão, estava uma mesinha prateada, colocada de lado, com duas de suas pernas envoltas em fita crepe. E pendurados no armário havia uns vinte ou trinta ternos, alguns guardados em porta-ternos de couro de excelente qualidade. No chão havia uma sapateira de latão com 1,80m de altura e três graduações. Estava cheia de sapatos sociais, polainas, tênis brancos e calçados de atletismo, três pares de chinelos de cashmere e até um par de botas de trabalho usadas. As gravatas do coronel estavam penduradas no armário, entre um casaco transpassado e um uniforme militar azul-cobalto, com ombreiras de um dourado brilhante e os dois bolsos na altura do peito cobertos com fitas e enfeites de cores vivas.

Lester pegou duas gravatas de seda e voltou para o corredor. Postou-se diante da porta fechada do banheiro e começou a amarrá-las em volta da base da maçaneta. Do outro lado da porta, os sussurros em língua estrangeira cessaram, e Lester segurou a barra de ferro horizontalmente contra os painéis de pinho à direita e à esquerda da porta, amarrando as duas gravatas em torno dela antes de prendê-las com dois nós duplos. Puxou os nós até o pé de cabra ficar perfeitamente ajustado contra os batentes da porta e deu um passo para trás a fim de avaliar o serviço. Respirou fundo, soltou o ar e depois voltou ao quarto do rapaz, desligou o computador e foi em frente para desligar a luminária ao lado da cama. Na mesinha de cabeceira havia um porta-retrato com uma fotografia colorida do coronel de uniforme completo, segurando um garotinho no colo, sentado em uma cadeira de escritório de couro macio. Na parede atrás deles, as listras verde, branca e vermelha da bandeira iraniana, acondicionada numa vitrine de vidro. O homem e o garotinho sorriam abertamente para a câmera. Lester afastou os olhos rapidamente e apagou a luz.

Ao chegar à sala, trancou a porta da frente e puxou as cortinas. Depois procurou café nos armários da cozinha, mesmo que fosse solúvel, mas não achou nada; pegou então uma xícara limpa no escorredor de louça e pousou-a sob o bico do samovar de prata. O chá preto estava forte, fervendo. Carregou a xícara até o quarto onde Kathy dormia — o quarto que presumiu ter sido o dela, quando morava ali.

Depositou a xícara de chá na mesinha de cabeceira, do lado de um toca-fitas que parecia novo.

— Kathy? — disse, e apertou de leve o ombro dela. — Kath? — Nunca a tinha chamado assim, encurtando o nome, momentaneamente, isso o fez sentir como se já tivessem mais do que uma história juntos. Kathy abrira um pouco a boca; o rosto estava virado para um lado e um fio de saliva escorrera sobre o travesseiro, deixando um rastro molhado. Lester pôs a mão na testa da moça e ajeitou seu cabelo para trás. Tinha o cabelo grosso e seco e, quando os dedos de Lester tocaram a fronha, ela virou a cabeça e deixou escapar um pequeno ruído, quase um lamento. Lester repetiu o nome dela mais uma vez, mas Kathy agora tinha a boca frouxa e permanecia de olhos fechados. Mas o pulso estava bom; ele sentou-se na cama e tirou os sapatos; o cano da pistola fazia forte pressão sobre sua região lombar, preso à cintura traseira. Ouvia as vozes abafadas dos iranianos vindo do banheiro, no corredor. O coronel parecia ser o que mais falava; o tom de sua voz em persa era baixo e denotava grande autoridade. Um suor frio brotou na testa e atrás do pescoço de Lester.

Adentrou na escuridão do corredor, de meias. Por baixo da porta do banheiro, escapava um fio de luz. E a barra de ferro estava afixada entre os batentes, como se o cômodo por trás dela estivesse condenado.

Lester ficou ali por alguns minutos e pôs-se a escutar. A princípio pensou que a Sra. Behrani estivesse chorando de novo, porque sua voz parecia vacilante, mas depois as palavras saíram como que cuspidas, um rio de vogais e consoantes pigarreadas, com as quais o coronel dialogava com toda calma... A voz dele parecia vir de algum lugar dentro de si mesmo, como se estivesse em casa e guiasse a esposa e o filho numa expedição em território conhecido.

Lester deu um passo para trás e chutou fortemente a porta com a sola do pé. O silêncio foi instantâneo. Alguma coisa caiu na pia, talvez algum frasco do armário de remédios, ele não sabia. Mas o que sabia é que aquele ricaço desgraçado não o estava levando a sério e que isso teria de começar a mudar imediatamente. Sacou da pistola de serviço, empurrou o ferrolho e deixou cair uma bala sobre o carpete, antes de encaixar ruidosamente outra bala no lugar da primeira. Bateu de leve o cano contra a porta e fez uma pausa. O silêncio que vinha do outro lado era quase palpável, como se pudesse esmagá-lo entre os dedos. O coração de Lester batia descompassado; comprimiu o nariz contra a porta, que cheirava a madeira e tinta.

— Descanse um pouco aí dentro, coronel, porque amanhã o senhor vai vender essa casa de volta ao condado. O senhor me entendeu?

Do outro lado da porta, o coronel começou a limpar a garganta, mas parou e não disse nada.

— Eu fiz uma pergunta, Behrani.

Lester ficou imaginando a pequena família agachada pelos cantos do pequeno cômodo e sentiu-se como se o seu coração estivesse sendo cutucado com uma vara comprida; teria sido melhor se a mulher e o garoto não estivessem no meio, mas era tarde demais para voltar atrás, para baixar a guarda e expor sua garganta a qualquer um deles, inclusive ao garoto e à mulher.

— Diga-me, coronel: qual é a primeira coisa que você vai fazer amanhã?

Mais uma vez, nenhuma resposta, nem mesmo os sussurros apavorados da Sra. Behrani. Agora Lester imaginou-se falando com um cômodo vazio, a janela alta perto do chuveiro de alguma forma desmantelada e maior do que achou que fosse, a família iraniana fugindo descalça em meio à névoa, em busca de ajuda. E por um momento quase sentiu náuseas diante da ideia de tudo aquilo escapar de suas mãos e de toda a responsabilidade, no final, recair sobre ele.

Por fim, o coronel falou, com a voz seca e cansada.

— Não sei. Talvez você queira me dizer o que devo fazer amanhã.

— Não banque o superior comigo.

Lester comprimiu o rosto contra a porta; a barra de ferro fazia pressão sobre sua coxa.

— Amanhã você vai ligar para o Departamento de Fazenda do condado e aceitar a oferta de receber de volta o que pagou por esta casa. Depois, enquanto eles fazem seu polpudo cheque, você e sua família vão juntar suas coisas e desaparecer. É simples assim. Entendido?

Mas seria mesmo simples assim? O que aconteceria depois? Esperava mesmo que eles fossem embora e pronto, sem tomar nenhuma atitude? Por um breve momento, Lester pensou num modo de acabar com tudo aquilo; soltar a família, levar Kathy para seu carro ou para o dela e ir embora. Mas teriam de deixar para trás um dos carros — e Behrani certamente ligaria para o departamento. E então haveria muitas outras acusações, bem mais sérias dessa vez: rendição e assalto à mão armada — e, agora que estão todos trancados no banheiro, cárcere privado. Acusações que podiam ser corroboradas pela mãe e pelo filho, e que não só causariam sua demissão, como também sua prisão e encarceramento — um policial no meio dos bandidos. Lester sentiu um lampejo quente de lucidez e pânico escorrer por dentro e chutou fortemente a porta com o pé descalço, a dor explodindo pela sola e pela canela.

— Responda, seu filho da puta!

Ainda assim, o coronel não falava, mas sua mulher começou a sussurrar de novo. Dessa vez sua voz parecia menos áspera, mais suplicante, pensou Lester. Fechou os olhos, esfregou a testa e respirou profundamente pelo nariz; sua raiva começava a deixá-lo — e era como se fosse algo precioso, que ele não tinha certeza se conseguiria recuperar, caso precisasse. Sentia-se enjoado devido à exaustão, e o remorso começava a instalar-se dentro dele, como uma névoa fria. Disse a si mesmo que não era prudente apertar o coronel para dar uma resposta naquela hora; o orgulho e a hombridade do ex-oficial já estavam sendo suficientemente testados. A noite havia tomado um rumo com o qual Lester tinha de arcar, para o bem ou para o mal, se quisesse colocar as coisas em ordem novamente. Era como guiar uma bicicleta em velocidade pelo asfalto uniforme e, de repente, cair em solo arenoso: se entrar em pânico e frear ou der uma guinada, a queda é certa. Mantenha a velocidade e a direção, repetiu para si mesmo, acalme-se e logo estará de volta à estrada principal sem um arranhão sequer.

— Durma com esse problema, coronel.

Lester ativou a segurança dupla da pistola e depois agachou-se para procurar a bala no chão.

— Está me ouvindo? Durma com esse problema!

Ouviu a voz do rapaz, alta e cheia de perguntas, e de medo também. Aquele som poderia ter saído da garganta do seu próprio filho, e isso fê-lo sentir-se subitamente fraco e inconsequente, e seus dedos tremiam ao pegar a bala. Esse sentimento ele já conhecia: o medo que sempre se seguia ao remorso. Dessa vez, porém, não havia ordem de prisão ou registro de ocorrência para tirar seus prisioneiros de circulação de forma limpa e segura. O que pensava em fazer pela manhã caso o coronel ainda se recusasse a cooperar? Forçá-lo a fazer o que queria? E qual seria sua estratégia se Behrani concordasse em vender a casa de volta para o condado? Rezar para que ele e sua família desaparecessem de repente? Não sabia. Tudo o que podia fazer agora era esperar que o coronel concordasse em devolver a casa. Isso seria pelo menos um começo de progresso. E teria de pensar em alguma forma de levá-los, em segurança, até a etapa seguinte.

Esmail parou de fazer perguntas e Lester voltou ao corredor, imaginando Nate em sua cama agora, dormindo de bruços, o rosto virado para o lado, o bumbum para cima. E Bethany provavelmente estaria no quarto deles, como fazia quando um sonho a assustava ou a fazia sentir-se arrancada do mundo que entendia como seu. Agora era provável que estivesse aconchegada a Carol; o pequeno corpo da filha apenas começava a preencher o espaço vazio que ele deixara.

Já se passaram umas três horas desde que Burdon fez suas ameaças diante da porta. Agora o banheiro está escuro, mas uma luz suave entra pelo *panjare*, por cima, porque Burdon não apagou as luzes externas que ficam acima dos carros estacionados na entrada. Esmail está mais quieto do que nunca. Está deitado sobre uma cama de toalhas na pesada banheira, com os pés descansando sobre os azulejos, acima da torneira. Sento-me contra a parede, com meu braço esquerdo sobre a borda de porcelana da banheira, de modo que meu rosto está a apenas alguns centímetros do de meu filho, só que o dele está virado para o outro lado e eu não sei se dorme ou não. Sua mãe está deitada no chão, encolhida sobre duas toalhas. O tempo esfriou e recende um pouco a maresia e ao resultado do mal-estar de Kathy Nicolo. Nadereh parece sentir frio e eu gostaria de cobri-la, porém todas as toalhas foram para debaixo dela e do nosso filho.

Antes de Burdon chegar diante da nossa porta e colocar uma espécie de tranca, Nadereh me dizia, em seus sussurros apavorados, para devolver a casa da mulher, qual é o problema? Encontramos outra. Mas depois da última ameaça de Burdon, Esmail, que já estava bastante abalado, olhava para sua mãe e desta para mim, depois para sua mãe, depois para mim de novo. A essa altura, o seu olhar não mais brilhava com espírito de aventura; estava embotado por aquela secura nos intestinos que denuncia o verdadeiro medo. Fiz um gesto em sua direção, mas ele afastou o ombro. Seus olhos se encheram de lágrimas e, no persa que ele não desenvolvera tão bem quanto o inglês, perguntou ao pai:

— O que vamos fazer, *Bawbaw*?

Por um infeliz momento, não tive nada a dizer ao meu filho; nenhuma palavra tomou forma em meus lábios. Fiquei apenas ali, a alguns centímetros de distância dele, meu filho com os lábios parcialmente abertos, piscando para espantar as lágrimas, enquanto esperava para ver o que poderia acontecer em seguida. Foi Nadi quem agiu de forma decisiva:

— Não tenha medo, Esmail — disse, ao passar por ele para começar a escorrer a água da banheira. — Seu pai é um coronel, um *genob sarhang*. Esse homem que está aqui em nossa casa não é nem sargento. Seu pai resolverá esse assunto com facilidade.

— Sim, *joon-am*. Lave-se e descanse. Já vi centenas de homens como esse; ficam desesperados por alguma coisa e por isso usam a arma no último momento, mas estão sempre blefando, entende? Ele não tem intenção de fazer nada do que diz.

— Mas *Bawbaw*...

— Shh, shh, lave-se e use o sanitário, sua mãe não vai olhar, e descanse. Eu cuidarei desse homem.

Esmail começou a lavar as mãos e o rosto na pia e Nadi roçou de leve em mim, quando começou a secar o banheiro. Apenas por um momento pousou em mim os olhos apertados e brilhantes; e eu, é claro, pensei que aquilo era fúria, fúria dirigida a mim por nos arrastar a todos para este banheiro trancado. Mas suas mãos tremiam e ela se pôs de joelhos e começou a enxugar o banheiro, com movimentos abruptos e descontrolados. Lembrei-me do passarinho que Soraya descobrira um dia sobre a raiz de uma árvore, que tentava bater a asa quebrada, mas não conseguia sair do lugar. Nadi preparou a cama para o nosso filho, direcionou-o para lá e não dirigiu mais qualquer palavra a nenhum de nós dois. Apagou a luz e deitou-se no chão, virando-me as costas sem se desculpar. Eu sabia que o medo que tinha do Sr. Burdon e do que ele poderia fazer era tão grande que, para ela, era difícil até falar sem demonstrar isso na frente do nosso filho, portanto perdoei sua grosseria. Mas não lhe perdoei o medo.

Teve menos medo quando Bahman nos levou de carro pelas ruas fumegantes da capital, antes do alvorecer, por alamedas escuras, além do lixo dos hotéis americanos e franceses, para longe das ruas principais onde estudantes e boêmios, lavradores e carregadores queimavam efígies do Shahanshah e da imperatriz Pahlavi. Ofensa, aliás, que, uns poucos meses antes, teria trazido a tortura e a morte para eles e suas famílias inteiras. No banco de trás da limusine, Nadi segurava nosso filho pequeno, enquanto minha filha de 10 anos estava no meu colo, o rosto apertado contra o meu peito, chorando. Eu a segurava com uma das mãos, pois na outra estava a pistola calibre 45, presente do oficial americano. Bahman nos levou direto pelo asfalto, em Mehrabad. Passou pelas janelas iluminadas do posto da guarda. Os soldados foram obedientes, deram-nos passagem imediatamente, mas seus rostos pareciam estranhamente imóveis, como se começassem a entender que poderiam ser os bodes expiatórios de um cruel engano. Os motores do jato já roncavam na escuridão e tive medo pelos ouvidos de meus filhos, especialmente os do meu filho pequeno, enquanto subíamos correndo com eles as escadas móveis até a aeronave. A esposa e os filhos do meu copiloto estavam embrulhados em cobertores, entre seus baús, caixas e bagagens. Nadi deixara o bebê com a *khonoum* e Soraya com as outras crianças, e me seguiu de volta à noite escura, em meio aos roncos do motor e ao cheiro do combustível, até o asfalto, onde Bahman nos entregou os pertences que estavam na limusine; apenas três baús e quatro malas. Foi tudo o que trouxemos conosco da nossa antiga vida. Mas Nadi não reclamou. Carregou uma mala pesada com as duas mãos e subiu as escadas até o avião, enquanto Bahman e eu seguimos atrás com um baú, cuja alça de couro cortava a palma da minha mão. Até aquele momento, estava vestida com estilo: usava um conjunto safári cáqui, com os vários bolsos da jaqueta cheios de tudo o que conseguiu carregar de nossa casa: brincos e colares, alfinetes de fralda, pequenos utensílios de cozinha e um punhado de moedas francesas que seu pai lhe dera quando pequena. Ajudou-me com os dois baús que ainda faltava carregar e, uma vez dentro do avião, quando levantei a cobertura de lona para entrar no cockpit, apertou minha mão e depois segurou meu rosto entre a palma e os dedos de sua mão, com os olhos de gazela, de *gavehee*, cheios de gratidão.

Mas e se ela soubesse, ali, naquele momento, que o governo revolucionário não entraria em colapso, e sim ficaria cada dia mais forte? Que nossos nomes e os de nossos amigos e conhecidos iriam para uma lista de condenados à morte? Que nunca voltaríamos ao nosso país, para nossas famílias, para as casas onde nascemos? Ainda sim seria grata, ainda que apenas por aquele momento? Desde então, somente aqui, nesse chalé, é que a antiga felicidade de Nadi começou a ressurgir. Aqui não precisava mais representar aquele ato *pooldar* de Berkeley Hills; estávamos no topo de nossa própria pequena colina, com um terraço panorâmico para ver o mar, nossa filha tinha acabado de se casar, e Esmail saía de casa todas as manhãs, alegremente, para percorrer com seu skate todo o longo declive do alto da colina até a rua principal. Eu não era mais um soldado do lixo que tinha as mãos ásperas de um carregador, a cabeça e o rosto queimados pelo sol. E ela não precisava mais mentir nos jantares dos *pooldar* de Berkeley, mentir com todos os dentes e dizer às esposas dos cirurgiões, advogados e engenheiros:

— Meu *sarhang* joga tênis e golfe o dia todo sob o sol.

Isso porque eu tinha me tornado um investidor no mercado imobiliário, um homem que mais uma vez poderia proporcionar à sua família uma saída. Será por isso que Nadi me convidou duas vezes a partilhar sua cama?

Mas nesse momento, no escuro, ela está de costas para mim. Se eu pousar as pontas dos dedos em seu ombro, ela se retrairá, pois eu sei que está acordada. "Por favor — disse ela ao nosso captor. — Meu marido só é bom." Talvez Burdon entendesse aquilo como um comentário positivo sobre o meu caráter, uma esposa tentando expor apenas o melhor lado do seu marido, o lado que ela talvez mais ame. Mas isso não é, em absoluto, o que Nadereh está tentando dizer, e sim: "Por favor, senhor, ao meu marido só restaram mesmo suas boas intenções. Ele não é mais nada. Nada. Assim como eu não sou nada. Por favor, senhor, tenha pena de nós, porque agora não somos mais nada. *Heechee*. Nada."

Nadi é o cordeiro que só quer dormir com o leão. E agora o frágil cordeiro não consegue dormir, porque ela não só teme esse policial alto e magro como teme também ter mentido para o próprio filho, teme que o pai dele não seja capaz de lidar com esse homem dentro de sua casa.

— *Bawbaw?* — sussurra meu filho, a voz densa por causa do nariz congestionado.

— Sim, *joon-am*.

— Quero voltar para Berkeley.

Os músculos do meu pescoço subitamente se enrijecem. Fecho meus olhos e respiro fundo, deixando o ar sair devagar, mas não consigo relaxar. Esmail vira-se na banheira.

— Lá era um bom lugar, *Bawbaw*.

— Por que você diz isso? O que tinha de bom lá?

— Tínhamos elevador e piscina. *Maman-jahn* gostava de sentar-se à janela e ver a vista de São Francisco. Era bom, *Bawbaw*. Ninguém queria nos tirar a nossa casa. Todos os nossos amigos estão lá.

— Não tenho amigos por lá. Aquelas pessoas não são minhas amigas.

— Mas você ia a festas com elas o tempo todo.

— Isso era por causa da sua irmã, *joon-am*. Era para ajudá-la a completar seu *hastegar*, encontrar um bom marido. Agora ela já encontrou e não voltaremos para lá.

— Mas para onde vamos, *Bawbaw*?

— Não vamos para lado nenhum.

Paro de falar e, no escuro, vejo o branco pálido da porta trancada. Falo somente em persa.

— Ficamos nesse chalé até que consigamos vendê-lo e assim teremos dinheiro suficiente para ir a muitos lugares, *joon-am*, e fazer muitas coisas.

— Mas aquele policial, *Bawbaw*. Ele nos disse para irmos embora.

— Não dou a mínima para o que ele nos disse. Ele não está em posição de ameaçar ninguém, Esmail. Já estou bem farto de ser forçado a sair da minha casa por *thugs*.

Essa é uma palavra que Esmail não conhece, então me pede para explicar.

— *Thugs*, bandidos: são pessoas que ferem outras apenas para conseguir o que querem. Criminosos, Esmail. Pessoas ruins.

Meu filho fica em silêncio por vários minutos. Agradeço por esse silêncio, pela paz. Amanhã fingirei agir de acordo com as instruções de Lester V. Burdon e, quando minha família e eu estivermos em segurança e longe dali, vou denunciá-lo a seus superiores. Vou acusá-lo e ele perderá tudo, e nós venderemos o chalé com margem de lucro e iremos para onde ele não possa nos encontrar.

— *Bawbaw*?

— Sim?

Esmail senta-se na banheira. Sua mão escura aparece sobre a louça ao lado do meu braço, mas ele não diz nada.

— O que é, Esmail?

— E nós, não estamos sendo bandidos? Magoando aquela mulher por causa de sua casa?

Sinto meu rosto esquentar imediatamente.

— Não. Não fizemos nada de errado. Nada.

— *Nakom*, Behrani. — O rosto de minha mulher ergue-se do chão, uma forma pálida em meio à escuridão. — Seu filho fala só verdade. Você nunca deveria ter ficado com a casa dessa moça. Você fez isso conosco...

— *Khafesho*! Cale a boca! — Fico de pé, mas não há espaço para mover-me. Olho para o chão e para a banheira, para as sombras que são meu filho e minha mulher.

— Vocês acham que faço isso por mim? Eu poderia viver na rua. Faço isso por você, por Esmail, porque sou seu pai e vocês aceitarão o que eu lhes der.

"Vocês acham que essa mulher aí não tem culpa no cartório? Essa *gendeh* que vem para cá bêbada, para morrer? Acham que não fez nada para perder a própria casa? Eu é que não fiz nada. Apenas comprei uma propriedade que pode dar ao meu filho algum futuro. Fui eu quem nos trancou neste banheiro? Fui eu quem nos forçou a deixar a antiga vida, Nadi? Diga para mim. O que foi que fiz, além de cuidar do sustento da minha família? Não penso em outra coisa. Nunca. Nunca, Nadereh. Apenas nisso. Apenas em vocês. Então fechem a boca, os dois. Ou me respeitam ou..."

— O quê, Behrani? — Minha mulher se levanta rapidamente e escuto sua respiração acelerada, sinto o cheiro do velho chá e *obgoosht*. — Vai chamar a SAVAK? Dizer a eles que não o respeitamos? Não nos atire essas pedras; não passam de mentiras. Você quer esta casa para você. Você. Você jamais poderia viver na rua, porque lá ninguém o respeitaria, Behrani, e você precisa que todo mundo o respeite. Até os estrangeiros têm que respeitá-lo. Aqui seu uniforme não significa nada, e é isso o que o está matando...

— Não fale assim comigo, quando foi você que nos fez gastar todo o nosso dinheiro para impressionar pessoas que não conhecemos...

— Por Soraya, sim. Por ela.

— Mas você...

— Mas eu nada. Só quero que meus filhos sejam felizes, Behrani. Não ligo para mais nada.

— *Maman, Bawbaw*, por favor não briguem, por favor não façam barulho.

Esmail está de pé na banheira, seu corpo comprido é só escuridão contra a parede de azulejos, sob o *panjare*. O som de sua voz se eleva com o medo e sinto meu *rafigh*, Pourat, forçado a ver seu próprio filho de pé contra uma parede assim; minha raiva me abandona tão rapidamente quanto a água que se esvai de uma ânfora quebrada.

— Sim, *joon-am*, você está certo. Precisamos salvar nossas cabeças. Deite-se e descanse.

— Não consigo, *Bawbaw*. O que vai fazer?

— Shh, só em persa — sussurro. — Deite-se.

Sento-me na extremidade da banheira, enquanto meu filho, com todo o cuidado, pousa novamente os pés na parede onde estão as torneiras e os botões. Atrás de mim, Nadereh senta-se sobre a tampa do vaso e suspira alto. Descansa o rosto entre as mãos e estou certo de que acaba de acordar uma de suas enxaquecas, mas por enquanto não ligo.

— *Bawbaw?*

— *Joon-am.*

— Você foi um Savaki?

— É claro que não. Você sabe que não fui. Por favor, nem pense uma coisa dessas.

— Mas você os conhecia, certo?

— Sim, conhecia alguns desses homens.

— Conheceu-os no palácio do Shahanshah?

— Não, meu filho.

Vejo novamente o sobrinho de Pourat, Bijan, enquanto tomávamos vodca e *mastvakhiar*, o reflexo das chamas da lareira em seus olhos bêbados, escuros e indiferentes como os de um cão.

— Sabe o novo cunhado de Soraya, *Bawbaw*?

— Sim, o que é que tem ele?

— Disse que foi por culpa da SAVAK que fomos expulsos do nosso país, pois eles mataram gente demais. É verdade isso?

— Eu não sei, Esmail. Descanse. Amanhã precisamos de toda nossa energia, de toda nossa concentração.

— O que vamos fazer?

Respiro fundo, para que minha resposta saia juntamente com a respiração.

— Vamos fingir que aquele homem tem o controle da situação, é isso o que faremos. Vamos deixar que ele pense assim e, quando não estiver olhando, nós o derrotaremos.

— Como?

— Coragem. Ele está tentando nos aterrorizar e afugentar, mas não teremos medo, teremos, *joon-am*?

— Eu não estou com medo. — Esmail cruza os braços na frente do corpo.

— Bom, isso é bom. Mas *pesaram*, meu filho, amanhã quero que você pareça assustado. Quero que faça tudo o que aquele homem mandar.

— Por quê?

Não digo ao meu filho a principal razão; não digo que tenho medo de que ele possa tentar algo juvenil e heroico, algo que possa levar Burdon a uma ação impensada.

— Porque, se ele achar que nos assustou, poderá sentir-se seguro para nos deixar a sós.

— Você quer dizer que ele acha que estaremos apavorados demais para tentar qualquer coisa quando ele estiver longe?

— Sim, é isso.

— Sem problemas, *Bawbaw-jahn*.

Beijo meu filho na cabeça. Seu cabelo tem cheiro de mar.

— Boa noite, meu filho.

Sento-me novamente no chão, ao lado da banheira. Esmail fica quieto por alguns instantes. Nadereh está deitada em silêncio sobre suas toalhas.

— *Bawbaw*?

— Shh-shh. Durma. Descanse.

— O cunhado da Soraya disse que o xá deu ordens à SAVAK para matar famílias inteiras, inclusive as crianças, só porque o pai leu certos livros.
— O cunhado de Soraya é estúpido. Não sabe de nada. Agora, por favor, durma.
— Mas ele também disse...
— *Saket bosh*, durma.
— Está bem, *Bawbaw*. Boa noite.

Lá fora, a noite está imóvel e eu não sei se a neblina dissolveu-se ou não, mas suspeito que não. Nenhum som, de nenhum tipo, entra pelo *panjare*; nem o canto de um pássaro, nem o som de um inseto trabalhando, nem a queda de um ramo de pinheiro no bosque, do outro lado da rua. Nem mesmo o latido de um cão lá embaixo, na vila, ou o barulho de um automóvel solitário. E assim imagino, é claro, toda a área envolta num grosso cobertor de neblina, daqueles que escondem, protegem e disfarçam, daqueles que permitem que as mentiras sobrevivam impunemente. Como posso dizer ao meu filho que também ouvi dezenas daquelas histórias? Como posso dizer a ele que tomei algumas doses de vodca com um Savaki na casa de Pourat? Como posso dizer a Esmail que lamento ter gritado com ele sem que minha voz traia esse calor no meu rosto, esse sentimento que borbulha no meu sangue de que, se fosse apenas eu trancado nesse banheiro, e não minha mulher e meu filho, então eu finalmente receberia o que mereço, que chegaria a hora do coronel Massoud Amir Behrani ficar diante da parede, de pé, totalmente exposto, e encarar seus detratores.

Lester entrou no estacionamento atrás do Palácio da Justiça no exato instante em que o tenente Alvarez trancava seu jipe, o cabelo curto penteado para trás e molhado do banho de chuveiro após a corrida, a pasta batendo na perna da calça bem-passada. Lester estacionou fora do seu raio de visão, no pátio de veículos, entre duas patrulhas K-9, e esperou que Alvarez entrasse no prédio.

Eram apenas 7h45, 15 minutos antes do horário de começar o expediente no Escritório de Assuntos Internos, e Lester queria dar ao tenente tempo para ouvir o correio de voz e pegar sua mensagem da noite anterior. Conferiu sua aparência no espelho retrovisor; seu cabelo estava molhado das águas do Purisima, na cabana de pesca. E havia cortado o queixo ao barbear-se sem um espelho. Tinha comprimido um pedaço de papel higiênico dobrado no corte, para conter o sangue, e agora havia uma pequena mancha seca e vermelha em seu rosto. Os olhos estavam pequenos e injetados porque não dormira; havia um arranhão no seu nariz, contraído no choque com a cerca viva que teve de atravessar para chegar ao quintal da casa de Behrani, na noite anterior. As calças que tirou da mala precisavam ser passadas a ferro, embora a camisa polo azul, de mangas curtas, parecesse bem. Mas, afinal, não tinha importância. Sua aparência ligeiramente amarrotada poderia até ajudar na hora de contar sua história, que era verdadeira: Minha esposa e eu estamos tendo sérios problemas. Não pude vir antes, senhor. Apesar de Lester não saber ainda o que ia dizer sobre o coronel. Pouco antes de amanhecer, enquanto Kathy e os prisioneiros dormiam, sentou-se no balcão da cozinha e escreveu o seguinte bilhete:

Queridíssima Kathy,
    Sei que tudo isso parece muito dramático e errado, mas, da forma como aconteceu, agora parece inevitável. *Acho que eles finalmente vão se mandar.* Por favor, não os solte até eu voltar (e não deixe que saibam que não estou na casa). Tenho de ir até Redwood City. Estarei de volta por volta das 9 horas. Você precisa beber muita água e suco.

Te vejo mais tarde,
Les

P.S. — Se precisar se aliviar, recomendo que use o quintal!

    Lester dobrara o papel uma vez. No verso, havia algo escrito à mão em persa; riscou e escreveu o nome de Kathy, em letra de forma. Ficou pensando se não dissera muito pouco sobre o que ela havia tentado fazer a si mesma na noite anterior, se aquelas instruções sobre o que deveria beber não iriam dar a ideia de que ele estava temeroso de ir além na relação — quando, na verdade, agora, queria mais do que nunca saber de tudo. E ir tão fundo dentro dela que dificilmente conseguiria ser ele mesmo novamente. Depois da última conversa que tivera com o coronel pela porta do banheiro, Lester passou o resto da noite numa cadeira, ao lado da cama de Kathy. O cabelo dela espalhava-se pelo travesseiro e sua cor parecia melhor, à luz do abajur. As maçãs do rosto estavam mais rosadas, os lábios já não pareciam tão escuros e tudo o que ele queria era beijá-los, sentir novamente o gosto de sua língua, dos dentes, estar dentro dela completamente e por inteiro.

    Mas primeiro precisava se livrar dessa confusão com o coronel iraniano e sua família, tinha de pensar numa história crível para contar a Alvarez, ainda que deixar a casa fosse a última coisa que quisesse fazer, pois não se sentia seguro. E se Kathy acordasse e se dirigisse ao banheiro aos tropeções, sem ler o bilhete, e os soltasse? E se os mantivesse trancados, mas o coronel percebesse que Lester e sua pistola não estavam mais lá? Será que isso faria a família começar a gritar por ajuda? Mas que alternativa tinha? Afinal, desobedecera à ordem direta de um tenente de Assuntos Internos e deixara uma mensagem, dizendo que estaria na sala dele esta manhã, na primeira hora, para esclarecer tudo. Se não aparecesse de novo, perderia toda a credibilidade e qualquer chance de falar com o tenente sobre o incidente com o coronel. Mais do que isso: Alvarez, que era pago para cuidar dos casos mais complicados, poderia querer falar novamente com o denunciante. Poderia telefonar ou mesmo mandar uma patrulha até lá.

Lester deixara o bilhete de Kathy na mesinha de cabeceira, ao lado de sua xícara vazia de chá, mas pensou melhor e enfiou-o até a metade no batente na porta, mais ou menos na altura que calculou ser do seu raio de visão. Pensou em beijar-lhe o rosto ou a testa, mas não quis acordá-la; muita coisa acontecera desde a última vez que se falaram e levaria muito tempo até que conseguissem chegar a um entendimento comum. E ele precisava ir logo.

Voltou pelo corredor acarpetado e colou a orelha à porta do banheiro. Ouviu alguém roncar — um ronco ligeiramente anasalado que o deixou com a sensação de que podia, afinal, sair.

Meteu a pistola na frente das calças, cobriu-a com a camisa, saiu da casa e ganhou a escuridão da madrugada. Urinou no bosque do outro lado da rua; a neblina pairava entre as árvores escuras e o céu já começava a clarear. Pôs o carro em ponto morto, deixou a porta aberta e empurrou até que o Toyota deixasse a entrada de terra e a colina começasse a puxá-lo para baixo. Pulou para dentro e deslizou silenciosamente encosta abaixo, na direção do mar.

Quando chegou, o sol já brilhava sobre a corrente em volta do pátio de veículos; Lester consultou o relógio. Em cinco minutos, entraria no prédio. E teria de dizer a verdade. Se mentisse, levaria Alvarez a telefonar ou mesmo visitar o iraniano, numa entrevista de acompanhamento do caso.

Imaginou a família Behrani acordada agora, todos tendo de urinar na presença uns dos outros — inclusive a mãe, uma mulher de uma cultura que exigia que as mulheres se cobrissem da cabeça aos pés. Imaginou o coronel batendo na porta, preparado para fazer o que devia fazer. Se Kathy ainda estivesse dormindo e ninguém respondesse, será que presumiria que Lester também dormia e diria à família que teriam todos de esperar um pouco mais? Ou será que, ao ouvir o silêncio, pensaria que a casa estava vazia e começaria a fazer barulho?

Tinha de haver uma maneira melhor de proceder, mas naquele momento Lester não sabia qual era; sabia apenas que não fizera muitas coisas da melhor maneira. Pensou em Bethany e em Nate, e que em algum momento do dia iria procurá-los, para uma conversa a sós. Talvez no início da noite saísse com eles para comer hambúrgueres e tomar milk-shake de chocolate em alguma lanchonete da praia. Imaginou Kathy junto com eles, mas desistiu; seus filhos não estariam prontos para isso por enquanto — e a verdade é que ele também não estava pronto. Com alguma sorte, Kathy voltaria para casa dele ao anoitecer, e ele se lembrou de Bethany uma vez, ao pôr do sol, quando tinha 4 anos e estavam todos na praia. Carol estava ninando Nate e Bethany sentou-se ao lado dele na areia, com sua toalha de *Guerra nas estrelas* sobre os ombros. Virou-se para ele e perguntou de onde vinham os novos sóis.

— Os novos sóis? Como assim, querida?

— O sol novo que aparece toda manhã, papai.

— Querida, só existe um sol.

— Não, olha, papai, o mar está jogando aquele fora. Vê? Está ficando todo molhado. Todos eles ficam, papai. Você não sabia disso?

Ele riu e puxou-a para o seu colo, abraçou-a junto ao corpo e beijou seus cabelos sujos de areia até começar a sentir os lábios dormentes.

A buzina de um caminhão soou em meio ao trânsito da Broadway; Lester saiu do Toyota e trancou o carro. Sua pistola estava debaixo do banco do passageiro e ele desejou ter pegado seu coldre no Bonneville de Kathy, ao amanhecer. E pensou em como ela se sentiria quando acordasse. Será que os comprimidos e sua pistola passariam a ser apenas parte de um porre distante, no qual não precisaria mais pensar?

Cruzou o pátio ensolarado até a porta dos fundos do Palácio da Justiça e teve de apertar os olhos para fugir à luz ofuscante; a cabeça doía um pouco nas têmporas e as pernas mais pareciam dois compridos sacos de areia, na parte debaixo do corpo. A boca estava seca e Lester pensou em pegar uma Coca-Cola gelada numa das máquinas que havia no canto, perto dos elevadores. Respirou e disse a si mesmo para falar apenas a verdade sobre a noite de segunda-feira; nem uma palavra sequer sobre a noite anterior, mas admitir tudo sobre a segunda. Não havia problemas com sua camisa; Alvarez poderia até deixar tudo por isso mesmo, com uma reprimenda verbal apenas.

— Ei, Les.

A voz veio de trás, mas Lester buscou a sombra do prédio antes de voltar-se. Era Doug, que saía de dentro de sua patrulha com o motor ligado. Seu uniforme estava bem-esticado, apertado nos ombros e no peito; seu antebraço parecia, como sempre, absurdamente grosso. Mascava chicletes, coisa que sempre fez durante a patrulha, mas nunca em qualquer outro momento. O cabelo castanho exibia um novo corte, ainda mais curto que o de Alvarez, e Lester pôde ver seu couro cabeludo brilhar ao sol, pouco antes de Doug chegar à sombra e dizer:

— Pensei que estivesse de folga.

— Esqueci um livro no meu armário. Por que você não está na patrulha?

Doug meneou a cabeça e disse que tinha de liberar dois relatórios de prisão do dia anterior. Olhou diretamente para Lester e começou a mascar o chiclete com a boca fechada, como se mascar chiclete fosse algo ligeiramente indecente, dadas as circunstâncias.

— Barbara foi visitar Carol ontem à noite e ficou até bem tarde.

— Ah, é? — Lester achou que sabia aonde a conversa ia dar e não gostou nada daquilo. Além do mais, queria ir correndo lá dentro e resolver logo a pauta com Alvarez, para voltar à autoestrada e rumar na direção norte.

— Carol queria que nós dois fôssemos lá, mas para dizer a verdade, Les, eu não estava a fim de ficar a noite toda ouvindo você ser achincalhado. A propósito, você está um lixo. Dormiu na cabana a noite passada?

— Estamos lá por enquanto. — Lester contemplou o antigo prédio da Justiça, do outro lado da rua, por sobre a cerca de arame. Seu enorme domo de cristal parecia belo e elegante sob o sol.

— "Nós" ainda, é?

— É isso mesmo, Doug.

— Escuta, sei que já falamos sobre isso, mas você tem clareza quanto ao que está fazendo?

Clareza. Doug usava aquele tipo de linguagem o tempo todo, um vestígio de todas as oficinas de cura interior que frequentava com Bárbara nos fins de semana.

Doug pôs a mão no ombro de Lester, uma pata calosa e calorosa.

— Porque você sabe que está jogando tudo fora, certo, cara? Todos esses anos, vocês juntos, você está jogando no lixo. Você sabe disso.

Lester encarou Doug, a testa do amigo cheia de rugas de preocupação; contemplou seus olhos azuis, claros e sinceros, como jamais os vira. Mas simplórios também. Isso era o que Lester sempre gostara e ao mesmo tempo não gostara nele.

— Não vejo as coisas dessa forma.

Lester virou-se para abrir uma das portas e deixou o braço de Doug cair. Podia ouvir seu coração ecoar pelas veias e tinha mais sede do que nunca.

— Agradeço sua preocupação comigo, Doug, mas é o seguinte: você patrulha o seu território e eu o meu, está bem?

Em seguida, virou-se e entrou no Palácio refrigerado da Justiça. Três advogados de ternos escuros esperavam o elevador, com suas pastas e papéis. Olhou no relógio e desistiu da Coca-Cola. Talvez Alvarez lhe oferecesse café ou água. Esperou, com os braços cruzados na frente do corpo, os olhos nas portas de bronze polido dos elevadores. Podia ver seu reflexo nelas, mais alto que os advogados, mas dividido pela linha central onde as duas bandas da porta se encontravam. Ouviu-se o tradicional barulho, as portas começaram a se abrir e, enquanto se movia para a frente, Lester viu a própria imagem diluir-se a partir do meio e desaparecer.

Havia apenas o que estava à minha frente, coisas que eu conhecia mas não conhecia: uma cadeira vazia, virada para o lado da minha cama; uma porta aberta com sua maçaneta revestida de bronze, a maçaneta de todas as portas de todos os quartos em que já vivi pela vida afora; a luz do abajur sobre o cobertor que me cobria inteira, até meus braços. Parecia ser de lã, marrom e arroxeado como uma berinjela, e eu sentia calor debaixo dele, mas não me mexia.

Minha garganta estava seca e irritada, o rosto e a cabeça caídos sobre parte do travesseiro. Suava. Podia sentir o gosto do sal na garganta e esperava que minha mãe entrasse por aquela porta para me acordar a tempo de pegar o ônibus para a escola. Mas é aqui que estou deitada e era daqui que às vezes ficava olhando Nick sair do banheiro. Voltava nu ou enrolado numa toalha, seu instrumento de amor escondido sob o tecido felpudo; depois se vestia em silêncio na frente do armário para não me acordar, mergulhava na cueca, metia seu pênis oscilante no lugar, sob a cintura elástica, e subia as calças, que deixava abertas até encontrar a camisa certa. Eu costumava me sentar, acender um cigarro e ficar olhando Nick terminar de vestir a roupa que ele mal podia esperar para tirar toda noite, quando chegava em casa para comer demais e fumar demais enquanto tocava baixo no seu quarto, até que eu o fizesse vir ver televisão comigo ou fazer amor.

Agora ouvia vozes abafadas que vinham de trás de uma parede, numa língua antiga — a voz do coronel, depois a de sua esposa —, e então me sentei na cama de bronze deles, com um robe que não me lembro de ter vestido.

Puxei-o para mantê-lo fechado até a garganta, embora suasse e sentisse um enjoo repentino. O forro quebra-luz da janela estava fechado, mas um raio branco de sol apareceu num canto das cortinas pesadas que nunca pendurei ali. Lembrei-me de kiwis cortados ao meio numa bandeja de chá e da esposa do coronel de joelhos ao meu lado, segurando minha testa.

    Afastei o cobertor e o lençol e sentei-me para procurar minhas roupas, mas só havia a cadeira vazia. Fechei os olhos e respirei fundo; senti cheiro de chá. Minha boca estava tão seca, tinha um gosto tão terrível, e eu não queria pôr os pés fora desse quarto. Ouvi a porta de tela da frente abrir-se e fechar. Então levantei para fechar a porta do quarto, mas Lester apareceu, vindo do corredor, e olhou para mim como se não tivesse certeza de que fosse realmente eu. Depois me abraçou e me puxou para si e seu pescoço molhado de suor. Pus meus braços em torno dele e senti o cabo da pistola em sua cintura, atrás. E então me lembrei das minhas mãos em cuia debaixo da torneira, sob a luz fluorescente. Lester me abraçava forte, de um lado a outro. Eu não conseguia respirar. Afastei-me e fiquei a olhá-lo. Seus olhos estavam pequenos e vermelhos; havia um arranhão no nariz, um pequeno corte na bochecha e o bigode estava mais torto do que nunca. Parecia tão imóvel, os longos braços caídos, aquela pistola escondida atrás... Ele representava cada rapaz por quem eu me apaixonara na vida — magro, moreno e fora de controle —, e comecei a chorar, cobrindo a boca e com o braço esticado à frente, para que ele não se aproximasse. Sentei-me na cama e deixei vir o choro.

    Lester sentou-se na beirada da cadeira à minha frente e descansou as mãos em meus joelhos. Eram mãos grandes, com dedos tão longos que me senti como uma garotinha — e não sabia se isso era bom ou ruim. Depois levantou-se e deixou o quarto. Voltou com lenços de papel; enxuguei os olhos e assoei o nariz. Não conseguia olhar para ele e não queria que ele olhasse para mim. Meus pés descalços pareciam indistintos sobre o carpete, as unhas lascadas.

    — Conte-me o que aconteceu, Kathy. — Sua voz soava aguda e exausta. Ainda podia ouvir o murmúrio dos Behrani em outro cômodo.

    — Eles sabem que você acaba de entrar na casa deles?

    — Deles? — Olhou para a porta atrás de si, depois para o carpete. Havia um pedaço de papel no chão, que ele pegou, desdobrou e me estendeu. Ao lê-lo, senti meu rosto quente e o estômago frio e oco.

— Estão no banheiro?

Les assentiu. Pensei na esposa do coronel me trazendo chá e fruta — em seu rosto alinhado e belo a dedicar-me total atenção.

— Merda!

— É isso aí.

Pegou a nota da minha mão, dobrou-a cuidadosamente e enfiou-a no bolso da frente da calça jeans.

— Esperei por você no acampamento, mas, quando não apareceu, saí para procurá-la e acabei aqui. Olhei pela janela; vi minha pistola sobre o balcão e você não estava em lugar nenhum. Acho que temi o pior.

Sustentou meu olhar por um segundo, depois olhou para outro lado. E me contou que me ouviu resmungar, e que depois arrebentou a porta dos fundos e agarrou sua pistola... Quando me contou tudo isso, com voz firme, minha cabeça de repente ficou pesada demais para o pescoço.

Agora Les usava a linguagem da lei para classificar o que havia feito: arrombamento e invasão, ataque à mão armada, cárcere privado — e todas as complicações reais que tudo aquilo lhe traria. Sentou-se na cadeira com os cotovelos sobre os braços, os ombros encurvados, os longos dedos caídos.

— Pensei que você não fosse mais voltar — falei.

— Por que, Kathy? Por que você achou isso? — Inclinou-se para a frente e voltou a pousar as mãos nos meus joelhos.

— Não sei.

Olhei para os seus braços; uma comprida veia azulada se destacava ao longo do antebraço. Contei-lhe sobre a véspera, quando comecei a pensar, pela primeira vez, em quanto ele devia amar os filhos e o quanto eles o amavam, e como eu me senti mal por ter entrado nesse cenário.

E então fiz uma espécie de voto a mim mesma: de tentar resolver meus problemas sem bagunçar a vida de mais ninguém. Vim até aqui para conversar com a esposa do coronel de mulher para mulher, mas o marido chegou e me forçou a entrar no meu carro, e quando contei isso a Les senti raiva de novo. O tempo inteiro fiquei com os olhos fixos nas veias do braço dele; seus pés se balançavam ligeiramente, mas depois pararam.

— Quanto você bebeu, Kathy?

Eu lhe disse, mas não conseguia lembrar o que veio primeiro e o que veio depois. Quase não contei sobre a mulher no posto de gasolina, mas quando falei, perguntou se ela tinha olhado muito para mim e para a placa do carro.

— Não sei dizer.

Ficamos ambos em silêncio. Lester levantou-se, sentou na cama ao meu lado e passou o braço em torno de minhas costas. O cheiro do corpo dele era forte e ele tinha mau hálito, cheirava a café velho. Isso me fez sentir um pouquinho melhor, o fato de ele não ter um cheiro de limpeza. Então pensei em meus próprios dentes, cobertos de ácido estomacal seco, e baixei o rosto. De dentro do banheiro, ouvimos uma batida e a voz abafada do coronel, que chamava Lester de "senhor" e pedia para ser solto, para que sua família pudesse comer.

— Isso é loucura, Les.

— Loucura? — Abraçava-me contra o corpo, a voz quente em meu ouvido.

— E tentar se matar, Kathy? Como devemos chamar isso?

Soltou-me e se manteve de pé, o cabo da pistola aparecendo na cintura.

— Me diga só isso: foi bebida demais num dia muito ruim? Ou você quer mesmo morrer?

O coronel bateu novamente na porta do banheiro. Olhei para o tapete persa e todos aqueles tons de vermelho-escuro e roxo. Minha garganta começou a fechar.

— Eu só...

— Sim?

— Eu só quero que as coisas mudem.

O coronel bateu na porta. Pelo som, parecia bater com o punho cerrado.

— Você precisa nos deixar comer imediatamente!

Lester deu um salto e alcançou o corredor.

— Vocês comem quando ligarem para o maldito condado!

— Sim. — O coronel falou em voz baixa e amortecida pela porta fechada, mas ouvi com clareza as palavras que se seguiram: — Farei o que você diz. Nós venderemos a casa.

Lester olhou em minha direção e deu um sorriso tão grande que seu bigode subiu, como uma linha reta e negra sobre seus dentes. Mas eu mal conseguia me mexer. Fiquei ali sentada, sem saber que acabara de ganhar a parada. Pus a mão sobre meus lábios; ele entrou e ajoelhou-se no chão, aos meus pés.

— Que tal isso, para variar? — disse, e meneou a cabeça. — Quando descobri o que você fez, me senti jogado fora. Não é estranho? O que isso diz sobre mim?

Eu não sabia o que aquilo dizia sobre Lester, mas sabia que me senti mais próxima dele quando me contou como se sentiu. Inclinei-me e peguei sua mão. Deslizei meu dedo sobre os nós dos dedos e mais embaixo, até a aliança de casamento.

— Acho que não teria feito nada disso sóbria, Les. Se é que isso ajuda...
— Ajuda, sim.

O coronel bateu de novo, dessa vez de leve.

— Tenho de manter a pressão sobre eles até irem lá, Kathy. Talvez você devesse ir embora antes.

— Vou ficar aqui mesmo.

— Promete? — Les me olhava firmemente, com aqueles olhos escuros calorosos e carentes, e eu não sabia se queria que me beijasse ou que se afastasse.

Beijou-me e um dos pelos de seu bigode subiu ao meu nariz. Fiquei olhando enquanto deixava o quarto, empunhando a pistola. Procurei minhas roupas por ali, mas não estavam em lugar algum. Então levantei-me, fui até o corredor e vi Lester empurrar um pé de cabra contra a parede, abrir a porta e dar um passo para trás, com a pistola ao lado do corpo. Aos seus pés, sobre o tapete, havia duas gravatas. Mandou que os Behrani fossem para a cozinha. Quando saíram do banheiro, fechei o robe até o pescoço. Minha vontade era voltar para o quarto e fechar a porta, mas sabia que já tinham me visto. Lester foi andando de costas à frente deles e parou na porta do quarto, ao meu lado, para lhes dar passagem.

O coronel foi na frente, seguido pela esposa e pelo filho. Ao passar por mim, olhou diretamente à frente, com o queixo empinado, como se marchasse numa parada militar. Sua camisa estava amarrotada e havia um pouco de creme de barbear logo abaixo da mandíbula. Fiquei impressionada com isso — com o fato de ele ter tido o sangue-frio de se barbear. Ao olhar para ele naquele momento, com Lester ao meu lado com a pistola, fiquei contente por tudo estar acontecendo daquela forma. Para mim, esse cabeça de merda truculento já estava quase virando um passado do Oriente Médio. Foi então que sua esposa me olhou de relance sem virar a cabeça — e eu percebi que tinha medo de Lester e tentava entender qual era a minha posição diante de tudo. Desviei os olhos para o chão, a ponto de ver os grandes pés morenos de seu filho adolescente.

Les cutucou meu ombro e fez sinal para que eu usasse o banheiro, caso precisasse. Depois seguiu o rapaz até a cozinha e eu me fechei no velho banheiro, tranquei a porta e urinei o mais silenciosamente que pude. O aposento cheirava a pasta de dente e creme de barbear do coronel. Minhas roupas estavam na prateleira de toalhas à minha frente, dobradas e bem-empilhadas contra a parede: meus shorts, a camiseta turquesa da Fisherman's Wharf, que pertencia à filha do meu cliente, e, debaixo de ambos, uma ponta da calcinha dela e do meu sutiã. Atrás da pia, estava o vidro vazio do remédio. Eu não me lembrava sequer de tê-lo segurado em minhas mãos. Ao vê-lo, porém, não fui tomada pelo remorso e pavor que sentira antes. Ou mesmo pela compulsão doentia de tentar de novo. Senti-me grata, como se o conteúdo daquele vidro marrom, agora vazio, tivesse feito tudo mudar para mim como nenhuma outra circunstância o faria. Enquanto lavava o rosto e as mãos com água quente e sabonete, eu me imaginava lavando a camiseta e a calcinha e devolvendo-a a garota ainda essa semana. Hoje é quarta-feira — sim, quarta, o dia da minha faxina matinal no rio Colma, quando eu deveria limpar a casa dela de novo, mas teria de ligar para seu pai no escritório e adiar por um dia ou dois, porque iria me mudar. Mudar de novo para minha própria casa.

Peguei uma toalha limpa e sequei o rosto sem esfregá-lo, respirei mergulhada no cheiro bom do atoalhado espesso e macio. Ainda queria desaparecer, mas não completamente. Minha boca tinha um gosto horrível. Peguei o tubo de pasta de dente, espremi um pouquinho no dedo e fiz um bochecho, enxaguando umas seis ou sete vezes.

Depois, bebi água da torneira. Os utensílios de barbear do coronel estavam na prateleira de toalhas, mas não havia nada da esposa. Nem pente, nem escova, nem mesmo um pó. Curvei-me, deixando o cabelo cair sobre a cabeça. Depois ergui-me rapidamente e passei os dedos pelo couro cabeludo, para ajeitar o que fosse possível, embora só tenha tido coragem de me olhar no espelho por um segundo.

Despi o robe da Sra. Behrani e comecei a me vestir. Estava um pouco tonta por tentar arrumar meu cabelo e podia ouvir o barulho de talheres na cozinha, e a voz de Lester, que dizia alguma coisa sobre uma agenda telefônica. Falava em tom mais alto e mais rápido que de costume, mais nervoso. Sabia que tinha virado a noite e que agora estava fazendo uma coisa que bem poderia dar problema, se alguém descobrisse — algo que jamais faria, senão por mim. Mas depois me lembrei daquela sua história de plantar cocaína no banheiro do cara que espancava a mulher e me senti um pouco melhor, quando vesti a camiseta e captei um vago odor de vômito e lubrificante de pistola. Eu e Lester.

Senti então cheiro de torrada. Meu estômago jamais estivera tão vazio e oco. A fome tornou-se uma dor, que revirava atrás das costelas. Meu corpo parecia leve, quase puro, mas não a cabeça. Era como se eu tivesse colocado algodão não nas orelhas, mas em meus próprios pensamentos. Um cigarro e um pouco de chá, eis tudo do que precisava. Dobrei a toalha e a guardei de volta na prateleira. Escutei de novo o barulho de talheres contra porcelana, vindo lá da cozinha. O coronel limpou a garganta e falou ao telefone. Minhas mãos e meus dedos pulsavam — abri a porta o suficiente para ouvi-lo dar seu nome completo e meu endereço a alguém do outro lado da linha. Meti a cabeça para fora da porta e espiei o corredor; vi o filho deles sentado no balcão, agarrado a uma tigela de cereal. Consegui ver também as mãos da mãe, que passava manteiga numa torrada com todo o cuidado, como se fosse uma coisa viva.

O coronel estava de pé contra a parede do fundo, próximo a dois ou três vasos de flores; segurava o fone com as mãos. Não vi Lester em lugar algum, mas imaginei-o de pé na sala de jantar, com a pistola na mão. E, ao sair do meu banheiro, ajeitando mais uma vez o cabelo com os dedos, rezei para que não a estivesse apontando para ninguém.

S egui as ordens de Burdon; dei o telefonema e estou sentado num banco, no balcão, com minha mulher e meu filho. O chá preto que tomamos está mais amargo, pois o samovar ficou aceso a noite toda. Burdon e sua *gendeh* estão sentados no sofá, atrás de nós, comendo nosso pão, bebendo nosso chá. Pela janela da cozinha, sob os degraus do novo terraço panorâmico, o céu está tão claro e azul como o que a gente vê quando voa a uma grande altitude, acima das nuvens. Do bosque do outro lado da rua, chegam os sons matinais dos pássaros. E mais ao longe, talvez lá embaixo na vila, um cão ladra. Nadereh comeu muito pouco da torrada em seu prato e bebe chá sem açúcar. Como raramente faz isso, presumo que seja para evitar o barulho que o ar às vezes faz, quando é puxado entre o açúcar e os dentes. Esteve calada a manhã inteira. O mesmo pássaro silencioso que ficou agarrado ao nosso filho pequeno no meio da noite, enquanto nossa limusine à prova de bala cruzava as alamedas da capital. Mais uma vez, ela me entrega a responsabilidade de agir, e fico grato e ressentido ao mesmo tempo por isso.

Meu filho acabou de comer e está sentado, à espera do que acontecerá em seguida. Esta manhã, enquanto nos revezávamos para fazer a higiene na pia do banheiro, eu lhe disse mais uma vez para não fazer nada, a não ser o que o Sr. Burdon mandasse.

— Sim, *Bawbaw* — disse, com os olhos em mim, olhos que emanam uma luz escura e cheia de esperança que, agora, é um tronco pesado sobre minhas costas, porque na verdade eu não tenho plano algum. Ouço Burdon cochichar com Kathy Nicolo no sofá. Enquanto eu falava ao telefone com o mesmo burocrata de antes, do Departamento de Fazenda, Burdon sentou-se na ponta do nosso sofá, com a arma no assento ao seu lado, e a voz do burocrata me pareceu quase a de um garoto, incapaz de esconder o alívio que sentira ao me ouvir dizer que venderia este chalé de volta ao condado. Por um breve instante, senti o tamanho daquele alívio e a vontade de simplesmente seguir suas instruções, ir até Redwood City para assinar a documentação necessária para que liberassem um cheque em meu nome. Fazer exatamente o que me ordenam e ir embora. Mas a ordem parte de quem? Desse policial doentio e fraco movido por um amor? Ademais, ir para onde? Para um hotel que começará a engolir nossa pequena reserva de dinheiro antes mesmo de encontrarmos uma nova casa, que certamente não teríamos condições de comprar e vender pelo triplo do preço que pagamos? Bebo meu chá amargo, com nossos sequestradores cochichando atrás de mim. Muitas e muitas vezes, quando eu militava como soldado do lixo sob o sol quente ou sob a névoa fria e molhada — junto com o velho vietnamita, os panamenhos gordos e preguiçosos, o porco do Mendez, os chineses que fumavam cigarros como se fossem ar importado de seu país de origem —, enquanto nos espalhávamos ao longo do acostamento da rodovia com nossos arpões e as sacolas plásticas amarelo brilhantes, às vezes acreditava estar sendo punido, entre mendigos, pela vida confortável que levara como oficial do alto escalão. Mas essa ideia só me vinha nos piores dias, quando meu cansaço parecia vir do meu próprio sangue. Na maior parte do tempo, achava que estava sendo testado por meu Deus e que, se tivesse o sincero desejo de sair daquela vida, precisaria ter paciência e continuar a suportá-la, até que minha oportunidade se revelasse; esse casal armado em nossa casa nada mais é do que uma prova dentro de outra prova, algo que vem quando a vitória já está bem próxima. Mais uma vez, preciso apenas curvar-me e esperar.

Um carro passa pelo chalé e alguém se levanta do sofá. Há um suave farfalhar das cortinas na janela e ouço passos sobre o tapete, em direção ao balcão e o telefone, à minha esquerda. É Burdon, com o cabo da arma projetando-se da cintura, na frente da calça. Olha para todos nós enquanto aperta o botão do receptor. Terá talvez vinte anos a menos que eu, mas minhas veias engrossam diante da simples ideia de arrancar a pistola de suas calças.

Será que me tornei demasiadamente lento? Bem, se preciso me fazer essa pergunta, é porque já é tarde demais. Respiro calmamente, afasto-me do Sr. Burdon e olho por cima de Nadi para Esmail, que olha para mim, depois para a arma de Burdon e novamente para mim, o rosto imóvel, os olhos brilhantes.

Ao telefone, Lester V. Burdon identifica-se como delegado-assistente e solicita informações sobre alguma ocorrência envolvendo um ataque à mão armada nas imediações de San Bruno na noite anterior, num posto de gasolina de autosserviço na saída da King's Highway. Fica em silêncio por um longo tempo e eu não sei se está de olho em nós ou em sua mulher. Ouço-o falar de novo.

— Alguém identificou o veículo?

Burdon agradece ao colega e desliga. Não se move e eu o observo detalhadamente. Seus olhos estão pequenos e úmidos de cansaço. É claro que não dormiu, mas não sei se isso contará ou não a meu favor.

— Você e seu filho vêm comigo. Arrume-se. Temos muito o que fazer.

Lester permitiu que o coronel e o rapaz fossem até seus quartos, um de cada vez, para pegar roupas limpas; depois ordenou que fossem juntos ao banheiro, para se trocar. Esperou no saguão meio escuro, segurando a pistola ao lado da perna. E, ainda que estivesse com dupla trava de segurança, desejou que a arma não fizesse parte da equação. Mas que equação era aquela, afinal? Não tinha certeza. Tudo o que sabia era que já tinham a descrição de Kathy e do veículo, no caso do posto de gasolina, mas não tinham o número da placa. E que sua reunião com Alvarez havia corrido melhor do que ele honestamente poderia esperar.

Lester se sentara numa cadeira de aço, na frente da mesa do tenente, e contara grande parte da verdade sobre o episódio de segunda à noite: que tinha ido àquele endereço em Corona em nome de uma pessoa amiga e que simplesmente havia sugerido ao Sr. Behrani que fizesse a coisa certa e se mudasse. Não tinha feito qualquer tipo de ameaça; estava apenas tentando atuar como intermediário numa disputa.

— Infelizmente — disse ele ao tenente —, cometi o erro de ir de uniforme. Agora sei que isso foi extremamente inadequado.

— Ele disse que você ameaçou deportar toda a família.

Lester sorriu e negou com um meneio de cabeça.

— Não sou do Departamento de Imigração.

Talvez Alvarez tivesse feito uma corrida excepcional aquela manhã, ou talvez a visão de Lester com os cabelos ainda úmidos, corte no rosto e calças amarrotadas tivesse contribuído para remeter à mensagem sobre problemas familiares que deixara para o tenente. Alvarez recostou-se na cadeira estofada atrás de sua mesa, os cotovelos nos braços, as pontas de todos os dez dedos juntas.

— Você e sua esposa estão tendo aconselhamento conjugal?

— Estamos. — Lester não havia planejado essa mentira, mas saiu tão naturalmente que até ele próprio teve de parar para pensar se estava ou não em aconselhamento. O tenente olhou para ele por intermináveis cinco segundos. Inclinou-se para a frente e levantou uma caneta que estava sobre o seu bloco de ocorrências.

— Você é um oficial de campo. Eu não deveria ter de lhe passar um sermão sobre o código do departamento.

— Sim, senhor.

O tenente bateu com a caneta uma vez na palma da mão, depois levantou-se. Lester fez o mesmo.

— Considere esta uma reprimenda oral para você se enquadrar. E da próxima vez que eu o chamar ao meu gabinete, não quero saber se houve uma morte na família: quero você naquela cadeira. Entendido?

— Sim, senhor.

— Você tem um futuro brilhante aqui, oficial. Recomendo que não cague no prato que come. Tenha um bom dia.

Dentro do banheiro, o coronel falava baixo, em persa, com seu filho adolescente. Mas o rapaz estava calado e Lester se perguntou se estaria com medo. O coronel com certeza não demonstrava medo na voz. Estaria ele resignado nessa nova situação, em que teria apenas de reverter a venda da casa e tudo estaria resolvido? Lester não acreditava nisso. Lembrava-se bem da expressão no rosto do coronel depois que ele tirara o cano da pistola de debaixo de seu queixo: olhos apertados, lábios em linha reta. Agora Lester enxugava o suor da testa e tentava respirar profundamente pelo nariz, mas o ar não vinha com a rapidez necessária. Isso era loucura; Behrani era orgulhoso demais para aceitar tão passivamente a derrota. Estaria se fazendo de desentendido? Estaria apenas ganhando tempo até que ele e a família ficassem livres de Lester e de sua pistola? E quando seria isso? Depois que tirassem suas coisas dessa casinha e, quando o caminhão de mudança estivesse a umas quatro quadras de distância, ligassem de um telefone público para o tenente Alvarez, em Redwood City?

A esposa do coronel lavava os pratos em silêncio, na pia cheia d'água. Lester sentiu o cheiro do cigarro de Kathy e achou que podia deixar a Sra. Behrani sozinha por um ou dois minutos. Chamou Kathy pelo nome e ouviu-a levantar-se imediatamente do sofá. Não sabia como ela receberia o que estava prestes a lhe dizer, mas começou por retirar o cartucho carregado da pistola e empurrar, com a ajuda do polegar, cada uma das balas de 9 milímetros para a palma da mão. Kathy veio para o seu lado, com os cabelos um pouco revoltos, o rosto ensombrecido. Beijou-a rapidamente nos lábios e sentiu o gosto de chá e nicotina. Depois tomou sua mão e depositou nela as balas. Uma caiu no tapete; Lester abaixou-se rapidamente, pegou-a e recolocou na mão dela. E sussurrou:

— Temos de sair dessa situação.

Kathy olhou para ele e balançou a cabeça, sem entender. Seus olhos estavam escuros e úmidos, os lábios entreabertos, como se fosse dizer algo que havia ensaiado, mas que agora tivesse esquecido.

— Esse escroto não vai deixar as coisas assim, Kath. Assim que o mandarmos arrumar suas coisas, vai dar o bote.

— O que você está querendo dizer? Para deixá-lo ficar com a casa?

Lester podia ver o coração dela bater na jugular.

— Não, você precisa vender a casa para ele. Pegue a grana que ele pagou ao condado e deixe-o fazer o que quiser com este lugar.

— É a casa do meu pai, Les. — Uma lágrima saiu do seu olho direito e Lester enxugou-a com o polegar. Ele fechou os olhos, respirou fundo pelo nariz. Já ia dizer que sentia muito, que tinha perdido o controle e feito tudo errado, mas a porta do banheiro se abriu. Pai e filho saíram, o coronel vestido com calça social, camisa branca e gravata de seda, e o rapaz com tênis de basquete, bermuda surfista verde e camiseta.

Lester sentiu o perfume da colônia do coronel, uma fragrância doce e europeia. Postou-se com Kathy à porta do quarto do rapaz e fez um sinal com a pistola para que ambos fossem para a cozinha. Sentiu a presença de Kathy exatamente atrás dele, oculta, fungando e enfiando as balas nos bolsos do short. Quando os dois Behrani chegaram ao balcão da cozinha, de costas para o vestíbulo, Lester lhes disse para ficarem exatamente ali. O rapaz era mais alto que o pai e olhava na direção de sua mãe, na cozinha. Lester curvou-se contra o batente da porta, de modo que ainda pudesse ver os dois e Kathy ao mesmo tempo. Ela o olhava com os olhos cheios de lágrimas.

— A culpa é toda minha. Nunca tive a intenção de meter você numa situação dessas.

E Lester pensou que era bem verdade que eles não estariam ali agora se na véspera à noite ela tivesse ido encontrá-lo na cabana de pesca. Se tivesse ido para lá, bêbada ou sóbria, e não vindo para cá, com a pistola dele. Mas sentia que os Behrani estavam esperando e essa não era a hora; a conversa ficaria para depois.

— Sei que não — sussurrou. — Escute, pegue o dinheiro e ele ainda terá a casa. Assim talvez eu consiga convencê-lo a manter tudo isso entre nós.

Kathy limpou o nariz e balançou a cabeça negativamente.

— Não vai funcionar. Você não conhece o gênio dele.

Lester olhou para pai e filho. O rapaz havia cruzado os braços sobre o peito e o coronel descansava uma das mãos no balcão, como se estivesse prestes a perder a paciência. Lester sentiu um calor subindo pelo seu rosto e pescoço; a boca ficou seca. Kathy tinha razão; mesmo se Behrani concordasse com essa súbita mudança de planos, não podia ter certeza de que não se voltaria contra eles em algum momento ao longo do caminho, só por vingança, ficando ou não com a casa. Sentiu os dedos de Kathy em seu braço.

— Vamos ter que fugir, não vamos?

Lester fez que sim. Mas o que fariam? Sairiam de carro por aí, sem destino? E em qual deles, seu Toyota e o carro procurado de Kathy? Ou teriam de deixar o carro dela para trás? Os aeroportos seriam alertados, assim como todas as estações rodoviárias e ferroviárias. Teriam de se disfarçar, alugar um carro com nomes falsos e seguir para alguma fronteira, ao norte ou ao sul. Lester sentiu um gosto metálico na boca; as pernas pareciam ter sumido e ele estava à deriva, num espaço negro e frio. Como e quando conseguiria ver Bethany e Nate de novo? Abraçá-los, beijá-los? Mas qual era a alternativa? Ser acusado de crimes? Ser preso?

— Vamos precisar desse dinheiro, Kathy.

Ela olhou na direção do vestíbulo, depois fechou os olhos e balançou a cabeça.

— Eu não queria arrastar você na minha sujeira, Les. Juro que não queria.

— Ei — disse ele, beijando-a levemente no rosto e nos lábios. — Sua sujeira é a minha sujeira. Pense em algum lugar ensolarado para onde possamos ir.

As chaves ainda estavam na ignição do Bonneville. Lester fez o coronel e o rapaz irem na frente e entrou atrás. Os bancos já estavam quentes por causa do sol e o interior do carro cheirava um pouco a gasolina e ao cigarro de Kathy. Nos pés de Lester havia uma embalagem vazia de rum Bacardi, dose única. Disse ao coronel para ligar o carro, circundar a entrada e dar a volta por trás da casa. Behrani fez uma pausa antes de pôr o carro em movimento. O filho olhou para o pai e, em seguida, para fora; Lester adiantou-se e apertou o cano da pistola contra o pescoço do coronel. O rapaz pareceu enrijecer-se no banco do passageiro e Lester sentiu-se mal com isso, mas não o suficiente para afastar a pistola. O coronel conduziu o veículo lentamente para os fundos da casa.

As bagas de suor em sua careca emendavam uma na outra e isso fez com que um fio de suor escorresse pelos cabelos grisalhos e cada vez mais escassos do velho oficial.

— Encoste ao lado da cerca e me passe as chaves.

Lester voltou-se para o filho, que olhava para o horizonte pelo para-brisa, como se estivessem numa estrada aberta. O rapaz tinha costeletas macias e sedosas.

— Esmail... estou pronunciando seu nome corretamente?

O rapaz fez que sim com a cabeça, uma vez.

— Bom. Agora quero que me escute, Esmail. Ontem à noite, você fez uma coisa que me obrigou a trancar sua família no banheiro. Neste momento, vamos fazer um passeio até Redwood City e quero que nos faça companhia. Olhe para mim, por favor.

O rapaz olhou e Lester apertou um pouco mais o cano da arma contra o pescoço do coronel.

— Os homens aprendem com seus erros, Esmail. E você não quer que as consequências sejam piores, quer?

Esmail balançou a cabeça negativamente, os olhos fixos no dedo que Lester mantinha no gatilho.

— Bom garoto. — Lester saiu do carro e enfiou a arma na cintura, cobrindo-a com a camisa. O céu estava tomado por uma névoa clara e acinzentada que fê-lo apertar os olhos; mandou o coronel andar na frente e o rapaz em seguida. O interior do Buick do coronel estava limpo, como se tivesse acabado de sair da loja; Lester sentou-se atrás, diretamente atrás de Esmail no banco do passageiro, e esticou as pernas sobre o estofamento cinza.

Quando o coronel ligou o carro, Lester apertou o botão que abria a janela, pois precisava de ar; pôs a pistola no colo e disse ao coronel para descer a colina e pegar o Hillside Boulevard na direção da estrada El Camino Real, ao sul.

Sua boca estava seca por causa do chá persa e por não ter dormido. Queria uma Coca-Cola gelada, embora soubesse que não precisava de açúcar nem de cafeína; era como se estivesse escorregando de uma montanha em alta velocidade e uma fina corrente elétrica o percorresse dos pés até o cérebro. E a sensação não passaria até que aterrissasse em chão firme. Mas onde seria isso, no México? Iria de carro para o sul, passando por Chula Vista e todos os lugares de sua juventude, até o mesmo posto de fronteira onde seu pai trabalhara? Não, iriam para o norte, até Vancouver ou para a Colúmbia Britânica, onde ouvira dizer que havia montanhas ao longo da costa. Ele e Kathy poderiam perder-se por lá e encontrar uma cabana onde passariam as manhãs e o início das tardes na cama; depois acordariam para tomar uma chuveirada juntos, vestir-se e sair em busca de uma refeição quente e demorada, numa daquelas cidadezinhas à beira-mar. Sentiu que Bethany e Nate estavam fora desse quadro e tentou engolir em seco, mas não conseguiu. Mas, afinal, será que tudo seria assim tão fácil? Será que os Estados Unidos tinham um acordo de extradição com o Canadá? Será que teriam de se esconder lá também? Lester não sabia.

Teria que descobrir.

Ao pé da colina, o coronel parou num cruzamento, antes de pegar a via principal até o centro de Corona. Do outro lado da rua estava uma viatura preta e branca da cidade, estacionada junto ao meio-fio, e Lester reconheceu o jovem policial atrás do volante. Seu nome era Cutler. Uma noite, na última primavera, Lester tinha dado cobertura a ele fora da sua jurisdição, no caso de um jipe cheio de rapazes bêbados de uma fraternidade de San Francisco. Cutler olhou de relance para o Buick do coronel assim que este pegou a esquerda para Hillside; Lester afastou o rosto da janela devagar e manteve os olhos no perfil do coronel, que já subia as colinas e passava por vastas plantações de pinho *ponderosa*, cortadas aqui e ali pelos gramados bem-aparados de casas com vista para o mar, nos terraços do andar de cima. O céu ainda estava cinza e isso alterava a tonalidade da grama para um verde mais profundo, não muito natural. O coronel dirigia com as mãos no volante, conferindo o retrovisor praticamente a cada segundo. Lester virou-se e viu três ou quatro carros que vinham atrás deles na subida. Virou-se para o coronel e disse, com a voz calma e relaxada, para acelerar um pouco; ele obedeceu instantaneamente. Ainda estaria se fingindo de desentendido? Ou estava realmente nas mãos de Lester, a ponto de ficar calado quando tudo aquilo acabasse? Lester sentiu um pouco mais de esperança. Talvez houvesse um jeito de contornar tudo isso. Pegou a pistola de serviço e deslizou-a para debaixo da perna.

— Precisamos conversar, coronel.

Os olhos de Behrani dispararam no retrovisor. E Lester viu um medo novo neles — isso e uma dureza também, que ele teria de começar a suavizar imediatamente.

— Quanto você pagou pela casa?

— Quarenta e cinco mil dólares.

Lester olhou para as mãos dele, para seus dedos finos e longos, dedos de mulher; sabia que o preço de leilão seria baixo, mas jamais esperava que fosse um terço do valor da propriedade. Tomou meio fôlego e soltou. Por que dar a esse filho da puta ditatorial o melhor negócio? O que ele fez para merecer? Por que não pegar o dinheiro e a casa também? Mas o que estava em jogo não era o que o coronel tinha feito na noite anterior, Lester sabia; era o que ele próprio tinha feito. E Kathy também. Ainda havia tempo para negociar; ainda não estavam completamente em fuga.

— A Sra. Nicolo não está muito bem.

Os olhos do coronel voltaram-se novamente para o retrovisor. Dessa vez, pareceram mais suaves, curiosos, não em relação a Kathy, provavelmente, e sim quanto ao rumo da conversa, à mudança de tom. Isso era bom, pensou Lester, dois homens conversando.

— Você viu isso a noite passada, não viu, coronel?

O rapaz olhou para o pai e de novo para a estrada à sua frente

— Sim.

— Ela só precisa descansar.

Pareceu que Behrani queria dizer alguma coisa, mas estava inclinado a esperar o momento certo.

— Ela mudou de ideia com relação à casa.

— O que isso significa? — indagou o coronel, olhando novamente para o espelho.

— Significa que pode ficar com ela.

Behrani ergueu as sobrancelhas, duas cobrinhas que saíam do nada.

— Ela não quer mais rescindir a venda?

— Sim e não. Quer apenas ser incluída na transação dessa vez. Sem a participação do condado. Uma transação particular.

— Não entendo.

— Entre vocês dois. Você pega o cheque do condado e endossa para ela. Quando o condado devolver a casa para Kathy, ela deixa você ficar com ela e vai descansar.

Estavam entrando num pequeno distrito comercial. Passaram por uma loja de roupas, um fornecedor de artigos para golfe e um misto de locadora de vídeo e lanchonete.

Behrani voltou a olhar para a estrada, o rosto inexpressivo.

— Ela vai preparar a documentação adequada por esse valor? Estará escrito que o chalé pertence a mim?

— Sim.

Mais acima, estava a saída para o Skyline Boulevard e para a autoestrada Junipero Serra. Lester costumava pegar a El Camino Real, mas pela autoestrada chegariam mais rápido.

— Estamos de acordo sobre isso, coronel?

Behrani olhou pelo retrovisor.

— Assim que os burocratas do condado escriturarem a propriedade em meu nome, dou o dinheiro a ela.

Lester inspirou profundamente e soltou o ar. Isso poderia levar dias.

— Pegue a Skyline, por favor.

O coronel fez a volta devagar. Tinha acabado de concordar em endossar o cheque, mas por que o tom sombrio e desconfiado na voz? Eram as circunstâncias sob as quais tudo aquilo estava acontecendo, Lester tinha certeza. Era o orgulho do coronel. Lester pensou que talvez devesse se desculpar, explicar simplesmente que ele não sabia o que tinha acontecido a Kathy, que reagira irracionalmente e agora gostaria de deixar tudo aquilo para trás, se pudesse. Mas se agisse assim, estaria oferecendo ao coronel cativo a sua própria cabeça. E agora um novo medo começava a infiltrar-se em sua caixa torácica, fazendo-o gelar: o Departamento de Fazenda ficava a poucos metros do prédio do Palácio da Justiça, em Redwood City. Teria de permitir que o coronel entrasse sozinho e rezar para que estivesse de acordo com essa nova proposta, a ponto de assinar os papéis e sair sem falar com mais ninguém. E quanto ao rapaz? Se o deixasse acompanhar o pai, Lester viraria um alvo solitário na mira de tiro, caso Behrani concluísse que estaria mais protegido chamando os lobos do que mantendo sua parte no acordo. E que vantagem Behrani teria em fazer um acordo com Kathy? Ele já era o dono da casa. Tudo o que teria a ganhar era algo que já era dele. Isso e ficar livre de Kathy e Lester — o que também conseguiria se ligasse para o Departamento de Polícia do ramal do próprio Departamento de Fazenda. Em poucos minutos, meia dúzia de oficiais cairia sobre Lester, sozinho no Regal do coronel. Não, pensou Lester, aquele não era o momento para ter falsas esperanças; tinha de trabalhar para voltar a Corona com o cheque do condado, e tentar fazer uma nova leitura das coisas a partir daí. Ademais, teria de reconsiderar o tom de toda a transação; a única acusação que ainda havia contra ele era o fato de ter perdido o controle na noite anterior e de ainda estar armado. Além disso, para todos os efeitos práticos, estava conduzindo o coronel e o filho contra a vontade — e eles ainda não sabiam o que Lester seria capaz de fazer. Isso queria dizer que precisaria manter o rapaz no carro junto com ele quando chegassem a Redwood City — como uma espécie de seguro humano, ideia que o fez corar nos ombros e no pescoço. Girou a cabeça uma vez para cada lado, mas seus músculos estavam retesados demais para que qualquer coisa estalasse.

Olhou pela janela. O Skyline Boulevard estirava-se ao longo da espinha dorsal de montanhas que marcavam a divisão entre o lado oceânico da península e a baía. Logo que começou a patrulhar esse território, Lester ficara impressionado com o contraste absoluto que havia na vegetação, em cada um dos dois lados. As terras a oeste, das montanhas até as praias do Pacífico, viviam sob névoa e chuva — e portanto eram ricas em florestas de carvalhos, pinheiros, madronas e abetos-de-douglas. Ao sul de Half Moon Bay, as terras férteis eram cultivadas até a costa: vastos campos de alcachofras de um verde tão consistente que quase não conseguia suportar, após horas dirigindo. A grama dos jardins era espessa, dura — e verde. No entanto, em cidades mais a leste, de San Bruno até Palo Alto, a grama parecia ressecada e amarelada. Mesmo as terras irrigadas das propriedades em torno de Woodside não apresentavam o mesmo tom rico em clorofila das do leste. O próprio gramado da casa de Lester, em Millbrae, era seco e duro demais para uma pessoa sentar; era preciso usar uma cadeira. E as raízes eram amarelas. Em vez de vegetação alta e verde, as cidades em volta da baía estavam cheias de arbustos secos de manzanita, pinheiro-agulha e fotínia, plantas que florescem bem em solo erodido.

Logo estavam na autoestrada e o coronel dirigia em velocidade normal. Um caminhão de 18 eixos começou a passar à esquerda deles e Lester, pela janela, conseguia ver apenas o cromado das rodas girando. Baixou a pistola entre os joelhos e colocou-a no piso, entre os pés. À esquerda, estava o lago San Andreas, o início do santuário da pesca sustentável na região, cuja água tomava a cor cinza e brilhante do céu. Lester fechou os olhos àquela claridade por um momento, mas logo os abriu na mesma velocidade. Ainda tinha dentro de si um zumbido que não lhe era de todo estranho. Sentia os membros leves, como se dentro deles corresse vapor e não sangue, e tudo o que via tinha um novo tipo de claridade: os pequenos pontos de linho no tecido cinza dos descansos de cabeça do Buick; o perfil do coronel sempre que olhava para a esquerda ou para a direita, e o modo como conseguia distinguir facilmente cada cílio um do outro; o cabelo do rapaz, negro como o de um mexicano, seu couro cabeludo rosado, que mal era visível entre os fios grossos, apenas o indício de suaves tons marrons. Era adrenalina, sim, porém bem mais do que isso; adrenalina que tinha parado de chegar em amadorísticas golfadas. Agora o fluxo era regular, o corpo inteiro parecia estar numa espécie de alerta molecular. Lester conhecera essa sensação no nascimento de seus dois filhos; experimentara-a também em seu trabalho, em variados graus. E agora parecia ter vindo com o ato de deixar a esposa e com o fato de ter ido demasiadamente longe para isso. Lester tinha a certeza de que estava prestes a topar com um pote cheio de ouro — ou então ser completamente arrastado pela correnteza rio abaixo.

Mas não dava para dizer que a sensação era ruim. De repente, ocorreu-lhe que provavelmente era assim que os criminosos queriam se sentir o tempo todo.

O sol havia dissipado a massa de nuvens e batia forte em sua pele, através do vidro. Lester tinha sede e queria uma garrafa d'água fresca da fonte, mas não podia mandar o coronel ou o rapaz até uma loja para comprar — nem podia correr o risco de entrarem os três em qualquer lugar.

Numa ruela à frente deles, havia um utilitário do município cheio de crianças mexicanas, todas na faixa de 10 e 11 anos. Em sua maioria, pareciam estar irrequietas nos bancos, rindo e gritando umas com as outras. Mas sentado de lado, na última janela, estava um garoto adolescente com um capacete branco, a boca aberta e o queixo molhado de saliva, que se balançava para trás e para a frente ininterruptamente. Parecia olhar diretamente para o Buick e para os três.

Devagar, o coronel escolheu outra ruela para prosseguir. O rapaz começou a se balançar cada vez mais rápido em seu assento, seguindo o Buick com os olhos à medida que ia desaparecendo do seu raio de visão, a boca apenas um buraco escuro e molhado em seu rosto.

Depois que Lester saiu com o coronel e seu filho, deixei-me ficar por um longo tempo no quarto, de onde ouvia a Sra. Behrani lavando a louça na cozinha, praticamente em silêncio. Não gostei de ser deixada ali sozinha com ela. Não sabia o que fazer e desejei não ter me oferecido para ficar. Lester me dissera para pensar em algum lugar ensolarado para onde pudéssemos ir, mas eu só conseguia pensar na minha família, em meu irmão Frank e em minha mãe — na cara deles quando descobrissem que eu não só tinha vendido a casa do papai sem avisá-los, como também conseguira apenas o preço mínimo de leilão. E que este mesmo dinheiro fora gasto numa fuga. E depois iriam saber de toda a história: minhas bebedeiras, a pistola, os comprimidos, Lester e a família que manteve como refém. Meu irmão me olharia de cima a baixo pela última vez e inseriria meu nome permanentemente na seção "custo" de sua planilha interna de custo/benefício. Minha mãe apenas me amaldiçoaria para sempre. Senti-me enjoada, como se algum órgão importante dentro de mim não estivesse totalmente encaixado no lugar. Os bolsos da frente dos meus shorts estavam pesados por causa das balas de Lester.

Ontem eu estava convencida de que hoje, a essa hora, ele já teria voltado para a esposa e para os filhos, para sua vida em Eureka Fields. Em vez disso, porém, acabou cometendo uma série de crimes apenas para cuidar de mim durante meu sono drogado, sem que pudesse dormir nem um segundo sequer. Quando fez o coronel estacionar o meu carro no quintal, num local onde não podia ser visto, vim para o quarto e vi, da janela, quando chegou para a frente e encostou sua pistola descarregada no pescoço do ex-oficial. Lester saiu do carro primeiro, enfiou a pistola na cintura e cobriu-a com a camisa. E quando o coronel o seguiu, com o sol da manhã no rosto, foi bom vê-lo amedrontado, molestado por alguém.

Sua sujeira é a minha sujeira. Mas nunca quis que a solução desse problema se complicasse a ponto de assustar uma mulher doce como a Sra. Behrani. E o que eu deveria fazer agora? Ir para lá e vigiá-la como se fosse guarda de prisão? E o que mais podia fazer, senão ajudar Lester a nos livrar dessa confusão, que na verdade era mais minha do que dele?

A cozinha ficou em silêncio e eu logo a imaginei correndo colina abaixo para procurar um guarda e contar-lhe tudo. Talvez pegassem Lester na estrada e pensassem que estava armado, quando na realidade não estava. Soltei um longo e fraco suspiro e corri para o corredor.

Ela ainda estava diante da pia da cozinha. Os pratos do café da manhã estavam perfeitamente empilhados e ela se mantinha ali, de pé, olhando pela janela, embora não houvesse muito o que ver, além da escada de madeira que levava ao novo terraço panorâmico, que agora era dela. Eu costumava gostar de olhar para aquela janela enquanto lavava uma louça ou outra, de ver o meu pequeno canteiro lateral e a ponta de colina que se insinuava cidade adentro.

A Sra. Behrani voltou-se lentamente e me olhou, talvez por um ou dois segundos. Seu cabelo ainda estava um pouco amassado de um lado. Pensei nela dormindo no banheiro, dentro da banheira ou no chão. Acho que esperava que estivesse pronta para me atacar de alguma forma; em vez disso, seu rosto sulcado parecia sofrido, os olhos me acolhendo como se ela quisesse me entender, antes que fosse tarde demais. Eram quase os olhos da minha mãe.

— Por favor, seu amigo... — Sua voz soava fraca e ela baixou os olhos, pressionando uma das têmporas com a mão. Depois soltou um profundo suspiro e olhou novamente para mim. — ... vai machucar meu filho?

— Não, ele não quer mais problemas, Sra. Behrani. Só está tentando acabar com tudo isso, eu acho. — Pensei em mostrar-lhe as balas que estavam nos meus bolsos.

Ficou parada me olhando, com a mão sobre uma das têmporas. Estava prestes a dizer que eu lhes venderia a casa, mas seus olhos estavam quase negros, como se estivesse imaginando algo que realmente a assustava — e eu sabia o que era.

— Ele também tem um filho, sabe?

Assentiu uma vez e respirou fundo. Depois fechou os olhos e apertou a cabeça até as pontas dos dedos perderem a cor.

— A senhora está bem?

— Enxaqueca. Por favor, preciso...

Passou por mim e eu a vi caminhar pelo corredor escuro devagar e com cuidado, como uma anciã, uma mão à frente e a outra apertando o lado esquerdo da cabeça. Deixou a porta do banheiro meio aberta; pude ver seus pés e a parte inferior das pernas enquanto se ajoelhava no chão. Senti-me tão estranha... como se fosse destino eu ir até ela e segurar sua cabeça enquanto vomitava o pouco que comera no café da manhã. Depois fungou e soltou um lamento.

— A senhora está bem?

Ergueu a cabeça, o rosto cinza pálido.

— Eu preciso de remédio.

Sobre a pia, estava o vidro marrom que eu havia esvaziado na noite anterior. Meu rosto enrubesceu quando abri seu armário de remédios, pensando: "Por favor, por favor, que não seja aquele." Mas só havia outros vidros com os rótulos escritos naquele alfabeto retorcido — e eu não saberia dizer de qual deles ela precisava, nem mesmo se conseguisse lê-los. Peguei o vidro vazio na pia e me virei em sua direção, mas a Sra. Behrani já havia levantando e saído pela porta.

— Me perdoe, Sra. Behrani. Vou até a cidade comprar mais agora mesmo. Eu sinto muito, de verdade. — Já me via sendo tirada do carro, presa por minha bravata de ontem no posto de gasolina, sem jamais voltar para aliviar a agonia da Sra. Behrani.

Teria de descer a pé a colina até a cidade, ou talvez o filho tivesse uma bicicleta. Será que ela poderia estar fingindo tudo aquilo para me tirar da casa e poder chamar a polícia? Mas não, parecia mesmo muito mal; arrastava as pontas dos dedos pela parede... De repente estava em seu quarto e eu também; vi-a sentar-se na cama e abrir a gaveta da mesinha de cabeceira, de onde tirou um vidro de remédio manipulado. Estava tão aliviada por não lhe ter roubado o que ela mais precisava naquele instante que quase me senti alegre. Deixou cair o queixo enquanto tentava abrir o vidro sem conseguir, mas eu o tomei de suas mãos e o abri. Havia meia xícara de chá preto frio perto do abajur; acho que era de Lester. A Sra. Behrani tirou duas cápsulas do frasco, colocou-as na boca e bebeu o resto do chá. Apertava a cabeça com os dedos, de olhos fechados e tremendo ligeiramente.

— Preciso descansar.

— Está bem. — Não havia mais nada a dizer ou fazer. Observei-a enquanto se deitava na cama e puxava os joelhos para cima. Descansou um dos braços sobre os olhos.

— Por favor... — Sua voz era quase um sussurro. — Feche para mim a janela.

Fiz o que me pediu. Fui até a janela, debaixo da qual meu Bonneville vermelho estava estacionado, e fechei as pesadas cortinas. Ouvi o barulho de seu toca-fitas e aquela mesma música que tocava quando cheguei aqui ontem à noite, com a intenção de conversar. Pude ver seu braço fino enquanto ajustava o volume, embora o outro ainda estivesse sobre os olhos. Percebi que ela já havia feito aquilo vezes sem conta: vir para esse aposento escuro e deitar em sua cama, com essa música que no princípio me fez pensar nos contos de fada que havia lido quando criança — cobras com cabeça de princesas, tapetes que podiam voar sobre o negro deserto de estrelas frias, homens com espadas longas e curvas, cantando em sua língua, em torno do fogo. Em seguida, porém, uma voz feminina se fez ouvir na língua deles, aguda e pesarosa por algo que havia perdido — e de repente senti que eu não tinha nada a fazer ali, de pé, como se testemunhasse a morte de uma pessoa estranha ou duas pessoas fazendo amor.

Saí do meu velho quarto e da minha velha casa. Fui até meu carro escondido, sentei no banco do motorista e fumei. Já não tinha a sensação de estar com a cabeça cheia de retalhos molhados; ainda assim, tudo me parecia excessivamente claro e macio — o brilho do sol sobre a capota do carro, o jeito como as sebes em volta da porta dos fundos pareciam pairar ligeiramente acima do chão, o som abafado e metálico da música da Sra.

Behrani que vinha de dentro da casa. Mas os cigarros ajudavam; a nicotina parecia abraçar meu peito com as pernas, como um bebê. Sentei-me dentro do Bonneville; o estofamento estava quente demais por causa do sol, mas fumei e esperei. Esperei por Lester.

Lester disse ao coronel para dobrar à esquerda, na Sycamore Street. O Departamento de Fazenda do condado ficava na esquina, a meio minuto ou menos de distância a pé do antigo prédio do Tribunal, com seu domo, e do Palácio da Justiça, do outro lado da Broadway Avenue. Ficou aliviado ao ver que não havia vagas para estacionar muito perto da esquina. Começou a tamborilar os dedos no joelho, a boca e a garganta secas como se estivessem forradas de papel. O coronel dirigia devagar, atento aos dois lados da rua, em busca de uma vaga. Altos loureiros enfileiravam-se ao longo de toda a rua; Lester agradeceu a sombra. Assim que saíram da rodovia e dobraram para o leste, em Woodside Road, o céu mudou, do tom cinza-claro litorâneo para um azul pálido e metálico, que resplandecia em toda parte. E nesse momento os olhos de Lester arderam.

A quase três quadras da Broadway Avenue, um utilitário amarelo de carga saiu e Behrani tratou de ocupar sua vaga. Deu ré com todo o cuidado, virando-se para olhar por sobre o ombro e pelo vidro de trás. Lester sabia que estava exatamente no meio da linha de visão do coronel, mas não se mexeu; fazer o que seria cortês e correto e nessa hora, justo antes de liberar o coronel sozinho para ir fazer a coisa certa... não, Lester não podia se dar ao luxo de parecer cortês. Ou gentil. Ou de amolecer de alguma forma.

Behrani terminou de estacionar e desligou o motor. Lester pegou a pistola no piso do carro, depois pegou trocados no bolso e passou 50 centavos ao coronel, por cima do banco.

— Isso lhe garante trinta minutos no parquímetro. Estão à sua espera, portanto é provável que não tenha que aguardar para ser atendido.

Lester fez questão de olhar bem para o rapaz, cujos olhos escuros demonstravam ansiedade e só enxergavam o pai. Mais uma vez, Lester desejou que o adolescente não fosse parte de tudo aquilo, mas ele era — e esse era o momento de usá-lo.

— Seu filho fica aqui comigo. Se você não voltar nesse meio-tempo, Esmail e eu estaremos longe. Estou sendo claro?

O coronel mexeu-se no banco. O branco do olho estava ligeiramente amarelado e havia bagas de suor na testa e no queixo. Olhou para o filho; por um momento, os olhares de ambos se cruzaram, cúmplices. Lester sentiu-se instantaneamente sujo e errado, como se tivesse acabado de violar algo precioso. Mas não podia voltar atrás; havia muito em jogo e ele já estava afundado até a cintura no próprio abismo.

Behrani devolveu-lhe o olhar. E Lester pôde ver um pequeno músculo contrair-se, próximo à têmpora do iraniano.

— Mas temos um acordo.

— Está certo, então vá pegar o cheque e volte para o carro, coronel.

— Não. Para você, não faço nada sem meu filho. Nada.

Lester inspirou longamente e soltou o ar devagar. Imaginou os três entrando juntos no Departamento de Tributos do condado; ele, com sua pistola mal disfarçada pela camisa, ao mesmo tempo bem próximo do coronel e controlando o rapaz. Estavam na metade da manhã e pelo menos meia dúzia de colegas do departamento estaria na calçada. Era hora de bater ponto na padaria da esquina da Stockton com a Broadway. E se um deles fosse, por acaso, o tenente Alvarez ou qualquer outro de Assuntos Internos que soubesse alguma coisa sobre esse iraniano e a reclamação que ele apresentou contra Les Burdon? O rosto moreno do coronel estava imóvel como uma máscara, mas seus olhos escuros fervilhavam com o calor, o ferro e os quilômetros que estava pronto a percorrer. Em seguida ouviu-se um barulho de saltos altos na calçada, do lado de fora; uma jovem passou por eles. Era uma estenógrafa de cabelos negros que Lester vira muitas vezes, no prédio do antigo Tribunal, sentada muito ereta em sua mesinha, digitando cada palavra que fosse dita em voz alta por qualquer pessoa. Um corvo negro e brilhante no departamento. Logo estava fora de seu raio de visão e o coração de Lester parecia bater atrás dos olhos. Precisava manter-se disciplinado e controlado. Racional e no comando. Os olhos do coronel permaneciam fixos nele. A verdade é que Lester sabia que ele próprio jamais deixaria seu filho numa situação daquelas. E sua capacidade de julgamento parecia piorar a cada vez que respirava.

Começaram a andar em direção à Broadway, pela sombra. Lester mantinha uma distância de três passos deles. Pai e filho andavam normalmente, sem muita pressa, com as costas eretas. Mas Lester sentia seu peito afundado pela fadiga; o pescoço e os ombros estavam rígidos e, a cada passo, a ponta do cabo da pistola arranhava a parte inferior das costas. À sua esquerda, estava o pátio de concreto do antigo prédio do Tribunal, muito claro sob o sol. Um pouco adiante dos loureiros, um vendedor de cachorro-quente armava seu carrinho. Trabalhava à sombra de seu guarda-sol azul e amarelo, enfiando latas de Coca-Cola num recipiente cheio de gelo. Lester estava desesperado por uma Coca, mas o pátio estava cheio de gente. Havia um pequeno grupo de recepcionistas encostadas contra um muro baixo de concreto, fumando e bebendo café nas canecas do escritório. Advogados e clientes caminhavam em duplas ou grupos de três, conferenciando em torno de cigarros. E oficiais uniformizados entravam ou saíam do prédio com papelada debaixo do braço. Um deles era Brian Gleason, um garotão louro e atarracado que Lester treinara 18 meses antes. Parecia gentil e consciente e, quando Lester o promoveu, chegou a pensar que Gleason talvez não fosse durar no posto.

Tinha o coração muito grande, era muito orientado para o lado positivo das coisas e provavelmente não saberia o que fazer com todas as imagens que teria fatalmente de ver: acidentes de carro, mulheres espancadas e filhos abandonados, franco-atiradores, mães bêbadas que às vezes um policial tinha de enfiar à força na traseira da patrulhinha. Mas agora Gleason cruzava o pátio na direção exata do carrinho do cachorro-quente. Lester desviou-se, o calor a escorrer pesadamente atrás do rosto.

— Andando, coronel. Andando.

O coronel e o filho caminhavam num ritmo bom, mas deu uma sensação boa dizer aquilo, para jogar um pouco da tensão em cima deles. Agora, porém, andavam rápido demais e isso poderia atrair alguma atenção para o trio. Lester quase precisou agitar os braços para acompanhá-los.

— Mais devagar.

Behrani parou ali mesmo, na calçada. Seu filho levou alguns passos para perceber que ia sozinho, então retrocedeu. Mas o coronel ficou de costas para Lester, que teve vontade de meter um chute bem no meio daquela sua camisa branca, úmida e ligeiramente amarrotada. Quem era ele para dar-lhe as costas assim? Ficar ali parado, como se estivesse esperando Lester se decidir? Sentia que seu domínio do imaginário do coronel começava a derrapar, como acontece com a mão de alguém que dorme de repente. Lester arrependeu-se de ter tirado as balas da sua semiautomática.

— Delegado-assistente Burdon? Senhor? — Gleason caminhava por entre as árvores enfileiradas rumo à calçada, com uma lata de Coca-Cola normal aberta na mão. E Lester precisava dizer alguma coisa nas costas do coronel, algo que mantivesse pai e filho exatamente onde estavam, mas já era tarde. Virou-se, com as costas e a peça encoberta de frente para a rua, com um sorriso que lhe parecera forçado e estranho em seu rosto.

— Olá, assistente.

Gleason sorria também e logo ficou com o rosto corado. Ofereceu a mão a Lester, que a apertou. O uniforme do jovem assistente estava limpo e recém-passado, a estrela dourada, nova e polida. Lester desejou, quase desesperadamente, estar com o próprio uniforme, atrás do volante de seu carro-patrulha, dirigindo rumo à costa com uma Coca gelada na mão, o vento em seu rosto, os campos verdes de alcachofras à direita e o Pacífico, com todas as suas possibilidades de cinza e azul, à sua esquerda. Gleason soltou a mão e seus olhos se fixaram no coronel, que tinha se virado. Lester viu a pergunta no rosto juvenil de Gleason, mas não encontrou palavras — pelo menos nenhuma que fizesse algum sentido.

— Vai ao Tribunal, Brian?

— Um caso de violência doméstica. Fui testemunha ocular; o marido batia nela quando eu apareci. — Gleason olhou do coronel para o rapaz e em seguida para Lester. — Sei que o senhor está ocupado; só queria lhe dizer que valorizo muito tudo o que me ensinou. — O jovem assistente sorriu. — É engraçado. Escuto sempre a sua voz quando estou em patrulha, sabe? Quando me explicava isso ou aquilo, o código e a importância de ouvirmos o que vem de dentro da gente. Não sei, só queria dizer isso, eu acho.

— Fico muito contente com isso, Brian.

— Bem — Gleason olhou novamente para o coronel. — Vou deixá-lo trabalhar. Obrigado mais uma vez. — Levantou a mão e cortou caminho entre as árvores, em direção ao ensolarado pátio, para voltar até o estacionamento das patrulhas. Lester fez sinal aos Behrani para continuarem andando. Enquanto os três seguiam rumo ao alvoroço que tomava conta da Broadway no meio da manhã, Lester mantinha os olhos fixos na cabeça quase calva do coronel, odiando cada fio de cabelo que ainda lhe restava, odiando a dobra de sua pele morena logo acima de seu colarinho engomado, o jeito de levantar os ombros. Mais do que tudo, porém, Lester odiava o modo como ele próprio se sentia neste momento: o rosto quente, tartamudeando de vergonha, indigno de qualquer respeito por parte daquele jovem assistente.

Os Behrani começaram a cruzar a Sycamore rumo à esquina da Broadway. O rapaz olhava de relance para Lester, que os seguia. O sonho lhe vinha tão repentinamente como um vento que sopra diretamente do chão: a imagem de si mesmo sentado no seu carro-patrulha num terreno baldio, com o rádio quebrado, e todos os homens, mulheres ou crianças com quem tinha se confrontado na vida colavam os rostos a todas as janelas, esperando ele sair. Chegou por trás do coronel e do filho e lhes deu a ordem de atravessar a rua, mas os dois demoraram a fazê-lo — o coronel particularmente, como se nada importante estivesse em jogo. As pessoas passavam por eles: uma jovem empurrando um bebê num carrinho, dois jovens de camisa e gravata, cortes de cabelo da moda e rostos bronzeados, rindo de alguma coisa e segurando, cada um, uma garrafa de água mineral. Lester respirava profundamente pelo nariz; tentava manter os pés bem-plantados na terra, enquanto sentia aquele estranho sonho dissolver-se e afastar-se, como a buzina de um carro em alta velocidade.

Na calçada, o coronel parou novamente; Lester então enfiou dois dedos na parte inferior de suas costas, com força, e conduziu rapidamente pai e filho até a pequena e escura entrada do Departamento de Fazenda, empurrando o coronel, que estava à sua frente, para o canto da parede de tijolos. As portas de vidro estavam à direita de Lester, que tinha as costas livremente voltadas para a ensolarada calçada e a rua. O rapaz postou-se quase ao seu lado, como se agora fossem os dois contra o coronel. O rosto de Lester estava tão próximo do iraniano que podia sentir seu hálito impregnado de chá velho, e simplesmente precisava colocar cada coisa em seu lugar novamente e incutir em Behrani a nova verdade: que Lester Burdon faria o que fosse preciso para que tudo aquilo tivesse um fim justo. O coronel mantinha os braços ao longo do corpo; no começo seus olhos escuros denotavam sobressalto, mas agora estavam calmos e aguardavam o movimento seguinte de Lester, como se ele fosse uma criança dando um ataque previsível, o filho incontrolável de alguém. Lester enfiou um dedo no esterno do coronel e fê-lo voltar meio passo na direção da parede. Seus dentes rangiam com tanta intensidade que a cabeça doía. Sabia que tinha de se afastar agora, antes que alguém começasse a desconfiar, mas era como dizer ao corpo para parar de ressonar, ou para segurar um orgasmo depois que ele explode livremente.

Podia ouvir o atrito da sola do sapato de alguém contra a calçada, alguém que parou para olhar, e sabia que não estava ganhando, e sim perdendo, terreno precioso. Com todo o seu conhecimento, quase sentiu náuseas em meio a uma súbita fraqueza nas pernas, no estômago, nos braços. Deu um passo para trás e queria dizer alguma coisa que pelo menos mantivesse a situação equilibrada, antes de entrarem no prédio. Nesse momento, porém, a pistola de serviço foi arrancada de sua cintura com um solavanco. Bastou virar para ver Esmail apontá-la em sua direção, retrocedendo para a luz do dia, a outra mão levantada, como se estivesse pronto para voar, os ombros nus lisos e escuros sob o sol. Uma mulher soltou um grito agudo e um homem engravatado afastou-se aterrorizado, como se o rapaz fosse algum tipo de fogo que se alastrasse a seus pés. Lester tinha uma das mãos no coronel atrás de si e teve plena consciência disso no momento em que seu pulso foi apertado com força e seu braço, puxado para baixo e torcido atrás das costas. Sentiu algo se rompendo e queimando na articulação do ombro. O coronel tentou agarrar, atrapalhado, a outra mão de Lester, mas este soltou-a com um puxão, com toda a atenção voltada para o rapaz. Behrani gritou alguma coisa em persa para o filho e depois pediu, em inglês, que alguém chamasse a polícia.

Lester podia sentir que umas seis pessoas ou mais assistiam à cena, mas não olhou para elas. Apenas sentiu que estavam ali, a uns 3 ou 4 metros de distância, e a voz de um homem dizendo a alguém para correr até um telefone. Mas Lester olhava para o rapaz, para os olhos dele, que eram mais escuros que os do pai, mais parecidos com os de sua mãe — elipses profundas e belas, na verdade — e agora úmidos, devido ao medo e à confusão. A mão e o braço do rapaz tremiam, e seus lábios começavam a se mover, como se quisesse dizer alguma coisa e não conseguisse. O rapaz lançou um rápido olhar na direção do pai, atrás de Lester, e voltou a encará-lo. Lester ouviu alguém correndo pela calçada, talvez para se proteger em qualquer loja. Poderia soltar-se em dois ou três segundos, mas até lá Esmail poderia sair correndo pela rua congestionada. Seus olhos ainda estavam fixos nos do rapaz; sabia que deveria lhe dizer que a pistola não estava carregada, que estava chamando a atenção para si e correndo perigo sem motivo, mas dizer isso tiraria de Lester qualquer vantagem quando recuperasse a pistola, e então seria impossível fazer os dois Behrani entrarem no carro e saírem dali. Lester tentou *ser* o rapaz, tentou entrar em seu corpo para tornar-se sangue e respiração com ele, mas o coronel o apertou com mais força e forçou-o a dobrar-se mais e mais para a frente, metade no sol, metade à sombra da entrada do prédio. O coronel dizia mais coisas ao filho em persa, com a voz calma, esperando o momento certo, como se tivesse certeza de que as coisas tinham mudado a favor deles. Em seguida, Lester ouviu passos de gente correndo na calçada ensolarada: aquele baque gutural e familiar de couro, que denunciava a presença de mais de um cinturão do Departamento de Polícia. E então Lester era um daqueles homens que corriam saindo da padaria e empurravam descuidadamente os desprotegidos passantes, até um rapaz moreno que mantém dois homens sob a mira de uma pistola.

Não havia mais tempo: Lester pisou no pé do coronel e ouviu-o resmungar enquanto o empurrava para trás e arremessava seu ombro livre duas vezes na têmpora de Behrani, que caiu. E alguém gritou:

— Larga a arma! Larga!

Lester virou-se rapidamente e viu Esmail voltar-se na direção da pessoa que gritava, os olhos bem abertos, a boca como um buraco negro e oval, a pistola parada em sua mão, apontada agora na direção do homem que Lester não conseguia ver. Lester gritou:

— Não atire! Espere!

E começou a sair do hall de entrada do prédio, mas seu movimento tinha som: um tiro que atingiu o rapaz em cheio no dorso e o arremessou para o lado, os braços soltos, a pistola de Lester batendo no concreto. O segundo tiro lhe fez vergar as pernas e ele caiu na calçada, as pernas dobradas e separadas, um braço esticado, como se tentasse alcançar alguma coisa.

Lester não conseguia se mexer nem falar. Suas veias tornaram-se frias e grossas, os pulmões sem ar.

— *Nakhreh! Nakhreh! Nakhreh!* — gritava Behrani, arrastando-se à frente de Lester.

O sangue já se espalhava em volta do ombro e do braço do rapaz e descia por sua perna nua. Em seguida, apareceram os dois delegados-assistentes; ambos ainda apontavam suas armas para Esmail e agora para o coronel, que gemia e chorava, segurando o rosto do filho. Em seguida virou-o de costas, apertando com as mãos a ferida na parte superior do peito.

— Hospital! Chamar hospital!

A pistola de Lester, caída a seus pés, parecia-lhe um dedo acusador.

Um dos assistentes cruzou a calçada na sua frente, prendeu a pistola com o pé e pôs-se a calçar luvas protetoras; o outro enfiou a pistola de serviço no coldre e já chamava a ambulância ou os bombeiros pelo rádio portátil. Ambos eram jovens, com 20 e poucos anos, e não haviam sido treinados por Lester. Falharam, pois não levaram em conta o contexto mais amplo. Lester sabia que poderia sair disfarçadamente dali e desaparecer em meio à multidão, naquele exato momento. Mas o coronel se lamentava, apertando com tanta força o ferimento do filho que seus ombros estavam curvados; também se balançava um pouco e, com isso, bombeava o sangue, em vez de estancá-lo. Com isso, o sangue saía às golfadas do ferimento nos quadris.

O assistente próximo de Lester acabara de calçar suas luvas, mas, em vez de prestar os primeiros socorros, abaixou-se para pegar a pistola aos seus pés. O assistente com o rádio tinha concluído o telefonema, mas agora duelava com as próprias luvas protetoras. Para Lester, tudo começava a acontecer de novo, estava leve e difuso como fumaça, o coração no rosto, quase encostando no assistente:

— Que se dane você, o garoto desse jeito vai sangrar até a morte!

Ajoelhou-se então ao lado do rapaz e desceu a bermuda de Esmail abaixo da entrada da bala, depois rasgou a própria camisa e enfiou parte do tecido no ferimento. O coronel não se virou, mas parou de balançar e agora só apertava, fungando e repetindo mil vezes para o filho a mesma frase em persa. O ombro e as costas do coronel estavam tão próximos de Lester que ele não conseguia ver o rosto do rapaz. Nem queria. Baixou a cabeça e colocou todo o seu peso nas mãos, que ficaram riscadas e salpicadas de sangue. Os dois assistentes haviam acabado de se proteger e agora se ocupavam em afastar a multidão, para abrir caminho para os paramédicos. Lester podia ouvir a sirene dos bombeiros a apenas cinco, talvez seis quadras dali. A bermuda e a cueca de Esmail tinham sido baixadas até quase a altura do pênis e Lester observava os pelos pubianos do rapaz, apenas uma pequena mancha negra. Fechou os olhos e apertou-os com tanta força que suas mãos começaram a doer. Passaram-se segundos e anos até que a sirene conseguisse passar por todos os obstáculos e, enfim, ficar quieta. Ouviu as portas se abrirem e as rodas da maca sobre o solo. Alguém tocou em seu ombro e ele se levantou. Viu quando um homem e uma mulher dos bombeiros se ajoelharam ao lado do rapaz.

O homem retirou a camisa de Lester, mas colocou-a de novo no ferimento e amarrou um torniquete em volta da coxa de Esmail, enquanto a mulher colocava uma máscara de oxigênio em seu rosto. O coronel ainda apertava, chorava e não conseguia sair do lugar. A mulher segurava sua mão e lhe dizia alguma coisa, mas, ainda assim, o coronel não parecia escutá-la.

O assistente mais alto chegou por trás dele, depois abaixou-se e Behrani, fungando, finalmente soltou o rapaz. Tinha a boca aberta e os olhos fixos em seu filho. O assistente tomou seu braço e ajudou-o enquanto os paramédicos colocavam o rapaz na maca, a qual ergueram e empurraram até a rua, passando por todas as pessoas que estavam ali.

Os pés do rapaz ficaram para fora, as solas dos tênis de basquete sujos e gastos quase lisas, batendo um pouco enquanto a maca era introduzida na ambulância dos paramédicos. O coronel tentou segui-los, mas o assistente mais alto segurou seus braços e, quando o veículo se afastou, Behrani foi empurrado para a frente, a sirene ligada de novo, o assistente com o rádio abordou Lester e disse alguma coisa, perguntou alguma coisa, seu nome, o que aconteceu? Tinha bloco e caneta na mão, mau hálito, a voz trêmula, os dedos também. Lester olhou para ele, o atirador. Observou a forma como torcia os lábios enquanto esperava, tratando Lester como se fosse um civil, uma vítima ou um criminoso, ainda sem saber direito o que ele era.

Nem Lester sabia.

Mais assistentes chegavam e abriam caminho em meio à multidão, com seus uniformes azuis. O primeiro deles era Brian Gleason. Seus olhos cruzaram com os de Lester imediatamente; então parou e viu todo aquele sangue na calçada. Havia movimento atrás dele; Behrani lutava com o assistente, tentando se soltar, com os olhos fixos em Lester:

— É ele! Foi ele quem fez isso! É ele! — O coronel girava os cotovelos e batia os pés; Gleason e outro assistente agiram rapidamente e juntaram os braços de Behrani nas costas, enquanto outro o algemava. O coronel ainda se dobrava para a frente, as veias saltando na testa e nas têmporas, sem tirar os olhos de Lester: — Eu vou te matar! Eu vou te matar!

Todos os três assistentes seguravam Behrani; Gleason voltou-se e olhou para Lester. A multidão tinha aumentado; garotos tentavam passar, para subir em seus skates e olhar por sobre os ombros de advogados e secretárias, mulheres ainda vestidas para a aula de aeróbica, donos de lojas, vendedoras e clientes, todos voltados agora para o coronel, para o sangue do rapaz na calçada, para os cinco policiais e para o homem com quem gritava o estrangeiro calvo e algemado. Esse homem era Lester Burdon, que sentiu que estava vivendo um momento com o qual já sonhara e que agora tornava-se real. Não um acidente, não uma situação aleatória, e sim algo organizado e lógico: a inevitável expressão de quem ele realmente era. Sua garganta arranhava como areia, suas mãos estavam moles e úmidas, as pernas fracas. O assistente falava novamente, fazia outra pergunta em meio aos gritos do coronel, mas Lester só desejava água, a água doce e fria do rio próximo à cabana de pesca.

— O quê?

— Seu nome, senhor. Qual é o seu nome?

Um carro de patrulha acabara de chegar; Gleason e os dois outros assistentes empurraram o coronel para o banco de trás. Behrani agora só gritava em persa, um golpe profundo e gutural de vogais e consoantes que, para Lester, soavam como uma praga de mil anos rogada sobre todos, sobre ele, seus filhos, sobre os filhos de todos. Lester olhou para baixo, para a calçada tão escura e vermelha nos pontos onde ainda estava molhada, e desejou ver Bethany e Nate, abraçá-los e beijá-los.

Gleason fechou a porta da patrulha; Lester ainda ouvia os gritos abafados do coronel. Voltou-se para o assistente jovem e de pele lisa, cujo rosto estava pálido, os lábios ainda retorcidos. Gleason adiantou-se, as mãos nos quadris, e meneou a cabeça na direção do sangue na calçada.

— O que aconteceu?

As pessoas ainda estavam por ali. Os dois jovens executivos com água e café nas mãos olhavam diretamente para Lester. Assim como Gleason. Lester desejaria elevar-se acima de tudo aquilo como uma nuvem, ficar à deriva sobre o vale e a baía, até chegar ao Pacífico e dissolver-se em sua imensidão verde, como se fosse chuva.

Sentia-me ansiosa. Estava suando no carro, mas o céu estava cinzento e eu sabia que a névoa logo começaria a descer sobre Corona. Podia sentir a maresia. Era este o tempo ao qual eu estava acostumada; os dias normais eram assim, e isso me deixou ainda mais ansiosa. O que eu queria mesmo era dirigir pela autoestrada ao longo da costa durante horas e não voltar até Les chegar aqui com o cheque. Mas sabia que não podia fazer isso, pelo menos não em meu Bonneville vermelho. Nós provavelmente teríamos de ir embora daqui para sempre, não teríamos? E como arrumaríamos tempo para descontar o cheção do condado? Amarrar os Behrani de novo? Além disso, era quarta-feira, dia em que os bancos fecham cedo. Se Les não voltasse logo, teríamos de esperar até amanhã de manhã e manter a família amarrada mais uma noite. Senti-me mal diante dessa ideia. E não parava de pensar no fato de Lester ter de fugir comigo a vida inteira, e nos filhos dele. Embora estivesse ao ar livre, mal conseguia respirar.

Voltei para dentro da casa. A música persa se fazia ouvir baixinho. O ar cheirava a chá e flores. Andei sobre os tapetes, percorri o corredor e podia sentir a presença de meu pai como se ele estivesse ali, de pé na penumbra do corredor, com seu uniforme bege da Nicolo Guarnições de Mesa, um charuto Garcia y Vega aceso entre os dedos, os grandes olhos atrás dos óculos, a me olhar como ele sempre me olhou: como se eu fosse um pássaro raro, que ele ainda estivesse se habituando a ver em seu próprio jardim.

Quando entrei no quarto escuro, a Sra. Behrani ainda estava deitada na mesma posição em que eu a havia deixado. Tinha as mãos cruzadas sobre o estômago; seu rosto adormecido parecia pálido entre as sombras do quarto. Queria fazer alguma coisa por ela, embora não soubesse o quê. No toca-fitas, a voz de uma mulher jovem recitava algo que devia ser poesia, acompanhada por algum tipo de percussão e por homens que soltavam, de dentro de si, sons longos e vigorosos.

Agora meus olhos já se haviam acostumado ao escuro e eu podia ver o subir e descer da respiração da Sra. Behrani, que tinha as mãos sobre o estômago. Lembrei-me do jeito como olhou para os arranhões em meu braço, como se aquilo doesse nela. Lembrei-me de seu rosto quando lavou meu pé ensanguentado e depois colocou sobre ele aquela toalha macia e branca, com os olhos cheios de calor. Pensei em molhar um pano com água fresca e colocá-lo em sua testa, porém, até onde eu sabia, a enxaqueca poderia piorar. Em vez disso, fui até a cozinha, trouxe um copo de água gelada e deixei ao lado do toca-fitas, na mesinha de cabeceira. O vidro encostou contra a base do abajur e ela apertou os olhos o máximo que pôde, como se alguém tivesse gritado em seu ouvido. Permaneci o mais imóvel possível. Seu rosto começou a relaxar de novo e então eu saí do quarto, pé ante pé, na direção da cozinha.

A porta dos fundos estava fechada, mas ainda havia cacos de vidro quebrados nas vidraças inferiores. Peguei uma lixeira que estava num canto, levei-a até perto da porta e comecei a retirar o vidro. As peças grandes se soltavam com facilidade, mas para retirar as pequenas tive de usar uma faca que encontrei no porta-talheres da Sra. Behrani. Agachei no chão e tirei os caquinhos da esquadria de madeira. Às vezes, a faca arranhava o vidro e isso me causava arrepios. Sentia-me suja: a pele, o cabelo, os dentes, os olhos, a língua, os pulmões, o estômago e até o sangue em minhas veias, ainda misturado aos remédios que tomara na noite anterior. Pensei em tomar um longo banho quente, mas eu teria de vestir de novo aquelas roupas roubadas, e Lester já estava fora há quase uma hora. Não queria estar no banho quando eles voltassem.

Mas precisava fazer alguma coisa. Empurrei a lixeira de volta para o lugar e fiquei por ali. Na geladeira estava pregada uma foto da filha dos Behrani com um rapaz que imaginei ser seu marido, de mãos dadas na frente de um hotel de luxo, cheio de toldos e colunas de mármore e ornamentos dourados nas portas de vidro. Estavam sob o sol, vestidos com camisas polo e shorts larguinhos combinando. O marido usava óculos e era baixo; do seu pulso, pendia uma câmera fotográfica, pendurada pela alça. A filha dos Behrani era mignon e bonita, o sorriso estudado mas de certa forma atenuado, como se não desejasse demonstrar demais a beleza que sabia possuir. Olhar para ela em minha geladeira fez-me sentir velha, desgastada e vulgar. Queria que Lester estivesse aqui, mas não porque desejasse que se apressasse e acabasse logo com tudo aquilo; só precisava vê-lo olhar para mim com aqueles olhos doces e aquele sorriso meio confuso sob o bigode torto, como se eu fosse a resposta para cada pergunta dolorosa que já fizera a si mesmo na vida, e como se ainda não conseguisse acreditar que eu era sua. Esperava que ainda se sentisse assim. Esperava que a noite passada e o dia de hoje não tivessem mudado isso.

Quero só o meu filho.
Sentaram-me numa cadeira macia, num escritório novo, e me fazem as mesmas perguntas que acabaram de me fazer há poucos minutos. Eu respondo, mas só quero ir até meu filho. Já me tiraram as algemas e um detetive grandão me oferece uma toalha molhada para as mãos, mas eu recuso. Os homens se entreolham, pois têm medo do sangue do meu filho. Olho para meus dedos vermelhos. A pele endureceu nos pontos onde o *khoon* secou, e eu não quero que seque. Tenho medo de lavá-lo das minhas mãos.

Levanto-me.

— Por favor, preciso...

O tenente Alvarez entra na sala. Um dos detetives se levanta.

— Burdon confirma toda a história, tenente.

O tenente não olha para o detetive; mantém os olhos fixos apenas em mim.

— Sr. Behrani, este é o seu recurso. — E começa a me falar de formalizar as acusações, mas enxergo apenas o movimento dos seus lábios e a forma como o colarinho da camisa aperta a carne de seu pescoço.

— Por favor, o hospital. Onde fica o hospital, por favor?

O tenente aponta para a grande janela que mostra o pátio de estacionamento dos carros oficiais, as lojas ao longo da Broadway Avenue, sob o sol, e um grande edifício cinza, entre outros. Ele me diz que é para lá que devo me dirigir e inclusive me oferece um acompanhante, um oficial para me levar até lá, mas não consigo segurar minhas pernas e, em poucos segundos, estou entre as pessoas, na calçada, e começo a correr.

Uma mulher se afasta para eu passar e vejo medo em seu rosto. É o sangue, o *khoon*, nas minhas mãos e na camisa, minha *peerhan* ensanguentada. É o fato de eu estar correndo, mas só consigo ver o rosto de Esmail quando apontava a pesada arma para o homem que ia nos roubar, meus olhos de *pesar* tão escuros e preocupados com o que ele deveria fazer em seguida, o modo como olhava para mim, seu pai, e eu lhe disse:

— Mantenha a arma apontada para o coração dele. Não tenha medo.

Do outro lado da rua, há um letreiro que diz EMERGÊNCIA. Saio correndo pelo *khiaboon* e um carro freia estrepitosamente, cantando pneus. Outro motorista buzina, depois outro e mais outro e eu me viro e xingo todos eles na minha língua; desonro suas mães, avós e irmãs, chamo-as todas de prostitutas. Um Mercedes-Benz passa muito perto de mim e ouço o grito de um homem dentro do carro, mas pouco me importo. Cuspo nessa gente. Cuspo neste país e em todas as suas armas e carros e casas.

Mas dentro do hospital tudo é fresco, limpo e silencioso. Uma recepcionista gentil olha diretamente para o sangue do meu filho e me conduz para a área de emergência. Os corredores são largos e cinzentos, muito claros sob as luzes fluorescentes do teto. O ar cheira a bandagens de algodão e desinfetante.

E sinto que não consigo respirar. Sigo os grandes letreiros que indicam EMERGÊNCIA.

Agora há muita gente nos corredores, algumas em cadeiras de rodas empurradas por maridos ou esposas. Outros caminham com flores e crianças pequenas nos braços. Veem o sangue em minhas mãos e *peehran* e imediatamente me olham nos olhos. E há muitos sons e vozes e passos, mas só ouço a minha respiração e vejo o rosto do meu filho enquanto eu apertava seu ferimento. Seus olhos estavam abertos, mas ele não parecia mais me enxergar e eu lhe disse para resistir, para manter os pés no chão, para ficar firme em seu skate, pois está descendo muito depressa uma colina muito grande e tudo o que precisa é aguentar. Não desista, Esmail-*joon*. Não desista.

Respiro com dificuldade ao falar com uma enfermeira alta que tem mais ou menos a minha idade. Tem sulcos profundos no rosto e não tem medo do sangue em minhas mãos; quando me conduz até uma pia e me diz para lavá-las, eu não hesito. Logo estamos no elevador e, enquanto subimos até meu Esmail, ela segura uma prancheta e me pergunta o nome do meu filho, o meu nome, nosso endereço. Digo que moramos no número 34 da Bisgrove Street, em Corona, Califórnia, essa propriedade que ainda é completamente minha, enquanto Burdon está sob custódia de seus próprios assistentes; ele perdeu e eu ganhei. A enfermeira me pergunta duas vezes sobre plano de saúde, mas não respondo. Preciso ver Esmail. Preciso vê-lo muito bem, preciso vê-lo.

As portas se abrem e eu caminho pelo corredor vazio, seguindo a enfermeira alta que não me pressiona mais, apenas me conduz. Vejo o letreiro de CIRURGIA, uma pequena sala de espera com revistas e cadeiras estofadas, uma janela que dá para as ruas e para os prédios lá embaixo.

A enfermeira me diz para sentar, por favor, e desaparece atrás de uma pesada porta. Mas não consigo me sentar. Nem ficar de pé. Caminho de um lado para o outro sobre o tapete fino e vejo as revistas, com suas capas coloridas cheias de homens e mulheres famosos, os ricos e bonitos, e me lembro da minha mão, ao apertar a do xá Pahlavi; tinha as palmas das mãos macias como o rosto de um bebê e, no dedo mindinho, usava um anel com um rubi do tamanho de uma uva. Por causa dos nossos excessos, perdemos tudo.

Ajoelho-me sob a janela, volto-me para o leste e curvo-me sobre o carpete que cheira a poeira, e praguejo contra mim mesmo por alguma vez ter chorado pela posição que perdi, pelo respeito que perdi entre estranhos. Preciso fazer *nazr* para Deus, como meu tio Hadi fez quando eu ainda era um garoto e a mulher dele, Shamsi, caiu de cama muito doente. Meu tio fez *nazr* para Deus e disse que, se conseguisse curar Shamsi, Hadi daria milhares de *tomans* para uma pobre família curda que vivia na parte baixa das colinas. Para sacramentar seu *nazr*, Hadi ia de carro todos os dias à maior mesquita de Tabriz alimentar com sementes os pombos que lá viviam. Após apenas cinco dias, minha tia Shamsi ficou boa.

Aperto minha cabeça contra o carpete do hospital, com meus olhos bem-fechados: *man nazr meekonam*, estou fazendo *nazr* para... Mas não conheço famílias pobres a quem possa ajudar. Penso apenas em Tran, o velho vietnamita. Talvez deva dar dinheiro a ele. Recomeço as palavras do *nazr*, mas, quando rezo e pronuncio o nome de Tran, sinto que estou mentindo, dizendo *dooroogh* — e não sei por que, mas isso me assusta, pois o tempo é muito curto e preciso ser puro ao fazer o *nazr* para meu filho. Não deve haver nada sujo ou oculto nessa prece — e agora, diante da ideia de sujo, de *kaseef*, sei que é para Kathy Nicolo, essa piranha indigente, que devo dedicar o *nazr*. É para ela. Mas não consigo. Como posso dar coisas para essa mulher cujas ações acabaram levando meu filho a ser ferido? Para essa mulher, que trouxe até nossa casa a arma que resultou no tiro que meu filho levou? Para essa mulher que levamos para dentro da nossa casa, quando estava tão embriagada quanto um desses bêbados da rua? A quem oferecemos a cama do nosso filho? Para quem preparamos uma refeição quente? A quem oferecemos o nosso banheiro, que ela, em sua fraqueza, sujou todo, antes de salvarmos sua vida pela segunda vez? Como posso fazer *nazr* para essa mulher cujo namorado nos manteve em cárcere privado? Como posso dar algo a ela de coração, além do veneno com que ela nos contaminou? E vou prestar queixa contra esse Lester V. Burdon. Vou processar o Departamento de Polícia inteiro pelo que ele fez. E vou processar também os dois assistentes que atiraram no meu filho. Vou fazer com que percam seus empregos e suas casas — mas não devo permitir que esses pensamentos sujem a água do meu *nazr*. Choro e vejo novamente os olhos do meu filho, enquanto eu apertava seu ferimento. Eram os olhos de Nadi e de Soraya também, e os de meu pai — mas eles não me enxergavam, enxergavam outra coisa, algo que não consigo ver. Deus, estou fazendo o *nazr* para essa mulher, Kathy Nicolo, e prometo a Vós que, se curardes meu filho, devolvo a casa do pai dela e também lhe darei todo o dinheiro que tenho. Por favor, meu Deus, *Khoda*, faço este *nazr* para meu único filho.

— Senhor?

Eu Vos imploro.

— Senhor?

Farei tudo o que for da Vossa vontade. Comprarei 10 quilos do melhor alpiste e encontrarei uma mesquita aqui na América e com esse alpiste alimentarei todos os pássaros.

— Sr. Behmini?

Irei a outros locais sagrados também. Alimentarei os pombos na frente das igrejas dos cristãos. Alimentá-los-ei às portas dos templos judeus. Deixarei que os pombos me cubram e retornarei com mais alpiste e os alimentarei de novo.

— Senhor?

E de novo.

— Sr. Behmini?

Meu *nazr* está em Vossas mãos.

Levanto-me devagar. Atrás da enfermeira, está um homem baixo e de pele muito escura. Um indiano ou paquistanês. Quando se apresenta e oferece a mão, porém, fala sem qualquer tipo de sotaque. Seus olhos são negros e está vestido com o uniforme verde dos cirurgiões; tem uma máscara de papel pendurada abaixo da garganta e não solta minha mão. Eu sei por que e começo a puxá-la, mas é tarde demais. Ele já pronunciou as palavras — e elas caem sobre mim como destroços de uma explosão.

Não existe ar. Nem luz. Nem som. Apenas o negro vácuo da porta que Deus fechou, de seu "não" ao meu *nazr*, de seu "não" ao meu filho, a quem eles me levam agora, meus carrascos, este homem e esta mulher que me levam até Esmail, que jaz sobre uma maca elevada.

Esmail Kamfar Behrani.

Está coberto com um lençol branco até os ombros, que estão nus, macios e bronzeados de seus dias ao sol, e o lençol está limpo, salvo por um pingo de *khoon* na altura dos quadris, uma rosa diabólica na neve. O médico fala com suavidade e me explica os detalhes da resposta de Deus, mas agora só vejo o rosto do meu filho, que está ligeiramente virado para a parede. Tem os olhos fechados, mas os lábios estão ligeiramente abertos, como quando ele dorme, com o nariz cheio de algodão. Seu maxilar é longo e belo e toco os pelos negros e macios em seu rosto, próximo às orelhas. Sua pele está fria e não parece natural. É ao mesmo tempo dura demais e macia demais, e sei que meu filho não está mais aqui, debaixo da minha mão. Há muito barulho no corredor, tudo vibra dentro da minha cabeça e em minhas entranhas. Sou eu, silenciado pela cabeça do meu filho, enquanto o abraço contra meu peito, seu cabelo dentro da minha boca, seu nariz e lábios apertados contra minha garganta, e por Deus, de bom grado eu arderia nu em chamas por mil anos, se pudesse devolver a vida a esse rapaz. Há uma mão em meu ombro. Pertence a um dos meus torturadores, mas ela não me puxa, nem empurra; apenas descansa sobre mim, como se soubesse exatamente o que acabo de perder, *meu filho, que quando bebê andou antes de completar um ano, suas pequenas pernas escuras arqueadas como as de um lutador no* zur khaneh; *com 1 ano e meio, suas primeiras palavras para mim no telefone, em Mehrabad:* "Salome, Bawbaw-joon"; *seus pés descalços em Paris, pretos de sujeira da rua, onde liderava, nas brincadeiras, meninos franceses que não conhecíamos. Sua facilidade com os jogos de computador, que às vezes eram tão complicados para mim quanto os controles de um jatinho. Sua doçura e seu caráter, seu jeito de me acordar com chá no apartamento* pooldar, *e de me pedir desculpas pelo seu mau comportamento, bem cedo de manhã, que sabe como o meu trabalho é duro, que errou...*

Não consigo respirar. Não consigo enxergar. Os sons se enroscam dentro de mim e saem gritando seu nome. Beijo seus olhos fechados. Seu rosto, seus lábios macios. Há uma mão nas minhas costas, a da mulher, confortando-me, mas ela não sabe como eu falhei com esse filho; ela não sabe que eu o encorajei a manter-se ereto com a pistola, a ficar na linha de fogo de seus assassinos. O som que sai de mim é o som de uma besta, um animal fraco e primitivo que não serve sequer para ser sacrificado. O rosto de meu Esmail está molhado das minhas lágrimas e precisa ser lavado.

Ele precisa ser vestido de branco para sua jornada até a porta de Deus.

E Nadi precisa fazer isso.

Sua mãe precisa fazer isso.

Mas como posso dizer isso a ela? Como é possível dizer a ela que nosso filho mais novo nos deixou antes de nós? Como vou dizer à minha Nadi que não consegui protegê-lo? Como posso explicar que mandei o garoto apontar a arma para Burdon até a polícia chegar? Essa polícia americana que matou nosso filho?

Deito novamente Esmail, baixo minha cabeça e corro em direção à parede. Sinto muito pouco as coisas à minha volta, salvo o calor do choque e a confusão do impacto. O cirurgião segura meu braço, mas eu luto e me desvencilho desse homem que me matou. A enfermeira me chama pelo nome, mas corro novamente.

No elevador, não consigo ficar de pé, nem sentar. Jogo-me contra todas as paredes. Há sangue em minha boca e agora sei que meu querido irmão Pourat foi poupado desse tormento quando, ao chegar sua hora, foi morto instantaneamente. Mas eu não mereci essa cortesia. E não vou poupar o homem que não poupou meu filho.

Mais uma vez, estou correndo. As ruas estão cheias de americanos que passeiam pelas calçadas ou param em lojas, ou entram em prédios comerciais, como se meu filho não tivesse acabado de perecer nesse mesmo chão. Em meu caminho, há dois homens de terno andando, de costas para mim, e forço a passagem em meio à falta de respeito deles, empurro-os para o lado, ouço suas imprecações, os xingamentos fracos dos cavalheiros, as vozes agudas de medo e de surpresa por alguém ousar perturbar sua tranquilidade. Em minha mente, cuspo neles. Em minha mente, já maquinando que terei de ser muito cauteloso quando entrar novamente nesse prédio do Palácio da Justiça, o modo como devo passar pela porta de vidro tão limpa e seguir, pelo chão duro e brilhante, até os elevadores: sem suor ou lágrimas no rosto, sem a intenção aparente nos olhos, com a expressão impassível de um homem que tem negócios a tratar lá em cima.

E logo não estou mais em minha mente, e sim no Palácio da Justiça. Homens de terno passam por mim, estudam meu rosto, veem o sangue em minha *peerhan*. Entro num elevador, aperto o botão que fecha a porta. Sigo até o andar dos detetives e de Assuntos Internos. E tenho certeza de que encontrarei Lester V. Burdon, o amante de prostitutas alto e magro, o assassino do meu filho. Vou encontrá-lo. Talvez esteja sendo interrogado numa cadeira macia, apenas por seus próprios amigos e colegas.

As portas do elevador são de bronze e, no reflexo, vejo um homem que tem sangue na cabeça, pingando na testa e na sobrancelha. As portas se abrem e não estou no andar dos detetives e tenentes; há somente delegados-assistentes, de uniforme azul, fazendo seu trabalho. Um deles me vê, depois o outro, e os dois olham para o sangue em meu rosto, em minha *peerhan*. E se dirigem a mim:

— Senhor, saia do elevador. Senhor?

Mas minhas mãos apertam os botões rapidamente e a porta se fecha. O elevador está descendo, mas quero que suba, suba até os detetives, até onde estão mantendo o colega decaído. Mas agora a porta se abre no hall claro e espaçoso, mas cheio de homens e mulheres com as roupas formais dos tribunais. Um oficial da segurança cruza o chão brilhante, de olho no meu sangue. Viro-me, mas as portas dos elevadores se fecham.

— Senhor, espere um momento.

Já estou correndo de novo. Lá fora, o sol bate em minha cabeça e em meu rosto. O ar cheira a cano de descarga e a comida sendo preparada num carrinho de ambulante. Os transportes e as refeições quentes continuam a existir, como se o momento fosse qualquer outro, e não este. Meus olhos ardem. Respiro com dificuldade e paro de correr. Olho para trás uma vez, mas não há guardas. Do outro lado do *khiaboon*, em frente ao Departamento de Fazenda, muitos oficiais e homens de terno conversam atrás da fita amarela colocada pelo Departamento de Polícia. Homens e mulheres me encaram, falam entre si, enquanto um homem se abaixa para examinar o sangue de Esmail. Quem são essas pessoas para testemunhar isso? Para invadir meu coração, como soldados que trazem sujeira em suas botas? Entro no *khiaboon*, mas nenhum carro buzina e sigo anonimamente até o outro lado, para atrás da aglomeração, em busca dos homens que mataram meu filho — e vejo um deles de pé, na sombra da entrada do Departamento de Fazenda, falando com dois homens vestidos com ternos muito mal cortados. É um jovem assistente, de rosto branco e redondo. Tem as mãos nos quadris e olha para os pés. Um dos detetives fala e o jovem olha apenas para os pés. Balança a cabeça. Seus lábios se mexem, como se fosse falar. Continua a balançar a cabeça. Do lado do corpo, sua mão treme e eu gostaria de vê-lo morto e caído no chão, mas não sinto desejo de lhe fazer mal. Só a Burdon, nosso captor, e a sua piranha indigente, que ainda está com Nadi, e de repente sinto que minha mulher está em perigo.

A autoestrada está ensolarada. Dirijo muito rápido e as duas linhas brancas no centro da rodovia tornam-se uma só. Minha respiração contida parece chegar apenas à minha pele. Meus dedos tremem. Limpo o *khoon* de meu olho e sinto, dentro de mim, o banco vazio onde estava sentado meu filho, a barriga agitada do choro que não consigo escutar. O dia de trabalho apenas começava e o ar estava fresco, o terceiro dia do Ramadã, e quando tomei o café da manhã com Nadi, antes de amanhecer, ela me disse que seria para logo, e, ao anoitecer, meu motorista, Bahman, sorria, e antes que entrasse no carro me deu a notícia: eu tinha um filho. O capitão Massoud Amir Behrani é pai de um menino.

Não consigo enxergar direito e isso não importa. Conduzo o carro em meio à névoa das colinas, em direção a Corona. Limpo os olhos e o nariz na manga da camisa. Aqui o ar tem cheiro de mar, de algas podres na areia, de sal marinho e lixo. Minhas mãos conduzem o carro colina acima, além dos chalés da esquerda, que são pequenos porém recém-pintados, alpendres e calçadas muito bem-lavados, a grama dos jardins cortada bem baixinha. Esta é uma rua feia, *zesht*, e agora enxergo nosso terraço panorâmico que se eleva acima do telhado, uma bobagem. Meu pé e minha perna não são mais que madeira de uma árvore podre. E o motor responde com um barulho e carrega a mim, e a tudo o que fiz e não fiz, até a entrada de veículos. Na janela, as cortinas se abrem no meio, depois se fecham de novo. Escorrego do meu carro como se fosse graxa. Vou direto para a porta da frente da minha casa e, por um momento, minhas pernas pesam como se fossem de ferro, mas afinal sou apenas um monte de roupas vazias, a porta da frente se abre com uma força que me surpreende, pois não me lembro de tê-la tocado. À minha frente, está a mão assustada de Kathy Nicolo, que ela leva à boca. Entre nós, há um mar de tapetes da casa da minha mãe, mas agora cruzo a sala e creio que algum som está saindo da boca da piranha indigente, mas não consigo ter certeza, pois minhas pernas pesam de novo como ferro e minhas mãos estão fixas em seu pescoço e garganta. Parece que estou vendo seu rosto de um ponto mais alto, essa estátua de um homem e uma mulher em luta, sua carne quente e macia, os tendões de seu pescoço que começo a arrebentar um por um. O cabelo está caído sobre seu rosto, as pupilas rodam, o som que emite é muito feio, um corte molhado, a língua rosada. Seus dedos agarram meus pulsos e suas unhas se cravam no que um dia foi a minha carne. Há sangue, mas não o suficiente; eu a levanto do chão, com os pés dela se debatendo e se arrastando, atrás. Sacudo-a uma vez, duas, de novo e de novo, sua cabeça balança para trás e para a frente. Minha força parece não ter fim, nem o tempo em que a sacudo, até que a mão dela escorrega do meu pulso e o chalé mergulha em silêncio.

Há apenas a minha respiração, o estrondo do *khoon* entre minhas orelhas. Estendo Kathy Nicolo no tapete da minha mãe. Sua mão cai e seu rosto tem a cor arroxeada do açafrão, a boca aberta, um sulco entre seus olhos fechados, como se estivesse no meio de um sonho ruim. Minhas mãos a soltam; sento-me sobre ela por um momento e estou de volta ao meu corpo. Em meu peito está meu coração ferido, as palmas molhadas das mãos contra minhas pernas. E agora espero ouvir o som do skate de Esmail na entrada, o barulho do skate em suas mãos quando pisa no alpendre e entra em sua casa. Ele esteve fora o dia inteiro, numa jornada que não esperava, e agora o chamei de volta à casa. Fico sentado sobre o peito da mulher morta e espero por meu filho, mas não ouço nada.

Nadi. Onde está minha Nadi?

Levanto e a encontro em sua cama, em seu quarto escuro. Seu rosto pequeno descansa. Sua testa não tem rugas. Vejo, na mesinha de cabeceira, seu remédio para enxaqueca. Sento-me na cadeira que Lester V. Burdon carregou até aqui. Lembro-me claramente de como ele vigiou sua *gendeh*, como olhava para ela como se fosse uma pedra preciosa. E agora ela será uma pedra atirada contra ele, e rezo para que seu amor por ela seja ainda maior do que o que testemunhei. Entre as sombras e a escuridão deste quarto, Nadi parece trinta anos mais jovem; a enxaqueca passou e agora ela está no sono profundo que vem após o alívio do sofrimento. É um rosto pequeno, com a pele macia de uma garota. Seus lábios estão escuros, seu queixo não tem mais o ar duro que assume quando julga, seus olhos fechados são incapazes de se estreitar de medo e arrependimento. É possível imaginar que ela se levante desse descanso para saber que acaba de perder seu filho? É nesse pequeno e lamentável chalé que Nadereh vai conhecer o capítulo final daquilo que um dia fomos?

E mais uma vez, enquanto Bahman e minha mulher e filhos esperam no Mercedes, com o porta-malas cheio de bagagens para uma semana ou um fim de semana no mar Cáspio, estou dentro de nossa casa vazia para pegar alguma coisa que tenha esquecido — minha pasta ou talvez um dos meus sapatos favoritos, uma ligação de última hora para Merhabad, todas essas coisas que devem ser feitas antes que possamos seguir em nosso *safar* juntos, nossa jornada longa e feliz, esses detalhes de última hora que só podem ser confiados a um pai e marido... e minhas mãos sobre a boca e o nariz de Nadi, essa disciplina de me manter firme mesmo ao vê-la lutar, resistir, contorcer-se, chutar. Meus olhos se enchem de lágrimas e ela se torna indistinta debaixo de mim, mas digo a mim mesmo que é apenas um pequeno sofrimento que deve suportar antes de tornar-se livre para juntar-se ao nosso filho, antes de tornar-se livre para retornar às flores de Isfahan e às mesquitas de Qom e aos melhores hotéis da antiga Teerã, antes de tornar-se livre para dar esmolas aos pedintes no mercado, antes de tornar-se livre para reivindicar seu destino. Os braços de minha mulher caem ao lado do corpo e ela silencia. Retiro minhas mãos de seu rosto, sua sobrancelha está arqueada, como se estivesse a ponto de receber uma resposta há muito esperada; agora sua boca está aberta e beijo seus lábios. Sua língua está quente. Beijo seu nariz, o rosto, os olhos fechados. *Durma, Nadereh. Descanse para o seu* safar. *Descanse.*

O chalé está silencioso como um deserto. Passo pelo quarto do meu filho. Nenhum ar entra em mim e preciso me disciplinar para seguir em frente, ir até meu escritório, tirar minhas roupas e abrir a porta. Pegar meu uniforme, que neste país jamais usei. Retirá-lo de sua capa de plástico transparente de uma lavanderia a seco em Bahrain, o tecido que parece mais pesado do que me lembrava, o perfume do cabide de cedro em que está pendurado. As calças cabem perfeitamente em meus quadris e a camisa é de algodão macio, mas precisa ser passada. Fico de pé, sem espelho ato minha gravata com o nó de Windsor completo que sempre usei. Dentro do bolso do paletó estão as abotoaduras de ouro e um prendedor de gravata, com o leão da dinastia Pahlavi gravado. Faço uma dobra na manga da camisa e fecho cada punho com uma das abotoaduras que ostentam meu nome de família. Sigo para o quarto de Nadereh. Pego, na gaveta da cômoda, minhas meias formais de seda preta com minúsculos diamantes verdes, bem-costurados por dentro do cano. Nadereh jaz atrás de mim, em sua cama, mas já não é mais ela; é apenas um vestido ou um sobretudo que esqueceu de colocar na mala para o nosso *safar*.

Em meu escritório, desembrulho os sapatos do meu uniforme — pretos, brilhantes e sem qualquer vestígio de poeira. Amarro-os bem forte com um nó duplo; depois levanto-me e envergo meu paletó, cada ombro pesado com as dragonas em vermelho e dourado, e o bolso do peito coberto com as fitas, emblemas e distintivos conquistados no serviço militar.

Fecho os botões centrais e fico completamente concentrado, o *Genob Sarhang* Behrani, Honorável Coronel Massoud Amir Behrani.

Puxo uma folha da caixa de papéis e estendo sobre a mesa. E na cozinha, encosto-me no balcão do bar e começo a escrever, em minha língua pátria:

> Soraya-*joon*,
> Fiz tudo o que pude. Não sofra por nós. Sua mãe e eu esperamos por você quando chegar a hora do seu retorno. Nós te amamos mais do que amamos a vida.
> Dê o nome do seu querido irmão ao seu primeiro filho.
>
> *Bawbaw*

Um carro passa, descendo a colina, e preciso correr, pois me lembro das ordens do tenente quando saí para o hospital; ele solicitou um carro de patrulha para vir até aqui. Para matar um jovem rapaz, são muito eficientes; para resgatar uma mulher em cárcere privado, porém, estão atrasados.

Pego outra folha de papel e escrevo, em inglês, que eu, coronel Massoud Amir Behrani, deixo para minha filha este chalé e tudo o que há dentro dele, assim como meu automóvel e todos os recursos remanescentes em nossas contas bancárias. Escrevo meu nome completo no documento e assino.

Isso deve ser suficiente, mas agora estou confuso com as palavras "e tudo o que há dentro dele", pois não posso deixar o corpo dessa *gendeh* e assassina para minha filha — que, tenho certeza, venderá este chalé assim que puder. Pego a caneta e volto a escrever, em persa, no rodapé da minha carta:

> Soraya-*joon*, viva aqui se desejar, mas, se vender, não aceite menos de 100 mil dólares.

Prendo os dois papéis com um ímã na porta da geladeira, ao lado da foto de minha filha e meu genro na lua de mel. Ambos estão ao sol. E parecem bem felizes. Beijo meu dedo e aperto-o contra o coração de Soraya.

Sinto muito calor, vestido em meu uniforme. Sinto o suor brotar em minha testa, no pescoço e debaixo da *peerhan*. Sobra-me muito pouco tempo. Abaixo-me sobre o tapete da minha mãe, ponho a mão debaixo dos braços de Kathy Nicolo, levanto-a e arrasto-a para a área da cozinha, pelo chão, até o lado de fora da casa, rumo à grama do quintal. É bem pesada; o cabelo está solto em cima dos meus braços. Arrasto-a por entre as altas árvores das sebés até seu carro.

Agora o ar está mais fresco, mas meus olhos ardem de suor. Eu a deito sobre o terreno ao lado do chalé e abro a porta de trás do carro dela. Está lá o cheiro de cigarro velho e o forro das poltronas ainda está quente, devido ao sol que já não aparece. Olho na direção dela. Sua boca está aberta, uma das mãos retorcida debaixo dela. Penso em Jasmeen, minha querida prima. Ergo a piranha, empurro-a para o banco de trás e dobro seus joelhos para fechar a porta e penso no que direi para Jasmeen: que sempre a amei, que Kamfar e eu choramos por ela. E vou abraçar Pourat. Vou beijar seus dois olhos e dizer a ele o quanto tenho sentido sua falta.

Resta muito pouco tempo. Dentro do chalé, no armário sob a pia do banheiro, pego o rolo de fita adesiva que usamos para fechar nossas caixas, na mudança. Em meu escritório, recupero a capa plástica do meu uniforme. Depois entro na escuridão do quarto de minha mulher, com o coração mais uma vez explodindo dentro do peito. Meu rosto e pescoço suam copiosamente e meu uniforme está muito apertado na parte superior das costas. Isso se deve a todo o trabalho que fiz aqui, a todos aqueles dias sob o sol, poeira e névoa, um soldado do lixo trabalhando com homens que, antes, teriam baixado suas cabeças à minha passagem. Sento-me na cama. Puxo do rolo uma quantidade suficiente de fita, com um barulho que parece gelo se partindo na superfície de um lago congelado, tal como o que sentia sob meus pés quando criança, com meu pai, nas montanhas do norte. Seguro a fita com ambas as mãos e curvo-me para beijar Nadi uma vez mais. Seus lábios ainda estão quentes, mas sinto que, se não me apressar, ela me deixará para trás. Colo uma ponta da fita no meu joelho e meus dedos tremem como quando despi pela primeira vez minha mulher, na noite de nosso casamento, em nossa casa nova mergulhada em silêncio, como agora.

Pego a capa plástica e nela enfio minha cabeça e meu rosto. Mas há um pequeno buraco perto de minha boca, por isso preciso duplicar a camada de fita — e agora vejo apenas uma vaga escuridão, enquanto pego a fita e prego-a firmemente em torno de minha garganta e do meu pescoço. Minha respiração puxa o plástico imediatamente e eu o empurro com a língua. Deito ao lado de minha Nadi. Busco sua mão, mas de início não consigo encontrá-la e meu coração pula contra o meu peito, então por fim a encontro, pequena e fria, macia por causa dos cremes caros, e por um momento eu me acalmo. Fecho meus olhos e a boca e respiro profundamente pelo nariz, mas o plástico entra rapidamente e abro novamente a boca para completar a respiração, mas o plástico também está lá e eu o forço a sair com a língua, puxando mais ar, tudo o que vou precisar, digo a mim mesmo, prendendo a respiração, o peito já enfraquecido por estar tão cheio. Sinto o ombro de Nadi contra o meu e me arrependo de não ter colocado música para tocar no toca-fitas novo dela. Tenho um forte desejo de ouvir música, a poesia de Dashtestani, o *ney* e o *domback*, a convidativa música da nossa terra. Solto o ar, que soa como vento em meus ouvidos, o plástico escorregando do meu nariz e da boca, mas voltando com a insistência do mar, cobrindo todas as pegadas deixadas para atrás na areia, preenchendo todos os buracos e canais. Tento forçar o plástico a sair mais uma vez, apenas mais uma vez, mas o mar está subindo com a lua, sua pressão cresce em meu peito, no coração, e os pulmões começam a arrebentar sob o peso de uma mão invisível, meu corpo lutando enquanto afunda na cama. O plástico se transforma em ferro contra o meu rosto, e meus braços flutuam sem peso enquanto tento arrancar a fita adesiva, mas meus dedos não funcionam corretamente, agitando-se inutilmente contra a garganta e o queixo. Já não tenho pernas e há um barulho horrível em meus ouvidos, o ensurdecedor e agudo som dos F-16 voando baixo, meu peito começa a se romper, meu abdome, a inchar e inchar — alguma coisa começa a se abrir e a soltar, um calor que me preenche, vodca e fogo, o vento quente de um céu de deserto, a terra desmoronando embaixo de mim.

A cela de Lester não era mais do que uma pia e um vaso sanitário de aço inoxidável, uma pequena escrivaninha de aço e dois beliches de ferro embutidos na parede. Acima de cada colchão, havia uma pequena janela retangular, com o vidro à prova de bala tão embaçado que tudo o que Lester conseguia perceber era a luz do dia. O espaço tinha uns 2,5m de largura por 3,5m de comprimento. A altura até o teto devia estar em torno de uns 9m, com três vigas de ferro pintadas de branco, como tudo o mais. Lester sentou-se ao pé da cama de baixo do beliche, com as mãos nos joelhos. Suas pupilas estavam pesadas e ardiam um pouco; a boca pendia meio aberta, devido ao cansaço. Estava com muito calor, pois usava as duas camisas da prisão; voltou a deitar-se em seu beliche, olhando para os milhões de buracos no estrado de aço acima dele. No Palácio da Justiça, ficara sentado sem camisa numa cadeira dura, ouvindo a própria voz contar a verdade sobre tudo o que havia acontecido, a voz baixa e controlada, enquanto via o tempo todo a imagem do garoto girando, os braços pendentes e soltos como se fossem cordas, quando largou a pistola e aterrissou de lado, com um braço esticado, quase apontando, do jeito que os bebês fazem diante de algo que reconhecem mas não sabem dizer o nome.

Alguém lhe deu um copo d'água, que ele virou de uma só vez. Na pequena sala havia dois assistentes, dois detetives e o tenente Alvarez, de pé, de costas para a janela banhada pela claridade, o rosto na sombra. Os detetives lhe faziam perguntas sobre a família Behrani e seu encarceramento por uma noite inteira, sobre o fato de Lester ter apontado sua pistola de serviço para eles, por levar o filho e o pai até Redwood City contra a vontade deles. Perguntaram sobre Kathy. Estaria ela no endereço de Corona naquele momento, mantendo a Sra. Behrani em cárcere privado?

A voz de Lester soou quase normal.

— Não, está apenas esperando nós voltarmos, é isso.

Olhou para suas mãos e imaginou a Sra. Behrani recebendo a notícia de que seu filho fora morto. Imaginou-se recebendo a notícia de que seu próprio filho tinha sido morto — como imediatamente imaginaria o pior, o rosto suave do pequeno Nate contorcido e pálido, como se uma enorme quantidade de sangue tivesse abandonado seu corpo rapidamente.

— O rapaz está bem?

Um dos detetives disse que ele estava sendo operado e Lester rodou duas vezes sua aliança no dedo. Lavara as mãos, mas ainda havia sangue seco nos sulcos finos das palmas. Pensou em Kathy, em seu Bonneville vermelho no quintal, quando a patrulha chegasse lá. Ergueu os olhos.

— Gostaria de ligar para minha mulher.

O tenente Alvarez estava escrevendo alguma coisa num bloco de papel e deu um súbito passo à frente, como se alguém tivesse acabado de insultá-lo.

— Terá suas duas ligações quando entrar na prisão, Burdon.

Lester teve o impulso de afastar o olhar, mas não o fez. Alvarez balançou a cabeça como se até isso, esse olho no olho, fosse algo muito impróprio, e disse a dois assistentes para prendê-lo e levá-lo até a nova unidade de detenção, do outro lado da rua — normalmente um percurso curto, mas que agora se tornara longo, com Lester algemado e com o dorso nu como um bêbado, um delegado-assistente de cada lado, o rosto baixo. Lá dentro retiraram-lhe as algemas, e Lester lhes deu tudo o que queriam: sua carteira, as chaves do carro, a aliança.

Um dos oficiais de reclusão lhe disse para levantar os braços e fez uma revista rápida, com mãos pesadas e cuidadosas. O oficial da carceragem tinha ombros largos, cabelo curto e ruivo e uma pequena cicatriz branca no queixo. Ficava atrás de um vidro e depositou as chaves e a aliança de Lester num envelope pardo, contou o dinheiro que havia em sua carteira e fez com que assinasse um formulário em duas vias. Lester pensava em Kathy quando a viatura chegasse lá, depois de tudo ter saído da maneira mais errada possível. Ouviu a própria voz pedindo para dar um telefonema, mas num tom fraco e, de certo modo, abafado. O oficial da carceragem olhou diretamente para ele, mas não respondeu; apenas depositou seus pertences pessoais numa caixa que Lester não conseguia ver.

Os dois oficiais desapareceram; foram substituídos por outro, da custódia. Era um chicano de baixa estatura, cujo pescoço era tão largo quanto a mandíbula. Escoltou Lester até o local onde aconteceria outra parte dos procedimentos, da qual nunca precisou participar: uma sala sem janelas, com luz fluorescente, ocupada por uma mulher filipina, de jaleco branco. Era baixa, escura e bonita, os cabelos presos para trás com um adereço vermelho e púrpura, em forma de pelicano; Lester desejou pelo menos estar de camisa. A moça usava luvas higiênicas brancas. Limpou a parte de dentro do antebraço dele com álcool; em seguida, inseriu na pele uma agulha de teste, que retirou tão rapidamente como colocou. Disse-lhe que se sentasse e curvou-se sobre um balcão coberto com frascos de algodão, segurou uma prancheta e perguntou o nome de Lester ao guarda chicano da detenção.

— Lester Viiictor Burdone. — O sotaque do guarda era típico da área leste de Palo Alto.

Agora a bela enfermeira fazia a Lester perguntas sobre seu histórico médico, seu corpo desde que era menino, suas relações sexuais desde que se tornara homem. Já tivera algum resultado positivo em testes para HIV? Olhou para ele muito diretamente, o que o fez sentir-se como se tivesse algo a esconder, quando não tinha. Respondeu que não e, logo em seguida, estava na sala de fotografia e impressões digitais, de pé contra a parede, em frente à máquina Edicon. O técnico lhe dizia para olhar diretamente para a frente, para a luz verde que piscava, e Lester se sentia como se estivesse sendo radiografado, sentia que esse gráfico de computador do seu rosto, essa foto de ficha policial, era realmente ele, o verdadeiro Lester.

O guarda chicano o levou ao Departamento de Identificação e começou a passar seus dedos, um a um, sobre uma almofada conectada a um computador. Era estranho ter cada dedo seu guiado dessa forma, como se alguém o estivesse ajudando a se vestir ou a comer. Quando terminou, o guarda chicano escoltou

Lester por um corredor claro, e ele sentiu que, naquele momento, estava começando algo que não terminaria tão cedo. Sabia como funcionava o sistema de fianças, e que não havia fiança para sequestro. Isso queria dizer que ficaria ali até ser julgado. E isso poderia levar meses, às vezes mais de ano. Sentiu-se enjoado, com a boca subitamente cheia de uma saliva pegajosa. Pensou em Carol, imaginou-a na cozinha, fatiando cebolas sobre o balcão. Imaginou as crianças desenhando com lápis de cera no chão do quarto de Bethany, e mais uma vez viu o filho do coronel cair pesadamente na calçada, com o sangue jorrando de dois ferimentos, e sentiu medo.

O oficial o conduziu até um canto da sala e lhe abriu uma porta que dava para um pequeno cômodo, com uma mesa e um telefone. As paredes brancas de tijolos haviam acabado de ser pintadas.

— Duas ligações locais, Burdone. Cinco minutos.

A porta era de vidro reforçado e o guarda chicano postou-se do outro lado, os braços cruzados, vigiando Lester com o olhar a curtos intervalos.

Lester pegou o fone, mas não sabia o número da casa do coronel. Discou para informações, na esperança de que não contasse como uma das duas ligações a que tinha direito. Em seguida ligava para a residência dos Behrani, um número novo. Sentia a garganta espessa e seca. O telefone começou a tocar e ele se lembrou de Kathy como a havia deixado, de pé no corredor de sua casa roubada, usando shorts e uma camiseta da Fisherman's Wharf, o cabelo ligeiramente despenteado em torno do rosto, que havia beijado antes de sair. Tinha imaginado que, ainda essa noite, os dois estariam viajando em direção ao norte num carro alugado, talvez ainda atordoados por terem escapado por um fio. Agora só queria ouvir a voz dela, um pouco rouca e meio insegura em relação a si mesma. Só queria ouvi-la dizer seu nome. Mas o telefone continuava tocando, sem que ninguém atendesse. A polícia talvez já tivesse chegado lá, mas ele achava que não. Talvez Kathy e a esposa do coronel não estivessem dentro da casa, e sim do lado de fora. Imaginou-as sentadas no novo terraço panorâmico, esperando.

O guarda bateu no vidro e apontou para o relógio. Lester deixou o telefone tocar ainda umas quatro vezes, depois desligou. Não esperava que Kathy não fosse atender — e agora se sentia mais à parte das coisas do que jamais imaginara. Por um segundo, foi como se Kathy nunca tivesse existido e não fosse real; o que haviam começado juntos era uma ilusão, apenas um bonito tapete colocado sobre um buraco no chão. Agora, o tapete tinha sumido e Lester caía dentro de algo que sempre estivera ali à sua frente; Kathy só havia entrado em sua vida para levá-lo àquilo.

Sentiu um arrepio em suas entranhas; ao mesmo tempo, o rosto esquentava. Olhou de relance para o guarda moreno, de perfil, e pensou em Behrani gritando em persa dentro do carro da polícia, as veias a saltarem de sua testa e pescoço. Talvez tivesse ligado para sua mulher do hospital e Kathy tivesse arriscado a dirigir o Bonneville até lá. É o que ela faria. Lester discou novamente para informações, para pedir o número do hospital, quando o guarda entrou e apertou o botão de desligar.

— Dois telefonemas.

— Dois foram para Informações. Eu não sabia os números.

O guarda pegou o fone, colocou no lugar e fez sinal para Lester retornar ao corredor. Lester sentiu um intenso calor dentro de si e teve vontade de dar um soco na cara do guarda.

— Vamos, Burdone.

— É Burdon. Delegado-assistente Burdon.

O chicano sorriu e piscou o olho preguiçosamente, como um lagarto.

— Acho que por aqui você vai querer guardar essa informação para si mesmo, oficial de treinamento de campo. Andando!

Lester caminhou de volta ao corredor com o guarda, a respiração curta, os tijolos pintados de branco brilhante, tudo imaculado, nem uma mancha sequer em lugar algum, nenhuma marca de algemas ou lascas deixadas por uma corrente no tornozelo, nenhuma grafitagem, nenhum vestígio de sangue ou cuspe seco. Uma unidade novinha. Começou a sentir de novo aquele pique, a consciência e a prontidão de todos os sentidos do corpo, o estômago em brasa.

Em seguida, viu-se numa saleta junto com outros quatro ou cinco presos, todos esperando para a troca de roupa. O guarda disse para tomar assento numa única fileira de cadeiras chumbadas entre duas paredes, uma de frente para a outra. O chicano entregou a papelada de Lester a um oficial encarregado do atendimento e saiu sem dizer uma palavra. À sua frente, estava um jovem negro e alto, pele cor de calda caramelizada, o cabelo recém-cortado, com as iniciais — suas ou da namorada — recortadas na cabeça. Usava camiseta, calças jeans muito largas e tênis brancos All-Star desamarrados. Mexia o tempo todo nas unhas; exibia três anéis de ouro nos dedos da mão direita e dois na esquerda.

Os outros eram jovens também, um asiático e um garoto branco, que pareciam se conhecer; o branco sussurrava para o asiático algo sobre outro garoto chamado Bife, já morto, o asiático com a cabeça recostada na parede, os olhos meio fechados, como se cochilasse acordado, uma pequena serpente azul tatuada sob o canto do olho esquerdo, como se fosse uma lágrima. Lester olhou de relance para o homem ao seu lado. Estava sentado de lado na cadeira, as amplas costas curvadas na direção dos outros, o cabelo negro e sem brilho... Quando viu Lester, afastou o olhar rapidamente. Lester fez o mesmo. Um surto de calor invadiu-o por dentro. O homem era filipino, um corretor de apostas de pequeno porte dos arredores de Daly City, e Lester não conseguia se lembrar como ou quando seus caminhos haviam se cruzado. Por um momento manteve o rosto baixo, mas depois pensou que podia parecer fraco por isso. Então levantou o queixo novamente e esticou-se bem na cadeira, os batimentos cardíacos perdidos em algum lugar dentro de sua língua.

A porta se abriu e um guarda da detenção chamou o corretor por um nome que Lester não conhecia. Ao passar por ele, Lester farejou cheiro de urina, suor e cigarro no velho jeans. A porta se fechou atrás do filipino e agora o garoto asiático olhava diretamente para Lester, os olhos como duas fendas escuras, a cabeça ainda contra a parede, os braços cruzados sobre o peito. O garoto branco parou de falar e olhou também, medindo Lester dos tênis de corrida e peito nu até o rosto.

— Perdeu alguma coisa? — disse Lester.

O branquelo deu de ombros e olhou para o amigo. O asiático encarou Lester por mais alguns segundos, depois sorriu e virou ligeiramente a cabeça, fechando os olhos, mas o sorriso permaneceu no rosto. O outro garoto olhou uma vez mais para Lester, depois para um ponto na parede logo à sua direita, e Lester olhou para o guarda administrativo, um homem magro de uns 50 anos, que comia um sanduíche de manteiga de amendoim e geleia no pão branco e lia o *San Francisco Chronicle*. O asiático parecia dormir, mas seus lábios ainda tinham aquele sorriso fixo que dirigira a Lester, e Lester não estava gostando de ver aquele sorriso agora. Era como se aquele garoto tivesse olhado e enxergado a trajetória de sua vida inteira — e parecia gratificado ao ver que acabara daquele jeito.

A porta se abriu novamente e o branquelo se levantou, mas o oficial do vestuário chamou Lester, pronunciando seu nome perfeitamente. Logo as roupas que Lester retirara de sua mala naquela manhã, na cabana de pesca, se foram e ele vestia a roupa de baixo laranja da cadeia, calças de brim laranja, uma camiseta laranja e uma camisa laranja com as palavras PRISÃO MUNICIPAL impressas em relevo nas costas, com tinta preta. O oficial era baixo e cheirava a colônia Old Spice, a mesma que o pai de Lester costumava usar. Mascava chicletes e, enquanto caminhavam, deu uma lida nos papéis de Lester.

— Oficial de treinamento de campo? O que aconteceu, cara?

Jogou o casaco para o lado e acelerou o passo. Não olhou para Lester; continuou a olhar para a frente, à espera de uma resposta, aparentemente sem julgar, como se fossem dois velhos amigos correndo juntos e discutindo um problema. As pernas de Lester começaram a ficar pesadas e duras, a respiração era mais difícil, com os calcanhares das sandálias da prisão batendo no chão, como se fosse uma advertência.

Chegaram a uma ampla porta de aço no final do saguão e o guarda tirou do bolso um cartão de identificação, preso ao cinto por um cordão de plástico transparente. Inseriu o cartão numa fenda na parede e, em seguida, abriu a porta para Lester. Entraram num salão cavernoso, com três fileiras de celas com portas fechadas. O teto, iluminado por lâmpadas fluorescentes, ficava a uma altura de uns 30 metros. No centro do andar, havia uma mesa redonda, com dois oficiais de plantão e, no canto da segunda fileira, uma cabine de controle espelhada. O ar cheirava a tinta fresca e ar condicionado novo. Lester podia ouvir o barulho de meia dúzia de rádios nas celas acima. A porta de cada cela tinha uma pequena janela no meio; em uma delas, na segunda fileira, via-se o rosto de um homem com uma mecha de cabelo branco caída sobre os olhos. Lester seguiu o guarda até a recepção, onde um atendente estava ao telefone e outro verificava nomes numa lista. O guarda de escolta jogou os papéis de Lester sobre a mesa.

— Quando foi a última vez que vocês tiveram um oficial de treinamento de campo aqui na prisão?

O atendente ao telefone interrompeu a fala, olhou para Lester e depois, de relance, para sua jaqueta. Meneou a cabeça uma vez, passou os papéis para seu colega, depois desligou o telefone e deu atenção total a Lester. Apertou os olhos como se quisesse fazer uma pergunta, mas não soubesse exatamente como começar.

— Ainda não consegui falar com meu advogado, nem com minha mulher — disse Lester.

— Não teve direito aos dois telefonemas?

— Ninguém atendeu.

— A última refeição é às 16 horas. Depois disso, nós o levaremos até um telefone.

— Lar, doce lar. — O guarda de escolta bateu uma vez na mesa, depois sorriu e deixou o local. A porta com abertura eletrônica fechou-se praticamente sem ruído.

Agora Lester estava deitado em seu beliche. Podia ouvir uma longínqua nota de baixo no rádio de outro prisioneiro, mas nada além disso. Era confinamento mesmo, e as paredes eram espessas. Tudo era silencioso e branco. Lester sentia fome e não tinha a menor noção de tempo, mas sabia que às 16 horas lhe trariam algum alimento e depois ele poderia dar o seu telefonema. E teria de ser para Carol, logicamente. Explicaria o que pudesse a ela, que uma coisa acabou levando a outra, que ultimamente ele não vinha sendo exatamente o mesmo, e como as coisas acabaram virando de cabeça para baixo e do avesso ao mesmo tempo. Mas nada disso era verdade. Não se lembrava de alguma vez ter se sentido mais vivo, nem mais parecido com o que ele realmente poderia ser, do que nos últimos dias — fazendo amor com Kathy no chão, nas margens do Purisima, gozando em sua bela boca, até mesmo colocando a pistola debaixo do queixo do coronel. Mas não diria nada disso a Carol. Apenas pediria a ela que ligasse para o advogado e pedisse para segurar os papéis do divórcio por tempo suficiente para ensejar a visita de um advogado criminalista. Um *criminalista*. Pediria para falar com Nate e Bethany e diria à sua filha que a veria nos horários de visita, para explicar tudo, que estava ali naquele lugar porque fizera uma coisa errada, e que as pessoas estavam certas em mantê-lo ali por ora. Imaginou o rosto dela, mais parecido com ele do que com Carol, e seus olhos negros se enchendo de lágrimas na hora, e diria:

— Não, não, está tudo bem. Tudo vai ficar bem.

Lester fechou os olhos, sentiu que o sono o esperava bem atrás das pupilas e também nas pernas, um calor escuro e pesado, e abriu-os novamente; sabia que o assassinato do filho do coronel acrescentaria uma década ou mais a qualquer condenação. E, mesmo que fosse considerado culpado por crimes menores, sua vida profissional na área da lei estava acabada. Queria ver Kathy. Os carros da polícia deviam estar naquele momento em sua casa em Corona, mais homens de azul a abordá-la e a escoltá-la, a partir de sua casa. Era muito provável que fosse acusada dos mesmos crimes que ele. Mas Kathy não atendera o telefone... talvez já tivesse saído. Talvez tivesse levado a Sra. Behrani até o hospital e seguido em frente, dirigindo a esmo. Mas esperava que nada disso fosse verdade; esperava que, no mínimo, ela estivesse esperando por ele em algum lugar. Queria deitar ao seu lado e descansar o rosto em seu seio nu, sentir o perfume de sua pele macia, morena, ouvir as batidas de seu coração melancólico. Queria entrar com tudo até o fundo dela e lhe dizer: não se preocupe, não se preocupe com mais nada.

Fechou os olhos novamente, mas o que viu foi o filho do coronel de pé sob o sol, apontando a pistola para ele, seus olhos castanhos úmidos de medo e uma das mãos levantada, como se estivesse pronto para disparar e correr — algo que Lester tinha certeza de que o rapaz teria feito se soubesse a verdade, que a pistola estava descarregada e que, portanto, seria inútil. Mas Lester lhe negara a verdade para salvar a própria pele; deixara o medo tomar conta — e agora só podia imaginar que tinha sido diferente, que o rapaz largou a arma e correu pelo meio da multidão e fugiu, com a ajuda de seus braços magros, Lester se desembaraçando das garras do coronel só para ver, ver aquele rapaz voar para algum lugar melhor do que este. E pensou novamente nos homens que atiraram em Esmail, eles próprios uns garotos praticamente, que também deixaram que o medo os governasse.

Depois de um intervalo aparentemente longo, o corpo de Lester começou a se sentir parte do beliche. Respirava profundamente pelo nariz e, quando o sono começou a dominá-lo, esboçou uma prece por Esmail, por sua recuperação completa, e viu-se abraçando e beijando Bethany e Nate. Em seguida estava num barco em algum rio, e Carol e Kathy estavam deitadas ao seu lado. Havia trovões no céu, mas nada se podia fazer a respeito, portanto Lester fechou os olhos, abraçado às duas mulheres. Alguma coisa então ribombou bem ao longe, a leste, no céu. O ar começou a esfriar. Lester sentiu o cheiro de escamas de peixe, perfume e madeira úmida. Uma das mulheres soltou um lamento, como se estivesse no meio de um sonho ruim, mas Lester apenas se ajeitou melhor no fundo do barco e esperou, esperou que o rio os levasse para onde estava indo de qualquer forma — para a inevitável conclusão de tudo o que fizera e deixara de fazer. O ar ficava mais fresco agora, quase frio, e o barco começava a balançar.

O céu estava negro e tornou-se azul, pouco antes de uma faixa em tom coral brilhante irromper no horizonte, como um corte. No final do estacionamento, do outro lado de uma cerca alta de madeira, havia juníperos plantados num jardim. A grama era espessa e curta; havia uma caixa de areia e um conjunto de balanços e escorregadores, feitos inteiramente de madeira bonita e escura — mogno, ou quem sabe cedro. A casa era de chapisco bege, com telhas cor de ferrugem e um amplo deque baixo, apenas um degrau acima do solo, sem cerca, e quatro cadeiras brancas de plástico em torno de uma mesa protegida por um guarda-sol. Ao lado delas, uma piscina de plástico infantil rasinha, cheia de baleias azuis sorridentes jorrando água. Do outro lado da cerca, dois andares acima, eu observava a cena — e cada vez que engolia, era como se um anzol arranhasse minha garganta, toda costurada.

Às 7, um enfermeiro me trouxe suco de laranja, café e uma tigela de mingau. Mas não toquei em nada, e pouco tempo depois a porta dos fundos da casa se abriu e um garotinho pequeno, de cabelos castanhos, saiu correndo do deque em direção à caixa de areia e se tornou uma mancha indistinta. Enxuguei meus olhos. O menino encheu as mãos de areia, depois elevou-as acima da cabeça e deixou a areia escorrer pelo cabelo. Sua mãe depositou uma caneca de café ou chá sobre a mesa debaixo do guarda-sol; o cabelo longo e vermelho refletia a luz do sol. Usava shorts e uma camiseta folgada no corpo. E quando saiu do deque e se agachou na caixa de areia, pude ver os músculos de suas coxas. Ria ao tentar tirar a areia do cabelo do filho; depois voltou para seu café, sentou-se à mesa sob o guarda-sol e começou a ler. O garotinho sentou-se de costas para a cerca e para o hospital, do outro lado, com seu cabelo grosso terminando em cachos atrás das orelhas. Olhei para a camisa em miniatura que usava, com listras azuis e amarelas; e para seus pequenos braços nus e para as mãos. Observei como sua cabeça parecia grande sobre os ombros. Cada vez que engolia, sentia novamente os polegares esmagando meu pomo de adão, e portanto eu engolia mais vezes do que o necessário. Imaginei o garotinho do jardim, já crescido, transformado num rapazinho de calça jeans e uma bicicleta vermelha e depois um adolescente com um skate, ou mesmo com um carro velho. Engoli mais duas vezes e imaginei-o já homem, um homem jovem e alto, com a própria esposa e filho. Viria de carro àquela casa em frente ao estacionamento, para visitar sua mãe e seu pai. Mas a imagem não se fixava em minha mente; em vez disso, voltava a ver o filho da Sra. Behrani do jeito que o vi da última vez, saindo do meu carro ao sol, olhando para Lester como um estudante à espera das instruções de seu treinador, coisa que eu já vira tantas vezes.

O garoto levantou um caminhãozinho acima da cabeça e deixou-o cair sobre algo metálico que eu não conseguia ver. A mãe ergueu os olhos ao ouvir o barulho e, em seguida, voltou ao seu jornal. Nesse momento, a porta atrás de mim se abriu; o delegado-assistente meteu a cabeça dentro do quarto e me viu sentada à janela, com a roupa do hospital. Olhou para mim como se tentasse descobrir o que mais eu poderia fazer, além de ficar ali sentada, e depois fechou a porta de novo.

Ontem, em outro hospital, acordei e vi Lester ao pé da cama; minha garganta estava inchada e tão seca que parecia partida. Seu uniforme estava limpo, o cabelo escuro parecia curto demais e ele tinha raspado o bigode. Tentei falar, mas uma enfermeira pôs os dedos no meu pulso e me disse para ficar quieta. Era velha e esbelta. Olhei novamente para Lester, mas não era ele. Este homem era mais jovem. Seu cabelo preto estava quase raspado e seus olhos não eram castanhos, e sim azuis. Fiz menção de me sentar, mas a enfermeira pôs a mão no meu ombro e então me mostrou o botão da cama. Apertei-o; o colchão me elevou para a frente e a enfermeira deixou o quarto. Havia outro homem numa cadeira atrás do primeiro; era mais velho, tinha os cabelos ruivos e o rosto enrugado e bronzeado. Tinha nas mãos uma folha de papel. Ficou de pé, apresentou-se e identificou seu jovem assistente; depois desdobrou o papel e leu as acusações contra mim: sequestro duplamente qualificado, cárcere privado, ataque à mão armada.

O jovem assistente inclinou-se em minha direção. Apesar do meu nariz entupido, senti o perfume de sua loção de barba.

— Sei que não temos condições de conversar agora, Sra. Lazaro. A senhora gostaria de chamar seu advogado?

Lembrei-me dos pneus cantando na entrada de casa, e da porta sendo subitamente aberta. Esperava ver Lester primeiro, mas quando vi o coronel, a silhueta de sua cabeça careca contra a luz do sol no jardim, percebi que estava sozinho e depois não consegui me mover; suas mãos já estavam no meu pescoço, me sacudindo, meu cabelo todo na cara, não conseguia respirar e uma escuridão muito barulhenta começou a crescer dentro da minha cabeça.

Fiz sinal que sim e o assistente me estendeu um pequeno bloco de notas e uma caneta. Anotei o nome e o telefone de Connie Walsh e a seguinte pergunta: E Behrani? Está sendo acusado de quê?

O jovem assistente leu minha nota e mostrou-a ao mais velho, que olhou diretamente para mim com seus olhos verdes e cheios de alguma coisa que me fez olhar para baixo, para seus braços e os espessos tufos de cabelo que havia neles.

— O Sr. Behrani faleceu.

Eu estava deitada e eles de pé, mas o quarto de repente ficou tão quieto e imóvel que comecei a me sentir longe demais para ver e ouvir o que viria em seguida. Peguei o bloco da mão do jovem assistente e escrevi:

— O quê?

Queria perguntar sobre Lester. Por que não havia voltado? Depois achei que, se me acusavam de sequestro, deviam tê-lo acusado primeiro, mas não tinha certeza, então não escrevi mais nada. De qualquer modo, não me responderam. O mais velho parecia ser o responsável. Afastou-se da cama e me disse para conversar diretamente com minha advogada. Em seguida, o mais jovem ligou para o escritório de Connie Walsh, explicou onde eu estava e do que estava sendo acusada. Ouvi de novo a menção de todos os crimes e, com exceção de ataque à mão armada, porque saquei a pistola de Lester no posto de gasolina, tive dificuldade de compreender o que as palavras sequestro e cárcere privado tinham a ver comigo. O delegado-assistente mais velho abriu a porta para o mais jovem e os dois se foram.

Havia outra cama em meu quarto, mas estava vazia e sem lençóis, apenas com uma capa plástica branca sobre o colchão. Havia uma televisão suspensa num canto do teto, com sua tela escura me olhando: o coronel estava morto. Sobre a mesa, havia um jarro com agua e uma pequena pilha de copos de papel. Enchi um deles e bebi; cada gole era como se um ouriço-do-mar cheio de espinhos descesse pela garganta. As persianas estavam fechadas e eu podia ouvir o barulho do trânsito nas redondezas. Escorreguei para o outro lado da cama. Estava vestida com um jaleco de hospital, sem nada por baixo. Passei à janela, mas minhas pernas estavam trêmulas. Abri as persianas. A uns 3 metros abaixo, havia um telhado reto, coberto por betume, com grandes unidades de ar-condicionado ou aquecedores em cima. E do outro lado, mais prédios e janelas. Numa delas, percebi o piscar colorido de uma tela de televisão. Não conseguia ver o céu, mas o tempo estava encoberto. Perguntei-me se era de manhã ou de tarde. Meu pescoço estava duro e eu mal conseguia olhar para baixo, ou movimentá-lo para a esquerda ou para a direita. Lembrei-me de ter visto os dentes amarelos do coronel rangendo, as narinas flamejantes e de sentir meus pés sendo elevados acima do chão. Voltei para a cama e me deitei, mas de repente ela me pareceu um lugar perigoso, como se estivesse a 300 metros acima do chão e que, se eu me virasse depressa demais ou mesmo esticasse a mão para pegar a água, ela viraria e eu despencaria entre as rochas lá embaixo; se Behrani estava morto, estava certa de que Lester devia tê-lo assassinado.

Menos de uma hora depois, os assistentes estavam de volta e me disseram que eu fora classificada como "risco de fuga" e estava sendo transferida para o Hospital do Condado de San Mateo. O mais velho viajou junto comigo, na parte traseira da ambulância. Veio sentado em frente à minha maca, mascando chicletes e observando atentamente todo o equipamento médico. Vez por outra, olhava dentro dos meus olhos. O céu escurecia enquanto eles me traziam de maca até aqui e, no elevador, uma senhora idosa com muito blush no rosto segurou as portas para nós, sorriu para mim e disse:

— Você vai ficar muito bem, querida. Você vai ver.

Havia manchas de batom nos dentes da frente, que eram perfeitos e falsos, mas eu queria acreditar nela.

O assistente mais velho ficou aqui no meu quarto até a enfermeira sair; depois se aproximou da cama e olhou em minha direção, como se estivesse à espera de que eu terminasse de responder uma pergunta que nunca fizera. Engoli em seco e tive de fechar os olhos por um minuto. Quando voltei a abri-los, ele balançou a cabeça, como se eu o tivesse desapontado.

— Les Burdon e eu trabalhávamos juntos, antes de nos dividirem em unidades independentes. Ele tinha tudo para ser xerife, mas agora está acabado, espero que saiba disso. Está na Casa de Custódia, mas isso não vai durar. Vão atirá-lo aos cães.

Afastou-se da cama e rumou para a porta.

— Haverá um homem nosso do lado de fora desta porta, até que você tenha alta. Depois você vai direto para a prisão, em Redwood City. Pense nisso.

Assim que saiu, olhei para cima, para os retângulos brancos do teto, para a luz fluorescente. Fechei os olhos e engoli o que equivaleria a uma dúzia de tachinhas; desejei que aquele assistente ruivo e casado sentisse a mesma coisa, que sentisse os polegares do coronel apertando seu pomo de adão como se fosse papelão; queria que o colega de Les estivesse na cabana quando ele vestiu o uniforme e eu o levei para conversar com o coronel; queria que seu colega estivesse naquela casa, acordasse e soubesse que a família inteira estava trancada no banheiro; e queria que o assistente estivesse no quarto que seu pai deixara para ele, enquanto Lester apontava a pistola para o pescoço do coronel, dentro do meu carro. Não pedi para que nada daquilo acontecesse. Não pedi nada daquilo.

Uma enfermeira e um médico entraram no quarto. A enfermeira era mais jovem do que eu. Sorriu e apresentou o médico, um homem baixo, de cabelos grisalhos e óculos de lentes grossas, que faziam com que seus olhos parecessem pequenos. Ele leu a papeleta ao pé da cama, depois se aproximou e colocou dois dedos quentes contra minha garganta. Meus olhos começaram a se encher de lágrimas e devo ter emitido algum som, porque a enfermeira tomou minha mão e segurou-a enquanto o médico examinava minha garganta com uma lanterna minúscula. Em seguida, afagou meu ombro e disse que meu tecido macio estava cicatrizando bem e que seria melhor não pronunciar uma palavra sequer por pelo menos duas semanas inteiras. Depois saíram e seus jalecos brancos desapareceram porta afora, mas eu não estava mais com raiva; talvez eu não merecesse que o assistente me julgasse por coisas que jamais fiz, mas agora senti, com muito mais intensidade, que não merecia o calor que a enfermeira demonstrara para comigo, segurando minha mão como se eu fosse apenas uma vítima dos acontecimentos. Porque eu sabia que isso não era verdade. Nenhuma das duas versões de mim era verdadeira.

A porta se abriu e uma mulher chicana e redonda trouxe meu jantar numa bandeja: um copo d'água, uma tigela de caldo ralo e amarelo e um prato de pudim de baunilha. Quando sorriu, pude ver que um dos dentes da frente era de ouro. Bastou ela deixar o quarto e Connie Walsh entrou. Seu cabelo escuro estava mais curto do que da última vez em que a vira; estava cortado bem rente aos lados da cabeça, o que fazia seu belo rosto parecer mais velho e um pouco carrancudo. Calçava tênis de corrida novinhos e eu tentei sorrir, mas senti meu rosto estranho, meus lábios grossos e retorcidos, e não consegui olhar diretamente para ela.

Connie não disse nada; apenas ficou ali parada. Senti que olhava para mim. Pôs a mão no meu ombro, aproximou de mim a bandeja de comida e perguntou se eu podia me sentar. Apertei o botão e, uma vez ereta, olhei de relance para ela, para seus olhos escuros, que, ao me olharem, demonstravam tão somente preocupação. Pensei na Sra. Behrani, que também me olhava daquele jeito, e senti que estava diante de uma velha amiga — que eu ainda iria decepcionar, se é que já não fizera isso.

Connie Walsh me estendeu uma colher.

— Até que ponto você sabe o que aconteceu?

Balançou a cabeça e apontei para minha garganta. Desculpou-se e fez um gesto com a mão em frente ao próprio rosto, abriu sua pasta no colo e me estendeu um bloco amarelo e uma caneta. Empurrei a bandeja do jantar para o lado e escrevi: "Disseram que o Sr. Behrani está morto. Onde está Lester?"

Connie leu a nota antes que eu tivesse tempo de passar-lhe o papel. Olhou para mim por um segundo, com os lábios ligeiramente crispados. Escrevi:

"O que aconteceu?" Ela pegou o bloco e a caneta e começou a escrever, mas parou e balançou a cabeça diante do que estava fazendo. Sorri e ela também.
— O Sr. Burdon é seu namorado?
Fiz que sim e desejei poder ouvir minha voz quando respondi que sim.
— Está sob custódia em Redwood City.
Olhei para ela e esperei. Seus olhos se desviaram para a minha sopa.
— O rapaz foi morto.
Senti meu rosto inteiro ser espremido, o ar empurrado novamente para dentro da garganta.
— Evidentemente ele conseguiu pegar a pistola do Sr. Burdon, numa rua cheia de gente, e apontou-a para ele. — A voz de Connie Walsh soava calma e controlada, mas ela me olhava como se suas palavras fossem apenas o começo.
— Foi morto por policiais.
Aquele garoto que, naquela manhã, caminhava tão alto e ereto pelo corredor, com os cabelos negros ainda amassados do sono. Peguei o papel e a caneta com meus dedos quentes e grossos: "Pensei que o Sr. Behrani estivesse morto. O coronel."
Connie Walsh me olhou como se estivesse esperando a conversa chegar àquele ponto, mas que, agora que isso estava acontecendo, não estivesse de fato preparada. Estava curvada para a frente, ligeiramente afastada de mim, com as mãos nos joelhos. Fiz sinal para que falasse, mas, mesmo antes de ela começar, já não conseguia olhá-la diretamente; concentrei-me em suas mãos, nos nós dos dedos, que eram mais largos que seus dedos em si, finos e longos. Suas unhas eram curtas, tinham alguns pequenos arranhões e, por um segundo, cheguei a imaginá-la de joelhos, após cavar a terra num jardim, mas então já me contava todos os detalhes, com as mãos juntas e os dedos cruzados: o Sr. e a Sra. Behrani deitados, mortos, em meu antigo quarto, e a voz de Connie Walsh a falar de detetives reconstituindo a cena.
— Eles querem falar com você, Kathy.
Agora eu olhava para ela, mas a sensação era de ver alguém pelo lado errado de um telescópio. Connie já não falava. Parecia esperar que eu tentasse falar ou escrever alguma coisa, mas seu rosto estava distante demais para conseguir ler, apenas uma figura oval de carne e osso que, agora, me pedia para escrever

tudo para ela, escrever o que o coronel fizera a mim e quando, escrever para dizer até que ponto eu estava envolvida no plano para manter aquela família em cárcere privado contra sua vontade.

— Escreva-me tudo, Kathy. Escreva a verdade.

A palavra era como um morcego negro voejando entre nós. Olhei para minhas próprias mãos, para os calos nas palmas, de tanto fazer limpeza. Vi novamente a Sra. Behrani de pé na cozinha, apertando com a mão a lateral da cabeça. Pensei em toda a dor que deve ter sentido, e esperei que aquela dor não tivesse sido a última coisa que sentiu. A voz de Connie Walsh parecia mais relaxada agora; levantou-se e me disse que estava atrasada para um compromisso, mas que voltaria no dia seguinte para ler os fatos. Foi assim que se referiu ao que eu iria escrever. Tocou minha mão por um segundo e saiu.

Tomei uma colher de caldo. Pareceu banhar minha garganta enquanto descia, mas não tomei mais nada. Imaginei os Behrani estirados na mesa de um agente funerário: o coronel, sua sofrida esposa, seu filho leal. Meu estômago pareceu ter recuado dentro de mim e eu me sentei depressa, a boca cheia de saliva. O bloco e a caneta de Connie Walsh caíram no chão e eu os deixei lá. Fui me sentar na cadeira sob a janela. Inspirei longa e profundamente pelo nariz e pela boca, até não me sentir mais como se fosse vomitar. Do lado de fora da janela, o estacionamento estava pouco iluminado, por apenas alguns postes de luz. Na esquina mais distante, os carros passavam na estrada, com seus faróis e suas lanternas visíveis. Do corredor, vinha o murmurar macio das solas dos sapatos das enfermeiras que passavam, o rolar metálico das rodas de um carrinho de comida ou de uma maca, a conversa e o riso de três mulheres no posto das enfermeiras, a voz de uma mulher em um radiocomunicador, pedindo a presença de um determinado médico na UTI, mais conversas, a porta de um elevador que se abria e depois fechava, uma descarga sendo acionada em algum apartamento próximo ao meu, depois alguém cantarolando, o barulho de um esfregão molhado ao bater no solo, a voz que cantarolava é de homem, a música irreconhecível; e eu, irreconhecível também.

Podia ver meu reflexo na janela, um pequeno rosto ensombrecido, o cabelo amassado nas costas. Eu parecia uma criança doente, mas me sentia suja.

Minha garganta estava seca e o ato de engolir tornava-se mais difícil do que nunca, mas eu não ligava. Fechei os olhos e tentei me concentrar nos fatos para transmitir a Connie Walsh, mas continuava a pensar em Lester na Casa de Custódia, sozinho em alguma cela, separado do resto dos prisioneiros por ser policial, do tipo que eles nunca entenderiam, um homem que evitaria atirar num garoto filipino armado, o tipo que havia arriscado seu emprego para tentar me devolver a casa.

A limpeza do chão e a cantoria já estavam bem mais adiante no corredor; eu podia ouvir o guarda de plantão na minha porta pigarrear e folhear uma revista ou jornal. O botão para chamar a enfermeira brilhava, branco, na minha cabeceira; voltei à cadeira sob a janela, cujo estofamento de vinil colava-se às minhas pernas nuas, e lembrei-me da Sra. Behrani trazendo chá e fatias de kiwi para mim, no quarto de seu filho, os olhos castanhos cheios de compaixão ao olhar para meus braços esfolados, como se o fato de o marido dela ter feito aquilo fosse a única razão para eu ter aparecido bêbada em sua porta, com a pistola de Lester na mão.

Mas, na verdade, era por causa de tudo: por ter falado com meu irmão Frank e ouvir aquele mesmo tom condescendente; por causa do garoto mexicano balançando a língua para mim e olhando para minhas partes íntimas, como se fossem algo que já tivesse visto centenas de vezes; por usar roupas roubadas; por causa do sol claro no dia seguinte, depois de ter bebido demais com Lester à noite; por causa da minha boca seca e do medo profundo, provocado pela ressaca, de que Lester já tivesse me usado o suficiente e agora quisesse voltar para sua mulher; por dirigir nessa área cheia de casas de um andar só, no calor, em busca do que esperava não encontrar — era por tudo isso junto e, ao mesmo tempo, não era por nada disso; era por causa de Lester saindo de mim na cabana de pesca, gozando sobre mim de um jeito que, eu tinha certeza, denotava uma súbita mudança de comportamento; era porque eu estava deixando que Lester concluísse o que ambos começamos, deixando tudo isso acontecer, desde que pudesse adiar o momento de enfrentar minha mãe e meu irmão, para dar a notícia de que, de alguma forma, a casa do papai havia escorregado entre meus dedos; eu esperava que Lester fizesse qualquer coisa para que eu pudesse adiar esse momento em que seria julgada.

Olhei para fora, para o estacionamento vazio, para o portão de madeira cheio de sombras e para as árvores negras atrás dele. Por um instante, tentei dizer a mim mesma que tinha sido o coronel o culpado de toda aquela situação Foi ele quem não fez a coisa certa com a casa do meu pai. Ele, sua ganância e seu orgulho. Lembro-me dele em seu novo terraço panorâmico, com sua mulher, a filha e os amigos, seu terno caro, uma taça de champanhe na mão, arranjos de flores nos cantos da cerca e no chão, rindo de algo que a mulher gorda e rica dissera, e do jeito como olhou para mim quando passamos de carro, os olhos apertados, todos os músculos do seu rosto impassíveis, com um tipo de concentração que me assustava.

A porta abriu-se atrás de mim e a luz do corredor espalhou-se pelo quarto. Não me voltei, mas, pelo reflexo da janela, pude ver a silhueta do guarda de plantão, seu corte de cabelo bem curto e as mangas curtas e folgadas da camisa, seu cinturão. Pareceu-me que olhava da cadeira para a cama e depois de novo para a cadeira, antes de voltar ao corredor e fechar atrás de si a pesada porta. Minha garganta parecia cheia de pedra moída e, a cada gole, meus olhos se enchiam d'água, mas eu não me permitia levantar para pegar água ou caldo.

Dormi em minha cadeira sob a janela. Quando abri meus olhos, a escuridão já desaparecia e eu vi a luz chegar do leste e derramar-se sobre a casa de chapisco e seu quintal, e não consegui mais tirar os olhos dela. Agora, a mãe do garotinho tomava seu café e lia seu jornal no deque. Inclinava-se para a frente enquanto lia, os pesados cabelos jogados sobre um ombro. Fiquei imaginando como seria o marido. Gentil com ela? Será que ele queria um filho quando sua mulher engravidou?

Será que faziam amor de manhã bem cedo, antes de o filho acordar? Minha garganta doía mais do que nunca. Fui ao banheiro e, quando voltei, a descarga ainda correndo, um novo médico e o guarda de plantão estavam ao pé da cama, à minha espera. O médico era alto. Apresentou-se, depois me fez sentar na cama e examinou minha garganta com sua lanterna, pôs os dedos nas glândulas linfáticas e me disse para não falar por mais dez a 14 dias. Os olhos do guarda estavam cheios de uma luz que me fazia lembrar o meu irmão: fascínio pelos problemas dos outros e felicidade por estar "limpo". O médico anotou algo na prancheta e saiu. E o guarda me deu minhas velhas roupas: meus shorts, a camiseta da Fisherman's Wharf da garota, suas calcinhas muito pequenas. Disse que eu estava sendo transferida para Redwood City para ser fichada, depois deixou o quarto e eu me troquei à janela, os olhos fixos no garotinho e em sua mãe. As calcinhas ainda estavam apertadas nas coxas e, enquanto eu vestia a camiseta e os shorts, o menino levantou-se, com as mãos abertas dos dois lados do corpo. Saiu da caixa de areia e caminhou pela grama. Subiu no deque na frente da mãe, depois levantou as mãos à sua frente, o queixo ligeiramente encolhido, a barriga em evidência. A mãe sorriu para ele. Limpou a areia das mãozinhas e pegou-o no colo, as costas pequenas contra os seios, os tênis do garoto mal chegando aos joelhos dela. A porta se abriu atrás de mim, mas eu não me voltei. Senti o cheiro do chiclete de hortelã e pimenta do guarda; ele disse que sentia muito, mas tinha de seguir os procedimentos. Tomou meus pulsos e deslizou sobre eles o frio metal das algemas, fechou-as com um clique, meus punhos empurrando o metal.

Não pude mais ver o rosto do menino; nas horas e nos dias que se seguiram, eu pensaria sempre nele, no modo como um sonho importante volta para você ao longo do dia, um dia que começa às 6h30: minha porta se destranca eletronicamente, vou para a segunda fileira e sou fichada lá embaixo com mulheres negras e brancas, chicanas, todas nós vestidas com as mesmas calças de brim cor de laranja, camisetas e camisas da Prisão Municipal de San Mateo, mais de cinquenta ao todo.

Na fileira de baixo, sentamos a mesas de aço e comemos torrada e cereal frio, ou ovos mexidos e salsichas. Há duas televisões coloridas fixas na parede, ligadas nos programas matinais de notícias, com suas âncoras bonitas e bem-sucedidas. No meio da sala, há uma mesa de controle, com quatro guardas femininas de serviço; nos dias claros, a porta para o pátio interno fica aberta, embora não seja, na realidade, um pátio, mas uma cobertura plana com um aparelho de levantamento de peso no meio, que ninguém usa. Certa manhã, uma jovem negra subiu ao topo da barra de exercícios, sentou-se lá e fumou dois cigarros. Na ponta extrema do pátio, há uma cerca alta, com arame farpado e eletrificado em cima. As ruas de Redwood City ficam uns quatro andares abaixo. É possível ver o domo da velha cadeia e parte do Palácio da Justiça, o prédio onde Lester costumava trabalhar. Mas obviamente Lester está aqui comigo agora, em algum lugar abaixo de nós, em outra ala, com os homens, os ladrões de carro, estupradores e assassinos.

Na fileira de baixo, após o café da manhã, a maioria das mulheres fica nas mesas, fumando e conversando. Há telefones públicos nas paredes, e são bem usados: as mulheres ligam a cobrar para os filhos, namorados e maridos, com os olhos a quilômetros de distância quando conversam e às vezes gritam ou choram ao telefone. Algumas até mesmo riem. Mas eu não telefono e não fumo também. Minha garganta não consegue tolerar o cigarro; a fumaça descendo é como esfregar areia num ferimento em carne viva.

Há uma mulher negra chamada Jolene, que fuma um maço de Marlboro Lights após o outro. Sua voz é profunda como a de um homem. É baixa, tem quadris de menino e seios pequenos; os nós de seus dedos são largos e parecem duros. Nunca para de falar e até as grandonas parecem pequenas diante dela.

Em minha primeira semana lá, uma tarde, antes do confinamento do meio-dia para a limpeza do almoço, bateu no meu ombro e disse, em voz alta o suficiente para uma plateia inteira ouvir:

— Por que você está aqui, garota?

Estava sentada a uma mesa com duas garotas mexicanas, que haviam passado o almoço inteiro conversando em espanhol. Três ou quatro mulheres negras estavam de pé, em volta e atrás de Jolene, esperando minha resposta. De início, não entendi a pergunta e, de qualquer forma, não podia falar. Apontei para minha garganta e balancei a cabeça negativamente.

— Não pode falar?

Assenti.

— É surda?

Neguei de novo. Uma das mulheres atrás de Jolene sorriu e pude ver que tinha péssimos dentes.

— Então é muda.

A mulher dos dentes ruins riu. Algumas outras sorriram. Um dos guardas do grupo de controle anunciou, no alto-falante, que todas deveriam retornar às suas celas para o confinamento. Fiz que sim para Jolene e ela sorria como se eu tivesse acabado de lhe mostrar algo que há muito tempo queria descobrir.

— Você quer dizer que Deus sentou lá com o maldito controle remoto e botou teu cu no "mudo"?

As meninas de Jolene riram; eu sorri. E naquela tarde, depois do jantar, enquanto estávamos todas sentadas às mesas, na frente dos dois aparelhos de televisão que exibiam dois canais diferentes, esperando a nossa vez de revezar na lavanderia, Jolene gritou para mim do meio da sala:

— Ei, Remoto! Põe essas malditas TVs no "mudo"!

E riu mais alto do que as mulheres que ficavam em torno dela. Daí em diante, se alguma das mulheres queria que eu lhe passasse o sal, ou que entregasse a alguém um isqueiro ou cigarro, dizia, em voz baixa:

— Me passa o sal, Remoto. — Ou então: — Remoto, passe isso para Big April.

Após as primeiras duas semanas, quando estava sozinha em minha cela, eu tentava falar de novo, dando nome aos objetos à minha frente:

— Chão. Parede. Vaso sanitário. Pia. — Minha garganta não doía mais do que doeria antes do acontecido, com qualquer alergia. Minha voz talvez estivesse mais grave do que costumava ser, mas, ainda assim, mantive o silêncio na fileira inferior e, no pátio, deixei que me chamassem por meu novo nome.

Nessas primeiras semanas, Connie veio me ver três vezes. Uma com dois detetives, que me conduziram até uma sala e me fizeram registrar, por escrito, como o coronel tentara me estrangular antes de fazer o resto. Os advogados e visitantes têm de ir para o mezanino na segunda fileira, uma sala com cabines fechadas e com vidros grossos para nos separar dos visitantes. Até que pudesse usar minha voz novamente, Connie falava comigo ao telefone e eu anotava minhas respostas e perguntas e mostrava-as pelo vidro. Agora que a voz voltara, eu me curvava para a frente e falava suavemente no receptor, para que nenhuma das outras internas que estivessem recebendo visitas ao mesmo tempo pudesse escutar.

Todas as vezes, Connie quer ouvir os fatos. Eu lhe digo o que fiz e gostaria de não ter dito nada, pois o modo como planeja minha defesa é declarar que eu estava indefesa em uma situação vulnerável, era drogada e suicida, enquanto Lester mantinha os Behrani trancados no banheiro. Que eu estava doente e fraca fisicamente, com minha capacidade de julgamento prejudicada, no dia seguinte, quando ele forçou o coronel e seu filho a irem até Redwood City. O argumento dela é que eu não sou a pessoa que me acusam de ser, embora admita que tenha de escalar uma montanha para provar tudo isso, pois minhas melhores testemunhas já não estão mais entre nós. Esta é a expressão dela: "Já não estão mais entre nós", embora isso ainda não pareça ser verdade para mim.

Connie conseguia me arrumar algum dinheiro para comprar revistas, mas, durante as horas de confinamento após as refeições, sento em meu beliche e não consigo nem olhar para elas. Em vez disso, não paro de ver a Sra. Behrani na minha frente, seu rosto pequeno e sulcado, seus profundos olhos castanhos, o modo como olhava para mim, de mulher para mulher, quando perguntou se Lester faria mal ao seu filho, cuja presença sinto pairar nos quatro cantos da minha cela, uma presença jovem e educada. E vejo seu pai de uma forma que nunca vi antes: a cabeça calva virada na minha direção, o rosto inexpressivo, como se nada que lhe fiz pudesse atingi-lo agora, mas seus olhos são duas estrelas escuras de tristeza e dor.

Às vezes, eu me encosto na parede, no pátio, com o sol em meu rosto. Consigo ouvir as TVs lá dentro, a conversa das outras mulheres, uma delas tosse. Olho para a beirada do telhado, além da cerca eletrificada e suas lâminas excessivamente brilhantes, e morro de vontade de ver Lester, de deitar ao seu lado no calor do loft da cabana de pesca, de beijar seu bigode torto e abraçar suas costas estreitas. Lembro-me de que seu ex-colega, no hospital, disse que ele seria atirado aos cães — e espero que esteja errado, que os guardas cuidem bem de alguém que é um dos seus, embora sinta que estou enganando a mim mesma ao pensar assim. E não me permito deixar de pensar nos filhos dele, nem na esposa, e se penso alguma vez na casa é só porque eu é que deveria ter morrido lá, e ninguém mais... Como teria sido melhor se o Sr. Behrani nunca tivesse me salvado da pistola de Lester, se a Sra. Behrani nunca tivesse me salvado de seus próprios comprimidos.

Hoje Jolene vem até mim, um cigarro entre os lábios, os olhos apertados como os de um homem.

— A puta do mezanino mandou eu te buscar. Tem visitas.

Estou tão surpresa por ouvir isso que quase pergunto quem é, em voz alta. Em vez disso, porém, encaro Jolene, à espera de que diga mais alguma coisa.

— Está certo, Remoto, alguém está a fim de usar a língua de sinais.

Há apenas dois dias vira Connie, que ainda está trabalhando para ver se consegue adiar a data do meu julgamento. Eu lhe disse que não queria que fizesse parecer que eu não fui responsável pelo que Lester tinha feito.

— Mas você não foi, Kathy. Não estamos fabricando nada disso. — Connie me olhou através do vidro, o telefone comprimido contra o ouvido. Pude perceber pequenas marcas vermelhas de ambos os lados do seu nariz, provavelmente de óculos de leitura ou de sol. Parecia cansada, os lábios ligeiramente abertos, pronta para contestar qualquer coisa que eu viesse a dizer. Os outros cubículos estavam vazios, mas minha voz era quase um sussurro quando falei pelo fone.

— Vou negar tudo. Direi que estava sóbria e nunca tomei remédio algum.

— Connie balançou a cabeça e apertou muito os lábios.

— Então qual será a nossa defesa, Kathy?

— Não tenho defesa. Uma família inteira morreu.

Minha garganta começou a fechar-se e eu afastei meu rosto. Pus o fone de volta no lugar, larguei a revista e voltei para a fileira onde eu sabia que não iria chorar, onde estava aliviada por não ter voz.

Agora subo os degraus de concreto em direção à segunda fileira, pensando: ou é Connie ou então ela desistiu de mim como cliente e eu terei um novo advogado, designado pelo Estado. Uma guarda loura abre a porta para mim. Seja lá quem for, já está sentado, e eu não estou próxima o suficiente para ver quem é pelo vidro acima dos cubículos, um deles ocupado por uma garota chicana. Seu marido ou namorado, do outro lado, segura o fone no ouvido de uma garotinha. Depois, por trás do vidro, alguns cubículos mais abaixo, meu irmão Frank se levanta. Usa uma camisa polo amarela, os cabelos negros ajeitados para trás com musse. Em seu pescoço, uma fina corrente de ouro e, no pulso, um relógio também de ouro. Engordou; a curvatura da sua barriga empurra um pouquinho as alças do cinto. Olha desconfiado para o vidro, com as mãos nos quadris, mas não me vê.

Em seguida, ele me enxerga e os lábios se afastam, os olhos brilham e eu quero dar meia-volta e retornar à minha fileira: não enviei uma única carta; não dei um só telefonema; talvez estivesse esperando o feriado do Dia do Trabalho passar, para minha mãe e minhas tias passarem de carro pela casa vazia e saberem que Frank estava certo, que eu estava viajando e não voltaria tão cedo.

Frank começa a virar um borrão na minha frente. Limpo os olhos, entro na cabine e lá está minha mãe sentada, olhando para mim como se eu fosse uma visão que ela rezasse para ter, mas da qual tivesse medo ao mesmo tempo. Usa muita maquiagem; o blush é exageradamente cor-de-rosa, bem no alto da bochecha, o batom é vermelho demais. Usa as pérolas de sempre e um vestido florido, azul e violeta. E acabou de fazer o cabelo. De onde estou, respirando no alto da garganta, consigo ver uma falha redonda em seu cabelo, que já está mais escasso. E a garganta já apresenta aqueles tendões característicos da idade.

Frank pega o fone e começa a dizer alguma coisa, mas depois para e espera que eu pegue o meu. Permaneço de pé e seguro o fone, leve como madeira balsa, junto ao ouvido.

— Por que você não ligou pra nós, Kath?

Olho de relance para minha mãe, que me contempla através do vidro, os olhos ligeiramente vermelhos. Engulo e aponto para minha garganta e estou prestes a dizer que não pude ligar quando as coisas aconteceram, mas Frank me interrompe.

— Não pode falar?

Não respondo, mas sinto-me escorregar de volta para dentro da mentira como se fosse um banho quente. Minha mãe se volta e pede o fone a ele.

— K? Você está bem? Suas tias e eu passamos de carro pela casa ontem e todas as portas e janelas estavam isoladas com aquela fita da polícia. Por que você não pode falar? Frank veio de avião esta manhã. Levamos o dia inteiro para encontrar você. Ninguém nos dizia nada. K, querida, você está bem?

Minha mãe olhava para o vidro com os olhos apertados, como se eu fosse um fantasma que poderia desaparecer a qualquer instante. E era assim que eu me sentia: morta para eles, nada além de uma voz que vinha do outro lado; comecei a me sentir estranhamente à vontade, em segurança e fora do alcance deles em todos os sentidos.

O lábio inferior da minha mãe começa a tremer. Os olhos dela vão dos meus olhos para a roupa laranja da prisão, depois voltam ao meu rosto, e eu quero me levantar para mostrar a roupa inteira — cada peça, até a roupa de baixo cor de laranja, que é grande e larga como a de um homem. Curvo-me aproximando-me do vidro e digo no fone:

— Estou bem, mamãe.

Nunca a chamei assim, apenas mãe ou "ma", mas gosto do som da palavra "mamãe", da dignidade que parece conferir a ela, a consternada.

— K? O que aconteceu?

Começa a chorar. Frank põe a mão no ombro dela e lhe dá seu lenço com o monograma bordado.

Observo seu rosto pelo vidro, mas ele não está olhando para mim; tem os olhos no balcão e parece prestes a se abstrair completamente, como se aquele momento pudesse estar acontecendo em qualquer outro lugar, mas também há dor em seu rosto, e por um segundo penso em Jeannie e nas crianças, será que está tudo bem em casa? Devo ter dito isso pelo fone, e a pergunta desperta minha mãe instantaneamente.

— É claro que não estão bem, estão mortos de preocupação com você. O que você fez, K? Por que você está aqui? — Minha mãe ainda tem aquele ar de que vai chorar, mas há algo de duro em seu rosto agora.

Limpa com a mão o rímel, os lábios apertados, preparando-se para o que eu vou dizer. Espera pelos fatos, mas sua última pergunta ainda é um fio de palavras que não para de vibrar dentro da minha cabeça, a mesma cantilena de anos e anos: "O que você fez? Por que está aqui?" Agora fala de novo no fone e me pergunta sobre a casa de papai, sobre a fita da polícia na porta da frente e sobre o terraço panorâmico que Frank nunca deu permissão para ser construído.

— Você não pode falar, K? Tem algo errado com sua voz? Por acaso Nick tem alguma coisa a ver com isso?

Frank olha para mim pelo vidro. Dá de ombros, como se não tivesse certeza se devia ou não ter revelado sobre Nick, mas o fato é que revelou.

Olho novamente para minha mãe; seus olhos esperam, como sempre. Sua última pergunta parece a mais ridícula e ingênua possível.

— Nick me deixou, mãe.

— Mas por quê?

— Não sei, mãe. Por que você não o procura e pergunta?

Os olhos de minha mãe endurecem. A pergunta poderia ter soado diferente se viesse de outra pessoa, mais suave, como se o homem que me deixou não soubesse valorizar minhas melhores qualidades. Vindo dela, porém, era um interrogatório: "O que você fez desta vez, Kathy?" Como pôde deixá-lo ir?

Mas agora parece confusa, os lábios muito vermelhos separados, a testa sulcada. Balança a cabeça uma vez, como fazem as pessoas que têm problemas de audição. Há um segundo eu sentia vontade de despejar toda a verdade da minha história em cima dela, de dizer quais eram as acusações que pesavam sobre mim, de contar sobre os Behrani, jogar tudo na cara. Mas agora ela me parece tão vulnerável, tão patética com suas pérolas, o vestido, a maquiagem, tentando causar boa impressão aos meus carcereiros, que não consigo dizer mais nada. Balanço a cabeça e aponto para minha garganta.

— Passei por uma cirurgia. Não devo falar por enquanto. Liguem para este número.

Escrevo o telefone de Connie Walsh no bloco que há em cada cubículo para nosso uso, segurando o fone ao ouvido com o ombro, e encosto o bloco ao vidro. Minha mãe está em silêncio do outro lado, e essa atitude já deveria ser familiar para mim: o silêncio dela quando escondo a verdade. Frank está digitando o número em seu relógio computadorizado e eu olho nos olhos da minha mãe, escuros como sempre foram, com finos capilares rosados a irromper na parte branca, só que agora já não me parecem frios ou duros, ainda que não demonstrem calor.

Sob os olhos dela, noto uma pequena quantidade de carne, que a sua maquiagem não consegue esconder. Levanta o queixo, com os lábios apertados, e eu sou o caçador que apanhou um velho veado em sua linha de tiro, só para me derrubar ainda mais. E esta parede de vidro de segurança entre nós não me parece uma coisa ruim; é mais como algo natural, inevitável. Seus olhos se fixam nos meus por mais tempo do que consigo me lembrar em toda a minha vida. Poderia olhar para ela por dias e dias. Mas de repente pisca, levanta-se rapidamente e vira-se para sair, como se eu já não estivesse mais ali. Aceno para Franky, mas ele está colocando o fone no gancho, e não espero ele olhar de volta.

Caminho ao longo dos cubículos e saio em direção à segunda fileira. Ouço as TVs, a conversa e a risada rouca de Jolene, vindo de baixo. Vejo-a sentada a uma das mesas jogando cartas — vinte e um, parece — e ela controla as apostas. A mesa está cheia das mulheres *dela*, todas negras, com exceção de uma nova, loura, sentada em silêncio entre Jolene e Big April, uma mulher obesa com dobras sobre o queixo, que desabam sobre o decote. Paro na escada e vejo Jolene pegar o dinheiro de Big April, um pequeno amontoado de pedaços de papel cortado do bloco. O ar está pesado por causa da fumaça de cigarro, e o sol que entra pela porta aberta do pátio faz com que pareça ainda mais pesado, azulado, com uma faixa branca pairando sobre a cabeça de todo mundo. Penso em Lester, em seu utilitário Toyota se afastando da luz de neon do El Rancho Motel e desaparecendo em meio à névoa. Há um calor relaxante entre minhas pernas e quero senti-lo dentro de mim novamente, mas tenho certeza, agora, de que nunca mais o terei.

Atrás e acima de mim, a guarda me diz para seguir em frente, nada de demorar nas escadas, e Jolene olha para cima e ri.

— Desce aqui, Remoto.

Sorrio para ela e faço um sinal com a cabeça, como se ela tivesse acabado de dizer algo que eu nunca compreendi antes, mas que agora finalmente compreendo.

Desço as escadas, com os olhos na nuvem larga e baixa em cuja direção caminho, neste céu azul de fumaça que nós mesmas fabricamos. E sinto-o sobre mim enquanto ando entre as mulheres ao telefone e no meio de outras mulheres, todas fumando, soltando traços finos e irritados no ar, e paro ao lado do ombro de Jolene. Ela para de apostar e olha para mim, com os olhos negros à espera, ainda que nunca tenha me ouvido falar, e indico seu maço de Marlboro Lights. Logo de cara, ela parece não entender o que eu quero, mas logo sorri e levo dois dedos à frente dos lábios.

Este livro foi composto na tipologia Adobe
Garamond Pro, em corpo 11,5/16, e impresso em
papel off-white 80 g/m² no Sistema Cameron da
Divisão Gráfica da Distribuidora Record.